本书为国家社科基金一般项目"文化与历史语境下的尼日利亚英语小说研究"（13BWW067）的结项成果，获"中央高校基本科研业务费专项资金"和"华侨大学哲学社会科学学术著作专项资助计划"资助

《华侨大学哲学社会科学文库》编辑委员会

华侨大学 哲学社会科学文库·文学系列

HUAQIAO UNIVERSITY

文化·历史·现实：
尼日利亚英语小说个案研究

CULTURE, HISTORY AND REALITY:
A CASE STUDY OF NIGERIAN ENGLISH FICTION

杜志卿　张　燕　著

社会科学文献出版社
SOCIAL SCIENCES ACADEMIC PRESS (CHINA)

打造优秀学术著作
助力建构中国自主知识体系

——《华侨大学哲学社会科学文库》总序

习近平总书记在哲学社会科学工作座谈会上指出:"哲学社会科学是人们认识世界、改造世界的重要工具,是推动历史发展和社会进步的重要力量,其发展水平反映了一个民族的思维能力、精神品格、文明素质,体现了一个国家的综合国力和国际竞争力。"当前我国已经进入全面建成社会主义现代化强国、实现第二个百年奋斗目标,以中国式现代化全面推进中华民族伟大复兴的新征程,进一步加强哲学社会科学研究,推进哲学社会科学高质量发展,为全面建成社会主义现代化强国、全面推进中华民族伟大复兴贡献智慧和力量,具有突出的意义和价值。

2022年4月,习近平总书记在中国人民大学考察时强调:加快构建中国特色哲学社会科学,归根结底是建构中国自主的知识体系。建构中国自主的知识体系,必须坚持马克思主义的指导地位,坚持以习近平新时代中国特色社会主义思想为指引,坚持党对哲学社会科学工作的全面领导,坚持以人民为中心的研究导向,引领广大哲学社会科学工作者以中国为观照、以时代为观照,立足中国实际,解决中国问题,不断推进知识创新、理论创新、方法创新,以回答中国之问、世界之问、人民之问、时代之问为学术己任,以彰显中国之路、中国之治、中国之理为思想追求,在研究解决事关党和国家全局性、根本性、关键性的重大问题上拿出真本事、取得好成果,认真回答好"世界怎么了""人类向何处去"的时代之题,发挥好哲学社会科学传播中国声音、中国理论、中国思想的特殊作用,让世界更好读懂中国,为推动构建人类命运共同体做出积极贡献。

华侨大学作为侨校，以侨而生，因侨而兴，多年来始终坚持走内涵发展、特色发展之路，在为侨服务、传播中华文化的过程中，形成了深厚的人文底蕴和独特的发展模式。新时代新征程，学校积极融入构建中国特色哲学社会科学的伟大事业之中，努力为教师更好发挥学术创造力、打造精品力作提供优质平台，一大批优秀成果得以涌现。依托侨校优势，坚持以侨立校，为侨服务，学校积极组织开展涉侨研究，努力打造具有侨校特色的新型智库，在中华文化传承传播、海外华文教育、侨务理论与政策、侨务公共外交、华商研究、海上丝绸之路研究、东南亚国别与区域研究、海外宗教文化研究等诸多领域形成具有特色的研究方向，先后推出了以《华侨华人蓝皮书：华侨华人研究报告》《世界华文教育年鉴》《泰国蓝皮书：泰国研究报告》《海丝蓝皮书：21 世纪海上丝绸之路研究报告》等为代表的一系列研究成果。

《华侨大学哲学社会科学文库》是"华侨大学哲学社会科学学术著作专项资助计划"资助出版的成果，自 2013 年以来，已资助出版 68 部学术著作，内容涵盖马克思主义理论、哲学、法学、应用经济学、工商管理、国际政治等基础理论与重大实践研究，选题紧扣时代问题和人民需求，致力于解决新时代面临的新问题、新任务，凝聚着华侨大学教师的心力与智慧，充分体现了他们多年围绕重大理论与现实问题进行的研判和思考。已出版的学术著作，先后获得福建省社会科学优秀成果奖二等奖 1 项、三等奖 9 项，获得厦门市社会科学优秀成果奖一等奖 1 项、二等奖 2 项、三等奖 2 项，得到了同行专家和学术共同体的认可与好评，在国内外产生了较大的影响。

在新时代新征程上，围绕党和国家推动高校哲学社会科学高质量发展，加快构建中国特色哲学社会科学学科体系、学术体系、话语体系，加快建构中国自主知识体系的重大历史任务，华侨大学将继续推进《华侨大学哲学社会科学文库》的出版工作，鼓励更多哲学社会科学工作者尤其是青年教师勇攀学术高峰，努力推出更多造福于国家与人民的精品力作。

今后，我们将以更大的决心、更宽广的视野、更有效的措施、更优质的服务，推动华侨大学哲学社会科学高质量发展，不断提高办学质量和水平，为全面建成社会主义现代化强国、全面推进中华民族伟大复兴做出新贡献。

华侨大学党委书记　徐西鹏

2023 年 10 月 8 日

前　言

　　尼日利亚是非洲文学的重镇，也是世界英语文学的重要组成部分。20世纪50年代初，阿摩司·图图奥拉（Amos Tutuola）的"魔怪小说"《棕榈酒酒徒》（*The Palm-Wine Drinkard*，1952）就已引起西方学界的关注。1958年，钦努阿·阿契贝（Chinua Achebe）的长篇处女作《瓦解》（*Things Fall Apart*）的发表意味着尼日利亚英语小说创作已迈向一个新的台阶。1986年，沃莱·索因卡（Wole Soyinka）斩获诺贝尔文学奖则表明世界文学的版图已发生变化——非洲不仅有厚重的文化与历史传统，而且有一流的文学大师。而之后本·奥克瑞（Ben Okri）、奇玛曼达·阿迪契（Chimamanda N. Adichie）等年青一代尼日利亚作家频获国际文学奖则进一步说明，尼日利亚文学界人才辈出，后继有人。国外尼日利亚英语小说研究始于20世纪50年代，发展于60年代，成熟于80年代之后。目前相关的研究已逐渐走向纵深，成果丰硕，并形成一种强调文化、政治、历史及现实维度的文学批评范式。中国学界对尼日利亚英语小说的关注不算晚，但真正学术意义上的研究开展得较晚，与国外的研究相比差距较大，2000年之前我们的研究成果可谓凤毛麟角。目前，相关的研究已逐步开展，但仍显得较为零散，有计划和系统性的研究较为匮乏。

　　本书研究的主要对象是20世纪50年代以来尼日利亚重要的英语小说家及其作品。不过，由于资料和时间有限，我们仅选取不同时期的8位作家的部分作品作为重点研究对象，其中包括艾克文西（C. Ekwensi）的《城市中的人们》（*People of the City*，1954）和《贾古娃·娜娜》（*Jagua Nana*，1961）、图图奥拉的《棕榈酒酒徒》和《我在鬼林中的生活》（*My Life in the Bush of Ghosts*，1954）、阿契贝的《瓦解》、恩瓦帕（F. Nwapa）的《伊芙茹》（*Efuru*，1966）和《永不再来》（*Never Again*，1975）、艾米契塔（B. Emecheta）的《为母之乐》（The Joys of Motherhood，1979）、奥克瑞的《花与影》（Flowers and Shadows，1980）和《饥饿的路》（The Famished Road，1991）、阿迪契的《缠在你脖子上的东西》（The Thing Around Your Neck，2009）① 和《紫木槿》（Purple Hibiscus，2003）以及奥比奥玛（C. Obioma）的《钓鱼的男孩》（The Fishermen，2015）等。在取舍时，除了考虑作家的性别、创作年代、作品的经典意义之外，我们还考虑他们的作品是否触及尼日利亚乃至非洲社会重要的历史与现实问题，比如非洲－西方文化冲突、死亡、战争、饥荒、身份认同、性别冲突、家庭伦理、城乡冲突、生态危机等。我们所选取的 8 位作家在非洲乃至国际文坛都有一定的影响力。他们能以现实与人文关怀为创作基点，书写尼日利亚社会转型时期的各种矛盾与冲突，能充分认识到西方殖民主义的危害，但又对独立后国家的前途忧心忡忡，其文学创作体现了一种高尚的历史和社会责任感。

本书属于基础研究。在研究的过程中，我们主要从小说的基本要素，如小说人物、故事背景、情节、场景、艺术手法等方面入手，结合小说创作的现实与历史语境，侧重分析作品的思想主题，探讨作家的文化心理与创作思想。在具体分析这些作品的思想主题时，我们立足文本，注重对国内外研究现状的梳理，并积极借鉴现当代文学批评方法，如神话批评、女性主义批评、后殖民批评、空间批评、生态批评，力求较客观地评判某一作家作品在尼日利亚英语小说发展史中的作用和地位。

本书以作家的小说文本为个案，以点带面，集中探讨 20 世纪 50 年代以来尼日利亚英语小说所涉及的重要主题，并从中窥见作家的创作思想与创作特色。本书的主要内容由 12 章组成：第一章和第二章属于综述与研究态势，这两章以翔实的文献与史料为基础，试图从整体上较为客观地呈现尼日利亚英语小说的发展历程及创作特色，并阐明国内外尼日利亚英语小说的研究态势；第三章"成长书写"以阿迪契的短篇小说集《缠在你脖子上的东西》为个案，分析作品中青少年主人公的成长经历，探讨尼日利亚

---

① 2013 年，文敏把该小说的题名译为《绕颈之物》（上海文艺出版社）。我们认为此译略显正式，与题意不甚相符。

青少年成长过程中必须面临的各种创伤和苦难；第四章"死亡书写"以奥比奥玛的长篇处女作《钓鱼的男孩》为个案，分析作品中的各种死亡意象，探讨这些意象的文化意蕴和政治内涵以及作家本人对家庭、人生、信仰、国家等诸多现实问题的思考；第五章"神话书写"以图图奥拉的代表作《棕榈酒酒徒》和《我在鬼林中的生活》为个案，探讨这两部作品中神话书写的主题意蕴以及作家的后殖民人文与现实关怀；第六章"内战书写"主要从后殖民女性主义批评及叙事学的角度研究恩瓦帕的内战小说《永不再来》，探析该作家对男性战争叙事文本中传统英雄主义思想的解构及对女性内战经历的重构；第七章、第八章为"女性书写"板块，主要从后殖民女性主义批评的角度阐释恩瓦帕的《伊芙茹》和艾米契塔的《为母之乐》，揭示非洲女性作为"二等公民"的生存状态；第九章、第十章为"空间书写"板块，集中分析艾克文西的《城市中的人们》和《贾古娃·娜娜》以及阿迪契的《紫木槿》中的空间意象及其主题意义，探讨不同空间里人物的生存境遇及作家的创作意图；第十一章和第十二章为"生态书写"板块，侧重从后殖民生态批评的角度重读阿契贝的《瓦解》以及奥克瑞的《花与影》和《饥饿的路》，这些作品的自然生态书写与文化生态书写从另一个侧面体现了作家对殖民与后殖民语境下非洲人民和传统文化该何去何从的深度思考。

　　本书章节顺序的安排主要考虑作家作品所触及的重要历史现实问题或文化母题，不按作家出生年代或作品的创作时间排列。之所以把分析阿迪契《缠在你脖子上的东西》中的成长书写放在作家作品个案研究的最前面，是考虑到"成长"是非洲英语文学的重要母题。况且，个体的成长历程往往是社会与历史发展的缩影，它实际上"讲述着民族国家的命运"。①尼日利亚是一个新兴的非洲大国（人口居非洲首位），它脱胎于殖民文化，在经历可怕的内战和频繁的政变之后仍在成长和发展。不过，从民族的苦难和危机中发展起来的尼日利亚英语文学已逐渐走向成熟，并形成某种与该国历史和文化相呼应的文学传统。我们相信，国家与民族所经历的那些

---

① 李学武：《蝶与蛹——中国当代小说成长主题的文化考察》，北京：中国社会科学出版社，2003，第98页。

苦难与危机必将成为一代又一代尼日利亚作家创作的灵感之源，并继续造就像阿契贝、索因卡那样伟大的作家。本书的附录部分为读者提供了尼日利亚英语小说创作年表和重要英语小说家及其作品索引。我们也希望国内有越来越多的读者关注尼日利亚英语小说，研究尼日利亚英语小说，喜爱尼日利亚英语小说。如果我们的研究能起到一点抛砖引玉的作用，我们也就心满意足了。

目　录

第一章 绪论：尼日利亚英语小说源流及创作特色

一 引言

尼日利亚是一个既年轻又古老的国家。说它年轻，是因为作为一个独立政体，它的历史至今只有 63 年，如果算上它作为统一的殖民政治实体的历史，也只有 100 余年。在西非，西方殖民入侵始于 19 世纪 60 年代初，之后其殖民势力不断加强。① 1914 年，在英国殖民政府官员弗雷德里克·卢加德爵士（Sir Frederick Luguard）的提议下，英国将非洲尼日尔河流域的两个殖民地，即南尼日利亚保护国与北尼日利亚保护国合二为一，成立所谓的"尼日利亚殖民地和保护国"。② 1960 年，英国在非洲反殖民主义运动浪潮中结束了其在尼日利亚的殖民统治，尼日利亚终于获得独立。尼日利亚作为独立政体的历史虽然不长，但它的区域文化历史却源远流长。在这个年轻国家所在的土地上，"历史上曾经先后出现过一些规模不一、发展程度相异的古代王国，出现过一些城邦式政治共同体或松散的部族酋长国家与部族联合体。这些古代王国、城邦或酋长国，曾经创造过自己的

---

① 〔美〕托因·法洛拉：《尼日利亚史》，沐涛译，上海：东方出版中心，2010，第 53 页。

② 据考证，最早提议使用"尼日利亚"这个国名的是后来嫁给卢加德爵士的弗洛拉·肖（Flora Shaw）。1898 年，她在《时代周刊》上撰文，主张把尼日尔河流域的英属殖民地命名为"尼日利亚"。详见 Michael Crowder, *A Short History of Nigeria*, New York：Frederick A. Praeger, Inc. , 1962，p. 19。参见江东《尼日利亚文化》，北京：文化艺术出版社，2005，第 2 页。

政治结构、生产方式，形成过自己的文化模式和历史传统"。① 闻名于世的诺克文化、伊费文化与贝宁文化让尼日利亚享有非洲文化摇篮的美誉。② 钦努阿·阿契贝当年弃医从文的目的就是想改变欧洲人长期以来把非洲视为没有历史、没有文化的黑暗大陆的偏见。

其实，尼日利亚的文学史与它的民族文化艺术史一样悠久。不过，与人类最初的文学表现形式一样，尼日利亚早期的文学创作活动（如民间传说和民间故事）也是通过口口相传的方式进行的。学界认为，尼日利亚作家用文字的形式进行文学创作大概始于 15 世纪。当时阿拉伯文学已传入尼日利亚北部，一些信奉伊斯兰教的豪萨族人开始用阿拉伯语创作诗歌。③ 尼日利亚的英语文学是随着大西洋奴隶贸易的出现和英国殖民主义入侵而逐渐发展起来的。④ 早期文学作品主要有两类。一类是那些遭受奴隶贸易摧残的奴隶所写的奴隶自传性叙事作品，它们通常以书信、自传或诗歌的形式出现，诉说作者那些噩梦般的经历，⑤ 如奥拉尤达·伊奎亚诺（Olaudah Equiano，1745—1797）所写的《奥拉尤达·伊奎亚诺的生活趣事》（*The Interesting Narrative of the Life of Olaudah Equiano, or Gustavus Vassa, the Africa, Written by Himself*）。⑥ 另一类是那些较早有机会到英国教会学校接受英文教育的本土信徒所写的宗教诗歌或布道词，⑦ 如登尼斯·奥莎德贝（Dennis C. Osadebay）所写的带有文化民族主义色彩的诗歌《年轻非洲的致谢》（"Young Africa's Thanks"）、《年轻非洲的悲伤》（"Young Africa's Lament"）和阿格贝比（M. Agbebi）所写的《就职布道词》（"Inaugural Ser-

---

① 刘鸿武等：《从部落社会到民族国家：尼日利亚国家发展史纲》，昆明：云南大学出版社，2000，第 61 页。

② 张毅：《非洲英语文学》，北京：外语教学与研究出版社，2011，第 27 页。江东：《尼日利亚文化》，北京：文化艺术出版社，2005，第 67 ~ 68 页。

③ 〔美〕伦纳德·S. 克莱因：《20 世纪非洲文学》，李永彩译，北京：北京语言学院出版社，1991，第 156 页。

④ Gareth Griffith, *African Literature in English: East and West*, Harlow：Pearson Educational Ltd.，2000, pp. 7 – 24.

⑤ 据史学家的考证，在近 500 年的非洲奴隶贸易中，有 1/4 以上的黑人是从尼日利亚沿海一带被虏获而贩卖出去的。参见刘鸿武等《从部落社会到民族国家：尼日利亚国家发展史纲》，昆明：云南大学出版社，2000，第 101 页。

⑥ Simon Gikandi, ed.，*The Routledge Encyclopedia of African Literature*, London：Routledge，2012, p. 175.

⑦ Kula Ogbaa, *A Century of Nigerian Literature*, Trenton：Africa World Press, 2003, pp. 3 – 4.

mon, Delivered at the Celebrations of the First Anniversary of the ' African Church ' ")。

　　这一时期的作家虽有一定的英文基础，但基本上没有接受过专业的写作训练，他们只是乐意看到他们的想法变成铅字，并与读者分享一些他们可能感兴趣的故事。① 他们的作品大多数是个人宗教情感的抒发，基本上是随性而作，本身的文学品格不高，但有一定的历史文献价值。另需指出的是，这些作品基本上都是作家对其所接触到的西方文学作品的模仿，所以显得较为简单、幼稚，缺乏原创性和批判性。有的作品，如奥莎德贝的诗歌甚至有崇洋媚外的倾向：

> 感谢你们
> 不列颠的儿女们，
> 你们给我们学校，
> 还有便捷的沟通方式，
> 以及你们西方的文明。
>
> ——《年轻非洲的致谢》②

　　但不可否认的是，尼日利亚英语文学的发展是极其迅猛的。如果说，殖民早期（20 世纪 40 年代之前）是它的萌芽期，那么，20 世纪 40 年代至 50 年代可以算是它的快速成长期。阿契贝《瓦解》的发表意味着尼日利亚的英语文学已经开始走向成熟。40 年代中期，即第二次世界大战结束之后，随着非洲人民去殖反帝、争取独立的浪潮不断高涨，英语小说创作逐渐成为尼日利亚作家再现现实生活和表达政治诉求的重要方式。再加上英国的文化输出中，文学教育占有相当的分量，越来越多的尼日利亚年轻人有机会接触和了解英国的文学经典。他们在教会学校课堂内外的阅读材料有不少是英国经典小说家的作品。阿契贝当年创作《瓦解》在很大程度上就是因为不满于约瑟夫·康拉德（Joseph Conrad）与乔伊斯·凯瑞

---

① 　Kula Ogbaa, *A Century of Nigerian Literature*, Trenton：Africa World Press, 2003, p. 7.

② 　转引自 Kula Ogbaa, *A Century of Nigerian Literature*, Trenton：Africa World Press, 2003, p. 13。

（Joyce Cary）分别在《黑暗之心》（*Heart of Darkness*）和《约翰逊先生》（*Mr. Johnson*）中对非洲的描写。

尼日利亚的小说史不算长。根据奥贡比伊（Y. Ogunbiyi）提供的文献，尼日利亚作家正式出版的第一部小说是恩万纳（P. Nwana）用伊博语创作的《欧曼努科》（*Omenuko*），出版时间为1933年。[①] 而第一本英语小说类作品是1939年牛津大学出版社出版的阿基格（B. Akiga）的《阿基格的故事：一个提弗部族成员眼里的部族》（*Agika's Story: The Tiv Tribe as Seen by One of Its Members*）。[②] 20世纪90年代初，乔纳森·彼特斯（Jonathan A. Peters）曾把西非英语小说的发展史分为三个阶段：第一阶段为20世纪60年代中期之前；第二阶段为60年代中期至70年代中期；第三阶段为70年代中期至80年代末。[③] 时过境迁，乔纳森·彼特斯的划分未能涵盖20世纪90年代以来尼日利亚文坛尤其是小说界所发生的一些变化。21世纪初，奥格巴（K. Ogbaa）把尼日利亚文学发展史分为四个阶段：（一）殖民早期（1900—1952年）；（二）殖民后期（1953—1960年）；（三）独立早期（1961—1970年）；（四）独立后期（1971—1999年）。为了更客观地描述尼日利亚英语小说史的嬗变，我们根据奥格巴编著的《百年尼日利亚文学：精选文献》（*A Century of Nigerian Literature*，2003）和奥沃莫耶拉（O. Owomoyela）编著的《现代哥伦比亚西非英语文学指南》（*The Columbia Guide to West African Literature in English Since* 1945，2008）中所提供的文献信息，把尼日利亚英语小说发展史分为以下四个阶段，并逐一概述。

二 殖民时期的英语小说（1900—1959年）

1851年，英国武力进攻拉各斯，10年之后在该地区成功建立了第一个直辖殖民地。随后，其殖民势力不断扩张，1897年征服了强大的贝宁王

[①] Yemi Ogunbiyi, ed., *Perspectives on Nigerian Literature: 1700 to the Present* (Ⅰ), Lagos: Guardian Books Nigerian Limited, 1988, p. 5.

[②] Kalu Ogbaa, *A Century of Nigerian Literature*, Trenton: Africa World Press, 2003, p. 8.

[③] Jonathan A. Peters, "English-language Fiction from West Africa", in Oyekan Owomoyela, ed., *A History of Twentieth-Century African Literatures*, Lincoln: University of Nebraska Press, 1993, pp. 9 – 42.

国，1900 年至 1914 年，英国凭借其强大的军事力量牢牢控制了尼日尔河流域大片土地。1914 年，尼日利亚正式成为英国的殖民保护国。为了巩固其殖民统治，英国政府除了大量开办教会学校外，还创办了高等学校（伊巴丹大学）。殖民文化教育为英国殖民政府培养了大量的服务人才，同时也培养了许多民族文化精英。他们纷纷用殖民者的语言奋笔疾书，在文学创作中或再现非洲 – 西方文化冲突，或抒发他们的民族自豪感，或表达他们反帝反殖民主义的思想意旨，或探索他们生活中的酸甜苦辣。

这时期较有代表性的尼日利亚英语小说家有阿卢科（T. Aluko，1918—2010）、艾克文西、图图奥拉和阿契贝等人。阿卢科被誉为"约鲁巴族的阿契贝"。[①] 他通晓历史，擅长幽默讽刺手法，其作品主题较为丰富，有现实感。《一夫一妻》（One Man, One Wife，1959）是阿卢科的长篇处女作，也是他的成名作。该作品着重描写 20 世纪 20 年代至 60 年代尼日利亚约鲁巴部族的社会变迁，尤其是城市化进程中其部族同胞所必须面对的各种冲突和矛盾。该作品除了再现基督教与非基督教的文化冲突外，还对婚姻家庭关系、社会工作关系有较为细致的描写。

被誉为尼日利亚"城市小说之父"的艾克文西是二战之后尼日利亚开始流行的"奥尼查市井文学"（"Onitsha Market Literature"）的代表人物。用英语创作的"奥尼查市井文学"语言生动活泼，是一种主要面向城市里那些"半文盲读者"的通俗文学，[②] 它首先在尼日利亚商业城市奥尼查流行并传播开来，最为兴盛的时期是 20 世纪 50 年代末至 60 年代初。这类作品通常篇幅较短，爱情、犯罪、职场成败是其常见的主题；它们"既充满对现代生活的书写，也不乏向'非洲传统'的致敬，同时也反映出尼日利亚人民'去殖民'思想的启蒙"。[③] 艾克文西又被誉为"非洲的笛福"，[④] 生活阅历十分丰富，善于描写城市生活，作品数量较多，其早期作品《当

---

① Oyekan Owomoyela, ed., *A History of Twentieth-Century African Literatures*, Lincoln：University of Nebraska Press, 1993, p. 21.

② Oyekan Owomoyela, *The Columbia Guide to West African Literature in English Since 1945*, New York：Columbia University Press, 2008, p. 148.

③ 朱振武：《非洲英语文学的源与流》，上海：学林出版社，2019，第 107 页。

④ Simon Gikandi, ed., *The Routledge Encyclopedia of African Literature*, London：Routledge, 2012, p. 170.

爱呢喃时》（*When Love Whispers*，1947）、《豹爪》（*The Leopard's Claw*，1950）和《城市中的人们》都描写了城市的种种诱惑、疯狂、混乱与堕落。《城市中的人们》是早期"奥尼查市井文学"的佳作，该小说较好地把握了拉各斯城市生活的脉搏——"疯狂的生活步伐以及穷于应付经济压力的市民的骚乱。"①

图图奥拉是最早引起西方评论界关注的尼日利亚作家，其作品根植于约鲁巴族的传统文化。虽然他所使用的语言不是标准的英语，但他善于把民间故事以及民族语言中的谚语、习俗、典故融入其小说叙事中，使其作品蕴含一种"浓浓的非洲韵味"。② 图图奥拉在尼日利亚独立前发表的作品包括《棕榈酒酒徒》、《我在鬼林中的生活》、《勇敢的非洲女猎人》（*The Brave African Huntress*，1958）和《辛比和黑暗丛林之神》（*Simbi and the Satyr of the Dark Jungle*，1956）。《棕榈酒酒徒》是图氏的处女作，也是他的成名作。小说故事情节充满哥特与魔幻色彩，故事背景既有现实世界（人界），也有魔幻世界（鬼界），小说主人公"我"自由穿梭于这两个世界，竭力寻觅生活的快乐，却时常陷入妖魔鬼怪的包围之中。该小说发表之后曾引起不少争议。西方读者因为它浓厚的"非洲味"而大为推崇。英国著名作家迪兰·托马斯（Dylan Thomas）曾在《观察家》上撰文评价这部小说，赞赏作家的文学天赋。③ 相反，本土读者的评价基本上是负面的。他们认为图图奥拉不过是把一些约鲁巴的故事翻译成英文，以满足西方读者的猎奇心理，没有原创性可言。吉康迪（S. Gikandi）认为，像《棕榈酒酒徒》这样的作品之所以遭到本土评论家的批评，主要是因为它的语言与当时非洲文学作品的语言格调相异，而且故事内容也不触及当时非洲作家关心的去殖反帝问题。④

---

① 〔美〕埃米尔·斯奈德：《现代非洲文学概况》，《外国文学动态》1981 年第 10 期，第 57 页。

② 张毅：《非洲英语文学》，北京：外语教学与研究出版社，2011，第 27 页。参见江东《尼日利亚文化》，北京：文化艺术出版社，2005，第 28 页。

③ Simon Gikandi, ed., *The Routledge Encyclopedia of African Literature*, London：Routledge, 2012, p. 538.

④ Simon Gikandi, ed., *The Routledge Encyclopedia of African Literature*, London：Routledge, 2012, p. 539.

阿契贝被誉为"非洲现代文学之父"，其作品在非洲及西方广为人知，是非洲知名度最高的作家之一。阿契贝早年在教会学校完成了他的中学教育，大学期间主攻英语、历史与宗教，熟稔西方文学、文化传统。他善于描写西方殖民语境下非洲人民如何从原始、淳朴的部族生活走向混乱、荒诞的现代生活，其作品融非洲口传文化传统与西方现代小说的表现手法于一体，文字简约、思想深邃、极具可读性。① 《瓦解》是阿契贝的处女作，也是他的成名作，被誉为非洲英语现实主义小说的奠基之作。② 该小说已被译成 50 余种文字，全球销售量已经超过 1000 万册，是非洲文学中最受读者和评论家关注的小说文本。仅在中国，该小说就有 5 个译本，③ 最早的译本系高宗禹所译（1964）。小说以 19 世纪末至 20 世纪初尼日利亚东部伊博部族生活为背景，讲述了部族英雄奥贡喀沃（Okonkwo）在西方殖民者入侵前后的生活遭际，其悲剧性的生命结局（自杀）让读者清楚地看到西方强势殖民文化对非洲本土弱势传统文化的吞噬与破坏。小说故事中嵌入的各种民间故事以及对部族音乐、礼仪、习俗、信仰的描写也让人相信，非洲绝不是一个没有文化与历史的黑暗大陆。因此，我们把《瓦解》视为阿契贝文化民族主义思想的精彩叙事也不为过。

三 独立早期的英语小说（1960—1969 年）

1960 年 7 月，英国政府批准尼日利亚联邦会议提出的独立议案。1960 年 10 月 1 日，尼日利亚首都拉各斯举行隆重的独立庆典仪式，联邦政府总理巴勒瓦（A. T. Balewa）正式向全世界宣布尼日利亚成为一个拥有独立主权的国家。英国最后一任总督离开尼日利亚后，尼日利亚独立运动的"总

---

① 杜志卿：《荒诞与反抗：阿契贝小说〈天下太平〉的另一种解读》，《外国文学》2010 年第 3 期，第 4 页。

② 任一鸣、瞿世镜：《英语后殖民文学研究》，上海：上海译文出版社，2003，第 12 页。

③ 这 5 个中译本分别为：(1)《瓦解》，高宗禹译，北京：作家出版社，1964；(2)《支离破碎》，杨安祥译，北京：商务印书馆，1980；(3)《黑色悲歌》，陈苍多译，台北：新雨出版社，2001；(4)《崩溃》，林克、刘利平译，重庆：重庆出版社，2005；(5)《分崩离析》，黄女玲译，台北：远流出版事业股份有限公司，2014。2014 年 5 月，南海出版公司再版了高宗禹的译本，小说题名被改译为《这个世界土崩瓦解了》。详见张新新、杜志卿《阿契贝〈瓦解〉研究述评》，《外文研究》2017 年第 3 期，第 53 页。

设计师"阿齐克韦（B. N. Azikiwe）接任联邦总督。1963 年 10 月 1 日，尼日利亚联邦改称"尼日利亚联邦共和国"，阿齐克韦任共和国的第一任总统。然而，独立并不意味着万事大吉。独立初期（1960—1965 年）英国式议会民主制的实施与失败、1966 年的两次军事政变以及 1967 年至 1970 年间爆发的惨绝人寰的内战充分说明，作为一个全新的国家，尼日利亚依然存在许多影响国民生活命运的问题。它"不仅面临着艰巨的经济发展、社会发展的任务，更面临着复杂的政治发展、民族发展、文化发展任务，它面临着如何将国内的两百多个历史上不曾在一个统一政治实体内生活过的差异极大、文化高度多样性的部族，聚合成一个相互认可、接纳、友好共处的统一新民族的历史任务"。① 我们赞同奥格巴的说法：独立后的那一段时间（大概 10 年）对于尼日利亚及其作家们来说是"最好也是最糟糕的时期"，"这一时期人们原先的喜悦变成了悲伤，乐观主义精神变成了幻灭与忧愁"。②

　　这一时期的尼日利亚作家继续书写殖民语境下非洲与西方的文化冲突，他们努力用文化与历史故事重塑非洲形象。历史变迁、现实生活、政治理想一直都是尼日利亚作家文学创作中难以绕开的题材。作家们更是把笔锋指向尼日利亚社会存在的各种问题，表现出一种试图用文学改造社会与人生的忧国忧民情怀。小说创作方面，老将艾克文西、阿契贝等人继续发力，成名稍晚些的阿马迪（E. Amadi）、索因卡、恩瓦帕、艾克（C. Ike）等人也有精彩的表现。

　　艾克文西是位十分多产的作家，1960 年至 1969 年，他发表了《贾古娃·娜娜》、《燃烧的野草》（*Burning Grass*，1962）、《漂亮的羽毛》（*Beautiful Feathers*，1963）、《伊斯卡》（*Iska*，1966）、《魔法石》（*Juju Rock*，1966）等 5 部长篇小说和 1 部短篇小说集《洛克镇和其他故事》（*Lokotown and Other Stories*，1966）。这些作品中，最受读者欢迎的是《贾古娃·娜娜》。该小说通过描写同名主人公在乡村与城市的不同经历，生动地展示了西方殖民者到来之后尼日利亚传统部族社会发生的惊人变化。《贾古娃·娜娜》

---

① 刘鸿武等：《从部落社会到民族国家：尼日利亚国家发展史纲》，昆明：云南大学出版社，2000，第 163 页。

② Kalu Ogbaa, *A Century of Nigerian Literature*, Trenton：Africa World Press, 2003, p. 26.

大胆触及了有违道德伦理的性爱问题，女主人公在城市里当妓女的堕落生活曾在尼日利亚国会引起热议。① 评论界认为，该小说是艾克文西所有作品中最具文学价值的。吉康迪称赞它是非洲的《摩尔·弗兰德斯》(Moll Flanders)。②

20 世纪 60 年代是阿契贝小说创作的黄金时期。这一时期他先后发表了《再也不得安宁》(No Longer at Ease，1960)、《神箭》(Arrow of God，1964)、《人民公仆》(A Man of the People，1966) 等 3 部长篇小说，并出版了 1 部短篇小说集《一只祭祀用的蛋》(The Sacrifice Egg and Other Short Stories，1962)。这 3 部长篇小说与之前发表的《瓦解》并称阿契贝的"尼日利亚四部曲"。《再也不得安宁》可视为《瓦解》的续集，主人公奥比 (Obi) 是《瓦解》的主人公奥贡喀沃的孙子。小说通过奥比求学、恋爱、工作及犯罪 (收受贿赂) 的经历，探讨了非洲传统信仰与现代西方社会价值观的冲突。《再也不得安宁》也是一部探讨第三世界知识分子命运的小说，曾经是其部族同胞的骄傲的奥比最后沦为阶下囚，其心路历程饱含了一位出身贫穷的知识分子的辛酸泪。《神箭》是阿契贝本人最喜爱的小说。1974 年该作品重版时，他说这是他"最有可能坐下来重新阅读的小说"。③ 该作品的题材接近《瓦解》，其故事背景设置在 20 世纪 20 年代的伊博部族乡村。小说通过描写优鲁神大祭司伊祖鲁 (Izulu) 与族民及西方殖民者的复杂关系，生动地再现了殖民时代非洲人在传统与现代十字路口上的种种迷茫与困惑。《人民公仆》触及尼日利亚独立后的政治腐败问题，是一部极具批判现实主义意识的作品。小说通过主人公萨马鲁 (Samalu) 的视角描写了曾经是人民教师的政客南迦 (Nanga) 部长的骄横跋扈、投机钻营、崇洋媚外、道貌岸然和心狠手辣。《时代周刊》曾评论说："《人民公仆》是一部伟大的非洲政治寓言，比成千上万的新闻记录更有价值，比一切政

---

① Simon Gikandi, ed., *The Routledge Encyclopedia of African Literature*, London：Routledge, 2012，p. 170.

② Simon Gikandi, ed., *The Routledge Encyclopedia of African Literature*, London：Routledge, 2012，p. 170.

③ 转引自 M. Keith Booker, ed., *The Chinua Achebe Encyclopedia*, Westport：Greenwood Press, 2003，p. 28。

治家和记者更具智慧。"① 这样的评价并不夸张，因为该小说出版后不久，尼日利亚发生军事政变，阿契贝被怀疑是知情人而被迫流亡他乡。

索因卡是第一位获得诺贝尔文学奖的非洲作家，其文学成就主要是戏剧，小说创作算是他的副业。索因卡善于把握非洲的传统文化与现实历史的脉搏，其作品在描写古老非洲的各种神话、离奇传说及怪诞习俗的同时，能精准呈现"殖民者的贪婪、当权者的残忍、命运的多舛、前途的苍茫、抗争的艰辛"。②《诠释者》（*The Interpreters*，1965）③ 是索因卡的第一部长篇小说，其悲观、阴沉的思想色调接近阿契贝的《人民公仆》。该作品运用非线性叙述等现代派作家常用的艺术表现手法，描写了五个从西方国家学成回国的年轻知识分子的经历和感受，凸显了理想主义与独立后尼日利亚社会现实的距离。在这些有跨国视野的年轻人眼里，这个新建立的国家并没有给他们蒸蒸日上、前途光明的印象；相反，现实社会中存在的各种贪污腐败现象以及人与人之间的自私、冷漠、虚伪、相互算计让他们感觉前途迷茫，生活毫无快乐与成就感可言。《诠释者》的故事情节较为松散，融入非洲神话元素，文句多变，而且有许多约鲁巴语言的混用，没有相应语言文化背景的读者很难理解其中之意。所以，有不少读者指责该作品晦涩。不过，也有评论者盛赞索因卡有乔伊斯、福克纳的风范，称他那种非洲本土化的英语"是尼日利亚现实的写照，是索因卡颠覆殖民话语的典范"。④

阿马迪是阿契贝中学、大学的校友，大学期间攻读物理学，大学毕业后曾在尼日利亚军队供职。理工科的教育背景及其军旅生涯并没有影响阿马迪文学才华的表现，他的小说故事亦真亦幻、虚实相融、情真意切，总是能让读者废寝忘食、沉迷其中。阿马迪是"阿契贝派"作家的重要代表之一。⑤

① 见《人民公仆》译本（尧雨译，重庆：重庆出版社，2008）的封面广告。
② 张毅：《非洲英语文学》，北京：外语教学与研究出版社，2011，第 35 页。
③ 又译为《痴心与浊水》（沈静、石羽山译，北京：外国文学出版社，1987）。
④ 张毅：《非洲英语文学》，北京：外语教学与研究出版社，2011，第 38 页。
⑤ 学界认为，阿契贝长篇处女作《瓦解》对非洲作家如恩瓦帕、曼诺恩耶（J. Munonye）、阿马迪等人的文学创作有影响。详见 F. Abiola Irele, *The Cambridge to the African Novel*, Cambridge：Cambridge University Press, 2009, p. 9。参见 Kalu Ogbaa, *A Century of Nigerian Literature*, Trenton：Africa World Press, 2003, p. 51。

其作品侧重描写西方殖民者入侵之前传统伊博族社会的生活、习俗、礼仪及信仰，较少直接描写西方殖民主义对非洲传统部族生活的冲击与破坏。20 世纪 60 年代，阿马迪发表了《妃子》（*The Concubine*，1966）与《大池塘》（*The Great Ponds*，1969）两部长篇作品，前者描写一位部族美女与自然神力抗争的经历，后者描写两个部族村庄之间因池塘所有权而引发的矛盾与冲突。小说的故事让读者相信，古老的非洲部族在西方殖民主义入侵之前已有自己的文化与历史，非洲人也有"自己精彩的故事"。[①]

　　恩瓦帕是尼日利亚文坛第一位重要的女作家，被誉为"非洲女性小说之母"。[②] 恩瓦帕早年在教会学校接受教育，后到伊巴丹大学完成她的本科学业（她是该大学招收的第一位女学生），之后又到英国爱丁堡大学攻读教育学硕士。学成归国后，恩瓦帕主要从事教育教学工作。1977 年，她以个人名义成立了非洲第一个女性主义出版社。[③] 由于其优异的学业成绩和卓越的工作成就，恩瓦帕获得过许多荣誉，包括 1983 年的总统特别奖和 1985 年伊费大学（Ife University）颁发的卓越成就奖。1989 年，恩瓦帕出任尼日利亚作协主席，此时的她已名扬海外文坛。《伊芙茹》是恩瓦帕的长篇处女作，作品与当时尼日利亚男性作家的宏大叙事相异，侧重描写女性的日常生活，颇有简·奥斯汀家庭婚恋小说的味道。不过，作品出版不久，以男性为主导的尼日利亚评论界批评之声不断。有论者甚至断言，这是"一部无足轻重的作品"。[④] 这样的论断是否公允呢？我们将在后面的章节中做专题讨论。

---

①　Oyekan Owomoyela, ed. , *A History of Twentieth-Century African Literatures*, Lincoln：University of Nebraska Press, 1993, p. 21.

②　Chiwenye Okonjo Ogunyemi, "Introduction：The Invalid, Dea（r）th, and the Author：The Case of Flora Nwapa, aka Professor or（Mrs.）Flora Nwanzuruaha Nwakuche", *Research in African Literatures*, Vol. 26, No. 2（1995）, p. 5；Marie Umeh, "The Poetics of Economic Independence for Female Empowerment：An Interview with Flora Nwapa", *Research in African Literatures*, Vol. 26, No. 2（1995）, p. 22.

③　即"弗洛拉·恩瓦帕、伙伴及塔娜出版有限公司"（Flora Nwapa and Company and Tana Press Limited）。

④　Eldred Jones, "Locale and Universe：Review of *The Concubine* by Elechi Amadi, *Efuru* by Flora Nwapa, and *A Man of the People* by Chinua Achebe", *Journal of Commonwealth Literature*, No. 3（1967）, pp. 129 – 130.

四　内战后的英语小说（1970—1999 年）

1970 年 1 月，曾经想脱离联邦政府的比亚弗拉共和国投降，尼日利亚内战结束。这场持续 30 个月的战争曾让英、法、葡等多个西方国家卷入其中，但身受其害的却是这个刚刚摆脱殖民统治的新国家。战争期间，整个国家满目疮痍，社会混乱不堪，饥荒频发，疾病肆虐，民不聊生，所谓的"无国界医生"（Doctor Without Borders）就是在这种情况下产生的。① 据统计，有 250 万尼日利亚人在这场战争中丧生。② 内战的创伤是尼日利亚知识分子心中的剧痛。阿契贝曾说，那种创伤很容易让人情绪极其低落、人格变态、精神分裂，它是"一种悄然无声的祸患"。③ 值得庆幸的是，内战结束后，以总统戈翁（Y. Gowon）为首的联邦政府能从大局出发，把精力投入战后的重建中，努力把战争的创伤减少到最低。戈翁政府没有对那些参与谋反的"比亚弗拉"军民进行报复性的大清洗。有不少"叛乱"分子甚至还获得了联邦政府的工作机会。④

内战结束后至 20 世纪 90 年代末，尼日利亚政府有相当长的时间是由军人统治的，先是雅库布·戈翁（1970—1975 年），接着是默尔塔拉·穆罕默德（1975—1976 年），后面是奥卢塞贡·奥巴桑乔（1976—1979 年）。第二共和国文官政府（1979—1983 年）被推翻后，尼日利亚再次回到军人统治的状态：先是穆罕马杜·布哈里政权（1983—1985 年），后面是易卜拉欣·巴班吉达政权（1985—1993 年），1993 年的临时政府（欧内斯特·肖内坎为临时政府领导人）下台后，阿巴查将军又一次让尼日利亚回到军人统治时代（1993—1998 年）。早期的军人政府（1970—1979 年）统治者

---

① 李安山：《非洲：无国界医生在行动》，《当代世界》2011 年第 1 期，第 70 页。

② Herbert Ekwe-Ekwe, *The Biafra War: Nigeria and the Aftermath*, New York：The Edwin Mellen Press，1990，p. 123.

③ Chinua Achebe, *There Was a Country: A Personal History of Biafra*, New York：The Penguin Press，2012，p. 195. 参见杜志卿《重审尼日利亚内战：阿契贝的绝笔〈曾经有一个国家〉》，《外国文学》2014 年第 1 期，第 153 页。

④ 刘鸿武等：《从部落社会到民族国家：尼日利亚国家发展史纲》，昆明：云南大学出版社，2000，第 191 页。

较为"理智"，后期的军人政府（1983—1998 年）统治者则是疯狂的独裁者，"他们随意地丢弃责任原则，在处理腐败问题上也很失败；在平息政敌方面更多地倾向于诉诸武力"。① 阿巴查被认为是"最糟糕的独裁者和最厚颜无耻的腐败和粗鲁之人。在他的统治下，尼日利亚外交〔关系〕乱成一团，成为一个被国际社会遗忘的国家，生活水平降到了 20 世纪的最低点"。②

民族的苦难和社会的动荡往往能促进文学的繁荣。20 世纪 70 年代至 90 年代是尼日利亚文坛丰收的季节，其文学创作体现出一种较为开放而多元的特点。作家们不再局限于非洲历史文化的再现以及去殖反帝革命经历的书写；他们在兼顾文学实用性和政治性的同时，能积极寻找新的文学和审美表现范式，拓展文学书写空间。奥格巴说，这是尼日利亚作家开始构建"真正意义上的民族文学"的新时代。③ 这一时期标志性的事件是 1986 年索因卡斩获诺贝尔文学奖。此文化事件标志着尼日利亚文学已获得世界文坛的首肯，无疑极大地增强了尼日利亚作家文化与文学表现的自信心。20 世纪 90 年代，一些尼日利亚的年轻作家如本·奥克瑞较为大胆、开放的实验性写作艺术是他们文学创作自信心的重要表征。我们认为，20 世纪 70 年代至 90 年代尼日利亚英语小说的成就主要体现在四个方面。

一是描写战争暴力与创伤的内战小说大量出现。据麦克卢基（C. W. McLuckie）统计，20 世纪 90 年代之前，以尼日利亚内战为题材的文学作品就有 29 部。④ 小说创作方面，代表性作品有梅祖（S. O. Mezu）的《在升起的太阳背后》（*Behind the Rising Sun*，1971）、奥姆托索（K. Omotoso）的《大厦》（*The Edifice*，1971）和《战斗》（*The Combat*，1972）、阿契贝的《战争中的姑娘》（*Girls at War and Other Stories*，1972）、尤卡（K. Uka）的《本·布瑞姆上校》（*Colonel Ben Brim*，1972）、索因卡的《混乱的季节》（*Season of Anomy*，1973）、曼诺恩耶的《献给姑娘们的花环》（*A Wreath for*

---

① 〔美〕托因·法洛拉：《尼日利亚史》，沐涛译，上海：东方出版中心，2010，第 68 页。
② 〔美〕托因·法洛拉：《尼日利亚史》，沐涛译，上海：东方出版中心，2010，第 183 ~ 184 页。
③ Kalu Ogbaa, *A Century of Nigerian Literature*, Trenton：Africa World Press, 2003, p. 49.
④ Craig W. McLuckie, *Nigerian Civil War Literature: Seeking an "Imagined Community"*, Lewiston：The Edwin Mellen Press, 1990, p. 9.

the Maidens，1973）、伊费吉卡（S. Ifejika）的《新宗教》（*The New Reli-gion*，1973）、阿尼埃博（I. N. C. Aniebo）的《没有名分的牺牲》（*The An-onymity of Sacrifice*，1974）、恩瓦帕的《永不再来》和《战争中的妻子及其他故事》（*Wives at War and Other Stories*，1980）、艾克的《日落清晨》（*Sun-set at Dawn*，1976）、奥克佩霍（I. Okpewho）的《最后的职责》（*The Last Duty*，1976）、伊罗（E. Iroh）的《将军的四十八杆枪》（*Forty-eight Guns for the General*，1976）和《打架的癞蛤蟆》（*Toads of War*，1979）以及《夜幕中的警报》（*The Siren in the Night*，1982）、艾克文西的《在和平中活下来》（*Survive the Peace*，1976）和《我们分裂了》（*Divided We Stand*，1980）、艾米契塔的《目的地比亚弗拉》（*Destination Biafra*，1982）、艾亚伊（F. Iyayi）的《英雄》（*Heroes*，1986）、阿马迪的《隔阂》（*Estrange-ment*，1986）等。① 这些作品中有的聚焦战争的血腥残暴，如曼诺恩耶的《献给姑娘们的花环》和艾克的《日落清晨》；有的则着重描写战争给人们带来的心理创伤，比如尤卡的《本·布瑞姆上校》和伊费吉卡的《新宗教》；有的则以内战为背景深入剖析这场战争的根源，表达作家的政治历史观，比如艾亚伊的《英雄》。

二是女作家的创作已成为一道不可忽视的绚丽风景。1970 年至 1999年，恩瓦帕和艾米契塔那些书写女性生活与经历的小说让人相信，以男性为主导的尼日利亚文学创作是不完整的。尼日利亚文坛需要女性的声音，所以这些女作家的发声显得尤为可贵。值得注意的是，她们也积极参与内战书写，与男性作家对话。恩瓦帕的《永不再来》是女作家亲历战争后有感而发、一吐为快的小说。小说用第一人称的视角近距离观察战争期间平民百姓尤其是女性的日常生活，通过描写战争暴力对正常人生活和心理的肢解，深刻地揭示了战争的残暴。艾米契塔的《目的地比亚弗拉》融宏观的社会政治与微观的平民生活于一体，是一部以真实人物和事件为原型的战争历史小说。作品通过描写内战期间妇女们的痛苦经历肯定了女性建构历史的作用，颠覆了男性战争文本中的英雄主义思想。艾米契塔是继恩瓦

① 详见 Oyekan Owomoyela, ed. , *A History of Twentieth-Century African Literatures*, Lincoln：U-niversity of Nebraska Press, 1993, p. 35。

帕之后尼日利亚女性小说创作成就最高的作家，但因长期旅居英国，其作品在欧美国家更有知名度，西方媒体曾把她列为"英国最佳青年小说家"。① 20 世纪 70 年代至 90 年代，她先后发表了《在阴沟里》（*In the Ditch*，1972）、《二等公民》（*Second Class Citizen*，1974）、《彩礼》（*The Bride Price*，1976）、《奴隶少女》（*The Slave Girl*，1977）、《为母之乐》、《双重枷锁》（*Double Yoke*，1982）、《奈拉的魔力》（*Naira Power*，1982）、《目的地比亚弗拉》、《被蹂躏的沙维》（*The Rape of Shavi*，1983）、《格温德林》（*Gwendolen*，1989）、《柯汉德》（*Khinde*，1994）等 10 余部长篇小说。与恩瓦帕的女性小说如《一次就够了》（*One Is Enough*，1981）和《女人不一样了》（*Women Are Different*，1986）等相比，艾米契塔的女性小说更具有女性主义色彩，更符合西方女性主义研究者的审美期待。艾米契塔小说所讲述的那些非洲妇女的故事常引起争议，批评者认为她的作品不能准确反映非洲人的生活，未能彰显民族自豪感，而那些赞扬者则称赞她为人们认识非洲女性提供了"一个名副其实的金矿"。②《为母之乐》被视为艾米契塔的代表作。小说通过描写女主人公纽·爱果（Nnu Ego）的婚姻家庭生活再现了殖民语境下非洲传统的父权文化对女性的"制度化压迫"（institutionalized victimvization）。③

　　伊菲欧玛·奥科耶（Ifeoma Okoye，1937—　）是 20 世纪 80 年代十分活跃的女作家，成名比恩瓦帕和艾米契塔稍晚些。她长期从事教育教学工作，早期以儿童文学作品闻名，主要代表性作品有《云雾背后》（*Behind the Clouds*，1982）、《没长耳朵的人》（*Men Without Ears*，1984）等。《云雾背后》用讽刺的手法描写一对黑人夫妇伊杰（Ije）和多兹（Dozie）因婚后不育四处求医的酸楚经历：妻子伊杰为了生育到处求医问药，吃尽了苦头，丈夫为了给妻子治病花光了所有积蓄，最后却发现原来是多兹的生殖系统有问题，无法生育。《没长耳朵的人》的故事背景是 20 世纪 70 年

① 详见 http://literature. Britishcouncil. org/buchi-emecheta（2014 – 11 – 19）。

② Cynthia Ward，"What They Told Buchi Emecheta：Oral Subjectivity and the Joys of 'Other-hood'"，*PMLA*，Vol. 105，No. 1（1990），p. 83. 转引自鲍秀文、汪琳主编《二十世纪非洲名家名著导论》，杭州：浙江人民出版社，2016，第 266 页。

③ Oyekan Owomoyela，*The Columbia Guide to West African Literature in English since 1945*，New York：Columbia University Press，2008，p. 123.

代末至 80 年代初的尼日利亚社会。小说主人公尤洛科（Uloko）爱慕虚荣、唯利是图，为了挤进富人阶层而不择手段，最后因故意杀人未遂而锒铛入狱。有评论者说尤洛科"像一具跟着尸体进入坟墓的无头苍蝇"。① 他的人生悲剧是尼日利亚第二共和国（1979—1983 年）沙加里文人政府统治时期社会物欲横流、人人疯狂追逐名利的真实写照。

扎伊娜博·阿尔卡丽（Zaynab Alkali, 1950— ）受过良好的教育并长期在高校任教，熟稔西方与尼日利亚本土文化，其文学创作的目的是"纠正非洲男性作家笔下的女性形象"。② 阿尔卡丽是尼日利亚女性文学的后起之秀，其长篇处女作《死胎》（The Stillborn, 1984）发表之后即引起轰动，并获得尼日利亚作协的小说奖。小说通过描写三个年轻女性的梦想及她们悲伤的婚姻家庭故事，反映了女性在男权社会中堪忧的生存状态。女主人公李（Li）面对情感创伤所表现出的坚强和独立让读者看到了女性在以男性为中心的社会中自强自立的希望。阿尔卡丽的作品数量不多，但每一部作品的发表都能引起读者的关注。她后期重要的作品还包括长篇小说《贤良的女人》（The Virtuous Woman, 1987）和短篇小说集《蜘蛛网及其他故事》（The Cobwebs and Other Stories, 1997）。

三是先锋派实验性写作的成功。尼日利亚早期作家（第一代作家）如阿契贝、阿卢科、图图奥拉等人常用较为传统的手法书写非洲的文化、历史及社会现实。20 世纪 80 年代之后成熟起来的新一代作家在继承老一辈作家优秀的现实主义写作传统的同时，也积极尝试用一些现代派的写作手法进行创作。如果说，加布里埃尔·奥卡拉（Gabriel Okara）的《声音》（The Voice, 1964）和索因卡的《诠释者》是尼日利亚英语小说实验性写作的最早尝试，那么 20 世纪 80 年代后期至 90 年代本·奥克瑞发表的《圣地事件》（Incidents at the Shrine, 1986）、《新晚钟之星》（Stars of the New Curfew, 1989）、《饥饿的路》以及比伊·班德勒－托马斯（Biyi Bandele-Thomas）发表的《远方的来客》（The Man Who Came in from the Back of Be-

① Henrietta C. Otokunefor and Obiageli C. Nwodo, *Nigerian Female Writers: A Critical Perspective*, Lagos：Malthouse Press Limited, 1989, p. 34.

② Oyekan Owomoyela, *The Columbia Guide to West African Literature in English since 1945*, New York：Columbia University Press, 2008, p. 69.

yond，1991）和《有同情心的殡仪员及其他梦》（*The Sympathetic Undertaker and Other Dreams*，1991）等作品则意味着尼日利亚新生代作家们成功地挑战了现实主义文学的写作范式。这些作品的发表也标志着尼日利亚英语小说创作走上了一个新的台阶。需要指出的是，这些具有先锋意识的作家与欧洲那些现代主义作家不同，他们既不醉心于探讨因生命本体的绝望而产生的痛苦和虚无，也不书写个体内心的悲观主义感受，而是侧重表现"对现实的不满而产生的愤懑、不平与谴责"，① 更具现实感。

非洲文学研究著名学者阿比奥拉·艾瑞勒（F. Abiola Irele）曾把后殖民语境下非洲作家这种创作范式的新变化称为一种具有现代性寓言性质的"新现实主义"（Neo-realism）书写。② 其实，早在 1996 年，尼日利亚著名作家兼评论家奥索费桑（F. Osofisan）就指出，1980 年之后的尼日利亚年青一代作家中有不少人乐意创作一些没有情节、主人公身份不确定、语言具有尝试性特质的"元叙事"。③ 20 世纪 80 年代至 90 年代发表的那些实验性小说中，奥克瑞的《饥饿的路》无疑是最引人注目的。该小说出版当年即获英国布克奖。它是第一部摘取布克奖的尼日利亚英语小说，有评论者称它是非洲的《百年孤独》。④ 小说的故事背景是尼日利亚独立前虚构的城市贫民窟。小说的魅力在于其"史诗般的叙事方式以及对人物形象的塑造"。⑤ 主人公"我"阿扎罗（Azaro）是一个原本不太愿意降生到人间的"鬼娃"（约鲁巴语为 abiku）。由于厌倦了生与死之间无趣的循环往复的状态，"我"决定打破曾与那些鬼魂伙伴立下的誓约，再次投胎人间。之后，"我"在充满艰辛和不幸的凡间苦苦度日，目睹了党派之争、政客之间的钩心斗角、普通民众的麻木与愚昧、有权有势者的欲望与贪婪、穷人的辛

---

① 高文惠：《依附与剥离：后殖民文化语境中的黑非洲英语写作》，北京：中国社会科学出版社，2015，第 142 页。

② Abiola Irele，*The Cambridge Companion to the African Novel*，Cambridge：Cambridge University Press，2009，p. 10.

③ 转引自 Stephannie Newell，*West African Literatures: Ways of Reading*，Oxford：Oxford University Press，2006，p. 182。

④ 《饥饿的路》中译本（王维东译，南京：译林出版社，2003）的译者序——"另一种表达"，第 6 页。

⑤ 《饥饿的路》中译本（王维东译，南京：译林出版社，2003）的译者序——"另一种表达"，第 2 页。

酸与无奈。"我"在现实与虚幻空间里的各种经历及见闻充分体现了奥克瑞关切人类生存苦难的高尚情怀。

　　四是通俗小说的再繁荣。通俗文学是尼日利亚文学的重要组成部分。20 世纪 50 年代至 60 年代，那些"文字通俗、形式简约、价格低廉"的"奥尼查市井文学"作品曾是城市里许多市民闲时的消遣。① 尼日利亚通俗文学的繁荣与当时一些地方出版社以及海外出版社的大力支持是分不开的。学界认为，"奥尼查市井文学"是尼日利亚现代文学的重要源头之一。有不少严肃作家承认他们曾受到那些通俗文学作品的影响。尼日利亚通俗文学在 20 世纪 60 年代中期至 70 年代中期经历了一段短暂的沉寂之后再次迸发出新的活力。老将艾克文西笔耕不辍，仅在 20 世纪 80 年代就贡献了《没妈的娃》（*Motherless Baby*，1980）、《亚巴环岛路谋杀案》（*Yaba Roundabout Murder*，1980）、《为了一卷羊皮纸》（*For a Roll of Parchment*，1986）、《贾古娃·娜娜的女儿》（*Jagua Nana's Daughter*，1986）等 4 部长篇作品。20 世纪 60 年代成名的伊戈班纳（O. Egbuna）继续发力，先后发表了《部长的女儿》（*The Minister's Daughter*，1975）、《黑色的圣诞蜡烛》（*Black Candle for Christmas*，1980）、《迪迪的疯狂》（*The Madness of Didi*，1980）、《莱泽斯特拉斯强奸案》（*The Rape of Lysistrata*，1980）等 5 部长篇作品。曾经广受读者欢迎的奥加利·奥加利（Ogali A. Ogali）仅在 20 世纪 70 年代末就发表了《煤炭之城》（*Coal City*，1977）、《会魔法的牧师》（*The Juju Priest*，1977）和《爱情护身符》（*Talisman for Love*，1978）等 3 部长篇作品。女作家海伦·奥弗比阿格勒（Helen Ovbiagele）和阿道拉·莉莉（Adaora Lily）也有不俗的表现。阿道拉·莉莉以写侦探小说闻名，她仅在 20 世纪 70 年代就先后发表了《好多事你不明白》（*Many Thing You No Understand*，1970）、《好多事情开始改变了》（*Many Thing Begin for Change*，1971）、《哈利死的那个晚上》（*The Night Harry Died*，1974）、《谁是约拿》（*Who is Jonah*，1978）和《从沙格姆来的人》（*The Man From Sagamu*，1978）等 5 部长篇作品。通俗文学常被排除在经典之外。尼日利

---

① Yemi Ogunbiyi, ed., *Perspectives on Nigerian Literature: 1700 to the Present*（Ⅰ）, Lagos: Guardian Books Nigerian Limited, 1988, p. 6.

亚的那些通俗小说是否具有一定的学术研究价值呢？答案是肯定的。一方面，一部流行的通俗小说如果能在不同时代都受到读者的欢迎，它可能就具有经典的价值，美国20世纪70年代至80年代有不少科幻小说现在已成为后现代小说的经典就足以为证。另一方面，通俗小说本身也能让读者从另一个侧面看到某一个时代社会的人生百态。艾克文西的通俗小说如《贾古娃·娜娜》就让我们清楚地看到尼日利亚城市化进程中尼日利亚人所经历的种种心酸和苦楚。该小说自出版以来就一直受到读者和评论家的重视，其文学价值自不待言。20世纪70年代初，著名非洲文学研究专家奥比艾奇纳（E. N. Obiechina）曾对"奥尼查市井文学"做过较为系统而深入的研究。① 我们期待国内也有学者能在这一领域做些开拓性的研究。

五　21世纪以来的英语小说（2000年至今）

　　21世纪呈现新的气象。1998年6月，尼日利亚总统阿巴查神秘暴毙，许多民众自发公开庆祝他的死亡；他们无法原谅这个曾经让整个国家走到崩溃边缘的独裁者、窃国大盗。② 曾因莫须有的罪名被关进大牢的奥巴桑乔将军（1976年至1979年曾任尼日利亚总统）1999年再次当选总统。奥巴桑乔是个有政治智慧的领导人，但由于殖民后遗症、前任政府的独裁专制、各级行政管理部门的腐败和贪污、政治集团对种族关系的控制等多种因素的影响，尼日利亚在跨入新千年之际已从一个富裕强大的非洲国家变成一个贫穷落后、各种矛盾和冲突频发的国家。大批失业者无事可干，唯有偷鸡摸狗或参加其他违法犯罪活动方能活命；许多人皈依宗教以获得一点心理慰藉。数以百计的年轻人出国谋生，寻找发展机会，"剩下的人整天忙于生计"，③ 苟延残喘。

　　由于社会动荡不安，生活无所归依，尼日利亚许多作家与他们同龄的

---

① Emmanuel N. Obiechina, *Onitsha Market Literature*, New York: Africana, 1972.

② 阿巴查死后，尼日利亚政府调查发现，他四年执政期间在巴西、埃及和黎巴嫩的存款就高达30亿美元。见〔美〕托因·法洛拉《尼日利亚史》，沐涛译，上海：东方出版中心，2010，第196页。

③ 〔美〕托因·法洛拉：《尼日利亚史》，沐涛译，上海：东方出版中心，2010，第214页。

年轻人一样选择背井离乡，长期旅居海外，追寻他们的文学与人生之梦。他们的"流散"（diasporic）①　写作也是 21 世纪以来尼日利亚文坛一个较为显著的特色。不过，由于不同的生活经历与教育背景，这些旅居海外的文坛新秀的文学创作虽然都立足于尼日利亚的历史与现实，但也不拘一格、各具特色。从主题思想上看，有的作家特别是女作家侧重后殖民语境下女性经历与体验的书写，有的侧重对尼日利亚社会动荡、政治腐败的讽刺与批判，有的侧重对内战历史的重构与反思，有的侧重跨国语境下尼日利亚人身份归属问题的探讨。从作家的年龄和教育背景上来看，有的年轻时就名满天下，如海伦·奥耶耶米（Helen Oyeyemi）发表她的长篇处女作《遗失翅膀的天使》（*The Icarus Girl*，2005）时只有二十出头；有的大器晚成，如欧凯·恩迪比（Okey Ndibe）发表他的作品《雨箭》（*Arrows of Rain*，2000）时已到不惑之年，瑟斐·阿塔（Sefi Atta）发表她的《所有的好事都会来的》（*Everything Good Will Come*，2005）时也已年过四十。从创作手法上来看，有的喜欢直面惨淡的社会现实，如赫仑·哈比拉（Helon Habila）；有的喜欢展示心理现实，如特鸠·科尔（Teju Cole）；有的喜欢用哥特式寓言透视社会与人生，如奇戈希·奥比奥玛；有的则喜欢用后现代的叙述手法审视现实与历史，如比伊·班德勒－托马斯。下面几位作家的小说创作尤为值得关注。

　　赫仑·哈比拉是一位推崇现实主义创作的小说家，秉承阿契贝批判现实主义传统，其创作扎根于尼日利亚社会的现实与历史，主要长篇作品有《等待天使》（*Waiting for an Angel*，2002）、《测量时间》（*Measuring Time*，2007）、《水上的油》（*Oil on Water*，2011）等。哈比拉早年在尼日利亚完成中学及大学教育，后到英国东安格利亚大学（University of East Anglia，2017 年获得诺贝尔文学奖的英国作家石黑一雄曾就读于该校）深造，攻读创意写作硕士、博士学位。《等待天使》是哈比拉的成名作，由他 2001 年获凯恩奖的短篇小说《爱情诗》（"Love Poems"）拓展而成。小说围绕主

---

①　"diasporic"一词（名词 diaspora）有多种不同的中译文，有人译为"离散"，有人译为"散居"，有人译为"侨居"，也有人译为"飞散"。这里我们采用学术界较常用的"流散"。详见朱振武、袁俊卿《流散文学的时代表征及其世界意义——以非洲英语文学为例》，《中国社会科学》2019 年第 7 期，第 137～140 页。

人公罗姆巴（Lomba）在监狱里的生活体验展开叙述，探讨了极端社会环境下人的生存选择问题。该小说获 2003 年英联邦最佳长篇处女作奖。哈比拉目前旅居美国，在巴德学院（Bard College，阿契贝曾在那里执教过）非洲全球研究中心任职。《测量时间》则是 20 世纪 60 年代至 90 年代尼日利亚社会的缩影。小说通过描写一对双胞胎兄弟的生活遭际，折射了那些动荡的岁月里尼日利亚人民所经历的种种辛酸和苦楚。

欧凯·恩迪比与哈比拉相似，其创作也秉承阿契贝的批判现实主义传统，是一位敢于针砭时弊的小说家，其主要长篇作品有《雨箭》、《外邦神明有限公司》（Foreign Gods, Inc., 2014）等。恩迪比早年在尼日利亚从事记者工作，1988 年移居美国，出任阿契贝创办的杂志《非洲评论》（African Commentary）的编辑。1997~2000 年在康涅狄格学院担任创意写作教师，后到马萨诸塞州西蒙洛克学院（Simon's Rock College）任教。《雨箭》影射了阿巴查独裁统治期间尼日利亚的社会状况：司法制度腐败混乱，各种暴力犯罪频发，平民百姓的基本生存权都毫无保障。该书曾被美国媒体评为 2000 年"最出彩的英语小说"。

克里斯·阿巴尼（Chris Abani, 1966—　）也是一位才华横溢、愤世嫉俗的作家，以书写尼日利亚社会历史现实为己任，其作品涵盖诗歌、戏剧、小说等文类。阿巴尼早年在尼日利亚完成中小学和大学教育，20 世纪 90 年代初到伦敦攻读性别、社会与文化方向的硕士学位，90 年代中期移居美国，2004 年在加州大学洛杉矶分校（UCLA）完成他的文学与创意写作博士学业。在出国深造前（大学期间），阿巴尼曾因政治寓言作品《董事会的大佬们》（Masters of the Board, 1985）和《破笛之歌》（Song for a Broken Flute, 1990）两次被捕入狱。21 世纪以来，阿巴尼主要发表了《优雅之地》（Graceland, 2005）和《火焰圣母》（The Virgin of Flames, 2007）两部长篇小说以及《变成阿比盖尔》（Becoming Abigail, 2006）和《夜晚之歌》（Song for Night, 2007）两部中篇小说。《优雅之地》的故事背景主要是在尼日利亚首都拉各斯，小说主人公埃尔维斯·欧克（Elvis Oke）移民美国之前是一个家庭贫困并时常遭受家庭暴力的少年，后加入黑帮，其人生故事折射了脏乱无序而又有某种活力的城市环境。小说发表后获"海明威笔会奖"和"赫斯顿/赖特遗产奖"（Hurston/Wright Legacy Award）

等多个奖项。《火焰圣母》的故事背景设置在美国的洛杉矶，小说主人公布拉克（Black）是位壁画艺术家，出生在一个混血家庭（父亲是尼日利亚人，母亲是萨尔瓦多人）。作品通过描写他日常生活中的一些怪异行为，探讨了那些来自不同种族与文化的移民在美国所面临的身份困惑问题。

比伊·班德勒－托马斯也是一位敢于正视冷酷的政治与社会现实的作家，主要成就是戏剧和小说。20 世纪 80 年代后期以来班德勒－托马斯一直旅居英国，西方学界对他的评价很高，英国《独立报》曾把他列为非洲 50 位最伟大的艺术家之一。不过，与同时期的其他作家不同，他倾向于用后现代的叙述手法来再现尼日利亚及非洲的社会现实与人生；他笔下的人物常常生活在一个梦幻与疯狂的世界里，其荒诞、恐怖的生存境遇生动地折射了现实世界的疯狂和残酷。[①]《有同情心的殡仪员及其他梦》是他的成名作。《大街》（*The Street*，2000）和《缅甸男孩》（*Burma Boy*，2007）是他在 21 世纪发表的两部长篇作品，前者用幽默和超现实的手法描写了一个不同族群混居的英国社区里非洲移民的生存境遇；后者是一部书写极端环境下个人体验的战争历史小说，作品以二战期间的缅甸战场为背景，用黑色幽默的笔调描写了非洲少年阿里·巴纳纳（Ali Banana）在险象环生的缅甸丛林里的惊险经历。班德勒－托马斯的父亲二战期间曾参与盟军在缅甸的作战计划，他笔下的少年士兵巴纳纳是以他父亲为原型创作的。

新生代作家中，有多位作家虽然只有一两部作品问世，但已显示出惊人的潜力，其未来的文学创作很值得我们期待。现在如果给他们贴上什么标签，恐怕为时过早。乌佐丁玛·艾威拉（Uzodinma C. Iweala，1982—　）就是其中的一位。大学期间，他的短篇小说就获得过多个重要文学奖。他的长篇处女作《没有国籍的畜生》（*Beasts of No Nation*，2005）更是一鸣惊人。该书出版后即获"约翰·卢威连·莱斯奖"（John Llewellyn Rhys Prize）及"巴恩斯和诺贝尔发现奖"（Barnes & Noble Discover Award）。作

---

① Simon Gikandi, ed., *The Routledge Encyclopedia of African Literature*, London：Routledge，2012，p. 50.

品以非洲一个未命名的国家为背景，① 主人公阿古（Agu）是一个被迫加入反政府军队的儿童。小说通过阿古的视角展示了战争中的种种血腥与残暴。艾威拉创作该小说的灵感源自他本人在《新闻周刊》上读过的一篇有关塞拉利昂儿童士兵军营生活的文章。学界认为，该作品的创作受到肯·萨洛－威瓦（Ken Saro-Wiwa，1941—1995）的代表作《男孩士兵：一本用烂英语写的小说》（*Sozaboy: A Novel in Rotten English*，1985）的影响，阿古与《男孩士兵：一本用烂英语写的小说》中的主人公蒙尼（Mene）的遭遇颇为相近。②

　　奇玛曼达·阿迪契是尼日利亚新生代作家中的杰出代表，《纽约时报书评》说她有纳丁·戈迪默和 V. S. 奈保尔的风范，《华盛顿邮报》称她是"阿契贝在 21 世纪的传人"。③ 阿迪契出生在尼日利亚东部城市恩努古一个知识分子家庭，19 岁时赴美留学，2001 年以优异成绩毕业于东康涅狄格州州立大学，获传播学与政治学学位；2003 年获约翰·霍普金斯大学的创作硕士学位，之后又到耶鲁大学攻读非洲研究硕士学位，2008 年荣获麦克阿瑟"天才"奖，并担任卫斯理大学的访问作家。阿迪契把自己定位为"一个以非洲为背景进行现实主义创作的作家"，她的创作理念是"对家庭私人空间与广阔的公共领域给予同等的关注，探讨历史上的殖民主义和当下的政治腐败在尼日利亚部族冲突和问题中的［影响］"，"拒绝把问题简单化，把答案简单化"，"反对为了政治性而牺牲文学性"。④ 有学者认为，阿迪契的小说创作跨越了种族和语言的界限，能展示"所有人群的需求、梦想、特殊的环境及其成功与失败、希望与憧憬"。⑤《紫木槿》是阿迪契的

---

① 有学者指出，这个未命名的国家就是 20 世纪 60 年代后期陷入内战冲突中的尼日利亚。详见 Oyekan Owomoyela, *The Columbia Guide to West African Literature in English Since 1945*, New York：Columbia University Press，2008，p. 86。

② Oyekan Owomoyela, *The Columbia Guide to West African Literature in English Since 1945*, New York：Columbia University Press，2008，p. 120.

③ 见《半轮黄日》中译本（石平萍译，南京：译林出版社，2010）"译序"《但愿我们永远铭记》，第 1 页。2017 年，该中译本修订后由人民文学出版社再版，原先的"译序"改为"代译后记"，译文内容基本不变。

④ 《半轮黄日》中译本（石平萍译，南京：译林出版社，2010）的"译序"《但愿我们永远铭记》，第 3 页。

⑤ Ernest Emenyonu, ed. , *A Companion to Chamanmada Ngozi Adichie*, New York：Boydell & Brewer Inc. , 2017, p. 1.

长篇处女作。小说的背景是阿巴查专制统治时期的尼日利亚，小说以年轻女主人公康比丽（Kambili）和她的哥哥扎扎（Jaja）的成长经历为线索展开叙述。他们的生活创伤和家庭悲剧折射了恶劣的社会政治环境对百姓正常生活与纯真心灵的负面影响。该书荣获"英联邦作家最佳处女作奖"（The Commonwealth Writers' Prize as the Best First Book）和"赫斯顿/赖特遗产奖"，并获得布克国际文学奖提名。《半轮黄日》（Half of Yellow Sun，2006）是阿迪契的第二部长篇小说。小说通过乌古（Ugwu）、奥兰娜（Olanna）、理查德（Richard）等多个生活在比亚弗拉国不同阶层的普通人物的视角展现了内战前后尼日利亚的社会境况。有学者把它看作"通过普通人的多元视角建构的个人小叙事"。① 该书让我们真切地感受到社会动荡时期人性的脆弱和生活的苦涩。小说出版后很快登上了英美两国畅销书的排行榜，并获"阿尼斯菲尔德－沃尔夫图书奖"、国际笔会"超越边缘奖"和"奥兰治宽带小说奖"（The Orange Brandband Prize for Fiction）等多个重要文学奖项。《美国佬》（Americanah，2013）是阿迪契的第三部长篇小说，讲述的是跨国语境下尼日利亚女性伊菲米鲁（Ifemelu）的情感故事：女主人公背井离乡到美国求学，后来成为研究种族问题的专家，但在她事业有成时却毅然决定返回非洲与初恋情人、家人及族人团聚。小说的时间跨度不长，只是描写伊菲米鲁从少女到成年的经历，但对她跨越国界的爱情、亲情以及对拉各斯和西方大城市迥异印象的描写却让故事色彩斑斓，说它是"一部关于现代非洲的鸿篇巨制"② 也不为过。

海伦·奥耶耶米是21世纪尼日利亚文坛一颗闪亮的明星，其文学成就可与阿迪契相媲美，已发表《遗失翅膀的天使》、《对面的房子》（The Opposite House，2007）、《白色是用来施巫的》（White Is for Witching，2009）、《福克斯先生》（Mr. Fox，2011）、《男孩、雪、鸟：一部小说》（Boy，Snow，Bird：A Novel，2014）、《不是你的就不是你的》（What Is Not Yours Is Not Yours，2017）等5部长篇作品。在剑桥科尔普斯·克里斯蒂学院（Corpus Christi College）读本科期间，她就完成了她的长篇处女作《遗失翅膀的

---

① 《半轮黄日》中译本（石平萍译，南京：译林出版社，2010）的"译序"《但愿我们永远铭记》，第6页。

② 张蓝予：《〈美国腔〉：身份之殇》，《博览群书》2015年第5期，第77页。

天使》。① 小说出版后即获美国哥伦比亚大学的创意写作奖，媒体好评如潮。英国《星期日电讯报》称它是一部"令人惊艳的作品"。英国著名出版社布鲁姆斯伯里（Bloomsbury）在她本科毕业前就火速与她签订出版合同，预支 40 万英镑的版税（超过 J. K. 罗琳《哈利·波特》所得的版税）。英国连锁书店之王水石公司称她是"未来 25 年内最有可能获得世界级文学大奖的年轻作家"。②《遗失翅膀的天使》是一部带有自传性质的女性成长小说。小说主人公杰萨米·哈里森（Jessamy Harrison）是一位早慧但心理自闭的混血少女，父亲是英国人，母亲是尼日利亚人，居住在英国肯特郊区。由于杰萨米的心理问题一直没能得到有效的治疗，她的母亲决定带她回尼日利亚老家寻求族人的帮助。在当地，杰萨米结识了一位名叫蒂里·蒂里（Tilly Tilly）的神秘女孩。令人不可思议的是，蒂里并不是一个真实存在的女孩，她如同幽灵一般随时可能出现在某一空间里。小说以一种独特的叙事手法探讨了跨种族、跨文化语境中尼日利亚人的身份和家园问题。

　　特鸠·科尔也是新时期尼日利亚文坛一位极有潜力的作家，其作品常聚焦尼日利亚海外侨民的身份认同问题。拉什迪称他是"同时代作家中最有天赋的作家之一"。③ 科尔生在美国，长在尼日利亚，目前以"卓越作家"的身份在阿契贝曾经工作过的美国巴德学院供职。他的长篇处女作《每天都是为盗贼准备的》（Every Day is for the Thief）2007 年在尼日利亚出版，2014 年修订后由美国兰登书屋再版。该书是一部寻根小说，作品记述了无名主人公（一个生活在纽约的尼日利亚年轻人）从美国回到拉各斯之后的经历和感受。对主人公而言，拉各斯已变成了一个既熟悉又陌生的城市；他面临的最大问题是如何重新适应家乡的风土人情。给科尔带来巨大文学声誉的是他的第二部长篇作品《开放的城市》（Open City，2011）。该书获美国文学艺术研究院的"罗森塔尔基金会奖"（The Rosenthal Founda-

---

① 该小说已由马渔译成中文介绍给国内读者。见海伦·奥耶耶美《遗失翅膀的天使》，马渔译，上海：上海人民出版社，2009。作家的姓 Oyeyemi 我们译为"奥耶耶米"，以让读音更接近原文。

② 见海伦·奥耶耶美《遗失翅膀的天使》（马渔译，上海：上海人民出版社，2009）中文版封面。

③ 见 Teju Cole, Every Day Is for the Thief（New York：Random House，2014）的封面广告。

tion Award）、纽约市图书奖等多个奖项。小说以国际大都市纽约为背景，以第一人称的视角讲述了一位旅居纽约的尼日利亚医生朱丽斯（Julius）的所见所闻、所思所想、所作所为。这是一部探讨自我、爱情、友谊、记忆、种族及文化等多重主题的心理小说。小说发表后，读者和媒体好评如潮。《纽约时报书评》称它是"一部富有人情味的大师级作品"。[1]

奇戈希·奥比奥玛是近年来尼日利亚文坛令人瞩目的新锐，《纽约时报》称他是"钦努阿·阿契贝的接班人"。[2] 奥比奥玛出生在尼日利亚的阿库雷（Akure），早年在尼日利亚接受教育，曾旅居塞浦路斯、土耳其等国，后赴美深造，获密歇根大学创意写作硕士学位，现于内布拉斯加–林肯大学（Nebraska-Lincoln University）任教。目前，奥氏已发表两部长篇作品，其长篇处女作《钓鱼的男孩》[3] 问世后即引起了轰动，好评如潮，英国《卫报》说该作品"读起来像左拉和德莱塞的小说"。[4] 该书入围曼布克国际奖的短名单。小说以奥比奥玛的家乡阿库雷为背景，讲述了阿格伍（Agwu）一家四兄弟因疯子阿布鲁（Abulu）而上演的一系列家庭悲剧。小说故事是西方殖民主义入侵后的尼日利亚社会状况的隐喻：疯子暗指英国人，因为他的出现，象征尼日利亚不同族群的阿格伍兄弟开始互相猜忌，矛盾不断升级，最终酿成悲剧。据悉，奥比奥玛的新作《驯隼人》（The Falconer）仍在创作中，[5] 我们期待它的出版。

六　小结

尼日利亚英语小说源流可以追溯到19世纪后期至20世纪初的非洲奴隶叙事文学。不过，由于奴隶的身份和出版资金的问题，多数奴隶作家所写的那些带有模仿性和自传性特点的叙事文本都未能及时发表，有的早已消失在历史的尘埃里，无从考证。尼日利亚现代意义上的英语小说创作始

---

① 见该小说 2011 年兰登书屋版的内封面文字"Praise for *Open City*"。
② 见 https：//www. Chigozieobioma. com。
③ 2016 年，该书的中译本（吴晓真译）已由湖南文艺出版社出版发行。
④ 见该书英文版 *The Fishermen*（London：ONE，2015）内封面的广告。
⑤ 见 http：//cul. qq. com/a/20160905/017742. htm。

于 20 世纪 40 年代后期，发展于 50 年代，成熟于 60 年代之后。第一代作家如艾克文西、图图奥拉、奥加利、阿卢科等人辛勤开拓、笔耕不辍、硕果累累。阿契贝是第一代作家的领军人物，其长篇处女作《瓦解》无疑是 20 世纪 50 年代至 60 年代尼日利亚乃至非洲英语小说的典范，作品用一种浪漫主义与传统主义，① 或者说是浪漫主义与现实主义相杂糅的创作手法，重塑了非洲的历史与传统，拆解了西方殖民主义作家如乔伊斯·凯瑞、约瑟夫·康拉德等在他们的作品中所建构的具有"东方主义"色彩的非洲形象。

如果说，20 世纪 50 年代至 60 年代尼日利亚英语小说家倾向于从非洲的传统文化和历史中寻找创作灵感和题材，表现"非洲性"及非洲与西方的文化冲突，那么，70 年代至 80 年代小说家则更为关心西方殖民主义统治结束之后尼日利亚的社会状况，尤其是"国家在建设发展过程中面临的饥饿、疾病、不公正、部族纷争等严峻的社会问题"。② 他们相信文学的社会政治功能，在小说创作的过程中特别关注集体的命运，重视不同种族之间、民族之间、文化之间、阶级之间、性别之间的对立与纷争，所以他们的作品通常具有浓重的意识形态色彩。③ 阿契贝曾说："写作是一种非常政治的行为。任何形式的写作，任何小说，尤其是我们的状况，都会变成一种非常政治的行动。"④ 阿契贝所倡导的这种把文学审美性与政治敏锐性相糅合的创作理念不仅体现在他本人后期的作品如《荒原蚁丘》（*Anthills of the Savannah*，1987）的创作中，而且也受到不少第二代小说家如梅祖、艾亚伊、艾克、奥克佩霍、伊罗、伊戈班纳等人的推崇。

---

① 尼日利亚文学评论家迟第·阿缪塔（Chidi Amuta）将 20 世纪 50 年代至 60 年代的非洲文学创作定义为一种"传统主义"写作，它是"一种有效的文化反抗策略"，"以向传统借鉴资源、突出地域色彩为主要特征，既表现在内容上转向过去，也表现在艺术技巧上传统化、本土化的努力"。见高文惠《论黑非洲英语文学中的传统主义创作》，《山东社会科学》2016 年第 4 期，第 93 页。

② 黎跃进：《20 世纪"黑非洲"地区文学发展及其特征》，《黑龙江社会科学》2012 年第 2 期，第 117 页。

③ 高文惠：《依附与剥离：后殖民文化语境下的黑非洲英语写作》，北京：中国社会科学出版社，2015，第 86 页。

④ 转引自高文惠《依附与剥离：后殖民文化语境下的黑非洲英语写作》，北京：中国社会科学出版社，2015，第 84 页。

20 世纪 90 年代以来，尼日利亚第三代、第四代英语小说家已崭露头角，有的甚至已经稳步进入英语国家的重要作家之列，比如 1991 年获得布克奖的本·奥克瑞和 2006 年获得"奥兰治宽带小说奖"的奇玛曼达·阿迪契。需要注意的是，他们中有不少人年少时就到英美等国接受教育，成年后长期旅居海外。他们熟稔西方的文学文化传统，但对非洲传统文化和社会环境缺乏一种切身的体验，所以脑海里只有一种比较模糊的记忆。[①]他们被誉为"后殖民的孩子"，[②] 其作品中对家乡和故土的空间书写相对而言缺乏一种非洲味。他们的创作有别于那些深深扎根于本土历史与文化的前辈作家：虽然他们也乐于探讨尼日利亚乃至非洲存在的各种社会现实问题，但他们倾向于用一种"越界"（跨国界、跨种族、跨文化）的视角进行创作；他们的思想顺应了后现代与全球化时代的多种潮流与变化，表现出一种多元化与开放的特点。这些作家的作品在重现尼日利亚（非洲）社会生活与现实的复杂性的时候自然也就多了一种试验性的特质。

大师们已纷纷驾鹤西归，图图奥拉 1997 年去世，艾克文西 2007 年去世，阿契贝 2013 年去世，艾米契塔 2017 年去世。而尼日利亚文坛新秀纷纷背井离乡，散居他国，非洲家园已成一种美好的记忆。他们中谁将是现代尼日利亚文学真正的接班人呢？有人看好奥克瑞，有人强烈推荐阿迪契，有人却说奥比奥玛也是很不错的人选。我们拭目以待吧！

---

① Tanure Ojaide, "Migration, Globalization & Recent African Literature", *World Literature Today*, Vol. 82, No. 2 (2008), p. 44.

② Heather Hewett, "Coming of Age: Chima Ngozi Adichie and the Voice of the Third Generation", *English in Africa*, Vol. 32, No. 1 (2005), p. 76.

第二章　中外尼日利亚英语小说研究述评

一　引言

尼日利亚的文学批评可以追溯到20世纪40年代末伊巴丹大学建校后该校学生对西方文学作品尤其是康拉德和凯瑞小说的批评性阅读，他们的评论性文章发表于当时的校办刊物《号角》（*The Horn*）和《伊巴丹》（*Ibadan*）上。[1] 撰写这些评论性文章的学生（如阿契贝）对西方作家笔下的非洲形象极为不满，所以极力主张非洲的故事应该由非洲人自己来讲述。因此，我们也就不难理解为何尼日利亚乃至非洲文坛有许多作家，如阿契贝、索因卡、艾克文西、梅祖、奥姆托索、奥索费桑等人乐意身兼数职，他们在积极重写非洲形象的同时，也在努力构建一种适于解读非洲文学作品的批评范式。国外学界对尼日利亚英语小说的关注始于20世纪50年代初。1952年7月，图图奥拉的《棕榈酒酒徒》出版后不久，英国著名作家迪兰·托马斯在《观察家》上发表了题为《快乐的精灵》（"Blithe Spirits"）的评介性文章；在同一时间，尼日利亚作家艾克文西在《非洲事务》（*African Affairs*）上也发表了一篇评介性文章。[2] 他们对该作品的评介掀开了尼日利亚英语小说研究的序幕。不过，按照非洲文学研究权威学者伯恩斯·林德弗斯（Bernth Lindfors）的观点，真正意义上的尼日利亚英语

---

[1] Kalu Ogbaa, *A Century of Nigerian Literature*, Trenton：Africa World Press, 2003, p.161.

[2] Claudia Baldwin, *Nigerian Literature: A Bibliography of Criticism*, *1952 – 1976*, Boston：G. K. Hall & Co., 1980, pp.129 – 130.

小说研究于 20 世纪 50 年代中后期才算真正开始。标志性成果是 1957 年杰拉德·摩尔（Gerald Moore）发表在《黑皮肤的俄耳甫斯》（*Black Orpheus*）上的论文《阿摩司·图图奥拉：一位尼日利亚幻想家》（"Amos Tutuola：A Nigerian Visionary"）。该文对图氏早期 3 部小说（《棕榈酒酒徒》、《辛比和黑暗丛林之神》和《我在鬼林中的生活》）的主题和叙事艺术做了较为细致的探讨，并指出图氏小说创作之于尼日利亚文学创作的重要意义。①

　　中国学界对尼日利亚重要英语小说的关注不算太晚：1963 年初，《世界文学》（第 2 期）发表了阿契贝长篇处女作《瓦解》部分章节的译文（高宗禹译），次年 8 月，高宗禹译的《瓦解》（全译本）由作家出版社出版发行。② 遗憾的是，真正意义上的学术研究并未有效地开展。国内第一篇较有学术含量的有关尼日利亚英语小说研究的论文，是 1977 年 9 月彤立发表在《外国文学动态》上的文章《尼日利亚作家阿契贝及其主要作品》。该论文对阿契贝的创作思想及其"尼日利亚四部曲"的主题做了简略的评析。③ 实际上，从 20 世纪 60 年代至 90 年代，国内的相关研究工作进展十分缓慢，研究人员与研究成果数量不成规模，系统与深入的研究更是乏善可陈。以阿契贝为例，在 60 年代至 90 年代，中国学者仅发表了 3 篇专题研究论文。而根据克劳迪亚·鲍德温（Claudia Baldwin）编著的《尼日利亚文学：1950 年至 1976 年的批评文献》，仅在 1958 年（《瓦解》于该年发表）至 1976 年，非洲及西方学者发表的有关阿契贝小说专题研究的学术论文就有 127 篇，另外还有 2 部专著、12 篇博士学位论文和 9 部作品导读。④

　　下文以相关的文献资料为据，把 20 世纪 50 年代以来国内外尼日利亚英语小说研究分为三个阶段并逐一评述，试图较客观地把握不同历史时期中外学者在这一领域的研究状况及特点。

---

①　Bernth Lindfors, *Critical Perspectives on Amos Tutuola*, Washington, D. C.：Three Continents Press, 1975, pp. 49 – 57.

②　〔尼日利亚〕钦努阿·阿契贝：《瓦解》，高宗禹译，北京：作家出版社，1964。

③　彤立：《尼日利亚作家阿契贝及其主要作品》，《外国文学动态》1977 年第 5 期，第 12 ~ 23 页。

④　Claudia Baldwin, *Nigerian Literature: A Bibliography of Criticism, 1952 – 1976*, Boston：G. K. Hall & Co., 1980, pp. 21 – 45.

二　20 世纪 50 年代至 70 年代尼日利亚
英语小说研究

  20 世纪 50 年代，尼日利亚英语小说家发表的重要作品数量不多，根据林德弗斯的统计，只有 7 部，涉及的作家包括图图奥拉、艾克文西、阿契贝和阿卢科等人。① 关于这些小说文本的研究成果主要是一些简略的评介性文章。根据克劳迪亚·鲍德温所提供的文献信息，我们整理统计这类文章共有 61 篇。其中，关于艾克文西的有 3 篇，关于图图奥拉的有 47 篇，关于阿契贝的有 9 篇，关于阿卢科的有 2 篇。但严格意义上的研究论文极少，只有 2 篇，即艾瑞克·拉瑞比（Eric Larrabee）所写的《阿摩司·图图奥拉：一个翻译中的问题》② 和杰拉德·摩尔所写的《阿摩司·图图奥拉：一位尼日利亚幻想家》，论文都是关于图图奥拉早期作品的主题或艺术特色的探讨。文献资料显示，20 世纪 50 年代中国学界尚无人涉足尼日利亚小说研究。主要原因可能是，当时的尼日利亚仍是英国的殖民地，中国学界尚无与其进行正式文化交流的渠道。况且，20 世纪 50 年代正值社会主义国家与西方世界的"冷战"时期，除非是反殖去帝的典型作品，否则非社会主义国家的作家作品很难进入国人的社会政治批评视野。1958 年郭开兰翻译奥莉芙·施莱纳（Oliver Schliner）的《一个非洲庄园的故事》（*The Story of An African Farm*，1883）就是一个例证。该书的译介与它的社会批判性有较大关系。译者郭开兰称施莱纳是一位"不可多得的先进思想家和社会活动家"，她的作品"对于资本主义世界也依然是一种鞭策"。③

---

① Bernth Lindfors，*Nigerian Fiction in English: 1952 – 1967*，Doctoral Dissertation of University of California，1969，p. 4.

② Eric Larrabee，"Amos Tutuola: A Problem in Translation"，*Chicago Review*，Vol. 10，No. 1 (1956)，pp. 40 – 44. 转引自 Claudia Baldwin，*Nigerian Literature: A Bibliography of Criticism，1952 – 1976*，Boston: G. K. Hall & Co.，1980，p. 123。在该论文中，艾瑞克·拉瑞比较为全面地探讨了图图奥拉作品中的非洲文化因素。

③ 见〔南非〕奥丽芙·旭莱纳《一个非洲庄园的故事》，郭开兰译，北京：人民文学出版社，1958，第 323 页（《译后记》）。作家的名字我们译为"奥莉芙·施莱纳"。

20 世纪 60 年代至 70 年代，尼日利亚英语小说家的队伍日益壮大，年轻作家和优秀作品不断涌现，其文学影响力日益彰显。一方面，男性作家一元主导的局面被打破，女性作家开始"发声"；另一方面，有些著名诗人和剧作家（如索因卡）不再局限于自己所爱的行当，他们也积极参与小说的创作。所以，这一时期有更多的作家作品受到本土及西方评论界的关注也就不足为奇了。根据鲍德温《尼日利亚文学：1950 年至 1976 年的批评文献》中所提供的文献信息，这一时期的尼日利亚英语小说的研究进展很快，成果颇为丰硕。整体性研究方面：有的成果是在尼日利亚的文化与历史语境下审视一些经典作家的作品，如林德弗斯的博士学位论文《1952 年至 1967 年尼日利亚英语小说》（*Nigerian Fiction in English 1952 – 1967*，1969）[①] 和泰沃（O. Taiwo）的专著《文化与尼日利亚小说》（*Culture and the Nigerian Novel*，1976）；有的成果是在西非文学、文化语境下审视尼日利亚的英语小说，如罗斯科（A. Rosecoe）的专著《母亲是金子：西非文学研究》（*Mother Is Gold：A Study in West African Literature*，1971）和奥比艾奇纳的专著《西非小说中的文化、传统与社会》（*Culture，Tradition and Society in the West African Novel*，1975）；而有的成果则是在非洲文化和文学这个大语境下审视尼日利亚英语小说，如林德弗斯的论文《尼日利亚小说中的非洲土语风貌》（"African Vernacular Styles in Nigerian Fiction"，1966）和南希·施密特（Nancy J. Schmidt）的论文《尼日利亚小说与非洲口传传统》（"Nigerian Fiction and the African Oral Tradition"，1968）。

作家作品专题研究方面：20 世纪 50 年代成名的作家如阿契贝、艾克文西、图图奥拉等人的研究成果数量上占据明显的优势。其中，阿契贝小说的研究成果最为令人瞩目。根据美国期刊论文数据库 JSTOR 和鲍德温编著的《尼日利亚文学：1950 年至 1976 年的批评文献》所提供的文献信息，1960 年至 1979 年间用英文发表的有关阿契贝专题的研究性论文就有 135

---

① 根据鲍德温提供的文献信息，第一篇系统研究尼日利亚英语小说的博士学位论文是美国西北大学南希·施密特所写的《尼日利亚小说的人类学分析》（*An Anthropological Analysis of Nigerian Fiction*，1965）。见 Claudia Baldwin，*Nigerian Literature: A Bibliography of Criticism，1952 – 1976*，Boston：G. K. Hall & Co.，1980，p. 17。

篇，作品导读 9 部，博士学位论文 12 篇，专著 2 部，①　数量上远远超过其他作家。这些数据也说明阿契贝在 20 世纪 60 年代至 70 年代就已经牢牢地确立了其地位，完全无愧于"非洲现代文学之父"的美誉。文献资料显示，同一时期国外学界对图图奥拉的关注度也比较高，仅次于阿契贝；这一时期国外学界发表了有关图图奥拉小说的研究性论文 40 篇，博士学位论文 1 篇，专著 2 部。不过，由于他的作品侧重描写传统的非洲文化，较少触及非洲与西方的文化冲突和去殖反帝等社会政治主题，非洲本土学者对他并没有多少研究热情。但西方学者却因为图氏作品的"非洲味"而对之情有独钟，20 世纪 60 年代至 70 年代他们贡献了两部重要的英文专著，即哈罗德·柯林斯（Harold R. Collins）的《阿摩司·图图奥拉》（*Amos Tutuola*，1969）和伯恩斯·林德弗斯的《批评视野里的阿摩司·图图奥拉》（1975）。②　身为剧作家、诗人的索因卡在 20 世纪 60 年代至 70 年代也尝试过小说创作，发表了《诠释者》和《混乱的季节》两部小说。或许是因为他在非洲戏剧界的名气，评论界对他这两部小说尤其是前者特别关注，1960 年至 1979 年间国外学者共发表了 14 篇有关《诠释者》的研究论文。情况相类似的是诗人、小说家加布里埃尔·奥卡拉。他的小说数量较少（1 部长篇小说和若干短篇小说），但它们在非洲英语文学中却占有特殊的位置。他唯一的长篇小说《声音》是一部把英语词汇与本土语的句法结构糅合在一起的实验性寓言作品。国外评论界对该小说的关注度很高，1960 年至 1979 年共有 13 篇关于该书的专题研究论文发表。

　　从研究内容上看，本土（传统、民族主义）与西方（现代、殖民主义）的冲突是 20 世纪 70 年代之前的尼日利亚小说家创作的核心题材。这一时期的尼日利亚小说研究尤其是人物与思想主题研究多从这一冲突入手，探讨与此相关的非洲形象、文化传统、历史重构、宗教信仰、民族身

---

①　根据鲍德温提供的文献信息，第一部系统研究阿契贝小说的专著是基拉姆（G. D. Killam）所写的《阿契贝的小说》（*The Novels of Chinua Achebe*，New York：Africana，1969）。见 Claudia Baldwin，*Nigerian Literature: A Bibliography of Criticism, 1952 – 1976*，Boston：G. K. Hall & Co. ，1980，p. 25。

②　根据鲍德温提供的文献信息，第一部系统研究图图奥拉小说的专著是哈罗德·柯林斯所写的《阿摩司·图图奥拉》。见 Claudia Baldwin，*Nigerian Literature: A Bibliography of Criticism, 1952 – 1976*，Boston：G. K. Hall & Co. ，1980，p. 121。

份、性别角色、语言选择与传播等问题。研究者们扮演了社会文化批评家的角色，比较强调文学批评的社会功用，他们的研究"有着强烈的问题意识、批判意识和非洲意识"，[①] 人文与现实关怀的倾向较为明显。1968 年，在尼日利亚伊费大学举行的一次非洲文学研讨会上，著名非洲文学批评家阿比奥拉·艾瑞勒指出："只有将文学作品和整个国家及其人民的生存现状联系起来，我们的批评家才能对我们作家的文学创作产生实际的影响，作家的创作才有意义。"[②] 应该说，艾瑞勒的批评观在当时具有一定的代表性。恩古吉（J. Ngũgĩ）、杰维斯（S. Jervis）、南达库玛（P. Nandakumar）、格瑞菲斯司（G. Griffiths）、奥贡喀沃（J. I. Okonkwo）、伊内斯（C. L. Innes）、奥科（E. A. Oko）、泰沃、麦克卢斯基（J. McClusky）等人的研究成果就是很好的例证。[③]

　　需要指出的是，这一时期由于评论家侧重小说作品的"外部"问题研究，较多地关注文本所涉及的历史、文化、社会现实、宗教等，作品"内部"问题研究（有关小说叙事艺术和审美特征的研究）没有得到应有的重视。20 世纪 60 年代至 70 年代出版的 9 部英文专著中，没有一部是小说叙事艺术的专题研究。虽然有不少评论家关注作品语言的使用问题，但他们

---

① 辛禄高：《实用批评：非洲文学批评的总体特色》，《石家庄铁道大学学报》（社会科学版）2010 年第 3 期，第 79 页。

② Abiola Irele, "The Criticism of Modern African Literature", in Christopher Heywood, ed., *Perspectives on African Literature*, London：Heinemann, 1971. 转引自辛禄高《实用批评：非洲文学批评的总体特色》，《石家庄铁道大学学报》（社会科学版）2010 年第 3 期，第 79 页。

③ 详见 James Ngũgĩ, "Sarcasm of Nigeria：Chinua Achebe, T. M. Aluko and Soyinka", in Cosma Pieterse and Donal Munro, eds., *Protest and Conflict in African Literature*, New York：Africana, 1969, pp. 56 - 69；Steven Jervis, "Tradition and Change in Hardy and Achebe", *Black Orpheus*, Vol. 2, No. 5 - 6 (1970), pp. 31 - 38；Prema Nandakumar, "An Image of African Womanhood：A Study of Flora Nwapa's *Efuru*", *Africa Quarterly*, Vol. 11, No. 2 (1971), pp. 136 - 146；Gareth Griffiths, "Language and Action in the Novels of Chinua Achebe", *African Literature Today*, Vol. 5 (1971), pp. 88 - 105；Juliet I. Okonkwo, "Adam and Eve：Igo Marriage in the Nigerian World", *The Conch*, Vol. 3, No. 2 (1971), pp. 137 - 151；C. L. Innes, *Through the Looking Glass：Achebe, Synge and Cultural Nationalism*, Doctoral Dissertation of Cornell University, 1973；Emelia A. Oko, "The Historical Novel of Africa：A Sociological Approach to Achebe's *Things Fall Apart* and *Arrow of God*", *The Conch*, Vol. 6, No. 1 - 2 (1974), pp. 15 - 46；Oladele Taiwo, *Culture and the Nigerian Novel*, New York：St. Martin's Press, 1976；John McClusky, "The City As a Force：Three Novels by Cyprian Ekwensi", *Journal of Black Studies*, Vol. 7, No. 2 (1976), pp. 211 - 224。

更关心的是语言使用的政治立场问题：非洲作家该用何种语言来书写非洲的历史、文化及社会现实，英语还是非洲本土语言？阿契贝与肯尼亚著名作家恩古吉曾有过激烈的争论。① 他们的争论也是那些小说语言问题研究者绕不开的话题。另外，需要注意的是，20 世纪 60 年代至 70 年代，国外尼日利亚英语小说的研究对象基本上是长篇小说，短篇小说佳作虽然不少，但相关研究较为匮乏。根据 JSTOR 数据库和鲍德温《尼日利亚文学：1950 年至 1976 年的批评文献》一书所提供的文献信息，我们只看到一个专题研究的文献，即伯尼斯（D. B. Burness）所写的《〈天下太平〉与〈战争中的女孩〉中的唯我论与生存》。

反观 20 世纪 60 年代至 70 年代国内的尼日利亚英语小说研究，我们心中不免产生一种遗憾：1964 年 8 月《瓦解》的首译本（高宗禹译）出版发行，但时隔 13 年之后，彤立才发表了他那篇关于阿契贝作品的简略评介《尼日利亚作家阿契贝及其主要作品》。而有关这个时期其他作家的作品，我们目前还没有看到任何相关的专题研究文献。主要原因何在呢？我们知道，1960 年至 1976 年间，由于受到极左思潮影响，国内的外国文学研究处于一种"休克期"。② 可以说，这一时期国内尼日利亚英语小说研究处于停滞状态与当时国内极端的社会政治语境有直接的关系。由于是常识性的话题，这里就不再赘述。

三　20 世纪 80 年代至 90 年代尼日利亚英语小说研究

20 世纪 80 年代至 90 年代是尼日利亚英语小说创作的黄金时期。老一辈作家笔耕不辍，新一代作家奋笔疾书，他们发表的作品数量剧增，③ 且

---

① Ngũgĩ wa Thiong'o, *Decolonizing the Mind：The Politics of Language in African Literature*, Oxford：James Curry, 1986. 参见颜治强《关于非洲文学语言的一场争论》,《湖北师范学院学报》（哲学社会科学版）2008 年第 3 期，第 10～13 页；姚峰《阿契贝与非洲文学中的语言论争》,《外国文学》2014 年第 1 期，第 69～80 页。

② 陈众议主编《当代中国外国文学研究（1949—2009）》，北京：中国社会科学出版社，2011，"序言"第 2 页。

③ 根据奥格巴编著的《百年尼日利亚文学：精选文献》和奥沃莫耶拉编著的《现代哥伦比亚西非英语文学指南》中提供的文献信息，1980 年至 1989 年间尼日利亚作家共发表了 342 部长篇小说和短篇小说集，比 1970 年至 1979 年间增加了 218 部，增幅为 175.8%。

越来越受到世界各国读者与评论界的共同关注。如果说，图图奥拉和阿契贝的小说为尼日利亚文学冲出非洲走向世界立下汗马功劳，那么，1986年，索因卡获诺贝尔文学奖与1991年奥克瑞获布克奖则充分说明，尼日利亚作家的创作已经得到世界文坛的首肯。

创作与评论相辅相成，优秀的作家作品需要有慧眼的读者和评论家的鉴赏和批评，而优秀的评论则能促使作家的创作更快地走向成熟，并建构一种适于作家作品研究的话语体系。应该说，20世纪80年代至90年代尼日利亚英语小说的创作与研究之间互动良好：作家们能在他们的作品中客观地再现尼日利亚甚至非洲的文化、历史及现实，而评论家们也能及时回应作家们在作品中所触及的社会现实问题，并较客观地把握他们的创作思想及表现艺术。

我们根据布克（M. K. Booker）编著的《非洲英语小说》（*The African Novel in English*，1998）和《阿契贝百科全书》（*Achebe Encyclopedia*，2003）、格瑞菲斯司著的《非洲英语文学：东非与西非》（*African Literature in English: East and West*，2000）、奥格巴编著的《百年尼日利亚文学：精选文献》、奥沃莫耶拉编著的《现代哥伦比亚西非英语文学指南》以及吉康迪主编的《鲁特雷吉非洲文学百科全书》（*The Routledge Encyclopedia of African Literature*，2012）等著述中所提供的文献信息进行整理和统计。文献资料显示，20世纪80年代至90年代期间，那些具有广博视野、善于撰写综论性文章的学者继承了60年代至70年代尼日利亚英语小说研究的传统和方法，他们的研究既有点的细究，也有面的观照；既有对现实问题的拷问，也有历史维度的思考。有的学者如杰伊弗（B. Jeyifo）、奥特库奈弗（H. C. Otokunefor）等，以尼日利亚的文化、文学传统为参照，对尼日利亚英语小说进行研究[①]；有的学者如普瑞艾比（R. K. Priebe）、库珀（B. Cooper）等把尼日利亚英语小说放在西非文化与历史语境中进行研究。[②] 值得关注

[①] 详见 Biodun Jeyifo, *Contemporary Nigerian Literature: A Retrospective and Prospective Exploration*, New York: Smithsonian Libraries, 1985; Henrietta C. Otokunefor and Obiageli C. Nwodo, *Nigerian Female Writers: A Critical Perspective*, Lagos: Malthouse Press Limited, 1989。

[②] 详见 Richard K. Priebe, *Myth, Realism, and the West African Writer*, Trenton: Africa World Press, 1988; Brenda Cooper, *Magical Realism in West African Fiction*, London: Routledge, 1998。

的是，有些学者如古格尔伯格（G. M. Gugelberger）、拉扎如斯（N. Lazarus）、朱利安（E. Julien）、林德弗斯、赖特（D. Wright）、布克等把尼日利亚英语小说放在整个非洲文学或文化大背景下进行研究①；有的评论家如科尔（D. I. Ker）等甚至把尼日利亚英语小说放在世界文学大背景下进行考察。②不过，由于评论家不同的生活经历、教育背景、研究兴趣及审美理念，他们具体的研究内容也各不相同：有的学者如布斯（J. Booth）侧重作家作品的意识形态研究，有的学者如扎巴斯（C. Zabus）依然专注于小说的语言政治内涵研究，有的学者如奎森（A. Quayson）继续探讨口头传统之于尼日利亚英语小说创作的重要性，有的学者如库珀潜心研究小说的魔幻现实主义因素，有的学者如普瑞艾比则关注小说的神话叙事，而有的学者如奥萨（O. Osa）则致力于青少年小说的研究。③

与20世纪60年代至70年代的尼日利亚英语小说研究相比，80年代至90年代国外学者的研究视野更为开阔，研究方法更为多元。社会批评不再是主导的研究方法，而殖民语境下非洲与西方的文化冲突也不再是小说思想主题研究的焦点。另外，该领域的研究队伍也更为壮大，研究人员遍布世界各地，既有来自非洲本土的人士，也有来自英、美、法等国的人士。

---

① 详见 Georg M. Gugelberger, *Marxism and African Literature*, Trenton：Africa World Press, 1985；Neil Lazarus, *Resistance in Postcolonial African Fiction*, New Haven：Yale University Press, 1990；Eleen Julien, *African Novels and the Question of Orality*, Bloomington：Indiana University Press, 1992；Bernth Lindfors, *African Textualities: Texts, Pretexts and Contexts of African Literature*, Trenton：African World Press, 1997；Derek Wright, ed., *Contemporary African Fiction*, Bayreuth：E. Breitinger, 1997；Derek Wright, *New Directions in African Fiction*, New York：Twayne, 1997；M. Keith Booker, *The African Novel in English*, Portsmouth：Heinemann, 1998。

② 详见 David I. Ker, *The African Novel and the Modernist Tradition*, New York：Peter Lang Publishing, Inc., 1998。

③ 详见 James Booth, *Writers and Politics in Nigeria*, New York：Africana Publishing Company, 1981；Chantal Zabus, *The African Palimpsest: Indigenization of Language in the West African Europhone Novel*, Amsterdam：Rodopi, 1991；Ato Quayson, *Strategic Transformations in Nigerian Writing: Orality and History in the Works of Rev. Samuel Johnson, Amos Tutuola, Wole Soyinka and Ben Okri*, Oxford：James Curry, 1997；Brenda Cooper, *Magical Realism in West African Fiction*, London：Routledge, 1998；Richard K. Priebe, *Myth, Realism, and the West African Writer*, Trenton：Africa World Press, 1988；Osayimwense Osa, *Nigerian Youth Literature: A Critical Analysis of Ten Selected Novels*, Benin：Paramount Publishers, 1987。

一些权威研究者如林德弗斯、库珀等是英美高校或研究机构的专业人士。更为引人注目的是，内战小说、女性小说以及青少年成长小说已成为新的研究热点，并有了较为系统的研究成果。内战小说研究方面，阿缪塔、麦克卢基、艾扎格博（T. A. Ezeigbo）、布莱斯（J. Bryce）、恩瓦胡南亚（C. Nwahunanya）、恩纳艾米卡（O. Nnaemeka）等人的成果较为突出。[①] 女性小说研究方面，除了奥特库奈弗、恩沃多（O. C. Nwodo）、菲胥伯恩（K. Fishburn）、奥贡耶米（C. O. Ogunyemi）、伊克（E. Eko）、乌梅（M. Umeh）、阿恩特（S. Arndt）等人的成果，[②] 值得关注的还有布朗（L. W. Brown）、泰沃、戴维斯（C. B. Davies）、格雷弗斯（A. A. Graves）、詹姆斯（A. James）、内斯塔（S. Nasta）、威伦茨（G. Wilentz）、斯特雷顿（F. Stratton）、楚库科尔（G. C. Chukukere）、恩法 - 阿本伊（J. M. Nfah-Abbenyi）、恩纳艾米卡等人的专著/编著，他们把尼日利亚女作家及其作品放在整个非洲

---

① 详见 Chidi Amuta，"The Nigerian Civil War and the Evolution of Nigerian Literature"，*Canadian Journal of African Studies*，Vol. 17，No. 1（1983），pp. 85 – 99；Chidi Amuta，"History，Society and Heroism in the Nigerian War Novel"，*Kunapipi*，Vol. 6，No. 3（1984），pp. 57 – 70；Chidi Amuta，"Lietrature of the Nigerian Civil War"，in Yemi Ogunbiyi，ed.，*Perspectives on Nigerian Literature: 1700 to the Present*（I），Lagos：Guardian Books Nigerian Limited，1988，pp. 85 – 92；Craig W. McLuckie，*Nigerian Civil War Literature: Seeking an "Imagined Community"*，Lewiston：The Edwin Mellen Press，1990；Theodora A. Ezeigbo，*Facts and Fiction in the Literature of Nigerian Civil War*，Ojo Town：Unity Publishing & Research，1991；Jane Bryce，"Conflict and Contradiction in Women's Writing on the Nigerian Civil War"，*African Languages and Cultures*，Vol. 4，No. 1（1991），pp. 29 – 42；Chinyere Nwahunanya，ed.，*A Harvest from Tragedy: Critical Perspectives on Nigerian Civil War Literature*，Owerri：Springfield，1997；Obioma Nnaemeka，"Fighting on All Fronts: Gendered Spaces，Ethnic Boundaries，and the Nigerian Civil War"，*Dialectical Anthropology*，Vol. 22，No. 3/4（1997），pp. 235 – 263。

② 详见 Henrietta C. Otokunefor and Obiageli C. Nwodo，*Nigerian Female Writers: A Critical Perspective*，Oxford：Malthouse Press Ltd.，1989；Katherine Fishburn，*Reading Buchi Emecheta Cross-Cultural Conversations*，Westport：Greenwood Press，1995；Chikwenye. O. Ogunyemi，*African Wo/man Palava: The Nigerian Novel by Women*，Chicago：The University of Chicago Press，1996；Marie Umeh，ed.，*Emerging Perspectives on Buchi Emecheta*，Trenton：Africa World Press，1996；Ebele Eko，et al.，eds.，*Flora Nwapa: Critical Perspectives*，Calabar：University of Calabar Press，1997；Marie Umeh，ed.，*Emerging Perspective on Flora Nwapa*，Trenton：Africa World Press，1998；Susan Arndt，*African Women's Literature，Orature and Intertextuality: Igbo Oral Narratives as Nigerian Women Writers' Models and Objects of Writing Back*，Bayreuth：Eckhard Breitinger，1998。

文学和文化语境下进行研究。①

尼日利亚内战之后，书写该战争的作品数量规模可观。相比之下，女性作家及其作品数量则显得有点单薄。20 世纪 60 年代至 90 年代，三位活跃在尼日利亚文坛的重要女作家，包括恩瓦帕、艾米契塔和阿尔卡丽，发表的长篇小说还不到 20 部。但从 80 年代至 90 年代有关内战和女性小说研究的成果来看，后者的成果显然更为突出。我们认为，原因可能是三位女作家中的艾米契塔在英美国家已有一定的知名度，而且 80 年代至 90 年代正值西方女性主义批评风起云涌之时，处于边缘地位的非洲女作家及其作品更易进入女性主义批评家的视野。另外，我们在整理文献时还发现，80 年代至 90 年代有更多的尼日利亚英语小说家进入评论家的研究视野，且重要研究成果的数量明显增加。以专著/编著为例，60 年代至 70 年代，有关尼日利亚英语小说作家作品的专题研究只有 5 部，只涉及 3 位作家，80 年代至 90 年代，这方面的研究专（编）著增加到 32 部，涉及 7 位作家。

20 世纪 80 年代至 90 年代作家作品个案研究中，阿契贝依然最引人注目。这一时期阿氏作品的研究已逐渐走向纵深，研究成果丰硕。据笔者统计，这一时期国外学者用英文发表有关该作家的专题研究论文 81 篇，专（编）著 16 部，另外还有访谈录、传记、批评史 3 部，研究成果的数量远

---

① 详见 Lloyd W. Brown, *Women Writers in Black Africa*, Westport: Greenwood Press, 1981; Oladele Taiwo, *Female Novelists of Modern Africa*, London: Macmillan, 1984; Carole B. Davies and Anne A. Graves, *Ngambika: Studies of Women in African Literature*, Trenton: Africa World Press, 1986; Adeola James, *In Their Own Voices: African Women Writers Talk*, London: James Curry Ltd., 1990; Susheila Nasta, ed., *Motherlands: Black Women's Writing from Africa, the Caribbean, and South Asia*, London: The Women's Press, 1991; Gay Wilentz, *Binding Cultures: Black Women Writers in Africa and the Diaspora*, Bloomington: Indiana University Press, 1992; Florence Stratton, *Contemporary African Literature and the Politics of Gender*, New York: Routledge, 1994; Gloria C. Chukukere, *Gender Voices and Choices: Redefining Women in Contemporary African Fiction*, Enugu: Novelty Industrial Enterprises Ltd., 1995; Obioma Nnaemeka, *The Politics of (M) Othering: Womanhood, Identity and Resistance in African Literature*, New York: Routledge, 1997; Juliana Makuchi Nfah-Abbenyi, *Gender in African Women's Writing: Identity, Sexuality, and Difference*, Bloomington: Indiana University Press, 1997; Obioma Nnaemeka, ed., *Sisterhood: Feminism & Power: From Africa to the Diaspora*, Trenton: Africa World Press, 1998。

远多于其他作家的专题研究。显而易见，阿契贝作品的经典性越来越得到学界的重视。研究内容方面，这一时期的阿契贝小说研究也趋于丰富多元。有的学者如奥格巴关注阿契贝小说的民间叙事①，有的学者如雷恩（R. M. Wren）则关注阿契贝小说创作的文化与历史语境②；有的学者如奥科耶关注阿契贝作品的宗教主题③，有的学者如吉康迪则关注阿契贝作品的语言与意识形态问题④；有的学者如伊内斯、厄尔凌（H. G. Ehling）、艾亚塞尔（S. O. Iyasere）等专注于阿契贝某一作品的细读与研究⑤，有的学者如卡罗尔（D. Carroll）、恩乔库（B. C. Njoku）、凯尤姆（S. A. Khayyoom）等则倾向于对阿契贝的作品进行整体性研究⑥；有的学者如奥姆托索把阿契贝与尼日利亚其他作家进行对比研究⑦，而有的学者如钱皮恩（E. A. Champion）、帕克（M. Parker）、斯塔基（R. Starkey）已经开始把阿契贝与非洲或非洲以外国家的作家进行比较研究。⑧ 1990 年 2 月，在尼日利亚恩苏卡大学（Nsukka University）召开的阿契贝国际学术研讨会及后来该研讨

---

① 详见 Kalu Ogbaa, *Gods, Oracles and Divination: Folkways in Chinua Achebe's Novels*, Trenton：Africa World Press, 1992。

② 详见 Robert M. Wren, *Achebe's World: The Historical and Cultural Context of the Novels of Chinua Achebe*, Washington, D. C.：Three Continents Press, 1980。

③ 详见 Emmanuel M. Okoye, *The Traditional Religion and Its Encounter with Christianity in Achebe's Novels*, Bonn：Peter Lang, 1987。

④ 详见 Simon Gikandi, *Reading Chinua Achebe: Language & Ideology in Fiction*, Oxford：James Curry, 1991。

⑤ 详见 C. L. Innes, Arrow of God：*A Critical View*, London：Collins, 1985; Bernth Lindfors, *Approaches to Teaching Achebe's* Things Fall Apart, New York：The Modern language Association of America, 1991; Holger G. Ehling, ed., *Critical Approaches to* Anthills of the Savannah, Amsterdam：Rodopi, 1991; Solomon O. Iyasere, ed., *Understanding* Things Fall Apart: Selected Essays and Criticism, Troy：Whitston, 1998。

⑥ 详见 David Carroll, *Chinua Achebe* (2nd edition), New York：St. Martin's Press, 1980; Benedict Chiaka Njoku, *The Four Novels of Chinua Achebe: A Critical Study*, New York：Peter Lang Publishing, Inc., 1984; S. A. Khayyoom, *Chinua Achebe: A Study of His Novels*, New Delhi：Prestige Books, 1999。

⑦ 详见 Kole Omotoso, *Achebe or Soyinka? A Study in Contrasts*, London：Hans Zell Publishers, 1996。

⑧ 详见 Ernest A. Champion, *Mr. Baldwin, I Presume: James Baldwin—Chinua Achebe: A Meeting of the Minds*, New York：University Press of America, Inc., 1995; Michael Parker and Roger Starkey, *Postcolonial Literatures: Achebe, Ngũgĩ, Desai, Walcott*, London：Macmillan Press Ltd., 1995。

会优秀论文集的出版足以说明，① 阿契贝已是非洲文坛的典范，其作品已成为世界文学经典的重要组成部分。

同台演出必有主角与配角之分。应该说，在 20 世纪 80 年代至 90 年代尼日利亚英语小说的研究领域，绝大多数作家的专题研究扮演的只是配角而已，即使已成为新的研究热点的女性小说研究也是如此。这一时期，3 位重要女作家，即艾米契塔、恩瓦帕和阿尔卡丽的专题研究论文数量总和不足 50 篇，而有关这 3 位女作家专题研究的专（编）著数量也只有 4 部，远远不如阿契贝专题研究的成果数量。这样的数字对比也说明 20 世纪 80 年代至 90 年代国外尼日利亚英语小说的研究存在扎堆现象，有计划和系统的研究仍显不足。虽然阿契贝的小说有经典性，但它们毕竟不能代表尼日利亚英语小说的全部。

20 世纪 80 年代至 90 年代中国学界的尼日利亚英语小说研究情况如何呢？文献资料显示，中国学界虽有不少译介方面的成果，② 但真正意义上的学术研究仍然是凤毛麟角。中国学术期刊全文数据库（CNKI）显示，刘合生、朱莉/裴文惠、张湘东所写的 3 篇文章是该领域最早的研究成果：刘

---

① 该国际学术研讨会是为了庆祝阿契贝即将到来的 60 岁生日（1990 年 11 月 16 日）而举办的，当时有来自 50 多个国家的专家学者参加了此次研讨会。详见 Ernest N. Emenyonu, "Foreword: For Whom the Honor Is Due", in Edith Ihekweazu, et al. eds., *Eagle on Iroko: Selected Papers from the Chinua Achebe International Symposium 1990*, Ibadan: Heinemann Educational Books, 1996。

② 译介方面的成果主要包括《世界文学》编辑部编译的《亚非拉短篇小说集》（北京：中国社会科学出版社，1980），其中收入的阿契贝短篇《报复的债主》（"The Vengeful Creditor"，王逢振译）的译文；高长荣编选的《非洲当代中短篇小说选》（北京：外国文学出版社，1983），其中收入的艾克文西的短篇《自由之夜》的译文（李家云译）和阿契贝短篇《战争中的姑娘》的译文（胡天慈译）；沈静、石羽山译的索因卡第一部长篇《痴心与浊水》（该译本 2015 年重版时题名改为《诠释者》）；尧雨译的阿契贝第四部长篇小说《人民公仆》（北京：外国文学出版社，1988）；戴侃译的《女作家 B. 艾莫切塔答英国〈今日马克思主义〉编辑问》（布鲁斯与艾米契塔的访谈），《国外社会科学》1984 年第 4 期，第 72～74 页；隋振华、李永彩译的《女作家——布奇·埃米契塔论》（论文，原作者为凯瑟琳·奥·阿科娄努米，《泰安师专学报》1995 年第 3 期，第 276～279 页。"埃米契塔"即"艾米契塔"）；李永彩译的《论恩瓦帕的创作——非洲女作家的研究》（论文，原作者为耶米·莫焦拉，《泰安师专学报》1996 年第 1 期，第 61～66 页）；李永彩译的《阿道拉·乌拉希的长篇小说——非洲女作家研究》（论文，原作者为耶米·莫焦拉，《泰安师专学报》1996 年第 4 期，第 402～405、409 页）。

合生的《传统与背叛——沃尔·索因卡〈痴心与浊水〉主题初探》，① 通过分析作品中主要小说人物如艾格博、科拉等海外归国人员的"背叛"经历，展示了尼日利亚知识分子面对现实和未来的种种迷茫和困惑；朱莉、裴文惠合作的《现代非洲文坛上的一枝新秀——尼日利亚作家齐奴阿·阿奇拜》② 对阿契贝的小说进行评介，认为阿契贝是一位极具民族主义思想的批判现实主义作家；张湘东的《阿契贝及其小说〈瓦解〉》③ 介绍了《瓦解》的故事情节，并简略地分析作品的思想主题，认为阿契贝创作此书的目的是让读者看到，非洲社会不是愚昧无知的，它有其自身的价值和尊严。与国外同一时期的尼日利亚英语小说研究相比，我们或许只能说国内这一领域仍处于开拓阶段，许多课题的研究仍无人涉足。

四　21 世纪以来尼日利亚英语小说研究

20 世纪 90 年代以来，随着后殖民主义与文化批评的兴起，曾是西方殖民地的一些亚非拉国家的作家作品越来越受到文学批评界的重视。尼日利亚文坛因贡献了图图奥拉、阿契贝、索因卡、艾米契塔、奥克瑞、阿迪契等多位具有国际影响力的作家而备受后殖民批评家的关注。理论研究与创作实践相辅相成。后殖民批评理论为 21 世纪更深入和系统的尼日利亚英语小说研究提供了强有力的理论支撑，小说家们也源源不断地为批评家们提供后殖民阐释的文本支持。21 世纪尼日利亚文学研究的一个重要特点是，后殖民主义与文化批评已逐渐成为英语小说研究的主导话语，作家作品的殖民与后殖民语境是批评家们无法忽略的因素。近些年来，越来越多的学者从后殖民女性批评、后殖民精神分析、后殖民生态批评、后现代批评等角度研究尼日利亚英语小说。这说明，强调文化与政治内涵的后殖民批评为尼日利亚英语小说的研究提供了一个阐释文本的利器。必须指出的是，在具体研究的过程中，

---

① 刘合生：《传统与背叛——沃尔·索因卡〈痴心与浊水〉主题初探》，《辽宁教育学院学报》（社会科学版）1989 年第 4 期，第 81~83 页。"沃尔·索因卡"即"沃莱·索因卡"。

② 朱莉、裴文惠：《现代非洲文坛上的一枝新秀——尼日利亚作家齐奴阿·阿奇拜》，《西亚非洲》1980 年第 3 期，第 60~61 页。"齐奴阿·阿奇拜"即"钦努阿·阿契贝"。

③ 张湘东：《阿契贝及其小说〈瓦解〉》，《世界文化》1999 年第 6 期，第 9~10 页。

评论家们并没有机械搬用后殖民理论家的观点，而是根据作家触及的不同题材以及作品不同的主题和表现艺术采用不同的切入点。比如，对于善于描写非洲传统文化与西方殖民文化冲突的阿契贝，评论家们常聚焦其作品的文化、政治及历史内涵；对于善于运用魔幻现实主义手法来描写独立后非洲平民百姓的苦难与不幸的奥克瑞，评论家们常探讨其作品的神话叙事及后现代表现艺术；而对于善于描写跨国、跨文化背景下尼日利亚年轻女性经历与命运的阿迪契，评论家们常探讨其作品的"流散"主题及女性身份的建构问题。

虽然与 20 世纪八九十年代相比，21 世纪国外的尼日利亚英语小说研究并没有发生本质性的变化——批评家在审视相关小说文本的时候依然十分关注它们的文化、政治及历史内涵，但我们发现，学界越来越重视经典作家对新生代作家的影响，或者说新生代作家对经典作家创作传统的借鉴与传承。比如，在研究奥克瑞的过程中，有多位研究者如奎森、阿金贝（N. Akingbe）、柯汉德（O. D. Kehinde）就把奥氏的作品与图图奥拉、索因卡等人的作品进行对比研究①；而在研究阿迪契的过程中，有多位研究者如温西克（R. S. Wenske）、范赞腾（S. Vanzanten）、伊比哈卫格贝勒（F. O. Ibhawaegbele）、艾多可佩伊（J. N. Edokpayi）就把她的小说与阿契贝的小说进行对比研究。② 值得注意的是，国外学者的比较研究并不局限于尼日利亚新生代作家与经典作家之间，有的研究者如乌雷兹（J. Uraizee）、盖奇阿诺（A. Gagiano）、奥拉奥贡（M. Olaogun）、特伊科

---

① 详见 Ato Quayson, *Strategic Transformations in Nigerian Writing: Orality and History in the Works of Rev. Samuel Johnson, Amos Tutuola, Wole Soyinka and Ben Okri*, Oxford: James Curry, 1997; Niyi Akingbe, *Myth, Orality and Tradition in Ben Okri's Literary Landscape: Fugunwa, Tutuola, Soyinka and Ben Okri's Literary Landscape*, Saarbrücken: Lap Lambert Academic Publishing, 2011; Owoeye D. Kehinde, *Intertexuality and the Novels of Amos Tutuola and Ben Okri: Intertexuality and African Novel*, Saarbrücken: Lap Lambert Academic Publishing, 2011。

② 详见 Ruth S. Wenske, "Adichie in Dialogue with Achebe: Balancing Dualities in *Half of a Yellow Sun*", *Research in African Literatures*, Vol. 47, No. 3 (2016), pp. 70 – 87; Susan Vanzanten, "'The Headsrong Historian': Writing with *Things Fall Apart*", *Research in African Literatures*, Vol. 46, No. 2 (2015), pp. 85 – 103; Faith O. Ibhawaegbele and J. N. Edokpayi, "Situational Variables in Chimamanda Addichie's *Purple Hibiscus* and Chinua Achebe's *A Man of the People*", *Matatu: Journal for African Culture & Society*, Vol. 40, No. 1 (2012), pp. 191 – 208。

（*N. O. Teiko*）等①把尼日利亚作家与其他非洲国家的作家进行比较；有的研究者如塔博伦（J. L. Tabron）、金（S. Kim）、柯汉德、米勒（S. Miller）、瑞思（S. Reese）等②甚至把他们与非洲以外的作家进行比较研究，体现出 21 世纪尼日利亚英语小说研究的高度和深度。

21 世纪尼日利亚英语小说研究另一个显著的特点是，经典作家作品依然是论者研究的重要对象，而阿契贝的作品更是论者争相研究的焦点，如表 2 - 1 所示。

表 2 - 1　2000 年至 2020 年国外尼日利亚主要英语小说家研究成果统计

序号	作家姓名	研究论文（篇）	专（编）著（部）
1	阿巴尼	28	2
2	阿契贝	329	31
3	阿迪契	166	21
4	阿塔	4	3

---

① 详见 Joya Uraizee, *This Is No Place for a Woman: Nadine Gordimer, Nayantara Sahgal, Buchi Emecheta, and the Politics of Gender*, Trenton：Africa World Press, 2000；Annie Gagiano, *Achebe, Head, Marechera：On Power and Change in Africa*, Boulder：Lynne Rienner, 2000；Modupe Olaogun, "Slavery and Etiogical Discourse in the Writing of Ama Ata Aidoo, Bessie Head, and Buchi Emecheta", *Research in African Literatures*, Vol. 33, No. 2 (2002), pp. 171 - 193；Annie Gagiano, "Women Writing Nationhood Differently：Affiliative Critique in the Novels by Forna, Atta, and Farah", *Ariel：A Review of International English Literature*, Vol. 4, No. 1 (2013), pp. 45 - 72；Nii Okain Teiko, "Changing Conceptions of Masculinity in the Marital Landscape of Africa：A Study of Ama Ata Aidoo's *Changes* and Buchi Emecheta's *The Joys of Motherhood*", *Matatu：Journal for African Culture & Society*, Vol. 49, No. 2 (2017), pp. 329 - 357。

② 详见 Judith L. Tabron, *Postcolonial Literature from Three Continents：Tutuola, H. D., Ellison, and White*, New York：Peter Lang Inc., 2003；Soonsik Kim, *Colonial and Postcolonial Discourse in the Novels of Yom Sang-Sop, Chinua Achebe and Salman Rushdie*, New York：Peter Lang Inc., 2004；Bernth Lindfors, *Early West African Writers：Amos Tutuola, Cyprian Ekwensi & Ayi Kwei Armah*, Trenton：Africa World Press, 2010；Owoeye D. Kehinde, *Reconstructing the Postcolony Through Literature of Fantasy：Fantasy Confronts Realism in Selected Novels of Ben Okri and Salman Rushdie*, Saarbrücken：Lap Lambert Academic Publishing, 2011；Stephen Miller, *Walking New York：Reflections of American Writers from Walt Whitman to Teju Cole*, New York：Empire State Editions, 2016；Sam Reese and Alexandra Kingston Reese, "Teju Cole and Ralph Ellison's Aesthetics of Invisibility", *Mosaic：A Journal for the Interdisciplinary Study of Literature*, Vol. 50, No. 4 (2017), pp. 103 - 119。

序号	作家姓名	研究论文（篇）	专（编）著（部）
5	班德勒－托马斯	4	0
6	科尔	19	3
7	艾米契塔	52	15
8	哈比拉	30	1
9	艾克	3	1
10	恩瓦帕	3	4
11	奥克瑞	66	19
12	奥耶耶米	13	5
13	萨洛－威瓦	11	3
14	索因卡	5	1
15	图图奥拉	14	8
	小计	747	117

注：本表是根据美国期刊论文数据库 EBSCO 和 JSTOR 以及 Amazon 售书网上所提供的信息进行整理和统计的，统计数据中不包括对小说家们的诗歌、戏剧或散文研究的成果。因统计技术有限，本数据可能挂一漏万。

表2－1数据显示，21世纪以来阿契贝研究的成果最为突出，研究论文多达329篇，占论文总数的44.0%，专（编）著31部，占专（编）著总数的26.5%。阿契贝小说研究的成果数量遥遥领先于其他作家，主要原因有二：一是阿契贝在非洲及英语国家的知名度无人能及，他的作品尤其是长篇处女作《瓦解》在英语国家广为人知。[1] 二是其作品对非洲的精彩叙述对尼日利亚年青一代作家的创作影响深远，其经典价值是任何一位尼日利亚英语小说研究者无法忽略的。可以说，要研究尼日利亚其他英语小说家，就必先研读阿契贝的作品；阿契贝小说研究好比一个学科的基础研究，谁也无法绕过。

表2－1的数据显示，尼日利亚经典小说家中，艾米契塔和图图奥拉也

---

[1] 《瓦解》是现代非洲文学中最为广泛阅读的作品，也是东西方许多国家大学英语文学专业的"必读书目"。详见 Carl Rollyson and Frank N. Magill, *Critical Survey of Long Fiction* (2nd edition), California: Salem Press, Inc., 2000, p. 2. 参见杜志卿《荒诞与反抗：阿契贝小说〈天下太平〉的另一种解读》，《外国文学》2010年第3期，第4页。

较受学者们的关注：有关艾氏小说的研究论文有 52 篇，占论文总数的 7.0%，专（编）著 15 部，占专（编）著总数的 12.8%；有关图氏小说的研究论文有 14 篇，占论文总数的 1.9%，专（编）著 8 部，占专（编）著总数的 6.8%。艾米契塔受到评论界较多的关注与她在英语国家的知名度有关，她的作品已成为黑人女性主义研究的重要文本；图图奥拉是非洲魔幻现实主义小说写作传统的开创者，他在 21 世纪依然受到评论界的重视，与他作品的经典性不无关系，其口传叙事与魔幻书写对尼日利亚年青一代优秀作家如奥克瑞、奥比奥玛、巴瑞特（A. I. Barrett）等的创作有明显的影响。

从表 2 - 1 中，我们还可以看出，奥克瑞与阿迪契是新生代尼日利亚小说家中最受学界关注的：有关前者小说的研究论文有 66 篇，占论文总数的 8.8%，专（编）著 19 部，占专（编）著总数的 16.2%；有关后者小说的研究论文多达 166 篇，占论文总数的 22.2%，专（编）著 21 部，占专（编）著总数的 17.9%。看来，有人把这两位优秀新生代作家都视为阿契贝的接班人不是没有依据的，尽管他们的创作风格都相异于阿契贝。

21 世纪以来，尼日利亚英语小说研究日益受到中国学人的重视，并有不少成果发表。译介方面的成果主要涉及阿契贝、奥克瑞、阿迪契、奥耶耶米、奥比奥玛等人的小说。译介成果信息和数据统计表明，我们对"非洲现代文学之父"阿契贝小说的译介是最为系统和全面的：既有长篇的译介，也有短篇的译介；既有重译本的出版，旧译本的再版，也有首译本的推出。2005 年，重庆出版社的"重现经典系列"出版了阿契贝 *Things Fall Apart* 的重译本《崩溃》（林克、刘利平译），再版了高宗禹的《瓦解》译本；2008 年，重庆出版社再版了尧雨的《人民公仆》中译本；2009 年，重庆出版社出版了高宗禹的《瓦解》中译本，《荒原蚁丘》的首译本（朱世达译）也由重庆出版社推出；2011 年，《神箭》首译本（陈笑黎、洪翠晖译）由重庆出版社出版发行；2014 年，南海出版公司除了再版高宗禹的《瓦解》译本（小说题名改为《这个世界土崩瓦解了》），还推出了《再也不得安宁》（马群英译）和《一只祭祀用的蛋》（短篇小说集，常文祺译）的首译本以及《神箭》的重译本（马群英译）；2015 年，马群英重译的

《人民公仆》和《荒原蚁丘》也由南海出版公司出版发行。①

奥克瑞是 21 世纪以来诺贝尔奖的热门人选之一，迄今为止已发表 11 部长篇小说和 2 部短篇小说集，但到目前为止只有 2 部长篇小说与 1 部短篇小说集被译成中文：2003 年，王维东译的《饥饿的路》由译林出版社出版发行；② 2011 年，常文祺译的《迷魂之歌》由浙江出版联合集团、浙江文艺出版社出版发行；2013 年，朱建迅、韩雅婷译的短篇小说集《圣坛事件》由译林出版社出版发行。

阿迪契是 21 世纪以来尼日利亚最受关注的女作家，目前她已发表了 3 部长篇小说和 1 部短篇小说集。这些作品都已有中译本：2010 年，石平萍译的《半轮黄日》由译林出版社出版发行，2013 年，文敏译的短篇小说集《绕颈之物》由上海文艺出版社出版发行；2017 年，文敏译的《紫木槿》由人民文学出版社出版发行，同年该出版社还再版发行了石平萍 2010 年译的《半轮黄日》；2018 年，张芸译的《美国佬》由人民文学出版社出版发行。

奥耶耶米和奥比奥玛是尼日利亚新生代作家中的佼佼者，他们的小说创作一鸣惊人，引人注目。目前他们的长篇处女作都有了中译本：2009 年，奥耶耶米的《遗失翅膀的天使》中译本由上海人民出版社出版发行；2016 年，奥比奥玛的《钓鱼的男孩》中译本由湖南文艺出版社出版发行。应该说，21 世纪以来，国内对尼日利亚英语小说的译介取得了可喜的成绩：既有经典作家作品的译介，也有新锐作家作品的译介；既有男性作家作品的译介，也有女性作家作品的译介；既有长篇作品的译介，也有短篇作品的译介。当然，我们对于一些具有重要经典意义的作家，如图图奥拉、艾克文西、恩瓦帕、艾米契塔等人的作品译介仍重视不够，他们的代表作目前仍无中译本。我们期待那些致力于文学经典阅读的出版社能慧眼识珠，早日出版他们的中译本。

学术研究方面的情况如何呢？我们通过中国学术期刊全文数据库和中国国家图书馆馆藏图书进行检索，获得了一些数据，现整理如下（见

---

① 详见杜志卿《阿契贝作品在中国的译介》，《华侨大学学报》（哲学社会科学版）2015 年第 3 期，第 123 ~ 125 页。

② 2013 年，译林出版社再版了该中译本。

表 2 - 2）。

表 2 - 2 2000 年至 2020 年中国尼日利亚英语小说学术研究成果一览

作家姓名	学术论文（篇）	硕士学位论文（篇）	博士学位论文（篇）	专著（部）
阿契贝	101	23	2	2
阿迪契	17	7	0	0
艾米契塔	8	2	0	0
恩瓦帕	2	0	0	0
奥比奥玛	2	0	0	0
奥克瑞	10	3	1	1
索因卡	7	0	0	0
图图奥拉	6	0	0	0
小计	153	35	3	3

注：因研究条件所限，本表中的数据不包括港、澳、台地区尼日利亚英语小说的研究成果。本表所统计的论文不包括那些论文集或专（编）著中的章节专论文章。

资料来源：详见丁兆国《抵抗的政治——论爱德华·赛义德的"航人"兼及钦努阿·阿契贝的小说和批评》，南京大学博士学位论文，2006；凌淑珍《钦努阿·阿契贝小说的后现代世界主义研究》，清华大学博士学位论文，2020；俞浩东、杨秀琴、刘清河《现代非洲文学之父钦努阿·阿契贝》，银川：黄河出版传媒集团·宁夏人民出版社，2012；秦鹏举《钦努阿·阿契贝的政治批评与非洲传统》，桂林：广西师范大学出版社，2019；郭德艳《英国当代多元文化历史小说研究：石黑一雄、菲利普斯、奥克里》，南开大学博士学位论文，2013；郭德艳《英国当代多元文化历史小说研究：石黑一雄、菲利普斯、奥克里》，天津：南开大学出版社，2015。《英国当代多元文化历史小说研究：石黑一雄、菲利普斯、奥克里》是郭德艳在其博士学位论文的基础上修订而成的。

从表 2 - 2 中我们可以看出，2000 年以来我国尼日利亚英语小说研究主要集中在阿契贝、阿迪契、艾米契塔、恩瓦帕、奥比奥玛、奥克瑞、索因卡、图图奥拉等 8 位作家的作品上，共有 153 篇学术论文、35 篇硕士学位论文、3 篇博士学位论文、3 部专著问世。其中，有关阿契贝的研究成果最为突出，发表在学术期刊和报纸上的文章多达 101 篇，占同类成果总数的 66.0%，硕士学位论文 23 篇，占比 65.7%，博士学位论文 2 篇，占比 66.7%，专著 2 部，占比 66.7%。较受论者们关注的还有阿迪契和奥克瑞，关于前者的学术论文有 17 篇，占比 11.1%，关于后者的学术论文有 10 篇，占比 6.5%，硕士学位论文 8 篇，占比 22.9%，博士学位论文 1 篇，占比 33.3%，专著 1 部，占比 33.3%。

　　研究者们把眼光集中投向阿契贝，这无可厚非，因为他毕竟是尼日利亚乃至非洲文坛最具影响力的作家。好多人喜爱尼日利亚文学也是从他开始的。必须指出的是，这种集中的研究虽然有利于推进阿契贝作品研究的深度，但并不利于尼日利亚英语小说的整体性研究。阿契贝的作品毕竟只是尼日利亚英语小说的一部分。况且，"英雄所见略同"的扎堆研究也很容易导致重复性的研究，比如，不少评论者都从后殖民批评的角度分析阿氏的《瓦解》，具有创见的成果并不多。

五　小结

　　从前面的论述和分析中我们可以看出，国外尼日利亚英语小说的研究起步较早，相关研究工作的进展顺畅。20 世纪 50 年代以来，该领域的研究已从零散的浅探逐步走向系统的深究，研究规模已成蔚然之势：既有日益壮大的研究队伍，也有专门为研究者提供研讨和交流机会的学术机构与学术刊物；既有对经典作家的持续研究，也有对新锐作家的及时关注；既有对作品的个案研究，也有对作家的整体性观照；既有对作家作品的"内部"研究，也有对创作语境的"外部"探问；既有对尼日利亚本国不同作家作品的对比分析，也有对跨国跨洲作家作品的对比研究。我们认为，国外尼日利亚英语小说研究发展速度快，成果丰硕，令人瞩目，原因有三：一是小说家的创作语言是英语——西方世界最通用的语言，而且他们有很多作品是直接在英美国家出版的，所以更容易引起西方学界的关注（图图奥拉就是一个很好的例子）；二是有不少尼日利亚小说家长期旅居英美国家，他们熟稔西方小说创作的传统，所以他们的创作更有机会与西方读者与评论界进行互动（奥克瑞就是一个很好的例子）；三是 90 年代以来西方后殖民批评的勃兴让前英属殖民地尼日利亚的英语小说很自然地成为被研究的对象。

　　国内学界对尼日利亚英语小说的关注不算太晚（1964 年阿契贝的《瓦解》就有了中文全译本），但真正学术意义上的研究开展较晚。2000 年之前，只有个别学者涉足该领域的研究，研究成果凤毛麟角。21 世纪以来，这种状况有了不少改观，并取得一定的成绩。但从整体上看，存在的问题也不少。与国外的研究相比，突出的问题有三。一是研究队伍仍较为弱小，不成规模，也缺乏稳定性，能有规划并长期坚持研究的人员较少，而且研究人员之间缺乏合作、交流，仍处于一种"单枪匹马""各自为战"的状态。① 二是研究方法与视角较为单一，研究者多从后殖民批评的角度去阐释小说文本，学术观点较为老套，与国外学者相比仍有较大的差距。三是研究对象有明显的扎堆现象，缺乏有计划和系统的研究，例如，对于尼日利亚经典作家的重要成员艾克文西、图图奥拉、恩瓦帕、艾米契塔、奥克瑞等人的作品，我们的关注十分有限，相关的研究成果与他们在尼日利亚乃至非洲文坛的地位极不相符。本书把他们作为重要的研究对象正是出于这方面的考虑。

---

① 这种状态与国内对非洲研究的现状是很相似的。详见黄晖《非洲文学研究在中国》，《外国文学研究》2016 年第 5 期，第 149～150 页。

第三章　成长书写：阿迪契小说
个案研究（一）

一　引言

　　与 19 世纪之后的西方社会尤其是英国及美国不同，儿童从未在传统的非洲社会占据重要的位置。[①] 在传统的非洲文学中儿童形象也常是被忽略的对象。即便在现代非洲文学刚起步的 20 世纪 50 年代，像阿契贝等非洲文学巨匠早期的文学创作也倾向于关注成人世界，尽管他们作品中"所描绘的文学场景为青少年所熟悉"。[②] 60 年代，西方在非洲的殖民统治寿终正寝，独立后许多教育人士认为"有必要重新检视原本旨在同化非洲年轻人以适应宗主国文化的教育模式"，[③] 但在大多数非洲国家里，文学作品中儿童缺场或失语的情况并没有发生根本性的变化。当时只有少数的作家如几内亚的卡马拉·雷耶（Camara Laye）、喀麦隆的费丁南德·奥约诺（Ferdinand Oyono）、肯尼亚的恩古吉等把少年儿童的命运纳入他们的非洲书写之中。与此不同，尼日利亚文坛出现了一股儿童文学创作的热潮。70年代之后，成长叙事在尼日利亚英语文学创作中占据越来越重要的位置，很多重要作家都开始用浓重的笔触书写青少年成长故事。即便是原先忽视

[①]　Charlotte Bruner, "The Other Audience: Children and the Example of Buchi Emecheta", *African Studies Review*, Vol. 29, No. 3 (1986), p. 130.

[②]　Osayimwense Osa, ed., *Nigerian Youth Literature: A Critical Analysis of Ten Selected Novels*, Benin: The Bendel Newspapers Corporation, 1987, "Prologue", p. viii.

[③]　Osayimwense Osa, ed., *Nigerian Youth Literature: A Critical Analysis of Ten Selected Novels*, Benin: The Bendel Newspapers Corporation, 1987, "Prologue", p. vii.

青少年题材的尼日利亚文坛宿将阿契贝也开始重视儿童文学的创作，继《契克过河》（*Chike and the River*，1966）之后，他又出版了《豹子的爪子是怎么来的》（*How the Leopard Got His Claws*，1972）、《笛子》（*The Flute*，1978）以及《鼓》（*The Drum*，1978）等作品。[①]

1973 年，在尼日利亚伊费大学召开的有关图书出版的学术研讨会上，许多教育学家和作家纷纷阐述了青少年成长文学的重要性。[②] 阿契贝曾呼吁："我们应不断地回到童年。"[③] 青少年成长题材受到尼日利亚文学界的重视与尼日利亚的国情不无关系。一方面，与青少年一样，尼日利亚也面临成长的问题。尼日利亚从 1914 年建立殖民国家到 1960 年摆脱英国的殖民统治，短短不到 50 年的历史，但由于建立殖民国家前领土分属于不同的文化族群，其民族文化认同感仍处于幼稚阶段，所以说它是一个非常年轻仍有待成长的国家一点儿都不为过。此外，由于成千上万的尼日利亚成年人死于 20 世纪 60 年代后期爆发的内战，国家人口中 18 岁以下的青少年人口的比例一直很高（约 50%）。所以满足这一大群人的阅读需要不单是基于经济利益的考量，重要的是他们的命运与国家的未来密切相关——如果这一半的尼日利亚人无法健康成长，那么这个国家的成长也就无从谈起。另一方面，尼日利亚作家自己创作的青少年文学作品数量少，本国的青少年读者往往依赖于欧美作家所写的书籍，其文本内容和插图与非洲的文化背景无关。[④] 阿契贝就是因为发现他女儿所阅读的书本中"存在许多

---

① 其他作家也有各自成长叙事佳作发表，如艾克文西的《鼓手男孩》（*The Drummer Boy*，1960），艾克的《用作晚餐的癞蛤蟆》，艾米契塔的《彩礼》和《奈拉的魔力》，苏勒（M. Sule）的《不想要的元素》（*The Undesirable Element*，1977），阿瑞欧（A. Areo）的《满怀希望的情侣》（*The Hopeful Lovers*，1978），阿德玛耶（S. Adewoye）的《背叛者》（*The Betrayer*，1979），奥贡托耶（J. Oguntoye）的《太冷，不舒服》（*Too Cold for Comfort*，1980），菲尔－艾波西（P. Phil-Ebosie）的《骑单车的人》（*The Cyclist*，1982），恩瓦帕的《水神娘娘》（*Mummywater*，1979）、《德克历险记》（*The Adventure of Deke*，1980）、《太空之旅》（*Journey to Space*，1980）和《司机警卫艾玛卡》（*Emeka—Driver's Guard*，1987）等。

② Osayimwense Osa, "The New Nigerian Youth Literature", *Journal of Reading*, Vol. 30, No. 2 (1986), p. 101.

③ 转引自 Madelaine Hron, "'Ora na-azu nwa': The Figure of the Child in Third-Generation Nigerian Novels", *Research in African Literatures*, Vol. 39, No. 2 (2008), p. 29。

④ Osayimwense Osa, "The New Nigerian Youth Literature", *Journal of Reading*, Vol. 30, No. 2 (1986), p. 101.

内置的偏见"，① 才萌生自己动手创作成长故事之意。而恩瓦帕创作儿童故事的根本动因，也是她去书店给她的孩子买书时，"根本找不到有益于孩子的书"。②

　　成长不是一件个人的事，因为它把个人的命运纳入社会的空间、融入历史的进程；成长书写"富含多重文本寓意和精神内涵"，③ 它实际上"讲述着民族国家的命运"，④ 即个人成长与民族成长能构成一种"隐喻"和"实际"的关系。⑤ 近年来，已有学者注意到，尼日利亚新一代作家的成长叙事与独立后尼日利亚民族身份的建构密切相关，他们的作品对于尼日利亚在全球化语境下重新界定自己有重要意义。⑥ 尼日利亚第三代作家的杰出代表奇玛曼达·阿迪契⑦对青少年成长题材可谓情有独钟，她或许意识到成长叙事之于国民文化身份构建的重要性。她的第一部小说《紫木槿》讲述的是部族宗教与西方基督教文化冲突背景下伊博族少女康比丽的成长故事；她的第二部作品《半轮黄日》中的主线之一就是讲述乌古在尼日利

---

① Hans Zell, et al. *A New Reader's Guide to African Literature*, London: Heinemann, 1983, p. 3.

② Marie Umeh and Flora Nwapa, "The Poetics of Economic Independence for Female Empowerment: An Interview with Flora Nwapa", *Research in African Literatures*, Vol. 26, No. 2 (1995), p. 25.

③ 王妍：《薄悲世界中的生命寓言——论阿来的成长叙事》，《文艺争鸣》2015 年第 11 期，第 159 页。

④ 李学武：《蝶与蛹——中国当代小说成长主题的文化考察》，北京：中国社会科学出版社，2003，第 98 页。

⑤ 黄芝：《从天真到成熟——论〈午夜的孩子〉中的"成长"》，《当代外国文学》2008 年第 4 期，第 95 页。

⑥ Madelaine Hron, "'Ora na-azu nwa': The Figure of the Child in Third-Generation Nigerian Novels", *Research in African Literatures*, Vol. 39, No. 2 (2008), p. 30.

⑦ 作家的名字又译为奇玛曼达·恩戈齐·阿迪奇埃、奇玛曼达·诺孜·阿迪切、齐玛曼达·聂格兹·阿蒂奇、奇玛曼达·恩戈奇·阿迪契耶。阿迪契的文学影响力主要在小说创作方面，其长篇处女作《紫木槿》（*Purple Hibiscus*，2003）2004 年获"英联邦作家最佳处女作奖"和"赫斯顿/赖特遗产奖"，并获布克国际文学奖提名。她的第二部长篇《半轮黄日》2007 年获英国"奥兰治宽带小说奖"，并获美国国家书评人协会奖提名。她的新作《美国佬》获 2013 年美国国家书评人协会奖，并被《纽约时报》评为年度十佳最佳图书之一。《纽约时报书评》说她很像南非的纳丁·戈迪默和从特立尼达和多巴哥移居英国的 V. S. 奈保尔；《华盛顿邮报》称她为"钦努阿·阿契贝在 21 世纪的传人"。有论者甚至将其喻为"西非的托尔斯泰"。详见 Oyekan Owomoyela, *The Columbia Guide to West African Literature in English Since 1945*, New York: Columbia University Press, 2008, p. 58;〔尼日利亚〕奇玛曼达·恩戈齐·阿迪奇埃《半轮黄日》，石平萍译，南京：译林出版社，2010，译序"但愿我们永远铭记"。

亚内战的岁月里如何从一个目不识丁的乡下小男孩成长为一名有独立思想和判断力的历史见证人的；① 她的新作《美国佬》讲述的是跨文化语境下一位尼日利亚女中学生伊菲米鲁的成长故事，女主人公背井离乡到美国求学，后来成为探究种族问题的作家，但15年后她决定放弃在美已有所成的事业而返回家乡与久别的恋人、家人和族人团聚。我们发现，阿迪契的短篇小说集《缠在你脖子上的东西》（本章后文简称《缠》）② 中的多个短篇如《一号监舍》（"Cell One"）③、《顽固的历史学家》（"The Headstrong Historian"）④、《明天太遥远》（"Tomorrow Is Too Far"）⑤ 和《一次私人的经历》（"A Private Experience"）⑥ 均涉及成长主题：《一号监舍》和《明天太遥远》以深受传统文化思想影响的家庭和社区为背景展开叙述；《一次私人的经历》以当代尼日利亚族群之间的冲突和骚乱为背景展开叙述；《顽固的历史学家》⑦ 与《紫木槿》里的成长故事相呼应，以非洲－西方跨文化冲突为背景展开叙述。这些短篇故事中的成长叙事内容丰富，它们折射了作家对独立后动荡不安的尼日利亚社会里青少年成长问题的多

---

① 马布拉认为该小说通过童仆乌谷（Ugwu）的所见、所闻、所遇表达了作家"对处于缄默状态中比亚弗拉孩童的敬意"。见 Lily G. N. Mabura, "Breaking Gods: An African Postcolonial Gothic Reading of Chiamamanda Ngozi Adichie's *Purple Hisbiscus* and *Half of a Yellow Sun*", *Research in African Literatures*, Vol. 39, No. 1 (2008), p. 221. 王卓对该书的成长主题作了细致、深入的分析。详见王卓《后殖民语境下〈半轮黄日〉的成长书写》,《外国文学》2022年第2期，第25～36页。

② 该短篇小说集共有12个短篇，其中11个（包括获欧·亨利短篇小说奖的《美国大使馆》和《顽固的历史学家》）曾发表在《弗吉尼亚评论季刊》《前景》《纽约客》等英美知名杂志上。该书中译本2013年10月由上海文艺出版社正式出版，作品题名被译为《绕颈之物》。

③ 又译为《一号牢房》，详见《绕颈之物》，文敏译，上海：上海文艺出版社，2013，第1页。

④ An unidentified author, "Review of *The Thing Around Your Neck*", *Publishers Weekly*, Vol. 256, No. 14 (2009), p. 27.

⑤ 又译为《过不了明天》，详见中译本《绕颈之物》，文敏译，上海：上海文艺出版社，2013，第196页。

⑥ 又译为《个人感受》，详见中译本《绕颈之物》，文敏译，上海：上海文艺出版社，2013，第4页。该短篇与阿契贝的短篇佳作《天下太平》（"Civil Peace"）一起收入 Barbara H. Solomon and W. Reginald Jr., eds., *An African Quilt: 24 Modern African Stories*, New York: Signet Classics, 2013, pp. 27–39。

⑦ 该短篇获2010年欧·亨利短篇小说奖，《译林》杂志2010年第6期首次刊载了它的中译文，题名译为《不屈服的历史学家》，译者为沈磊。题名又译为《固执的历史学家》，详见中译本《绕颈之物》，文敏译，上海：上海文艺出版社，2013，第4页。

方位思考。

二　男尊女卑思想桎梏与成长之苦

罗伯特·卡尔森（Robert G. Carlsen）曾指出，青少年成长过程中常面临的问题无外乎：发现性别角色、建立与同龄人的关系、发展与异性轻松的关系、接受自己的身体、改变与父母的关系、为薪酬而工作、找到一份职业、意识到自己的价值等。[①] 不过，尼日利亚青少年成长的过程中所面临的问题似乎要更复杂一些：与欧美国家不同，尼日利亚在很短的时间内从部族社会走向现代社会，比起欧美青少年，尼日利亚青少年更易受到外来文化的干扰和本土传统思想的羁绊。而作为一名女性，阿迪契敏锐地意识到，尼日利亚传统文化中男尊女卑的观念严重地影响了尼日利亚青少年尤其青少年女性的成长。

《缠》的第 11 个故事《明天太遥远》以独特的第二人称视角讲述了一位无名氏少女试图但又无力反抗父权文化思想重压的心灵体验，可以说是一篇颇为典型的"女性成长小说"。该作品以生理与精神都尚未成熟的女性为成长主人公，表现其"在服从或抵制父权制强塑的性别气质与性别角色的过程中"[②] 作为"他者"艰难的成长境遇。小说女主人公 10 岁左右，正值自我意识和性别意识开始形成之际。天真无邪的她和表哥多齐尔（Dozie）模仿大人玩性游戏，摸索着两性相处的美好。但遗憾的是，她的自我以及性别意识在即将形成之际就遭到棒杀：由于男尊女卑的思想观念，她的祖母不仅对她不闻不问，鲜有关注，还要求她放弃自我，去好好伺候家族香火的唯一继承人即她的哥哥诺恩索（Nonso）。祖母教训她说："总有一天你得这样伺候你的老公。"[③] 崇尚男尊女卑的传统父权文化常利用"母性神话"（母亲形象神圣的原型意义）来驯服女性的自我，使她们

[①] 转引自 Osayimwense Osa, "The New Nigerian Youth Literature", *Journal of Reading*, Vol. 30, No. 2 (1986), pp. 101 – 102。

[②] 高小弘：《成长如蜕——二十世纪九十年代女性成长小说研究》，北京：人民出版社，2011，第 15 页。

[③] Chimamanda Ngozi Adichie, *The Thing Around Your Neck*, London：Fourth Estate, 2009, p. 195. 后文出自该书的引文，将在文内标出页码，不再另注。

成为"空洞的能指"。① 女主人公的亲生母亲，一位美国黑人知识分子，住在一个居民"剃光头，戴乳环"的社区里，虽然没像孩子祖母那样是一个被"母性神话"驯服的传统女性，但她骨子里那种男尊女卑的观念还是时刻影响着她的行为处事方式，并且深深地伤害了女主人公的幼小心灵：女主人公哥哥活着的时候，母亲每次到他的卧室道晚安时总会发出由衷的笑声，女主人公却从未有此待遇；当听到儿子意外摔死的消息时，母亲恐惧万分的原因竟然是害怕儿子死了而女儿却安然无恙。女主人公的祖母及母亲都无法成为其精神成长的领路人，她们男尊女卑的思想观念严重扭曲了女主人公的自我成长。一方面，由于内心无法接受哥哥在绘画和摄影上比自己优秀，她一直认为他"仅仅通过存在"（第195页）就挤压了她的生存空间，让她无路可走。另一方面，尽管心里恨透了祖母和母亲，但她却不敢直接反抗她们的"母性权威"，相反还去迎合她们的做法，以至于极力维护男权至上思想的祖母也频频夸她把哥哥伺候得不错。

青少年心理学家霍罗克斯（J. Horrocks）认为，如果父母对孩子过于保护或者过于疏远，孩子就容易出现心理变态。② 在男尊女卑环境中被长辈疏远的青少年女性尤为如此。潘延指出，"由于不断地受挫与遭伤害，女性从童年起就开始压抑自己的天性以适应社会的要求，这种压抑使她不能放松自如地表达内心情感，而只能用破坏、用伤害的方式表达自己对温暖、对爱的渴望"。③ 由于祖母及母亲对她的长期忽视与冷落，女主人公的心理变态是不言而喻的。如同《紫木槿》中由于不堪忍受丈夫的男权思想而将他慢慢毒死的母亲比特丽丝（Beatrice）一样，她也选择伤害和暴力。尽管她未曾想置哥哥于死地，其目的只是想"让诺恩索受伤——或把他弄残，或让他断腿"（第195页），让他变得没那么完美，但从某种意义上来说，她的行为比比特丽丝更为恶劣：她并未像后者那样将暴力针对男尊女

---

① 高小弘：《成长如蜕——二十世纪九十年代女性成长小说研究》，北京：人民出版社，2011，第48页。

② John E. Horrocks, *The Psychology of Adolescence* (4th edition), Boston: Houghton Mifflin, 1976, p. 70.

③ 潘延：《对"成长"的倾注——近年来女性写作的一种描述》，《江苏社会科学》1997年第5期，第137~138页。

卑思想的实施者，而是针对无辜的哥哥；而当诺恩索坠树身亡的意外发生后，除了像比特丽丝那样为了逃避责任，掩藏事实真相，她还想方设法就哥哥的死因编造谎言，制造母亲对祖母的仇恨，最后导致父母离异。可以说，她不仅从一个受害者变成了加害者，而且还在加害别人的路上越走越远。可怜之人往往有可恨之处，《明天太遥远》中女主人公身上体现了男尊女卑思想的女性受害者最恶劣的性格特点：她先是对这种思想敢怒不敢言，继而盲目且疯狂地报复，最后不仅不敢承担责任，反而变本加厉地继续加害别人。女主人公的成长之旅以失败告终，虽然她最后并没有像比特丽丝那样因受不了良心的折磨而发疯，但也常年生活在恐惧和内疚的痛楚中，无法释怀。她的性格悲剧让我们清楚地看到，男尊女卑的思想观念是怎样摧毁一个青春少女纯洁的心灵的。

探讨男尊女卑思想对女性成长的负面影响，阿迪契并非第一人。艾米契塔在《彩礼》中早有探讨，不过极富女性主义思想的艾米契塔的探讨仅限于女性，她从未书写男尊女卑的观念对青少年男性的影响。在这点上，阿迪契显然有所突破。她在《缠》的首篇故事《一号监舍》里就触及了这一主题。与《明天太遥远》一样，《一号监舍》中的主人公恩那马比亚（Nnamabia）也来自知识分子家庭，也有一个妹妹。与《明天太遥远》中的诺恩索相比，恩那马比亚在家里似乎受到更多的宠爱，他不仅要什么有什么，而且即便做错了事，他的母亲也会包庇纵容他，而作为教育工作者的父亲除了让儿子写检讨书之外，也没有任何实质性的惩罚或纠正措施。父母溺爱的结果是，恩那马比亚不学无术，终日游手好闲，每天忙着参加各种各样的派对和帮会活动，混迹于酒吧、舞厅等娱乐场所，沾染了包括偷盗等各种各样的恶习，丝毫没有年轻人应有的担当。

事实上，在《一号监舍》里，因男尊女卑思想影响而无法健康成长的男性少年恩那马比亚并非孤例。在他父亲供职的恩苏卡大学里，其他教授的儿子也常常干偷鸡摸狗的事，比如邻居家的孩子奥斯塔（Osita）就曾潜入他家偷走了家里的电视机、VCR以及一些录像带。奥斯塔的父母明知道实情却从没有因此而责罚或者教育自己的孩子，相反他们却公开宣称这些东西是镇里那些混混偷走的。由于男尊女卑思想根深蒂固，男孩作恶似乎更能得到众人的原谅。恩那马比亚的父母尽管对真相心知肚明，但他们从未戳穿奥斯塔父母的谎言。这一反讽的情节意味深长：男尊女卑的思想观念腐蚀着尼日利亚的学校教育，那些深受这种思想影响的人却能毫无羞愧地站在神圣的讲台上担任教育下一代的职责，难怪恩苏卡大学的男生们敢冒险加入各种黑帮，干着抢劫杀人的勾当，女生们只能躲在宿舍里不敢出门，以避免街上的暴力（第 8 页）。小说写道，有位女教师大白天开车出门，竟然被几个男生"用枪顶着她的脑袋把她赶下车"（第 9 页），然后他们"把车开到工程系，在那里枪杀了三个正走出教室的男生"（第 9 页）。所以读者不难理解，为何在这些年轻人生活的小镇上，警察也干着欺压女性的恶行：恩那马比亚的表姐奥杰琦，人长得漂亮，身上带着两部手机，因拒绝行贿竟遭到警察的侮辱，他们骂她是婊子，并向她索要一大笔钱，她付不起，只能"大雨天跪在地上求他们放过她"（第 13 页）。

　　尼日利亚性别歧视甚为严重，女性被视为男性的财产，她们嫁鸡随鸡、嫁狗随狗，在家庭和社会中毫无话语权。尼日利亚著名作家伊勒齐·阿马迪指出，即使到了 20 世纪 80 年代初，在政府部门和商界仍很难寻见身居要职的女性。[1]《一号监舍》的故事背景应该是在 20 世纪 80 年代之后：小说叙述者"我"在故事的开头讲道，其父亲从美国带回来的迈克尔·杰克逊 1982 年发行的 MTV 专辑《战栗》（*Thriller*）和 1984 年上映的美国著名歌手普林斯·内尔森（Prince R. Nelson）的传记影片《紫雨》（*Purple Rain*）的录像带都被邻居的孩子奥斯塔偷走了。由此看来，阿迪契似乎是在通过恩那马比亚和奥斯塔的成长故事暗示：在西方女性主义思潮已风起云涌的年代里，尼日利亚社会的男尊女卑思想仍肆虐如旧，即使密切接触过西方文化的知识分子和教育工作者家庭也难逃它的侵蚀。

三　暴力创伤与成长之痛

　　生命始于创伤，生命的历程都有创伤的印记；"没有创伤就没有成长"。[2]阿迪契应该不会反对这样的观点。《缠》中多个故事的主人公都是

---

①　Elechi Amadi, *Ethics in Nigerian Culture*, Ibadan: Heinemann Educational Books Ltd. , 1982, pp. 75 - 76.

②　施琪嘉主编《创伤心理学》，北京：中国医药科技出版社，2006，"序言二"，第 3 页。

在创伤的苦难中成长的，残酷的现实成了他们成长过程中不可或缺的"营养"。《一号监舍》中的主人公恩那马比亚因涉嫌帮派之间的暴力活动被捕入狱。牢房里的腐败让他"大开眼界"：狱警们贪得无厌、索贿无度，囚犯们甚至洗澡也得拿钱贿赂狱警。恩那马比亚的父母去探视他的时候，他亲眼看见母亲用钱和美食贿赂狱警。尼日利亚的公共服务领域腐败猖獗，其前总统奥巴桑乔就说，腐败像人体上的癌细胞一样已成为"社会最大的一个祸害"。[①] 入狱之前，恩那马比亚或许已对监狱里狱警的腐败有所耳闻，所以他被抓之前就赶紧把钱藏在肛门里，他后来用这些肮脏不堪的钱去收买狱警，使自己免去了许多皮肉之苦。牢狱里的暴力更是令他触目惊心，恩那马比亚时常看到老犯随意欺负新犯，一个刚入狱的身体强壮的黑帮头子也被牢里的老犯打得只敢缩在角落里抽泣。狱警们殴打囚犯也是司空见惯：两个狱警在院子里把一号监舍里的一个囚犯打死后，故意抬着那伤痕累累的肿胀的尸体慢慢经过其他监舍，以确保所有的囚犯都看到那具尸体。让恩那马比亚最难以接受的是，狱警竟肆意虐待一个70多岁头发花白的老头，他是替犯法的儿子坐牢的，由于他没有钱买洗澡水，狱警就迫使他在监狱的走廊里赤身裸体走队列，丢人现眼。目睹牢里那些腐败与暴力之后，恩那马比亚开始寝食难安，他无法享用父母探监时给他带来的美食，并开始做有关一号监舍的噩梦。"圆滑世故，应时趋变是庸常之辈成熟的归宿，择善固执，宁折不弯则是特立独行者成长的最终选择。"[②] 恩那马比亚算是一位特立独行的成长主人公，正义与良知的崇高力量最终让他的自我人格走向成熟，并奋起反抗病态的社会规训权力：面对那个无辜老头遭受的暴力和羞辱，他毅然挺身而出批评那些丧心病狂的狱警，即使他们威胁要将他送往令他噩梦连连、随时可能送命的一号监舍，他也毫不屈服。监狱是成长主人公身体挣扎与精神超越的特殊表征空间。[③] 恩那马比亚在监狱里虽然没有直接遭受暴力的创伤，但他无疑获得了一种"创伤后

---

① 〔意〕阿尔贝托·麦克里尼：《非洲的民主与发展面临的挑战：尼日利亚总统奥卢塞贡·奥巴桑乔访谈录》，李福胜译，北京：中国人民大学出版社，2007，第50页。

② 徐秀明：《遮蔽与显现——中国成长小说类型学研究》，北京：中国社会科学出版社，2013，第21页。

③ 顾广梅：《中国现代成长小说研究》，北京：人民出版社，2011，第141页。

的成长"（post-traumatic growth），他从一个吊儿郎当、不学无术、毫无责任感的孩子变成了一个有正义感、敢于为弱小者发声而忤逆规训权威的男子汉。我们可以把《一号监舍》视为一篇既关注主人公的"成长维度"也关注其"教育维度"的"成长教育小说"。①"成长维度"强调"个体内在自我由内而外，在社会上扩张释放，争取自我实现的过程"，而"教育维度"则强调个体在社会规训的操控下形成"社会自我"，以及"在社会的整体秩序中找到自身位置作用的经过"。② 可以说，恩那马比亚的"内在自我"并没有屈从于"社会自我"；在内心自我与社会规训这两种相斥力量的博弈中他没有选择同流合污，而是选择维护人间正道并有所担当。

　　成长意味着个体能获取关于其自身、关于罪恶的本性或关于世界的一些有价值的知识，但其体验是痛苦的，因为成长往往要以童真的丧失为代价。③《缠》第3个故事《一次私人的经历》中的女主人公契卡（Chika），也是在经历了一场集体性的暴力事件之后才开始走向成熟的。可以说，在未经历那场骚乱之前，她仍像孩童一样生活在幼稚的状态中，对于尼日利亚频频发生的集体暴力和冲突，契卡知之甚少。她只从报纸上读到过有关骚乱的报道；她一直相信，骚乱只会发生在别人身上。她甚至将骚乱和她曾经参加的民主集会混淆起来。所以当她意外亲历这样的暴力场面时，她不知所措，只知道在大街上没头没脑地跑，"不知道跑过她身边的那个男的是敌是友，不知道她是否应该停下来带走其中某个在慌乱中与母亲走散而面带困惑的孩子，她甚至不知道谁是谁，或者谁在杀谁"（第45页）。在逃跑中，她也不知道哪里是安全的，要不是那个豪萨族穆斯林妇女提醒她躲到那个小店铺里，恐怕她也会和她的姐姐一样永远地从这个世界上消失。她天真地想象，她和姐姐不会受到这次骚乱的影响；她以为骚乱中社会还能保持它原有的秩序，她甚至还想象着她能在这个时候打到出租车，或者她姐姐坐着出租车来接她。当听说那个豪萨族穆斯林妇女的女儿也在

---

① 王炎：《成长教育小说的日常时间性》，《外国文学评论》2005年第1期，第74页。
② 徐秀明：《遮蔽与显现——中国成长小说类型学研究》，北京：中国社会科学出版社，2013，第37~38页。
③ 李学武：《蝶与蛹——中国当代小说成长主题的文化考察》，北京：中国社会科学出版社，2003，第152页。

这次暴力冲突中失踪时，她还天真地希望那个女孩"那天早上病了，或累了或偷懒没有出去卖花生"（第51页）。而当她安全地躲入那个小店铺后，她还没法相信暴力冲突已经发生，只是感到一切都显得有点儿超现实。她甚至觉得，她的腿因在逃跑时被尖锐物体割伤而流出来的血看上去也显得不可思议，"好像有人把番茄酱喷在她身上"（第54页）。当街上暂时安静下来时，她坚信骚乱已经结束，于是不顾那个豪萨族穆斯林妇女的劝阻而离开她们的藏身之所，结果差点丢命。显而易见，年近20岁的契卡对尼日利亚社会动荡不安、人命如蚁的残酷现实的认识是相当肤浅的，她应对暴力事件的能力与那些在慌乱中与母亲走散而面带困惑的孩子并无二致：她唯一能做的事就是祈祷神明的保佑，希望"能在店铺混浊的空气里看到一个无所不知的存在"（第52页）。

莫德凯·马科斯（Mordecai Marcus）指出，成长意味着年轻主人公经历了某种切肤之痛的事件之后，或改变了原有的世界观，或改变了自己的性格，或兼而有之；这种改变使其摆脱了童年的天真，并走向真实而复杂的成人世界，[1] 它是年轻人"认识自我身份与价值，并调整自我与社会关系的过程"。[2] 契卡正是在亲历了那场集体暴力事件之后最终获得了对人生和世界的"顿悟"。我们看到，在故事的结尾处，契卡已经学会了如何去直面尼日利亚的现实：她不但能从容地面对那个豪萨族穆斯林妇女向她袒露的乳房，替她看病，而且还能坦然地面对生活中随时可能出现的死亡——在回家的路上，"她捡起了一块沾有深红色风干了的血迹的石头，然后把那个可怖的纪念品紧紧地握在胸前"（第56页）。同时，她也敢直面她的姐姐有可能已经死亡的事实。更为重要的是，她在精神上摆脱了西方政治文化思想对她的操控：当听到BBC有关这次骚乱的报道时，她一改以前的态度，愤慨于那些尸体"如何被包装，如何被美化，以适用于寥寥几语的报道"（第54页）。

---

① 芮渝萍：《美国成长小说研究》，北京：中国社会科学出版社，2004，第5～6页。
② 孟夏韵：《幻灭中持希望，迷茫里苦求索——斯卡尔梅达小说中成长主题探析》，《外语教学》2015年第6期，第89页。

四　文化创伤与成长之惑

尼日利亚曾受英国殖民统治长达半个多世纪，在那期间，英国人在尼日利亚大兴殖民教育。阿契贝在《家园与逃亡》（*Home and Exile*）一书中指出，他曾就读的伊巴丹大学的教学大纲基本上是照搬伦敦大学的，他的所有英语老师都来自英国或欧洲其他国家的大学。除了个别例外，他们在伊巴丹大学所研讨的作家与他们在母国所研讨的作家别无二致：莎士比亚、弥尔顿、笛福、斯威夫特、华兹华斯、柯勒律治、济慈、丁尼生、豪斯曼、艾略特、弗罗斯特、乔伊斯、海明威、康拉德等。① 欧化的教育造就了一批思想上欧化的尼日利亚人，他们虽长着黑色的脸庞却鄙视本国的文化，脑子已彻底被洗白，变成了所谓的"椰子人"。也可以说，他们遭受了亚拉山大（J. C. Alexander）、艾叶曼（R. Eyerman）等人所说的那种"文化创伤"（cultural trauma）却不自知。"文化创伤"指的是一种与集体记忆或种族记忆有关的、可能导致社群或族群成员身份或生活意义丧失的群体性心理创伤，其含义与亚瑟·尼尔（Arthur G. Neal）在他的《民族创伤与集体记忆：美国百年主要事件》（*National Trauma and Collective Memory*：*Major Events in the American Century*，1998）一书里所说的"民族创伤"的含义基本相似。"文化创伤"产生时，集体成员会感到他们在精神上受制于某一群体性事件——它会在他们的内心留下永久的烙印，并彻底改变他们未来的身份认同。其实，"文化创伤"并非新鲜之物，早在 20 世纪 50 年代初，法农（F. Fanon）在他的《黑皮肤，白面具》（*Peau Noire*，*Masques Blancs*，1952）一书里所讨论的殖民主义和种族主义给黑人或其他有色人种造成的身份认同障碍就属于"文化创伤"的范畴。②

1960 年，尼日利亚脱离了英国的殖民统治，但这并不意味着新时代的

---

① Chinua Achebe，*Home and Exile*，New York：Anchor Books，2000，p. 22.

② 详见 Jeffrey C. Alexander, et al.，*Cultural Trauma Theory and Applications*，Berkeley：University of California Press，2001；Ron Eyerman，*Cultural Trauma: Slavery and the Formation of African-American Identity*，Cambridge：Cambridge University Press，2001；Jeffrey C. Alexander, et al.，*Cultural Trauma and Collective Identity*，Berkeley：University of California Press，2004。参见陶家俊《创伤》，《外国文学》2011 年第 4 期，第 121～122 页。

尼日利亚人立即就能走出殖民主义和种族主义给他们造成的"文化创伤"的阴霾。在《作为传道者的小说家》（"The Novelist as a Teacher"）一文中阿契贝提到，20世纪70年代其妻子的一个学生曾拒绝在他的作文中提及西非干燥季节时出现的哈马丹尘土风，因为他担心被人称为乡下人。[①] 作为一名出生于20世纪70年代的"后殖民孩子"，[②] 阿迪契本人也曾是受过"文化创伤"的"椰子人"，她能深切地体味到外来文化对尼日利亚青少年成长的负面影响。在一次采访中她提到，她刚开始创作的时候所写的作品都是以英国为背景的，她以为"像她这样的人不能出现在书里"。[③]

　　《缠》的最后一个故事《顽固的历史学家》中所塑造的格博野加（Gboyega）先生和格雷斯（Grace）的丈夫乔治·奇卡迪比亚（George Chikadibia）显然就是思想被西方文化彻底漂白的"椰子人"，其"文化创伤"表征明显。格博野加在伦敦受教育，是一位杰出的历史学家。当西非考试委员会开始谈论在学生课程中添加"非洲史"这一门课时，他便带着满脸的厌恶辞职了。他身为非洲人，却惊恐于"非洲史"居然能被当作一门课。奇卡迪比亚毕业于剑桥大学，他永远身穿三件套西服，整日把他在剑桥的经历挂在嘴边，对妻子试图撰写尼日利亚历史的念头嗤之以鼻。《一次私人的经历》中的女主人公契卡也曾是一个主动选择做"椰子人"的年轻女孩。契卡是拉各斯大学医学专业的一名学生，虽然她在本土接受大学教育，但她一直向往西方的文化和生活。她有亲戚在纽约，常和姐姐去那里度假；她们的母亲常去伦敦旅游；就连她家的家庭医生也在英国接受过专业的训练。她自己则是身穿印有美国自由女神像的T恤和牛仔裙，脚蹬高跟凉鞋，手拎购于伦敦的巴宝莉（Burberry）手提包。更具讽刺意味的是，身为尼日利亚人，她获取本国新闻的渠道竟然是英国的BBC电台以及《卫报》。尽管她姐姐恩尼迪（Nnedi）作为政治科学系的学生，整日

①　Chinua Achebe, *Hopes and Impediments: Selected Essays*, New York: Anchor Books, 1990, p. 44.

②　瓦贝瑞（A. A. Waberi）认为，1960年是非洲脱离欧洲殖民的象征性年份，之后出生的孩子应该被称为"后殖民的孩子"。转引自 Madelaine Hron, "'Ora na-azu nwa': The Figure of the Child in Third-Generation Nigerian Novels", *Research in African Literatures*, Vol. 39, No. 2（2008），p. 28。

③　Ruth Franklin, "Things Come Together", *The New Republic*, Sept. 23, 2009, p. 53.

在她面前进行着诸如"一大帮人迷恋金发如何是英国殖民统治的一个直接后果"（第 47 页）之类的政治辩论，她却没意识到自己恰恰是那"一大帮人"中的一员。

尼日利亚的学校教育是在英国殖民教育传统的影响下发展起来的，它一向以西方文化教育理念为圭臬，其"外源特性"（exogenous）十分明显，这种以外源为主导的教育体制必然造成国家的精英分子盲目崇拜西方文化而疏远本土的文化。[1] 契卡虽为大学生，但她的思想在接受教育的过程中似乎已被西方的文化及意识形态所操控，所以她对尼日利亚的社会现实自然就缺乏一种清醒的认识。小说中作家以隐喻的手法揭示了主人公的幼稚和无知。契卡是一名医科学生，在小儿科实习时，老师要求她去感受一下一个小孩第四期的心脏杂音。尽管那个孩子对她非常友好，但是契卡却"汗流满面，脑子一片空白，连心脏在哪儿都搞不清楚了"（第 49 页）。《一次私人的经历》的故事背景是 20 世纪 90 年代阿巴查军政府独裁统治的岁月（1993—1998 年），那是尼日利亚人民生活最为绝望的时期，民众对所有的社会公共机构都失去了信心。[2] 肉体是现实世界的一种隐喻：如果说，那个心脏病患儿是独立后被各种社会问题所困的新国家之社会现实的隐喻，那么，契卡在面对这个患儿时表现出的慌乱紧张则象征了尼日利亚年轻知识分子在面对后殖民社会各种问题时的那种迷茫和困惑。

卡鲁斯（C. Caruth）指出，心理创伤是突发性事件或灾难性事件给人造成的极具破坏性的心理体验，其反应常为延后的、无法控制的、重复性的幻觉或其他意识侵入性现象。[3] 如果说，《明天太遥远》中的无名少女所经历的更多是一种心理意义上的创伤，那么，《顽固的历史学家》中的格雷斯所经历的则是"文化创伤"给她带来的成长困惑。格雷斯生活的年代尼日利亚尚未独立，她的父亲是一名已被西方文化彻底洗脑的、数典忘祖的尼日利亚人，而她祖母却竭力要将尼日利亚的文化传承给自己的孙女。

---

① Francis B. Nyamnjoh, "A Relevant Education for African Development—Some Epistemological Considerations", *Africa Development*, Vol. 29, No. 1 (2004), p. 168.

② 〔美〕托因·法洛拉：《尼日利亚史》，沐涛译，上海：东方出版中心，2010，第 187 页。

③ Cathy Caruth, *Unclaimed Experience: Trauma, Narrative and History*, Baltimore：The Johns Hopkins University Press, 1996, p. 11.

可以说，在格雷斯成长过程中一直交织着这两种文化力量的对抗。由于她被父亲送去白人开办的学校，学校里的老师要她丢弃落后的本土文化而融入宗主国的文化；格雷斯从小就对祖母的诗歌和故事感兴趣，但学校的老师却告诉她"祖母教她的那种和声应答不叫作诗歌，因为原始部落是没有诗歌的"（第216页）。由于不能接受老师的这种说法，她被父亲当着老师的面掌掴。格雷斯十分伤心地读到，学校里的课本称她的族人为野蛮人，称他们的习俗令人好奇却毫无意义，其中有一章为"尼日利亚南部原始部落的平定"（"The Pacification of the Primitive Tribes of Southern Nigeria"），内容充满了白人教育者的文化帝国主义思想。① 更令她难以接受的是，她被迫像英国的孩子一样在"帝国日"高声歌唱："上帝保佑我们的国王殿下，保佑他胜利、快乐和荣光，永远统治我们。"（第217页）她的课堂里充斥着英国才有但与她的生活毫无关系的"壁纸"、"水仙花"、"咖啡"以及"菊苣"这些名词。格雷斯后来去欧洲求学，但与她的丈夫不同，她并没有在外来文化的包围下迷失自我，变成一个"椰子人"。相反，她开始反思自己的成长经历，反思自己所受的教育，最终成了一名真正的尼日利亚历史学家：她来往于伦敦、巴黎和尼日利亚的奥尼查，从档案馆里发霉的文件中慢慢筛选资料，同时凭借其祖母留给她的生命记忆，最终写就了一本记录西方对尼日利亚进行殖民掠夺的书籍《用子弹平定：勘误后的南尼日利亚历史》（*Pacifying with Bullets: A Reclaimed History of Southern Nigeria*）。她最后改用非洲的名字阿法麦福娜（Afamefuna），说明她已彻底走出文化创伤的心理阴影，并成长为一名思想独立、文化自觉的尼日利亚人。

---

① 这一细节与阿契贝长篇代表作《瓦解》结尾的一处细节形成互文。《瓦解》结尾处写道，英国殖民行政长官计划把部族英雄奥贡喀沃的自杀作为一件能让人产生兴趣的奇闻逸事写入他已拟好题名的书籍《尼日尔河下游地区原始部族的平定》。瑞恩（R. Wren）指出，其书名意味着欧洲对非洲的征服是一种自然的选择，英国人统治下的原住民必须按英国人的标准接受西方文明社会的教化。详见 Robert M. Wren, *Achebe's World: The Historical and Cultural Context of the Novels of Chinua Achebe*, Washington, D. C.: Three Continents Press, Inc., 1980, p. 30。

五　小结

18 世纪末，德国社会危机四起，国家前途一片迷茫。当时知识分子热衷于成长小说创作的动因是，"教育青年引导他们把理想主义的热情注入正轨，使他们既能实现个人抱负，又为分裂动荡、贫困落后的国家尽责出力"。① 20 世纪的非洲社会动荡不安，民族生存危机重重。或许是深受教育为国之理念的影响，早期许多非洲作家所写的成长故事有一个共同的特点，即说教味较浓，更多地凸显成长主人公人生际遇的"教育维度"。尼日利亚的成长小说也不例外，第一代、第二代作家的作品"说教的内容尤为明显"，② 从尼日利亚第一部青少年成长小说艾克文西的《鼓手男孩》开始到艾克的《用作晚餐的癞蛤蟆》、阿瑞欧的《满怀希望的情侣》，再到阿德沃耶的《背叛者》、奥贡托耶的《太冷，不舒服》、菲尔－艾波西的《骑单车的人》以及恩瓦帕的四部儿童小说概莫能外。它们都可以归入巴赫金所说的那种"现实主义成长小说"——"在这类小说中，人的成长与历史的形成不可分割地联系在一起。"③ 这种扎堆的局面到尼日利亚第三代作家才有较明显的改观，他们开始赋予成长叙事以新的内涵与思考。

阿迪契被誉为"阿契贝的传人"，属于尼日利亚第三代作家，其创作深受阿契贝的影响。阿契贝是一位坚守文学审美和政治敏锐性相结合之原则的作家，他认为非洲作家的创作应立足于非洲社会的现实生活并担负某种道德责任和历史使命。④ 阿迪契秉承阿契贝的批判现实主义精神，以细腻和大胆的手法切入尼日利亚的社会现实生活，其作品并不避讳国家独立后存在的种种问题以及这些问题对民众生活的影响。需要指出的是，作为

---

① 徐秀明：《遮蔽与显现——中国成长小说类型学研究》，北京：中国社会科学出版社，2013，第 22 页。

② Nancy J. Schmidt, "Children's Books by Well-Known African Authors", *World Literature Written in English*, Vol. 18（1979），p. 117.

③ 〔俄〕巴赫金：《小说理论》，白春仁、晓河译，石家庄：河北教育出版社，1998，第 232 页。

④ Chinua Achebe, *There Was a Country: A Personal History of Biafra*, New York：The Penguin Press, 2012, pp. 52 – 61.

新时代的女作家，她并没有像阿契贝等前辈男作家那样过于强调作品的政治色彩，而是把笔墨更多地用于展示世界和生活的复杂性，尤其是女性精神世界的丰富性。而由于她长期旅居美国，熟稔非洲－西方文化差异，她的观察视野与前辈女作家如恩瓦帕相比也要宽阔一些。仅从《缠》的成长书写中我们就不难感受到她那种融会贯通的跨文化视野：不同故事的主人公所受的创伤并不相同，有的创伤是被灌输西方思想的殖民教育所致，有的创伤是本土传统旧思想的糟粕尤其是重男轻女的思想所致。这些成长主人公的生存际遇让读者更清晰地看到了尼日利亚青少年成长的艰辛和道路的曲折。另外还需指出的是，在《缠》中阿迪契以一种较为乐观的笔调铺叙了她的小说人物的成长故事。她或许也相信创伤和苦难是个体成长不可或缺的一种营养，相信"创伤后的成长"，相信那些创伤和苦难能成为尼日利亚青少年成长的精神动力，相信它们将有助于尼日利亚青少年培养社会责任感和历史使命感，并真正成为国家和民族的主人。尼日利亚著名报纸《阳光》（*Sunray*）的前任编辑波波·布朗（Bobo Brown）说，"尼日利亚是一个没有明天的国度"[1]；索因卡将尼日利亚描述成一个"失去了方向，抛弃了所有价值观的社会，它正沿着一个悬崖急速而下"[2]；阿契贝则把尼日利亚比作"一幢已经坍塌的房子"。[3] 阿迪契的前辈们在论及国家的未来时言语里充满悲观的情绪，从《缠》中的成长书写来看，阿迪契似乎没有像他们那么忧心如焚，看不到尼日利亚的前途和希望。通过小说文本她似乎在传达这样的声音：如果尼日利亚的年青一代能客观地审视历史与现实，走出心理和文化创伤的阴霾并有所担当，国家和民族的未来就有光明和希望。

---

[1]　Karl Mailor, *This House Has Fallen: Nigeria in Crisis*, London：Penguin Books, 2000, "Preface", p. xviii.

[2]　F. Odun Ralogun, "Russian and Nigerian Literatures", *Comparative Literature Studies*, Vol. 21, No. 4 (1984), p. 483.

[3]　详见 Karl Mailor, *This House Has Fallen: Nigeria in Crisis*（London：Penguin Books, 2000）内封面的引用语。

第四章　死亡书写：奥比奥玛 小说个案研究

一　引言

尼日利亚文坛新秀奇戈希·奥比奥玛的长篇处女作《钓鱼的男孩》（本章后文简称《钓》）其实也是一部极具震撼力的成长小说，作品中主要人物的成长经历更是充满了残忍的暴力与创伤。本章聚焦《钓》的死亡意象，探讨其文化与政治寓意。

奥比奥玛的《钓》发表于 2015 年，当时奥氏年仅 29 岁，此书让他一夜成名。[①] 该书出版后随即赢得了西方评论界的一致好评。该书先后入围曼布克奖的短名单。对此，泼希·兹沃缪亚（Percy Zvomuya）在南非《周日时报》（*Sunday Times*）上公开提出质疑。在指责《钓》呈现"愈演愈烈的创作产业情节"的同时，他认定该小说之所以能入围布克奖的最后短名单，与地缘政治不无关系。他说，"［评委们］不得不筛出一个非洲人"。[②] 兹沃缪亚的观点有些主观。到目前为止，该书已被译成包括中文在内的 25 种语言，获得了《纽约时报》周日书评的"编辑推荐奖"（Editor's Choice）、《财经时报》（*Financial Times*）的"非洲及中东奥本海默小说奖"（Oppen-

---

① 奥比奥玛目前只发表了两部长篇作品。第二部《卑微者之歌》（*An Orchestra of Minorities*）2018 年 10 月由 Little, Brown Book Group 出版。2021 年，此书中译本（陈超译）已由北京联合出版公司出版发行。目前，学界对奥比奥玛的作品尚未展开深入和有效的研究，鲜有专题的研究性论文发表。

② Hedley Twidle, "A Mighty Fry-up", *New Statesman*, Sept. 18 – 24, 2015, p. 69.

heimer Prize for Africa and the Middle East）等 10 余项国际著名奖项。这些荣誉充分说明《钓》能入围布克奖短名单，绝非简单地缘于地缘政治因素。实际上，凭借着该小说，奥比奥玛获得了有色人种协进会（NAACP）的"形象奖"（Image Award），并入选了由《对外政策》（*Foreign Policy*）杂志评出的 2015 年"全球最有影响力的 100 名思想家"。《纽约时报》将其誉为"阿契贝的接班人"。①

奥比奥玛出生在尼日利亚南部小镇阿库雷一个有着 11 个孩子的中产阶级家庭。他从小就对文学十分痴迷，特别喜欢听父亲给他讲述各种尼日利亚民间故事，并尝试自己写故事。在尼日利亚读完大学后，在父亲的鼓励下他欲前往文学传统深厚的英国留学。由于无法获得英国的签证，他转而赴塞浦路斯国际大学研究文学。在塞浦路斯留学期间，奥比奥玛看到塞浦路斯虽然只是个拥有 100 万人口的小国，却拥有尼日利亚所没有的一切。因此，他一边愤慨于拥有 1 亿 8000 万人口、坐拥不少巨型油田的尼日利亚要什么没什么的事实，一边苦苦思索其中的原因。远离家和根、饱受思乡之情折磨的奥比奥玛，在面对尼日利亚是"失败之国"②的沮丧中，以乔伊斯式的急切乡愁写就了他的处女作《钓》。

《钓》讲述的是 20 世纪 90 年代阿库雷的一个中产阶级家庭，即阿格伍家四兄弟伊肯纳（Ikenna）、波贾（Boja）、奥班比（Obembe）以及本杰明（Benjamin）的成长故事。本杰明为小说故事的叙述者。在他们就职于尼日利亚中央银行的父亲被调往位于千里之外的北部城市约拉（Yola）的支行工作后，他们常常偷偷地跑到政府和大人明令禁止的奥米－阿拉（Omi-Ala）河边钓鱼。在那条河边，他们遇见了当地的疯子阿布鲁。阿布鲁预言伊肯纳将会被一名渔人所杀。伊肯纳认定，预言中那个将会杀死他的渔人是他自己最亲近的弟弟波贾。之后，伊肯纳的生活和性格发生了奇怪的变化，并最终酿成了波贾弑兄的惨剧，波贾因无法面对自己的弑兄罪行也投井自杀。因无法接受两个哥哥的死亡惨剧及其给家庭带来的巨大悲痛，弟弟奥班比和本杰明用他们的钓鱼钩将阿布鲁扎死在奥米－阿拉河

---

① 详见 https://www. Chigozieobioma. com。

② Prune Perromat， "A Conversation with Chigozie Obioma"， http://www. Theliteraryshowproject. com/conversations/2016/6/26/a-conversation-with-chigozie-obioma.

中。案发后，奥班比逃离家乡，而坚持留在家中的本杰明则被警方抓获，并在狱中度过了 6 年的铁窗生活。目前，西方和尼日利亚评论界对《钓》尚未展开深入和有效的研究。我们只看到由尼日利亚著名作家赫仑·哈比拉等人在《卫报》《纽约时报》等西方重要报刊上发表的书评。

通过文本细读，我们不难发现，《钓》的情节发展中充斥着各种死亡意象。我们做了粗略的统计，小说中具体描写或简略提及的死亡事件不下 20 起。更值得注意的是，小说中除了阿格伍四兄弟的邻居玩伴伊巴夫（Igbafe）的祖父享受了天年（80 岁病逝），其余的人不是少年夭亡就是中年早逝，而且他们的死亡都属于非正常死亡，更确切地说是暴亡。有个别读者已经注意到小说中的死亡书写，如《高端时报》（Premium Times）记者在采访奥比奥玛时就提到了小说中频频出现的死亡意象。[1] 不过，他们似乎只聚焦于波贾的弑兄事件，而忽略了其他死亡事件。本章我们将对该小说中的一些重要死亡意象进行分类并具体分析，揭示这些意象的文化与政治内涵，以及奥比奥玛本人对家庭、社会、人生等诸多现实问题的思考。我们相信，对《钓》中死亡书写的研究将有助于读者更好地把握这部小说的主题思想和艺术特色。

二　小说中的他杀死亡

《钓》中描写最多的是他杀死亡事件：既有虚构人物如伊肯纳、阿布鲁及其哥哥的被杀，也有历史真实人物的被杀，比如尼日利亚的独裁者阿巴查将军、1993 年赢得尼日利亚大选的约鲁巴族百万富翁阿比奥拉（Abiola）及其妻库迪拉特（Kudirat）。此外，小说还涉及 1993 年 6 月 20 日尼日利亚大选暴动中约鲁巴族与豪萨族之间因冲突而引发的暴力屠杀。这些暴力性的他杀死亡事件中，波贾弑兄事件无疑最值得我们关注。表面上看，波贾弑兄的故事与《圣经》中该隐弑杀亚伯之故事形成某种互文，因为奥比奥玛借叙述者本杰明之口直接告诉读者，波贾和伊肯纳之间的手足

---

① Anonymous Author, "Chigozie Obioma's 'The Fishermen'——A Deadly Game between Leviathans and Egrets", Premium Times, Sept. 25, 2016. http://www.premiumtimesng.com/entertainment/211165 – title-chigozie-obioma-fishermen-deadly-game-leviathans-egrets-html.

相残缘于"该隐与亚伯综合征"。① 奥氏虽然直接告知读者他笔下的弑兄故事与《圣经》中的弑弟故事之间存在某种关联，但它却并非该隐弑弟故事的简单重复。

奥比奥玛生于尼日利亚、长于尼日利亚，他在塞浦路斯、美国等地的生活和教育经历造就了他跨国界、跨文化的"流散"视野。在《高端时报》记者对其的采访中，奥氏说道："我没有，不会，也不能为尼日利亚写作。我也不会为西方写作。……［我］为所有人写作。"② 我们认为，奥比奥玛的那种"流散"视野也体现在其对波贾弑兄故事的演绎中。奥氏曾说过，发生在阿格伍兄弟身上的故事也可能发生在任何人身上。③ 可以看出，奥氏的弑兄故事对该隐的弑弟故事既有所保留，又有创造性的改写。在一次采访中，奥氏提到他小时候常常阅读《圣经》，有段时间他曾如饥似渴地阅读基督教文学。④ 不过，必须指出的是，这一弑兄故事的创作灵感并非直接源于该隐弑弟的故事，而是源于他与父亲的一次电话闲聊。其间，他的父亲提及了其大哥与二哥的一段童年往事。在访谈中，他说：

> 我着手写这部小说是因为我父亲和我聊起我的大哥和二哥的亲密关系，但是他们两人儿时曾发生过一起非常严重的相互伤害事件。我开始考虑兄弟之间的爱意味着什么。要是我两个哥哥的亲密关系从来不曾有过，那又是怎样一番情形？这样的一番思索让我萌生了创作一个亲密无间但这种亲密关系被毁的家庭故事的念头。⑤

---

① ［尼日利亚］奇戈希·奥比奥玛：《钓鱼的男孩》，吴晓真译，长沙：湖南文艺出版社，2016，第 171 页。作品中的引文均出自该译本，后文均在文中标示具体页码，不再另注。个别译文略有改动。英文版见 Chigozie Obioma, *The Fishermen*, London：ONE, 2015。

② Anonymous Author, "Chigozie Obioma's 'The Fishermen' ——A Deadly Game between Leviathans and Egrets", *Premium Times*, Sept. 25, 2016. http：//www. premiumtimesng. com/entertainment/211165-title-chigozie-obioma-fishermen-deadly-game-leviathans-egrets-html.

③ Anonymous Author, "Chigozie Obioma's 'The Fishermen' ——A Deadly Game between Leviathans and Egrets", *Premium Times*, Sept. 25, 2016. http：//www. premiumtimesng. com/entertainment/211165 – title-chigozie-obioma-fishermen-deadly-game-leviathans-egrets-html.

④ Amy Frykholm, "From Nigerian to America and Back", *Christian Century*, Nov. 23, 2016.

⑤ Amy Frykholm, "From Nigerian to America and Back", *Christian Century*, Nov. 23, 2016.

《钓》的自传性特征也印证了该故事的素材并非该隐弑弟的故事：奥比奥玛本人来自阿库雷一个有众多孩子的中产阶级大家庭，阿格伍家也是阿库雷一个有着 6 个孩子的中产阶级大家庭。在哈比拉与奥氏的访谈中，后者也指出，故事中父亲这个人物在很多方面是以他自己的父亲为原型的。① 另外，故事的叙述者本杰明出生于 1986 年，与奥氏同岁，而且在哈比拉对奥氏的访谈中，奥氏也承认，他将自己热爱动物的个性虚构在本杰明身上。② 不过，值得注意的是，在现实生活中，奥氏的两个哥哥之间虽然发生过严重的相残事件，但二人无一死于那次事件。所以，我们推断，《钓》中的弑兄惨剧仅是受到《圣经》中的该隐弑弟之故事的启发，而非对其的互文。

在与加纳女作家特耶·赛拉西（Taiye Selasi）的对话中，奥氏曾提到，小说不应只有一种功能。它至少应从两个层面，即个人层面和概念层面上起作用。在他看来，作家不应为了讲故事而讲故事，如果没有关键或急迫的东西要表达，就根本没必要讲故事。③ 他认为，在创作中"可以把哪怕是一个有关女人去打水的短篇故事用到更重要的事情上去，让它成为探讨深刻思想的缩影"。④ 我们认为，在《钓》中，奥氏将这一家庭故事从个人层面上升到了概念的层面，并赋予其政治的内涵。

与《圣经》中的该隐和亚伯不同，在《钓》中，弑杀事件发生时，波贾 14 岁而伊肯纳 15 岁，二人都尚未成年。从某种意义上讲，这个弑兄故事同时也是伊肯纳和波贾的成长故事。哈比拉在其发表在《卫报》上的书评中也指出，"《钓》是部成长小说：父亲离开家乡，调到尼日利亚北部城市约拉工作的那一刻，阿格伍兄弟们就被甩入了一个他们不得不面对的残酷世界。……伊肯纳在 15 岁时就被迫成了一家之主。他的死亡又迫使他的

①　Helon Habila, "Chigozie Obioma", *Poets & Writers*, Vol. 43, No. 4（2015）, p. 47.

②　Helon Habila, "Chigozie Obioma", *Poets & Writers*, Vol. 43, No. 4（2015）, p. 47.

③　Anonymous Author, "Does the world really need nation-states", *Foreign Policy*, Vol. 220（2016）, p. 32. http://search. proquest. com/docview/1880704704? pq-origsite = gscholar.

④　Anonymous Author, "Does the world really need nation-states", *Foreign Policy*, Vol. 220（2016）, p. 33. http://search. proquest. com/docview/1880704704? pq-origsite = gscholar.

弟弟们过早地成长。"① 一般而言，个体的成长与民族的成长总是能构成一种"隐喻"和"实际"的关系。② 哈比拉指出，阿格伍兄弟由于父亲调往异地工作而不得不面对一个残酷的世界，这可视为一个隐喻，它暗示尼日利亚社会缺乏有能力的领导者而导致争斗。③ 在该小说的后记中，奥比奥玛也提到："那有四个儿子的一家人暗指尼日利亚的主要族群。"④ 我们也发现，《钓》中伊肯纳和波贾的相继死亡和成长失败与尼日利亚的成长失败是小说隐含的两条叙事平行线。简言之，小说中阿格伍兄弟们的命运与尼日利亚的命运是紧紧交织在一起的。M. K. O. （阿比奥拉的名字缩写）挂历记录了四兄弟偶遇 1993 年尼日利亚大选获胜者阿比奥拉，并获得阿比奥拉竞选委员会颁发的奖学金的经历。阿格伍四兄弟十分珍视它，因为它不仅凝聚着兄弟之情，也蕴含着"对未来的美好期许"，表明他们是"希望 93 的孩子（"希望 93"是 1993 年尼日利亚大选中阿比奥拉的竞选口号），是 M. K. O. 的盟友"（第 74 页）。他们珍视的另一个东西是一份于 1993 年 6 月 15 日出版的《阿库雷先驱报》。它记录了年仅 12 岁的伊肯纳开车带领三个弟弟在 1993 年尼日利亚大选暴乱中脱离险境的经历。从个人层面上来讲，伊肯纳毁掉这两样东西的举动意味着他与波贾之间的兄弟情已经荡然无存。从国家层面来看，1993 年民主选举的结果被取消以及由此导致的大选动乱，也使得尼日利亚民众从希望走向绝望。这两个过程几乎是同步的。或许是基于这样的考虑，有学者认为该小说是一曲关于"失落的愿景和被挥霍的黄金年代的挽歌"。⑤

与该隐弑兄的故事一样，愤怒和恐惧也是波贾弑杀伊肯纳的导火索。但不同的是，该隐因自己心中的恶怒杀其弟，《钓》中的愤怒和恐惧则来自被弑者伊肯纳，尽管他是无辜的——他的愤怒和恐惧完全是由阿布鲁的

---

① Helon Habila, "*The Fishermen* by Chizogie Obioma Review—Four Brothers and a Terrible Prophecy", *Guardian*, Mar. 13, 2015.
② 黄芝：《从天真到成熟——论〈午夜的孩子〉中的"成长"》，《当代外国文学》2008 年第 4 期，第 95 页。
③ Helon Habila, "*The Fishermen* by Chizogie Obioma Review—Four Brothers and a Terrible Prophecy", *Guardian*, Mar. 13, 2015.
④ 见《钓鱼的男孩》中译本（吴晓真译，长沙：湖南文艺出版社，2016）"后记"。
⑤ Christopher Mari, "Chigozie Obioma", *Current Biography*, Vol. 77, No. 2 (2016), p. 48.

预言所煽动的。阿布鲁不是什么权威人物，他既不是牧师，也不是巫师，他只是一个疯子，但他的经历显然具有政治隐喻。《钓》的其中一个题记是马齐兹·库内内（Mazisi Kunene）的一首诗："那疯汉闯进了我们的家宅／亵渎我们的圣地／叫嚣他掌握着世间唯一的真理。"① 显然，阿布鲁就是库内内诗句中疯汉的写照。在艾米·弗莱克霍尔姆（Amy Frykholm）与奥比奥玛的访谈中，后者指出，库内内的诗歌描述的就是西方殖民者初到西非时的情景："他们宣称的真理——世上只有一个神，女人可以当女王——对那个时期的非洲人来说都是非常奇怪的。非洲人嘲笑他们。但是最后，那个疯汉用他的一神教和女王毁灭了那个文明。"② 可以说，在这里，《圣经》中的弑兄惨剧被剥离了宗教内核之后，就变成了"尼日利亚破坏性殖民遗产的政治寓言"。③

我们知道，作为国家概念上的尼日利亚是英国殖民统治的产物。1914年，英国将语言、文化与习俗各异的众多部族强行放置在一起，建成了国家意义上的尼日利亚殖民政体。正如贝索尔·戴维森（Basil Davidson）说的那样，在整个非洲，殖民之后的"国家"与其说是一份礼物，不如说是"黑人的负担"。④ 在奥氏看来，作为西方意义上的国家，尼日利亚注定是矛盾重重、难以维系的。在哈比拉与奥氏的访谈中，后者这样说道：

> 尼日利亚是难以维系的。我觉得那是因为国家自身的基础不稳。只有当强大的民族身份形成后国家方能存活下来。你看看西方国家，它们在国家主体身份形成之前就已经铸就了民族身份。但在非洲，情况正好相反。⑤

---

①　见《钓鱼的男孩》中译本（吴晓真译，长沙：湖南文艺出版社，2016）的"题记"。

②　Amy Frykholm，"From Nigerian to America and Back"，*Christian Century*，Vol. 133，No. 24（2016），p. 33.

③　Amy Frykholm，"From Nigerian to America and Back"，*Christian Century*，Vol. 133，No. 24（2016），p. 33.

④　转引自 John C. Hawley，"Biafra as Heritage and Symbol：Adichie，Mbachu，and Iweala"，*Research in African Literatures*，Vol. 39，No. 2（2008），p. 16。

⑤　Helon Habila，"Chigozie Obioma"，*Poets & Writers*，Vol. 43，No. 4（2015），p. 47.

或许是基于这样的考虑，奥氏才会让《钓》中象征着尼日利亚主要部族的伊肯纳和波贾兄弟之间的残杀悲剧蒙上一种宿命的色彩。正如有评论者指出的那样，这场弑兄悲剧是命定的、无法挽回的。[①] 伊肯纳仿佛成了罗素所说的让死亡恐惧缠住了心，被死亡恐惧所奴役的人；[②] 他不顾母亲的警告、责备以及弟弟们的温情相劝，无可挽回地一步步走向死亡。同理，浑身散发着"死亡的味道"（第 231 页）的阿布鲁也被塑造成一个能预言各种死亡的疯子——"他的舌头底下藏着一本灾难录"（第 95 页），他所有的死亡预言都一一发生。

伊肯纳似乎注定难逃一死。尽管他在被杀死时年仅 15 岁，但他曾两次与死神擦肩而过。在这场弑兄悲剧发生之前，伊肯纳似乎有多次机会停止对弟弟们的伤害，改变事态发展的方向。有一次，伊肯纳似乎已被弟弟们的爱所感动而有所动摇，但他随即"好像被精灵拍了下，惊醒过来"（第 117 页），又重返那种摧毁一切的愤怒和恐惧的状态之中，不可避免地走向死亡。更值得注意的是，小说在描写波贾斩杀邻居家公鸡的情形时，也显示了那种命中注定的神秘感——"波贾的动作颇为从容，轻轻一划就割破了公鸡皱巴巴的脖子，好像他已经不是第一次干这事儿，好像他注定要再干一次。"（第 46 页）在两人最后的打斗开始时，我们也被告知，"好像有某种力量在操控他们的双手，这种力量占据了他们的每一块血肉，甚至每一滴血浆。也许正是这种力量而非他们自身的意识让他们对彼此痛下狠手"（第 141 页）。

对伊肯纳发出死亡预言的阿布鲁是个亵渎母亲和弑杀哥哥的疯子。尽管如霍艾克马（D. A. Hoekema）所说的那样，阿布鲁代表了阿格伍试图抗拒的一切[③]：满嘴脏话、举止粗俗、身上散发出"腐烂的食物、未愈合的伤口和流脓、体液和垃圾的气味"（第 231 页），但伊肯纳莫名地被阿布鲁所吸引，并一步步靠近他。小说中，在波贾弑杀伊肯纳之前还出现了不少类似的神秘事件，给这场惨剧增添了一种超自然的魔幻色彩。在波贾弑杀伊肯纳之前，发生了一场蝗灾，本来预示着能为遭受干旱肆虐的大地带来

---

① Hedley Twidle, "A Mighty Fry-Up", *New Statesman*, Sept. 18 – 24, 2015, p. 69.
② 段德智：《西方死亡哲学》，北京：北京大学出版社，2006，第 264 页。
③ David A. Hoekema, "Faith and Family in Nigeria", *Christian Century*, Nov. 23, 2016, p. 33.

丰沛雨水的蝗虫，却带来了一场暴风雨。它"掀翻了屋顶，推倒了房子，淹死了许多人，把好多城市变成了水乡泽国"（第131页）。在波贾斩杀公鸡的时候，伊巴夫的祖父（一位丧失语言能力的老者）在目睹波贾杀鸡的场面时突然恢复了言语能力，看上去像个"现身示警的天使，然而，到底在警示些什么，太远了，听不见"（第46页）。类似的警示信息似乎也出现在本杰明的梦境中。佩罗麦特（P. Perromat）认为，这些神秘事件使《钓》蒙上了一种拉美魔幻现实主义的色彩，它似乎让人相信故事中的人物是被一种所有人都无法控制的神秘力量裹挟着走向毁灭。[1] 或许是出于相似的原因，提姆·马丁（Tim Martin）认为这部小说有一点儿莎士比亚或希腊悲剧的味道。[2]

我们赞同佩罗麦特的观点。非洲民间文化充满迷信和超自然的色彩，波贾弑兄惨剧前后发生的那些带有魔幻色彩的事件充分展示了非洲丰富而神奇的民间文化。当然，我们并不能由此认为，伊肯纳的死亡是受莎士比亚或希腊悲剧意义上的神秘命运所驱使，疯子阿布鲁也不是什么"命运的宣读人"（第96页）。我们相信，伊肯纳与波贾之间的兄弟相残隐喻了尼日利亚各个部族之间的相残。在《高端时报》对其的访谈中，奥氏曾把该小说中的悲剧称作"伊博悲剧"。他说，"这是一种不同的悲剧。它并不会以一种与莎士比亚或希腊悲剧相同的方式起作用。它是我们自己的悲剧类型——我自己的悲剧形式"。[3] 可以说，奥氏的自我评论清楚地道出了《钓》中兄弟相残事件的政治内涵。

三　小说中的自杀死亡

在非洲，自杀是一种不太常见的死亡方式。根据比较自杀学的研究，世界各国自杀率因文化背景不同而存在差异。在欧洲近代化过程中崇尚个

①　Prune Perromat, "A Conversation with Chigozie Obioma", http：//www. Theliteraryshowproject. com/conversations/2016/6/26/a-conversation-with-chigozie-obioma.

②　Tim Martin, "Caught in a Spiral of Fear and Violence", *Daily Telegraph*, Sept. 19, 2015.

③　Anonymous Author, "Chigozie Obioma's *The Fishermen*—A Deadly Game between Leviathans and Egrets", *Premium Times*, Sept. 25, 2016. http：//www. premiumtimesng. com/entertainment/ 211165 – title-chigozie-obioma-fishermen-deadly-game-leviathans-egrets-html.

人主义理念的新教各国自杀事件较常发生，而强调集体传统和共同体的天主教国家则有较强的抑制自杀的意识。① 从这个意义上来讲，非洲的低自杀率与其强调集体主义价值观的文化有内在的联系。《钓》中，相对于频频发生的他杀死亡和车祸死亡，自杀是出现频率最低的死亡形式。该小说中只发生了两起自杀事件，即波贾和一个不具名女孩的自杀。有意思的是，这两起自杀事件或多或少都与阿布鲁的预言有关。阿布鲁虽没有直接预言波贾的自杀，但正是阿布鲁预言伊肯纳将为渔人所杀才导致波贾意外弑兄，而弑兄行为又直接导致波贾自杀，可以说，阿布鲁的预言间接导致了波贾的自杀。那个不具名的女孩自杀也是因为阿布鲁曾预言她将来会遭到亲生儿子的强暴，她不愿面对自己未来的凄惨命运而选择自杀。我们知道，母亲在非洲传统文化中有着非常崇高的地位。② 然而，在《钓》中却频频发生亵渎母亲的事件，先是疯子阿布鲁奸污了自己的母亲，而后伊肯纳又在与波贾的争执中不小心扯下了母亲身上的裹身衣，致使后者的上半身彻底裸露在孩子们的面前。如果说，疯子阿布鲁是英国殖民者的隐喻，那么我们或许可以将他奸污其母亲的事件视为英国殖民文化对非洲传统文化直接或间接的侵蚀。另外，我们也可以将那位恐惧未来而选择自杀的尼日利亚未来母亲的悲剧视为英国殖民文化扼杀非洲传统文化的隐喻。

在《钓》中，围绕着波贾的弑兄事件，奥氏竭力营造一种浓重的神秘氛围，竭力使伊肯纳的被杀看上去是命中注定，不可避免，无怪乎杰姆·哈南（Jim Hannan）抱怨说，该小说的开头被拙劣的预兆弄糟了。③ 不过，与伊肯纳的被杀不同，波贾的自杀似乎不带有任何命定的神秘色彩。尽管在波贾弑兄并自杀的那天早上，母亲曾梦见波贾"向她预警，说自己会

---

① 颜翔林：《死亡美学》，上海：上海人民出版社，2008，第194页。

② 伊菲·阿玛迪亚姆（Ifi Amadiume）在《男性女儿，女性丈夫：非洲社会中的性别与性》一书中指出：在所有非洲社会的传统中，母性都被视为是神圣的。在所有的社会里，大地的生育力传统上都是与女性的母性力量密切相连，因此女性作为生育者以及养育者在社会中占据着中心地位，整个社会都敬畏她们。详见 Ifi Amadiume, *Male Daughters, Female Husbands: Gender and Sex in an African Society*, London: Zed Books, 2015, p. 191。

③ Jim Hannan, "A Novel by Chigozie Obioma, *The Fisherman*", *World Literature Today*, Vol. 89, No. 6 (2015), p. 64.

死"（第 180 页），而且奥氏也借叙述者交代，在阿库雷乃至整个非洲，人们都坚信，"一位母亲在她子宫结出的果实——她的孩子——死去或将死之时，会有预感"（第 181 页）。然而，母亲并没有把这个梦太当真。因此，那天她正常出去摆摊，这场兄弟之间的争吵由于没有大人的制止而最终演变成一场波贾意外杀兄和自戕的惨剧。

应该指出的是，波贾在这场弑兄惨案中扮演的始终是个无辜且被动的角色。他虽然两次受到伊肯纳的袭击而受伤，但在母亲的恳求之下他均保持克制的态度，尽量避免与伊肯纳产生正面冲突。尽管故事没向读者交代那把最终插入伊肯纳的腹部并致其死亡的菜刀到底是谁拿来的，但我们可以推断，这把菜刀极有可能是伊肯纳拿过来试图杀死波贾的。因为伊肯纳在第二次袭击波贾之前，口袋里就装着那把菜刀。毋庸置疑，伊肯纳杀波贾之心当时就有，只是因为波贾后脑勺严重受伤无力反抗，所以伊肯纳才没机会用上那把菜刀。可以推断，当时伊肯纳极有可能跟随波贾来到厨房，并拿起那把菜刀，试图杀死波贾，而波贾在反抗中夺刀误杀了伊肯纳。换言之，波贾并非有意要杀死伊肯纳，他是迫不得已犯下弑兄这一罪行的。

颜翔林将自杀分为两类：勇敢性自杀和怯弱性自杀。[①] 按照这个分类，波贾的自杀似乎属于勇敢性自杀。《钓》既没有交代波贾弑杀伊肯纳的过程，也没有交代波贾的自杀过程。读者只能通过本杰明的想象看到波贾自杀的过程：

> ……他飞身一跃——头朝下，像潜水员那样……他悄无声息地入水，没有发出一声呻吟，没有说出一个字。入水的时候，他的心跳一定没有加速，脉搏也一定没有变快。他一定保持着一种奇异的平静。……在我的想象中，这飞身一跃的速度一定很快。他的头一定是先撞到了井壁上凸起的石头，之后是爆裂的声音，头骨裂了，骨头断了。……他的头骨一定撞碎了，连接头部和身体其他部分的血管全都断开了。他的舌头在撞上的那一刻一定吐到了嘴巴外面，耳膜像陈旧的面纱一

---

① 颜翔林：《死亡美学》，上海：上海人民出版社，2008，第 195 页。

样被撕裂了，有几颗牙齿像骰子一样被丢在口腔里。……接着，一种不属于这个世界的安详降临了。他不动弹了。（第 177~178 页）

根据本杰明的想象，波贾自杀时是平静而决绝的，自杀方式也较为缓和。有学者指出："男性自杀在方式上多选择突然致死的工具，以刀、剑、枪为多……美学上形成崇高的风格，呈现壮烈豪放的气度。女性自杀多选择相对缓慢的工具和方式，如毒药、绳索、投水等，大多起因于情感目的。"[①] 自杀常常是人维护其尊严的一种残酷无奈的手段，也是其主体勇气强烈释放的表征。尽管波贾选择投水这种相对缓和的自杀方式，但在本杰明的想象中，波贾自杀时的决绝似乎具有一种"壮烈豪放的气度"和高贵的风格。换言之，波贾的自杀是对兄弟之情被残忍扭曲和毁灭的抗拒，也是对其弑兄罪行的勇敢承担，尽管那是他无意犯下的罪行。可以说，波贾的自杀展现了一种强烈的悲剧意义。哈南曾指出，这场弑兄罪行的罪魁祸首——伊肯纳的心理裂变既可归咎为预言，也可归咎为青春期的考验。[②] 按照哈南的观点，伊肯纳的性格缺陷是他被杀的重要原因。综观整个事件，波贾完全是无辜的，他的自杀悲剧着实令人唏嘘。

不少评论者曾指出《钓》与阿契贝的代表作《瓦解》之间有相似之处。奥比奥玛本人也认同这一看法。在佩罗麦特对他的访谈中，他说："在某些方面，我的小说与《瓦解》很相似。阿契贝写《瓦解》来记录伊博文明、非洲文明或者文化的陨落。我从尼日利亚更加具体的陨落来看——我们文明的陨落。"[③] 显然，与伊肯纳的被杀一样，波贾的自杀也有着明显的政治内涵。尽管阿布鲁并没有预言波贾的自杀，但后者自杀身亡的悲剧也与象征着英国殖民者的阿布鲁的预言有关。可以说，波贾的自杀和伊肯纳的被杀都隐喻着尼日利亚本土文明的陨落。《钓》和《瓦解》之间的相似性让人很自然地把波贾的自杀和《瓦解》主人公奥贡喀沃的自杀联系起

---

① 颜翔林：《死亡美学》，上海：上海人民出版社，2008，第 202 页。

② Jim Hannan, "A Novel by Chigozie Obioma, *The Fisherman*", *World Literature Today*, Vol. 89, No. 6 (2015), p. 64.

③ Prune Perromat, "A Conversation with Chigozie Obioma", http://www. Theliteraryshowproject. com/conversations/2016/6/26/a-conversation-with-chigozie-obioma.

来。奥贡喀沃和波贾的自杀方式虽然不同，自杀的具体原因也相异，但两人的自杀在象征层面上都与英国的殖民统治有关。从时间上来看，波贾的自杀事件与奥贡喀沃的自杀事件相距近一个世纪之久，而且波贾的自杀事件发生在城市里，而不是奥贡喀沃所生活的乡村，但和奥贡喀沃一样，波贾也没有任何体面的葬礼——他被火化后，其骨灰被放在了塑料盒子里。波贾自杀事件与奥贡喀沃自杀事件的相似之处暗示，尽管波贾自杀时，尼日利亚已摆脱殖民统治 30 余年，但尼日利亚人依然生活在殖民主义的阴影中。

在《瓦解》中，奥贡喀沃是因为无法接受本族文化被西方殖民文化所吞噬的现实，在挥刀砍掉白人信差的头后不愿面对白人的审判而选择上吊自杀。尽管奥贡喀沃的自杀是出于对英国殖民的反抗，但对于他的自杀，阿契贝似乎是持否定态度的，因为阿契贝甚至没有提供有关奥贡喀沃自杀的任何细节性描述。虽说奥贡喀沃的自杀是一种英雄的自杀，但其自杀悲剧在很大程度上是其性格缺陷所致。正是由于崇尚暴力，在盛怒之下砍掉了白人信差的头，他才将自己逼入绝境而不得不自杀。从某种意义上来讲，奥贡喀沃的悲剧意义因其性格缺陷而受到了削减。反观波贾，他在这场弑兄惨剧中没有任何的过错，最终却不得不自杀。从这个意义上来讲，虽然如奥氏本人所说的那样，波贾的死亡是一种"伊博悲剧"，但我们认为，他是最接近希腊神话意义的悲剧人物，展现出一种较为崇高的品格。我们认为，对于这样一个冒犯了传统禁忌的自杀者，奥比奥玛似乎是持肯定态度的：在故事的结尾处，被特赦提前出狱的本杰明回家后发现象征着"好时光的先兆"（第 306 页）、他称为"白鹭"的弟弟戴维（David）仿佛就是波贾的重生。可以看出，那位自杀者的生命似乎已经在哈比拉称为"后民族主义一代"[①] 的戴维的身上得到了延续。这一充满魔幻现实主义描写的细节隐含了奥氏对尼日利亚未来的期待，即希望其将来有机会脱胎换骨，死而复生。

---

① Helon Habila, "*The Fishermen* by Chizogie Obioma Review—Four Brothers and a Terrible Prophecy", *Guardian*, Mar. 13, 2015.

四　小说中的意外死亡

在《钓》中，除了他杀死亡之外，奥比奥玛着墨最多的就是意外死亡了。不过，值得注意的是，该小说中的意外死亡者几乎都死于交通事故。四兄弟的儿时玩伴伊巴夫死于交通事故；他们的邻居博德先生也因车祸而亡。在小说中，还有不少不具名的人物也死于车祸。例如，被疯子阿布鲁奸尸的那个年轻妇女也死于车祸；一辆载着一家人的汽车在公路上失控，栽进了奥米－阿拉河，全家人都被河水淹死。除了那些死于交通事故中的人，在阿库雷的街上也随处可见被汽车轧死的各种动物尸体。交通事故似乎是小说人物日常生活中无法避开的灾难。阿格伍一家所信任的"神召会"牧师柯林斯（Collins）先生也曾遭遇车祸。阿布鲁两次被汽车所撞。在第一次车祸中，他虽然侥幸存活下来，但此后便精神失常。

显然，奥氏在《钓》中描写频发的交通事故意在揭露尼日利亚混乱的交通状况以及政府相关部门低下的办事效率。正是由于阿库雷的交通警察出警很慢，那具被车撞死的女尸才从清晨到中午一直躺在路上，没有得到妥善的安置。可以说，与"尼日利亚无一天 24 小时正常的电力供应"[1] 相类似，该小说中所有那些交通事故都是尼日利亚治国理政失败的象征。在那个充满混乱的国家里，活着的人没有安全感，死去的人得不到基本的尊严。那个死于交通事故的女性在众目睽睽之下遭到阿布鲁的亵渎，却无人制止。奥氏借小说中父亲写的信愤怒地抨击尼日利亚政府的不作为：

> 每天都有年轻人被名为道路，实为满是车辙、破烂不堪的死亡"陷阱"夺去生命。然而，阿索岩（尼日利亚首都阿布贾郊外的一块巨岩。尼日利亚国会、总统府、最高法院都建在附近）上的人声称这个国家会好起来。问题就在这儿，他们的谎言就是问题所在。（第 304 页）

---

[1]　Prune Perromat, "A Conversation with Chigozie Obioma", http://www. Theliteraryshowproject. com/conversations/2016/6/26/a-conversation-with-chigozie-obioma.

　　虽然阿布鲁没有死于车祸，但他无疑也是车祸的受害者。在与哈比拉的访谈中，奥氏提到他在塑造阿布鲁这个疯子形象时融入了现实关怀的因素，目的是让西非的政治家们注意到其所在的国家精神病人无家可归、频频死于车祸的社会现实：

　　　　在西非社会，疯女人和疯汉子现象是相当普遍的。像［阿布鲁］那样到处乱跑的人是被遗弃者，大多数来自另一个城市。他们到处乱跑，在大街上捡垃圾，做我在书中所描写的事情。……然后某一天，你一早醒来发现他们中的某一个已经死在马路边，或许被车撞死了。所以，通过将阿布鲁塑造成普通疯汉的角色，我希望能让西非政治家们意识到这一困境。①

　　从这个意义上讲，奥氏描写那么多的交通事故死亡，尤其是那些不具名的交通事故死亡，其目的显然是有意提醒西非的政治家们要重视国家依然混乱的交通状况。

　　需要指出的是，奥比奥玛所描写的与交通事故相关的死亡事件，除了上述的现实观照之外，还有象征层面的内涵，即象征着"新殖民主义"（neocolonialism）对尼日利亚人民的碾压和吞噬。"新殖民主义"是新时代（二战之后）殖民主义的表现形式，它是一种"经济殖民主义"，② 其基本内涵是：某一前殖民地国家或地区在政治上虽然已经正式独立，摆脱了原宗主国的直接统治，但它并没有获得真正意义上的独立和发展，因为它依然受到原宗主国的经济控制和剥削。③ 加纳首任总统恩克鲁玛（K. Nkrumah）对新殖民主义有经典的表述："新殖民主义的实质是，在它控制下的国家从理论上说是独立的，而且具有国际主权的一切外表。实际上，它的经济制度，从而它的政治政策都是受外力支配的。"④

---

① Helon Habila, "Chigozie Obioma", *Poets & Writers*, Vol. 43, No. 4 (2015), p. 47.
② 刘颂尧：《略论新殖民主义》，《经济研究》1984 年第 4 期，第 66 页。
③ 高岱：《"殖民主义"与"新殖民主义"考释》，《历史研究》1998 年第 2 期，第 158 页。
④ 〔丹〕尼尔斯·哈恩：《泛非主义和反对新殖民主义的斗争》，阎鼓润译，李安山主编《中国非洲研究评论（2013）》，北京：社会科学文献出版社，2014，第 145 页。

汽车是西方的舶来品，与新殖民主义有着千丝万缕的关系。而伴随着汽车的出现，英国殖民者在尼日利亚修建的道路更是被视为新殖民主义的象征。英国最后一任尼日利亚总督的梦想就明示了路与新殖民主义之间的关联："'一条英雄和美丽的道路'已在他的监督下造好。他梦想着在这条美丽的路上，非洲所有的财富，它的金矿和钻石以及各种矿藏资源、它的食物、它的能源、它的劳工、它的知识会跨越绿色的海洋被运送到他的国土上，从而让［英国人］的生活更为富足。"① 尽管尼日利亚 1960 年摆脱了英国的殖民统治，获得了独立，但是通过路的通行，英国以一种更隐蔽的方式，亦即新殖民主义的方式控制同时损害独立后尼日利亚的经济。尼日利亚著名作家索因卡和奥克瑞在他们的作品中都曾用"饥饿的路"这个意象来隐喻新殖民主义对尼日利亚的侵蚀和控制。我们认为，在《钓》中，奥氏通过描写众多的交通事故死亡，与索因卡和奥克瑞这两位作家笔下"饥饿之路"意象形成了巧妙的互文，同样赋予道路意象以新殖民主义的内涵。

从象征的层面上看，《钓》中的疯子阿布鲁是西方新殖民主义语境下非洲人生活混乱的写照。奥氏用阿布鲁的疯狂喻指西方新殖民主义的疯狂。阿布鲁原本是一个勤奋好学的学生，与阿格伍四兄弟一样，他和他的哥哥原本也是向往美好未来的青年，但由于贫穷，其母供不起他们上学，他们被迫铤而走险去抢钱。在抢完钱逃跑的过程中，阿布鲁被一辆飞驰的汽车撞倒，脑部受到重创，并因此神经错乱。阿布鲁虽然是"饥饿的路"——西方新殖民主义的直接受害者，但具有讽刺意味的是，大难不死的他却在车祸之后把家安在一辆废旧的卡车上，并且把一个死于交通事故中的女尸"当成了妻子"（第219页），搂住不放。疯癫之后，他完全走向尼日利亚传统道德的对立面，不仅在公共场合手淫、奸尸，而且还犯下奸母弑兄的罪行，其疯狂的行为已经到了令人发指的程度。耐人寻味的是，作为新殖民主义象征的"路"似乎也赋予了阿布鲁强大的力量，因为在第

---

① Jonathan Highfield, "No Longer Praying on Borrowed Wine: Agroforestry and Food Sovereignty in Ben Okri's *the Famished Road* Trilogy", in Byron Caminero-Santangelo and Garth A. Myers, eds., *Environment at Margin: Literary and Environmental Studies in Africa*, Athens: Ohio University Press, 2011, p. 147.

一次遭遇交通事故之后，阿布鲁似乎变得刀枪不入：阿格伍家奥班比和本杰明兄弟俩亲眼看着阿布鲁吃下拌有老鼠药的面包，但后者却毫发无损；父亲阿格伍先生试图杀死阿布鲁，但前者非但没有如愿杀死后者，反而被后者弄瞎了左眼。总之，阿布鲁的疯狂及其百毒不侵的体格是西方新殖民主义肆虐背景下非洲本土民众生活被扭曲、被异化的缩影。

值得注意的是，在《钓》中，除了不少死于交通事故中的人之外，还有随处可见的"各种被车轧死的动物——鸡、山羊、狗、兔子"（第215页）。而且，在《钓》中，动物的死亡似乎总是对应着某个人物的死亡。波贾在投井自杀前，一只母鹰曾落入那口井中淹死，而且与波贾一样，过了好多天才被人发现。可以说，那只母鹰的死亡与波贾的死亡情景颇为相似。此外，为了报复向他们的母亲告发他们在奥米－阿拉河中钓鱼一事的邻居，波贾用母亲的菜刀斩杀了邻居家的公鸡，这一暴力细节似乎预示了波贾后来用该刀弑兄的悲剧。本杰明也将伊肯纳的死亡同四年前掉落在他们家走廊上的麻雀的死亡联系起来。读者应该不会忽略小说中俯拾皆是的动物意象，书中的章节几乎都是用某个动物命名的。关于书中不断出现的动物意象，在哈比拉与奥比奥玛的访谈中，奥氏曾这样解释：

> 自从小时候我父亲带我们去动物园之后，我就喜欢上动物了。……我将我热爱动物的个性虚构到叙述者本杰明的身上，喜欢动物的本杰明通过他喜欢的东西来理解世界。所以，他将死去的哥哥比作麻雀，他以一种自己能掌控的方式理解悲剧，把伊肯纳变形为麻雀，悲剧感就被以他所能掌控的方式降低到不那么重要的程度。[1]

从表面上看，由于本杰明在两个哥哥死亡之时年仅10岁，他只能借他所喜欢的动物意象来理解整个事件。从本质上讲，小说中到处出现的动物死亡意象似乎也隐喻着西方殖民主义吃人的本质：在新殖民主义的侵袭和碾压下，尼日利亚人命如草芥，他们与动物无异，没有生命的尊严，更无法控

---

[1] Helon Habila, "Chigozie Obioma", *Poets & Writers*, Vol. 43, No. 4 (2015), p. 47.

制自己的命运。

五　小结

弗莱克霍尔姆曾指出，尽管《钓》主要讲述的并非殖民主义斗争，但它进行了如恩古吉所言的"思想去殖"行动。[①] 通过对《钓》中的他杀、自杀以及意外死亡（交通事故）等各种死亡意象的分析，我们认为，该小说不仅是一个家庭故事，更是一则政治寓言，用马丁的话说，是"一种简练的后殖民寓言"。[②] 波贾弑杀伊肯纳及其自杀的悲剧，预示着英国殖民者强加在文化、语言和习俗各异的尼日利亚各部族头上的"国家"难以维系；而小说中所描写的那些交通事故导致的意外死亡事件，在揭示尼日利亚混乱的交通状况以及尼日利亚人生存现状的同时，也暗示了西方新殖民主义对尼日利亚社会的碾压和吞噬。应该指出的是，尽管小说中充斥着各种死亡意象，但奥比奥玛对尼日利亚的未来似乎并未持完全悲观的态度。我们看到，阿格伍家兄弟中仍未成年的老三奥班比和老四本杰明通力合作，成功杀死其父亲独自一人无法对付的阿布鲁，最终给他们家带来宁静的生活。奥氏曾指出，尼日利亚要朝前走就必须废除英国人最初的发明，让尼日利亚人决定尼日利亚该如何存在。[③] 正如历史学家威尔·杜兰特（Will Durant）所言："一个伟大的文明不是毁于外部的侵略，而是亡于自身的衰落。"[④] 在奥氏看来，只有当尼日利亚各部族学会互相团结、互相合作的时候，尼日利亚才能摆脱殖民主义挥之不去的影响以及新殖民主义的控制，才能创造一个真正属于尼日利亚的美好未来。

---

① 该说法来自恩古吉·提安哥的著作《思想去殖：非洲文学中的语言去殖》的标题。详见 Ngũgĩ Wa Thiong'o, *Decolonizing the Mind: The Politics of Language in African Literature*, London: James Currey, 1986。

② Tim Martin, "Caught in a Spiral of Fear and Violence", *Daily Telegraph*, Sept. 19, 2015.

③ 转引自 Helon Habila, "Chigozie Obioma", *Poets & Writers*, Vol. 43, No. 4 (2015), p. 47。

④ 转引自 Amy Frykholm, "From Nigerian to America and Back", *Christian Century*, Vol. 133. No. 24 (2016), p. 33. 译文参见徐娉婷、杨竹琳《〈渔夫〉：尼日利亚后殖民下的悲剧》，https:// cul. qq. com/a/20151013/022017. htm。

第五章　神话书写：图图奥拉小说个案研究

一　引言

　　死亡是文学永恒的主题。中外文学史上，我们很难找到一位不愿触及死亡书写的经典作家。尼日利亚文学也不例外，新生代优秀作家奥比奥玛书写死亡，老一辈的经典作家阿摩司·图图奥拉更是对死亡情有独钟。他的长篇力作《棕榈酒酒徒》（本章后文简称《棕》）和《我在鬼林中的生活》（本章后文简称《我》）的故事场景在人间和阴间来回切换，小说中对死亡意象的描写充满了魔幻色彩，我们能深切地感受到约鲁巴民间神话叙事对图氏小说创作的影响。本章聚焦《棕》与《我》中死亡意象的神话书写，探讨图图奥拉对非洲本土文化、历史及现实的思索。

　　图图奥拉可谓尼日利亚所有作家中最幸运的一位了。查尔斯·拉森（Charles Larson）说他是意外成了作家，而伯恩斯·林德弗斯则戏称他是"文学界的文盲"。[①] 图氏虽然只受过6年的学校教育，之后也是以铜匠和尼日利亚殖民政府劳动部的信差工作为生，但他是第一位在伦敦出版小说的尼日利亚作家。他的第二部小说《我》在伦敦的出版时间比艾克文西的《城市中的人们》还要早8个月。阿契贝在英国出版他的长篇处女作《瓦解》时，图氏已经出版了4部小说。更值得一提的是，《棕》和《我》出

---

① 转引自 Francis B. Nyamnjoh, *Drinking from the Cosmic Gourd: How Amos Tutuola Can Change Our Minds*, Bamenda: Langaa Research & Publishing Common Initiative Group, 2017, p. 7。

版之后即被译成法语、德语、意大利语、南斯拉夫语等多种语言。1963年，西德政府曾向图氏提供赴德国游学 9 个月的奖学金。[1] 亚瑟·卡尔德－马歇尔（Arthur Calder-Marshall）称图氏的《棕》"象征尼日利亚文学黎明的来临"[2]；有评论家甚至说《棕》开辟了一条美国作家可以效仿的道路。[3]

图图奥拉的家乡是在离拉各斯 64 英里远的约鲁巴城镇阿比奥库塔（Abeokuta），其父母是种可可树的农民，而其祖父却是一个"奥戴丰"（Odafin，约鲁巴部族的精神领袖），同时又是阿比奥库塔其中一个区域的行政长官，是一个拥有权力和权威的人。[4] 图图奥拉出生的时候，基督教已经深深地改变了约鲁巴人的生活。图氏的父母都是基督徒，他的兄弟姐妹也信奉这一外来的新宗教，唯有他的祖父依然坚守传统的生活方式和宗教信仰。图氏熟稔约鲁巴传统文化，其童年时代是在其长辈们所讲的各种约鲁巴民间故事的陪伴下度过的。他曾不止一次在访谈中提到他和他的童年玩伴夜晚在农场听约鲁巴民间神话故事的情形。[5]

童年时代对约鲁巴传统文化的耳濡目染使图图奥拉格外尊重本民族的文化传统。他的祖父去世之后，当家人屈服于新宗教，终止了传统的习俗和做法并将全家的名字欧化时，图图奥拉对此表现出极大的不满。[6] 成年后，图氏也曾对尼日利亚年轻人不关心本民族传统文化或习俗而专注于欧洲文化这一现象痛心疾首。[7] 当他谈到自己的孩子不知道约鲁巴文化的诸

---

[1] Harold Collins, *Amos Tutuola*, New York：Twayne Publishers，1969，p. 20.

[2] 转引自 Bernth Lindfors, ed., *Critical Perspectives on Amos Tutuola*, Washington, D. C. ：Three Continents Press，1975，p. 9。

[3] 转引自 Bernth Lindfors, ed., *Critical Perspectives on Amos Tutuola*, Washington, D. C. ：Three Continents Press，1975，p. 17。

[4] Michael Thelwell, "Introduction", in Amos Tutuola's *The Palm-Wine Drinkard & My Life in the Bush of Ghosts*, New York：Grove Press，1984，p. 177.

[5] Geoffrey Parrinder, "Foreword", in Amos Tutuola's *The Palm-Wine Drinkard & My Life in the Bush of Ghosts*, New York：Grove Press，1984，p. 10.

[6] Michael Thelwell, "Introduction", in Amos Tutuola's *The Palm-Wine Drinkard & My Life in the Bush of Ghosts*, New York：Grove Press，1984，pp. 183 – 184.

[7] Michael Thelwell, "Introduction", in Amos Tutuola's *The Palm-Wine Drinkard & My Life in the Bush of Ghosts*, New York：Grove Press，1984，pp. 186 – 187.

多内容，他必须解释给他们听时，更是满怀遗憾地称之为不幸。① 或许是出于对约鲁巴传统文化的尊重以及保护的迫切性，在创作首部小说时图氏自然而然选择了他熟稔且"本能掌握的基本文学形式"② ——民间神话传说。图氏一生共创作了《棕》、《我》、《辛比和黑暗丛林之神》、《勇敢的非洲女猎人》、《丛林中的羽毛女人》（*Feather Woman of the Jungle*，1962）、《阿佳伊及其继承来的贫穷》（*Ajayi and His Inherited Poverty*，1967）、《偏远小镇的巫药医》（*The Witch-Herbalist of the Remote Town*，1981）、《鬼林中的野猎人》（*The Wild Hunter in the Bush of the Ghosts*，1982）、《约鲁巴民间故事》（*Yoruba Folktales*，1986）、《贫民、打架者和诽谤者》（*Pauper，Brawler and Slanderer*，1987）和《乡村巫医及其他故事》（*The Village Witch-Doctor and Other Stories*，1990）等 10 余部作品。在他的作品中，图氏一直把约鲁巴民间传说或神话故事作为其创作的素材。伊费大学的学生曾问他："你有没有打算像许多年轻的非洲作家那样致力于反抗新殖民主义而放弃民间故事？"图氏的回答是"绝对不会"。③

　　按照林德弗斯的观点，图图奥拉作品的接受情况经历了三个不同的阶段：首先，外国人着迷，本国人尴尬；其次，外国人不再着迷，本国人重新评估；最后，普遍但有保留的接受。④ 虽然评论界一直对图氏的创作持有争议，但可以肯定的是，对于图氏的前两部小说《棕》和《我》，国外学者一直评价很高，没有什么明显的阶段性变化。出版了非洲作家系列作品的艾伦·希尔（Alan Hill）在其回忆录中提及他与弗雷德·沃博格（Fred Warburg）之间的一次谈话，后者称《棕》"是他愿意出版的唯一一类非洲书籍"，因为"它再现了真正的非洲"。⑤默塞迪斯·麦凯（Mercedes Mackay）也认为图氏的《棕》将会永远终止那种认为非洲人是其他种族文

---

①　转引自 Robert Elliot Fox，"Tutuola and the Commitment to Tradition"，*Research in African Literatures*，Vol. 29，No. 3（1998），p. 206。

②　Oyekan Owomoyela，*Amos Tutuola Revisited*，New York：Twayne Publishers，1999，p. 104.

③　转引自 Robert Elliot Fox，"Tutuola and the Commitment to Tradition"，*Research in African Literatures*，Vol. 29，No. 3（1998），p. 205。

④　Bernth Lindfors，"Introduction" in Bernth Lindfors，ed.，*Critical Perspectives on Amos Tutuola*，Washington，D. C.：Three Continents Press，1975，p. xiv.

⑤　转引自 Gail Low，"The Natural Artist：Publishing Amos Tutuola's *The Palm-Wine Drinkard* in Postwar Britain"，*Research in African Literatures*，Vol. 37，No. 4（2006），p. 17。

化抄袭者的想法。① 桑迪·阿诺兹（Sunday Anozie）认定《棕》之于非洲文学的重要性犹如《堂吉诃德》之于欧洲文学的重要性。②

　　相比国外的一片赞美之词，尼日利亚国内学界对图氏的《棕》和《我》一开始却报以质疑和嘲笑之声。阿迪埃格博·阿金乔格宾（Adeagbo Akinjogbin）认为图氏的作品"没有文学价值……没有显示出未来发展的可能迹象……也没有提供有关非洲的准确信息"。③ 不少尼日利亚知识分子认为图氏这两部小说之所以能赢得欧美评论界的青睐，其原因在于它们展现了非洲粗野、原始、野蛮的形象——这一形象恰好与外国人对"黑暗大陆"的偏见一致——"大部分英国人，也许还有法国人，乐于相信有关非洲这个十分无知的大洲的神话故事。图图奥拉先生所写的'特别好的书'（它毫无疑问包含了一些我们民间故事中某些不可信的东西）刚好符合那些欧洲读者的胃口，因为这似乎证实了他们对于非洲的理解。无怪乎不只英国读者在读它，法国读者也在读它。"④ 图氏的许多同胞相信他只是一位由傲慢的种族主义者所资助的作家，并不清楚会有什么样严重的后果。阿金乔格宾不无担心地说："这种伤害（我称之为伤害）一旦形成就无法消除。"⑤

　　除此之外，图氏这两部小说故事的原创性以及语言也是尼日利亚学界主要诟病的对象。有论者指责图氏抄袭传统约鲁巴民间故事，认为他那种不切实际的神话思维方式必将把西非文学引向死胡同。巴巴索拉·约翰逊（Babasola Johnson）认为，《棕》的大部分情节借鉴了富冈瓦（D. O. Fuganwa）的《奥格博久颂歌》（*Ogboju Ode*）。⑥ 而奥拉沃尔·奥路麦德（Olawole Olumide）则认为图氏之所以不用约鲁巴语而用英语创作，是因为如果图氏

① Mercedes Mackay, *West Africa*, May 8, 1954. 转引自 Bernth Lindfors, ed., *Critical Perspectives on Amos Tutuola*, Washington, D. C. : Three Continents Press, 1975, p. 44。

② 转引自 Bernth Lindfors, ed., *Critical Perspectives on Amos Tutuola*, Washington, D. C. : Three Continents Press, 1975, p. 238。

③ 转引自 Bernth Lindfors, ed., *Critical Perspectives on Amos Tutuola*, Washington, D. C. : Three Continents Press, 1975, p. 301。

④ Bernth Lindfors, ed., *Critical Perspectives on Amos Tutuola*, Washington, D. C. : Three Continents Press, 1975, p. 301.

⑤ 转引自 Bernth Lindfors, ed., *Critical Perspectives on Amos Tutuola*, Washington, D. C. : Three Continents Press, 1975, p. 301。

⑥ 转引自 Bernth Lindfors, ed., *Critical Perspectives on Amos Tutuola*, Washington, D. C. : Three Continents Press, 1975, p. 32。

用约鲁巴语创作的话，他将无法与富冈瓦匹敌。① 由于其祖父和父亲相继离世，图氏不得不辍学，有限的教育致使他在小说中所使用的英语不够标准，有不少的语法错误。尽管欧美评论家对图氏的语言赞赏有加，②但尼日利亚评论界对图氏的语言几乎都是口诛笔伐。巴巴索拉声称，《棕》根本不该被出版。因为它所使用的语言对西非人、英国人或其他任何人来说都是陌生的。在他看来，"用'好英语'来写非洲故事的做法本已糟糕透顶，用图图奥拉奇怪的土话（或者，我是否该称之为死人语言？）来写它就更加糟糕了。这种语言不是某些人认为的西非土话。非洲土话比《棕》中的语言更加有序、易懂。西非土话中没有像'unreturnable'这样的字眼以及'the really road'这样的说法。……《棕》的读者们或许会注意到图图奥拉先生的努力主要在于他将约鲁巴思想按他自己的顺序翻译成了英语"。③ 有论者甚至称图氏的作品属于那种"不学英语、不研究规则和语法、一刀切入英语，然后让碎片乱飞"的人所写的"新的疯狂的非洲书写"。④

　　非洲和尼日利亚评论界对图氏前两部作品的负面评价在 20 世纪 60 年代以后才渐渐发生改变。尽管有一些尼日利亚读者认为图氏的那两部小说不够好，不值得那些受过教育的成年读者去认真对待，⑤ 但越来越多的尼日利亚和非洲文学评论者开始对图氏的作品，尤其是其早期这两部小说进

---

① 转引自 Bernth Lindfors, ed., *Critical Perspectives on Amos Tutuola*, Washington, D. C.: Three Continents Press, 1975, p. 301。

② 图氏的英国出版商法博·法博出版社（Faber & Faber Press）保留了《棕》和《我》两部小说书稿中的那些语法错误，而没有进行修改。迈克尔·斯万维克称赞图氏的英语有着"奇妙的节奏和奇特的措辞"。详见 Michael Swanwick, Michael Swanwick online: Profile of Amos Tutuola, http://www.michaelswanwick.com/nonfic/tutuola.htm, 1/2。

③ 转引自 Bernth Lindfors, ed., *Critical Perspectives on Amos Tutuola*, Washington, D. C.: Three Continents Press, 1975, p. 31。

④ 转引自 Bernth Lindfors, ed., *Critical Perspectives on Amos Tutuola*, Washington, D. C.: Three Continents Press, 1975, p. 303。

⑤ 在其题为 "Work and Play in Tutuola's *The Palm-Wine Drinkard*" 一文中，阿契贝回忆道："20 世纪 70 年代当我在美国教书的时候，一个在那里读书的年轻尼日利亚女生对我说，'我听说你在讲授图图奥拉的作品'。它不仅仅是个陈述句；她的话里有谴责的成分。我们就这个话题讨论了一会儿。很明显，她认为《棕榈酒酒徒》幼稚、粗糙，而且理所当然不应该是一个爱国的尼日利亚人出口到美国的那类东西。" Steven M. Tobias, "Amos Tutuola and the Colonial Carnival", *Research in African Literatures*, Vol. 30, No. 2 (1999), p. 73.

行重新解读，探究其作为一位作家所具有的缺点和优点。相比以前，他们已经能对它们进行较为客观的评判，很多尼日利亚和非洲评论者发现，尽管这两部小说故事怪诞不稽，而且有明显的缺陷，但它们的艺术成就值得肯定。

神话书写是图图奥拉小说的重要特色，学界已经注意到它的文学价值。在一封私人信件中，图氏写道，"［他］写《棕》是因为［他］想让其他国家的人读约鲁巴的神话故事"。[1] 哈罗德·柯林斯根据诺思若普·弗莱（Northrop Frye）的理论，将图氏的作品定义为接近神话的"纯真的追寻罗曼司"。[2] 美国著名作家安东尼·韦斯特（Anthony West）也说，读完这部作品，"我们瞥见了文学的开始，那一刻，写作最终抓住、确定了目不识丁的文化中的神话和传奇"。[3] 马丁·塔克尔（Martin Tucker）更是认为，图氏"与其说是小说家，不如说是神话作家"。[4] 在艾瑞克·拉瑞比对图氏的采访中，图氏提到自己最喜欢的两部书是乔伊斯·凯瑞的《约翰逊先生》和伊迪斯·汉密尔顿（Edith Hamilton）的《神话》（Mythology）。[5] 不少评论者由此认为图氏的神话故事受欧洲神话的影响。的确，如柯林斯和摩尔这两位评论者指出的那样，图氏的作品，尤其是《棕》和《我》体现出一种常见的神话模式及母题。不过，我们应该看到，图氏的神话书写主要立足于约鲁巴传统文化。尽管图氏前两部小说中的主人公像吉尔伽美什、俄尔甫斯、赫拉克勒斯或爱阿尼斯那样进入阴间，在那里直面死亡本身，[6] 但在这两部小说中图氏通过神话书写呈现了完全非洲化的死亡意象，

① 转引自 Bernth Lindfors, ed., *Critical Perspectives on Amos Tutuola*, Washington, D.C.: Three Continents Press, 1975, p. 280。

② Harold Collins, "Founding a New National Literature: The Ghost of Amos Tutuola", in Bernth Lindfors, ed., *Critical Perspectives on Amos Tutuola*, Washington, D.C.: Three Continents Press, 1975, p. 64.

③ 转引自 Bernth Lindfors, ed., *Critical Perspectives on Amos Tutuola*, Washington, D.C.: Three Continents Press, 1975, p. 17。

④ 转引自 Bernth Lindfors, ed., *Critical Perspectives on Amos Tutuola*, Washington, D.C.: Three Continents Press, 1975, p. 278。

⑤ 转引自 Bernth Lindfors, ed., *Critical Perspectives on Amos Tutuola*, Washington, D.C.: Three Continents Press, 1975, p. 291。

⑥ Gerald Moore, "Amos Tutuola: A Nigerian Visionary", in Bernth Lindfors, ed., *Critical Perspectives on Amos Tutuola*, Washington, D.C.: Three Continents Press, 1975, p. 49.

体现了非洲独特的生死观，而且也如约翰·兰姆萨兰（John Ramsaran）所说的，有着"融入作家所看到和感受到的整个生活体验的特征"。[1] 另外，我们认为图氏的神话书写也同样体现了他对尼日利亚的现实与历史，尤其是殖民主义、奴隶贸易等问题的思考。

二 神话书写中的鬼林世界

无论是希腊神话还是北欧神话，冥界都是一个与人间完全不同的世界，亡灵们必须渡过冥河才能抵达冥界。但是，在图氏的神话世界里，根本没有什么冥界，鬼镇与活人所生活的镇子相邻，也没有冥河要跨越。在《棕》中，主人公的魔幻之旅即将结束之时，他在横跨大河的山上遭遇了最后的怪物，但那里离他的家乡仅 7 英里，不可能是冥河。在《我》中，男孩通过林中一间"像因某种冒犯事件而被逐出小镇的老人的屋子"（《我》，第 23 页）进入所谓的冥界，根本没有冥河。

在希腊和北欧神话中，除了掌管冥界的神灵之外，只有亡者的鬼魂居住在那里。但在图氏笔下所谓的冥界里，除了生前为人的死者之外，还居住着各种各样的鬼，他们从未有过生而为人的经历。摩尔曾对《我》中的鬼有过一番论述：对于未成年的欧洲读者而言，"鬼"这个词可能会产生误导，因为书中的鬼并非那些曾在人间生活过的个体灵魂；他们是另一个世界的永久居住者，他们从未当过活人，但是他们对人间十分了解，并且和人间有密切的交往。[2] 在图氏的神话书写中，人界与鬼界是密切相连的。在《我》中，人间的巫婆、巫师在鬼林中举行集会，并在那里将"灵界孩子"（spirit-children）作为鬼世界的代理人派往人间；而那个最终把迷失在鬼界 26 年的主人公带回人界、浑身长满脓包的鬼女孩，为了治好自己的顽疾问遍鬼界的男巫，但他们都告诉她，如果有一个在鬼林中迷路的人能坚持天天用舌头舔她那些脓包 10 年，她的顽疾就能被治愈（《我》，第 162

---

① 转引自 Bernth Lindfors, ed., *Critical Perspectives on Amos Tutuola*, Washington, D. C. : Three Continents Press, 1975, p. 278。

② Gerald Moore, "Amos Tutuola: A Nigerian Visionary", in Bernth Lindfors, ed., *Critical Perspectives on Amos Tutuola*, Washington, D. C. : Three Continents Press, 1975, p. 53.

页）。有意思的是，最后治愈鬼女孩身上脓包的药竟然与主人公的母亲在人间用来治疗邻居家小孩脚上脓包的草药完全一样。更为神奇的是，那种草药竟然在鬼界到处都可以找到。而且，在《我》中，主人公还两次与女鬼结婚。第二个女鬼还明确表示"比起其他生物，［她］更喜欢和人结婚"（《我》，第 113 页）。在那次婚姻中，他们还生下来一个半人半鬼的孩子。尽管这个半人半鬼的孩子做事"一半按人的方法一半按鬼的方法"（《我》，第 134 页），导致父母吵架分手，但他后来却当上了一个不具名的鬼镇的统治者。《我》中多次提到人鬼联姻的情景。离开第二任妻子后的主人公在鬼镇意外遇见自己多年前死去的堂兄时，还为死去的堂兄在鬼镇生下来的几个儿子和女儿在人间的报纸上刊登征婚广告——"你想要和他们中的某一个结婚吗？如果是，请在 733，744，755，766，777 和 788 这些号码中任选一个，且只选一个，这样他或者她可以亲自将自己的照片寄给你。"（《我》，第 153 页）这进一步说明在约鲁巴民间信仰中，人界与鬼界相通，人鬼身份并无本质差别，人鬼联姻的观念并不稀奇。

在希腊和北欧神话中，冥界只有极少数的英雄人物才能造访，普通的生者是不准前往的。然而，图氏笔下的阴阳两界并非像希腊和北欧神话那样泾渭分明，不可越雷池半步，而是生动地展示了非洲独特的死亡认知思维。在《我》中，主人公死去的堂兄虽然告诉他不可以和死去的人住在一起，但是当死去的堂兄教会他死去的人所说的语言以及鬼镇的习俗时，他就成了一个"完全合格的死人"（《我》，第 152 页）。主人公不仅在鬼镇和死者一起生活多年，而且还在那里接受教育，当上了鬼镇的审判长。更为不可思议的是，他在那里的生活十分安逸，原来一心想要回家的他竟然和希腊神话中的珀耳塞福涅（Persephone）一样不愿离开那里。后来，当主人公想要重返人间之时，他的堂兄还百般挽留。在《棕》中，鬼镇不允许生者来访，活人也不可以生活在鬼镇。当主人公及其妻历尽千辛万苦终于找到鬼镇时，鬼镇里的鬼一开始并没有立刻把他们赶出去。只是当他们违反了鬼镇的习俗——主人公在按鬼镇的习俗倒着走路时不慎跌倒，破皮流血而违反了那里不见血的禁忌——才被赶出鬼镇。此后，他死去的采酒师帮他们在鬼镇的外面建了一个小屋，他们在那里住了几日。在两部小说中，鬼林中许多的生物是不可以越界的，比如，在《棕》中，那群追赶主人公夫妇的"大山生物"（Mountain Creature），在主人公把自己变成一块扁扁的鹅卵石被扔过一条大河之后，就无法追赶，"因为他们绝对不能跨过那条河"（《棕》，第 295 页）。另外，在"忠实之母"（Faithful Mother）栖身的白色大树中，主人公夫妇度过了一年多美妙、乐不思蜀的时光；当他们必须继续去寻找死去的采酒师时，他们央求"忠实之母"在路途中陪伴他们，她也告诉他们"她不能越界"（《棕》，第 251 页）。然而，生者似乎可以随意拜访死者。虽然在《棕》中，那个死去的采酒师并没有跟随主人公回到阳界，但是主人公在"混杂小镇"所审理的案件中，那个巫医成功地把意外死去的丈夫和自杀的大老婆从阴间召回了人界，让他们死而复生。

　　与希腊及北欧神话中的冥界不同的是，图氏笔下的鬼镇除了与活人镇习俗、语言不同，并无本质的差异。鬼镇不仅有着与活人镇一样的各种机构和设施，比如教堂、监狱、学校和医院，而且有不少房子居然是按"现代风格"（《我》，第 149 页）建造的。事实上，当《我》中的主人公看到黑皮肤死者与白皮肤死者共同生活的 10 号鬼镇时，他的"第一个念头是，这就是他的家乡"（《我》，第 143 页）。和活人一样，鬼镇里的死人居民似乎也需要考虑生计的问题。他们大多干着与生前一样的职业。在《棕》中，主人公的采酒师在死后还是棕榈酒采酒师，当主人公在鬼镇见到他的采酒师时，还尝到了他梦寐以求的由这位死去的采酒师所采集的棕榈酒。在《我》中还有一类鬼专以骗取人类的祭品为生，即"偷盗鬼"（burglar ghosts）。鬼林中甚至还有盗墓鬼。就连《棕》中的死神也得自己种木薯养活自己。与活人一样，这些鬼中有些似乎很富裕，有些则很穷。《我》中主人公的第二任妻子所居住的房子是欧式的，而且也有欧式房子所特有的设施：卧室、奢侈的大床、卫生间、厨房、餐厅及衣帽间。她身上的衣服也是华丽无比的，她甚至还有腕表和高跟鞋。当然，也有一些鬼是十分贫穷的，他们除了一张身上所穿的兽皮之外一无所有。

　　鬼镇中的鬼似乎也与人类一样面临生老病死的问题。在《我》中，我们看到，主人公误入蜘蛛网，被完全裹住浑身不能动弹的时候，他被其中一个专吃蜘蛛的鬼误当成其失踪多日的父亲（那个鬼误以为他的父亲已死，所以将他放入棺材，埋在土里）。主人公死去的堂兄的鬼老婆生前是个留学英国的医学院学生，死后也来到 10 号鬼镇，她在那儿建立了第一家医院，当上了卫生局局长，为这个鬼镇培训了几千名护士和医生。鬼镇里也有药品生产商和医院器械生产商，他们为那些生病的鬼提供医疗服务。主人公的堂兄在 10 号鬼镇建立了第一个教堂——"鬼林浸礼教堂"，他给那个鬼镇中 400 万个"不知道上帝，或不相信上帝创造了他们，或不相信还有其他比他们更高等的生物"（《我》，第 147 页）的鬼居民带来了基督教，每年举办宗教会议。同时，他还创立了学校，教鬼学生做生意、学知识，还教他们讲卫生，并了解一些急救知识。这里还有死人出版商，他们会出版宗教书籍和其他教育书籍。和活人一样，除了信仰基督教的鬼之外，也有恪守本土信仰的鬼。而且，和活人一样，那些鬼居民也有各种精神需求。那个"恶臭鬼"（Smelling-Ghost）之王竟然用人界使用的魔法石把主人公变成了一头牛。

实际上，那些鬼界里的居民过着与活人差不多的生活。他们不仅和活人一样结婚生子，夫妻之间也为一些家庭琐事吵架。《我》中主人公的第二任鬼妻子就因为主人公一句"人类优于鬼或者其他生物"（《我》，第135 页）的玩笑而一怒之下将他赶出家门。在另一个无名鬼镇中，我们还看到"所有的女人都长着像公山羊一样的棕色的胡子"（《我》，第 123页）。这些女子因为曾经被她们的丈夫背叛，所以"只可和女人结婚，不可再嫁男人"（《我》，第 123 页）。我们认为，这显然是尼日利亚传统社会中"女性丈夫和男性女儿"[①] 在鬼界的对应人物。《我》的主人公在鬼林中第一次与女鬼结婚的仪式和活人世界一样，也是在教堂中举行，他甚至还在教堂受洗。《我》中，当主人公进入 10 号鬼镇见到他死去的堂兄时，全镇的死人的反应与活人世界完全一样：全镇的鬼居民为他俩的久别重逢欢呼雀跃，同时给他举办欢迎宴会——"许多著名的鬼通过［他的堂兄］给［他］送来各种各样的食物和酒水以欢迎［他］的到来。……晚上八点左右，所有的酋长、国王以及这个镇有地位的鬼都聚集在［他］堂兄家的前屋，然后所有人开始喝各种各样的鬼界饮料，并跳舞、击鼓、唱鬼歌直

---

① Ifi Amadiume, *Female Husband, Male Daughter: Gender and Sex in an African Society*, London：Zed Books, 2015, pp. 31 – 32.

至天亮。"（《我》，第 144～145 页）有趣的是，在《棕》的故事中，图图奥拉通过死婴的鬼魂喻指了现实生活世界中婴儿的高死亡率。《棕》写道，主人公及其妻在回家的途中遇见了不少的鬼魂，一般的鬼魂没有做伤害他们的事，但他们碰到的那 400 个死婴的鬼魂却拿着棍子敲打、驱赶他们。[①]

摩尔认为，图氏笔下的鬼界描述缺乏神学上的严谨，他认定那仅仅是图氏自己假想出来的。[②] 的确，与相对严谨的希腊神话和北欧神话相比，图氏的神话故事不少地方缺乏严谨性。比如，图氏在小说中不断提到，鬼界里的人与西方神话中的神一样是长生不老的，但我们又看到那里也有葬礼，甚至还有盗墓鬼。那个能将死神征服的棕榈酒酒徒却无法征服死亡，他既无法使死去的采酒师复活，也无法使自己摆脱死亡的威胁。此外，迷失在鬼林中的那个男孩通过身上长满脓包的女鬼的电视机似的手掌看见和听见的刚好是能治疗她的顽疾的药方也过于巧合，缺乏可信度。然而，我们也不能说这些关于鬼界的神话纯属图氏自己个人的想象。图氏从小是在约鲁巴民间信仰的熏陶下长大的。他的祖父还在世时，他们家不仅会庆祝所有的奥瑞沙（Orisha）节日以及他们世代庆祝的斋节，而且也会应当地求子女性的请求跳传统的"伊古贡"（Egugun）舞。每周四，图图奥拉家的院子里就会响起仪式鼓点声以及巴巴娄瓦（babalowa）的诵读声或神圣鼓点声。更为重要的是，在他家的一间大屋子里，童年的图图奥拉几乎能见到所有的约鲁巴神灵：奥冈神（Ogun）、钢铁之神沙恩果（Shango）、雷神奥雅（Oya）、奥申神（Oshun）、奥巴塔拉神（Obatala）等。[③] 弗娄贝尼欧斯（Frobenious）指出，这个万神庙里的奥瑞沙体系"相比古典时代的任何其他形式都来得更丰富，更具原创性，更严密，［将约鲁巴传统］保存得更好"。[④] 可以说，童年时代在家中万神庙里对奥瑞沙神话体系的耳濡

---

① 约鲁巴的传统信仰认为："死婴是所有死者中最残酷的。" 见 Francis B. Nyamnjoh, *Drinking from the Cosmic Gourd: How Amos Tutuola Can Change Our Minds*, Bamenda：Langaa Research & Publishing Common Initiative Group，2017，p. 215。

② 转引自 Bernth Lindfors, ed., *Critical Perspectives on Amos Tutuola*, Washington, D. C.：Three Continents Press, 1975，p. 53。

③ Michael Thelwell, "Introduction", in Amos Tutuola's *The Palm-Wine Drinkard & My Life in the Bush of Ghosts*, New York：Grove Press, 1984，p. 182。

④ 转引自 Michael Thelwell, "Introduction", in Amos Tutuola's *The Palm-Wine Drinkard & My Life in the Bush of Ghosts*, New York：Grove Press, 1984，p. 182。

目染使图氏身上那种"崇尚迷信、爱做白日梦、能编织荒诞无稽的故事的能力"① 没有被西方殖民文化所吞噬，形成了他独特的约鲁巴或非洲的鬼界认知。更何况图氏的故事并非其原创。有评论者如奥贡迪佩－莱斯利（O. Ogundipe-Leslie）注意到，图氏小说《棕》中的许多材料并非他本人独创。② 图氏也在不同的场合指出自己并非这些故事的独创者，这一点可以在图氏的第一个采访者艾瑞克·拉瑞比那里得到证实。拉瑞比指出，"图氏并不认为他是这些故事的创作者。故事客观存在。他只是把它们写了下来。小说中所讲的故事都是他从村里的老人那里听来的"。③ 事实上，他曾向他的访谈者提及他的第一部小说《棕》的故事来源：

> 一个星期天的早上我去看望我父亲农田里一个年纪很大的老人。那个老人家给我烤了一个大木薯，而后又递给我棕榈酒。
>
> 他开始用竹杯子装酒。这个竹杯子和玻璃杯子一样深，但它可以装半瓶棕榈酒。喝了四杯酒后，我的身子很不舒服，我醉了，就好像在梦里一样。当那个老人家注意到我的情况后，就告诉我去农田附近一条大河的河堤上坐一坐，呼吸一下到处在吹动的微风。我们马上到了那儿，坐在几棵棕榈树的树荫底下，这些棕榈树就像帐篷一样。我睡着了。一个小时以后，他叫醒了我，那会儿我的身体已彻底恢复。
>
> 当他认为我可以欣赏他要给我讲的故事的时候，他就给我讲了这个棕榈酒酒徒的故事。④

虽然图氏没有公开说明他第二部小说的材料来源是否与第一部小说相同，但 1954 年《西非报》的记者报道说，图氏在他最早的两本书出版后，感

---

① Bernth Lindfors, ed., *Critical Perspectives on Amos Tutuola*, Washington, D. C.: Three Continents Press, 1975, p. 116.

② Bernth Lindfors, ed., *Critical Perspectives on Amos Tutuola*, Washington, D. C.: Three Continents Press, 1975, p. 148.

③ Bernth Lindfors, ed., *Critical Perspectives on Amos Tutuola*, Washington, D. C.: Three Continents Press, 1975, p. 280.

④ Bernth Lindfors, ed., *Critical Perspectives on Amos Tutuola*, Washington, D. C.: Three Continents Press, 1975, p. 9.

觉"才思枯竭"，打算"回阿比奥库塔作短暂休息，听听老人家重讲约鲁巴传奇故事，以便给他的创作提供新的灵感"。① 由此，我们可以推断，《我》很有可能也是取自阿比奥库塔的老人家讲的约鲁巴神话故事。或者说，图氏的鬼界想象并非其个人天马行空的胡乱想象，至少是关于约鲁巴乃至非洲的鬼界想象，反映了约鲁巴乃至非洲独特的生死观。

在西方的神话书写中，生死是完全对立的存在状态，阳间与阴间有明显的边界，生者和死者都不可越雷池一步；人们渴望生命，畏惧死亡，所以人界似乎优于鬼界。然而，在约鲁巴人乃至非洲人看来，"死亡并不是一件令人恐惧的事情，活人的世界与死人的世界是并存的"。② 在《棕》中，死神也居住在人间，而且活人们似乎都知道死神的住所。小说中写道，当远道而来的主人公不知道去往死神住所的路怎么走时，他索性躺在十字路口，佯装睡觉，有路过的赶集者就大声地说，"那个好男孩的母亲是谁，他躺在十字路口，头朝着死神之路的方向"（《棕》，第195页）。死神不仅和人的大小差不多，有一间自己的屋子和一片木薯地，必须种地、消耗食物，以健康的生活方式让自己活下去，而且也和人一样身体力量有限——他竟然被主人公用网网住，并且带离自己的居所。死神的形象让我们真切地感受到了约鲁巴文化的生死观：生和死不过是生存的两种不同状态而已，死亡并不恐怖，因为生里也包含着死，它是一种"令人困惑的，既不太属于生也不太属于死的，边界模糊的存在"。③ 《棕》这样描述棕榈酒酒徒在"混杂小镇"里所遭遇的死亡案件：一个一生都欠钱不还的人与另一个一生讨债从未空手而归的人发生了争执，两人为了维护自己一辈子从不还钱与一辈子讨债从未失手的名声而先后自杀，之后那个一直在旁观的人也选择了自杀，因为他要到阴间了解事情的最后处理结果。尽管故事有点荒唐可笑，但它却反映了非洲生死无界、生死之间并无本质区别的观念。事实上，在图氏的神话书写中，相比活人，死人仿佛只是一种不同的

---

① 转引自 Bernth Lindfors, ed., *Critical Perspectives on Amos Tutuola*, Washington, D. C.: Three Continents Press, 1975, p. 280.

② Bernth Lindfors, ed., *Critical Perspectives on Amos Tutuola*, Washington, D. C.: Three Continents Press, 1975, p. 149.

③ Francis B. Nyamnjoh, *Drinking from the Cosmic Gourd: How Amos Tutuola Can Change Our Minds*, Bamenda: Langaa Research & Publishing Common Initiative Group, 2017, p. 104.

人种或物种。他们虽然语言、习俗不同，却有着同样的情感和心理诉求。罗伯特·阿姆斯特朗（Robert Armstrong）将死人倒着走路的举止读解为原始的行为举止模式。他指出，这一点在故事的其他地方有相关的印证，因为故事中的那些"红人"（red people）的眼睛曾经长在膝盖上，所以必须倒着走路。① 阿姆斯特朗的读解也许有一定的道理，但我们更倾向于认为，图氏笔下的死人与活人之间只有生活习惯的差异，而不存在本质上的差异。因此，在这两部小说中，那些鬼光凭主人公夫妇的外表根本无法判断他们是不是鬼。当《棕》中鬼镇里的鬼看到主人公到达鬼镇，并且向他们打听死去的采酒师时，他们问的第一句话也是"你们那儿的人是死人还是活人？"（《棕》，第275页）可以说，图氏的神话书写创造了一个极具非洲味的鬼林世界，表达了与希腊以及欧洲神话中生死二元对立的生死观完全不同的生死无界的生死观。

三　神话书写中对西方殖民文化的解构

图图奥拉曾经指出其神话书写的目的。他说，"我不指责文明。我只是不希望我们的人民忘记过去"。② 与伊费大学的学生进行座谈时，图氏也曾提到他看不惯尼日利亚当下社会所存在的问题。③ 不过，图氏对过去的强调并不意味着他像保罗·纽玛特（Paul Newmarkt）所说的那样只关心"我从哪里来"的问题，而不关心"我要去哪里"以及"我必须为到达那里做些什么"的问题。④ 他曾明确告诉学生了解过去与了解现在是同样重要的。⑤ 纽

---

① 转引自 Bernth Lindfors, ed., *Critical Perspectives on Amos Tutuola*, Washington, D. C. : Three Continents Press, 1975, p. 217。

② 转引自 Laura Murphy, "Into the Bush of Ghosts: Specters of the Slave Trade in West African Fiction", *Research in African Literatures*, Vol. 38, No. 4 (2007), p. 150。

③ Robert Elliot Fox, "Tutuola and the Commitment to Tradition", *Research in African Literatures*, Vol. 29, No. 3 (1998), p. 207.

④ 转引自 Bernth Lindfors, ed., *Critical Perspectives on Amos Tutuola*, Washington, D. C. : Three Continents Press, 1975, p. 184。

⑤ 转引自 Robert Elliot Fox, "Tutuola and the Commitment to Tradition", *Research in African Literatures*, Vol. 29, No. 3 (1998), p. 206。

玛特认为，图氏的作品没有描述社会斗争或批判西方殖民文化。[①]　艾瑞克·拉瑞比也持类似的观点。他指出，《棕》似乎是通过让种族问题缺场的方式来处理黑人与白人之间的冲突的。[②]　的确，在《棕》和《我》中没有塑造任何白人形象。不过，我们认为，图氏的神话书写以某种含蓄的方式讽刺了殖民统治时期尼日利亚的社会状况，解构了西方殖民者的权力话语，努力使非洲文化重获一种主体性的地位。

历史上，非洲的口传民间神话故事总是被它们的讲述者所改变和重写，这样它们才能与它们被讲述时的社会或道德环境有一定的关联性。[③]图氏本人也曾说过，"我运用了我的想象力。当你发现材料的时候，你可以在那个材料上添加任何东西"。[④]　图氏自称分别只花两天的时间写就了《棕》和《我》，但却分别花了整整 3 个月的时间对这两部小说进行修改和扩充。[⑤]　我们有理由相信，图氏对《棕》和《我》的修改和补充一定包括对那些民间神话故事的创造性改写。"完美绅士"（Complete Gentleman）的故事便是一个很好的例子。据考证，这个故事有很多版本。按照尤斯塔斯·帕尔默（Eustace Palmer）的考证，在由奥古麦弗（Ogumefu）所收集的约鲁巴传奇故事中，"完美绅士"是头而不是头骨。他生活在头的国度里。因为想来人间看看，所以他向人类借用其他身体部位。他到达一个小镇后被一群跳舞的姑娘吸引，便劝其中一个女孩嫁给他，跟他返回头的国度。当那个姑娘意识到他只是一个头时，便惊恐地逃回家。因为没手没脚，所以头无法追上她。在另一个版本中那个姑娘被她妈妈制造的风吹回了家。[⑥]　在阿尔塔·加布娄（Alta Jablow）的《是和否：耳熟能

---

① 转引自 Bernth Lindfors, ed., *Critical Perspectives on Amos Tutuola*, Washington, D. C.: Three Continents Press, 1975, p. 185。

② 转引自 Bernth Lindfors, ed., *Critical Perspectives on Amos Tutuola*, Washington, D. C.: Three Continents Press, 1975, p. 12。

③ Steven M. Tobias, "Amos Tutuola and the Colonial Carnival", *Research in African Literatures*, Vol. 30, No. 2 (1999), p. 67.

④ 转引自 Robert Elliot Fox, "Tutuola and the Commitment to Tradition", *Research in African Literatures*, Vol. 29, No. 3 (1998), pp. 206 – 207。

⑤ Harold Collins, *Amos Tutuola*, New York: Twayne Publishers, 1969, pp. 19 – 20。

⑥ Ato Quayson, *Strategic Transformations in Nigerian Writing: Orality & History in the Work of Rev. Samuel Johnson, Amos Tutuola, Wole Soyinka & Ben Okri*, Bloomington: Indiana University Press, 1997, pp. 47 – 48.

详的非洲民间故事》（*Yes and No：The Intimate African Folklore*）的版本中，那个不听话的女孩是被她婆婆制造的风吹回了家。① 在塞拉利昂的版本中，"完美绅士"只是借了衣服，没有借身体器官。② 尽管如林德弗斯指出的那样，我们无法断定图氏采用的是哪个版本，但我们依然能看出他对故事的中心元素做了创造性的修改。

在图氏对这个故事的创造性重写中，如同一些完美的欧洲绅士向茅斯兄弟（Moss Bros）租借上等服装一样，"完美绅士"向人租借其他身体器官。与奥古麦弗所收集的那个约鲁巴故事中的"完美绅士"不同，图氏笔下的"完美绅士"只是一个头骨。桑迪·阿诺兹认为图氏的这一改写表达了图氏本人对拉各斯"被西化的绅士"的愤恨和嘲讽：

> 这些所谓的进步男性和新贵，是丛林家庭中叛逆姑娘们的引诱者和背叛者。在这方面，图氏与其他的小说家和社会评价家，特别是阿布都雷伊·萨德吉（Abdoulayi Sadji）和赛普瑞安·艾克文西一样。正是通过这些插曲，图氏清楚地表明了他的社会和道德说教目的。③

阿诺兹的读解有一定的道理，但正如我们在书中看到的，"完美绅士"不仅对那个姑娘有致命的诱惑，连身为男性的主人公也不得不承认自己几乎无法抵挡"完美绅士"的魅力：

> 我一点儿也不能因那位女士跟随那个装扮成"完美绅士"的骷髅鬼到他家而责怪她。因为如果我是个女的，我也一定会跟随他到任何地方。作为一个男的，我会更嫉妒他，因为如果这位绅士上战场，敌人肯定不会杀他或抓他，如果轰炸者在他们准备轰炸的镇子里看到他，也不会在他前面扔炸弹，就算他们扔了炸弹，炸弹本身也只会在

---

① Harold R. Collins, *Amos Tutuola*, New York：Twayne Publishers, 1969, p. 55.

② Bernth Lindfors, ed., *Critical Perspectives on Amos Tutuola*, Washington, D. C.：Three Continents Press, 1975, p. 109.

③ 转引自 Bernth Lindfors, ed., *Critical Perspectives on Amos Tutuola*, Washington, D. C.：Three Continents Press, 1975, p. 247.

这位绅士离开镇子后才爆炸，就因为他长得帅。(《棕》，第 207 页)

由此看来，仅仅将这个"完美绅士"理解为"丛林家庭中叛逆姑娘们的引诱者和背叛者"是不够全面的。正如弗朗西斯·恩雅姆恩乔（Francis B. Nyamnjoh）认为的那样，在这个"完美绅士"的故事中，图氏提及了今日世界才有的器官移植、缺肢再植和整容、克隆以及基因修改技术。[①] 其实，我们也可以将"完美绅士"理解为西方殖民主义思想和技术的隐喻：图氏试图借这个神话故事暗示西方的思想和技术外强中干的本质，就如"完美绅士"很聪明，而且看似有强大的力量，因为他不仅可以"在一秒之内跳一英里"(《棕》，第 205 页)，还可以听见两里地外的人说的话。但一旦剥去伪装，他就只剩一个空洞的头骨，显露出死亡的本质。斯蒂文·托拜厄斯（Steven Tobias）将此理解为殖民时期让非洲人目眩的西方现代性空洞之隐喻。[②] 我们认同托拜厄斯的观点。

不过，更值得我们注意的是，"骷髅鬼"在抓住女孩之后在她的脖子上绑了一个贝壳，当她试图逃跑时，贝壳就会发出刺耳的警报声。不仅如此，女孩的脖子被系上贝壳之后便无法发出声音——任何时候只要把贝壳系在某个人的脖子上，他或她的力量就会被削弱，而且变成哑巴。(《棕》，第 210 页) 图氏通过这一创造性的改写暗示了殖民主义的奴役本质：殖民者总是以钱[③]或者其他看似实用的东西将非洲受害者诱入陷阱，同时，他们也用金钱剥夺非洲人的话语权，从而消除他们的反抗能力。另外，主人公把那名女子解救出来的细节也很值得我们注意。与加布娄所提供的神话故事版本中那个女子的婆婆制造了一阵风把那个女子吹回来的解救方式不同，图氏笔下的主人公依靠巫术的力量，先将自己变成蜥蜴以及空气，后又把那个女子变成一只小猫放入自己的口袋，而后将自己变成小鸟，成功逃离"完美绅士"的魔爪。众所周知，巫术是非洲传统文化重要的一部

[①] Francis B. Nyamnjoh, *Drinking from the Cosmic Gourd: How Amos Tutuola Can Change Our Minds*, Bamenda：Langaa Research & Publishing Common Initiative Group, 2017, p.69.

[②] 转引自 Francis B. Nyamnjoh, *Drinking from the Cosmic Gourd: How Amos Tutuola Can Change Our Minds*, Bamenda：Langaa Research & Publishing Common Initiative Group, 2017, p.149。

[③] 前殖民时期尼日利亚族民在商品交易时用的货币是贝壳。

分。可以说，在故事的结尾主人公借助非洲传统巫术的力量将那个女子从象征着西方殖民者的"骷髅鬼"手里解救了出来。或许，在隐喻的层面上，图图奥拉想表明，西方殖民主义虽看似强大，但非洲人可以借助传统的力量使自己免受它的毒害和控制。

相比较而言，图氏在《我》中所塑造的那个双眼能喷火的"喷火眼之母"（Flash-Eyed Mother）更能体现西方殖民统治者的贪婪和残暴。"喷火眼之母"是15号鬼镇的统治者，也是那个小镇唯一的一位女性。她的身体巨大无比，不仅拥有无数个头、数不清的尖利的牙齿以及一张"能吞得下一头大象"（《我》，第98页）的嘴，还拥有像手枪或者火药一样的双眼——她"会向冒犯她的人身上喷火，那火会像燃烧毛茸茸的东西或者布那样燃烧身体。她也会远距离喷火，将它用作鞭子去鞭打冒犯者"（《我》，第99～100页）。她以此来强迫一些小鬼为她打猎，并用他们打来的猎物养活她及其身上无数个贪得无厌的头。弗朗西斯·恩雅姆恩乔称"喷火眼之母"喷出的火光是炫目的殖民文明之光。[①] 我们赞同恩雅姆恩乔的观点。从某种意义上来讲，不可一世的"喷火眼之母"是维多利亚女王的象征，而她所统治的15号鬼镇则是利用现代化武器进行殖民掠夺和统治的英国的隐喻。我们知道，维多利亚女王统治时期，通过殖民征服建立起来的英国十分强大，疆土覆盖世界将近1/4的土地。"米字旗飘扬在北极的冻土带、尼日利亚的热带雨林、南部非洲的草原和风雪交加的喜马拉雅山口。"[②] 1897年，"日不落帝国"的臣民隆重庆祝维多利亚女王登基60周年，女王兴高采烈，亲自发电报向各地的庆祝活动表示感谢。在相关的文献里，我们没有看到图图奥拉对维多利亚女王的个人评价，但他对这位依靠商业贸易和军事强权进行殖民扩张的"帝国之母"应该没什么好感。或许，他想借15号鬼镇之王"喷火眼之母"身上那种残忍的威力来影射维多利亚女王的帝国霸权及其给殖民地人民所带来的痛苦和不幸。在《我》中，主人公被抓到"喷火眼之母"统治下的鬼镇后也被迫为其打猎和作战，并在一次战斗

---

① Francis Nyamnjoh, *Drinking from the Cosmic Gourd: How Amos Tutuola Change Our Minds*, Bamenda: Langaa Research & Publishing Common Initiative Group, 2017, p.19.

② 〔美〕克莱顿·罗伯茨等：《英国史》（下册），潘兴明等译，北京：商务印书馆，2013，第313页。

中惨遭敌方砍头。虽然"喷火眼之母"的儿子，即"隐形并战无不胜的兵卒"（Invisible and Invincible Pawn）重新给他安了个头，但前者将另一个鬼的头错安到他的头上，以至于那个头说出来的话要么非他心里所思之事，要么是他心里暗自盘算之秘密。当他将此情况报告"喷火眼之母"时，她以不容辩解的口气说，"头就是头。没有哪个头和哪个生物对不上号"（《我》，第110页）。主人公在"喷火眼之母"所统治的鬼镇里感受到的所有痛苦，可视为非洲人在英国殖民统治下因主体性的丧失所产生的强烈异化感的隐喻。

这种异化感其实在《棕》中也有明显的体现。小说写道，主人公为了赚得一些英镑竟然把自己变成了一条独木舟，运载乘客过河。柯林斯认为，这个故事片段体现了图氏的幽默感。① 柯林斯的读解有一定的道理，但我们更认同托拜厄斯的读解。后者认为，如此贬低人且将人客体化的职业致使图氏主人公的社会地位急剧下降，因此可以将此理解为图氏本人因成为外国官僚服务机构中一个虚拟的客体而感到痛苦的"一种自传式的承认"。② 图氏的长子因卡·图图奥拉（Yinka Tutuola）在一次采访中指出，其父的作品主要是以约鲁巴神话为基础的，其间鲜有个人的自传因素。③ 不过，就像他笔下的主人公一样，图氏本人在生活中也经历了很多辛劳和痛苦。二战期间，他曾是英国皇家空军的一名铁匠，之后在尼日利亚殖民政府劳动部当信差，出卖苦力，勉强维持生计。我们认为，在《棕》和《我》中，图氏在他笔下主人公的各种磨难和考验中嵌入了他本人在英国殖民统治时期作为社会底层人士的生活体验，塑造了一些喻指殖民压迫和殖民剥削的意象。他借《棕》中主人公的一段遭遇表达了非洲人（包括他自己）在西方殖民统治下生活被逼入绝境的心理感受。小说主人公自称是"在这世上无所不能的神灵之父"，他不仅战胜了强大的怪物，还征服了死神本身。然而，就是这么一个无比强大的人却被一群不停地喊着"冷！

---

① Harold R. Collins, *Amos Tutuola*, New York: Twayne Publishers, 1969, pp. 117 – 118.

② Steven M. Tobias, "Amos Tutuola and the Colonial Carnival", *Research in African Literatures*, Vol. 30, No. 2 (1999), p. 67.

③ 转引自 Francis Nyamnjoh, *Drinking from the Cosmic Gourd: How Amos Tutuola Change Our Minds*, Bamenda: Langaa Research & Publishing Common Initiative Group, 2017, p. 19。

冷！冷！"（《棕》，第 224 页）的白色生物一路追赶，无路可逃，最后躲进一片"没长树，也没长棕榈树，只长着长长野草"的田野，那里所有的野草都长得像玉米，"叶子的边像剃须刀一样锋利，而且还毛茸茸的"（《棕》，第 225 页）。这些白色的生物显然是生活在气候较为寒冷地区的欧洲殖民者的象征，而田野则暗指那些无情剥削非洲奴隶的种植庄园。也可以说，这段插曲以一种较为含蓄的方式描述了非洲人在殖民社会中被压迫和被剥削的痛苦感受。其实，主人公夫妇在回家的途中遇见的那个总是吃不饱、不停喊着"饿！饿！饿！"的"饥饿怪物"（Hungry-Creature）就是殖民统治背景下非洲百姓物质生活极端贫困的生动写照：那个"饕餮鬼"不仅吃完了他们携带的所有食物，最后还把他们俩吞进了肚子。饥荒是非洲一大痼疾，长期以来粮食短缺一直困扰着这片古老的土地，西方的殖民统治并没有给非洲人民带来丝毫的福音。20 世纪中期以来，粮食危机更是像一个驱之不散的幽灵一般折磨着无数的非洲民众。数据显示，非洲土地可耕面积占全球的 12.4%，生产的粮食却仅占世界总产量的 5.1%，人年均粮食消费量只有 160 多公斤，列世界末位。[①] 本·奥克瑞的长篇代表作《饥饿的路》就是一部深入探讨殖民语境下非洲民众生存危机的佳作，该作品中的饥饿意象或许受到了图图奥拉笔下这个"饕餮鬼"意象的启发：《饥饿的路》的主人公阿扎罗在转世前最大的愿望就是"能拥有一个远离饥饿的生命"。[②]

图氏对非洲传统民间神话故事的改写中出现了大量的数字意象。尽管在《棕》和《我》这两部小说中，叙述者分别告诉我们故事的时间背景是在前殖民时期，但还是出现了只有在殖民时期才使用的英国货币单位、重量单位及长度单位，而且数字相当精确。比如，在《棕》中，主人公夫妇把他们的死亡"卖了 70 英镑 18 先令 6 便士"，把他们的恐惧以"每个月 3 英镑 10 先令"（《棕》，第 247 页）的价格租了出去；"忠实之母"所栖身的那棵白色大树"高约 1050 英尺，直径约 200 英尺"（《棕》，第 246 页）；那个从主人公妻子的大拇指中降生的孩子重"28 磅"（《棕》，第 220 页）；

---

① 殷悦：《非洲饥荒：被遗忘的国际"冷点"》，《世界知识》2017 年第 7 期，第 49 页。

② Ben Okri, *The Famished Road*, London：Vintage, 1991, p. 8.

主人公认为，如果"完美绅士"是一个可以被拿来出售的东西或牲口的话，那么他至少可以卖到"2000英镑"（《棕》，第202页）。埃尔德雷德·琼斯（Eldred Jones）认为，上述这些带有夸张意味的数字意象源于图氏在政府办公室工作而发展起来的对统计学的喜好。[①] 或许，图氏由于在英国殖民政府劳动部当信差而对数字特别敏感，他这两部小说中频繁出现的数字意象同时也表明了白人殖民文化对尼日利亚本土文化的一种渗透：数字是西方文化崇尚理性的一种表征，它们同时也是西方商业文化中那种唯利是图的价值观的隐喻，小说主人公的数字生活体验是作家本人在殖民文化影响下一种有意识的表述。

在小说中，与这些频频出现的数字意象同时出现的还有白人的技术和产品等现代西方文化元素。比如，《棕》中提及了枪支和瓶子；主人公新生的儿子发出电话声一般的笑声；"忠实之母"栖居的房子是欧式的，里面所有的房间均呈一字形排列，而不是像约鲁巴传统建筑那样均朝着中间的院子呈环形排列。《我》中也有很多类似这样的西方现代文化意象。在一个教堂里，魔鬼神父用"火与热水"为主人公洗礼，并在鬼林里为他主持第一次婚礼；那个最终将主人公带回人界的女鬼长着"电视机"般的手掌；主人公的第二任鬼妻"超级淑女"（Super Lady）住在一幢精致的欧式房子里，里面配备有浴室、厨房、客厅以及装有落地镜、放有高跟鞋的衣帽间，他们两人的手上都戴着腕表。有趣的是，主人公过世的堂兄在鬼镇掌管着1000多个教堂（以及教区学校）和一个由教师、校长、教育官员、护士以及医护官员组成的教区；该鬼镇还有像警察局、法院以及监狱那样的欧式组织与机构。小说中还提到了西式的活动，如鬼林中所举行的气味（臭味）博览会、鬼魂大会，以及人间的巫婆和巫师们每年一度在鬼林中所举行的专业会议。

应该说，在图氏所生活的殖民时代，西方的现代技术文化给尼日利亚带来了巨大影响是不争的事实。从某种程度上讲，图氏的神话书写使用英语这一媒质及加入许多西方元素，均是对这一现实的反映。然而，有不少

---

① 转引自 Bernth Lindfors, ed., *Critical Perspectives on Amos Tutuola*, Washington, D. C.：Three Continents Press, 1975, p. 111。

论者因此而指责图氏，认为他不仅盗用了欧洲语言，借鉴了欧洲的文学形式，还从欧洲技术中窃取了其小说的大部分意象。① 奥沃莫耶拉认为，图氏是"欧洲在非洲的传教和教化事业的胜利"，因为在他的笔下，较为西化的城市居民总是要比那些传统的丛林居住者更文雅、更聪明、更有教养。② 马丁·塔克尔也称图氏扮演了"那些拥护欧洲文学王国的朝廷弄臣"③ 的角色。这样的论断或许太过武断。因为，在尼日利亚人中，约鲁巴属于较为西化的人群，他们更愿意接受白人的生活方式和技术。④ 身为约鲁巴人的图氏也曾对欧洲技术表现出一定的兴趣。1958 年 5 月 11 日，图氏在给柯林斯的信中提到，他正设法搞到伊顿（J. R. Eaton）的《电是如何产生的》（*Beginning Electricity*）和阿尔弗雷德·摩根（Alfred Morgan）的《男孩第一本有关收音机和电子产品的书》（*A Boy's First Book of Radio and Electronics*）这两本书。⑤ 不过，图氏在其神话书写中并没有如某些论者所说的那样将"西式、欧式的或曰现代的用品及制度与美好的生活联系起来"，⑥ 而表现出一种热烈的拥抱殖民文化及技术的势利心态。或者说，图氏这种把欧洲文化和技术意象挪用到自己的神话书写之中的目的，并非迎合欧洲殖民主义的权力话语；他这种讽拟式的"误用"是对帝国文化权威的一种"逆写"。

除了技术文化意象，图氏的神话书写中还出现了许多西方时间意象。斯宾格勒（O. Spengler）曾指出，对物理时间的兴趣是现代西方文化中特有的，而非西方文化对那种抽象的物理时间是缺乏兴趣的。⑦ 然而，图氏

---

① Bernth Lindfors, ed., *Early West African Writers: Amos Tutuola, Cyprian Ekwensi, Ayi Kwei Armah*, Trenton: Africa World Press, 2010, p. 76.

② Oyekan Owomoyela, *Amos Tutuola Revisited*, New York: Twayne Publishers, 1999, pp. 12 - 13.

③ Martin Tucker, *Africa in Modern Literature: A Survey of Contemporary Writing in English*, New York: Federic Ungar, 1967, p. 72. 转引自 Oyekan Owomoyela, *Amos Tutuola Revisited*, New York: Twayne Publishers, 1999, p. 115。

④ Harold R. Collins, *Amos Tutuola*, New York: Twayne Publishers, 1969, p. 25.

⑤ Harold R. Collins, *Amos Tutuola*, New York: Twayne Publishers, 1969, p. 24.

⑥ Oyekan Owomoyela, *Amos Tutuola Revisited*, New York: Twayne Publishers, 1999, pp. 12 - 13.

⑦ 转引自 Bernth Lindfors, ed., *Critical Perspectives on Amos Tutuola*, Washington: Three Continents Press, 1975, p. 171。

小说的神话书写中却一反常态地出现了许多西方式的时间意象：在《棕》中，主人公花了 10 年的时间到鬼镇找他死去的采酒师，但从那里回来却只花了短短的 1 年时间；那个扣留主人公未来老婆的"骷髅鬼"可以"在 1 秒内跳动 1 英里"（《棕》，第 205 页）；那个经由主人公妻子大拇指出生的婴儿一出生就能说话，"好像他已经 10 岁了"（《棕》，第 214 页）；一个邪恶生物可以在几分钟内摧毁刚刚整理干净的农田；当主人公夫妇来到离鬼镇 40 英里处时，他们花了 6 天的时间都没法走完这段路程，改成晚上行路后，数小时便顺利抵达（《棕》，第 274 页）。在《我》中，主人公与"超级淑女"生下来的半人半鬼的孩子出生 6 个月就长到了 4 英尺多高，而且在家什么事都能独立完成（《我》，第 134 页）。从表面上看，这些西方式的时间意象似乎表明图氏对西方文化的认同，但我们仔细分析后就会发现，这些时间意象的内核是非洲特有的时间观，而不是西方的线性时间观。有学者指出，西方人所推崇的那种线性时间观是现代西方社会痴迷技术进步的产物，它远离自然的生命节律，"是异己的、冷漠的、无生命的、无意义的物理世界的代言人"。[1] 与西方人认定的那种不可逆的抽象时间概念不同，"传统的非洲人把时间视为事件的载体或媒介，认为时间不是抽象的，而是具体的；时间存在于事件之内，并依赖于事件"。[2] 塞内加尔著名作家桑戈尔（L. S. Senghor）指出，时间在传统的非洲人眼里"就是其所经历的一系列事件"，"它所表达的是一种质量，而不是抽象的、精确的数量"，"它是用事件来界定的"。[3] 这种传统的时间观念是非洲人对其生产活动或自然现象细心观察和体悟的结果，其显著的特征之一就是把时间与各种农事活动及天象变化紧密地联系在一起。它绝不是一种空洞而抽象的概念。《棕》和《我》中那些时间意象表面上看虽然是西式的，但它们的内核显然不是西方人那种"钟表社会学的、单调乏味的、线性推进的"[4]时间概念；它们是一种有弹性的、生动的、隐含着人物行动内容及价值判断的具体时间。正如查尔斯·拉森指出的，在其神话书写中，图氏笔下的

---

[1]　吴国盛：《时间的观念》，北京：北京大学出版社，2006，第 100 页。
[2]　张宏明：《非洲传统时间观念》，《西亚非洲》2004 年第 6 期，第 40 页。
[3]　张宏明：《非洲传统时间观念》，《西亚非洲》2004 年第 6 期，第 40 页。
[4]　吴国盛：《时间的观念》，北京：北京大学出版社，2006，第 97 页。

时间意象是与传统的价值观相关联的——时间被分为"邪恶时间"和"善良时间"，在不同的情境下它分别能加速和减缓。① 在与学生的座谈中，图氏曾指出在欧洲人到来之前非洲人已有自己的时间概念。② 从本质上讲，他在创作实践中所遵循的就是那种传统的非洲时间观，③ 其笔下那些时间意象是一种创造性的误用，它们彰显了传统非洲人用事件来界定时间的生活哲学，并在一定程度上讽刺了西方技术时代白人那种受控于冰冷的物理时间的异化生活。

　　图氏小说中使用的语言也有类似的效果。它不仅像索因卡所说的那种"能戳中欧洲评论者已厌倦他们自己的语言和寻求新快感的软肋的、任性而又自然的语言"，④ 更如塞尔维尔（M. Thelwell）指出的那样，是一种新式英语。它将英语词汇扭曲，以服务于另一种语言（约鲁巴语）的精妙句法和内在逻辑。⑤ 阿希克洛夫特（B. Ashcroft）等人也认为，图氏的语言不是英语的畸变，而是跨文化写作中那种"交汇语言"（interlanguage）的范例。⑥ 阿弗拉延（A. Afolayan）推测，图氏很有可能先用其母语约鲁巴语将其约鲁巴文化元素组织起来，然后再用英语将它们表达出来。⑦ 图图奥拉长子印卡证实了阿弗拉延的这种猜测。印卡指出，其父"更喜欢将约鲁巴单词、思想以及用法直译成英语……尽管用的是英语，但他主要在讲约鲁巴语。他相信民间故事无论如何应该用能最终表达原本意义和思想的词

---

① 转引自 Bernth Lindfors，ed.，*Critical Perspectives on Amos Tutuola*，Washington：Three Continents Press，1975，p. 172。

② 转引自 Robert Elliot Fox，"Tutuola and the Commitment to Tradition"，*Research in African Literatures*，Vol. 29，No. 3（1998），p. 205。

③ 在生活中，图氏的时间概念似乎也是欧非合璧的：在一次采访中，图氏提到他年少时因家贫买不起富冈瓦的书而只能向同学借阅，他在一个小时之内将那本 102 页的书通读完毕。见 Oyekan Owomoyela，*Amos Tutuola Revisited*，New York：Twayne Publishers，1999，p. 150。

④ Harold R. Collins，*Amos Tutuola*，New York：Twayne Publishers，1969，p. 113.

⑤ Michael Thelwell，"Introduction"，in Amos Tutuola's *The Palm-Wine Drinkard & My Life in the Bush of Ghosts*，New York：Grove Press，1984，p. 188.

⑥ 〔澳大利亚〕比尔·阿希克洛夫特等：《逆写帝国：后殖民文学的理论与实践》，任一鸣译，北京：北京大学出版社，2014，第 65 页。

⑦ Bernth Lindfors，ed.，*Critical Perspectives on Amos Tutuola*，Washington D. C.：Three Continents Press，1975，p. 206.

语来讲述，哪怕以牺牲正确的语法为代价"。① 换言之，在图氏的神话书写中，英语只是一个媒质而已，其内核——从词汇、语法、句法到内在逻辑都是约鲁巴语的。应该说，英语是尼日利亚大多数现代作家文学创作的语言媒介。索因卡在其文学创作中使用的就是英国人所用的所谓标准英语。他不仅在其文学创作中能完美地使用这种标准英语，而且还坚持尼日利亚的传统习俗应在语言上实施革新，② 表现出模仿殖民者英语的倾向。阿契贝在其文学创作中对标准英语进行了改造，使其变成了"依然与它的故乡有着充分的接触，但已被改变为能适应新的非洲环境"③ 的新英语。在神话书写中，图氏对标准英语做出了更加有意的"归化"。英语在他的笔下不过是"一个容器、一个信封或是一个信使"，④ 其内容则完全是非洲的。从这个意义上来讲，图氏不仅如阿姆斯特朗指出的那样让"一种新的英语"与标准英语展开对话，⑤ 而且把约鲁巴文化"重置至中心的位置"，⑥从而拆解了标准英语的权威地位。也正因如此，尽管图氏从约鲁巴神话小说家富冈瓦那里借鉴了很多东西，且前者用英语进行创作，而后者用约鲁巴语进行创作，但乌力·贝尔（Ulli Beier）坚称，图氏所讲的故事是更加真实、传统的约鲁巴故事，而富冈瓦则表现出更加明显的基督教化的倾向。⑦ 也正因如此，钦威祖（Chinweizu）、昂乌切克乌·杰米（Onwuchek-wu Jemie）以及艾赫楚克乌·玛杜布衣克（Ihechukwu Madubuike）坚持将

---

① 转引自 Francis B. Nyamnjoh, *Drinking from the Cosmic Gourd: How Amos Tutuola Can Change Our Minds*, Bamenda：Langaa Research & Publishing Common Initiative Group，2017，p. 264。
② 在一次与其友奥西基（Osiki）的交谈中，索因卡坚持约鲁巴传统文化中的伊干干舞者（Igungun）也必须掌握英语。
③ 转引自 Bernth Lindfors, ed.，*Critical Perspectives on Amos Tutuola*，Washington D. C.：Three Continents Press，1975，p. 219。
④ Francis B. Nyamnjoh, *Drinking from Cosmic Gourd：How Amos Tutuola Can Change Our Minds*，Bamenda：Langaa Research & Publishing Common Initiative Group，2017，p. 70.
⑤ 转引自 Bernth Lindfors, ed.，*Critical Perspectives on Amos Tutuola*，Washington D. C.：Three Continents Press，1975，pp. 219 – 221。
⑥ Steven M. Tobias，"Amos Tutuola and the Colonial Carnival"，*Research in African Literatures*，Vol. 30，No. 2（1999），p. 71.
⑦ 转引自 Oyekan Owomoyela，*Amos Tutuola Revisited*，New York：Twayne Publishers，1999，pp. 83 – 84。

图氏与苏丹著名作家奥克特·皮比提科（Okot p'Bitek）相提并论。①

另外值得一提的是，图氏的神话书写虽然借鉴了欧洲神话中的追寻模式，但是相较而言，他神话书写中的主人公通常是反英雄人物，而不是欧洲神话中的英雄人物。《棕》的主人公在故事的一开始是个整日饮酒作乐、游手好闲的寄生虫，而《我》的主人公是个七八岁的孩子，他们都算不上是有着崇高品质和超强能力的欧洲神话中的英雄。托拜厄斯指出，图氏在其神话书写中营造了一种怪异的狂欢氛围。狂欢总是对主导的社会—政治范式、正常生活方式予以挑战，它标志着所有等级、规范以及禁令被悬置；在狂欢中，一个怪物般扭曲的、无意义的世界观成了规范。因此，有特权的英国文化在图氏的神话书写中出现时，变成了怪异的东西。② 从这个意义上来讲，图氏神话书写中的反英雄人物是对欧洲殖民文化中英雄人物的一种颠覆和解构。不仅如此，在《棕》和《我》中，死亡之旅各个片段的顺序也不是按照西方的逻辑来安排的，它们的顺序安排似乎是非常随意的，既不按照它们的精彩程度来安排，也不是遵循它们的重要程度来排序，任何片段之间的顺序几乎是可以互换的。用林德弗斯的话说："各个片段之间没有铺垫、没有戏剧性的反讽，没有证据表明它们的顺序是深思熟虑的结果。"③ 帕林德曾就此问过图氏，后者的回答是"我是按照我自己想到的顺序来安排的"；前者以后者这一简单的回答来印证"［图氏］是多么沉浸在自己的叙事中"。④ 我们不认同这样的观点。在非洲很多传统民间故事中，故事片段的顺序是可以互换的。比如，在由伊塔耶米（P. Itayemi）和

---

① 奥克特·皮比提科用乌干达阿乔利语（Acholi）创作了抒情诗集《拉维洛之歌》（*Song of Lanino*），表达了一位传统的阿乔利妇女对从政的丈夫腐败、西化的做派的悲伤愤懑之情，该书后由皮比提科本人译成英文。乌干达作家、文化批评者塔班·洛·里雍（Taban lo Liyong）指出，奥克特并未将阿乔利语的《拉维洛之歌》译成英文。他实际上写了两本书。前者富于哲理、道德、宗教、文化和智慧，后者则轻松而肤浅。在其另一部诗集《我的爱情号角》（*Horn of My Love*）中，他把原创语阿乔利语和英语并置排版。参见邹颉《后殖民东非文学概述》，《浙江师范大学学报》（社会科学版）2012年第2期，第13页。

② Steven M. Tobias，"Amos Tutuola and the Colonial Carnival"，*Research in African Literatures*，Vol. 30，No. 2（1999），p. 71.

③ 转引自 Oyekan Owomoyela，*Amos Tutuola Revisited*，New York：Twayne Publishers，1999，p. 71。

④ Geoffrey Parrinder，"Foreword"，in Amos Tutuola's *The Palm-Wine Drinkard & My Life in the Bush of Ghosts*，New York：Grove Press，1984，p. 11.

古雷（P. Gurrey）所著、企鹅出版社出版的西非民间故事集《民间故事与寓言》（*Folk Tales and Fables*，1953）中，乌龟故事及汀灵金（Tinringin）故事中所有故事片段的顺序就是可以互换的。① 图氏对其神话小说中各个故事片段的顺序安排，可视为他对西方文学形式的一种有意识的抗拒以及对非洲文学形式的弘扬。奥比艾奇纳称，图氏引领他的读者穿越黑暗之林，在那里"时间以分、时来计算，仿佛主人公拿着怀表似的，距离以英里来计算，而生意则由英镑、先令和便士来结算"；他将传统的价值和创新的观点、过去的事情和现在的事情结合起来，宣布约鲁巴文化是富有活力的，那些乍一看是外来的东西成了"现代非洲混杂文化"的重要部分。② 奥比艾奇纳的观点有一定的道理，但我们认为，图氏也以这样的方式将欧洲文化边缘化，将非洲文化重置于其文本世界的中心，进而削弱乃至颠覆西方殖民文化在非洲社会中所占据的特权地位，使非洲本土文化重获一种主体性的地位。

四　神话书写中的历史建构

图图奥拉开始创作时正值尼日利亚去殖反帝、走向独立的年代，当时尼日利亚文学创作的主导模式是现实主义。在那个时期的尼日利亚知识分子看来，这种以抗议和批判为基调的文学创作似乎是顺应社会潮流的最佳方式。尽管与图图奥拉同时代的阿契贝在其成名作《瓦解》中也描绘了一幅尼日利亚前殖民时期的社会画卷，但其重心还是非洲-西方两种文化之间的冲突，尤其是西方文化对尼日利亚本土文化的侵蚀。可以说，阿契贝最关注的还是去殖反帝的现实问题。当时，即便是奥尼查私人出版社出版的以艾克文西等作家的通俗作品为代表的"奥尼查市井文学"，主要关注的也是现实的社会问题。然而，图图奥拉书写的却是不太关乎现实世界的神话故事，他的小说很少明确地指涉任何现实的事件。无怪乎尼日利亚著名文学批评家阿托·奎森认为，图氏的书写显然是对当时尼日利亚主流文

---

① Harold R. Collins, *Amos Tutuola*, New York: Twayne Publishers, 1969, p. 45.

② 转引自 Francis B. Nyamnjoh, *Drinking from the Cosmic Gourd: How Amos Tutuola Can Change Our Minds*, Bamenda: Langaa Research & Publishing Common Initiative Group, 2017, p. 157.

学话语的一种尴尬偏离。① 保罗·纽玛特也认为，图氏的作品是非洲合唱团中一个对立的声音。② 不过，这样的观点并不怎么令人信服。不可否认，图氏的小说关注的是尼日利亚独立前的历史。他本人也强调，"［他］不会让自己轻易跟着文明前进，［他］会往下走到根部"。③ 当然，图氏对过去的强调和捕捉并不意味着其小说真的只"沉浸在神话的过去"，④ 因为在其神话书写中，图氏也有对现实的观照。阿契贝就称赞图氏是"最具道德说教意味的尼日利亚作家"，⑤ 认为图氏在《棕》中进行了比"奥尼查市井畅销故事书"更坚定的道德说教。⑥ 我们认为，图氏的神话书写也在有意或无意地对尼日利亚的一些重要历史事件如奴隶贸易进行重构。

有关大西洋奴隶贸易的记忆是尼日利亚乃至西非集体记忆的重要内容。据统计，从 1450 年至 1850 年长达 400 年的奴隶贸易中，从非洲被贩卖出去的奴隶总人数超过 1000 万人，可能接近 1200 万人。⑦ 卡洛琳·布朗（Carolyn Brown）指出，在非洲的某些地区，"几乎没有哪个村庄、族群和家庭能幸免奴隶贸易的危害"。⑧ 尼日利亚是奴隶贸易的重灾区，其旧都拉各斯曾是西非第一大奴隶贸易港口。在英国和美国相继废除奴隶贸易之后的 10 年里，依然有 5 万黑奴从拉各斯被贩卖到巴西等地。⑨ 图图奥拉

---

①　Ato Quayson, *Strategic Transformations in Nigerian Writing: Orality & History in the Work of Rev. Samuel Johnson, Amos Tutuola, Wole Soyinka & Ben Okri*, Bloomington：Indiana University Press，1997，pp. 61 – 62.

②　转引自 Bernth Lindfors, ed., *Critical Perspectives on Amos Tutuola*, Washington, D. C.：Three Continents Press，1975，p. 185。

③　转引自 Robert Elliot Fox, "Tutuola and the Commitment to Tradition", *Research in African Literatures*, Vol. 29, No. 3（1998），p. 205。

④　Bernth Lindfors, ed., *Critical Perspectives on Amos Tutuola*, Washington, D. C.：Three Continents Press，1975，p. 66.

⑤　转引自 Oyekan Owomoyela, *Amos Tutuola Revisited*, New York：Twayne Publishers，1999，p. 56。

⑥　Chinua Achebe, *Hopes and Impediments: Selected Essays, 1965 – 1987*, Oxford：Heinemann International，1988，p. 101.

⑦　Peter J. Parish, *Slavery: History and Historians*, New York：Harper & Row, Publishers，1989，p. 12.

⑧　转引自 Laura Murphy, *Metaphor and the Slave Trade in West African Literature*, Athens：Ohio University Press，2012，p. 2。

⑨　Laura Murphy, *Metaphor and the Slave Trade in West African Literature*, Athens：Ohio University Press，2012，p. 51.

的家乡阿比奥库塔镇的建立也与奴隶贸易有关。根据当地的民间传奇故事，由于家园在猎奴战争中被毁，一小群逃难者在神灵的指引下来到一个有着一块巨大花岗岩作掩护的山洞里安身，由此建立了阿比奥库塔这个镇子。① 它后来成了那些试图躲避约鲁巴南部地区猎奴活动的难民的聚集地。②

奴隶贸易对非洲社会产生了极大的负面影响。一方面，它致使人被视为一种可以买卖和交易的商品，严重践踏了人之为人的尊严，最大限度地折射了"人类本身所遭受的苦难"。③ 另一方面，由于被卖为奴的黑人主要是战争中的俘虏，奴隶贸易者为抢夺奴隶引发更多的部族冲突和战争。从某种程度上讲，当今非洲社会的暴君专制、社会动荡、性别失衡、贫穷以及某些地方至今还存在的奴隶问题都与非洲历史上的奴隶贸易有关。值得注意的是，对奴隶贸易的文学再现主要是由美国非裔作家展开的。美国"新奴隶叙事"（neo-slave narrative）的代表作家托妮·莫里森以再现黑奴的血泪史为己任，她说"撕开那层'被遮掩到无法言说的事实的'面纱"④ 是她的工作。相对而言，西非包括尼日利亚多数作家，尤其是与图氏同时代的知识分子作家似乎都刻意回避奴隶贸易的历史创伤记忆。赛迪亚·哈特曼（Saidiya Hartman）在加纳游学时失望地发现，相比那些"流散"的非洲后裔千方百计地通过歌曲、文学以及口传叙述表达他们的痛苦，西非作家并没有以同样的方式哀悼那 1200 万人口的消逝。⑤ 阿切勒·姆班姆比（Achille Mbembe）认为，在非洲存在对奴隶贸易的"记忆缺失"。⑥ 我们赞同姆班姆比的观点。以尼日利亚英语小说为例，在阿契贝的《瓦解》中，大西洋奴隶贸易只是在乌姆奥非亚（Umuofia）村民们的闲聊

---

① Michael Thelwell, "Introduction", in Amos Tutuola's *The Palm-Wine Drinkard & My Life in the Bush of Ghosts*, New York: Grove Press, 1984, p. 179.

② Harold Collins, *Amos Tutuola*, New York: Twayne Publishers, 1969, p. 70.

③ 〔美〕凯文·希林顿：《非洲史》，赵俊译，上海：东方出版中心，2012，第 216 页。

④ 转引自 Laura Murphy, "Into the Bush of Ghosts: Specters of the Slave Trade in West African Fiction", *Research in African Literatures*, Vol. 38, No. 4 (2007), p. 142。

⑤ Laura Murphy, *Metaphor and Slave Trade in West African Literature*, Athens: Ohio University Press, 2012, p. 174.

⑥ 转引自 Laura Murphy, "Into the Bush of Ghosts: Specters of the Slave Trade in West African Fiction", *Research in African Literatures*, Vol. 38, No. 4 (2007), p. 142。

中被当作谣传一笔带过。奥比·阿克万尼（Obi Akwani）曾失望地指出，阿契贝描述的主要是殖民主义，而不是奴隶贸易的危害。[1] 在艾克文西的长篇力作《贾古娃·娜娜》中，早期黑人用黑奴与欧洲白人换大炮的往事也只是在主人公男友的叔叔介绍自己家乡的历史时被非常简短地提及。至于阿马迪在其代表作《妃子》中所描写的前殖民社会，这段历史甚至不知所终。可以说，大西洋奴隶贸易的历史在尼日利亚主流文学作品中基本上是被忽略的。即便是到了 20 世纪 80 年代，这种情况也没有得到多大的改观。尼日利亚新生代著名女作家阿迪契在格劳斯（T. Gross）对其的访谈中也说，她在尼日利亚上学时很少学到有关大西洋奴隶贸易的历史，而且她确信大部分的尼日利亚人也是如此。[2]

莫瑞斯·哈尔巴沃切斯（Maurice Halbbwachs）在其经常被人引用的《论集体记忆》（*On Collective Memory*）一书中指出，"人们有关过去的某些记忆会被允许进入记忆的公共语境，而另一些则被搁置在一旁"。[3] 保罗·康纳顿（Paul Connerton）则更进一步指出，这些被记住的过去时刻通常是由那些掌权者决定的，他们会将某些可能威胁到他们权威的记忆排除在外。[4] 有关尼日利亚过去的集体记忆似乎也遵循这一模式。墨菲指出，尼日利亚学院派作家在写作中竭力为长期经历奴隶贸易和殖民主义之痛的非洲创造一个有用的过去，以维护黑人的文化自豪感，从而为以尼日利亚民族精英为主要受益者的去殖反帝事业服务。[5] 可以说，正是由于要创建一个为尼日利亚去殖反帝事业服务的过去，尼日利亚知识分子才羞于展示本国人也参与其中的大西洋奴隶贸易史。[6] 由此，那段被钉在耻辱柱上的历

---

[1] 转引自 Laura Murphy，*Metaphor and the Slave Trade in West African Literature*，Athens：Ohio University Press，2012，p. 183。

[2] Terry Gross，"'Americanah' Author Explains 'Learning' To Be Black in the U. S. "，*Fresh Air*（NPR），Jun. 27，2013.

[3] 转引自 Laura Murphy，"Into the Bush of Ghosts：Specters of the Slave Trade in West African Fiction"，*Research in African Literatures*，Vol. 38，No. 4（2007），p. 143。

[4] 转引自 Laura Murphy，"Into the Bush of Ghosts：Specters of the Slave Trade in West African Fiction"，*Research in African Literatures*，Vol. 38，No. 4（2007），p. 143。

[5] Laura Murphy，"Into the Bush of Ghosts：Specters of the Slave Trade in West African Fiction"，*Research in African Literatures*，Vol. 38，No. 4（2007），pp. 142–143。

[6] Harold Collins，*Amos Tutuola*，New York：Twayne Publishers，1969，p. 89。

史记忆不可避免地遭到抹杀或压抑。其实，在非洲其他国家，情况也大致相似。独立后，不少非洲国家将那些在历史上用来关押即将被贩卖到欧美各地的黑奴的城堡或要塞另作他用，比如，位于阿克拉（Accra）的克里斯汀斯伯格城堡（Christiansborg Castle）在加纳独立后即被用作总统官邸；阿克拉的阿旭尔要塞（Ussher Fort）、阿帕姆（Apam）的佩勋斯要塞（Patience Fort）、阿诺马布（Anomabu）的威廉要塞（William Fort）、埃尔米纳（Elmina）的圣贾戈要塞（Fort St. Jago）以及迪克斯科夫（Dixcove）的曼特尔·克劳斯要塞（Fort Mental Cross）被用作警察局。[①] 显然，对这些在奴隶贸易中臭名昭著的城堡和要塞的历史内涵的遗忘折射了非洲民众对那段苦难史的集体拒绝。

　　图图奥拉没有受过多少学校教育，他不属于尼日利亚的精英阶层。事实上，据图氏的第一个采访者艾瑞克·拉瑞比称，当时已经出版两部小说的图氏家里没有藏书；和出版商没有私人联系，也不清楚自己的书是否在销售。[②] 艾克文西也指出，成名之后图氏从不参加出版社的聚会，对巡回演讲没兴趣，与本国那些知识分子作家也不怎么交往。[③] 可以说，由于图氏"极简"的教育背景以及生活方式，其神话书写才能毫不避讳本民族历史记忆中那些丑陋的部分。在《我》中，图氏首次触及了尼日利亚历史上的大西洋奴隶贸易。遗憾的是，多数学者在阅读该作品时并没深究这一问题。帕林德虽然在《我》的序言中指出，图氏的作品中有很多篇幅描写心理恐惧，但他并没有把这种非洲人十分熟悉的恐惧与奴隶贸易联系起来。[④] 保罗·纽玛特则倾向于认为非洲人集体无意识中的那种恐惧源自欧洲白人在非洲的殖民统治。[⑤] 或许，由于在《我》中出现了 20 世纪 50 年代才有的电视机、彩色打印机以及电话机等"时代错误"，威泰克尔（D. Whittaker）

---

① Laura Murphy, *Metaphor and the Slave Trade in West African Literature*, Athens：Ohio University Press，2012，p. 13.

② 转引自 Bernth Lindfors, ed., *Critical Perspectives on Amos Tutuola*, Washington, D. C.：Three Continents Press，1975，p. 13。

③ 转引自 Harold Collins, *Amos Tutuola*, New York：Twayne Publishers，1969，p. 23。

④ Geoffrey Parrinder, "Foreword", in Amos Tutuola's *The Palm-Wine Drinkard & My Life in the Bush of Ghosts*, New York：Grove Press，1984，p. 11.

⑤ 转引自 Bernth Lindfors, ed., *Critical Perspectives on Amos Tutuola*, Washington, D. C.：Three Continents Press，1975，p. 185。

也误以为小说发生在"20 世纪 50 年代的尼日利亚和同时代的精灵界之间的某个地方"。① 实际上，小说一开始就明确告诉我们，故事发生在奴隶贸易时期：

> 在那些不知道是什么时候的日子里，有很多非洲战争，包括：普通战争、部族战争、抢夺战争和猎奴战争。这些战争在每个镇子和村落里都很普遍，特别是在大镇子有名的集市和主道上，白天和夜晚随时都会发生。……谁要是被抓，就会被卖给外国人当奴隶。（《我》，第 17~18 页）

后来，主人公的哥哥和母亲及他自己被猎奴者抓住的事实也表明，小说的故事背景很有可能就是约鲁巴地区猎奴活动十分猖獗的 19 世纪早期。因此，我们有理由相信，书中无所不在的恐惧描写与猎奴活动密切相关，主人公在鬼林世界里遭遇的各种恐怖经历无不是对奴隶贸易及猎奴活动的记忆重现。

在《我》的开头部分，小说主人公无意间闯入一座鬼宅，发现里面住着三个不同颜色的鬼，他们都使出浑身解数吸引他给"自己当用人"（《我》，第 24 页）。这场"奴隶拍卖的反写"② 吸引了一群围观的鬼，他们都有着各种身体缺陷：或缺四肢，或缺眼睛，或缺头。这十分清楚地表明了奴隶贸易将人的身体肢解化的特征。这场翻转的拍卖后来演变成了一场骚乱。前来调停的"恶臭鬼"建议将主人公一撕为三分给这三个鬼，这进一步体现了奴隶贸易将人商品化的罪恶本质。尽管那三个鬼没有将主人公撕成三份，但主人公却被"恶臭鬼"抢走，"放进了他背在左肩上的袋子里"（《我》，第 30 页）而成为他的奴隶。在《棕》中，主人公夫妇也有被鬼怪捉住后装入袋子里掳走而沦为奴隶的经历（《棕》，第 281~283 页）。这些人被抓后装入袋中的场景描写，显然是奴隶身体被彻底控制的

---

① 转引自 Laura Murphy，"Into the Bush of Ghosts：Specters of the Slave Trade in West African Fiction"，*Research in African Literatures*，Vol. 38，No. 4（2007），p. 144。

② Laura Murphy，"Into the Bush of Ghosts：Specters of the Slave Trade in West African Fiction"，*Research in African Literatures*，Vol. 38，No. 4（2007），p. 146.

隐喻——在这种形式的抓捕中，受害者行动受限，其自由也被剥夺；小说中人被捆绑装在袋子里而后被掳走的情景，是图氏对奴隶贸易运作机制之恐怖的文学想象。该猎奴方式受害者的口头叙述证明了这种恐惧的存在。奥丹多尔普（C. Oldendorp）曾采访过一位从西非被贩卖至加勒比的黑奴，后者向他描述了猎奴者手段的凶残："阿米纳（Amina）黑人在到处抓人、绑人，特别是孩子。他们会在孩子的嘴巴里塞入东西以防止他们尖叫，他们会把孩子装入袋子里。"[1] 著名的"黑奴叙事"（the slave narrative）作家伊奎亚诺同样也是被猎奴者抓住后装入袋中贩卖到美洲的。[2] 从这个意义上来讲，图氏的神话书写中所记述的恐惧无疑源于对猎奴和贩奴活动真实的历史记忆，而不是纽玛特所说的欧洲白人在非洲的殖民统治的隐喻。

《我》所描写的"恶臭鬼"可谓尼日利亚文学乃至世界文学中最令人恶心、最令人恐惧的鬼——他"浑身都是屎、尿以及被他杀死后吃掉的动物的血"，而且他把活蝎子戴在手上当戒指，把活毒蛇缠在脖子上当项链，把活蟒系在皮裤子上当皮带（《我》，第 29 页）。"恶臭鬼"的形象也许是柯林斯所说的"恶父形象"，[3] 不过，他的形象更像是猎奴受害者对令人恐惧的猎奴者的心理投射。墨菲指出，对猎奴的恐怖记忆已经深深地铭刻在非洲令人恐惧的丛林风景之中：森林里两种最恐怖的居住者即猎奴者和恶精灵被合二为一了。[4] 奥沃莫耶拉认为，"恶臭鬼"形象源自约鲁巴民间神话小说家富冈瓦的《奥格博久颂歌》中的人物艾格宾（Egbin）。[5] 不过，可以看出，图氏对富冈瓦笔下的这一人物形象做了修改。他笔下的"恶臭鬼"身上穿的皮裤子和戴的皮带是白人常见的装束。这一令人恶心的鬼形象可以被视为白人掠奴者的隐喻。"恶臭鬼"一心想把主人公吃掉，这一细节可以给我们的论证进一步提供文本依据，因为在真实的历史中，当伊

---

① 转引自 Laura Murphy，"Into the Bush of Ghosts：Specters of the Slave Trade in West African Fiction"，*Research in African Literatures*，Vol. 38，No. 4（2007），p. 147。

② Olaudah Equiano，*The Interesting Narrative of the Life of Olaudah Equiano，or Gustavus Vassa，the African，Written by Himself*，Werner Sollors，ed.，New York：W. W. Norton & Company，2001，p. 33。

③ Harold Collins，*Amos Tutuola*，New York：Twayne Publishers，1969，p. 77.

④ Laura Murphy，"Into the Bush of Ghosts：Specters of the Slave Trade in West African Fiction"，*Research in African Literatures*，Vol. 38，No. 4（2007），p. 148.

⑤ Oyekan Owomoyela，*Amos Tutuola Revisited*，New York：Twayne Publishers，1999，p. 35.

奎亚诺被抓到那些"长着红色的脸和蓬松的头发，长相恐怖的"① 白人面前时，他也以为他们准备吃掉他。同样，被贩卖至英国的非洲黑奴迪阿罗（A. Diallo）1734 年重返家乡时，他的家人告诉他，他们以为那些被抓为奴的人"一般都被（白人）吃掉或杀掉了"。②

在《我》中，主人公被"恶臭鬼"装在袋子里背回家后先是被关在"白天和黑夜一样黑"的屋子里（《我》，第 35 页）——那样的空间容易让人联想起奴隶贸易史上用来关押奴隶的黑屋子；接着，他又先后被变形为猴子、狮子、母牛、公牛、马和骆驼。在小说的其他场景中，变形是"人自保的一种方式"，③ 它隐喻了"一种生存的希望"。④ 不过，这个场景里的变形无疑也凸显了奴隶贸易惨无人道的本质。"恶臭鬼"将主人公变成一匹马的情节意味深长。我们知道，非洲只有斑马，而没有可用来干活的马。图氏笔下的鬼林世界也从未有过马，这一点可以从鬼林世界的老老少少对被变成马之后的主人公的反应得到印证：

> ……那个地区的小鬼和老鬼会将我围住，无比惊讶地打量着我。有时候，这些小鬼或鬼娃娃会用他们的手指或棍子戳我的眼睛，这样一来或许我就会因为感觉到痛而哭叫，而他们就可以听到我的嗓音是怎么样的。（《我》，第 38 页）

那些鬼镇居民对马很好奇，所以其他种类的鬼就邀请"我"的主人骑着被变形为马的"我"去他们那儿开会，以便能看清楚"我"变成马之后的模样（《我》，第 40 页）。我们认为，图氏之所以让那个"恶臭鬼"把主人公变成一匹马，或许是因为在奴隶贸易中，黑奴总是被西方贩奴者贬为

---

① Olaudah Equiano, *The Interesting Narrative of the Life of Olaudah Equiano, or Gustavus Vassa, the African, Written by Himself*, Werner Sollors, ed., New York：W. W. Norton & Company, 2001, p. 39.

② Laura Murphy, *Metaphor and the Slave Trade in West African Literature*, Athens：Ohio University Press, 2012, p. 171.

③ Francis B. Nyamnjoh, *Drinking from the Cosmic Gourd: How Amos Tutuola Can Change Our Minds*, Bamenda：Langaa Research & Publishing Common Initiative Group, 2017, p. 166.

④ Laura Murphy, *Metaphor and the Slave Trade in West African Literature*, Athens：Ohio University Press, 2012, p. 66.

"会说话的马"。图氏极有可能是希望借此让读者将他的神话书写与令人毛骨悚然的大西洋奴隶贸易联系起来——被卖为奴就意味着"短暂余生中骇人处境和苦难的开始。受害者不再被当作人，而是被当作财物来对待，就像家畜一样，被放在一起圈养、体检和买卖"。① 在该小说中，主人公就一直处于一种被抓、逃脱又被抓的循环中，这可以说是对西方贩奴者在非洲猎奴活动的绝佳讽拟。

有意思的是，《我》的故事并没有在主人公如愿回归家乡后结束。他在重返家乡的那一刻又被猎奴者抓住，在现实世界中沦为一个真正的奴隶。当年他为了躲避现实世界里的猎奴者而误入鬼林，但在鬼林世界经历了被抓为奴的24年后辗转回到家乡时，他还是没能逃脱被抓为奴的厄运。我们认为，主人公在鬼林世界里被抓为奴的遭遇是其在现实世界中被抓为奴的心理投射，精彩地再现了非洲人在奴隶贸易中的创伤历史记忆。因为，主人公在离开鬼界回到现实世界后被抓为奴的经历与他在鬼林里被抓为奴的经历是十分相似的：在鬼林世界里，主人公被"恶臭鬼"变成牛卖给一个女人，后者准备将它献祭给神灵；而在现实世界里，被猎奴者抓住后的主人公也被一时没能认出他来的哥哥买走并准备献祭给神灵。与主人公相认后，其兄长和母亲向他讲述的他们在现实世界中被抓为奴的经历与主人公在鬼林中被抓捕和被奴役的遭遇也颇为相似：正如主人公在鬼林中被"恶臭鬼"掳走后变成一匹马供后者骑行，其母亲沦为奴隶后所干的活也是"将［其跛脚的女主人］背到她想去的地方"（《我》，第173页）。阿比奥拉·艾瑞勒曾指出，图氏的小说是一种"集体神话在个人意识中的完整再现"。② 前殖民时期非洲猎奴、贩奴活动无处不在，非洲人民深受其害。主人公在鬼界及现实世界里不断被抓和被奴役的魔幻经历是西非奴隶贸易之集体记忆的精彩再现，充分体现了该作品批判现实的意旨。

值得注意的是，《我》在故事的一开始就交代，主人公误入鬼林是其父多个妻子之间的妒忌所导致的：主人公的母亲是其父最晚所娶的老婆，且生

① 〔美〕凯文·希林顿：《非洲史》，赵俊译，上海：东方出版中心，2012，第216～217页。
② 转引自 Oyekan Owomoyela, *Amos Tutuola Revisited*, New York: Twayne Publishers, 1999, p. 84。

了两个儿子，而其他老婆生的则清一色都是女孩，所以其母颇受其父宠爱，由此引起了其他老婆的妒忌，所以猎奴战争发生时，她们故意把因其母外出摆摊而无大人保护的弟兄二人落在家里，最后才导致主人公因躲避猎奴者而误入鬼林的悲剧。小说以"这一切都是仇恨造成的"（《我》，第174页）这句话为结尾。从表面上看，小说中的仇恨似乎指的是女性之间的妒忌，但在故事的结尾当一家人团聚时，小说根本没再提其父其他老婆的罪恶或仇恨，以及她们对主人公所造成的伤害。奥沃莫耶拉曾因此而发出"仇恨到底干了什么？"的疑问，并指责《我》中最后结论的"不一致性以及不相关性"。① 我们认为小说中所说的仇恨很有可能指的是奴隶贸易，而非女性之间的妒忌。正如墨菲指出的那样，图氏的《我》表面上看是一部从神话的维度审视非洲过去的小说，却巧妙地揭示了奴隶贸易的罪恶，同时将那些被压抑的记忆带入有意识的回忆之中。②

五　小结

在图图奥拉所生活的年代，约鲁巴传统文化已然式微。当他从拉各斯回到阿比奥库塔的祖屋，重访那里的伊利－奥瑞沙（ile-orisha）神话系统的各个神祇时，那个院子已是一片废墟，"伊古贡"也不见了，用他的话说，"神灵们死了"。③ 正是出于保护约鲁巴传统文化的愿望，没有受过多少教育的图氏才想着用英语把自己从小耳熟能详的约鲁巴民间故事记录下来。他试图引领日益被西化的尼日利亚年轻人走进充满人之欲望和恐惧的古老神话世界，为他们描绘随着森林的消失而消失的鬼林世界，展示非洲社会特有的生死无界限、人鬼无差异的死亡文化。在图氏所讲述的"祖先如何生活的故事"④ 中，图氏也为我们描绘了一幅尼日利亚的历史画卷，

---

① Oyekan Owomoyela, *Amos Tutuola Revisited*, New York：Twayne Publishers, 1999, p. 77.

② Laura Murphy, "Into the Bush of Ghosts：Specters of the Slave Trade in West African Fiction", *Research in African Literatures*, Vol. 38, No. 4（2007）, p. 144.

③ 转引自 Michael Thelwell, "Introduction", in Amos Tutuola's *The Palm-Wine Drinkard & My Life in the Bush of Ghosts*, New York：Grove Press, 1984, p. 190。

④ 转引自 Michael Thelwell, "Introduction", in Amos Tutuola's *The Palm-Wine Drinkard & My Life in the Bush of Ghosts*, New York：Grove Press, 1984, p. 190。

不过，相对于与他同时代的其他非洲作家刻意模糊奴隶贸易的历史记忆、一味坚持非洲去殖反帝斗争有用的历史建构，图氏所建构的非洲过去是相对真实的，它较客观地再现了前殖民时代非洲人对奴隶贸易的恐惧。而且，图氏的神话书写在建构历史的同时，也不乏对当时殖民现实社会的观照。他以独特的文学形式、语言、意象，通过讲述小说主人公魔幻的经历含蓄地表达了自己对殖民统治下生活的不满，同时也挑战和颠覆了西方殖民权力话语系统，努力使非洲文化重返中心的位置。

在殖民时期，努力寻求独立的非洲人总是希望向世界展示一个进步、开化、启蒙的现代非洲形象。颇受欧美评论界欢迎的图图奥拉，因为其小说，尤其是其前两部小说中的神话书写所体现出来的野蛮、落后、黑暗的非洲形象刚好与欧美对非洲的想象相符而大受非洲本土评论者的抨击。然而，在非洲独立之后，逐渐自信起来的非洲评论者终于接受和承认了图图奥拉在非洲文学史上的重要地位。芭蕾舞剧版的《棕》1963年在尼日利亚受到热烈的欢迎，并在加纳和一部分欧洲国家进行巡演，1969年又在阿尔及尔的泛非文化节（Pan-African Cultural Festival）上演。[①] 更为重要的是，非洲学界不再将图氏的作品视为非洲文学的"死胡同"[②]，而是将其视为"一个令人尊敬的祖先，一个激发尼日利亚整整一代年轻作家灵感的父亲人物"。[③] 尼日利亚第二代作家的重要代表本·奥克瑞的作品中有很明显的图图奥拉元素，特别是他的短篇故事《采酒师看到的东西》[④] 以及长篇小说《饥饿的路》和《迷魂之歌》。尼日利亚文坛新秀奇戈希·奥比奥玛长篇处女作《钓鱼的男孩》也深受图图奥拉的影响。索因卡甚至将图氏看作马尔克斯、帕西普尔（Shahrmush Parsipur）等魔幻现实主义小说家的先驱。[⑤] 艾

---

① Bernth Lindfors, ed., *Critical Perspectives on Amos Tutuola*, Washington D. C.: Three Continents Press, 1975, p. 73.

② Bernth Lindfors, ed., *Critical Perspectives on Amos Tutuola*, Washington D. C.: Three Continents Press, 1975, p. 305.

③ Francis B. Nyamnjoh, *Drinking from the Cosmic Gourd: How Amos Tutuola Can Change Our Minds*, Bamenda: Langaa Research & Publishing Common Initiative Group, 2017, p. 74.

④ 奥克瑞短篇小说集《新晚钟之星》中的一个短篇。

⑤ Francis B. Nyamnjoh, *Drinking from the Cosmic Gourd: How Amos Tutuola Can Change Our Minds*, Bamenda: Langaa Research & Publishing Common Initiative Group, 2017, p. 266.

克文西称赞图氏的作品"是源自诗意心灵的流淌"。① 阿契贝一生也都在研究、颂扬和传播图图奥拉及其作品。他认为，是图氏为蓄势待发的西非文学打开了闸门。即便尼日利亚文学大厦高达万丈，其基础也离不开本土的民间文学。② 可以说，图氏的创作扎根于非洲的社会与文化，其独特的神话书写使其小说成为非洲书写的重要组成部分。阿契贝的话明确地认可了图氏作为尼日利亚文学之父的地位。

随着时间的推移，图氏以其独特的神话书写在世界文学、宗教学、人类学以及心理学上获得了越来越重要的地位。他的第二部小说《我》经常出现在全世界很多大学的宗教学、人类学、心理学和文学课程中。③ 安妮·沃姆斯利（Anne Walmsley）把图氏的作品选作朗文的学校课本。④ 20 世纪80 年代，图氏成为艾奥瓦大学国际写作项目的非正式成员。1987 年，他与约瑟夫·布劳德斯基（Joseph Brodsky）、托妮·莫里森以及纳拉扬（R. K. Narayan）一起当选为现代语言协会的名誉研究员。⑤ 更为重要的是，图氏的作品不仅在文学上有很重要的影响，而且对舞蹈、视觉艺术以及音乐也有很大的影响。1964 年，一家美国电影公司买下了《棕》的电影版权。⑥ 布莱恩·艾诺（Brian Eno）和戴维·拜恩（David Byrne）1981 年共同推出的摇滚乐专辑"我在鬼林中的生活"（My Life in the Bush of Ghosts）就是受图图奥拉的小说《我》的启发而创作的。⑦

法国著名的哲学家和文学家让-保罗·萨特（Sartre）在比较法国以及非洲的法语诗歌时曾这样评价图图奥拉：

---

① 转引自 Francis B. Nyamnjoh, *Drinking from the Cosmic Gourd: How Amos Tutuola Can Change Our Minds*, Bamenda：Langaa Research & Publishing Common Initiative Group, 2017, p. 103。

② 颜治强：《图图奥拉——尼日利亚英语文学的先锋》，《绵阳师范学院学报》2004 年第 1 期，第 95 页。

③ Michael Thelwell, "Introduction", in Amos Tutuola's *The Palm-Wine Drinkard & My Life in the Bush of Ghosts*, New York：Grove Press, 1984, p. 187.

④ Gail Low, "The Natural Artist：Publishing Amos Tutuola's *The Palm-Wine Drinkard* in Postwar Britain", *Research in African Literatures*, Vol. 37, No. 4 (2006), p. 28.

⑤ Petri Liukkonen, "Amos Tutuola", http://authorcalendar. info/tutuola. htm, 3/5.

⑥ Harold Collins, *Amos Tutuola*, New York：Twayne Publishers, 1969, p. 77.

⑦ Francis B. Nyamnjoh, *Drinking from the Cosmic Gourd：How Amos Tutuola Can Change Our Minds*, Bamenda：Langaa Research & Publishing Common Initiative Group, 2017, p. 256.

我们的诗人与大众传统结合起来几乎是不可能的。十个世纪博学的诗歌将它与大众传统割裂开来。而且，更重要的是，民间传说的灵感已枯竭：我们充其量只能制造贫瘠的副本。在比较西化的非洲，情形也没什么两样。就算他真的把民间故事引入他的创作，它体现的也更多是虚假的本质；而在图图奥拉的作品中，它是内在的。①

众所周知，模仿性是图氏同时代的尼日利亚作家所面临的巨大诱惑，但是图氏把那些来自欧洲文学的可能的榜样都丢在了一旁，他像安泰俄斯（Antaeus）那样，通过与他永远的大地母神的接触汲取力量，创造出了自己独有的内容、形式和风格。② 柯林斯指出，在图氏的神话书写中，作家的声音十分沉着、自信，好比神谕鼎盛时期的某些神谕，或者某个人基于一生的信念所做的热情洋溢的演讲。③ 萨特以及柯林斯对图氏的评价让我们意识到，图氏以其独有的神话书写使非洲文学第一次摆脱了长期以来被边缘化的地位，从而终结了他所生活的那个年代尼日利亚文学乃至非洲文学的"唯一故事"，④ 以自信的姿态在世界文学舞台上迸发出异样的光彩。

---

① 见 http://en. wikipedia. org/wiki/amos_tutola, 2 - 3/4。
② Bernth Lindfors, ed. , *Critical Perspectives on Amos Tutuola*, Washington D. C. : Three Continents Press, 1975, p. 57.
③ Harold Collins, *Amos Tutuola*, New York: Twayne Publishers, 1969, p. 118.
④ 在《非洲的"真实性"以及比亚弗拉经历》一文中，阿迪契特别指出文学中一个故事成为唯一故事的危险所在。她认为，文学故事应该多样化，不要都写得像阿契贝的《瓦解》。见 Chimamanda Ngozi Adichie, "African 'Authenticity' and the Biafra Experience", *Transition: An International Review*, Vol. 99（2008），p. 46。

第六章 内战书写：恩瓦帕小说 个案研究（一）

一 引言

非洲是一个充满苦难的大陆，饥荒、疾病、腐败、战争等问题时常让非洲人民的生活陷入危机。尼日利亚虽为西非的富庶之地，但独立之后，老百姓并没有过上自由和富裕的生活。由于不同族群之间的矛盾不断升级，20 世纪 60 年代末尼日利亚爆发了一场让无数生命凋零的"比亚弗拉战争"（1967—1970 年，即尼日利亚内战，又称尼日利亚 – 比亚弗拉战争），整个社会陷入严重的危机。这一灾难性事件已成为尼日利亚人民不堪回首的集体记忆，但它也是尼日利亚作家重新审视历史的绝佳题材。尼日利亚内战文学研究权威学者阿缪塔曾指出，尼日利亚内战是非洲最具有文学再现价值的历史事件。[1] 阿缪塔的论断并非言过其实，据麦克卢基的统计，20 世纪 90 年代之前，以尼日利亚内战为题材的自传就有 10 部，而文学作品则多达 29 部。[2] 尼日利亚许多重要作家如艾克文西、阿契贝、索因卡、阿马迪、奥基博、艾克等人都曾以尼日利亚内战为题材进行创作。

---

[1] Chidi Amuta, "Literature of the Nigerian Civil War", in Yemi Ogumbiyi, ed., *Perspectives on Nigerian Literature: 1700 to the Present (1)*, Lagos: Guardian, 1988, pp. 85 – 86.

[2] Craig W. McLuckie, *Nigerian Civil War Literature: Seeking an "Imagined Community"*, Lewiston: Edwin Mellen, 1990, p. 9.

　　尼日利亚著名小说家赛普瑞安·艾克文西在其小说《在和平中活下来》中曾借主人公奥都果（Odugo）之口说，任何一个国家在其发展过程中都免不了一场内战。[①] 德里达更是一针见血地指出，所有国家和政体都诞生于暴力之中。[②] 不过，我们还应该看到，大多数民族主义战争都是一种"性别化的活动"，[③] 或曰"一种分配父权的方式"，[④] 它只涉及交战双方的男性，与女性鲜有关系。尼日利亚内战的情形也大抵相似。伊博族人以200万人的生命为代价，试图建立一个令"全世界黑人骄傲"的"健康、充满活力和先进的"[⑤] 比亚弗拉国，但它似乎也与女性没有多大关系。女性完全被排除在国家重要事务的商讨之外，该国的战争内阁无女性成员或任何名义上的女顾问——连管理女性事务的女成员也没有。[⑥]

　　这种男性主导的情况也存在于有关这场内战的叙事中。关于这场内战的各种著述多出自男性之手，从前总统奥巴桑乔的《我的指挥：尼日利亚内战记述1967—1970》（*My Command*：*An Account of the Nigerian Civil War 1967 - 1970*，1982）到"非洲现代文学之父"阿契贝的《战争中的姑娘》和《曾经有个国家：比亚弗拉个人史》（*There Was a Country*：*A Personal History of Biafra*，2012）等，数量之多，难以一一列举。奥博多迪马·奥哈（Obododimma Oha）指出，讲故事从来都是一种政治行为，尤其当故事本身是基于社会中的政治事件而写成的时候。尽管故事为作者所虚构，它们

---

① Cyprian Ekwensi, *Survive the Peace*, London：Cox & Wyman Ltd. , 1976, p. 151.

② 转引自 Tony Simoes da Silva, "Embodied Genealogies and Gendered Violence in Chimamanda Ngozi Adichie's Writing", *African Identities*, Vol. 10, No. 4 (2012), p. 455。

③ Margaret Higonnet, et al. , *Behind the Lines: Gender and the Two World Wars*, New Haven and London：Yale University Press, 1987, p. 4. 转引自 Bhakti Shringarpure, "Wartime Transgressions: Postcolonial Feminists Reimagine the Self and Nation", *Journal of Commonwealth and Postcolonial Studies*, Vol. 3, No. 1 (2015), p. 23。

④ Stephanie Newell, ed. , *Writing African Women: Gender*, *Popular Culture and Literature in West Africa*, New Jersey：Zed Books Ltd. , 1997, p. 32.

⑤ Emeke Ojukwu, *Ahiara Declaration*：*The Principles of the Biafran Revolution*, Biafra：Republic of Biafra, 1969, p. 8. 转引自 Jago Morrison, "Imagined Biafras: Fabricating Nation in Nigerian Civil War Writing", *Ariel: A Review of International English Literature*, Vol. 36, No. 1 - 2 (2005), p. 7。

⑥ Femi Nzegwu, *Love, Motherhood and the African Heritage: The Legacy of Flora Nwapa*, Dakar：African Renaissance, 2001, p. 142.

仍然或直接或委婉地表明了他们在意识形态上的立场。① 这个论断无疑也适用于尼日利亚的内战书写。研究女性战争文学的著名学者玛格丽特·西格耐特（Margaret Higonnet）指出，传统的战争文学与父权民族主义密切相关，可谓一种最为男性化的文类，它常常将女性经验拒之门外。② 尼日利亚男性的内战书写倾向于强化尼日利亚男性化的"军营文化"，通常固化父权秩序，拒斥女性的政治力量。③ 尽管伊博族女性从未停止为比亚弗拉国的独立而斗争：在内战前，她们举行大规模的示威游行抗议 3 万名伊博同胞被杀，呼吁伊博地区脱离尼日利亚联邦政府。④ 她们的这些斗争让伊博著名诗人克里斯托弗·奥基博产生了如下念头，即如果奥朱库不宣布东部脱离尼日利亚联邦，她们将组织 2 万个菜市场的女商贩对他实施私刑。⑤ 在内战期间，她们也以实际行动支持比亚弗拉：她们不仅抗议苏联对战争的干涉，也公开动员平民奔赴前线；她们通过"跨界生意"（attack trade，伊博语为 afia atak）⑥ 维持比亚弗拉国的经济，并持续为其军民提供食物；她们是民兵和战争工作小组的核心力量，也是为生存而战但渐渐失利的比亚弗拉民众的坚强后盾。⑦ 然而，所有这一切在男性的内战书写中均被刻意忽略。西奥多拉·艾扎格博曾十分中肯地指出：

---

① Obododimma Oha, "Never A Gain? A Critical Reading of Flora Nwapa's *Never Again*", in Marie Umeh, ed., *Emerging Perspectives on Flora Nwapa*, Trenton: Africa World Press, 1998, p. 438.

② Margaret R. Higonnet, "Cassandra's Question: Do Women Write War Novels?" in M. R. Higonnet, ed., *Border Work: Feminist Engagements with Comparative Literature*, Ithaca/London: Cornell University Press, 1994, pp. 144 – 161. 转引自 Polo B. Moji, "Gender-based Genre Conventions and the Critical Reception of Buchi Emecheta's *Destination Biafra*", *Literator*, Vol. 35, No. 1 (2014), p. 2。见 http://dx. doi. org/10. 4102/lit. v35i1. 420。

③ Stephanie Newell, ed., *Writing African Women: Gender, Popular Culture and Literature in West Africa*, New Jersey: Zed Books Ltd., 1997, p. 3.

④ Jane Bryce, "Conflict and Contradiction in Women's Writing on the Nigerian Civil War", *African Languages and Cultures*, Vol. 4, No. 1 (1991), pp. 32 – 33.

⑤ Femi Nzegwu, *Love, Motherhood and the African Heritage: The Legacy of Flora Nwapa*, Dakar: African Renaissance, 2001, p. 132.

⑥ "跨界生意"指的是在尼日利亚内战期间，由于比亚弗拉国物资奇缺、物价飞涨，比亚弗拉国的女商贩们偷偷进入尼日利亚联邦军控制的地区进行采购，然后将商品贩运至比亚弗拉进行销售。

⑦ Jane Bryce, "Conflict and Contradiction in Women's Writing on the Nigerian Civil War", *African Languages and Cultures*, Vol. 4, No. 1 (1991), p. 33.

从有关内战的无数史实记录中，尤其是那些战时由比亚弗拉一方所撰写的记述中，我们可以看到女性扮演了她们一贯以来的角色，即为她们的家庭和战斗中的男性提供各种支持性的服务、物品以及各种生存保障。但令人失望的是，大多数以虚构方式描绘这场战争的男性作家却忽略了女性在这方面的贡献。①

战争往往能让女性更清楚地看到自己的生存状态。经历了战争创伤的女性主义作家伍尔夫曾愤慨地说："作为一名女性，我没有国家。"② 这也是为何反帝国主义、反民族主义斗争常会引发女性主义运动。③ 比亚弗拉战争虽然没有直接引发尼日利亚的女性主义运动，但尼日利亚男性内战书写对女性内战经历的刻意遮蔽，促使"非洲女性小说之母"弗洛拉·恩瓦帕打破内战叙事中女作家的沉默。她就这场"折磨［尼日利亚民族］的良心及集体记忆的战争"④ 创作了《永不再来》（本章后文简称《永》）一书，吹响了尼日利亚内战女性书写的第一声号角。榜样的力量是无穷的。在恩瓦帕的激励和影响下，不断有女作家积极参与尼日利亚内战书写。其中，尼日利亚新生代著名女作家奇玛曼达·阿迪契的内战叙事《半轮黄日》还斩获了"奥兰治宽带小说奖"。

目前，学界对《永》的专题研究仍不多见。艾扎格博的《想象与修正：弗洛拉·恩瓦帕与战争小说》⑤ 和奥哈的《对弗洛拉·恩瓦帕〈永不

---

① Theodora A. Ezeigbo, "Vision and Revision: Flora Nwapa and the Fiction of War", in Marie Umeh, ed., *Emerging Perspectives on Flora Nwapa*, Trenton: Africa World Press, 1998, p. 483.

② Virginia Woolf, *Three Guineas*, London: The Hogarth Press, 1986, p. 125. 转引自 Elleke Boehmer, *Stories of Women*, *Gender and Narrative in Postcolonial Nation*, Manchester: Manchester University Press, 2005, p. 91。

③ Elleke Boehmer, *Stories of Women*, *Gender and Narrative in Postcolonial Nation*, Manchester: Manchester University Press, 2005, p. 90.

④ Wole Soyinka, *The Open Sore of a Continent: A Personal Narrative of the Nigerian Crisis*, Oxford: Oxford University Press, 1996, p. 32. 参见 Jago Morrison, "Imagined Biafras: Fabricating Nation in Nigerian Civil War Writing", *Ariel: A Review of International English Literature*, Vol. 36, No. 1 – 2 (2005), p. 6。

⑤ Theodora A. Ezeigbo, "Vision and Revision: Flora Nwapa and the Fiction of War", in Marie Umeh, ed., *Emerging Perspectives on Flora Nwapa*, Trenton: Africa World Press, 1998, pp. 477 – 495.

再来〉的批判性阅读》[①] 对该小说的研究较为深入，前者从女性视角探讨了恩瓦帕对尼日利亚内战的重构问题，后者探讨了作家在作品中对一些战争事件的选择与弃用及其交际内涵，并分析了叙事中的断裂与沉默问题。本章具体分析《永》中的反英雄形象、女性角色以及"内聚焦"的自传性叙事问题，旨在更深入地探讨恩瓦帕独特的战争书写风格及其反战思想。

二 "反英雄"：小说中的官兵形象

学界认为，不管尼日利亚男性作家是否赞同比亚弗拉国的理念，他们的战争叙事都宣扬英雄主义思想。[②] 艾克的内战小说《日落清晨》就是一个极好的例子。主人公卡努博士（Dr. Kanu）是名战时身居比亚弗拉政府要职的医生，但他最后选择弃医从戎、战死沙场。这种英雄主义气概不仅激励其豪萨族妻子法蒂玛（Fatima）放弃安全、优渥的国外生活，拒绝回到她父母的身边而选择留在比亚弗拉，接替其夫未竟的事业，也让他那位贪生怕死的好友艾克瓦厄鲁莫（Akwaelumo）羞愧万分。阿契贝的经典短篇小说《战争中的姑娘》虽然没有塑造像卡努博士这样铁血激荡的英雄形象，但也让人深切地感受到英雄主义的气息无所不在——"它在偏僻的难民营里，在潮湿的碎片中，在那些赤手空拳冲锋陷阵而又饥肠辘辘的人群的勇气中。"[③] 该故事的结尾写道，女主人公格莱蒂斯（Gladys）虽曾在战争中迷失了自我，但她不顾个人安危帮助一名伤兵以致中弹身亡的壮举，正是那种代表着正直和坚定的民族性格的官兵英雄形象的真实写照。[④] 西格耐特指出，塑造能体现英雄主义思想的官兵英雄形象是传统战争文类的主要特点。她认为正是传统战争文类对官兵英雄形象的过分强

---

① Obododinma Oha, "Never A Gain？A Critical Reading of Flora Nwapa's *Never Again*", in Marie Umeh, ed., *Emerging Perspectives on Flora Nwapa*, Trenton：Africa World Press, 1998, pp. 429 –440.

② Jane Bryce, "Conflict and Contradiction in Women's Writing on the Nigerian Civil War", *African Languages and Cultures*, Vol. 4, No. 1 (1991), p. 32.

③ Chinua Achebe, *Girls at War and Other Stories*, New York：Doubleday, 1972, p. 104.

④ Elleke Boehmer, *Stories of Women*, *Gender and Narrative in Postcolonial Nation*, Manchester：Manchester University Press, 2005, p. 3.

调，才导致女性作家被排除在该文类之外。① 在《永》中，为了获取女性言说战争的权利，恩瓦帕有意解构了这种官兵英雄形象。

应该说，《永》对士兵形象着墨不多。唯一一个稍微具体的士兵形象是那位来自前线、"全副武装"、闯入平民集会并向他们索要食物的士兵。但与传统战争小说中那些浴血奋战的士兵不同，该士兵全然没有英雄的气概：他"没有武器和弹药与敌人打仗"，② 也没有食物；他没有保家卫国的豪情，而是不停地抱怨军官们"抢走了漂亮姑娘"，却让士兵们"到前线去送死"（第 16 页）。保家卫国本是士兵的职责，但恩瓦帕笔下的士兵在敌军来犯乌古塔（Ugwuta）之际却把自己"身上的军装扔了……朝着安全的地方逃跑"（第 54 页）；比亚弗拉政府花高价请来的外国雇佣军，甚至在敌军发动军事进攻之际还开车满世界追女人。不仅如此，那些本该用来打击敌人的武器却被士兵们用来逼迫平民留在乌古塔坐以待毙。更有甚者，不少比亚弗拉士兵还干起了打家劫舍的勾当。女主人公凯特（Kate）在处理她逃难无法带走的东西时，心里琢磨的是如何才能让那些士兵抢劫者们没那么容易得手。虽然乌古塔在被尼日利亚联邦军占领后 24 小时之内又回到比亚弗拉一方，③ 但有些比亚弗拉士兵为了给同伙们争取更多的时间来抢劫，而选择用手中的武器阻挠平民回家。有些士兵甚至公开设卡，将平民车上的食物及其他物资洗劫一空，并冠冕堂皇地说，"当你们回到乌古塔时，不要想你们的财产，而要想我们为了解放它洒下的热血"（第 72 页）。总之，在《永》中，我们几乎找不到传统男性战争叙事中常见的那种士兵英雄形象，取而代之的是士兵土匪形象。

《永》中没有点明士兵英雄气概荡然无存的原因，但从故事中那些本该起着表率作用的军官的所作所为来看，我们或许能明白其中的一些缘由。以卡尔（Kal）少校为例。此人是比亚弗拉"战争内阁"的成员。敌

---

① 转引自 P. B. Moji，"Gender-based Genre Conventions and the Critical Reception of Buchi Emecheta's *Destination Biafra*"，*Literator*，Vol. 35，No. 1（2014），p. 3. 见 http://dx. doi. org/10. 4102/lit. v35i 1. 420。

② Flora Nwapa，*Never Again*（Trenton：Africa World Press，1975），p. 16. 该作品的引文均为笔者自译，后文中该作品的引文出处只在正文中标示，不再另注。

③ 叙述者称，"乌古塔之所以能重新回到比亚弗拉一方，是因为湖神乌哈米瑞（Uhamiri）在湖泊的深处用她巨大的扇子把［敌军的炮舰］击沉了"（第 84 页）。

军进攻乌古塔时，他火线参军，当上了少校。然而，与《日落清晨》中的英雄卡努博士不同，卡尔是一个利用内战大肆为自己捞取政治和经济利益的投机分子。他阴险狡诈、满嘴谎言，鼓动哈科特港（Port Harcourt）、乌古塔等地手无寸铁的平民在敌军进犯时坚守自己的家乡。对于像凯特那样不愿充当敌人炮灰的平民，他甚至威胁要将他们绳之以法。然而，在那些地方沦陷之前，他自己却毫发无损地先偷偷逃离了。在战争期间，他将自己的车藏起来，却堂而皇之地开着从平民手中征用过来的车辆。更为可恶的是，他不顾公序良俗，还试图和凯特的闺密碧（Bee）发展婚外恋情。为了讨好她，他甚至将比亚弗拉严格管控的汽油偷卖给她；被碧拒绝后，恼羞成怒的他又利用手中的权力报复她，害得她差点被当作奸细抓起来。其实，在《永》中，像卡尔那样在战场上毫无斗志、毫无节操的军官并非孤例。小说写道，那些能出入奥朱库总统府的军官都将自己的车妥善保管起来，却开着从平民手中征用过来的汽车，而且开车出行时也从不停下车来帮助那些逃难的平民。

有学者指出，几乎所有尼日利亚内战的女性书写都体现出对传统英雄主义思想及官兵英雄形象的自然疏离。[1] 不过，我们应该看到，不同女作家的战争政治立场是不一样的。例如，艾米契塔的战争叙事中虽然也有对官兵英雄形象的解构，但她解构的主要是尼日利亚联邦政府军队的官兵英雄形象。在《目的地比亚弗拉》中，她塑造的暴力强奸者都是尼日利亚联邦政府军的官兵。该小说虽偶有提及比亚弗拉方官兵的恶行，但她将其归咎为饥饿或为战争扭曲的人性，有为他们开脱罪责之嫌。然而，在《永》中，恩瓦帕聚焦的全是比亚弗拉官兵的恶行，而且丝毫没有替他们开脱罪责的意思。小说写道，有不少士兵原本就是无信仰与节操的匪徒。比如那个设卡抢劫凯特兄弟物品的士兵，在战前就是一个无恶不作的"小偷和肮脏的骗子"（第74页）。艾米契塔虽然在《目的地比亚弗拉》中解构了传统的官兵英雄形象，但她同时又塑造了一个女英雄形象：主人公黛比（Debbie）为了国家独立之需而毅然参军；为了国家的利益，她强忍失父

---

① Jane Bryce, "Conflict and Contradiction in Women's Writing on the Nigerian Civil War", *African Languages and Cultures*, Vol. 4, No. 1 (1991), pp. 31-32.

之痛，选择原谅杀害其父的政变者；内战爆发时，为了国家的安定和百姓的安危，她冒死执行和平任务，虽两度遭尼日利亚官兵强奸而不退缩；和平任务失败之后，她又赴伦敦为比亚弗拉募捐；她还成功挫败了阿保希试图让那些给比亚弗拉运送红十字救济物品的飞机改运武器的计划。可以说，虽然黛比实施的是与官兵的杀戮行为相反的和平之举，但她本质上并无异于传统的官兵英雄形象。

由此看来，艾米契塔虽然在《目的地比亚弗拉》中解构了传统的官兵英雄形象，但她并未彻底颠覆传统男性战争书写中的英雄主义思想。相反，恩瓦帕在《永》中不仅解构了官兵英雄形象，同时也彻底消解了传统的英雄主义思想。比亚弗拉国制定的战争策略基于传统的英雄主义思想，即当敌兵压境时允许平民撤离，而士兵们应保家卫国。① 具有讽刺意味的是，在《永》中，这种英雄主义思想却变成了逼迫平民百姓留下来赤手空拳抵抗强大敌人的工具。恩氏还敏锐地看到，这种英雄主义思想被微妙地与伊博族人最为看重的男子气概捆绑在一起，变质为一种与女性气质相对立的品质：要当英雄就得赤手空拳死守家乡，否则就与女人无异，虽生犹死！将自己三个孩子送往前线的"英雄母亲"艾琪玛（Ezeama）这样指责打算在敌军进攻之前逃离乌古塔的平民楚迪（Chudi，凯特之夫）：

> 你这个奸细。在破坏分子进入哈科特港之前，你逃走了。……他们攻入哈科特港之前的两个星期，这个软骨头的男人带着老婆、孩子，带着所有的财产逃走了。……你就是个娘们，你打算要死两次吗？（第 13～14 页）

从艾琪玛的话中我们可以看出，这种传统的英雄主义思想早已被贴上了男子气概的标签，是男性优越和高贵的体现。身为平民的楚迪因试图在战争中求生存而被贬为女性。其实，这种疯狂的英雄主义思想在乌古塔是被广为接受的。家庭妇女阿格法女士（Madam Agafa）发出这样的感慨：

---

① Femi Nzegwu, *Love, Motherhood and the African Heritage: The Legacy of Flora Nwapa*, Dakar: African Renaissance, 2001, p. 137.

　　　　我为什么是个女的？上帝啊！你应该把我生成男儿身。这样我就
　　可以对年轻人，对那些此刻血管里热血沸腾的小伙子们说，跟我来！
　　我会带领你们！我会打败破坏分子！（第9页）

　　小说中，许多青年男子都受到这种思想的蛊惑。为了向别人证明自己
是男子汉而不是女人，他们毫不犹豫地走向自我毁灭。那个原本又聋又哑
但在敌军攻打乌古塔期间却神奇般恢复语言能力的疯子艾泽科罗（Ezeko-
ro）的言行，就暗示了这种传统英雄主义思想的疯狂和死亡内涵。这个堂
吉诃德式的疯子大喊道：

　　　　你们杀死了乌古塔……你们所有人合起来谋杀了恩努古，你们谋
　　杀了奥尼查，你们谋杀了哈科特港……你们不可能谋杀乌古塔。你们不
　　能。我准备回乌古塔去救她。我会救乌古塔。除了我没人能救她……我
　　要用我的扇子把［敌人］赶走。（第62页）

他边喊边冲向乌古塔，最终死于敌军的炮火之下。尼日利亚著名评论家伊
曼尤纽指出，这种在内战叙事中频频出现的疯狂意象表明，人们生活在一
个疯狂的世界里，他们的残酷行为导致了自然元素中的反叛以及动乱。[1]
伊曼尤纽的读解颇有道理，但恩瓦帕似乎也想借艾泽科罗这种反生存的疯
狂举动表明，这种盲目的英雄主义思想犹如一种能摧毁人们脑子的腐蚀
品，驱使着受害者走向极度焦虑和自我毁灭。[2] 可以说，比起其他女性内
战书写者，恩瓦帕更为彻底地批判和解构了传统男性战争书写中的英雄主
义思想。

---

[1]　Ernest N. Emenyonu, "Post-war Writing in Nigeria", *Ufahamu: A Journal of African Studies*,
　　Vol. 4, No. 1 (1973), p. 82.

[2]　Theodora A. Ezeigbo, "Vision and Revision: Flora Nwapa and the Fiction of War", in Marie
　　Umeh, ed., *Emerging Perspectives on Flora Nwapa*, Trenton: Africa World Press, 1998,
　　p. 490.

三　"她历史"①：小说中的女性形象

　　恩瓦帕为何要解构传统战争书写中的英雄主义思想呢？我们认为主要原因是她不能接受传统战争书写以男性角色为主导而女性角色被忽视的叙事模式。在其题名为《尼日利亚的女性角色》（未出版）的论文中，恩瓦帕将《永》定位为"一部有关尼日利亚内战期间比亚弗拉女性所扮演的角色的战争小说"。② 在她看来，伊博女性在战争中发挥了十分重要的作用。她说："在战争期间，我们被封锁……但我们为男人找了食物，维持整个家庭。我们是战争的脊梁。"③ 不过，男性作家的战争书写往往刻意遮蔽女性在战争中做出的重要贡献。他们认定，女人们在后方的工作是微不足道的。④ 艾扎格博曾指出，男性作家倾向于强调或放大女性的道德堕落，而忘了她们为赢得那场战争所做的努力。⑤ 读者不难发现，许多男性内战书写者笔下的女性人物，比如艾克文西《在和平中活下来》中的维多利亚（Victoria）和朱丽叶蒂（Juliette）、艾克《日落清晨》中的乐芙（Love）、阿契贝《战争中的姑娘》中的格莱蒂斯都选择"将自己的身体卖给最高竞价者"。⑥ 用艾扎格博的话说，男性作家们总是热衷于女性在内战期间不忠

---

① 西方女权主义者为了凸显女性对人类历史的贡献，特意造出"herstory"一词，以质疑英文中原有的"history"一词的男权中心主义内涵。

② 转引自 Theodora A. Ezeigbo, "Vision and Revision: Flora Nwapa and the Fiction of War", in Marie Umeh, ed., *Emerging Perspectives on Flora Nwapa*, Trenton: Africa World Press, 1998, p. 478。

③ 转引自 Ezenwa-Ohaeto, "Breaking Through: The Publishing Enterprise of Flora Nwapa", in Marie Umeh, ed., *Emerging Perspectives on Flora Nwapa*, Trenton: Africa World Press, 1998, p. 192。

④ Theodora A. Ezeigbo, "Vision and Revision: Flora Nwapa and the Fiction of War", in Marie Umeh, ed., *Emerging Perspectives on Flora Nwapa*, Trenton: Africa World Press, 1998, p. 483.

⑤ Theodora A. Ezeigbo, "Vision and Revision: Flora Nwapa and the Fiction of War", in Marie Umeh, ed., *Emerging Perspectives on Flora Nwapa*, Trenton: Africa World Press, 1998, p. 483.

⑥ Theodora A. Ezeigbo, "Vision and Revision: Flora Nwapa and the Fiction of War", in Marie Umeh, ed., *Emerging Perspectives on Flora Nwapa*, Trenton: Africa World Press, 1998, p. 483.

于婚姻的耸人听闻的细节描写。[1] 阿契贝在一次采访中指出，《战争中的姑娘》的创作动机缘于他对内战中女性角色的新认识：

> 你可以发现一种新精神。……不久前，我在欧洲逗留了三周。当我回来时，我发现年轻的女孩们已经从警察手里接手了交通管制的工作，她们的确是发自内心的，没人要求她们这么做。[2]

尽管如此，在《战争中的姑娘》中，女性在这个新国家的建设中所扮演的角色却遭到了讥讽：故事中，一群来自本地高中的女生齐步走在写有"我们坚不可摧！"[3] 的旗帜后面。小说中，为了在战争中活下去，曾经富有理想和洞见的格莱蒂斯堕落成一个为了"一块鱼干……一美元就愿意［与人］上床"[4] 的女人。她头戴染色的假发，身着昂贵短裙、低胸外衣以及自加蓬进口的皮鞋，注定只能成为"某位身居高位、大发战争财的绅士的金丝雀"。[5] 可以说，阿契贝在该小说中触及了"战争状态下尼日利亚女性同胞的道德困境"，[6] 但他对男性，尤其是那些"身居高位的绅士"，即使是与格莱蒂斯发展一夜情的军官恩万科沃（Nwankwo）的道德滑坡也绝口不提。反观《永》，尽管卡尔手握巨大权力和稀缺资源，但他却无法让碧对他投怀送抱，后者在意识到他是个假话连篇的骗子时就毅然与他断绝关系（第36页），充分显示了女性在战时自尊、自强的气节；虽然护士阿格尼丝（Agnes）及其妹妹最后委身于一名白人雇佣兵，但恩瓦帕并没有像阿契贝那样担忧"未来的母亲们"道德上的堕落

---

① Theodora A. Ezeigbo, "Vision and Revision: Flora Nwapa and the Fiction of War", in Marie Umeh, ed., *Emerging Perspectives on Flora Nwapa*, Trenton: Africa World Press, 1998, p. 483.

② 转引自 Francoise Ugochukwu, "A Lingering Nightmare: Achebe, Ofoegbu and Adichie on Biafra", *Matatu: Journal for African Culture and Society*, Vol. 39 (2011), p. 258。

③ 英文为："We are impregnable!" 这是一个双关语，它的另一个意思是"我们能受孕"。详见 Chinua Achebe, *Girls at War and Other Stories*, New York: Doubleday, 1972, p. 103。

④ Chinua Achebe, *Girls at War and Other Stories*, New York: Doubleday, 1972, p. 113.

⑤ Chinua Achebe, *Girls at War and Other Stories*, New York: Doubleday, 1972, p. 106.

⑥ Francoise Ugochukwu, "A Lingering Nightmare: Achebe, Ofoegbu and Adichie on Biafra", *Matatu: Journal for African Culture and Society*, Vol. 39 (2011), p. 257.

会给"整整一代人带来多么可怕的命运"。① 相反，她借叙述者的话把批判的矛头对准男性："那个雇佣兵捕获了……两个比亚弗拉姑娘。"（第64页）

我们知道，大多数的内战书写者都是原属比亚弗拉国的伊博人，他们大多将自己视为与其同胞一起为独立而进行革命战争的勇士。1968年，在内战最酣时，阿契贝在乌干达坎帕拉的一所大学演讲时提到，"今日比亚弗拉作家投身于人民为之战斗、献身的事业，无异于许多非洲作家——过去和现在——投身于发生在非洲的大事"。② 他指出，艺术家必须"具有高度责任感。他必须知晓人类关系中任何细微的不公正。因此，非洲作家不可能漠视他的人民所遭受的非同寻常的不公正"。③ 恩泽格乌（F. Nzegwu）将恩瓦帕也列为投身于内战事业的革命作家。她认为，恩瓦帕在《永》中凸显了女性在内战中与男性同样重大的贡献，强调男女两性互补的准则乃是当代非洲政治之原则——它既是性别关系，也是由多民族组成的国家中共存关系的准则。④ 不可否认，尼日利亚的女性内战书写通常会强调女性在战争中的政治作用：战争中的妻子、母亲、护士通常拥有美丽的心灵，她们是简·亚当斯（Jane Addams）所说的只为"家庭需要"和"社会需要"服务的"公民存在"。⑤ 阿迪契的《半轮黄日》就十分详细地描述了双胞胎姐妹奥兰娜和凯内内（Kainene）在内战期间为了"家庭需要"和"社会需要"所做的种种努力。艾米契塔的《目的地比亚弗拉》更是如此，黛比被塑造成一位令男性都望尘莫及的女英雄。卡拉瓦勒（M. E. M. Kolawole）认为《永》也不例外。她指出："恩瓦帕在比亚弗拉战争期间对女性的描写……是对伊博女性在寻求生存以及在支持她们所深深信仰的事业中所扮

---

① Chinua Achebe, *Girls at War and Other Stories*, New York: Doubleday, 1972, p. 116.
② 转引自 Maxine Sample, "In Another Life: The Refugee Phenomenon in 2 Novels of the Nigerian Civil War", *Modern Fiction Studies*, Vol. 37, No. 3 (1991), p. 447。
③ Maxine Sample, "In Another Life: The Refugee Phenomenon in 2 Novels of the Nigerian Civil War", *Modern Fiction Studies*, Vol. 37, No. 3 (1991), p. 447.
④ Femi Nzegwu, *Love, Motherhood and the African Heritage: The Legacy of Flora Nwapa*, Dakar: African Renaissance, 2001, p. 160.
⑤ Jean Bethke Elshtain, *Women and War*, New York: Basic Books, 1987, p. 9. 转引自 Obioma Naemeka, "Fighting on All Fronts: Gendered Spaces, Ethnic Boundaries, and the Nigerian Civil War", *Dialectical Anthropology*, Vol. 22, No. 3/4 (1997), p. 237。

演的核心角色的真实反映。"①

　　然而，细读《永》之后，我们发现恩瓦帕较少书写女性在内战中的政治作用，可以说，那些诸如奥姆（Omu）、乌姆阿达（Umuada）等曾在尼日利亚反殖民运动中扮演举足轻重角色的"本土女性组织在该故事中无足轻重"，② 整部小说只有一处写到女性，女人们"为士兵们缝制军服，为士兵们烧饭，而且还给军官们送昂贵的礼物。……每个星期三为比亚弗拉祈祷"（第7页）。作为回报，她们可以听到专门为她们而写的战报。但颇为讽刺的是，这些战报充满了谎言，最终导致她们对战事做出误判，致使她们及其家人走向无谓的死亡。在故事结尾处，阿格法因误信那些骗人的战报，未能在敌军进攻之前把自己四个未成年的儿子带离乌古塔而倒地痛哭便是最好的例证。这一方面反映了女性的生存能力在内战期间未被充分利用和被边缘化的事实，另一方面体现了恩瓦帕似乎也不在意女性在内战中的政治作用。事实上，主人公凯特毫不关心比亚弗拉事业，更谈不上对它的信仰。不同于《目的地比亚弗拉》及《半轮黄日》中清晰的比亚弗拉概念，在《永》中，比亚弗拉人在国家身份问题上有着激烈的冲突，③ 他们的比亚弗拉概念充满了模糊性和矛盾性。应该说，在《永》中恩瓦帕并没有像其他女作家那样强调女性在战争中的政治作用，她更关注的是女性处理内战紧张局势的能力以及缓解无处不在的肉体及精神错乱的生存策略。④我们同意布莱斯的论断，即恩瓦帕的战争书写基本上没有对战争做对或错的政治判断，也没有在情感上靠拢民族主义，相反，只有冷静的实用主义以及求生的本能。⑤ 可以说，通过凯特这一女性形象，《永》主要记录的是

---

①　Mary E. Modupe Kolawole, "Space for the Subaltern：Flora Nwapa's Representation and Re-presentation of Heroism", in Marie Umeh, ed., *Emerging Perspectives on Flora Nwapa*, Trenton：Africa World Press, 1998, p. 231.

②　Femi Nzegwu, *Love, Motherhood and the African Heritage: The Legacy of Flora Nwapa*, Dakar：African Renaissance, 2001, pp. 142 – 143.

③　Jago Morrison, "Imagined Biafras：Fabricating Nation in Nigerian Civil War Writing", *Ariel：A Review of International English Literature*, Vol. 36, No. 1 – 2（2005）, p. 12.

④　Theodora A. Ezeigbo, "Vision and Revision：Flora Nwapa and the Fiction of War", in Marie Umeh, ed., *Emerging Perspectives on Flora Nwapa*, Trenton：Africa World Press, 1998, p. 482.

⑤　Jane Bryce, "Conflict and Contradiction in Women's Writing on the Nigerian Civil War", *African Languages and Cultures*, Vol. 4, No. 1（1991）, p. 30.

她引领家人在内战中存活下来的经历。

　　在艾米契塔的《目的地比亚弗拉》中，黛比也是战时女性求生经历的记录者。在名为"妇女之战"（Women's War）的章节中，黛比记录了她带领一群妇孺在战争中存活下来的经历。不过，在《目的地比亚弗拉》中，黛比记录自己及其周围来自不同阶层、不同部族的妇女们的内战经历的主要目的，是避免它像历史上的"妇女之战"一样消失在男性的内战书写中。同时，艾米契塔也试图借此颂扬女性的智慧、坚韧及她们对比亚弗拉事业的伟大贡献。然而，在《永》中，凯特生存下来的目的只是想告诉别人：

　　　　身处战火意味着什么。……我听到了炮弹致命的呜呜声。没有哪本书会教我们这些东西。在给我们讲解欧洲及美洲爆发的无数次战争时，没有哪位老师能让我们听到炮弹声。（第1页）

可以说，通过凯特的经历和体验，恩瓦帕强调的并非女性在战争中为比亚弗拉事业所做的重大贡献，而是女性在战争中艰难求生的痛苦经历。凯特在战争中扮演的仅仅是苦难记录者的角色，她记录了战争的邪恶、荒诞和残酷。《永》讲述的始终是凯特如何与比亚弗拉虚假的军事宣传做斗争，从而为整个大家族赢得生存的机会，用恩泽格乌的话说，在该小说中，生存的本能优于国家的理想。① 可以说，恩瓦帕正是借此来凸显小说的反战主题。对于凯特这一女性形象，内战文学研究专家阿缪塔有不同的看法。他将该女性形象读解为"恩瓦帕执着于对女性主义思想的宣扬"，并不无讽刺地称恩氏竭力使"女性成为该故事中唯一有勇有谋的生物"。② 我们认为阿缪塔的批评有失公允。因为恩瓦帕在《永》中之所以不断地揭露比亚弗拉军事宣传的荒诞和虚假，其目的并非宣扬其女性主义思想，而是揭示女性在战争中艰难求生的不易以及战争的可怕和邪恶，从而凸显了反战的

---

① Femi Nzegwu, *Love, Motherhood and the African Heritage: The Legacy of Flora Nwapa*, Dakar: African Renaissance, 2001, p. 149.

② Chidi Amuta, "The Nigerian Civil War and the Evolution of Nigerian Literature", *Canadian Journal of African Studies*, Vol. 17, No. 1 (1983), p. 95.

意旨。换言之，通过强调女性在内战中所扮演的艰难求生的角色，恩瓦帕表达了对战争的强烈谴责。恩泽格乌指出，在《永》中，恩瓦帕质疑任何以战争的方式来解决冲突的行为，哪怕是一个民族要宣布独立等合法动机。[①] 我们赞同恩泽格乌的观点。尽管恩瓦帕支持比亚弗拉事业，但她似乎觉得即便是一个民族宣布独立之类的正义事业，也不能成为发动战争的合法理由。小说中，她借凯特之口谴责了比亚弗拉政客，认为正是他们"招致了这场战争"（第 7 页）。这或许也是恩瓦帕采用"内聚焦"的叙事模式来描写战争给人身心带来的巨大创痛的原因。

四　"内聚焦"：小说中的自传性叙事模式

阿迪契曾听她父亲谈论过他本人在内战期间的痛苦经历。她说："如果所有那些事情发生在我身上的话，我就会成为怨恨重重的人。"[②] 艾克文西也指出，亲历战争的作家在书写内战时容易情绪化，以致无法做到客观，而这往往会影响其写作的真诚性。[③] 为了客观公正地再现这场内战，大部分的内战书写者，尤其是亲历内战的书写者往往不会采用自传性叙事模式。尽管《在和平中活下来》中涉及不少艾克文西的亲身经历——在内战期间，他和小说中的主人公一样也负责比亚弗拉电台，[④] 但他尽量避免明显的自传色彩，并且采用了全知全觉的"零聚焦"[⑤] 叙事模式。在

①　Femi Nzegwu, *Love, Motherhood and the African Heritage: The Legacy of Flora Nwapa*, Dakar：African Renaissance, 2001, p. 160.

②　转引自 Vendela Vida, et al., eds., *Always Apprentices: The Believer Magazine Presents Twenty-two Conversations Between Writers*, San Francisco：Believer Books, 2013, p. 97。

③　转引自 Bernth Lindfors, ed., *DEM-SAY: Interviews with Eight Nigerian Writers*, Austin：African and Afro-American Studies and Research Center of the University of Texas, 1974, p. 30。

④　B. Nganga, "An Interview with Cyprian Ekwensi", *Studia Anglica Posnaeniensia: An International Review of English Review*, Vol. 17（1984）, p. 284.

⑤　热内特的聚焦理论将小说叙事中的聚焦分成三种类型：（1）零（无）聚焦［zero (non-) focalization］，即叙述者＞人物，指叙述者能如上帝般透视所有人物的内心世界；（2）内聚焦（internal focalization），即叙述者＝人物，指叙述者只叙述自己的所见所闻、所思所想，不具备透视别的人物内心世界的能力；（3）外聚焦（external focalization），即叙述者＜人物，指叙述者处于故事之外，不具备透视任何人物内心世界的能力。见赵莉华、石坚《叙事学聚焦理论探微》，《西南民族大学学报》（人文社科版）2008 年第 12 期，第 230～234 页。

多位记者和评论者的访谈中，恩瓦帕曾坚决否认其文学创作的自传因素，① 不过，我们应看到，《永》的确记述了恩瓦帕在内战期间的亲身经历。② 布莱斯指出，《永》是恩瓦帕对自己的战争经历"不加掩饰的伪装"。③ 艾扎格博更是认为，恩瓦帕在《永》中身兼作者、叙述者及女主人公三重身份。他断言，《永》中的凯特就是恩瓦帕自己。④ 事实上，如果把《永》与恩瓦帕长女埃金尼·恩泽莱比（Ejine Nzeribe）所著的《战时记忆》中记录她们母女在乌古塔的战时经历的未发表的文章相对照，我们就可以发现《永》的确具有明显的自传特质。⑤ 然而，不同于《在和平中活下来》所采用的"零聚焦"叙事模式，《永》采用的是"内聚焦"叙事模式。

恩瓦帕曾在英国留学，获得了爱丁堡大学的教育硕士学位，并因此而出任卡拉巴（Calabar）教育局局长一职，可谓社会精英。然而，正如她自己所言，"我所热爱的是事业而非政府"。⑥ 在内战中，与分别任职于比亚弗拉文化部与宣传部的阿契贝和艾克文西等男性精英不同，恩瓦帕没有担

---

① Marie Umeh, "Flora Nwapa as Author, Character, and Omniscient Narrator on 'The Family Romance' in an African Society", *Dialectical Anthropology*, Vol. 26, No. 3/4 (2001), p. 343.

② Brenda F. Berrian, "In Memoriam: Flora Nwapa (1931 – 1993)", *Signs: Journal of Women in Culture and Society*, Vol. 20, No. 4 (1995), p. 997.

③ Jane Bryce, "Conflict and Contradiction in Women's Writing on the Nigerian Civil War", *African Languages and Cultures*, Vol. 4, No. 1 (1991), p. 35.

④ Theodora A. Ezeigbo, "Vision and Revision: Flora Nwapa and the Fiction of War", in Marie Umeh, ed., *Emerging Perspectives on Flora Nwapa*, Trenton: Africa World Press, 1998, p. 479.

⑤ 埃金尼·恩泽莱比讲道："妈妈……总是开着收音机，听战争新闻尤其是 BBC 报道的战争新闻。现在回望当时，她总是非常警觉，似乎在等待什么。……我想她并不觉得战事有什么可笑的。……我觉得人们把她当成一个奸细。"详见 Ejine Nzeribe, "Remembrances of the War Period", Unpublished Manuscript, in Leslie Jean, *Blow the Fire*, Enugu: Tana, 1986, p. 1. 恩瓦帕在《永》中是这样写的：我们开始谈论 BBC 及其新闻，其他人的观点纯粹是撒谎，"尼日利亚并未准备攻打乌古塔。这不可能"。但我们听说尼日利亚在安排平底船，为攻打乌古塔做准备，我坚持道。"撒谎！谎话连篇！"很多人这么说（第 24～25 页）。这两种叙事极其相似，唯一的不同之处在于，埃金尼"记录"了战争事件，而恩瓦帕则将其"创造"并"转化"成小说。详见 Theodora A. Ezeigbo, "Vision and Revision: Flora Nwapa and the Fiction of War", in Marie Umeh, ed., *Emerging Perspectives on Flora Nwapa*, Trenton: Africa World Press, 1998, pp. 479 – 480。

⑥ Harvey Swados, "Chinua Achebe and the Writers of Biafra", *New Letters*, Vol. 40, No. 1 (1973), p. 9. 转引自 Marie Umeh, ed., *Emerging Perspectives on Flora Nwapa*, Trenton: Africa World Press, 1998, p. 481。

任任何公职。可以说，在所有亲历战争的内战书写者中，恩瓦帕是唯一一个过着平民生活，与政府或公共服务全然无关的人。[①] 由于她的平民身份，她在战争期间无法知晓任何官方的消息和军事行动，所以她的战争书写显然有别于阿契贝、艾克文西等男性作家或尼日利亚高官之妻恩姣库（R. Njoku）笔下有关军事行动、政治阴谋及外交策略的描写，《永》中描述的仅是非战斗人员、非政治人物的内战经历。此外，有文献记载，恩瓦帕在内战期间从哈科特港逃回自己的家乡乌古塔，并一直待在那儿直至战争结束。[②] 因此，在尼日利亚军队对乌古塔发动进攻之时，她无从知晓乌古塔之外的情况。我们认为，正是恩瓦帕的平民身份以及内战经历，使她的内战叙事"内聚焦"于战争期间身处"与外界隔绝的乌古塔"[③] 的叙述者凯特的经历。恩瓦帕曾特别提及她本人在战争期间所遭遇的虚假宣传——"在战争期间，当我表达与虚假宣传不同的想法时，我遇到不少麻烦。"[④] 《永》也侧重凯特对战时乌古塔之于她及其家人有直接影响的事件的叙述，尤其是比亚弗拉的军事宣传，可以说，《永》在时空上体现出更为狭窄的"内聚焦"叙事特征。

　　尼日利亚著名评论家玛丽·乌梅认为，凯特有着与《目的地比亚弗拉》中的黛比一样的人生体验，即"从理想主义到现实主义……从天真到世故，从无知到对现实世界里的邪恶有深刻的了解"。[⑤] 《永》的"内聚焦"叙事模式展示了凯特对比亚弗拉战争宣传逐渐深入的认识过程。战争

[①] Theodora A. Ezeigbo, "Vision and Revision: Flora Nwapa and the Fiction of War", in Marie Umeh, ed., *Emerging Perspectives on Flora Nwapa*, Trenton: Africa World Press, 1998, p. 481.

[②] Theodora A. Ezeigbo, "Vision and Revision: Flora Nwapa and the Fiction of War", in Marie Umeh, ed., *Emerging Perspectives on Flora Nwapa*, Trenton: Africa World Press, 1998, p. 481.

[③] Gloria Chukukere, *Gender Voices & Choices: Redefining Women in Contemporary African Fiction*, Enugu: 4th Dimension Publishing Co. Ltd., 1995, p. 138.

[④] 转引自 Brenda F. Berrian, "In Memoriam: Flora Nwapa (1931 – 1993)", *Signs: Journal of Women in Culture and Society*, Vol. 20, No. 4 (1995), p. 997。

[⑤] Marie Umeh, "The Poetics of Thwarted Sensitivity", in Ernest Emenyonu, ed., *Critical Theory and African Literature*, Ibadan: Heinemann, 1987, p. 199. 转引自 Theodora A. Ezeigbo, "Vision and Revision: Flora Nwapa and the Fiction of War", in Marie Umeh, ed., *Emerging Perspectives on Flora Nwapa*, Trenton: Africa World Press, 1998, p. 491。

伊始，凯特支持比亚弗拉并相信它的战争宣传。但是随着卡拉巴及哈科特港的相继陷落，她开始厌烦比亚弗拉的战争宣传："我听到的有关比亚弗拉的宣传够多了。当我还是尼日利亚人的时候，我可没有听到过这么多有关尼日利亚的宣传。"（第2页）等她及其家人逃回家乡乌古塔时，她开始表现出对比亚弗拉方虚假战争宣传的强烈不满：

> 我们不再光用言语来打仗。言语是无用的。比亚弗拉是不可能光用言语就可以赢得一场内战的。……我们已经输了这场战争。我们丢了哈科特港的时候就输了这场战争。任何有脑子的人都知道这一点。我们当时应该做的就是投降。投降，在比亚弗拉没人能公开提这个词而不被打死。……如果我们投降，我们就会被杀得片甲不留。这是强大的处心积虑的宣传。而且……它管用！（第23~24页）

凯特甚至将充满谎言的比亚弗拉战争宣传当作调侃和嘲讽的对象。她对比亚弗拉战争宣传的认识越深入，就越看清它虚假、荒诞的本质：在内战中，它不是把重点放在如何打败敌人上面，而是把更多的精力放在寻找、排查所谓的奸细之上；为了哄骗、操控民众，比亚弗拉战争宣传竟然就同一场战事编造出三个自相矛盾的版本。在这种战争宣传的洗脑下，原本坚决支持妇孺及早撤离乌古塔的民兵阿迪格威（Adigwe），最后竟也改弦易辙。更为可笑的是，深受这种虚假战争宣传之苦的碧最后也违心地变成了一名撒谎者，致使更多的平民白白送死。

　　一般而言，如果一位作家在审视社会及民众的冲突与痛苦时站得过近的话，他的书写很可能让人视线模糊。《永》的"内聚焦"叙事模式有时的确会让读者有这种感觉，因为他们对尼日利亚军方所发生的一切一无所知。即便当尼日利亚军队进入同一叙事背景后，读者也无法从叙述者处了解他们的所作所为以及所思所想。这种模糊性在凯特的那些情感发泄之中得到了明显的体现：

> 我们都是兄弟，都是同事，都是朋友，都是同时代的人。然而，没有任何的警示，他们就开始射击；没有任何的警示，他们就开始抢

劫、掠夺、强奸和亵渎神明。更可恶的是，他们开始撒谎，互相撒谎。（第 73 页）

在这里，"他们"指的是谁？比亚弗拉人还是尼日利亚人，抑或兼指两者？叙述者似乎无法区别加害者和受害者。虽然如本·奥克瑞在其题为《男性战争中的女性》（"Women in a Male War"）的书评文章中所说的那样，事件混乱让人困惑，"一定是人们面对那段尼日利亚历史中的血腥时期的部分反应"。① 不过，《永》中那种"内聚焦"叙事模式导致的意义空白的模糊书写似乎另有含义。伊格尔顿（T. Eagleton）曾指出，读者往往能从文本明显的沉默、空白或缺席中更明确地感受到意识形态的在场。② 恩瓦帕或许是通过这些模糊或限制来揭示战争的邪恶和恐怖。虽然艾克文西在《在和平中活下来》中也曾严厉批判比亚弗拉战争宣传的虚假与荒诞，但《永》这种"内聚焦"自传性叙事模式犹如一把放大镜，让读者能够更清晰、更直观地感受充满谎言的比亚弗拉战争宣传的荒诞及其死亡的本质。

贝蒂·威尔逊（Betty Wilson）曾指出，自传模式通常为女性作家所青睐。③ 不过，恩瓦帕似乎并不是特别青睐自传模式，因为《永》是这位女作家创作的所有小说中唯一一部具有自传色彩的小说。与她其他的非自传小说如《伊芙茹》、《艾杜》（Idu，1970）所采用的全知全觉的"零聚焦"叙事模式中始终克制而审慎的叙述者声音不同，④ 恩瓦帕在《永》中有不少道德说教，在艾扎格博看来，这种道德说教在某些时候甚至到了遮

① Ben Okri, "'Women in a Male War'：A Review of Buchi Emecheta's *Destination Biafra*", *West Africa*, Mar. 15, 1982, p. 729. 转引自 Gloria Chukukere, *Gender Voices & Choices: Redefining Women in Contemporary African Fiction*, Enugu：Fourth Dimension Publishing Co. Ltd. , 1995, p. 203。

② Terry Eagleton, *Marxism and Literary Criticism*, Berkeley：University of California Press, 1976, p. 34. 转引自 Oha Obododimma, "Never A Gain？A Critical Reading of Flora Nwapa's *Never A-gain*", in Marie Umeh, ed. , *Emerging Perspectives on Flora Nwapa*, Trenton：Africa World Press, 1998, p. 438。

③ 转引自 Theodora A. Ezeigbo, "Vision and Revision：Flora Nwapa and the Fiction of War", in Marie Umeh, ed. , *Emerging Perspectives on Flora Nwapa*, Trenton：Africa World Press, 1998, p. 480。

④ Theodora A. Ezeigbo, "Vision and Revision：Flora Nwapa and the Fiction of War", in Marie Umeh, ed. , *Emerging Perspectives on Flora Nwapa*, Trenton：Africa World Press, 1998, p. 489.

蔽其审美考量的地步；[1] 他指出，自传模式是一种宣扬个人主张的文类，是一种主人公（或作者）用以表现自我的方式。[2] 恩瓦帕在《永》中采用自传模式的目的，也许就在于她试图通过小说叙述者的道德说教来宣扬自己的反战思想：

> 是什么样的自大，以及什么样的蠢念头把我们带向如此荒芜、如此疯狂、如此邪恶的战争和死亡？这场残酷的战争结束后就不再会有战争。战争不会再发生，绝不再来，绝不再来，绝不再来。（第73页）

乌梅相信，《永》中那些随处可见的不育、荒芜、麻风病以及被称为"夸休可尔症"（kwashiorkor）的重度营养不良症和被叫作"科罗病"（craw craw）的皮肤病等疾病意象无不表明，恩瓦帕对战争的邪恶有着比其他战争书写者更为深刻的洞见，[3]《永》那种"内聚焦"自传性叙事模式的战争叙事无疑进一步凸显了战争的邪恶和荒诞，表达了恩瓦帕鲜明的反战意识，使《永》成为尼日利亚内战叙事中一道独特的风景。

五　小结

我们知道，尼日利亚内战的女性书写者大多未亲历那场内战。战争爆发时，阿迪契尚未出生，而艾米契塔已移居伦敦。唯有恩瓦帕和恩姣库亲历内战的整个过程，她们对战争中的恐惧、焦虑、暴行以及邪恶有着更为直接和深刻的感受。恩姣库的丈夫是位尼日利亚高级军官，所以她认识参

---

[1] Theodora A. Ezeigbo, "Vision and Revision: Flora Nwapa and the Fiction of War", in Marie Umeh, ed., *Emerging Perspectives on Flora Nwapa*, Trenton: Africa World Press, 1998, p. 489.

[2] Theodora A. Ezeigbo, "Vision and Revision: Flora Nwapa and the Fiction of War", in Marie Umeh, ed., *Emerging Perspectives on Flora Nwapa*, Trenton: Africa World Press, 1998, p. 480.

[3] Theodora A. Ezeigbo, "Vision and Revision: Flora Nwapa and the Fiction of War", in Marie Umeh, ed., *Emerging Perspectives on Flora Nwapa*, Trenton: Africa World Press, 1998, p. 491.

与 1966 年恩西奥格乌（Nzeogwu）政变的几乎所有军官以及戈翁与奥朱库。① 她的自传《抵挡暴风雨：一个家庭主妇的战争回忆录》（*Withstand the Storm：War Memoirs of a Housewife*，1986）不仅真实记录了她本人在丈夫被比亚弗拉政府羁押的情况下带着孩子在内战中求生的经历，而且也像《目的地比亚弗拉》那样描写了大量内战期间的政治人物及政治阴谋。相比之下，恩瓦帕在战时只是一介平民，她采用"内聚焦"自传性叙事模式，将其内战书写仅聚焦于以叙述者为中心的战时普通民众的日常生活也就不足为奇了。海伦妮·西苏（Helene Cixous）曾说过："有时候我们会将国与国之间的战争感受视为个人事件；有时候则会将个人事件看作一场战争或自然灾难；而有时候个人层面与国家层面的战争会同时发生。"② 从这个意义上讲，恩姣库的内战叙事是在国家以及个人两个维度展开的，而恩瓦帕的内战叙事仅从个人层面切入，它"内聚焦"于普通民众战时的日常生活，凸显了他们在战争中的恐惧和焦虑以及战争的荒诞和邪恶，表达了极强的反战意识。《永》尤愧为一个凸显和平主义的"反战修辞文本的范例"。③

　　在一次采访中，阿迪契谈及尼日利亚内战小说的标准——它应该告诉读者在内战期间"发生过什么，为什么发生。它如何改变这场内战的亲历者以及后来者，它如何继续影响尼日利亚的政治景观"。④ 按此标准，《永》并非一部优秀的内战小说，因为该小说只叙述"发生过什么"，而且还仅限于发生在身处与外界隔绝的乌古塔的主人公身上的事情。阿契贝等人认为，历史事件的书写者必须在时间和空间上与历史事件保持距离。他相信，只有这样，他们才能在另一端理解得更清楚，就好比一个明智的观众

---

① Jane Bryce，"Conflict and Contradiction in Women's Writing on the Nigerian Civil War"，*African Languages and Cultures*，Vol. 4，No. 1（1991），p. 33.

② 转引自 Obododimma Oha，"Never A Gain？A Critical Reading of Flora Nwapa's *Never Again*"，in Marie Umeh，ed.，*Emerging Perspectives on Flora Nwapa*，Trenton：Africa World Press，1998，p. 429。

③ Obododimma Oha，"Never A Gain？A Critical Reading of Flora Nwapa's *Never Again*"，in Marie Umeh，ed.，*Emerging Perspectives on Flora Nwapa*，Trenton：Africa World Press，1998，p. 434.

④ 转引自 Unidentified Author，"A Brief Conversation with Chimamanda Ngozi Adichie"，*World Literatures Today*，Vol. 80，No. 2（2006），p. 5。

总会为了更确切和充分地理解事情的来龙去脉而后退一步。[①] 评论家艾迪·伊罗在谈及他心目中伟大的内战书写时也表达了类似的观点，他说："我们现在表达我们的情绪是因为现在离我们记忆中发生过的事件还很近，但是我觉得关于战争的伟大之作，一部能不偏不倚地对这一内战悲剧进行整体评估的作品尚未诞生。"[②] 按照阿契贝和伊罗的看法，《永》似乎也称不上什么伟大之作。因为这部被作者本人称为"梗在胸口不写不快，在很短的时间内一气呵成"[③] 的小说，是在内战结束后不久（5 年之后）发表的，而且它还是一部较为个人化甚至情绪化的内战叙事作品。用阿缪塔的话说，作品时常会以个人主观印象式评论的方式拙劣地体现作家主观、预置的结论。[④] 不过，我们应该看到，《永》的创作初衷并非要对这场战争做客观和整体的评价。通过对充斥于传统战争叙事尤其是男性战争叙事中英雄主义思想的解构，以及对战争中为生存而苦苦挣扎的女性形象的塑造和对战争场景的"内聚焦"处理，恩瓦帕反映了战争摧毁人性的本质，并表明了她坚定的人道主义立场和反战思想。从这个意义上来讲，《永》是一部可以比肩弗吉尼亚·伍尔夫《三个金币》的非洲女性反战文本，应该被载入非洲经典文学的史册。

[①] Chinua Achebe, *Hopes and Impediments: Selected Essays*, New York: Anchor Books, 1990, p. 35.

[②] 转引自 John C. Hawley, "Biafra as Heritage and Symbol: Adichie, Mbachu and Iweala", *Research in African Literatures*, Vol. 39, No. 2 (2008), p. 18。

[③] Ezenwa-Ohaeto, ed., *Winging Words: Interviews with Nigerian Writers and Critics*, Ibadan: Kraft Books Ltd., 2003, p. 26.

[④] Chidi Amuta, "The Nigerian Civil War and the Evolution of Nigerian Literature", *Canadian Journal of African Studies*, Vol. 17, No. 1 (1983), p. 96.

第七章 女性书写（一）：恩瓦帕小说个案研究（二）

一 引言

弗洛拉·恩瓦帕虽然不是一位典型的女性主义作家，但她的作品几乎都侧重描写女性的经历和命运。她的第三部小说《永不再来》展现了战争背景下女性的不堪与抗争，她的长篇处女作《伊芙茹》（本章后文简称《伊》）则让我们清楚地看到非洲女性在社会与家庭生活中所扮演的角色。

斯皮瓦克在其《属下能发声吗？》（"Can the Subaltern Speak?"）一文中指出："在殖民生产的语境下，属下没有历史，无法言说，而女性属下则处在更深的阴影之中。"① 康拉德的《黑暗之心》就是一个非常好的例子。在该小说中，他虽然批判了欧洲对非洲实行的殖民压迫和剥削，但还是将那些非洲"属下"塑造成"沉默的野人"②：在通篇故事中，那些非洲人只说了两句英语，③ 其他时候他们均发出"粗俗的叽里咕噜"④ 的

---

① Gayatri C. Spivak, "Can Subaltern Speak?", in Cary Nelson and Lawrence Grossberg, ed., *Marxism and the Interpretation of Culture*, Urbana：University of Illinois Press, 1988, p. 287.

② Chinua Achebe, *Hopes and Impediments: Selected Essays*, New York：Anchor Books, 1990, p. 9.

③ 那两句英语是 "Eat'im!" 和 "Mistah Kurtz—he dead"。见〔英〕约瑟夫·康拉德《黑暗之心》，黄雨石译，北京：人民文学出版社，2002，第119、213页。

④ 〔英〕约瑟夫·康拉德：《黑暗之心》，黄雨石译，北京：人民文学出版社，2002，第50页。译文未能译出原文的意思，略有改动。

"不似人语的离奇的话音"①；他们与自己人交谈时也只发出"短促的咕咕哝哝的声音"②；该小说中唯一一个非洲女性人物，即库尔茨先生（Mr. Kurts）的非洲情人更是始终沉默无语。

在非洲各国去殖反帝的斗争中，由于不满欧洲作家将非洲妖魔化的"主人话语"（master discourse），③ 非洲男作家们纷纷打破"属下"的缄默状态，争着讲述非洲人自己的故事。阿契贝、阿马迪和艾克文西等尼日利亚男性作家无疑是讲述此类故事的好手。然而，正如奇克温耶·奥贡耶米在她的《女性与尼日利亚文学》一文中所指出的那样，尼日利亚文学是一种由男性作家及批评家所主导，集中描写男性人物的生活命运并为男性读者群服务的"阳具文学"。④ 尽管阿契贝愤懑于《黑暗之心》将库尔茨先生的非洲情人塑造成对应其英国未婚妻这类"精致的欧洲女性"⑤ 的"他者"形象，但在其代表作《瓦解》对女性人物的塑造上，阿氏似乎也复制了这一"主人话语"—— 他关心的仅是"女性在男性经验中的位置以及男性与更大的社会政治力量的孤独较量"，⑥ 从而"不仅把女性逐出了文学，也把她们逐出了历史"。⑦ 在阿马迪的长篇力作《妃子》中，女性都被刻画成"对自己的生活毫无控制能力"⑧ 的客体化"属下"形象。在另一位著名男作家艾克文西的代表作《贾古娃·娜娜》中，作家塑造了一位有别于阿契贝及阿马迪笔下贤妻良母女性形象的妓女贾古娃·娜娜，然而，

---

① 〔英〕约瑟夫·康拉德：《黑暗之心》，黄雨石译，北京：人民文学出版社，2002，第205 页。

② 〔英〕约瑟夫·康拉德：《黑暗之心》，黄雨石译，北京：人民文学出版社，2002，第119 页。

③ Elleke Boehmer, *Stories of Women: Gender and Narrative in the Postcolonial Nation*, Manchester：Manchester University Press, 2005, p. 8.

④ 转引自 Susan Gardner, "The World of Flora Nwapa", *The Women's Review of Books*, Vol. 11, No. 6 (1994), pp. 9 – 10.

⑤ Chinua Achebe, *Hopes and Impediments: Selected Essays*, New York：Anchor Books, 1990, p. 8.

⑥ Carole Boyce Davies & Anne Adames Graves, eds., *Ngambika: Studies of Women in African Literature*, Trenton：Africa World Press, 1986, p. 247.

⑦ Susan Arndt, "Buchi Emecheta and the Tradition of *Ifo*：Continuation and Writing Back", in Marie Umeh, ed., *Emerging Perspectives on Buchi Emecheta*, Trenton：Africa World Press, 1996, p. 30.

⑧ Carole Boyce Davies & Anne Adames Graves, eds., *Ngambika: Studies of Women in African Literature*, Trenton：Africa World Press, 1986, p. 14.

艾氏呈现的女性依然是二元对立式的刻板"属下"形象（妻子、母亲／叛逆姑娘、荡妇）。① 简言之，在上述男作家的笔下，"女人构成了一个完全男性化的话题"，她们都是"被男人渴望，被男人娶作妻子，在男人的争夺战中被俘掠，男人与她们交谈时才开口"的"属下"形象。② 由此可见，男性作家让那些女性"属下"发声，并非旨在打破她们的缄默状态，而是以此衬托男性"主人话语"的正统性和权威性。

也许是不满于与她同时代的男作家的"主人话语"，被誉为"非洲女性小说之母"③ 的弗洛拉·恩瓦帕才致力于小说创作，替那些女性"属下"发声。在与玛丽·乌梅的访谈中，恩瓦帕自称是"一位写自己所熟悉之物的普通女性"，④ 其创作旨在关注普通妇女。在一次论文宣读中，她说，她想通过文学创作来展示那些被男性作家所忽视的"传统习俗给予女性的保障，涉及女性意见的分量、其经济上的独立以及其仅凭手中的木杵和煮罐而拥有的权力"。⑤ 简言之，她的文学使命就是让作为"属下"的女性发出独立的声音。恩瓦帕先后发表了《伊》《艾杜》《永不再来》《一次就够了》《女人不一样了》等作品。不仅如此，恩瓦帕还成立了非洲首个女性主义出版社，⑥ 先后出版了她本人及艾玛·艾杜（Ama A. Aidoo）等多名非洲女作家的作品，赋予她们更多替非洲女性"属下"发声的机会。

《伊》是恩瓦帕的处女作，是专门出版非洲文学作品的海尼曼出版社（Heinemann）出版的首部非洲女性小说。在该小说中，恩瓦帕既未关注男作家惯常描写的男性冒险以及男性权威人物在公共领域的形象，也没延续

---

① Marie Umeh, "The Poetics of Economic Independence for Female Enpowerment: An Interview with Flora Nwapa", *Research in African Literatures*, Vol. 26, No. 2 (1995), p. 23.

② Elleke Boehmer, "Stories of Women and Mothers: Gender and Nationalism in the Early Fiction of Flora Nwapa", in Susheila Nasta, ed., *Motherlands: Black Women's Writing from Africa, the Caribbean and South Asia*, London: The Women's Press, 1991, p. 13.

③ 转引自 Chiwenye Okonjo Ogunyemi, "Introduction: The Invalid, Dea (r) th, and the Author: The Case of Flora Nwapa, aka Professor or (Mrs.) Flora Nwanzuruaha Nwakuche", *Research in African Literatures*, Vol. 26, No. 2 (1995), p. 5。

④ Marie Umeh, "The Poetics of Economic Independence for Female Enpowerment: An Interview with Flora Nwapa", *Research in African Literatures*, Vol. 26, No. 2 (1995), p. 27.

⑤ 转引自 Theodora Akachi Ezeigbo, "Myth, History, Culture, and Igbo Womanhood in Flora Nwapa's Novels", in Marie Umeh, ed., *Emerging Perspectives on Flora Nwapa*, Trenton: Africa World Press, 1998, p. 58。

⑥ 即 1977 年成立的塔娜出版有限公司（Tana Press Limited）。

他们的叙事传统。相反，她只专注于女性的家庭事务及私人政治。正因如此，评论界对该小说几乎是一边倒的批评之声。其中，埃尔德雷德·琼斯的评论颇具代表性，他指责《伊》只着眼于"女人世界"，"充满了闲聊"而没有"触及人性的本质"，并因此断言《伊》是"一部无足轻重的作品"，其作者是阿契贝和阿马迪拙劣的模仿者。① 20 世纪 70 年代以来，有不少女性评论者如玛丽斯·孔黛（Maryse Condé）、苏珊·安德雷德（Susan Andrade）等学者试图用西方的女性主义理论来读解该小说，但她们得出的结论基本上也是负面的。前者认为恩瓦帕在《伊》中描绘了一个将女人贬为生育机器的传统伊博社会，因而"与［它］原本试图捍卫的东西相抵触"。② 而后者则断言，《伊》表现出对父权传统的"盲目认同"，同名主人公维护父权传统的行为对该文本所宣扬的女性独立的主张构成了"颠覆性的威胁"。③

　　恩瓦帕曾就欧洲与非洲之间倾听与被倾听的关系做过一番论述："我们非洲已经进行了无数次的倾听。有弱者也有强者的地方总是这番情形。弱者总是在倾听，甚至到了强者快要忘记弱者也有话要说的地步。"她指出，"让强者从弱者的角度来看世界是一种伟大的教育"，"强者也必须倾听弱者"。④ 非洲女性在社会生活中长期以弱者的身份存在。在恩瓦帕看来，即便是自称为女性发声的白人女性主义者也带有欧洲中心主义意识，她们从未给予非洲女性发声的机会。⑤《伊》记录、传承和延续了伊博文化中数个世纪以来使女性得以生存的那些传统、思想和做法。可以说，恩瓦帕是以伊博传统的方式而非"欧洲的想法和做法"来解决父权压迫的

---

① Eldred Jones, "Locale and Universe: Review of *The Concubine* by Elechi Amadi, *Efuru* by Flora Nwapa, and *A Man of the People* by Chinua Achebe", *The Journal of Commonwealth Literature*, No. 3 (1967), pp. 129 – 130.

② Maryse Condé, "Three Female Writers in Modern Africa: Flora Nwapa, Ama Ata Aidoo and Grace Ogot", *Presence Africaine*, Vol. 82, No. 2 (1972), p. 136.

③ Susan Andrade, "Rewriting History, Motherhood and Rebellion: Naming an African Women's Literary Tradition", *Research in African Literatures*, Vol. 21, No. 1 (1990), p. 105.

④ 转引自 Obioma Nnaemeka, "Feminism, Rebellious Women, and Cultural Boundaries: Rereading Flora Nwapa and Her Compatriots", *Reseach in African Literatures*, Vol. 26, No. 2 (1995), p. 84。

⑤ Obioma Nnaemeka, "Feminism, Rebellious Women, and Cultural Boundaries: Rereading Flora Nwapa and Her Compatriots", *Research in African Literatures*, Vol. 26, No. 2 (1995), p. 82.

问题，① 其目的就在于她想让那些在社会生活中以弱者身份存在的非洲女性"属下""以说话者、表演者、决定者、市场价格的经纪人以及民间陪审员的身份进入〔她〕的叙事"，② 向非洲男性和包括白人女性主义者在内的西方读者发出作为弱者的非洲女性"属下"的声音。

二　家庭生活与社区事务中的"属下"在场

在伊博男性作家的笔下，女性在婚姻选择上总是被动和缄默的。在《瓦解》中，女性是待价而沽的商品，她们的结婚对象及聘金数额都是男人决定的，作为"属下"的她们完全是被动和无声的。主人公奥贡喀沃的二老婆艾克维菲（Ekwefi）遵照自己的意愿选择丈夫，挑战了女性在婚姻选择上的"属下"身份。然而，对于她这种打破"属下"身份的婚姻选择，阿契贝并没有给予足够的叙述空间，而仅用9句话进行简单描述。值得注意的是，阿氏让这位逾矩者遭受了命运严厉的惩罚：她因屡次生养的孩子均是"鬼娃"（伊博语为 ogbanje）③ 而备受折磨。不难看出，在《伊》中，恩瓦帕改写了以阿契贝为代表的男作家笔下非洲女性"属下"在婚姻问题上的缄默状态，记录了她们在婚姻生活中的声音。伊芙茹与艾克维菲在婚姻选择和生育经历上颇为相似。和艾克维菲一样，伊芙茹也未遵父命而自己选择丈夫，在生育上同样遭受了无尽的痛苦。在两次婚姻中，她皆因不育而遭村民非议，后者虽育有一女但早早夭折。不少论者因此认为，和艾克维菲一样，伊芙茹也未能摆脱在婚姻关系中的"属下"地位。恩纳艾米卡称，两者的反叛并无本质差别，"〔伊芙茹〕充其量只是一名改革者，而非真正意义上的反叛者"。④ 琼斯也认为，虽然伊芙茹在故事伊始有

---

① Patrick Colm Hogan, "How Sisters Should Behave to Sisters: Women's Culture and Igbo Society in Flora Nwapa's *Efuru*", *English in Africa*, Vol. 26, No. 1 (1999), p. 46.

② Susheila Nasta, ed., *Motherlands: Black Women's Writing from Africa, the Caribbean and South Asia*, London: The Women's Press, 1991, p. 12.

③ 非洲人相信鬼娃在死去后重回娘胎出生，复又死去，来折磨其母亲。详见 Christopher Ouma, "Reading the Diasporic Abiku in Helen Oyeyemi's *The Icarus Girl*", *Research in African Literatures*, Vol. 45, No. 3 (2014), p. 188。

④ Obioma Nnaemeka, "Feminism, Rebellious Women, and Cultural Boundaries: Rereading Flora Nwapa and Her Compatriots", *Research in African Literatures*, Vol. 26, No. 2 (1995), p. 107.

离经叛道的选择，但之后却没有出现更多让读者期待的反传统举动。① 的确，伊芙茹用她自己赚来的钱让其夫履行了传统的送彩礼仪式。在该仪式上，她自觉地跪接丈夫递过来的酒以表示对他的顺从。更有甚者，她还心甘情愿地接受了意在压制女性性欲的割礼。② 可以说，《伊》这部作品虽属于"阿契贝派"，但与大部分"阿契贝派"的男性文本不同，它并未公开探讨英尼斯（C. L. Innes）以及林德弗斯所说的"伊博族中新旧价值观之间的冲突"。③ 我们认为，恩瓦帕对伊芙茹故事的书写并非要颠覆《瓦解》中女性在婚姻中的"属下"地位，而是要改变该小说中非洲女性"属下"在婚姻生活中的缄默状态。

比起《瓦解》中对艾克维菲自主婚姻选择的简略描述，《伊》对伊芙茹自主婚姻选择的着笔要丰富许多：故事以她的第一次婚姻选择开场，又以对她的第二次离婚选择的讨论结束，该小说的情节几乎都围绕她的婚姻生活展开。换言之，阿契贝小说世界中未予足够重视的婚姻话题在《伊》中成了核心主题。这意味着恩瓦帕赋予婚姻话题和公共政治生活中的男性话题同等重要的地位。④ 具体地说，通过伊芙茹的婚姻选择——她第二次离婚后选择湖泊女神为其"女性丈夫"，⑤ 以及故事结尾处她向男性朋友迪福（Difu）讲述自己不幸的婚姻故事，恩瓦帕打破了男性作家笔下女性"属下"在"婚姻地带的战争"⑥ 中缄默和被动的状态。《瓦解》描写了多起夫妻矛盾冲突事件，其中以奥贡喀沃先后对其三老婆奥菊果（Ojiugo）

---

① Eldred Jones, "Locale and Universe—Three Nigerian Novels: *The Concubine* by Elechi Amadi, *Efuru* by Flora Nwapa, and *A Man of the People* by Chinua Achebe", *The Journal of Common-wealth Literature*, Vol. 2, No. 1 (1967), p. 127.

② Linda Strong-Leek, "The Quest for Spiritual/Sexual Fulfilment in Flora Nwapa's *Efuru* and *The Lake Goddess*", in Marie Umeh, ed., *Emerging Perspectives on Flora Nwapa*, Trenton: Africa World Press, 1998, p. 536.

③ 转引自 Susan Andrade, *The Nation Writ Small: African Fiction and Feminisms: 1958 – 1988*, Durham: Duke University Press, 2011, p. 57。

④ Susheila Nasta, ed., *Motherlands: Black Women's Writing from Africa, the Caribbean and South Asia.* London: The Women's Press, 1991, p. 19.

⑤ Chikwenye O. Ogunyemi, *Africa Wo/man Palava: The Nigerian Novel by Women*, Chicago: The University of Chicago Press, 1996, p. 139.

⑥ Chikwenye O. Ogunyemi, "Introduction: The Invalid, Dea (r) th and the Author: The Case of Flora Nwapa, Aka Professor (Mrs.) Flora Nwanzuruahu Nwakuche", *Research in African Litera-tures* (Special Issue on Flora Nwapa), Vol. 26, No. 2 (1995), p. 5.

和二老婆艾克维菲施暴，① 以及乌佐乌鲁（Uzowulu）对老婆的施暴②最令人触目惊心。值得注意的是，这些家庭矛盾无不体现了非洲谚语"女人没长嘴"③ 的意旨，因为妻子在这些家庭矛盾中均是沉默的：除了哭泣声，奥菊果没有发出其他的声音；艾克维菲无处"诉说［自己被家暴的］故事"；④ 乌佐乌鲁的老婆被其夫家暴的故事则干脆由她的长兄代为讲述。由此可见，在阿契贝笔下的夫妻冲突中，男性之声才有机会被倾听。然而，在《伊》中，男性的"主人话语"在家庭战争中的权威性被消解了：我们始终没听到伊芙茹第一任丈夫阿迪祖阿（Adizua）、第二任丈夫恩纳贝利（Eneberi）及阿迪祖阿的父亲对他们各自婚外情的所谓权威讲述。更为重要的是，在伊芙茹的两次婚姻战争中，她很少听从男性尤其是父亲的意见，相反，她听从的更多是女性之声，即她第一任婆婆奥赛（Ossai）的妹妹阿佳努普（Ajanupu）的意见。当恩纳贝利当着阿佳努普的面指责清白的伊芙茹犯了伊博女性最严重的罪行——通奸罪时，阿佳努普发出了对前者的诅咒——"我们的湖泊女神乌哈米瑞会把你淹死在河里。我们的江河之神奥吉塔（Okita）会把你淹死在大湖里。"⑤ 我们看到，《伊》中阿契贝笔下在婚姻矛盾中占主导地位的男性之声第一次被哑化，而被女性之声所替代。

　　在非洲女性世界里，母亲是妻子这一角色之外最重要的女性角色。按照菲劳米娜·斯戴迪（Filomina Steady）的说法，非洲对母性以及育儿话题的强调无疑构成了"非洲女性与其西方姐妹最根本的差异"。⑥ 在《瓦解》和《再也不得安宁》中，阿契贝用"崇高母亲"的概念表达了对母亲的赞美。然而，不少非洲女性作家认为，这一"主人话语"是有误导性的。塞内加尔著名女作家玛丽艾玛·巴（Mariama Bâ）指出，"男人在焦

---

① Chinua Achebe, *Things Fall Apart*, New York: Doubleday, 1994, pp. 29, 38–39.

② Chinua Achebe, *Things Fall Apart*, New York: Doubleday, 1994, pp. 91–92.

③ Marie Umeh, "Introduction: (En) Gendering African Womanhood: Locating Sexual Politics in Igbo Society and Across Boundaries", in Marie Umeh, ed., *Emerging Perspectives on Buchi Emecheta*, Trenton: Africa World Press, 1996, p. xvii.

④ Chinua Achebe, *Things Fall Apart*, New York: Doubleday, 1994, p. 48.

⑤ Flora Nwapa, *Efuru* (Portsmouth: Heineman, 1978), p. 216. 作品中的引文均出自该版本，引文为笔者自译，后文仅在文中标出页码，不再另注。

⑥ Filomina C. Steady, *The Black Women Cross-Culturally*, Cambridge: Schenkman, 1981, p. 29.

虑中误将'非洲母亲'（African Mother）与'非洲母神'（Mother Africa）混淆起来"，① 他们给非洲母亲戴上神圣的光环，使她们变成空洞而不真实的存在。乌梅也认为，传统非洲社会对母性及相关女性角色的固有态度，对非洲女性现在和未来的生存产生了灾难性的影响，② 并进一步固化了非洲母亲的"属下"地位。正因如此，巴呼吁，女性不能再接受男性作家对非洲母亲充满怀旧之情的赞美，而应利用文学这一非暴力却十分有效的武器，在非洲文学中为女性争取一席之地，替那些女性"属下"发声。③

恩瓦帕应该不会反对巴的观点。在《伊》中，恩瓦帕将那些被男性作家神化的女性"属下"从祭坛上请了下来，将她们被神话以及所谓人种学理论严重泛化或扭曲的真实生活和真实声音表现出来。④ 尽管该小说以女主人公之名命名，但恩瓦帕并未像西方女作家那样只关心女性个体的经历，她同时也关注了以伊芙茹为代表的伊博女性的群体经历。小说不仅描写了伊芙茹的婚姻生活、商业及宗教活动，还描写了其他女性的生活经历、经商以及农业活动。无怪乎埃勒克·博埃默（Elleke Boehmer）将《伊》称为"高度口头化的女性集体自传"，⑤ 认为《伊》生动展示了尼日利亚母亲们"自己的生活"⑥，记录了她们快乐、悲伤、担忧以及愤怒的声音。与此同时，该文本还详细记录了女性的集体智慧，为女性在受孕、孕期、产期及哺乳期发生的各种状况的处理提供了不少有益的建议。奥勒戴

---

① Mineke Schipper，"Mother Africa on a Pedestal：The Male Heritage in African Literature and Criticism"，*African Literature Today*，Vol. 15（1987），p. 47.

② 转引自 Carole Boyce Davies & Anne Adames Graves，eds.，*Ngambika: Studies of Women in African Literature*，Trenton：Africa World Press，1986，p. 175。

③ 转引自 Mineke Schipper，"Mother Africa on a Pedestal：The Male Heritage in African Literature and Criticism"，*African Literature Today*，Vol. 15（1987），p. 47。

④ Carole Boyce Davies & Anne Adames Graves，eds.，*Ngambika: Studies of Women in African Literature*，Trenton：Africa World Press，1986，p. 242.

⑤ Elleke Boehmer，*Stories of Women: Gender and Narrative in the Postcolonial Nation*，Manchester：Manchester University Press，1995，p. 96. 恩纳艾米卡也称《伊》是美丽、坚强的乌古塔女性的集体自传，详见 Obioma Nnaemeka，"Feminism，Rebellious Women，and Cultural Boundaries：Rereading Flora Nwapa and Her Compatriots"，*Research in African Literatures*，Vol. 26，No. 2（1995），p. 104。

⑥ Elleke Boehmer，"Stories of Women and Mothers：Gender and Nationalism in the Early Fiction of Flora Nwapa"，in Susheila Nasta，ed.，*Motherlands: Black Women's Writing from Africa, the Caribbean and South Asia*，London：The Women's Press，1991，p. 19.

勒·泰沃称这部小说"俨然一本母亲护理手册"。[①] 这一说法虽略显夸张，但恩瓦帕正是通过描写那些母亲们的切身体验发出了一种关涉母性主题的声音。

　　尽管在传统伊博社会中生养孩子是女性的首要职责，但女性的声誉也取决于她们的勤劳和在日常家庭生活及公共生活中的自主活动。[②] 同样，恩瓦帕的家乡乌古塔评判一个女人是否成功的标准，除了母职之外还包括她在精神、教育、经济以及心理上造福社区的能力。[③] 在《伊》中，伊芙茹不仅生养孩子，还凭借其独立的经济能力履行了较多的"社区责任"[④]：她不仅出钱给患病的亲戚和邻居治病、免除穷亲戚的债务，还常为村里的孩子提供免费的食物。可以说，伊芙茹独立的经济能力让她在社区中发挥了重要的作用。恩瓦帕一直以来特别强调女性经济独立的重要性，认为每个女性，无论是已婚还是单身都必须经济独立。[⑤] 在一次采访中，恩瓦帕指出，在乌古塔，最早和白人公司进行贸易的是女性，因此女人先于男性取得了经济上的成功。[⑥] 事实上，恩氏家族三代人中都有很成功的从商女性，其母玛莎·恩瓦帕（Martha O. Nwapa）不仅是乌古塔地区首位获得标准小学毕业证书的女性，[⑦] 而且靠批发珊瑚珠链积累了不少财富，并赢得了"珊瑚女王"的美名。[⑧] 在乌古塔，有经商天赋而勤勉的女性在社区中极受尊敬，她们甚至享有与男性一样开柯拉果和分柯拉果的殊荣。[⑨] 经商上的

① Oladele Taiwo, *Female Novelists of Modern Africa*, New York: ST. Martin's, 1984, p. 54.

② Susan Arndt, "Buchi Emecheta and the Tradition of *Ifo*: Continuation and Writing Back", in Marie Umeh, ed., *Emerging Perspectives on Buchi Emecheta*, Trenton: Africa World Press, 1996, p. 41.

③ Marie Umeh, "The Poetics of Economic Independence for Female Enpowerment: An Interview with Flora Nwapa", *Research in African Literatures*, Vol. 26, No. 2 (1995), p. 24.

④ Ifi Amadiume, *Reinventing Africa*, London: Zed Books, 1998, p. 112.

⑤ Marie Umeh, "The Poetics of Economic Independence for Female Enpowerment: An Interview with Flora Nwapa", *Research in African Literatures*, Vol. 26, No. 2 (1995), p. 28.

⑥ Ezenwa-Ohaeto, ed., *Winging Words: Interview With Nigerian Writers and Critics*, Ibadan: Kraft Books Limited, 2003, p. 25.

⑦ Chikwenye O. Ogunyemi, *Africa Wo/man Palava: The Nigerian Novel by Women*, Chicago: The University of Chicago Press, 1996, p. 43.

⑧ Kema Chikwe, *Women and New Orientation: A Masculinist Dissection of Matriarchy*, Lagos: Pero, 1990, p. 19.

⑨ Marie Umeh, "The Poetics of Economic Independence for Female Enpowerment: An Interview with Flora Nwapa", *Research in African Literatures*, Vol. 26, No. 2 (1995), p. 23.

成功让恩瓦帕的那些女性家族成员在乌古塔社区中极具威望。恩瓦帕或许已从其家乡史和家族史中了解到经商能赋予女性强大的力量，所以，在《伊》中，伊芙茹的邻居恩尼克（Eneke）讲述的故事里，那个以伊博集市日命名的女子恩科沃（Nkwo）拥有杀死强占她姐姐为妻的恶精灵的强大力量。同样，伊芙茹独立的经济能力不仅让她避免了一般女性被丈夫用彩礼"买"下来而无法实现婚姻自主的命运，也让她拥有了履行多项"社区责任"的能力。

在非洲传统社会中，农业是人们安身立命之根本。然而，他们赖以生存的主食，被誉为"庄稼之王"①的木薯的种植往往需要付出无比艰辛的劳作。男性因拥有比女性更强健的体魄而更适合种植木薯，他们也因此在家庭和社区中拥有绝对的话语权，而女性，尤其是母亲们因在体力上无法承受这种劳作强度，而沦为无法发声的"属下"。在《瓦解》中，奥贡喀沃就是凭借其粮仓中数量众多的木薯而在家庭及社区事务中拥有强大的话语权的，而他的老婆们却不得不生活在他的阴影之下。恩瓦帕在其诗集《卡萨瓦之歌和稻米之歌》（*Cassava Song and Rice Song*，1986）中批判了非洲社会赋予木薯的男权主义内涵，②她意识到，女性不可能通过务农而获得经济的独立以及在家庭和社区事务中的发言权。这或许是《伊》呈现出较为明显的抑农扬商思想的原因所在。读者不难发现，不同于《瓦解》中勤劳能干的奥贡喀沃所拥有的富足和威望，《伊》中同样勤劳能干的村民恩沃索（Nwosu）却时常陷入困境，长期过着入不敷出、债台高筑的生活，甚至不得不抵押女儿以借得买种子的钱。由于贫穷且没有头衔，他在社区中无足轻重。反观伊芙茹，她虽为女性，却通过经商获得了经济上的独立，她承担比恩沃索更大的社会责任，在社区事务中拥有更大的话语权。正如特瑞莎·恩姣库指出的那样，伊芙茹是典型的非洲母亲形象，其经历

---

① Ezenwa-Ohaeto, "Orality and the Metaphoric Dichotomy of Subject in the Poetry of Flora Nwapa's *Cassava Song* and *Rice Song*", in Marie Umeh, ed., *Emerging Perspectives on Flora Nwapa*, Trenton: Africa World Press, 1998, p. 502.

② 转引自 Ezenwa-Ohaeto, "Orality and the Metaphoric Dichotomy of Subject in the Poetry of Flora Nwapa's *Cassava Song* and *Rice Song*", in Marie Umeh, ed., *Emerging Perspectives on Flora Nwapa*, Trenton: Africa World Press, 1998, p. 502。

是所有伊博母亲乃至非洲母亲的缩影。① 可以说，在《瓦解》中几乎被省略、在《妃子》中被贬低的经商行为，在《伊》中却为伊博母亲们赢得了经济上的独立，从而赋予那些女性"属下"在家庭生活和社区事务中发声的权利。

三　反殖民主义运动中的"属下"抵抗

尽管恩瓦帕本人曾指出，性别歧视衍生于种族歧视、阶级歧视及种族剥削，② 但在《伊》中，恩瓦帕似乎更关注女性的生活、文化及家庭历史，而较少触及种族歧视问题。契马朗姆·恩万克沃（Chimalum Nwankwo）批评她没有凸显那个时期乌古塔社会与白人之间的冲突。③ 安德雷德也指责她无力改写男性作家所书写的民族主义运动的故事，缺乏与之对话的自信。④《伊》的故事发生在 20 世纪 40 年代末 50 年代初的乌古塔，比《瓦解》的故事时间晚了近半个世纪。已建有殖民政府并遭基督教入侵的乌古塔社会尚未充分感受到殖民主义的影响，但小说叙述者在故事一开始的抱怨——"白人在我们人民的头上施加了好多压力。如今你会因为哪怕是一件微不足道的事而坐牢"（第 11 ~ 12 页）表明乌古塔社会已经处于社会与文化急剧转型之际。换言之，相比《瓦解》中所描写的激烈的文化冲突，《伊》中触及的殖民入侵是以渐进而微妙的方式渗透乌古塔社会的。这很好地解释了乌古塔社会为何没有发生与白人殖民者直接冲突的事件。然而，这并不意味着《伊》中的乌古塔村民没有进行过反殖民主义的斗争。细读文本之后，我们发现，《伊》展示了在《瓦解》中被有意遮蔽的女性

---

① Teresa Njoku, "The Mythic World in Flora Nwapa's Early Novels", in Marie Umeh, ed., E-merging Perspectives on Flora Nwapa, Trenton: Africa World Press, 1998, p. 122.

② Marie Umeh, "The Poetics of Economic Independence for Female Enpowerment: An Interview with Flora Nwapa", Research in African Literatures, Vol. 26, No. 2 (1995), p. 22.

③ Chimalum Nwankwo, "The Igbo Word in Flora Nwapa's Craft", Research in African Literatures, Vol. 26, No. 2 (1995), p. 49.

④ Susan Andrade, The Nation Writ Small: African Fiction and Feminisms: 1958 - 1988, Durham: Duke University Press, 2011, p. 45.

反抗殖民主义的经历。① 这种私人领域里的反殖民主义女性之声与以阿契贝为代表的男作家所记录的公共空间中的反殖民主义男性之声形成了某种呼应。

丽贝卡·布斯特罗姆（Rebecca Boostrom）指出，欧洲殖民政府主要通过法律和法庭、警察和监狱的手段建立和维持对非洲的政治控制。② 在《伊》中，我们可以清晰地感受到英国殖民政府通过司法体系对乌古塔居民实施的经济压迫和政治控制：无论是生意人血本无归，还是务农者因天灾而颗粒无收时，殖民政府都依然逼迫他们纳税。有两位小商贩因货物发霉变质亏损而没钱缴纳税费，但他们依然被强逼交税。村民恩沃索所种的薯蓣因洪灾而几乎绝收，但法院的信使仍强迫他缴纳 30 磅之多的税款。当他无力缴纳时，法院就派人来抓捕他。若非其妻施计将其锁在暗室并佯告抓捕者其已外出，他或许会像《瓦解》中的奥贡喀沃一样选择暴力对抗。《伊》中虽没有类似《瓦解》中男性针对殖民政府的暴力抵抗，却屡屡提及女性商贩坚持偷偷酿造和出售杜松子酒以抵制高价的英国产杜松子酒。

我们知道，英国对尼日利亚所实施的"间接统治"的殖民主义管理政策剥夺了女性在部族大会及村落集会中的政治之声，这些女性"属下"只拥有在市场女性协会这一非政治的场合中讨论市场价格和贸易的权利。③ 殖民时期的尼日利亚女性这种讨论市场价格和贸易的权利使集市成为"能赋予女性经济和政治潜力的合法化的社会空间"。④ 1929 年的"阿巴

---

① 来自阿契贝的家乡恩诺必（Nnobi）的社会学家伊菲·阿玛迪亚姆曾在恩诺必做过田野调查，他指出阿契贝在把历史转化成文学的过程中模糊了原来历史事件中的"女性性别"。在《瓦解》中，一位信奉基督教的伊博族狂热分子在姆班塔（Mbanta）村杀死了神蟒而引发全村人的愤怒，然而村民们最终也没有采取强硬措施予以处罚。但根据阿玛迪亚姆所查阅的一份当地村志，在那次历史事件中，是女人们结队前往当地法院抗议并包围法院办公室，而后又将杀蛇者的房子夷为平地。详见 Susan Andrade, *The Nation Writ Small: African Fiction and Feminisms: 1958 – 1988*, Durham：Duke University Press, 2011, p. 54。

② Rebecca Boostrom, "Nigerian Legal Concepts in Buchi Emecheta's *The Bride Price*", in Marie Umeh, ed., *Emerging Perspectives on Buchi Emecheta*, Trenton：Africa World Press, 1996, p. 58.

③ Marie Umeh, "Introduction：(En) Gendering African Womanhood：Locating Sexual Politics in Igbo Society and Across Boundaries", in Marie Umeh, ed., *Emerging Perspectives on Buchi Emecheta*, Trenton：Africa World Press, 1996, p. xxxii.

④ Chikwenye O. Ogunyemi, *Africa Wo/man Palava: The Nigerian Novel by Women*, Chicago：The University of Chicago Press, 1996, p. 49.

（Aba）妇女之战"和 1946 年发生在阿比奥库塔的所谓女性暴乱，皆因英国殖民政府对在集市中经商的女商贩强行征税或没收货物而起。① 这些妇女之战虽然因女商贩在集市中的贸易活动而起，但它们的背后是女性在政治、道德、心理特别是文化层面上对强加在她们头上、缺乏合法性的外来政策及所谓的权威的断然拒绝。② 正是在这个意义上，阿迪埃勒·阿菲格博（Adiele Afigbo）称"阿巴妇女之战是文化民族主义的范例"。③ 乌古塔女商贩们在市场偷卖本地杜松子酒的行为，可视为一种非暴力抵抗英国殖民政府的经济和政治行为。

　　从某种意义上讲，艾克文西的《贾古娃·娜娜》中仅用 6 行篇幅④一笔带过的杜松子酒集市，在恩瓦帕笔下却成了尼日利亚女性反殖民主义斗争的主战场。杜松子酒是伊博族的日常生活必需品，长期以来，其为伊博女性所酿造并由她们在集市上出售。但在殖民时期，英国殖民政府只允许商店售卖高价的英国产杜松子酒，而禁止她们出售自酿的低价杜松子酒。不过，那些女性酿酒者并未乖乖就范而安于她们在商业经济中的边缘地位。她们没有像"阿巴妇女之战"以及所谓"阿比奥库塔女性暴乱"中的女性那样选择用武力抗议，但她们想方设法偷偷继续她们的生意。颇具传奇色彩的著名杜松子酒酿造师恩瓦布佐·恩奈克（Nwabuzo Eneke）总是能成功逃避殖民政府的惩罚，便是很好的证明。我们认为，酿造和贩卖杜松子酒的乌古塔女性对英国殖民政府的反抗也同样具有文化民族主义的色彩。尽管那些目不识丁的女性"属下"不太明白"为何政府不允许［人们］喝［她们］家酿的杜松子酒"（第 86 页），但她们明白她们的酒"与

---

① "阿巴妇女之战"是由英国殖民政府对伊博自营女性征税而引发的。详见 Theodora Akachi Ezeigbo, "Myth, History, Culture, and Igbo Womanhood in Flora Nwapa's Novels", in Marie Umeh, ed., *Emerging Perspectives on Flora Nwapa*, Trenton: Africa World Press, 1998, p.71。所谓"阿比奥库塔女性暴乱"是由英国殖民政府试图没收约鲁巴女性在市场中待售的货物以支援二战中的英国而引发的。详见 Ada Uzoamaku Azodo, "*Efuru* and *Idu*: Rejecting Women's Subjugation", in Marie Umeh, ed., *Emerging Perspectives on Flora Nwapa*, Trenton: Africa World Press, 1998, p.163。

② Femi Nzegwu, *Love, Motherhood and the African Heritage: The Legacy of Flora Nwapa*, Dakar: African Renaissance, 2001, p.20。

③ 转引自 Femi Nzegwu, *Love, Motherhood and the African Heritage: The Legacy of Flora Nwapa*, Dakar: African Renaissance, 2001, p.20。

④ Cyprian Ekwensi, *Jagua Nana*, London: Heinemann, 1975, pp.77 – 78。

商店里售卖的用特别的酒瓶包装起来的杜松子金酒"没什么区别（第13页）。她们抗议说，"如果政府要阻止［她们］酿制杜松子酒，那么白人的杜松子酒应该卖得便宜点。［她们］的杜松子酒一瓶卖两先令，有时卖两先令六便士，他们却每瓶卖好多个先令"（第86页）。由是观之，尽管她们从未接受过白人的经济教育，但她们十分清楚英国殖民政府操纵杜松子酒价格的目的就是对伊博族民进行经济盘剥。所以，她们绝非如英国人类学家蕾丝－萝斯（S. Leith-Ross）所说的还没成熟到能理解诸如"世界贸易的财经和技术"之类的"复杂问题"。① 小说写道，她们抗拒殖民政府所制定的法律，就算她们被抓去坐牢，刑期一满她们还是会重操旧业，"没什么能阻止她们从事这一行当"（第86页）。蕾丝－萝斯将伊博女性此类的执着行为贬为她们贪财本性的直接体现。② 我们不能同意这样的观点，因为从本质上讲，这些非洲女性"属下"的坚持是她们认清该经济关系的殖民主义本质之后的自觉反抗。她们可谓尼日利亚历史上反抗殖民主义和男权主义的女性人物如提努布太太（Madam Tinubu）、兰恩萨姆－库提（Ransome-Kuti）和玛格丽特·艾科坡（Margaret Ekpo）等人传奇经历的文学想象。③

斯特雷顿指出，《伊》中女性在集市贸易中的反殖民主义斗争记录了"阿契贝在《瓦解》中未触及的东西"。④ 确实，恩瓦帕不仅记录了阿契贝在《瓦解》中所遮蔽的反殖民主义女性之声，同时也揭露了以阿契贝为代表的男性作家笔下的民族主义书写中阴暗但已被模糊化的一面，⑤ 即在大西洋奴隶贸易中尼日利亚乃至非洲男性与白人的共谋历史。毋庸置疑，伊

---

① 转引自 Florence Stratton, "'The Empire, Far Flung': Flora Nwapa's Critique of Colonialism", in Marie Umeh, ed., *Emerging Perspectives on Flora Nwapa*, Trenton：Africa World Press, 1998, p. 130。

② 转引自 Florence Stratton, "'The Empire, Far Flung': Flora Nwapa's Critique of Colonialism", in Marie Umeh, ed., *Emerging Perspectives on Flora Nwapa*, Trenton：Africa World Press, 1998, p. 132。

③ Chikwenye O. Ogunyemi, *Africa Wo/man Palava：The Nigerian Novel by Women*, Chicago：The University of Chicago Press, 1996, p. 144.

④ Florence Stratton, *Contemporary African Literature and the Politics of Gender*, London：Routledge, 1994, p. 87.

⑤ Susheila Nasta, ed., *Motherlands: Black Women's Writing from Africa, the Caribbean and South Asia*, London：The Women's Press, 1991, p. 19.

芙茹的父亲恩瓦士柯·奥金（Nwashike Ogene）与《瓦解》中的奥贡喀沃一样集农民、渔民和武士身份于一体。但与民族主义英雄奥贡喀沃不同，奥金从未参与反殖民主义斗争。相反，他年轻时选择与来自"葡萄牙、荷兰、英国或者法国"（第200页）的贩奴者合作，向他们贩卖自己的同胞以换取"大炮、枪支以及烈酒"（第201页）和"廉价的饰品"（第203页）。根据恩沃索和另一个渔民伊格威（Igwe）记忆中少年时代父亲给他们讲述的关于大炮的故事，奥金祖先几代都和这种交易有关，而且他俩还依稀记得这些大炮、枪支以及咖啡给他们的族民带来了巨大的灾难。然而，颇为讽刺的是，奥金非但没因他的罪行遭到同族人的唾弃，相反，他因贩奴获取了巨大财富，成了被全族人尊敬的"好人、孩子们的朋友、和平和真理的热爱者"（第202～203页），死后还享受了荣耀无比的葬礼——不仅几乎所有的乌古塔人都参加了他的葬礼，他们还用鸣炮这一"伟大的象征"（第199页）来送别这位"伟大的儿子"（第203页）。

应该说，伊博族男性在跨大西洋的奴隶贩卖中扮演的不光彩角色和历史，不仅在小说人物恩沃索和伊格威的记忆中变得有些模糊，在大多数伊博作家的笔下更成了禁忌。阿契贝充分意识到将本民族文化理想化的危险性——他曾指出，他在《瓦解》中"描绘了那个文化（伊博文化）中所有让人厌恶的部分"。他认为，如果"他在真相上出错，那将是对他写作事业的不公"。[①] 然而，对于伊博男性在大西洋奴隶贸易活动中所扮演的帮凶角色，阿契贝在《瓦解》中却几乎只字未提。他只是借奥比埃里卡（Obierika）之口提到关于白人威力强大的枪炮、烈酒以及"把奴隶运到大海的另一边"的故事，小说只以一句"没人相信这个故事是真的"[②] 而绕开了这段历史。小说中有两个细节值得我们注意。在艾泽乌杜（Ezeudu）的葬礼上，人们鸣炮送别这位伟大的武士，但在这样一个刀耕火种的部族里大炮从何而来，阿契贝却未作任何交代。同样，对于奥贡喀沃手中那杆射向他二老婆，又意外杀死艾泽乌杜幼子的枪，阿契贝也只是含糊地提

---

① 转引自 C. Brian Cox, ed., *African Writers*（Vol. II），New York：MacMillan Publishing Company，1997，p. 18。

② Chinua Achebe, *Things Fall Apart*, New York：Doubleday, 1994, pp. 140 - 141.

到，它是"由一个多年前来乌姆奥非亚村定居的聪明的铁匠打造的"。[1] 阿契贝显然有意避开了这段令尼日利亚乃至非洲男性尴尬的历史。艾克文西在《贾古娃·娜娜》中虽然提到葡萄牙人将大炮送给了巴戛纳（Bagana）酋长，[2] 但对于那段贩运黑奴的历史也同样讳莫如深。事实上，不少英国人也试图抹去这段奴隶贸易的历史记忆。根据斯特雷顿的研究，即便是自认为自己的研究"超越了权力关系"而未受"殖民主义污染"[3] 的蕾丝-萝斯，在其著述中也有意忽略了这段"在历史记录中被频繁抹去"[4] 的记忆。显然，这段历史已经成了英国和以男性为主导的尼日利亚乃至非洲都想抹去的历史。从这个意义上来讲，《伊》不仅打破了民族主义话语以及殖民主义话语中的禁忌，同时也颠覆了尼日利亚充满性别歧视的民族主义话语，去除了环绕在被英国殖民政府神圣化了的殖民经济关系之上的光环，发出了反殖民主义斗争中独特的女性"属下"之声。

四　神话书写中女神形象的重塑

神话叙事一直以来是尼日利亚文学乃至非洲文学的重要范畴。阿契贝在《瓦解》中就用不少笔墨描写大地女神阿尼（Ani）、山洞与丘陵之神阿格巴拉（Agbala）、至上神朱格乌（Chukwu）以及水神艾德米利（Idemili，在某些伊博地区又名艾德米瑞，Idemmiri，或乌哈米瑞）。阿马迪的小说《妃子》中女主人公伊修欧玛（Ihuoma）与海王的故事，以及艾米契塔的小说《为母之乐》中女主人公纽·爱果的故事，均涉及水神乌哈米瑞。尽管恩瓦帕自幼接受了良好的西式教育，但她"深受伊博传统的浸淫"，[5] 其

---

① Chinua Achebe, *Things Fall Apart*, New York：Doubleday, 1994, p.38.

② Cyprian Ekwensi, *Jagua Nana*, London：Heinemann, 1975, p.80.

③ Florence Stratton, "'The Empire, Far Flung'：Flora Nwapa's Critique of Colonialism", in Marie Umeh, ed., *Emerging Perspectives on Flora Nwapa*, Trenton：Africa World Press, 1998, p.128.

④ Florence Stratton, "'The Empire, Far Flung'：Flora Nwapa's Critique of Colonialism", in Marie Umeh, ed., *Emerging Perspectives on Flora Nwapa*, Trenton：Africa World Press, 1998, p.130.

⑤ Chimalum Nwankwo, "*The Lake Goddess*：The Roots of Nwapa's Word", in Marie Umeh, ed., *Emerging Perspectives on Flora Nwapa*, Trenton：Africa World Press, 1998, p.349。

作品中展示了不少当地的风俗和民间信仰，[①] 比如她家乡乌古塔最重要的本地神祇乌哈米瑞（在当地也被称作湖泊女神，the lake goddess；或奥格布伊德，Ogbuide；或水神娘娘，Mammywater）几乎从未在她的小说叙事中消失过。[②] 从《伊》《艾杜》《永不再来》《水神娘娘》到她的绝笔《湖泊女神》（*The Lake Goddess*，1982），乌哈米瑞神话都是恩氏小说文本中的重要内容。《伊》有着丰富的神话叙事元素，除了水神乌哈米瑞，我们还能在叙事中看到女神阿尼、男神奥吉塔及女神乌图奥苏（Utuosu）等其他神祇的影子。

有不少论者如米奈克·斯帕（Mineke Schipper）认为，传统非洲神话贬低了女性的地位，表现出强烈的男尊女卑意识。[③] 莫拉拉·奥贡迪佩-莱斯利也谴责非洲神话中的女性形象，反对非洲女作家把女性神化的倾向。[④] 他们认为，水既能孕育生命也能将人溺毙的矛盾特性，使传统神话故事中的水神所扮演的角色或是伟大的母亲，或是魅惑男性的女妖。克里什南（M. Krishan）也曾指出，在整个西非以及美洲的非洲人聚居地区，水神娘娘被看作"塞壬式的人物"。[⑤] 而在尼日利亚的民间信仰中，水神既喻指靠引诱男人及他们对她的最终依恋而攫取话语权的女妖，同时也是一种象征着母性角色力量的生育图腾。简言之，传统非洲神话故事中的水神形象所体现的是男权社会对女性非天使即恶魔的刻板印象。不过，需要注意的是，恩瓦帕的小说世界并非乌古塔社区的复制，[⑥]《伊》中的水神故事

---

① Sabine Jell-Bahlsen，"Flora Nwapa and Uhammiri/Ogbuide, the Lake Goddess：An Evolving Relationship"，in Marie Umeh，ed.，*Emerging Perspectives on Flora Nwapa*，Trenton：Africa World Press，1998，p. 77.

② Sabine Jell-Bahlsen，"Flora Nwapa and Uhammiri/Ogbuide, the Lake Goddess：An Evolving Relationship"，in Marie Umeh，ed.，*Emerging Perspectives on Flora Nwapa*，Trenton：Africa World Press，1998，p. 77.

③ 转引自 Teresa Njoku，"The Mythic World in Flora Nwapa's Early Novels"，in Marie Umeh，ed.，*Emerging Perspectives on Flora Nwapa*，Trenton：Africa World Press，1998，p. 111。

④ 转引自 Teresa Njoku，"The Mythic World in Flora Nwapa's Early Novels"，in Marie Umeh，ed.，*Emerging Perspectives on Flora Nwapa*，Trenton：Africa World Press，1998，p. 111。

⑤ Madhu Krishnan，"Mami Wata and the Occluded Femine in Anglophone Nigerian-Igbo Literature"，*Research in African Literatures*，Vol. 43，No. 1（2012），p. 2.

⑥ Theodora Akachi Ezeigbo，"Myth, History, Culture, and Igbo Womanhood in Flora Nwapa's Novels"，in Marie Umeh，ed.，*Emerging Perspectives on Flora Nwapa*，Trenton：Africa World Press，1998，p. 52.

也绝非乌古塔水神故事的简单复制。据阿玛迪亚姆考证，水神在传统神话故事里是一位与"女性的勤劳"以及"富庶"相关联的女神。[①] 在《伊》中，乌哈米瑞女神也赐予其崇拜者以勤勉与财富，乌古塔所有的楼房都是由她的崇拜者所建造的。这是恩瓦帕笔下的水神形象与传统水神形象唯一的相似之处，在其他方面，这两位女神形象差异极大。

在广为接受的传统神话中，乌哈米瑞女神的供奉者既有男性也有女性，[②] 而其他伊博地区的水神艾德米瑞以及诸如阿格娃齐（Agwazi）、奥格乌格乌（Ogwugwu）、伊西格乌（Isigwu）、奥玛库（Omaku）、奥达（Oda）、恩古玛（Nguma）等女神的供奉者均为男性，[③] 但在《伊》中，乌哈米瑞的供奉者却仅限于女性。另外，由于水滋润大地并孕育生命，确保了生命的延续，水神在非洲传统社会中一直被认为是掌管生育之神。[④] 根据杰尔－巴尔森（S. Jell-Bahlsen）所收集的信息和她在乌古塔及其周围地区所了解的口头历史，人们常向乌哈米瑞女神求子，而且十分灵验。[⑤] 然而，在《伊》中，不仅乌哈米瑞"从未经历过母性的喜悦"（第221页），连供奉她的女性也无法生育。可以说，传统神话中的送子娘娘在恩瓦帕笔下却与不育密切相关。我们认为，《伊》中的水神故事与传统水神故事的不同绝非恩瓦帕的心血来潮之为，它源于恩氏对传统水神形象有意识地解构和重构。《伊》中的水神和她的崇拜者虽然不育，但她们依然是"幸福的"（第221页）。在与杰尔－巴尔森的访谈中，恩瓦帕没有解释《伊》中乌哈

---

① Ifi Amadiume, *Male Daughters, Female Husband: Gender and Sex in an African Society*, London: Zed Books, 2015, p. 27.

② Sabine Jell-Bahlsen, "An Interview with Flora Nwapa", in Marie Umeh, ed., *Emerging Perspectives on Flora Nwapa*, Trenton: Africa World Press, 1998, p. 636.

③ Theodora Akachi Ezeigbo, "Myth, History, Culture, and Igbo Womanhood in Flora Nwapa's Novels", in Marie Umeh, ed., *Emerging Perspectives on Flora Nwapa*, Trenton: Africa World Press, 1998, p. 55.

④ Chikwenye O. Ogunyemi, *Africa Wo/man Palava: The Nigerian Novel by Women*, Chicago: The University of Chicago Press, 1996, p. 26.

⑤ Sabine Jell-Bahlsen, "The Concept of Mammy Water in Flora Nwapa's Novels", *Research in African Literatures*, Vol. 26, No. 2 (1995), p. 30. 参见 Theodora Akachi Ezeigbo, "Myth, History, Culture, and Igbo Womanhood in Flora Nwapa's Novels", in Marie Umeh, ed., *Emerging Perspectives on Flora Nwapa*, Trenton: Africa World Press, 1998, p. 55。

米瑞女神为何与不育有关，[1] 但杰尔－巴尔森相信，恩氏的水神故事质疑了传统水神神话中该神祇能够赐予供奉者以传统非洲社会最为看重的生育能力的信仰，体现了作家对传统水神形象本身及其所代表的价值观、天赋、伦理、社会准则和要求的某种抗拒。[2] 从某种程度上来讲，传统水神故事表明非洲传统社会试图通过宗教法令来固化女性尤其是母亲的"属下"地位，而恩氏对传统水神形象的重构无疑表明了她对女性在宗教神话叙事中所扮演的传统性别角色的抗拒。

艾莉娜·菲多（Elaine S. Fido）认为，在伊博族的众多神祇中，掌管生育的土地女神阿尼是最令人敬畏的。迈克尔·艾切若（Michael Echeruo）甚至认为她最有可能当选伊博神话中的最高神。[3] 与传统神话一样，《瓦解》神话叙事中的阿尼女神也是令人敬畏的。她不仅要求村民们将新生的双胞胎以及身患麻风、天花等疾病的村民丢弃在"凶森林"中活活饿死，还降神谕杀死无辜的异族少年艾克美弗纳（Ikemefuna）。另外，尽管奥贡喀沃是失手杀人，但她还是对他进行了严厉的惩罚，将他流放到其母族之地7年，体现了一种至高无上的父系原则。[4]《伊》中的阿尼女神故事与《瓦解》中的阿尼女神故事虽略有不同，但它们并无本质上的差别。在《伊》中，掌管生育的阿尼女神同样严厉而残忍：她仅因一新生儿出生时长有两颗牙齿而降下杀死他的神谕。当孩子的父亲拒不执行该神谕时，她就让他的农场歉收以示惩罚。然而，相对于《瓦解》中村民对阿尼女神的敬畏态度（比如奥贡喀沃在痛苦中遵照神谕亲手杀死他深爱的养子艾克美弗纳），《伊》中村民对阿尼女神毫无敬意，相反，他们对她的残酷表示愤慨，而将敬意献给了那位敢于违逆她神谕的父亲——"他一定是个了不起

① Sabine Jell-Bahlsen, "An Interview with Flora Nwapa", in Marie Umeh, ed., *Emerging Perspectives on Flora Nwapa*, Trenton：Africa World Press, 1998, p.639.

② Sabine Jell-Bahlsen, "An Interview with Flora Nwapa", in Marie Umeh, ed., *Emerging Perspectives on Flora Nwapa*, Trenton：Africa World Press, 1998, p.636.

③ 转引自 Carole Boyce Davies & Anne Adames Graves, eds., *Ngambika: Studies of Women in African Literature*, Trenton：Africa World Press, 1986, p.223。

④ 艾扎格博认为，在《瓦解》中，奥贡喀沃在失手杀人之后，阿尼女神惩罚他到母族之地流亡7年的神谕体现的实际是乌姆奥非亚村男性权威者的意志。详见 Theodora Akachi Ezeigbo, "Tradition and African Female Writer：The Example of Buchi Emecheta", in Marie Umeh, ed., *Emerging Perspectives on Buchi Emecheta*, Trenton：Africa World Press, 1996, p.23。

的人。"（第 170 页）小说中的另一个细节更彻底地颠覆了阿尼女神的权威：村中的长舌妇奥米丽玛（Omirima）凭借阿尼女神的神谕认定，伊芙茹久病不愈是因为她犯通奸罪。然而，伊芙茹的病后来却被西医治愈，这说明阿尼女神神谕中的指控纯属子虚乌有。相比严厉而残忍的阿尼女神，《伊》中的乌哈米瑞女神始终是宽容和温和的。她不仅是"女人中最善良的"（第 202 页），而且如菲拉·安妮库拉普 – 库迪（Fela Anikulapo-Kuti）的诗句所言，她"没有敌人"①：她不仅容忍本族年轻女人在禁渔日捕鱼，也宽待那些"不遵守湖泊女神的规矩"（第 202 页）的白人。因此，相对于人们对阿尼女神的不敬，他们极其尊敬乌哈米瑞女神。可以说，在《伊》中，恩瓦帕将宽容的不育女神乌哈米瑞与严苛的生育女神阿尼进行了并置对照。

　　我们认为，通过这一并置对照，恩瓦帕解构了传统伊博社会中占主导地位的父系原则。相对于阿尼女神所信奉的独断的父系原则，《伊》中的乌哈米瑞神话故事支持的是有弹性的、逐渐消除两性之间对立的和解原则②——宁静的蓝色湖泊之神乌哈米瑞与其丈夫河流之神奥吉塔性格截然不同并经常吵架，但她却能与后者合作共事。在《伊》中，奥赛试图让她长期在外鬼混的儿子回家，巫医让她给乌哈米瑞上供，这样"湖泊之神就会联系大河之神，[大河之神] 就会软化阿迪祖阿的心，他就会回家找他的母亲"（第 159 页）。朱迪斯·艾伦（Judith V. Allen）曾指出，"传统的伊博社会有一种双重的性别政治体系，即一种男性及女性政治 – 宗教制度的双重体系。双方各有不同的权威自主领域以及一个需共同承担责任的领域"。③ 历史上扎利亚（Zaria）的阿米纳女王、艾尔伊非（Ile-Ife）的莫瑞米（Moremi）女王以及贝宁的艾莫坦（Emotan）女王就是很好的例子。④

---

① 转引自 Chikwenye O. Ogunyemi, *Africa Wo/man Palava: The Nigerian Novel by Women*, Chicago: The University of Chicagon Press, 1996, p. 26。

② Chikwenye O. Ogunyemi, *Africa Wo/man Palava: The Nigerian Novel by Women*, Chicago: The University of Chicagon Press, 1996, p. 26.

③ Judith Van Allen, "Aba Riots or the Igbo Women's War? — Ideology, Stratification and the Invisibility of Women", *Ufahamu: A Journal of African Studies*, Vol. 6, No. 1 (1975), p. 19.

④ Theodora Akachi Ezeigbo, "Myth, History, Culture, and Igbo Womanhood in Flora Nwapa's Novels", in Marie Umeh, ed., *Emerging Perspectives on Flora Nwapa*, Trenton: Africa World Press, 1998, p. 57.

这种在奥贡喀沃所生活的前殖民时代尚存却被阿契贝在《瓦解》中有意遮蔽的双重政治 - 宗教体系，在伊芙茹所生活的殖民初期已基本消失，因为英国殖民政府采用"间接统治制度"让那些有社会地位的男性出面管理当地的各种事务，所以女性在社会生活中自然也就失去了她们应有的声音。恩瓦帕在《伊》中的乌哈米瑞神话书写可视为对阿契贝神话叙事中男尊女卑思想的颠覆。据阿玛迪亚姆考证，尽管水神在不同的伊博地区有不同的名字，但人们普遍认为水神是女神。然而，在《瓦解》中阿契贝却把水神塑造成一位男神，这无疑是对前殖民时期伊博男女平等观念的有意抹杀。[1]所以，从某种程度上讲，恩瓦帕在《伊》中的乌哈米瑞神话书写，赋予那些被不少尼日利亚女性主义评论者贬为只是用来强调女性卑贱的传统神话以新的内涵，即它并未给"性别歧视加冕"，[2] 相反却赋予女性力量并提升她们的地位，传达了一种呼吁女性解放和独立的声音。

在男诗人奥基博、男剧作家索因卡以及男作家阿马迪笔下的水神神话中，女性的性行为总是与死亡和破坏相关联，"它们意在复制和重申两性之间的对立"。[3] 然而，在《伊》中，具有破坏力的不是女性的性行为，而是男性的性行为，因为后者会玷污伊芙茹作为水神供奉者的圣洁：她必须在每个"奥瑞日"[4] 晚上让自己圣洁，不得与丈夫睡在一起。换言之，她在四分之一的时间里不得与男性有性行为。事实上，在恩瓦帕的水神故事中，不仅男性的性行为有破坏性，就连传统非洲男性气概也是有害的。木薯是尼日利亚人的主食，然而在《伊》中，乌哈米瑞的女性供奉者们在"奥瑞日"是不可以吃木薯的（第 153 页）。虽然小说没有解释这一习俗的原因，但恩氏或许是想借此表明男性气概的有害性，因为正如《瓦解》中提到的那样，木薯是"男性的作物"，[5] 是传统男性气概的重要表征。由是

---

① Ifi Amadiume, *Male Daughters*, *Female Husband: Gender and Sex in an African Society*, London: Zed Books, 2015, p. 121.

② Teresa U. Njoku, "The Mythic World in Flora Nwapa's Early Novels", in Marie Umeh, ed., *Emerging Perspectives on Flora Nwapa*, Trenton: Africa World Press, 1998, pp. 113 – 114.

③ Florence Stratton, *Contemporary African Literature and the Politics of Gender*, London: Routledge, 1994, p. 92.

④ Orie，乌哈米瑞最重要的祭拜日，每四天就有一个奥瑞日。

⑤ Chinua Achebe, *Things Fall Apart*, New York: Doubleday, 1994, p. 23.

观之，《伊》的乌哈米瑞神话书写所强调的并非如布朗所言的"男人的欲望和需要"，而是"女性的需要，伊芙茹的需要"。①

在《瓦解》中，我们似乎已经见识过女性在宗教领域中的权威之声：在某个漆黑的夜晚，阿格巴拉神的女祭司契伊罗（Chielo）命令奥贡喀沃把他最心爱的女儿交给她，让她带到山洞里拜见阿格巴拉神。平日里对女人盛气凌人的奥贡喀沃根本不敢违抗她的命令，而只能在暗中谦卑地尾随其后。此时，他身上的男性力量荡然无存。相反，平日里只是一名女性的契伊罗却因阿格巴拉神附体而变得无比强大，她虽身负一九龄女孩，却能在漆黑的夜色中健步如飞。然而，尽管那晚的契伊罗威力巨大，但她所体现的显然是阿格巴拉神的力量——"那晚，契伊罗不是一个女人。"② 在《伊》中，伊芙茹对契伊罗式的崇拜者是很不屑的——在选择成为水神供奉者时，她本人带着厌恶的心情回想起了她儿时所见的为水神所附体的女性崇拜者的疯狂举止；在她心目中，水神崇拜者应是"举止非常正常"（第148页）的女人。换言之，《伊》所颂扬的并非那些被神灵附体时才拥有力量的崇拜者，而是那些依然保留自我，能体现自身女性力量的女性崇拜者。

恩瓦帕的父母是虔诚的基督教徒，他们不允许她"谈论有关水神娘娘的故事"。③ 因此，她对水神的供奉仪式没有直接的了解。据杰尔－巴尔森的调查研究，恩瓦帕对乌哈米瑞女神、其供奉者以及相关仪式的了解主要源于一些传说和故事。④ 这解释了为何《伊》中有不少对巫医施法仪式的具体描述，却鲜有对乌哈米瑞女神供奉仪式的详细描写。不过，这无伤大雅。与《瓦解》不同，恩瓦帕在《伊》中的神话书写并非旨在向西方读者展示独特的伊博文化，相反，她试图通过重塑乌哈米瑞女神形象，"以达到为乌古塔社会里女性生存和状况提供神话、心理以及现实阐释的目的"。⑤ 恩瓦帕和

① Lloyd W. Brown, *Women Writers in Black Africa*, Westport：Greenwood Press, 1981, p. 22.

② Chinua Achebe, *Things Fall Apart*, New York：Doubleday, 1994, p. 107.

③ Sabine Jell-Bahlsen, "An Interview with Flora Nwapa", in Marie Umeh, ed., *Emerging Perspectives on Flora Nwapa*, Trenton：Africa World Press, 1998, p. 644.

④ Sabine Jell-Bahlsen, "An Interview with Flora Nwapa", in Marie Umeh, ed., *Emerging Perspectives on Flora Nwapa*, Trenton：Africa World Press, 1998, p. 634.

⑤ Theodora Akachi Ezeigbo, "Myth, History, Culture, and Igbo Womanhood in Flora Nwapa's Novels", in Marie Umeh, ed., *Emerging Perspectives on Flora Nwapa*, Trenton：Africa World Press, 1998, p. 56.

阿契贝的神话书写的目的虽不同，但有一点是相似的：阿契贝的神话书写试图"帮助［他］的社会重新获得对其自身的信仰，同时驱逐长期以来被西方人诋毁而致的自卑情结"，[①] 而恩瓦帕则希望通过对乌哈米瑞神话的改写，帮助尼日利亚乃至非洲女性重获因殖民主义和性别歧视而失去的自信、尊严及应有的声音。

五　小结

应该说，恩瓦帕不是一位典型的女性主义作家。在乌梅的采访中，她拒绝承认自己是一名女性主义者。[②] 阿契贝也曾指出，"恩瓦帕虽探讨女性问题，却不是女性主义者"。[③] 不过，我们不能指责她"没有站出来说明自己心里的感受"。[④] 在《伊》中，同名主人公伊芙茹在生活中表现出男性作家笔下的非洲女性"属下"从未有过的主体性，她不仅拥有自由的婚姻选择权和离婚权，而且在家庭和社区中也能较自由地表达自己的思想。她的生活经历有力地挑战了婚姻以及生育是女性全部价值所在的男性"主人话语"。此外，小说通过对传统宗教神话故事的创造性改写，彰显了女性"属下"曾被贬损的尊严、力量及被压制的声音。再者，通过描写女性"属下"在集市中的贸易活动，恩瓦帕让她们发出了有别于男性民族主义作家的反殖民主义之声，她们的声音冲破了私人领域而进入公共政治的领域。

尽管在《伊》中恩瓦帕并未颠覆乌古塔的男性"主人话语"，但不可否认，通过向已被男性作家反复书写的题材注入更贴近女性生活体验的内

---

① Chinua Achebe, *Hopes and Impediments: Selected Essays*, New York: Anchor Books, 1990, p. 30.

② Marie Umeh, "The Poetics of Economic Independence for Female Enpowerment: An Interview with Flora Nwapa", *Research African Literatures*, Vol. 26, No. 2 (1995), p. 27.

③ Susan Gardner, "The World of Flora Nwapa", *The Women's Review of Books*, Vol. 11, No. 6 (1994), p. 910. 转引自 Obioma Nnaemeka, "Feminism, Rebellious Women, and Cultural Boundaries: Rereading Flora Nwapa and Her Compatriots", *Research in African Literatures*, Vol. 26, No. 2 (1995), p. 103。

④ Adeola James, ed., *In Their Own Voices: African Women Writers Talk*, Portsmouth: Heinemann Educational Books Inc., 1990, p. 38.

容，恩瓦帕让非洲女性"属下"第一次发出了"嘹亮而清晰的声音"。① 恩瓦帕在创作完《伊》之后把它交给阿契贝，阿契贝读完后将它推荐给海尼曼出版社并获出版。更为重要的是，阿氏在其后来的小说如《荒原蚁丘》中，一改其处女作《瓦解》中女性在公共社会空间中的缺席和缄默，而开始赋予女性以地位和声音。他或许已经倾听了《伊》中的女性之声。20 世纪 90 年代有更多的非洲人和西方读者倾听这一声音：《伊》被选入西非考试委员会（WAEC）的必读书单；② 安德雷德等白人女性主义者也称它具有典范地位，③ 它因此而成为欧美妇女研究领域里最重要的文本之一。④

在《伊》结尾处，"从未读过书"（第 164 页）的伊芙茹向受过良好教育的迪福讲述自己的婚姻故事。按照奥贡耶米的说法，"这是目不识丁者第一次对文化人说有用的话"。⑤ 正如伊芙茹和迪福互相道别时所说的"愿天会亮"（第 221 页），恩瓦帕为非洲女性"属下"的首次发声无疑激励了更多尼日利亚女性从事文学创作。如果说，以艾米契塔为代表的尼日利亚第二代女作家在恩瓦帕的鼓励和指导下替女性"属下"发出更清晰的声音，对男性"主人话语"进行有力的回击，那么，以阿迪契为代表的第三代女作家则是在那些前辈女作家的引领和启迪下为非洲女性"属下"发出更嘹亮的声音，⑥ 从而丰富了非洲文学对帝国文学文本的"逆写"。

① Theodora Akachi Ezeigbo, "Myth, History, Culture, and Igbo Womanhood in Flora Nwapa's Novels", in Marie Umeh, ed., *Emerging Perspectives on Flora Nwapa*, Trenton：Africa World Press, 1998, p. 53.

② Marie Umeh, "The Poetics of Economic Independence for Female Enpowerment：An Interview with Flora Nwapa", *Research in African Literatures*, Vol. 26, No. 2 (1995), p. 24.

③ Susan Andrade, "Rewriting History, Motherhood and Rebellion：Naming an African Women's Literary Tradition", *Research in African* literatures, Vol. 21, No. 1 (1990), p. 97.

④ Ezenwa-Ohaeto, ed., *Winging Words: Interview With Nigerian Writers and Critics*, Ibadan：Kraft Books Limited, 2003, p. 25.

⑤ Chikwenye O. Ogunyemi, *Africa Wo/man Palava: The Nigerian Novel by Women*, Chicago：The University of Chicago Press, 1996, p. 153.

⑥ Hendy Iheoma, "Who is Flora Nwapa? The First of Many African Female Authors", https://buzznigeria. com.

第八章　女性书写（二）：艾米契塔小说个案研究

一　引言

母性主题是女性书写的重要内容。本章着重探讨西方殖民文化与非洲传统文化语境下艾米契塔的长篇代表作《为母之乐》（本章后文简称《为》）①中的母性书写，并从中窥见作家的母性观。

朱丽叶·克里斯蒂娃（Juliet kristeva）曾说："母性在女性和社会之间建立了自然的纽带——孩子，这为她们进入文化界和语言界提供了特殊手段。"② 在传统的非洲社会里，母性不仅是一种文化使命，它更意味着特权。③ 阿玛迪亚姆指出，在非洲社会的传统观念里，女性的母性力量与大地的生育力相关联，因此母亲作为生育者及赡养者在社会中享有极高的地位，整个社会都敬畏她们。④ 在现代非洲，母亲常被视为非洲或国家的象征。一些男性民族主义者常用母亲/国家的隐喻来激发非洲民众的爱国主义热情。比如，塞内加尔著名作家列奥波尔德·桑戈尔和几内亚著名作家卡马拉·雷耶曾将他们对非洲的热爱比作他们对母亲的爱，并以此对那个

---

① 2002 年，该书入选津巴布韦国际图书展评出的 20 世纪非洲百部最佳图书。
② 转引自 Omar Sougou, *Writing Across Culture: Gender Politics and Difference in the Fiction of Buchi Emecheta*, Amsterdam: Rodopi, 2002, p. 106。
③ Renée Larrier, "Reconstructing Motherhood: Francophone African Women Autobiographers", in Obioma Nnaemeka, ed., *The Politics of (M) Othering: Womanhood, Identity and Resistance in African Literature*, New York: Routledge, 1997, p. 193.
④ Ifi Amadiume, *Male Daughters, Female Husbands: Gender and Sex in an African Society*, London: Zed Books, 2015, p. 191.

时期西方殖民者笔下负面的非洲形象做出回应。① 他们之后的作家普遍接受了这种隐喻。索马里作家努鲁丁·法拉（Nuruddin Farah）认为，称自己的国家为父国而非母国是件很荒唐的事。② 在非洲各国独立前夕（20 世纪50 年代末至 60 年代初），一个被奴役和被剥削的母国形象常居于去殖反帝斗争的中心。"非洲现代文学之父"阿契贝虽没有沿用这一隐喻，但他延续了男性文学前辈们对母亲的颂扬。在他的小说《瓦解》和《再也不得安宁》中，他用"崇高母亲"的观念表达了对被理想化甚至神圣化的母亲的赞美。尼日利亚另一位著名男作家赛普瑞安·艾克文西在其代表作《贾古娃·娜娜》中将不符合这种崇高母亲形象的女性妖魔化。在他看来，像小说同名女主人公贾古娃那样只知道追逐性愉悦、无法对男性保持忠贞的堕落女性是没有资格成为崇高的母亲的。

不过，非洲男作家对母亲的颂扬并没有让非洲女作家感到满意。南非女作家米瑞艾姆·特拉里（Miriam Tlali）就质疑那些男作家的惯常做法，认为他们之所以把非洲母亲放在神坛上，是因为他们想让她们永远待在那里，而不是"作为平等的人走下神坛"。③ 巴意识到，那些民族主义男性作家在他们的作品中所关心的只是他们的去殖反帝事业，女性尤其是母亲们虽被视为该事业的象征，但她们却无权享受它的成果。桑戈尔的诗歌便是很好的例子。在他的诗歌中，他将非洲喻作等待非洲男性来行使他们合法权利的女性，④ 以此批判欧洲殖民主义者将非洲视为渴望欧洲男子气概和父权治理的女性的谬见。由此看来，男作家对母亲的颂扬不过是"男性民族主义者用来解决他们问题的象征或工具"，⑤ 在他们所描绘的独立非洲的

---

① Renée Larrier, "Reconstructing Motherhood: Francophone African Women Autobiographers", in Obioma Nnaemeka, ed., *The Politics of（M）Othering: Womanhood, Identity and Resistance in African Literature*, New York: Routledge, 1997, p. 194.

② 转引自 Elleke Boehmer, *Stories of Women: Gender and Narrative in the Postcolonial Nation*, Manchester: Manchester University Press, 2005, p. 89。

③ 转引自 Susan Arndt, "Buchi Emecheta and the Tradition of *Ifo*: Continuation and 'Writing Back'", in Marie Umeh, ed., *Emerging Perspectives on Buchi Emecheta*, Trenton: Africa World Press, 1996, p. 45。

④ Omar Sougou, *Writing Across Culture: Gender Politics and Difference in the Fiction of Buchi Emecheta*, Amsterdam: Rodopi, 2002, p. 92.

⑤ Elleke Boehmer, *Stories of Women: Gender and Narrative in the Postcolonial Nation*, Manchester: Manchester University Press, 2005, p. 28.

蓝图中，女性二等公民的身份依然不变。① 其实，那些在作品中为母亲高歌的男性作家在现实生活中往往无法欣赏女性的母亲角色。热内·拉里埃尔（Renée Larrier）一针见血地指出，在作品中为母亲高唱赞歌的桑戈尔和雷耶在现实生活中从未如此赞美过他们各自的妻子，尽管她们同样是母亲。② 因此，巴呼吁：非洲女作家不但要拒绝"接受男性作家对非洲母亲充满怀旧之情的赞美"，还应该利用"文学这一非暴力却十分有效的武器"来改变这种给予非洲母亲"荣耀的现状"。③

恩瓦帕是最早探讨母性主题的非洲女作家。在其长篇处女作《伊芙茹》中，她揭开了被神化的尼日利亚母亲的神秘面纱，讲述她们真实生活中"从未被书写下来的故事"，④ 就母性话题与男性作家展开对话。她挑战了那种认为不育的女性"在家系以及自身层面上是人类生活的死胡同"⑤的传统观念，表达了生育并非女性生活的全部的思想，同时也展示了伊博女性将母性及不育转化为界定自我的积极、强大的力量。⑥ 艾米契塔将《伊芙茹》的结尾句作为其代表作《为》的标题，加入了由恩瓦帕开创的关于母性的伊博两性对话。该小说终结了《瓦解》《贾古娃·娜娜》等男性文本中"孩子、成功和幸福的童话式结尾"，⑦ 质疑它们"将母亲简化成

①　Elleke Boehmer, *Stories of Women: Gender and Narrative in the Postcolonial Nation*, Manchester: Manchester University Press, 2005, p. 92.

②　Renée Larrier, "Reconstructing Motherhood: Francophone African Women Autobiographers", in Obioma Nnaemeka, ed. , *The Politics of (M) Othering: Womanhood, Identity and Resistance in African Literature*, New York: Routledge, 1997, p. 194.

③　转引自 Susheila Nasta, ed. , *Motherlands: Black Women's Writing from Africa, the Caribbean and South Asia*, London: The Women's Press, 1991, p. 202。

④　Barbara Christian, *Black Feminist Criticism: Perspectives on Black Women Writers*, New York: Pergamo Press, 1982, p. 212. 转引自 Remi Akujobi, "Motherhood in African Literature and Culture", *Comparative Literature and Culture*, Vol. 13, 1 (2011). http://docs. lib. purdue. edu/clcweb/vol13/iss1 (Jul. 11, 2019)。

⑤　Remi Akujobi, "Motherhood in African Literature and Culture", *Comparative Literature and Culture*, Vol. 13, No. 1 (2011). http://docs. lib. purdue. edu/clcweb/vol13/iss1 (Jul. 11, 2019).

⑥　Susheila Nasta, ed. , *Motherlands: Black Women's Writing from Africa, the Caribbean and South Asia*, London: The Women's Press, 1991, p. 203.

⑦　Carole B. Davies & Anne A. Graves, eds. , *Ngambika: Studies of Women in African Literature*, Trenton: Africa World Press, 1986, p. 249.

一种职能、一个物体"① 的手法，同时也补充和延伸了恩瓦帕在《伊芙茹》中所表达的母性观。艾米契塔善于描写关于"母性、彩礼及一夫多妻制"②的故事。不过，她的母性观与尼日利亚男性和女性文学前辈及白人女性主义者的母性观皆不相同。

二　颠覆男性文学传统的母性书写

母性是非洲女作家创作中被反复探讨的重要话题。莫拉拉·奥贡迪佩–莱斯利曾用戏谑的口吻说，非洲女作家对不育主题的探讨到了"让人希望她们能另寻其他主题的程度"，她们的母性书写方式很容易让人认为"没有哪个女人痛恨生育或缺乏母性本能"。③ 苏胥拉·纳斯塔（Susheila Nasta）持相同的看法，她认为某些非洲女性小说对女性生育及不育的关注近乎痴狂。对非洲女作家而言，生育或不育是女性文学创作的隐喻。在纳斯塔看来，女性的文学创作挑战了男性作家对这一话题的垄断性书写，女性作家对母性话题的文学再现是她们对最后一块未被殖民的领地或显或隐的探索，是她们身份建构不可或缺的一部分。④ 我们赞同纳斯塔的观点，并相信这也是艾米契塔创作《为》的主要原因。艾氏曾抱怨"批评家似乎认为什么东西都要写得像《瓦解》"，⑤ 言辞中表达了她对尼日利亚文学中以阿契贝等人为代表的"主人话语"的不满。在《为》中，她十分重视"女性经历的细节"。⑥

①　Omar Sougou, *Writing Across Culture: Gender Politics and Difference in the Fiction of Buchi Emecheta*, Amsterdam: Rodopi, 2002, p. 93.

②　Juliana M. Nfah-Abbenyi, *Gender in African Women's Writing: Identity, Sexuality and Difference*, Bloomington: Indiana University Press, 1997, p. 41.

③　Juliana Makuchi Nfah-Abbenyi, *Gender in African Women's Writing: Identity, Sexuality and Difference*, Bloomington: Indiana University Press, 1997, p. 36.

④　Susheila Nasta, ed., *Motherlands: Black Women's Writing from Africa, the Caribbean and South Asia*, London: The Women's Press, 1991, p. 201.

⑤　转引自 Feroza Jassawala and Reed W. Dasenbrock, eds., *Interviews with Writers of the Post-Colonial World*, Jackson: University Press of Mississippi, 1992, p. 86。

⑥　Omar Sougou, *Writing Across Culture: Gender Politics and Difference in the Fiction of Buchi Emecheta*, Amsterdam: Rodopi, 2002, p. 93.

通过将"女性以及女性事务小文本化"，① 艾氏表明细琐的家庭现实也关联着家国的大问题，国家公共叙事与母亲、姑姨和女儿等所谓的小叙事是密不可分的。②

《为》女主人公纽·爱果的父亲阿格巴迪（Agbadi）之所以给她取这个名字，是因为在伊博语中它是二十袋贝壳（传统非洲社会的货币，其价值相当于 1000 万英镑）的意思，③ 其语义表明"这个孩子是无价之宝"，④ 暗示她在父权社会中的重要价值。在一次采访中，艾米契塔提到，在阿契贝和艾克文西等男性作家眼里，"仅有的好女人是那些不惜一切代价甘愿被她的孩子们奴役的女性。她从不为自己索要任何东西"。⑤ 纽·爱果可谓这两位男作家眼中弥足珍贵的理想母亲——她视她的儿子们为"父亲，兄弟，丈夫"（第 115 页）。这位患有乌梅所说的"儿子迷恋症"⑥ 的母亲甚至做了阿契贝笔下那些"崇高母亲"没做过的事情，即竭尽所能让她的两个儿子接受良好的教育并到白人世界继续深造。然而，颇具讽刺意味的是，纽·爱果虽为她的儿子们操劳一生，却并未得到她所生活的伊布沙（Ibuza）社区及她家人的认可。伊布沙社区非但没有赞美这位"崇高母亲"，还给她贴上"坏女人"的标签。她的儿子们出国后便杳无音信，以至于她精神崩溃后孤独死去，"没有一个孩子握着她的手"（第 253 页）。艾氏在一次采访中解释道，纽·爱果的儿子们并不是不爱她，只是西方文化不同于非洲传统文化。⑦

---

① Marie Umeh, "Procreation, Not Recreation: Decoding Mama in Buchi Emecheta's *The Joys of Motherhood*", in Marie Umeh, ed., *Emerging Perspectives on Buchi Emecheta*, Trenton: Africa World Press, 1996, p. 189.

② Elleke Boehmer, *Stories of Women: Gender and Narrative in the Postcolonial Nation*, Manchester: Manchester University Press, 2005, p. 208.

③ Oladipo J. Ogundele, "A Conversation with Dr. Buchi Emecheta", July 22, 1994, in Marie Umeh, ed., *Emerging Perspectives on Buchi Emecheta*, Trenton: Africa World Press, 1996, p. 449.

④ Buchi Emecheta, *The Joys of Motherhood*, Edinburgh: Heinemann, 1979, p. 23. 该作品的引文均为笔者自译，后文中该作品的引文出处只在正文中标示，不再另注。

⑤ 转引自 Juliana M. Nfah-Abbenyi, *Gender in African Women's Writing: Identity, Sexuality and Difference*, Bloomington: Indiana University Press, 1997, p. 46。

⑥ 转引自 Chikwenye O. Ogunyemi, *Africa Wo/man Palava: The Nigerian Novel by Women*, Chicago: The University of Chicago Press, 1996, p. 22。

⑦ Oladipo J. Ogundele, "A Conversation with Dr. Buchi Emecheta", July 22, 1994, in Marie Umeh, ed., *Emerging Perspectives on Buchi Emecheta*, Trenton: Africa World Press, 1996, p. 453.

的确，在纽·爱果死后，她的儿子们遵照非洲传统为她举办了"伊布沙有史以来最嘈杂、最昂贵的再葬仪式"（第253页），以这种方式表达了他们对母亲的爱。我们认为，他们的所作所为和那些民族主义作家并没什么两样。他们只是将这位"崇高母亲"放置在神坛上——他们为她建了一座庙，以便让不孕者祈求子嗣，之后便永远将她遗忘。他们生活在白人世界里，母亲的离世就意味着她的彻底消亡，更何况他们娶的都是白人妻子，即便不孕也不可能向她祈求子嗣。① 纽·爱果的丈夫内非（Nnaife）不仅在经济和精神上很少协助她养育孩子，甚至还因孩子们不服从他的意志而诅咒她，认定他们只是她一个人的孩子。在《瓦解》中，阿契贝借小说人物乌乘杜（Uchendu）之口这样界定"崇高母亲"的内涵："当孩子挨父亲揍时，他便会跑到母亲的屋里寻求安慰。万事皆好、生活甜蜜时，他属于父族之地（fatherland），悲伤、痛苦时，他就在母族之地避难。"② 然而，在《为》中，艾氏通过纽·爱果的母性经历一针见血地揭示了所谓"崇高母亲"的虚假内涵："当孩子有出息时，他们属于父亲；当孩子没出息时，他们属于母亲。"（第232页）它实际隐含的是男权社会的"双重标准"以及"崇高母亲"被父权社会他者化的事实。正因如此，在《为》中，纽·爱果这位"崇高母亲"大多数时候是"被从外部来观看，被想象与被客体化"。③

　　在《瓦解》中，读者无从知晓那些"崇高母亲"的实际生活及思想，但我们有理由相信，这种"崇高母亲"思想暗含的也是这种贬低和压迫母亲的双重标准：奥贡喀沃将其长子恩沃依埃（Nowye）软弱、懒散等比较负面的性格特征归咎于他"身上有太多的东西像他母亲"④；恩沃依埃改信基督教时，暴怒中的奥贡喀沃也认定，如此"堕落和女人气的儿子"不可能是他生的，一定是他老婆背叛了他。⑤ 纳斯塔指出，非洲女性的写作对

①　Chikwenye O. Ogunyemi, *African Wo/man Palava: The Nigerian Novel by Women*, Chicago：The University of Chicago Press, 1996, p. 255.

②　Chinua Achebe, *Things Fall Apart*, New York：Doubleday, 1994, p. 134.

③　Omar Sougou, *Writing Across Culture: Gender Politics and Difference in the Fiction of Buchi Emecheta*, Amsterdam：Rodopi, 2002, p. 103.

④　Chinua Achebe, *Things Fall Apart*, New York：Doubleday, 1994, p. 66.

⑤　Chinua Achebe, *Things Fall Apart*, New York：Doubleday, 1994, p. 153.

被理想化、怀旧的母性形象最为明显的挑战是准确记录母亲的实际生活，①《为》中，通过记录纽·爱果一生为实现崇高母爱所付出的一切，以及她最终沦为一个其崇高身份不为其夫、其子所认可的"烈士"的过程，艾米契塔显然也暗示了阿契贝等男性作家笔下母性神话的虚伪内涵。

苏珊·安德雷德认为，恩瓦帕的《伊芙茹》质疑了艾克文西《贾古娃·娜娜》中的女性书写。② 艾米契塔在《为》中同样质疑了该男性文本。不同的是，艾米契塔对《贾古娃·娜娜》的质疑和批判主要聚焦于它所体现的母性观上。一般而言，性有两种功能，一是生育的功能，二是愉悦的功能。这两种功能对男性而言是并行不悖的，但由于非洲父权社会对女性母职的强调甚至神化，性的生育功能被无限夸大，而其愉悦功能却被彻底压抑。乌梅指出，根据非洲父权的律法，有德行、贞洁的女人尤其是母亲是不能有性快乐的。③ 恩瓦帕的小说《一次就够了》中男权思想的维护者阿玛卡（Amaka）的婆婆就把儿媳的不孕归咎于其婚前的不贞。无独有偶，《贾古娃·娜娜》中同名主人公的情人弗雷迪（Freddie）将前者的不孕归咎于她"与其他男性不检点的关系"。④ 而从娜娜与人偷情后生下的孩子莫名其妙夭亡的结局来看，艾克文西显然是认可这种父权律法的。在他看来，女性贪欲是注定要受诅咒的。

我们知道，为了强化母性，非洲父权社会总是试图贬抑女性性欲，使它成为禁忌：

> 伊博社会将女性性欲视作缠在她们脖子上的"道德负担"，而抹去了她们的性欲以及性表现。为了防止女性反叛传统或对祖先留下来的惯例不敬，父权社会设计了诸如割礼、强奸、乱伦、性剥夺、放

① Susheila Nasta, ed., *Motherlands: Black Women's Writing from Africa, the Caribbean and South Asia*, London: The Women's Press, 1991, pp. 202 – 203.
② Susan Z. Andrade, "Rewriting History, Motherhood, and Rebellion: Naming an African Women's Literary Tradition", *Research in African Literatures*, Vol. 21, No. 1 (1990), p. 98.
③ Marie Umeh, "Procreation, Not Creation: Decoding Mama in Buchi Emecheta's *The Joys of Motherhood*", in Marie Umeh, ed., *Emerging Perspectives on Buchi Emecheta*, Trenton: Africa World Press, 1996, p. 198.
④ Cyprian Ekwensi, *Jagua Nana*, London: Heinemann, 1979, p. 60.

逐、恐惧、羞辱等方式来控制伊博女性的性欲，让她们成为性盲。①

在《伊芙茹》中，恩瓦帕再现了伊博传统社会中压抑女性性欲的习俗——女性割礼。在该小说中，女性割礼被称为"沐浴"，暗示伊博男权社会将女性性欲贬为需要被净化的不洁之物。② 由于坚信女性在首次怀孕之前必须施行割礼，否则诞下的婴儿就无法存活，伊芙茹的婆婆在儿媳怀孕之前请人为她施行了割礼。那个施行割礼的巫医所讲的故事③也隐含了这一观念。此观念透露出极强的父权内涵：女性性欲是对母性的致命威胁。因此，女性要成为母亲必先通过割礼去除其性欲。正是出于这个原因，早期非洲文学中，对女性性欲的表现是禁区。表面上看，《贾古娃·娜娜》似乎突破了这一禁区，因为该小说中有大量关于女性性欲的描述，但实际上，艾克文西对女性性欲的表现并非出于对女性性欲的支持。相反，他对此是持谴责态度的。正如安德雷德所言，艾克文西用颇具挑逗性的手法将贾古娃塑造成传统禁忌的冒犯者，实际上是在维护她本应颠覆的父权话语。④ 与艾克文西不同，艾米契塔在《为》中肯定了女性性欲，颠覆了艾克文西那种极富父权内涵的母性观。

　　乌梅称《为》是有关"非洲女性性行为"⑤ 的小说。她的看法有一定的道理。在该小说中，艾米契塔在乌梅所说的"非洲文学著名的色情场景"⑥

---

① Marie Umeh, "Procreation, Not Creation: Decoding Mama in Buchi Emecheta's *The Joys of Motherhood*", in Marie Umeh, ed., *Emerging Perspectives on Buchi Emecheta*, Trenton: Africa World Press, 1996, p.191.

② Ada U. Azodo, "*Efuru and Idu*: Rejecting Women's Subjugation", in Marie Umeh, ed., *Emerging Perspectives on Flora Nwapa*, Trenton: Africa World Press, 1998, p.171.

③ 该故事讲的是一个叫恩瓦卡艾果（Nwakaego）的女人没有让她女儿在首次怀孕之前实施割礼，结果后者生下来的孩子出生不久后就夭折了。见 Flora Nwapa, *Efuru*, Oxford: Heinemann, 1978, p.14。

④ Susan Z. Andrade, "Rewriting History, Motherhood, and Rebellion: Naming an African Women's Literary Tradition", *Research in African Literatures*, Vol.21, No.1 (1990), p.103.

⑤ Marie Umeh, "Procreation, Not Creation: Decoding Mama in Buchi Emecheta's *The Joys of Motherhood*", in Marie Umeh, ed., *Emerging Perspectives on Buchi Emecheta*, Trenton: Africa World Press, 1996, p.190.

⑥ Marie Umeh, "Procreation, Not Creation: Decoding Mama in Buchi Emecheta's *The Joys of Motherhood*", in Marie Umeh, ed., *Emerging Perspectives on Buchi Emecheta*, Trenton: Africa World Press, 1996, p.193.

中直接描写纽·爱果的母亲奥娜（Ona）的情欲，表明女性也有享受和追求性愉悦的权利，表达了她对《贾古娃·娜娜》中贬抑女性性欲之观点的拒绝。在《为》中，奥娜吸引阿格巴迪的正是她未压抑的性欲，他们俩的性爱基于双方的性愉悦而非生儿育女的理念。奥娜的遗言也表明，她希望女儿将来能像她一样享受性。艾米契塔借此表明，非洲女性对性愉悦的渴望不亚于她们对生育儿子的渴望。更为重要的是，奥娜享受性并未使她如艾克文西笔下的贾古娃那样不育。相反，他们互相愉悦的性爱孕育了新生命，成就了奥娜的母亲身份。显然，在艾米契塔看来，女性在性爱中的愉悦与母性的实现是并行不悖的。由是观之，《为》解构了艾克文西为强调"为母之乐"而贬抑女性性愉悦的男权思想，强调了母性并非一定要以牺牲女性的性愉悦为代价。

在《贾古娃·娜娜》中，艾克文西表达了这样的观点：性愉悦是男性的专利，女性是无权享受的。在《为》中，传统的伊布沙社区显然也是支持这种观点的：一个贞洁的女性只允许为实现其夫的性愉悦和生育而进行性行为。在纽·爱果第一次结婚时，其夫家因她是个"未受玷污的处女"（第29页）而重谢其父，其父也坚信女儿很快能膝下绕儿，他们都认为"女人贞洁时是很容易受孕的"（第29页）。不过，艾米契塔显然是不赞同这种观点的，因为纽·爱果的贞洁并没有让她如愿怀孕。十分享受性爱的纽·爱果哀求丈夫与她同房时，丈夫回答说："我没时间把我珍贵的种子浪费在一个不育的女人身上。"（第31页）这一回答再次印证了伊布沙社区传统的母性观：女性无权享受性爱，性之于女性的唯一意义就是生育。乌梅指出，《为》批判了男性及男性文本用压抑女性性欲的委婉语词来否定、伪装或替换女性性欲。[①] 我们十分赞同这一观点。纽·爱果根本不爱内非，他们之间的首次性爱无异于强奸，但她却和他生育了八个孩子。她忠于伊博传统母性观，在生活中极度压抑自己对性爱的渴望，把一切都奉献给母性。然而，在艾米契塔看来，这种扬母性而贬性愉悦的母性观念是极度有害的。在《为》中，阿格巴迪的大老婆阿

---

① Marie Umeh, "Procreation, Not Creation: Decoding Mama in Buchi Emecheta's *The Joys of Motherhood*", in Marie Umeh, ed., *Emerging Perspectives on Buchi Emecheta*, Trenton: Africa World Press, 1996, p. 192.

冈娃（Agunwa）因此中风而亡，纽·爱果也因此疯癫并中年早逝。用斯特雷顿的话说，疯癫、生病以及早亡成了艾米契塔笔下母亲们的隐喻。[①] 可以说，通过纽·爱果悲剧性的母性经历，艾氏试图表明，女性不能将性愉悦与生育割裂开来而只把性当作实现母性的工具；如果一个女人的丈夫不够忠诚、勤劳且无法给她带来性愉悦，那么她即便有孩子也无法享受真正的为母之乐。

三　拓展女性文学传统的母性书写

恩瓦帕既是艾米契塔的文学前辈，也是她的好朋友。艾氏以恩瓦帕为榜样并从其创作经历中吸取教训，[②] 榜样的力量让她有勇气去面对男性读者对女性从事文学创作的质疑。[③] 不仅如此，她们互相商榷、互相学习：艾氏用恩瓦帕的代表作《伊芙茹》的结尾句作为其小说的标题，架起了有关母性话题的对话之桥；《为》发表之时，已成名的恩瓦帕主动拜访当时在尼日利亚文坛默默无闻的艾氏，[④] 并把后者的照片挂在她办公室的墙上引以为傲。[⑤] 恩瓦帕另一部小说《一次就够了》中的女主人公阿玛卡的母性经历与《为》中阿黛库（Adaku）的母性经历之间的互文也暗含了她对艾氏的敬意。安德雷德认为，通过这种方式，恩瓦帕和艾米契塔将她们母性祖先讲述故事的传统与现代文学创作话语密切结

---

① 转引自 Marie Umeh, "Procreation, Not Creation: Decoding Mama in Buchi Emecheta's *The Joys of Motherhood*", in Marie Umeh, ed., *Emerging Perspectives on Buchi Emecheta*, Trenton: Africa World Press, 1996, p. 193。

② 艾米契塔认为，恩瓦帕在她创作生涯的某个时刻涉足政治之后，就不可能再回到原来的写作水准。艾氏由此认为自己应持之以恒地写作，以保持自己的创作水准。详见 Oladipo J. Ogundele, "A Conversation with Dr. Buchi Emecheta", in Marie Umeh, ed., *Emerging Perspectives on Buchi Emecheta*, Trenton: Africa World Press, 1996, p. 450。

③ 在艾米契塔看来，尼日利亚文坛并未为女作家营造一个良好的环境，比起美国黑人女作家如托妮·莫里森和格劳丽雅·内勒（Gloria Naylor），尼日利亚女作家面临的环境更糟糕。详见 Feroza Jassawalla and Reed W. Dasenbrock, *Interviews with Writers of the Post-Colonial World*, Jackson: University Press of Mississippi, 1992, p. 83。

④ Oladipo J. Ogundele, "A Conversation with Dr. Buchi Emecheta", in Marie Umeh, ed., *Emerging Perspectives on Buchi Emecheta*, Trenton: Africa World Press, 1996, p. 451.

⑤ Buchi Emecheta, "Nwayioma, bikonodunma", in Marie Umeh, ed., *Emerging Perspectives on Flora Nwapa*, Trenton: Africa World Press, 1998, p. 30.

合起来。① 更为重要的是，恩瓦帕的鼓励和认可给艾氏带来了信心，也为她未来的创作指明了方向。

　　不过，由于艾米契塔和恩瓦帕的生活与教育经历有较大差别，② 她们的母性观也不相同。基于此，博艾默认为，艾米契塔与恩瓦帕的互文性对话超越了《伊芙茹》与《为》的"应答结构"。③ 斯特雷顿指出，将这两个文本联系起来的是它们的反传统主题。不同的是，前者意在反叛由伊博男性作家所主导的伊博文学传统，而后者意在突破前者对伊博母亲所受到的男权思想及殖民主义的双重压迫。④ 我们赞同这一观点。尽管这两个故事的女主人公有着相似的个人和家庭历史，⑤ 但她们实际上生活在不同的年代。与伊芙茹同时代的是奥娜。奥娜似乎和伊芙茹一样能享受前殖民时期乡村文化对女性独立和自由的支持，所以卡罗·戴维斯对艾米契塔让奥娜早亡而没有让这位强大的人物在小说中继续存在颇有微词。⑥ 不过，这位"男性女儿"⑦ 实际上并没有

---

① 转引自 Maggi Phillips，"Engaging Dreams：Alternative Perspectives on Flora Nwapa，Buchi Emecheta，Ama Ata Aidoo，Bessie Smith，and Tsitsi Dangarembga's Writing"，*Research in African Literatures*，Vol. 25，No. 4（1994），p. 93。

② 除去 1958 年离开尼日利亚赴爱丁堡大学攻读教育学硕士学位，恩瓦帕多数时间都待在尼日利亚。而艾米契塔 18 岁时就离开尼日利亚前往英国，后来在伦敦大学深造并获得了社会学博士学位，此后便一直在伦敦生活，直至 18 年后的 1981 年才重返尼日利亚探亲访友。

③ Elleke Boehmer，*Stories of Women: Gender and Narrative in the Postcolonial Nation*，Manchester：Manchester University Press，2005，p. 124。

④ Suzan Z. Andrade，*The Nation Writ Small: African Fiction and Feminism：1958 – 1988*，Durham/London：Duke University Press，2011，p. 70。

⑤ 伊芙茹和纽·爱果均来自伊博农村，两人如水神乌哈米瑞般漂亮，都是她们各自的父亲与他们最爱的女人生下的唯一一个且最得父亲宠爱的女儿。她们的父亲都是富有的勇士，是社区中极受尊敬的重要人物。在叙事一开始，两个女主人公的母亲死了。事实上，两个女儿都特别依赖她们的父亲。由于他们主要是由保守的父亲教育成人，伊芙茹和纽·爱果都一心想通过坚守传统获得尊敬。但两人都嫁了两次，两人各自的第一次婚姻都因为丈夫的遗弃而终止。至少在短时间内，两人都因为不育而遭人指点，最后两人都善于经商，她们都通过经商的成功而获得了某种程度上的独立。

⑥ Carole Boyce Davies & Anne Adams Graves，eds.，*Ngambika: Studies of Women in African Literature*，Trenton：Africa World Press，1986，p. 253。

⑦ 伊菲·阿玛迪亚姆在其《男性女儿，女性丈夫：非洲社会中的性别与性》一书中指出，非洲传统社会中存在一种名为"恩哈伊克娃"（Nhayikwa）的制度，它允许没有男性子嗣的家庭将女儿"留在家中"生育孩子（男孩）来继承她父亲的财产，尤其是土地。这样的女儿有权力（通常是有限的）来控制和管理她父亲的财产，直至她儿子长大成人来接管这些财产。这些女性在人类学研究中被称为"男性女儿"。详见 Ifi Amadiume，*Male Daughters, Female Husbands：Gender and Sex in an African Society*，London：Zed Books，2015，pp. 31 – 32。

像伊芙茹那样逃脱非洲传统母性观的迫害。在《为》中，奥娜不仅被其父在神灵前所许的愿控制，而且也常被其情人阿格巴迪控制。后者在身体受伤之后仍试图通过强奸来显示其男性的力量，但奥娜却不拒绝这种身体暴力。相反，她以享受这种性暴力的姿态证明她优于他的妻妾们。可以说，她是游离在男性世界和女性世界之外的边缘人物，旁人对她的厌恶证实了这一点。她是个被传统束缚的悲剧人物。不管是作为情人还是作为"男性女儿"，奥娜始终都是男人的财产。艾米契塔在一次采访中解释了奥娜的死亡缘由："她所嫁之人违背了她父亲的意愿，那是与文化相违背的。"① 这清楚地表明奥娜被传统父权文化所束缚。

在《为》中，父权传统对母亲的压迫在纽·爱果身上有更明显的体现。如弗兰克（K. Frank）所言，艾米契塔笔下非洲女性的生存状态几乎与奴隶无异，② 纽·爱果的出生就带有奴隶印记：阿冈娃受不了其夫与奥娜之间肆无忌惮的性爱染病身亡，在随后的活人祭仪中，阿格巴迪试图制止其长子对不肯就死的女奴施暴，因此那个女奴便投生为他女儿以报答他的善行。格瑞菲斯司认为这一活人祭仪场景呼应了《瓦解》中奴隶少年艾克美弗纳被祭杀的场景。③ 这一解读有一定的道理，但艾克美弗纳被祭杀是神的旨意，而《为》中的祭杀活动体现的则是男权意志，它是伊布沙父权社区对"谦虚""安静"的"好女人"及"完整女人"（第19页）阿冈娃的褒奖。更为重要的是，由于该女奴在被阿格巴迪房为奴隶之前就已经被"献给江河女神"（第30页），所以纽·爱果一直不孕。这里的江河女神与《伊芙茹》中的水神乌哈米瑞为同一神祇。与乌哈米瑞一样，《为》中的江河女神也和不育相关联。艾氏以此表达了对恩瓦帕的敬意和认同。不过，从某种程度上讲，艾氏借此也修正了恩瓦帕的母性观：不同于伊芙茹在供奉乌哈米瑞之前莫名的不育，纽·爱果的不育直接源于阿格巴迪父子的恶行。换言之，伊芙茹的不孕悲剧是命运使然，而纽·爱果的不孕悲剧却是由父权

---

① Oladipo J. Ogundele, "A Conversation with Dr. Buchi Emecheta", in Marie Umeh, ed., *Emerging Perspectives on Buchi Emecheta*, Trenton: Africa World Press, 1996, p. 453.

② Katherine Frank, "The Death of the Slave Girl: African Womanhood in the Novels of Buchi Emecheta", *World Literature Written in English*, Vol. 21, No. 3 (1982), p. 485.

③ Gareth Griffiths, *African Literatures in English: East and West*, Edinburgh: Pearson Education Ltd., 2000, p. 301.

传统习俗造成的，是其深受父权压迫的表征。

我们认为，通过塑造纽·爱果这一形象，艾米契塔质疑了恩瓦帕在《伊芙茹》中将伊芙茹塑造成一位理想化的母亲形象。普拉西斯（R. B. Plessis）指出，书写某个女性非凡奇异的故事并歌颂她的智慧的浪漫主义手法体现了男权价值观。① 艾氏应该不会反对这一观点。通过将纽·爱果塑造成一个普通母亲，恩氏质疑了伊芙茹这位母亲的成功过于轻易获得。尽管伊芙茹的母亲早早离世，但阿佳努普却给予了她跨代保护。后者不仅将乌古塔女性世代相传的母性智慧传授给了她，而且在恩纳贝利无端指责她与他人通奸时用手中的杵击打他。安德雷德认为，这一细节暗示伊芙茹已进入一个女性社区：杵既是伊博母亲们用来捣碾木薯的家用工具，也是她们的防身之器。② 然而，在《为》中，这样理想化的女性社区是缺失的：奥娜为保障女儿能享受她自己曾经拥有过的自由而做的努力以失败告终；邻居考迪莉娅（Cordelia）帮助纽·爱果度过了丧子危机，但这份友谊由于前者的搬家而终止；邻居伊雅沃（Iyawo）曾救过纽·爱果母子性命，但这份友情也因为她们之间经济的不对等而显得异常脆弱。

在纽·爱果的生活世界里，她非但得不到这种姐妹情谊支持，反而还为传统的母性观所束缚。她不仅因不孕而遭其前夫遗弃，而且还因头生子的死亡而企图跳海自杀。她的老乡这样呵斥企图自杀的她："你让你的女人气概蒙羞！让你的母性蒙羞！"（第64页）由此可见，非洲传统男权社会基本上将母性定义为女性气质的全部。一个母亲无论生活多么悲苦都必须履行照顾孩子的义务，连自杀的权利都没有。读者可以看出，在该小说中，这种传统母性观是被广为接受的，因为当时一位旁观者甚至给了纽·爱果一记很重的耳光，并指责她忘记了"祖先的传统"（第65页）。然而，在了解她自杀的原因后，他们原谅了她，因为他们相信，无法替丈夫延续香火是妻子自杀的唯一正当理由。换言之，传统母性观将母性等同于女性的自我和生活的全部，它让纽·爱果坚信，她只有怀孕生子才能成为真正的女性。

---

① 转引自 Suzan Z. Andrade, *The Nation Writ Small: African Fiction and Feminism: 1958 – 1988*, Durham/London: Duke University Press, 2011, pp. 63 – 64。

② Susan Z. Andrade, "Rewriting History, Motherhood, and Rebellion: Naming an African Women's Literary Tradition", *Research in African Literatures*, Vol. 21, No. 1 (1990), p. 100.

　　除了批判父权对伊博母亲的压迫，艾米契塔还敏感地注意到殖民主义对她们的奴役。或许是因为过于胆小谨慎而不敢涉足宏观政治话语，[1] 恩瓦帕在《伊芙茹》中对伊博母亲所受的殖民主义压迫的书写是十分审慎的。对此，艾米契塔颇有微词。她指出，"一本好的小说应该描述作者的想法及其所生活的那个社会"，[2] 否则便是"遁入虚无"。[3] 我们认为，通过纽·爱果在拉各斯的遭遇，艾氏展示了殖民主义对伊博母亲的压迫，并对恩瓦帕在《伊芙茹》中表现出来的母性观进行了修正和补充。在拉各斯，纽·爱果夫妇住在主人房后面的"男仆区"。这种与美国奴隶种植庄园建筑相似的空间安排暗示着他们一家的奴隶地位。在《为》"战争中的男人"一章中，内非及其工友被殖民政府强行征兵送往前线。这种征兵方式让人联想起黑人被白人掳为奴隶的历史。考迪莉娅直截了当地指出，"［男人们］都是奴隶，也包括我们［女人］"（第 53～54 页）。实际上，在殖民统治时期，尼日利亚的男男女女都无法摆脱奴隶的生活状态。不过，男性往往将自己所受的殖民压迫和奴役转嫁给女性，致使她们承受双重的压迫和奴役。内非因殖民主义的奴役而丧失了传统的非洲男子气概：洗衣工微薄的工资使他无力养家糊口，同时也因缺乏田间劳作而变得像"怀孕的母牛"（第 42 页）那样臃肿，其着装及发型更使他无异于"中年妇女"（第 43 页）。由于无力消除导致他痛苦的根源，内非把这种被殖民主义心理去势的痛苦转嫁到纽·爱果身上：他试图通过让她不断怀孕来重振自己的男性雄风，致使她的身体因频繁生育而虚弱不堪。更过分的是，他还把微薄收入的大部分用于酗酒，将养家的责任完全推到纽·爱果身上。遭受双重压迫的纽·爱果却依然坚守传统母性观，这无疑给她自己套上了第三道枷锁——"［她］对孩子们的爱和责任无异于奴隶的枷锁。"（第 209 页）如果说，纽·爱果的第一次丧子经历表明了殖民主义对其母性的沉重打击的话，那么差点要了她性命的最后一次生育经历（死胎）则隐含了殖

---

① Suzan Z. Andrade, *The Nation Writ Small: African Fiction and Feminism: 1958 – 1988*, Durham/London: Duke University Press, 2011, p. 45.

② 转引自 Olga Kenyon, *The Writer's Imagination: Interviews with Major International Women Novelists*, Typeset, Printed and Bound by the University of Bradford Print Unit, 1992, p. 45。

③ 转引自 Olga Kenyon, *The Writer's Imagination: Interviews with Major International Women Novelists*, Typeset, Printed and Bound by the University of Bradford Print Unit, 1992, p. 48。

民主义背景下传统母性观的死亡本质。

　　艾米契塔在其小说创作中经常运用对应人物的手法，比如《彩礼》中的阿库纳（Aku-nna）与奥古古娃（Ogugua）、《奴隶少女》中的米妈妈（Mama Mee）与帕拉夏达妈妈（Mama Palagada）都是对应人物。在《为》中，她也塑造了两个对应人物，即阿黛库与纽·爱果。与传统意义上的模范母亲纽·爱果不同，阿黛库是挑战传统母性观的母亲。按阿玛迪亚姆的说法，阿黛库是传统意义上"享受干坏事"，"破坏她丈夫家庭"的"坏女人"。[1] 阿黛库甚至最终离开了丈夫，选择坠入红尘并用卖淫挣来的钱供两个女儿上学，即便因此为伊布沙社区所不齿、"死后尸骨被丢弃"（第189 页）也在所不惜。在希泼（Schipper）对其的采访中，艾米契塔曾说，传统母性观不鼓励母亲离家外出工作，因为这是对其夫的一种威胁，[2] 阿黛库选择以卖淫为生可谓对传统母性观的彻底颠覆。

　　守勾（O. Sougou）和斯特雷顿都借用桑德拉·吉尔伯特（Sandra Gilbert）和苏珊·古巴（Susan Gubar）所著的《阁楼上的疯女人》（*The Madwoman in the Attic*，1979）中"心理替身"（psychological doubles）的概念来分析这两个对应人物。[3] 两位论者的分析颇有道理，但我们也必须看到，艾米契塔的作家之梦萌发于她对尼日利亚传统民间故事《伊弗》（*Ifo*）的迷恋，[4] 而《伊弗》中常采用这种对应人物的技巧——它把好女人与坏女人并置对照，嫉妒者受到惩罚，顺从者得到嘉奖，[5] 因嫉妒而受到惩罚的往往是不顺从的恶小妾。然而，在《为》中，艾氏对此做了修改。她对纽·

①　Ifi Amadiume, *Male Daughters, Female Husbands: Gender and Sex in an African Society*, London: Zed Books, 2015, p. 93.

②　转引自 Juliana M. Nfah-Abbenyi, *Gender in African Women's Writing: Identity, Sexuality and Difference*, Bloomington: Indiana University Press, 1997, p. 46。

③　详见 Omar Sougou, *Writing Across Culture: Gender Politics and Difference in the Fiction of Buchi Emecheta*, Amsterdam: Rodopi, 2002, pp. 107 – 114; Florence Stratton, "The Shallow Grave: Archetypes of Female Experience in African Fiction", in Marie Umeh, ed., *Emerging Perspectives on Buchi Emecheta*, Trenton: Africa World Press, 1996, p. 112。

④　Susan Arndt, "Buchi Emecheta and the Tradition of *Ifo*: Continuation and 'Writing Back'", in Marie Umeh, ed., *Emerging Perspectives on Buchi Emecheta*, Trenton: Africa World Press, 1996, pp. 27 – 28.

⑤　Susan Arndt, "Buchi Emecheta and the Tradition of *Ifo*: Continuation and 'Writing Back'", in Marie Umeh, ed., *Emerging Perspectives on Buchi Emecheta*, Trenton: Africa World Press, 1996, p. 36.

爱果和阿黛库这两个对应人物进行了倒置：最后受惩罚而发疯死去的是纽·爱果这位《伊弗》中所称的"天使般的好女人"，而阿黛库这个离经叛道的所谓恶小妾却得到了赞许——她成了"少有的能超越其社会环境并实现自我的女性文盲中的一员"。[①]

纽·爱果坚守传统，事事以儿子为中心，其结果是不仅自己后半生穷困潦倒，她的女儿们也深受其母性观的毒害。但选择卖淫职业后的阿黛库不仅在经济上获得了成功，而且她的女儿们将来也很有可能考上大学，"像男人一样每个月都能挣工资"（第212页）。我们无意在道德上为阿黛库的选择辩护，艾米契塔也并非鼓励非洲母亲去卖淫，她只是借阿黛库这种极端的选择反映殖民时期非洲母亲极度有限的生活选择。不过，可以肯定的是，她的女儿们将来不会成为像纽·爱果一样在经济与心理上皆依赖男性的母亲，她们也无须像阿黛库那样靠卖淫来养育孩子。简言之，她们未来将成为独立、自强的新非洲母亲。阿黛库身上的创新、坚毅、独立，是与1929年"阿巴妇女之战"中奋起反抗的女商贩相似的精神面貌。因此，尤斯塔斯·帕尔默称她为"非洲女性解放的先驱"。[②] 艾米契塔坚决反对"女性拿传统来奴役自己"。[③] 通过对《伊弗》中的对应人物的倒置，《为》颠覆了《伊芙茹》中那种认为母亲通过坚守传统就能轻易获得成功的传统母性观。显然，在艾氏看来，殖民主义背景下非洲母亲只有通过反叛传统母性观才能获得真正意义上的为母之乐。

四　艾米契塔杂糅的母性观

由于艾米契塔长期旅居英国，且在其早期作品中猛烈抨击非洲传统，欧美主流评论界倾向于把她的小说当作西方文明/非洲野蛮的寓言，将它

---

①　Omar Sougou, *Writing Across Culture: Gender Politics and Difference in the Fiction of Buchi Emecheta*, Amsterdam: Rodopi, 2002, p. 112.

②　转引自 Theodora Akachi Ezeigbo, "Tradition and the African Female Writer: The Example of Buchi Emecheta", in Marie Umeh, ed., *Emerging Perspective on Buchi Emecheta*, Trenton: Africa World Press, 1996, p. 19。

③　转引自 Davidson Umeh and Marie Umeh, "Interview with Buchi Emecheta", *Ba Shiru: A Journal of African Languages and Literature*, Vol. 12, No. 2 (1985), p. 22。

们纳入白人中产阶级女性主义的解放话语之中。① 凯瑟琳·弗兰克称在艾
氏的处女作《在阴沟里》中，英国是主人公艾达（Ada）获得解放的必要
舞台。② 尼日利亚的评论界似乎也同意该观点，而对艾氏提出了严厉的批
评。奇克温耶·奥贡耶米认为艾米契塔在其早期作品如《彩礼》中以"西
方的敏感来书写非洲"，其女性主义主题带有强烈的新殖民主义内涵。③ 不
过，尽管她认定艾氏早期的女性主义思想源自"对非洲根深蒂固的疏离和
蔑视"，④ 但她也承认在《为》中艾氏"与她的非洲性和解了"，⑤ 逐渐形
成了一种更易被接受的非洲世界观。

我们基本赞同奥贡耶米的观点。尽管艾米契塔在英国的生活时间比在
尼日利亚更长，但按她自己的话说，她生在尼日利亚，长在尼日利亚，她
在大部分作品里回到了非洲。⑥ 她的创作素材大多来自她本人在尼日利亚
的所见所闻及亲身经历。她将她创办的出版社命名为奥格乌格乌·艾弗
（Ogwugwu Afor，意为"祖先的物件"），⑦ 她甚至指责艾丽斯·沃克（Alice
Walker）的代表作《紫颜色》（*The Color Purple*，1982）及另一部小说《拥
有快乐的秘密》（*Possessing the Secret of Joy*，1989）试图用"轰动性事件打
压非洲"，并将非洲传统妖魔化。⑧ 可见，非洲传统在艾米契塔心中依然十

---

① Cynthia Ward，"What They Told Buchi Emecheta：Oral Subjectivity and The Joys of 'Otherhood'"，*Publications of the Modern Language Association of America*，Vol. 105，No. 1（1990），p. 84.

② Katherine Frank，"The Death of the Slave Girl：African Womanhood in the Novels of Buchi Emecheta"，*World Literature Written in English*，Vol. 21，No. 3（1982），p. 492.

③ 转引自 Cynthia Ward，"What They Told Buchi Emecheta：Oral Subjectivity and The Joys of 'Otherhood'"，*Publications of the Modern Language Association of America*，Vol. 105，No. 1（1990），p. 85。

④ Cynthia Ward，"What They Told Buchi Emecheta：Oral Subjectivity and The Joys of 'Otherhood'"，*Publications of the Modern Language Association of America*，Vol. 105，No. 1（1990），p. 84.

⑤ Cynthia Ward，"What They Told Buchi Emecheta：Oral Subjectivity and The Joys of 'Otherhood'"，*Publications of the Modern Language Association of America*，Vol. 105，No. 1（1990），p. 84.

⑥ Oladipo J. Ogundele，"A Conversation with Dr. Buchi Emecheta"，July 22，1994，in Marie Umeh，ed.，*Emerging Perspectives on Buchi Emecheta*，Trenton：Africa World Press，1996，p. 447.

⑦ Marie Umeh，"Introduction：(En) Gendering African Womanhood：Locating Sexual Politics in Igbo Society and Across Boundaries"，in Marie Umeh，ed.，*Emerging Perspectives on Buchi Emecheta*，Trenton：Africa World Press，1996，p. xxix.

⑧ 转引自 Oladipo J. Ogundele，"A Conversation with Dr. Buchi Emecheta"，July 22，1994，in Marie Umeh，ed.，*Emerging Perspectives on Buchi Emecheta*，Trenton：Africa World Press，1996，p. 454。

分重要。然而，她对非洲传统的尊重并不意味着她完全肯定非洲传统文化而否定白人女性主义。在非劳扎·久赛瓦拉（Feroza Jussawalla）和里德·戴森布劳克（Reed Dasenbrock）的访谈中，艾米契塔说："我的朋友……并非非洲人不可，也并非黑人不可。……我是一位世界公民。"① 在1985年乌梅对她的采访中，她也承认，在英国，一个女人可以独身，也可以要孩子。她们比尼日利亚女性拥有更多的自由。② 在别的场合她也提到，她是为整个世界书写非洲。③《为》蕴含艾氏对非洲传统和白人女性主义的含混态度，无怪乎那些持有"非西即非"或"非非即西"二元对立观点的读者总是希望她能毫不含糊地"说"清楚。④ 其实，在《为》中，艾米契塔不仅对传统和现代持含混态度，她对母性同样持含混态度：该小说书写的既非真正意义上的"为母之乐"，也非"母性之痛"。也可以说，艾米契塔的母性观糅合了西方白人女性主义母性观与非洲传统母性观，可谓非西杂糅的母性观。

弗兰克和乌梅都认为，性别歧视是非洲传统价值观所固有的，是非洲女性受压迫的根本原因。因此，他们都认为艾米契塔作品的核心主题是伊博传统对伊博女性的奴役。⑤ 不过，在《为》中，艾米契塔并未仅限于表现非洲传统对母性的压迫，而是表现出某种矛盾的态度。这一矛盾态度在小说的开始就得到了清晰的表现。在《为》的开篇，艾氏将相互矛盾的视角巧妙地编织起来，而不直接告诉我们该如何看待村民，哪个视角或声音

---

① 转引自 Marie Umeh, "Introduction: (En) Gendering African Womanhood: Locating Sexual Politics in Igbo Society and Across Boundaries", in Marie Umeh, ed. *Emerging Perspectives on Buchi Emecheta*, Trenton: Africa World Press, 1996, p. xxxi。

② 转引自 Christine W. Sizemore, "The London Novels of Buchi Emecheta", in Marie Umeh, ed., *Emerging Perspective on Buchi Emecheta*, Trenton: Africa World Press, 1996, p. 381。

③ Oladipo J. Ogundele, "A Conversation with Dr. Buchi Emecheta", July 22, 1994, in Marie Umeh, ed., *Emerging Perspectives on Buchi Emecheta*, Trenton: Africa World Press, 1996, p. 447.

④ Cynthia Ward, "What They Told Buchi Emecheta: Oral Subjectivity and The Joys of 'Other-hood'", *Publications of the Modern Language Association of America*, Vol. 105, No. 1 (1990), p. 85.

⑤ Marie Umeh, "Reintegration with the Lost Self: A Study of Buchi Emecheta's *Double Yoke*", in Carole B. Davies & Anne A. Graves, eds., *Ngambika: Studies of Women in African Literature*, Trenton: Africa World Press, 1986, p. 174.

具有权威性。① 比如，阿格巴迪在他儿子面前夸他的大老婆阿冈娃是"谦恭""安静"的"好女人"（第 19 页），却又厌倦她"被家务和母性所困"，所以转而追求其他"高傲的女子"（第 5 页）。又如，村民们一方面视奥娜为"胆大妄为的坏女人"（第 18 页），另一方面又认为那些"不为自己的荣誉而斗争就乖乖向男人就范的女人"（第 18 页）不值得尊重。奥娜本人不愿嫁给阿格巴迪，既是因为她"拒不为他的财富、名声或外貌所动"（第 6 页），也是因为她父亲不允许她嫁人——他不允许她结婚，一方面是因为他不希望她"向任何一个男人弯腰"（第 7 页），另一方面是因为他希望她能当"男性女儿"来为他延续香火。奥玛·守勾指出，通过将奥娜塑造成有钢铁般坚强意志的个体，同时又将她商品化，并让她游移于其父和其情人的意愿之间，该小说展现了似是而非的矛盾性。② 我们赞同这一观点，认为这种矛盾性表明伊布沙传统在束缚女性以及母亲的同时，也赋予她们一定的机会。

苏珊·安德特称阿黛库为"奥娜之类坚强的传统女性的现代版本"，③弗兰克称她比纽·爱果更像奥娜的女儿。④ 不过，相比奥娜，阿黛库对传统母性观采取了更具颠覆性的姿态：她毅然选择离开丈夫成为风尘女子，并用赚来的钱让她的两个女儿接受良好的教育。她的这一选择不仅使其避免了自我为母性所吞噬的命运，更为重要的是，她的两个女儿将来能成为经济与人格皆独立的母亲。因此，斯特雷顿视她为新型母亲的典范，并称赞她"建立了一个反社区——一个母系家庭"。⑤ 然而，有意思的是，阿黛库在与伊布沙社区及传统母性观决裂之后，除了两次出现在纽·爱果家

① Cynthia Ward, "What They Told Buchi Emecheta: Oral Subjectivity and The Joys of 'Otherhood'", *Publications of the Modern Language Association of America*, Vol. 105, No. 1 (1990), pp. 92 – 93.

② Omar Sougou, *Writing Across Culture: Gender Politics and Difference in the Fiction of Buchi Emecheta*, Amsterdam: Rodopi, 2002, p. 98.

③ Susan Arndt, *African Women's Literature, Orature and Intertextuality*, trans. Isabel Cole, Bayreuth: Eckhard Breitinger, 1998, p. 287.

④ 转引自 Theodora Akachi Ezeigbo, "Tradition and African Female Writer: The Example of Buchi Emecheta", in Marie Umeh, ed., *Emerging Perspective on Buchi Emecheta*, Trenton: Africa World Press, 1996, p. 19。

⑤ Florence Stratton, "The Shallow Grave: Archetypes of Female Experience in African Fiction", *Research in African Literatures* Vol. 19, No. 2 (1988), p. 158.

的重大家庭场合外，她便在小说叙事中消失了。安德雷德认为，艾米契塔通过这样的方式将做出颠覆性选择的阿黛库发落到边缘地带，在肯定该选择的潜能的同时，又不让它主导叙事。在她看来，阿黛库的选择尽管有革命性的意义，但作家似乎无法接纳这一极端选择。① 安德雷德的读解不无道理，不过，阿黛库的生活选择同时也表明艾氏对非洲传统母性观所持的矛盾态度。

对于白人女性主义母性观，艾米契塔也同样持矛盾态度。她肯定白人女性主义强调母亲自我价值的思想观，同时又否定其个人至上的母性观。在《为》中，纽·爱果身上所体现的正是将母性凌驾于自我之上的母性观。尽管其丈夫内非无视家庭的职责，但她仍坚守妇道，坚持以牺牲自我为代价，用一次次的生育来造就内非的"不朽"。同时，她还坚持儿子高于一切的观点。颇具讽刺意味的是，虽然纽·爱果生前为母性耗尽了自我乃至生命，但死后仍有多位不孕的女人向她祈求子嗣。从这位模范母亲死后拒绝让向她求子嗣的女性如愿怀孕来看，艾米契塔显然反对母性凌驾于母亲自我之上的非洲传统母性观。在西奥多拉·艾扎格博的访谈中，艾米契塔指出："生养孩子只是女人生活的一小部分。……她必须探索自我……一个女人丧失自我是不道德的，她应该受到惩罚。"② 从某种程度上讲，纽·爱果最后孤独终老正是这位丧失自我的传统模范母亲所受到的惩罚。

菲劳米娜·斯戴迪（Filomina Steady）指出，非洲文化对母性及育儿话题的强调构成了"非洲女性与其西方姐妹最根本的差异"。③ 尼日利亚中三角洲和西三角洲地区的伊乔人将他们的神命名为沃耶恩吉（Woyengi，意为"我们的母亲"）④；凯瑟琳·阿乔罗纽（Catherine Acholonu）甚至认

① Suzan Z. Andrade, *The Nation Writ Small: African Fiction and Feminism: 1958 – 1988*, Durham/London: Duke University Press, 2011, p. 69.

② Theodora A. Ezeigbo, *Conversation With Buchi Emecheta in Gender Issues in Nigeria: A Feminine Perspective*, Lagos: Vista Books, 1996, p. 99.

③ 转引自 Femi Nzegwu, *Love, Motherhood and the African Heritage: The Legacy of Flora Nwapa*, Dakar: African Renaissance, 2001, p. 75。

④ Nkparom Ejituwu and Amakievi O. I. Gabriel, eds., *Women in Nigerian History: The Rivers and Bayelsa States Experience*, Port Harcourt: Isengi Communications Ltd., 2002, p. 35.

为应该将非洲女性主义命名为母亲主义（motherism）。① 相对而言，白人女性主义一直以来对母性并不感兴趣。伍尔夫曾说，"婚姻那些显而易见的好处"，如丈夫的陪伴和孩子等"挡住了［女性的］路"。② 阿德里安娜·里奇（Adrienne Rich）认定，母职"通过将［女性］囚禁在肉体之中"的方式将她们异化，而母性作为一种制度"贬低了女性的潜能"。③ 白人女性主义者总是强调母职可能会吞噬女性的自我，④ 她们认为母职与文学创作的颠覆性功能有着直接的冲突。⑤ 伍尔夫虽选择结婚，但她一生没有生育孩子。她不生育固然有其健康方面的考量，但不可否认，另一个重要原因是她害怕孩子会使她无法"写出一种好得令人吃惊的东西"。⑥ 波伏娃也因为想要保持其创作中的自由而选择不婚不育。里奇坚信，诗歌只存在于她以自我身份而非母亲身份生活之处。⑦ 因不满以上述女性为代表的白人女性主义思想，美国非裔女作家沃克创立了"妇女主义"（womanism），并称其为有色人种女性主义。虽然她并未如上述白人女性主义作家那样把母职和写作完全对立起来，但她承认母职给她带来了"冲突、挣扎以及偶尔的挫败"。⑧ 她坚信，如果一个女作家生育的孩子超过一个的话，那么她就不可能写作。⑨ 因此，她本人只生了一个孩子，而且为了保证自己的写作时间，她女儿 1 岁之后就被送到幼儿园，她声称，"整天和孩子待在家里同时又

---

① 转引自 Susan Arndt, *African Women's Literature: Orature and Intertextuality*, trans. Isabel Cole, Bayreuth：Eckhard Breitinger, Bayreuth University, 1998, p. 338。

② 〔英〕昆汀·贝尔：《伍尔夫传》，萧易译，南京：江苏教育出版社，2005，第 197 页。

③ Adrienne Rich, *Of Women Born: Motherhood as Experience and Institution*, New York：W. W. Norton and Company, 1986, p. 13.

④ Stephanie A. Demetrakapoulas, "Maternal Bonds as Devours of Women's Individuation in Toni Morrison's *Beloved*", *African American Review*, Vol. 26, No. 1（1992），pp. 51 - 59. 参见朱荣杰《伤痛与弥合：托妮·莫里森小说母爱主题的文化研究》，开封：河南大学出版社，2004，第 11 页。

⑤ Alice Walker, *In Search of Our Mothers' Gardens: Womanist Prose*, London：The Women's Press, 1983, pp. 69 - 70.

⑥ 〔英〕昆汀·贝尔：《伍尔夫传》，萧易译，南京：江苏教育出版社，2005，第 198 页。

⑦ Adrienne Rich, *Of Women Born: Motherhood as Experience and Institution*, New York：W. W. Norton and Company, 1986, p. 31.

⑧ Evelyn White, *Alice Walker: A Life*, New York：W. W. Norton & Company, 2004, p. 371.

⑨ Evelyn White, *Alice Walker: A Life*, New York：W. W. Norton & Company, 2004, p. 372.

要写小说会把［她］逼疯"。[①] 事实上，沃克正是利用她女儿搬去与其父一起居住的那两年时间才创作出她的长篇代表作《紫颜色》的。[②] 如此看来，纽·爱果的自我被母性所吞噬的人生，似乎隐含了作家对西方女性主义母性观的肯定。然而，从艾米契塔本人的生活来看，其母职的履行并未吞噬她的自我。正如在传统非洲社会中，女性们经常背着孩子在田间劳作，很好地将母职与工作结合起来，艾氏也很好地兼顾了母职的履行与文学创作。对她而言，这两者是相辅相成的：在其小说《二等公民》的题词上，她写道，"没有他们［孩子们］甜美的噪音做背景，这本书是无法完成的"。[③]

由此可见，艾氏并不认同白人女性主义中母职与文学创作完全对立的观点。她认为，母职不会吞噬女性的自我，白人女性主义那种个人至上的母性观是十分有害的，这一点在她对奥娜的塑造上得到了很好的体现。《为》中阿格巴迪与奥娜可谓西方女性主义者眼里较为理想的情人形象。尽管两人之间时常唇枪舌剑，但他们的感情基本建立在相互尊重、互相平等的基础之上。正因如此，沃德把他们的爱情比作希斯克利夫与凯瑟琳之间的爱情。[④] 不过，艾米契塔似乎并不赞赏这样的爱情。在她看来，他们之间的爱情对别人释放着压迫的信号。阿格巴迪像上帝一样对待他的妻妾，却独宠奥娜，而后者也十分享受这种专宠。在阿格巴迪受伤休养期间，奥娜在两人的性爱中肆无忌惮地叫喊，意在表明自己优于他的妻妾。更重要的是，这对情人尽情享受性爱、女方怀孕之时正好是阿冈娃因妒忌中风而亡的时间。换言之，奥娜获得爱情及母亲身份是以剥夺其他女性获得爱情及母亲身份的机会为代价的。奥娜个人至上的爱情观和母性观引发了一系列的连锁反应：阿冈娃身亡，其贴身女奴被祭杀，纽·爱果一生受

---

① Alice Walker, *In Search of Our Mothers' Gardens: Womanist Prose*, London：The Women's Press, 1983, p. 196.

② Alice Walker, *In Search of Our Mothers' Gardens: Womanist Prose*, London：The Women's Press, 1983, p. 356.

③ 转引自 Susheila Nasta, ed., *Motherlands: Black Women's Writing from Africa, the Caribbean and South Asia*, London：The Women's Press, 1991, p. 203。

④ Cynthia Ward, "What They Told Buchi Emecheta：Oral Subjectivity and the Joys of 'Otherhood'", *Publications of the Modern Language Association of America*, Vol. 105, No. 1 (1990), p. 93.

尽其"气"① 的折磨，而奥娜本人也在难产后死去。显而易见，艾米契塔借此表达了她对个人至上的白人女性主义母性观的拒绝。

弗兰克认为，艾氏笔下的现代非洲女性（包括非洲母亲）"被非洲文化和她的女性主义愿望所撕裂"。② 弗兰克的观点值得商榷。艾扎格博的观点较令人信服：作家展示了传统社会和现代尼日利亚美丽、积极的一面，同时也揭露了它们丑陋及具有毁灭性的一面。对她小说的任何有意义及正确的研究都不能无视这种双重性。③ 艾氏在《为》中所表达的母性观也体现了这种双重性和矛盾性，它是非洲传统母性观和白人女性主义母性观的杂糅：既认可非洲传统母性观对母性的强调，反对白人女性主义母性观中将母性与母亲自我对立的观点，同时也肯定白人女性主义支持母亲追求自我的思想，反对那种要求母亲为母性完全牺牲自我的非洲传统母性观。

五　小结

艾米契塔 20 世纪 60 年代离开尼日利亚前往英国并长期旅居伦敦，学界对她的关注和认可主要来自欧美女性主义者及美国非裔女作家和评论家，她们认为艾氏深受西方女性主义思潮的影响，并认定《为》背离了非洲传统母性观。④ 在乌梅夫妇的采访中，艾氏承认，英国的教育背景对她的创作产生了不小影响，她的态度和语言都较英国化。⑤ 克雷格·塔平（Craig Tapping）也提到，在攻读社会学博士学位期间，艾氏一直在研读包

---

① 即个人保护神。

② Katherine Frank, "The Death of the Slave Girl: African Womanhood in the Novels of Buchi Emecheta", *World Literature Written in English*, Vol. 21, No. 3 (1982), p. 479.

③ Theodora Akachi Ezeigbo, "Tradition and African Female Writer: The Example of Buchi Emecheta", in Marie Umeh, ed., *Emerging Perspective on Buchi Emecheta*, Trenton: Africa World Press, 1996, p. 6.

④ Gareth Griffiths, *African Literatures in English: East and West*, Harlow: Pearson Education Ltd., 2000, p. 300.

⑤ 转引自 Marie Umeh, "Introduction: (En) Gendering African Womanhood: Locating Sexual Politics in Igbo Society and Across Boundaries", in Marie Umeh, ed., *Emerging Perspectives on Buchi Emecheta*, Trenton: Africa World Press, 1996, p. xxx。

括凯特·米莉特（Kate Millet）的《性政治》在内的白人女性主义重要理论典籍。塔平指出，艾氏早期的两部作品《在阴沟里》和《二等公民》可以被归入受米莉特影响的欧洲女性主义文学主流。[①] 在艾氏自传《努力把头探出水面》（*Head Above Water*, 1986）中，艾氏虽未提及西方女性主义思想对她的影响，但她打破非洲传统，毅然离开不负责任的丈夫，独自抚养五个未成年孩子的选择，无疑是她受西方女性主义思想影响的力证。然而，我们也必须看到，艾米契塔 18 岁以前的时光全部是在尼日利亚度过的，即便移居英国，她也至少一年两次回尼日利亚。[②] 因此，我们也不能小觑非洲传统文化对她的影响。艾米契塔曾说："我相信许多女性主义教义，比如教育以及个人自由……但中产阶级女性主义目前无法提供解决黑人女性困境的办法。"[③] 她认为，无视其非洲性来谈论其女性主义思想，无异于抹去文化差异的殖民主义话语。

艾米契塔在《为》中的母性书写与她本人的跨国生活和教育经历密切相关，体现了一种较为明显的后殖民"协商"（negotiation）意识，发人深省。在小说中，她通过描写人物的生活命运，有力地挑战了其男性文学前辈的母性观，拓宽了恩瓦帕所开创的有关母性问题的两性对话。如果说，恩瓦帕在没有破坏西非母性制度的基础上揭露了象征非洲去殖反帝事业的母亲们生活中泥泞、粗糙的阴暗面，[④] 那么艾氏则彻底颠覆了由她的非洲男性文学前辈建构起来的母性神话，揭露了其虚假性和虚伪性内涵，因而更具有一种推陈出新、与时俱进的女性主义意识，能为当代非洲女性的生存及职业发展提供有益的参考。

---

① 转引自 Marie Umeh，"Introduction：（En）Gendering African Womanhood: Locating Sexual Politics in Igbo Society and Across Boundaries"，in Marie Umeh，ed.，*Emerging Perspectives on Buchi Emecheta*，Trenton：Africa World Press，1996，p. xxx。

② Oladipo J. Ogundele，"A Conversation with Dr. Buchi Emecheta"，July 22，1994，in Marie Umeh，ed.，*Emerging Perspectives on Buchi Emecheta*，Trenton：Africa World Press，1996，p. 448.

③ Buchi Emecheta，"A Room of My Own"，interviewed by Ena Kendall，*Observer*，March 25，1984. 转引自 Gloria Chukukere，*Gender Voices & Choices: Redefining Women in Contemporary African Fiction*，Enugu：Novelty Industrial Enterprise Ltd.，1995，p. 166。

④ Elleke Boehmer，*Stories of Women: Gender and Narrative in the Postcolonial Nation*，Manchester：Manchester University Press，2005，p. 101.

第九章　空间书写（一）：艾克文西 小说个案研究

一　引言

　　本章探讨赛普瑞安·艾克文西的小说《城市中的人们》（本章后文简称《城》）和《贾古娃·娜娜》（本章后文简称《贾》）中的城市（拉各斯）空间书写，侧重分析城市空间里人物的遭际与命运，并以此凸显作家城市书写的特色。

　　《文学中的城市：思想与文化历史》（*The City in Literature：An Intellectual and Cultural History*，1998）一书的作者理查德·列汉（Richard Lehan）指出，作为欧洲启蒙运动的产物，城市是西方文化的核心所在，同时也是社会秩序混乱的根源。因此，西方知识分子常常对城市做出或为之兴奋或质疑之的反应。① 相比欧美，非洲现代意义上的城市出现较晚，而且往往与大西洋奴隶贸易以及欧洲在非洲的殖民密切相关。西非第一大城市，尼日利亚旧都拉各斯（Lagos）的城市历史就很好地说明了这一点。拉各斯最早的居住者是约鲁巴人。由于其便利的海上及陆地交通，18 世纪初，葡萄牙奴隶贩子把拉各斯变为奴隶贩卖的市场及屯集所。1861 年之后，拉各斯归英国管辖。1914 年，英国正式建立殖民国家尼日利亚，拉各斯成为首府。1960 年，尼日利亚独立后仍把首都设在拉各斯，直至 1991 年迁都阿

---

① Richard Lehan，*The City in Literature: An Intellectual and Cultural History*，Los Angeles：University of California Press，1998，p. 3.

布贾（Abuja）。

或许是因为城市与令非洲人倍感耻辱的奴隶贸易及欧洲殖民历史有密切的联系，早期非洲文学作品中鲜有城市书写。奥比艾奇纳指出，大部分早期非洲文学作品的主题都与非洲－西方文化冲突有关，其必然结果是它们都集中于对"庄严和自尊的非洲传统社会的忠实描写"。[①] 奥比艾奇纳的观点有一定的道理。非洲第一代重要作家多将他们的故事背景设置在前殖民时期或殖民初期的乡村，而鲜少对与奴隶贸易和欧洲殖民相伴相生的现代城市进行书写。阿契贝的长篇代表作《瓦解》和"东非现代文学奠基人"恩古吉的名著《大河两岸》（*The River Between*，1965）莫不如此。尼日利亚另一位著名作家阿马迪的长篇力作《妃子》的故事背景也设置在前殖民时期的乡村，而被誉为尼日利亚"英语文学先锋"的图图奥拉更是把他的代表作《棕榈酒酒徒》和《我在鬼林中的生活》的故事背景设置在完全非洲化的前殖民时期的丛林之中。

尼日利亚"城市小说之父"赛普瑞安·艾克文西是打破非洲文学中城市书写与乡村书写失衡状态的先驱。虽然他早期的不少作品将背景设置在乡村，但他的主要作品如《城》《贾》《伊斯卡》《我们分裂了》《贾古娃·娜娜的女儿》等都把故事背景设置在拉各斯。《城》是艾氏的成名作，同时也是在英国出版的首部现代非洲小说。该作品虽然给艾氏带来不少国际声誉，但他并没有因此而像阿契贝那样受到学界的重视。相反，不少学者批评他未能专注于写作艺术。朱丽叶·奥贡喀沃认为，艾氏的作品在艺术上存在情节松散、人物刻画肤浅且前后矛盾、依赖情景剧来解决复杂问题等缺陷。[②] 马丁·班汉姆（Martin Banham）认为艾氏只略强于新闻报道记者。[③] 在所有这些讨伐声中，最具权威的负面批评意见来自著名评论家伯恩斯·林德弗斯。他认定，艾氏的导师是"美国三流电影、英国及美国四

---

① Emmanuel Obiechina, *An African Popular Literature*, Cambridge：Cambridge University Press, 1973, p. 42.

② Juliet I. Okonkwo, "Ekwensi and Modern Nigerian Culture", *Ariel：A Review of International English Literature*, Vol. 7, No. 2 (1976), p. 44.

③ 转引自 Emmanuel Obiechina, *An African Popular Literature*, Cambridge：Cambridge University Press, 1973, p. 41。

流平装本小说"，① 所以他所有的小说无一能避免非常业余的低级错误，"无一可以称得上是一位技艺高超艺术家的细心之作"。②

艾氏被诟病的主要原因是其创作艺术过于粗糙、缺乏文学性。他的一些作品，比如他早期写的小册子《当爱呢喃时》与当时的通俗文学作品一样是为尼日利亚市井读者而写的，它的确体现了林德弗斯所说的"把西方通俗文学中某些最糟糕的特点与非洲口头叙事艺术中某些最明显的技巧拼凑在一起"③ 的明显缺陷。1972 年，在恩考斯·刘易斯（Nkosi Lewis）的采访中，艾氏说他在 10 天之内写完了《城》。④ 即便是篇幅几乎两倍于《城》的《贾》，他声称自己也只花了 10 天到 12 天的时间。⑤ 更为重要的是，在另一次采访中，他指出，他从不回过头来修改尚未出版的作品，因为"那会比写一本新书更费时间"。⑥ 如此快速的创作速度以及绝不修改书稿的创作习惯，似乎更加印证了艾氏作品在艺术层面上的缺陷。不过，需要指出的是，与阿契贝及其他作家不同，艾氏的自我定位是不为"艺术而艺术"的通俗小说家。他声称，"在我们的社会中，作家不可能为艺术而写作，因为有许多刺痛良心的问题存在"。⑦ 他也强调自己不是那种文学形式主义

---

① Bernth Lindfors, *Early West African Writers: Amos Tutuola, Cyprian Ekwensi and Ayi Kwei Armah*, Trenton: Africa World Press, 2010, p. 164.

② Bernth Lindfors, *Early West African Writers: Amos Tutuola, Cyprian Ekwensi and Ayi Kwei Armah*, Trenton: Africa World Press, 2010, p. 163.

③ Bernth Lindfors, "Cyprian Ekwensi", in Eldred Jones, ed., *African Literature Today,* London: Heinemann, 1982, p. 14. 转引自 G. Gulam Tariq, *Traditional Change in Nigerian Novels: A Study of the Novels of Tal Aluko and Cyprian Ekwensi*, Doctoral Dissertation of Sri Krishnadevaraya University, 2004, p. 224。

④ Nkosi Lewis, "Cyprian Ekwensi", in Dennis Duerdon and Cosmo Pieterse, eds., *African Writers Talking*, London: Heinemann, 1978, p. 79. 转引自 G. Gulam Tariq, *Traditional Change in Nigerian Novels: A Study of the Novels of Tal Aluko and Cyprian Ekwensi*, Doctoral Dissertation of Sri Krishnadevaraya University, 2004, p. 226。

⑤ Bernth Lindfors, *Early West African Writers: Amos Tutuola, Cyprian Ekwensi and Ayi Kwei Armah*, Trenton: Africa World Press, 2010, p. 162.

⑥ 转引自 Bernth Lindfors, *Early West African Writers: Amos Tutuola, Cyprian Ekwensi and Ayi Kwei Armah*, Trenton: Africa World Press, 2010, p. 149。

⑦ 转引自 Umar Muhammad Dogon-Daji, "Thematic Analysis and Significance of Cyprian Ekwensi's Novel *The Burning Grass*", *International Journal of Development Research*, Vol. 6, No. 11 (2016), p. 10392。

者，他更感兴趣的是"能直击普通人能看明白的事实的核心"。①

虽然艾克文西将自己定位为通俗小说家，但也有一些评论者认为他是位有重要影响力的经典作家。约翰·珀维（John Povey）和尤斯塔斯·帕尔默是重新发现艾氏的重要学者，他们认为，如果评论者能看到艾氏作品的社会关怀，他们就能更好地欣赏它们的文学价值。② 塔瑞克（G. G. Tariq）指出，尽管艾氏的作品在艺术上存在这样或那样的缺陷，但它们对尼日利亚社会生活现实的准确描述对当代非洲小说有重要影响。尼日利亚文坛后来一系列此类小说的出版就表明，城市社会生活是当代非洲小说的重要关注点。③ 尼日利亚著名文学评论家欧内斯特·伊曼尤纽认为，艾氏的《贾》在西非英语文学的发展史中有着重要的地位。④ 约翰·帕里（John Parry）甚至认为，《贾》可以比肩阿契贝的《瓦解》和图图奥拉的《棕榈酒酒徒》。⑤ 约翰·珀维则更看重《城》在现代非洲文学发展中的重要地位。⑥ 我们赞同伊曼尤纽的观点，即艾克文西是描写"当代非洲文学场景的重要先驱"。⑦ 作为拉各斯这座现代非洲城市首位成功的书写者，他是当之无愧的。如果说，狄更斯和左拉等伟大作家的城市书写建构了19世纪的伦敦与巴黎的经典形象的话，那么，建构20世纪50年代尼日利亚独立前夕拉各斯典型形象的无疑就是艾氏。正因如此，克里斯·但顿（Chris Dunton）说，艾氏所描写的城市生活百态具有作为之后50年拉各斯空间意

---

① Nardia A. Oti-Duro, "The Presentation of Women in the Novels of Cyprian Ekwensi: A Study of *Jagua Nana*, *ISKA* and *Jugua Nana's Daughter*", M. A. Thesis of Kwame Nkrumah University of Science and Technology, 2015, p. 43.

② 转引自 Virginia U. Ola, "Cyprian Ekwensi's *ISKA* Revisited", *UTAFITI: Journal of the Faculty of Arts and Social Sciences University of dar es Salaam*, Vol. 7, No. 1 (1985), p. 48。参见 African e-Journal Project of Michigan State University Library (http://digital. lib. msu. edu/projects/Africanjournals/)。

③ G. Gulam Tariq, *Traditional Change in Nigerian Novels: A Study of the Novels of Tal Aluko and Cyprian Ekwensi*, Doctoral Dissertation of Sri Krishnadevaraya University, 2004, p. 225.

④ 转引自 G. Gulam Tariq, *Traditional Change in Nigerian Novels: A Study of the Novels of Tal Aluko and Cyprian Ekwensi*, Doctoral Dissertation of Sri Krishnadevaraya University, 2004, p. 210。

⑤ 转引自 Earnest Emenyonu, *Cyprian Ekwensi*, Ibadan: Evan Brothers Limited, 1974, p. 79。

⑥ John Povey, "Cyprian Ekwensi and *Beautiful Feathers*", *Critque: Studies in Modern Fiction*, Vol. 8, No. 1 (1965), p. 64.

⑦ Earnest Emenyonu, *Cyprian Ekwensi*, Ibadan: Evan Brothers Limited, 1974, p. 1.

象在文学作品中发展的典范力量。①

　　我国学者对艾克文西的研究尚未有效地开展，中国学术期刊全文数据库里尚无该作家的专题研究文献。即使是介绍性的资料也不多见，我们目前只查阅到 2 个较有参考价值的文献：1981 年，张士智在中国社科院外国文学研究所主办的刊物《外国文学动态》上发表了一篇介绍现代非洲文学创作的文章，文中简略地（篇幅不足 1 页）介绍了艾克文西的代表作《城》和《贾》的情节和主题；2019 年，外研社出版了颜治强的专著《论非洲英语文学的生成：文本化史学片段》，其中有一小节对艾氏的创作生涯，主要作品的人物、情节、主题、语言形式等做了较具体的介绍，让读者对该作家的创作风格有了进一步的了解。② 本章深入分析这两部作品中人物在城市空间中的生活体验，旨在凸显作家矛盾的城市观，并揭示独立前后尼日利亚人民从乡村走向城市的过程中所遭遇的种种酸楚和迷茫。

二　作为寻梦者理想之地的拉各斯

　　现实生活中，人们对城市总是有着矛盾的情感，文学作品中的城市书写也大抵如此。有学者指出：

　　　　在浪漫主义以降的文学表述中，城市不断地被作为社会衰败和道德罪恶的代表来凸显拜金主义与精神危机的"反都市"主题。由此，在对城市的文学表现中，爱恨交加的矛盾情况也由来已久。③

可以说，艾克文西的城市书写也体现出这种"爱恨交加"的复杂情感。加拿大作家玛格丽特·劳伦斯（Margaret Laurence）曾指出，艾氏对拉各斯

---

① Chris Dunton, "Entropy and Energy: Lagos as City of Words", *Research in African Literatures*, Vol. 39, No. 2 (2008), p. 71.

② 详见张士智摘译《现代非洲文学概况》，《外国文学动态》1981 年第 10 期，第 57 页；颜治强《论非洲英语文学的生成：文本化史学片段》，北京：外语教学与研究出版社，2019，第 132~148 页。

③ 徐刚：《1950 至 1970 年代农村题材小说中的城市叙述》，《文艺理论与批评》2010 年第 6 期，第 66 页。

的城市情感"是分裂的"：他热爱城市，所以能把拉各斯写得栩栩如生，但他又不断地批判他所见到的"城市的贪婪、冷漠、欲望以及腐败"。[①] 与认为城市为新阶级人士提供了新生活方式的笛福一样，艾氏也注意到，拉各斯较好的基础设施使其居住者过上一种与乡村完全不同的生活。《城》中的大比特丽丝（Beatrice I）毫不避讳地告诉主人公桑果（Sango），吸引她到拉各斯的正是以"车、用人、高级食物、体面衣服"[②] 为代表的新生活方式。这一新生活方式也是《贾》中弗雷迪抛弃其显赫的酋长之子身份来到拉各斯的主要原因。

拉各斯是一个以自由和开放著称的城市。在 20 世纪 50 年代，拉各斯的人口有一半是前奴隶。[③] 1866 年尼日利亚首次人口普查表明，拉各斯的居民除了来自本国各地不同族群的人，还包括 1826 年至 1835 年间从塞拉利昂的自由镇（Freetown）迁移过来的获得自由的奴隶，以及从葡萄牙前殖民地巴西迁来的那些获得人身自由的约鲁巴奴隶。[④]《贾》中，南希（Nancy）的父母就是从自由镇迁至拉各斯的，但他们在这座城市里没有受到任何歧视。艾氏笔下的拉各斯可谓不同种族、部族和文化的融合之地。《城》中所描写的"普语俱乐部"（The All Languages Club）是一个崇尚平等、自由以及部族融合的公共空间。它的创建人"想要朝着世界统一迈出实际的一步"（《城》，第 42 页），希望创建一个能让操各种语言、来自不同阶层的人互相了解的空间。正是拉各斯这种自由、平等的氛围让《贾》中贾古娃相继与弗雷迪及泰沃恋爱，并促成了《城》中桑果与小比特丽丝（Beatrice II）、白人格拉宁斯（Grunnings）与大比特丽丝以及桑果的好友贝约（Bayo）与叙利亚女孩祖阿德（Zuad）之间的跨国恋情。

① Margaret Laurence, *Long Drums and Canon*, London：Macmillan, 1968, p. 148. 转引自 Juliet I. Okonkwo, "Ekwensi and Modern Nigerian Culture", *Ariel: A Review of International English Literature*, Vol. 7, No. 2 (1976), p. 34。

② Cyprian Ekwensi, *The People of the City*, New York：Fawcett World Library, 1969, p. 72. 该作品的引文均为笔者自译，后文中该作品的引文出处只在正文中标示，不再另注。

③ Rebecca Boostrom, "Nigerian Legal Concepts in Buchi Emecheta's *The Bride Price*", in Marie Umeh, ed., *Emerging Perspective on Buchi Emecheta*, Trenton：Africa World Press, 1996, p. 63.

④ Toyin Folola and Steven Salm, eds., *Nigerian Cities*, Trenton：Africa World Press, 2004, pp. 275 – 276.

　　或许是由于这种跨族群的平等意识，《贾》中来自尼日利亚各地的人在拉各斯都使用一种类似洋泾浜英语（pidgin English）的混合式英语。小说叙述者借主人公贾古娃之口说，拉各斯人之所以说不洋不土的英语，是因为人们"不想要太多让人想起部族或习俗那些令人尴尬的东西"。① 历史文献显示，尼日利亚不洋不土的英语先在城市流行，而后渐渐传至整个国家。② 不少论者对此有不同的解读。苏珊·安德雷德认为，艾氏试图以此表明，贾古娃想要在拉各斯掌控自己命运，就不得不否定其伊博身份③；纳蒂亚·奥提-杜罗（Nardia A. Oti-Duro）认为，《贾》中非洲化英语的使用可能暗示艾氏对外来之物的抗拒④；而约翰·珀维则将此理解为艾氏"把地方习俗有效融入英语的一种急切探索"。⑤ 我们认为，通过小说人物所使用的非洲化英语，艾氏也许是为了凸显拉各斯平等自由的氛围以及不同部族之间相处的融洽。

　　在艾氏笔下，拉各斯还是一座实践西方民主政治的城市。据文献记载，尼日利亚首个政党"尼日利亚国家民主党"（The Nigerian National Democratic Party，NNDP）就是在拉各斯成立的。⑥ 在《城》中，这座大城市里有各种各样的政治团体和政党，它们为了去殖反帝的共同目标——为尼日利亚人自己决定"能挣什么钱；吃什么食物；什么钟点睡觉；看什么电影"而战（《城》，第56页）。在拉各斯，除了成立政党和团体，人们还通过各种报

---

① Cyprian Ekwensi, *Jagua Nana*, London：Heinemann Educational Books Ltd. , 1979, p. 5. 该作品中的引文均为笔者自译，后文中该作品的引文出处只在正文中标示，不再另注。

② Toyin Folola and Steven Salm, eds. , *Nigerian Cities*, Trenton：Africa World Press, 2004, p. 33.

③ Susan Z. Andrade, "Rewriting History, Motherhood, and Rebellion：Naming an African Women's Literary Tradition", *Research in African Literatures*, Vol. 21, No. 1 (1990), p. 98.

④ Nardia A. Oti-Duro, "The Presentation of Women in the Novels of Cyprian Ekwensi：A Study of *Jagua Nana*, *ISKA* and *Jugua Nana's Daughter*", M. A. Thesis of Kwame Nkrumah University of Science and Technology, 2015, p. 46.

⑤ John Povey, "Cyprian Ekwensi：The Novelist and the Pressure of the City", in Edgar Wright, ed. , *The Critical Evaluation of African Literature*, Nairobi：Heinemann, 1973, p. 81. 转引自Nardia A. Oti-Duro, "The Presentation of Women in the Novels of Cyprian Ekwensi：A Study of *Jagua Nana*, *ISKA* and *Jugua Nana's Daughter*", M. A. Thesis of Kwame Nkrumah University of Science and Technology, 2015, p. 47。

⑥ Toyin Folola and Steven Salm, eds. , *Nigerian Cities*, Trenton：Africa World Press, 2004, p. 33.

刊自由地表达他们的政治观点和立场。据文献记载，尼日利亚最早的现代
报纸，如《拉各斯标准报》（*Lagos Standard*）、《英裔非洲人报》（*Anglo-
African*）、《拉各斯每周记录报》（*Lagos Weekly Record*）、《尼日利亚先锋
报》（*The Nigerian Pioneer*）、《日常服务报》（*Daily Service*）以及《西非引
航报》（*West African Pilot*）等都是在拉各斯创办的。① 在真实的历史中，这
些报纸以对社会和经济问题的敏感以及大胆的揭露而著称，它们常常针对
政治或经济问题发表尖锐的评论。② 艾氏本人当过多年的新闻记者，他深
知报纸的政治力量。③《城》中桑果供职的《西非知觉报》（*West African
Sensation*）也是一份关注国家和民族命运的报纸。作为该报的法制新闻记
者，他常常对一些社会问题进行大胆的揭露并提出辛辣的批评。他对东格
林斯（the Eastern Greens）煤矿危机事件的报道曾让该报纸在全国热卖。
更重要的是，他的报道使各部族的政治家们纷纷放下分歧，团结起来与制
造煤矿危机的罪魁祸首——英国殖民政府进行斗争。

　　总之，尊重个性自由和倡导民主政治的拉各斯吸引了来自四面八方的
男男女女。吸引贾古娃到拉各斯的正是那种男女平等和自由的生活方式：
"拉各斯的女孩是光鲜亮丽的，［她们］和男人一样在办公室里上班，［她
们］跳舞、抽烟、穿高跟鞋和窄腿裤。［她们］按自己的喜好过着'自
由'和'快乐'的生活。"（《贾》，第 167 页）贾古娃的忘年交罗莎（Ro-
sa）也有类似的感受。她认定，在拉各斯哪怕是"最低等、最堕落的生
活"也好过自己家乡那种"宁静、有尊严"但"不自由"的生活（《贾》，
第 165 页）。

三　作为欲望和堕落之城的拉各斯

　　在欧洲的城市书写中，城市常常是欲望和物质主义的代名词。在

---

①　Toyin Folola and Steven Salm, eds., *Nigerian Cities*, Trenton：Africa World Press, 2004,
　　p. 33.

②　Toyin Folola and Steven Salm, eds., *Nigerian Cities*, Trenton：Africa World Press, 2004,
　　p. 241.

③　B. Riche and M. Bensemanne, "City Life and Women in Cyprian Ekwensi's *The People of the City
　　and Jagua Nana*", *Revue Campus*, Vol. 8 (2007), p. 41.

《城》和《贾》中，处于新旧秩序转型期的拉各斯既是自由、平等、各部族融合的社会，同时也是充满物欲、肉欲的堕落之地。拜金主义操控着人们的生活，大多数人往城里挤往往是想"通过更快的手段挣到钱，贪得无厌地谋求那些能更来钱的位置"（《贾》，第6页）。然而，对金钱的病态渴望致使城市里的人道德沦丧。正如艾氏所言，独立之前的尼日利亚社会"以俱乐部会员制的方式运行：除非你属于某个阶层，不然你就无法提升自己的社会地位。……城市居住者没有选择，由于经济压力，他们不得不昧良心"，① 在拉各斯不断上演着丑陋的"剧场秀"（《城》，第154页）。女性由于生活在社会底层，只能靠出卖自己的肉体获取金钱，《贾》中的贾古娃和《城》中的大比特丽丝莫不如此。在拉各斯，女人靠出卖肉体来获取钱财，穷人则常以诈骗和抢劫为生。为了过上奢侈的生活，《城》中的爱娜（Aina）冒险行窃，贝约不惜出售假药，《贾》中的丹尼斯（Dennis）干抢劫的勾当。更可怕的是，他们从不为自己那种"只在乎瞬间的快乐"和"孤注一掷"的生活方式感到羞愧（《贾》，第124页）。比起穷人，有钱人的道德沦丧也是令人触目惊心的。拉基德虽已腰缠万贯，但为了挣更多的钱，他常不择手段——他曾让人假扮警察扣押盗贼从军队里盗得的赃车，不费吹灰之力就发一笔横财。而那些表面上看起来温文尔雅的政客更是有过之无不及，他们背地里常常为了金钱而玩弄政治、草菅人命。艾克文西在一次采访中说，非洲有两类政治家，一类是殖民时期的政治家，另一类是独立时期的政治家。前者为非洲谋了不少福利，而后者的自私、嫉妒、猜忌和歧视却给尼日利亚制造了不少社会问题。② 因此，他认为，尼日利亚的后一类政治家，尤其是第一共和国的政治家与小丑无异。③ 在《贾》中，尼日利亚独立后的政客把为大众谋福利的承诺都抛到了九霄云外。弗雷迪曾赴英留学，但他学成归来后并没有打算报效祖国，而是马上投身于大选并伺机敛财；而在泰沃大叔这个老政客眼里，政治除

① Dr. B. Nganga, "An Interview with Cyprian Ekwensi", *Studia Anglica Posnaniensia*, Vol. 17 (1984), p. 282.

② Dr. B. Nganga, "An Interview with Cyprian Ekwensi", *Studia Anglica Posnaniensia*, Vol. 17 (1984), pp. 282 – 283.

③ Dr. B. Nganga, "An Interview with Cyprian Ekwensi", *Studia Anglica Posnaniensia*, Vol. 17 (1984), p. 283.

了能让他"追逐权力、赢得席位"，能让他的照片"出现在日报头条新闻中"，让他的名字"在尼日利亚广播公司播报的新闻简报中被提及"（《贾》，第155页）之外，还能敛财。在金钱至上理念的支配下，泰沃大叔认为"人命一文不值"（《贾》，第155页），他毫不犹豫地指使手下用车撞死挡自己财路的弗雷迪。总之，如艾克文西本人所说的那样，拉各斯就像阿里巴巴故事中那40个大盗窝藏他们抢夺而来的黄金的洞穴一般，任何知道咒语的人都可以进去自取想要的宝贝，但有时候，贪婪会让人不知不觉中了芝麻的圈套——一旦那些大盗回来，这些入侵者就会被他们用刀捅死，下场就像阿里巴巴的兄弟一样。①

城市里的物欲和肉欲似乎是一对孪生姐妹。艾克文西笔下的拉各斯不仅是物欲横流之地，也是肉欲肆意流淌之地。有学者指出，现代城市人为视觉而神魂颠倒，城市里的一切都能被转化为各种各样可以采集的景观。在城市里，视觉比嗅觉、味觉、触觉、听觉更具优势，身体仅被简化为外表，而身体的其他多重知觉则被边缘化。② 女人身体产生的视觉印象尤其容易被转化为城市里的色情景观。在城市中，这一色情景观直接刺激着男人的肉欲。贾古娃就经常穿着暴露性感的衣服，在各个公开场合展示她的身体，把身体的性诱惑力发挥到极致，不断挑逗男人们的性欲。"热带风情"俱乐部的姑娘们也在这座"现代的超级性交易市场"（《贾》，第13页）中放纵自己的情欲。《城》中不仅有贾古娃之类的风尘女子在不断地撩拨男性的原始肉欲，普通的已婚和未婚女性也在"普语俱乐部"撩人的音乐声中，诉说自己的欲望："一听到桑果演奏的音乐，〔她们〕就放下手中的毛线活或针线活，抖动她们的屁股、腰肢和胸脯……而那些还没找到男人的姑娘会在爱慕她们的男人面前以一种诱人的方式扭动着屁股。"（《城》，第7页）就连一个不超过14岁的卖龙虾的姑娘也试图勾引桑果，毫无羞耻之心。毫不夸张地说，整个拉各斯就像一个原始肉欲恣意流淌的城市。

在艾氏笔下，女性的堕落是城市欲望的重要表征。事实上，贾古娃的

---

① Earnest Emenyonu, *Cyprian Ekwensi*, Ibadan: Evan Brothers Limited, 1974, p. 29.
② 汪民安、陈永国、马海良主编《城市文化读本》，北京：北京大学出版社，2008，第158页。

堕落并没有引起其他女人的反感。在拉各斯，除了卖淫似乎就没有适合女性的正当职业，那里似乎也没有打压卖淫的法律。在"热带风情"俱乐部生意不好的时候，女人们就肆意在街上揽客。贾古娃首次踏上拉各斯的土地时就被一个皮条客收留，并被转手给一个叫约翰·马特尔（John Martell）的英国男子当情妇。艾氏或许想以这种夸张的表现方式说明拉各斯女性的集体堕落。因此，我们也就不难理解，为何在艾氏的城市书写中出现大量的女人乳房、大腿、嘴唇、屁股等欲望化的身体意象。或许，正是这种"对女性不加掩饰的解剖"导致教会和妇女组织对《贾》进行猛烈的抨击。①

　　文学作品中的"城市地图"是一种精心选择和回避的结果，作家在写作中往往会关注某些特别的地点和空间，某些街道和建筑物或场景会不断被提及，而某些地方则永远被排除在视野之外。②《贾》中的"热带风情"俱乐部和《城》中的"普语俱乐部"是艾氏城市书写中反复出现的两个空间意象。像 19 世纪巴黎的书写者左拉一样，艾氏也"用一种狂热的色情笔调"③把拉各斯描写成一个奢侈淫荡之地。在这个奢侈淫荡的空间里，女性通过强化她们身体的视觉效果撩拨男人的原始肉欲，男性们则不加区分地追求性冒险。《城》的叙述者说，"女孩在城市里成熟得快——男人们可没那么有耐心"（《城》，第 33 页）。爱娜虽然是一位"对男人极为防备"的姑娘，即使是"节庆似的咚咚的鼓点声也不能破除她母亲以及乡村［文化］灌输给她的拘谨"（《城》，第 10 页），但她最终也被桑果这个情场老手的"三寸不烂之舌、灵巧的眼睛和手指"（《城》，第 10 页）击破了最后一道防线。④

　　伊曼尤纽指出，艾氏关注城市里人们如何运用自身的天赋及后天习得

①　Earnest Emenyonu, *Cyprian Ekwensi*, Ibadan：Evan Brothers Limited，1974，p. 78.

②　汪民安、陈永国、马海良主编《城市文化读本》，北京：北京大学出版社，2008，第109 页。

③　陈晓兰：《罪恶之城：左拉小说中的巴黎》，《上海大学学报》（社会科学版）2005 年第 6期，第 65 页。

④　正是由于那些关于性的大胆描写，《城》在爱尔兰被禁，而尼日利亚国会多次拒绝准备将《贾》改编成电影的意大利电影公司想在尼日利亚取景拍摄的要求。详见 Earnest Emenyonu, *Cyprian Ekwensi*, Ibadan：Evan Brothers Limited，1974，p. 78。

的能力来操控他们的生活和环境。他认为，人们未能实现他们最终目标的根本原因并非充满敌意的命运或他们同胞的恶行，而是他们自身的缺陷。[①]伊曼纽尔·奥比艾奇纳则认为，与约翰·多斯·帕索斯（John Dos Passos）的《曼哈顿中转站》（*Manhattan Transfer*）相似，《城》里的人物由于城市生活的种种压力而走投无路，甚至到了否定他们主体性的地步。[②] 我们认同奥比艾奇纳的观点。对金钱的迷狂以及对肉欲的本能追逐常常让城市中的人丧失理智和尊严。在《贾》中，拉各斯人似乎退回到动物的状态。贾古娃在城市里对金钱的追逐使她无异于一只追逐猎物的母狮子，而拉各斯则变成了她"天然的栖息地"（《贾》，第 106 页）；那些与贾古娃一起在"热带风情"俱乐部疯狂挥霍青春的姑娘，在那个绝佳的狩猎地点——"所有进城及出城道路的交汇点"（《贾》，第 20 页）等候捕捉她们的猎物；丹尼斯的女友萨宾娜（Sabina）"像豹子"（《贾》，第 125 页）一样完全靠本能生活。她们丧失了对环境的改造能力，沦为环境的牺牲品。

汉斯·扎尔（Hans Zell）和海伦·希尔福（Helen Silver）认为，在艾氏的城市书写中，"人物虽然是活的，却劣于造就他们的环境"。[③] 不言而喻，在拉各斯，对肉欲和物欲的追求致使人们丧失了主体性，沦为城市动物，而拉各斯这个非主体性的存在却如道格拉斯·奇拉姆（Douglas Killam）所言，"扮演了人物的角色，控制、界定、组织而且经常摧毁居民的生活"。[④] 这个追逐金钱和肉欲的城市注定是一座毁灭人性的城市：《城》和《贾》中的主要人物"几乎都是毫无成就的个体"[⑤] ——弗雷迪、泰沃大叔、丹尼斯、萨宾娜、大比特丽丝、贝约、祖阿德、拉基德都一一命丧拉各斯；贾古娃虽然没有死在拉各斯，但她在那里失去了她用身体换来的所

---

① Earnest Emenyonu, *Cyprian Ekwensi*, Ibadan：Evan Brothers Limited，1974，p. 13.

② 转引自 Chris Dunton，"Entropy and Energy：Lagos as City of Words"，*Research in African Literatures*，Vol. 39，No. 2（2008），p. 71。

③ Hans Zell and Helen Silver，*A Reader's Guide to African Literature*，London：Heinamann，1972，p. 33. 转引自 Chris Dunton，"Entropy and Energy：Lagos as City of Words"，*Research in African Literatures*，Vol. 39，No. 2（2008），p. 70。

④ 转引自 Chris Dunton，"Entropy and Energy：Lagos as City of Words"，*Research in African Literatures*，Vol. 39，No. 2（2008），p. 70。

⑤ Emmanuel Obiechina，*Culture，Tradition and Society in the West African Novel*，Cambridge：Cambridge University Press，1975，p. 103.

有钱财；桑果在拉各斯一事无成，没有实现他在拉各斯出人头地的愿望。伊曼尤纽指出，这两部小说中各种人物的悲剧性遭际表明，艾氏在小说中"既是原告，又是陪审团，他的《大宪章》中只有一句话，罪恶的代价是死亡"；[1] 这些死亡同样也说明拉各斯俨然一副"小说中的恶棍"[2] 模样，"每年［要］吞噬许多无辜的生命"（《城》，第149页）。我们赞同伊曼尤纽的观点。

四　从城市到乡村：寻找救赎的力量

艾克文西笔下的城市与乡村是不同乃至对立的：城市只要结果，不在乎手段，为了达到某个目的，人们可以不择手段；它充满混乱、腐败和堕落，因此道德与法律几乎无用武之地。然而，乡村仍保留着较强的是非观，传统的伦理道德观依然是人们生活的根基。在《贾》中，艾氏通过人们对待身体尤其是女性身体的不同态度来折射城乡的差别及对立。在乡村，女性裸露的身体是比较常见的，并无太多的性暗示，男性在观看它们时通常不会有色情的联想。《贾》这样描写贾古娃赤身在溪水中洗澡的场景：

> 她清楚地知道在众目睽睽之下在河里洗澡的艺术。……当她抬起胳膊时，对面的男人看了一眼她的腋窝。她很庆幸自己把腋毛剃了，尽管她知道这儿的男人不喜欢光溜溜的腋窝。……她用略带攻击性的目光环视了小溪一周，制止了所有探寻的目光。但是在这一部分世界里占上风的是自然，裸露并不是什么稀奇事。由于袒露的艺术，人体是无须遮掩的。（《贾》，第71页）

然而，在城市里女性的身体往往是被客体化的，它通常就是肉欲的代名词。因此，从未到过拉各斯的桑果的母亲给儿子写了许多封关于城市的

---

[1]　Earnest Emenyonu, *Cyprian Ekwensi*, Ibadan：Evan Brothers Limited, 1974, p.43.

[2]　Earnest Emenyonu, *Cyprian Ekwensi*, Ibadan：Evan Brothers Limited, 1974, p.43.

警告信。在桑果的母亲眼里，城市充满邪恶，城市里的女性是堕落的。为了预防堕落的城市女性对儿子可能产生的负面影响，她在乡下挑选了一个"来自好人家的正经姑娘"（《城》，第 8 页）艾莉娜（Elina）当他的未婚妻。艾莉娜可谓乡村姑娘的典范——纯洁、无邪、贞洁，她被精心地保护在一个"坚决拒绝看到世界的邪恶，只谈论美德和纯真"（《城》，第 82 页）的乡村修道院里。久居城市的桑果见到纯真无瑕的艾莉娜时便"因自己的城市背景而诅咒自己"（《城》，第 83 页），觉得自己的身体"必须要实施某种净化处理"（《城》，第 82 页）才能配得上她；修道院纯洁而宁静的氛围让他觉得自己是个罪人，看不到"得救的希望"（《城》，第 82 页）。

城乡对立是英国乃至欧洲城市书写中的重要母题。艾氏的城市书写似乎也没有偏离这一经典母题，但他笔下的城乡对立更多是通过两性关系的描写展示出来的，而且城市的罪恶更集中体现在女性的性堕落上。在《贾》中，贾古娃在离开家乡奥嘎布（Ogabu）去拉各斯之前接受了其父为她安排的婚事，她"想安顿下来，做个贤妻"（《贾》，第 167 页）。但是，她最终还是抵挡不住城市新生活的诱惑而去了拉各斯，成了一名风尘女子，完全把自己变成欲望的奴隶。她不仅对智性的生活没有兴趣，而且似乎也没有足够的智力来理解这种智性的生活。当她与男友弗雷迪去参加一个英国文学委员会举办的讲座时，她根本就无法理解诸如"关于白人帝国主义在尼日利亚终结的个人记忆"这样有分量的讲座。即便最后在泰沃大叔的安排下她做了一次政治演讲，但她这么做的目的并非她有志于城市管理，而是这是展示她火辣身材和性感穿着的好机会。

《城》中的大比特丽丝算得上城市堕落女人的典型，为了满足自己的虚荣和欲望，她不惜成为男人们的玩物。文学作品中堕落的女人往往都没好下场。大比特丽丝最后病死在拉各斯，其病亡的悲剧可以借用桑塔格的"疾病隐喻"观点来解读——疾病与丑恶相关联，是腐败、腐化和堕落的象征。① 尽管艾氏没有交代大比特丽丝到底死于何种疾病，但他或许是想以她的死亡隐喻女性的堕落及因此而遭受的惩罚。贾古娃虽未客死他乡，但她失去了所有的财物以及当母亲的机会，而不得不离开拉各斯又回到乡

---

① 〔美〕苏珊·桑塔格：《疾病的隐喻》，程巍译，上海：上海译文出版社，2014，第 68 页。

村。与此不同的是，小说中的男性人物却没有因性堕落而受到类似的惩罚。桑果无疑是诱惑良家妇女性堕落的城市男性，他"完全拒绝乡村生活、传统价值以及内在美"，① 但他未遭受任何惩罚，反而还获得了作家的同情，被看作受"妖妇"（《城》，第 151 页）爱娜引诱的受害者。虽然如爱娜所说的那样，他"待女人并不好，但［她们］都爱他"（《城》，第 152 页）并竭力帮助他。艾氏甚至通过让桑果一心倾慕的小比特丽丝在英留学的男友出车祸而死这种"杀死没有更多用处的人物"的极难令人信服的"情景剧方式"，② 让他得以顺利和她结婚，从而留在了他不愿离开的拉各斯。

在一次采访中，艾克文西表明了他对女性的中立立场，他说自己既非反女性主义者，也非狂热的女性主义支持者，③ 但有些学者如奥提－杜罗认为艾氏是一位支持女性主义的作家，他相信《贾》是"一部敢于违逆男权统治并试图给当时的某些非洲小说中有限的女性角色带来积极变化"④的小说。伊曼尤纽也认为，在《贾》中，艾氏彻底改变了非洲女性形象。他指出，在该小说中，女性不再是"生产的容器"，而是"能思考、精干、颇有城府而令人着迷的独立女性"。⑤ 奥提－杜罗和伊曼尤纽的观点不够令人信服，因为《贾》深化了男尊女卑的思想窠臼，反映了艾氏的性别歧视思想。在《贾》中，我们看到的常是，女性在拉各斯受到诱惑而堕落，男性却能自如应对城市里的声色犬马，似乎只有女性才需要远离城市，接受乡村生活的保鲜。可以说，艾氏在该小说中的城市—乡村"空间性别化区分"把城市空间的主导权交给男性，并按他们的意图来描绘，却让女性囿于传统的角色。这种空间话语权力的分配成为福柯意义上的"通过移植、分配、划界、对领地的控制以及一些领域的组织等策略构成某种性别地理

---

① Earnest Emenyonu, *Cyprian Ekwensi*, Ibadan：Evan Brothers Limited，1974，p. 39.

② Earnest Emenyonu, *Cyprian Ekwensi*, Ibadan：Evan Brothers Limited，1974，p. 43.

③ Dr. B. Nganga, "An Interview with Cyprian Ekwensi", *Studia Anglica Posnaniensia*, Vol. 17 (1984), p. 281.

④ Nardia A. Oti-Duro, "The Presentation of Women in the Novels of Cyprian Ekwensi：A Study of *Jagua Nana*, *ISKA* and *Jugua Nana's Daughter*", M. A. Thesis of Kwame Nkrumah University of Science and Technology, 2015, p. 30.

⑤ Earnest Emenyonu, *Cyprian Ekwensi*, Ibadan：Evan Brothers Limited，1974，p. 114.

政治"，① 表现出一种明显的反女性主义倾向。换言之，艾氏虽然与阿契贝和阿马迪等尼日利亚作家相异，将其小说的背景设置在城市，但在性别立场上，他和阿契贝、阿马迪等人是基本一致的，他对城市里堕落女人形象的塑造，折射了他骨子里维护尼日利亚传统社会固有的男尊女卑父权意识。

从堕落的城市回到传统的乡村，忏悔罪恶，洗心革面，重整道德秩序，是 18 世纪前期英法文学城市书写的惯用模式。② 那个时期，城市文学中的净化力量主要来自宗教和自然。按照莱切和本赛曼的看法，贾古娃在乡下的父亲身为神职人员这一细节安排绝非偶然。从基督教文化的角度看，城市象征着罪恶，而优美的乡村则代表着善，是上帝用神性创造出来的。因此，他们将贾古娃从乡村到城市之旅理解为她从善向恶的堕落过程，而她又从城市回到乡村则是一场救赎之旅。③ 不过，我们应该看到，乡村的新宗教，即西方的基督教并不能成为贾古娃的救赎力量，因为当她从拉各斯回到家乡的时候，她的牧师父亲已经死了四天，她已经没有机会接受父亲的宗教劝导了。

其实，艾克文西在书写拉各斯这座欲望之城的罪恶的同时，也把批判的笔锋指向英国的城市文化，因为拉各斯毕竟是英国殖民文化的产物。乔吉斯·巴兰迪亚（Georges Balandier）在《歧义的非洲》中指出，比起尼日利亚其他城市，拉各斯更像是由英国人建立的城市。④ 考虑到艾氏本人十分喜欢班扬的《天路历程》，《贾》中贾古娃在拉各斯的第一个情人是名叫约翰的白人，且他在英国老家有妻子和两个孩子等细节并非偶然——它

---

① Michel Foucault, "Questions on Geography", in Michel Foucault, *Power/Knowledge*, Colin Gordon et al. trans., New York: Pantheon Books, 1980, p. 77. 转引自 B. Riche and M. Bensemanne, "City life and Women in Cyprian Ekwensi's *The People of the City* and *Jagua Nana*", *Revue Campus*, Vol. 8 (2007), p. 44。

② 陈晓兰：《性别·城市·异邦——文学主题的跨文化阐释》，上海：复旦大学出版社，2014，第 103 页。

③ B. Riche and M. Bensemanne, "City life and Women in Cyprian Ekwensi's *The People of the City* and *Jagua Nana*", *Revue Campus*, Vol. 8 (2007), p. 39.

④ Georges Balandier, *Ambiguous Africa*, London: Chatto and Windus, 1996, p. 176. 转引自 Chris Dunton, "Entropy and Energy: Lagos as City of Words", *Research in African Literatures*, Vol. 39, No. 2 (2008), p. 70。

们表明艾氏在塑造贾古娃的情人时脑子里闪现的有可能就是班扬笔下的朝圣者。莱切和本赛曼指出，正是那类人建立了拉各斯这座城市，并把它变成了一个新巴比伦，而后尼日利亚人把它从英国人手中接管了过来。① 他们的读解不无道理。我们应该看到，拉各斯虽然是英国城市的复制品，其居住者践行的是英国人的价值观和生活方式，但问题是英国人的价值观和生活方式使拉各斯人尤其是女性居住者无法安居乐业，过上一种有尊严的生活。从这个意义上来说，艾氏让贾古娃回归乡村生活方式或许还隐含了他这样的观点，即传统的非洲价值观并没有奴役过非洲女性，奴役非洲女性的是西方的殖民文化，它把非洲女性变成欲望的客体和消费主义的奴隶。在一次采访中，艾氏说：

> 在非洲文化中女性总是有尊严的，拿婚姻打比方：彩礼能确保不会出现不必要的离婚，它有助于家庭的稳定。……即便是对查卡·祖鲁（Chaka Zulu）来说，他的妻子也是有权力的。奴役女性的是西方人。我觉得英国直到现在才有女性出任首相是一桩令人羞耻的事。②

由此我们可以推断，艾氏的城市书写中只让女性回乡村的安排，可能源于他想让女性重新"赎回"在城市中因西方殖民文化奴役而失去的尊严。从这点上来讲，我们也就不难理解贾古娃为何在城市里一事无成，却能在乡下过上体面的生活，实现自我。

艾克文西的《贾》在情节上与法国著名作家左拉的《娜娜》颇为相似，而且两个女主人公拥有相同的名字，因此有些论者认为《贾》受到左拉的《娜娜》的影响。③ 在《娜娜》中，美丽的大自然唤起了妓女娜娜对美好事物的感知和羞耻感，也唤醒了她的母爱，使她懂得了爱情，并最终

---

① B. Riche and M. Bensemanne, "City life and Women in Cyprian Ekwensi's *The People of the City and Jagua Nana*", *Revue Campus*, Vol. 8 (2007), p. 40.
② Dr. B. Nganga, "An Interview with Cyprian Ekwensi", *Studia Anglica Posnaniensia*, Vol. 17 (1984), p. 280.
③ Dr. B. Nganga, "An Interview with Cyprian Ekwensi", *Studia Anglica Posnaniensia*, Vol. 17 (1984), p. 281.

感受到上帝的存在而得到了救赎。① 那么，到底是什么力量拯救了贾古娃？我们发现，与大自然拯救了左拉笔下的娜娜不同的是，艾氏笔下的贾古娃·娜娜是在她回归其乡村的家及传统的生活方式之后才开始了一种有尊严的新生活。她似乎在提及她儿时的生活时才幡然悔悟自己在城市里堕落和罪恶的生活，后悔自己忘记了"在奥嘎布自由而简单的生活"（《贾》，第178页）。在艾克文西眼里，非洲人如果忘记乡村的家，放弃传统的价值观，他们将会失去自我，永远没有归属感。艾氏在一次采访中曾说："没有一个真正的非洲人会忘记他的家。他总是想着某一天会回家。这是我们的文化形成的方式……如果一个人想要找到自己的正确关系，家是最重要的。"② 在《非洲作家的两难处境》一文中，艾氏进一步指出，读者可以在他的小说中清晰感受到其非洲思想背后的心理，以及作为他小说源泉的哲学和文化模式。③ 贾古娃从乡村到城市，最后又从城市回归乡村，演绎了一种环形的生命轨迹。奥斯丁·谢尔顿（Austin Shelton）认为，贾古娃这一环形生命轨迹展示了"非洲性的环形原则"，暗示她重新回到非洲传统并得到升华。④ 也就是说，贾古娃通过这种"本体论上的撤退"获得了心理和哲学上的充实，进而得到救赎：她不仅在乡村实现了其在城市中无法实现的当母亲的梦想，而且还如伊曼尤纽所言，"被置于奥嘎布神祇般的地位"。⑤

　　非洲作家倾向于把社会变化与个体的文化身份从完整到分裂和迷失的变化联系起来，他们认为个人可以通过坚持传统或者通过向传统所认可的行为的回归来重获自我的完整性、行为的正确方向以及应有的嘉许。⑥ 但必须指出的是，艾克文西对乡村的救赎力量并没有持乐观的态度。或许，

---

① 陈晓兰：《性别·城市·异邦——文学主题的跨文化阐释》，上海：复旦大学出版社，2014，第140页。

② Dr. B. Nganga, "An Interview with Cyprian Ekwensi", *Studia Anglica Posnaniensia*, Vol. 17 (1984), p. 282.

③ Bernth Lindfors, *Early West African Writers: Amos Tutuola, Cyprian Ekwensi and Ayi Kwei Armah*, Trenton: Africa World Press, 2010, p. 175.

④ 转引自 Bernth Lindfors, *Early West African Writers: Amos Tutuola, Cyprian Ekwensi and Ayi Kwei Armah*, Trenton: Africa World Press, 2010, p. 175。

⑤ Earnest Emenyonu, *Cyprian Ekwensi*, Ibadan: Evan Brothers Limited, 1974, p. 91.

⑥ Earnest Emenyonu, *Cyprian Ekwensi*, Ibadan: Evan Brothers Limited, 1974, p. 91.

这也是他在《城》和《贾》中对乡村着笔不多的重要原因。艾氏本人曾告知采访他的恩冈戛博士（Dr. Nganga），他的一生都是在城市里度过的。[1]奥贡喀沃也指出，与阿契贝、阿马迪、恩瓦帕等作家不同，艾克文西出生的环境、早年的生活以及职业生涯使他无法系统地获取有关乡村传统的第一手资料。[2] 他认为艾氏对乡村生活着笔较少，是因为他对尼日利亚传统乡村生活缺乏了解。我们不太赞成奥贡喀沃的观点。艾氏虽然生在城市、长在城市，但他父亲是一位颇受欢迎的口传表演者和著名的说书人，[3] 其一生都在传承尼日利亚的文化传统。正是由于其父的影响，艾氏才萌发了对文学创作的热情。艾氏虽然大部分时间生活在城市里，但在业余时间，他总会到农田帮忙、喂养家里的山羊或看他父亲雕刻和制作棕榈酒。[4] 艾氏在20世纪50年代之前创作的小说都将背景设置在传统的乡村社会，他在这两部小说中对乡村着墨较少，或许是源于他对以乡村为代表的尼日利亚传统文化的态度。与阿契贝和阿马迪不同，艾氏不是一个具有浓厚怀旧主义情绪和向往乡村牧歌情调的作家。对他而言，尼日利亚传统乡村社会的瓦解是不可避免的，他甚至欢迎那种缺乏外来影响的乡村旧模式的消亡。[5] 因此，他在《城》和《贾》中用较少的笔墨来描写乡村及其传统文化，或许只是想把它定位为非洲女性逃避西方文化奴役的避难所而已。

　　事实上，我们可以从《城》中桑果对乡村和传统文化的态度以及《贾》中贾古娃的乡村经历里清楚地感受到艾氏本人"在彻底的西化以及回归非洲传统之间来回摇摆"。[6] 尽管桑果在返回乡村期间到修道院探望未婚妻艾莉娜，并被那里纯洁的气氛所感染，而突然忏悔自己在城市中

① Dr. B. Nganga, "An Interview with Cyprian Ekwensi", *Studia Anglica Posnaniensia*, Vol. 17 (1984), p. 281.

② Juliet I. Okonkwo, "Ekwensi and Modern Nigerian Culture", *Ariel：A Review of International English Literature*, Vol. 7, No. 2 (1976), p. 34.

③ Earnest Emenyonu, *Cyprian Ekwensi*, Ibadan：Evan Brothers Limited, 1974, p. 70.

④ Earnest Emenyonu, *Cyprian Ekwensi*, Ibadan：Evan Brothers Limited, 1974, p. 47.

⑤ Juliet I. Okonkwo, "Ekwensi and Modern Nigerian Culture", *Ariel：A Review of International English Literature*, Vol. 7, No. 2 (1976), p. 34.

⑥ Bernth Lindfors, *Early West African Writers: Amos Tutuola, Cyprian Ekwensi and Ayi Kwei Armah*, Trenton：Africa World Press, 2010, p. 175.

堕落而罪恶的生活，但小说的叙述者告诉我们，当他看到纯洁而笨拙的艾莉娜时，他丝毫没有想要娶其为妻的想法。更为重要的是，在回来的路上，他突然意识到，艾莉娜曾是一种激励他远离堕落城市诱惑的力量，但是"现在他感觉这种推动力已经消失"（《城》，第83页）。桑果的想法表明，乡村的纯真无法对抗城市的堕落。因此，当他在结婚之际想象艾莉娜的乡村生活时，他心里"夹杂着局促不安、喜悦和悲伤之情"（《城》，第157页）也就不难理解了。其实，在艾克文西笔下，遭受西方殖民文化围剿的非洲乡村传统文化已经今非昔比，其纯洁性已经受到严重的挑战。我们注意到，《贾》中的贾古娃在离开家乡奥嘎布去拉各斯之前就和村里多名男子有染，她不检点的行为虽然受乡村伦理道德制约，但她本人却很难践行那种传统的道德理念，做一个守妇道的女人。传统的乡村生活于她而言并没有太大的吸引力。另外，虽然她在城市里撞得头破血流之后又回到乡村，开启她的新生活，但假如她没有得到泰沃大叔留给她的那笔不义之财，她是不太可能过上一种有尊严的独立生活的。由此，我们可以较清楚地看出艾氏矛盾的城乡观：乡村虽然是逃避城市邪恶的避难所，但其传统的价值观念已经很难对抗城市文化的侵袭了。哈罗德·柯林斯指出，阿契贝等作家对独立后尼日利亚的未来流露出灰心丧气和无所适从的困惑。① 我们认为，上述那些细节或多或少也折射出艾氏本人关于新尼日利亚何去何从的困惑：尽管英国殖民者给尼日利亚城市留下了一些民主、平等的遗产，但人们却深受西方殖民者物质至上以及享乐主义思想的影响，而不知如何去创造一种适合于自己的新生活。

五　小结

艾克文西被誉为"现代非洲文学中的查尔斯·狄更斯"，② 是一位"当

---

① Harold Collins, *Amos Tutuola*, New York：Twayne Publishers，1969，p. 65.

② B. Riche and M. Bensemanne，"City life and Women in Cyprian Ekwensi's *The People of the City and Jagua Nana*"，*Revue Campus*，Vol. 8（2007），p. 37.

今年代的记录者"① 和"成功的社会现实主义作家"。② 20 世纪 60 年代末以来，艾氏的文学地位不断上升，其作品的经典价值日益彰显。有论者甚至称，"50 份政府报告都没有他的小说如《城》等告诉读者那么多有关西非的情况"。③ 在写给伊巴丹大学一个学生的信中，艾氏指出，小说家应是一面真实反映社会现实的"镜子"。④ 事实上，尼日利亚独立前夕许多人都陶醉于"镀金的国家形象"，⑤ 但艾氏作为一位通俗作家，却能较客观描写"拉各斯的暴力、欲望、混乱、残忍以及各种压力"，⑥ 生动地展现殖民语境下尼日利亚社会的真实风貌。如果说，阿契贝、索因卡聚焦的是尼日利亚受过教育的少数精英的命运，那么，艾氏最关心的则是城市里普通民众的生活百态。他坦诚直面转型期尼日利亚社会所面临的各种社会政治问题和道德问题，正如《时代文学增刊》的一篇书评所言，"虽然他没有解决这些问题，但他带着极大的同情对它们进行了令人信服的描述"。⑦ 尽管艾氏对拉各斯爱恨交加的城市情感及其矛盾的城乡观表露了他本人对尼日利亚该何去何从的迷茫情绪，但其城市书写中的当代尼日利亚现实主义图景无疑反映了非洲知识分子努力寻求历史根基、思考现代文化和表达自尊的努力，"迈出了［非洲］文化解放的第一步"。⑧

艾氏之后，有越来越多的尼日利亚作家把目光投向城市，投向拉各斯。赫仑·哈比拉、克里斯·阿巴尼、瑟斐·阿塔、乌佐丁玛·艾威拉、奇玛曼达·阿迪契、梅科·恩沃苏（Maik Nwaosu）、阿金·阿德叟肯（Akin

---

① Margaret Laurence，*Long Drums and Canons*，London：Macmillan，1968，p. 168. 转引自 Juliet I. Okonkwo，"Ekwensi and Modern Nigerian Culture"，*Ariel: A Review of International English Literature*，Vol. 7，No. 2（1976），p. 33。

② G. Gulam Tariq，*Traditional Change in Nigerian Novels: A Study of the Novels of Tal Aluko and Cyprian Ekwensi*，Doctoral Dissertation of Sri Krishnadevaraya University，2004，p. 225.

③ Earnest Emenyonu，*Cyprian Ekwensi*，Ibadan：Evan Brothers Limited，1974，p. 1.

④ Earnest Emenyonu，*Cyprian Ekwensi*，Ibadan：Evan Brothers Limited，1974，p. 125.

⑤ Earnest Emenyonu，*Cyprian Ekwensi*，Ibadan：Evan Brothers Limited，1974，p. 2.

⑥ Virginia U. Ola，"Cyprian Ekwensi's *ISKA* Revisited"，*UTAFITI: Journal of the Faculty of Arts and Social Sciences University of dar es salaam*，Vol. 7，No. 1（1985），p. 52. 参见 African e-Journal Project of Michigan State University Library（http://digital. lib. msu. edu/projects/Africanjournals/）。

⑦ Earnest Emenyonu，*Cyprian Ekwensi*，Ibadan：Evan Brothers Limited，1974，p. 11.

⑧ Earnest Emenyonu，*Cyprian Ekwensi*，Ibadan：Evan Brothers Limited，1974，p. 122.

Adesokan）、裘德·迪比亚（Jude Dibia）等人就是很好的例子。① 可以说，一如 100 多年前的伦敦和巴黎，如今"比伦敦更有活力，比纽约更具进取精神"② 的大都市拉各斯也成了世界著名的小说化的城市，作为非洲城市书写的先驱者的艾氏自然功不可没。

---

① Chris Dunton, "Entropy and Energy：Lagos as City of Words", *Research in African Literatures*, Vol. 39, No. 2（2008）, p. 68.
② 〔尼日利亚〕奇玛曼达·恩戈兹·阿迪契：《女性的权利》，张芸、文敏译，北京：人民文学出版社，2017，第 10 页。

第十章　空间书写（二）：阿迪契 小说个案研究（二）

一　引言

　　空间与人类的生存密切相关，不同空间里的生活体验影响甚至决定人的身份构建及性格命运。阿迪契对空间十分敏感，她常通过空间意象的书写来凸显其笔下人物的生存境遇。本章侧重探讨其长篇处女作《紫木槿》（本章后文简称《紫》）里的空间意象及其主题意义。

　　阿迪契是尼日利亚第三代作家的杰出代表。有位书评者说他是带着敬畏和妒忌的心情来看待这位来自非洲的年轻女作家的①；《华盛顿邮报》称其为"钦努阿·阿契贝 21 世纪的传人"②；有学者甚至将其誉为"西非的托尔斯泰"。③《紫》是阿迪契的长篇处女作，该书出版之后即得到评论界的高度认可。阿契贝读后是这样评价阿迪契的："我们通常不会把智慧与新手联系起来，但这儿有一位拥有说故事这一古老天赋的新作家。"④ 美国作家杰维·特瓦伦（Jervey Tervalon）称《紫》"呈现了一种悲剧性的美"，

---

① Jane Bryce，"Half and Half Children：Third-Generation Women Writers and the New Nigerian Novel"，*Research in African Literatures*，Vol. 39，No. 2 （2008），p. 54.
② 石平萍：《"小女子，大手笔"——尼日利亚作家奇玛曼达·恩戈齐·阿迪奇埃》，《世界文化》2010 年第 6 期，第 10 页。
③ 石平萍：《"小女子，大手笔"——尼日利亚作家奇玛曼达·恩戈齐·阿迪奇埃》，《世界文化》2010 年第 6 期，第 11 页。
④ Rosecrans Bablwin，"Black in America：a Story Rendered in Gray Scale"，*All Things Considered* （NPR），May 20，2013，p. 1.

是"一部不朽的杰作"。① 《泰晤士报》夸赞《紫》是"一部惊人的处女作，令人欲罢不能……是自阿兰达蒂·洛伊的《微物之神》之后最好的处女作……是一部别有魔力、非同寻常的小说"。② 2004 年，该小说获得赫斯顿/赖特遗产奖最佳新作奖、英联邦作家奖之"最佳新作奖"、非洲最佳小说奖及最佳新作奖，它同时也入选 2004 年"百利女性小说奖"③ 的短名单、2004 年布克奖长名单以及 2004/2005 年的约翰·卢威连·莱斯奖长名单。

《紫》是一部主题思想丰富的作品，国内已有个别学者对它的主题进行研究，④ 国外学界对它的研究已颇为深入。有些评论者如辛西娅·华莱斯（Cynthia R. Wallace）、黛雅拉·腾卡（Diara Tunca）、莉莉·玛布拉（Lily G. N. Mabura）、安东尼·切奈尔斯（Anthony Chennells）关注该小说中的宗教主题⑤；有些评论者如切瑞尔·斯多比（Cheryl Stobie）和安东尼·奥哈（Anthony Oha）则将该小说中的宗教、男权主义以及后殖民政治这三者联系起来进行探讨，指出它们在尼日利亚的共生关系⑥；有些评论者如罗杰·克兹（Roger J. Kurtz）和阿西拉·莫汗（Athira Mohan）聚焦

① 转引自豆瓣网，"《紫木槿》编辑推荐"，柒书房，2017 年 2 月 24 日。

② 〔尼日利亚〕奇玛曼达·恩戈兹·阿迪契：《紫木槿》，文静译，北京：人民文学出版社，2017，封底。

③ "百利女性小说奖"（Baileys Women's Prize for Fiction）的前身为"奥兰治宽带小说奖"，1996 年由英国作家凯特·莫斯创立，从 2014 年开始该奖项由百利甜酒赞助，所以更名为"百利女性小说奖"。从 2018 年开始，这一奖项由多个商家赞助，所以又改名为"女性小说奖"（Women's Prize for Fiction）。

④ 如张勇《瓦解与重构——阿迪契小说〈紫木槿〉家庭叙事下的民族隐喻》，《当代外国文学》2017 年第 3 期，第 104 ~ 111 页。

⑤ 详见 Cynthia R. Wallace，"Chimamanda Ngozi Adichie's *Purple Hibiscus* and the Paradoxes of Postcolonial Redemption"，*Christianity and Literature*，Vol. 61，No. 3（2012），pp. 465 – 483；Diara Tunca，"The Confessions of a 'Buddhist Catholic'：Religion in the Works of Chimamanda Ngozi Adichie"，*Research in African Literatures*，Vol. 44，No. 3（2013），pp. 50 – 71；Lily G. N. Mabura，"Breaking Gods：An African Postcolonial Gothic Reading of Chimamanda Ngozi Adichie's *Purple Hibiscus* and *Half of a Yellow Sun*"，*Research in African Literatures*，Vol. 39，No. 1（2008），pp. 203 – 222。

⑥ 详见 Cheryl Stobie，"Dethroning the Infallible Father：Religion, Patriarchy and Politics in Chimamanda Ngozi Adichie's *Purple Hibiscus*"，*Literature & Theology*，Vol. 24，No. 4（2010），pp. 421 – 435；Anthony Oha，"Beyond the Odds of the Red Hibiscus：A Critical Reading of Chimamanda Adichie's *Purple Hibiscus*"，*The Journal of Pan African Studies*，Vol. 1，No. 9（2007），pp. 199 – 211。

《紫》与其他尼日利亚文学经典文本之间的互文关系，认为阿迪契参与了尼日利亚文学经典的建构①；有些评论者如弗洛伦斯·奥拉布艾泽（Florence O. Orabueze）、伊堂·艾格邦（Itang E. Egbung）、纳奥米·奥佛瑞（Naomi Ofori）把《紫》与阿迪契的第二部长篇小说《半轮黄日》进行了比较研究②；有些评论者如考林·桑维斯（Corinne Sandwith）、夏洛特·拉森（Charlotte Larsson）分析了《紫》中的身体书写。③ 由于《紫》涉及尼日利亚独裁政府、性别不平等、审查制度以及人才流失等独立后的社会问题，有些评论者如克里斯·乌坎德（Chris K. Ukande）、埃金旺尼·亚当（Ezinwanyi E. Adam）和迈克尔·亚当（Michael Adam）、迪帕里·巴汉达里（Dipali S. Bhandari）等人都是从后殖民批评的视角来读解该小说的主题的。④

　　空间是阿迪契文学书写的重要对象，它对于阿迪契的小说创作意义非凡——它是作家审视跨文化语境下非洲人民身份建构的重要维度。在其近作《美国佬》中，随着故事的叙述者伊菲米鲁辗转于美国的各个城市，读

---

① 详见 Roger J. Kurtz, "The Intertextual Imagination in *Purple Hibiscus*", *A Review of International English Literature*, Vol. 42, No. 2 (2012), pp. 23 – 42; Athira Mohan, "*Things Fall Apart and Purple Hibiscus*: A Case of Organic Inter-textuality", *Aesthetique Journal for International Literary Enterprises*, Vol. 2, No. 1 (2016), pp. 1 – 3。

② 详见 Florence O. Orabueze, *The Dispossessed in Chimamanda Ngozi Adichie's* Purple Hibiscus *and* Half of a Yellow Sun, Doctoral Dissertation of University of Nigeria, 2011; Itang Ede Egbung, "Gender and the Quest of Social Justice and Relevance in Chimamanda Ngozi Adichie's *Purple Hibiscus* and *Half of a Yellow Sun*", *American Journal of Social Issues and Humanities*, Vol. 6, No. 2 (2016), pp. 714 – 724; Naomi Ofori, *Challenges of Post-Independent Africa*: A Study of *Chimamanda Ngozi Adichie's* Purple Hibiscus *and* Half of a Yellow Sun, Doctoral Dissertation of Kwame Nkrumah University, 2015。

③ 详见 Corinne Sandwith, "Frailties of the Flesh: Observing the Body in Chimamanda Ngozi Adichie's *Purple Hibiscus*", *Research in African Literatures*, Vol. 47, No. 1 (2016), pp. 95 – 108; Charlotte Larsson, *Surveillance and Rebellion*: A Foucauldian Reading of Chimamanda Ngozi Adichie's Purple Hibiscus, Doctoral Dissertation of Halmstad University, 2013。

④ 详见 Chris K. Ukande, "Post-Colonial Practice in Chimamanda Ngozi Adichie's *Purple Hibiscus*", *International Journal of Language, Literature and Gender Studies*, Vol. 5, No. 1 (2016), pp. 51 – 66; Ezinwanyi E. Adam & Michael Adam, "Literary Art as a Vehicle for the Diffusion of Cultural Imperialism in the Nigerian Society: The Example of Chimamanda Adichie's *Purple Hibiscus*", *Journal of Literature and Art Studies*, Vol. 5, No. 6 (2015), pp. 419 – 425; Dipali Sharma Bhandari, "The '*unheimlich*' in Chimamanda Ngozi Adichie's *Purple Hibiscus*: A Reading Along the Lines of Homi K. Bhabha's Idea of 'Uncanny'", *American International Journal of Research in Humanities, Arts and Social Sciences*, Vol. 4, No. 2 (2013), pp. 135 – 137。

者也感受到空间的变化之于身份建构的重要性。其实，这种丰富的空间体验在阿迪契的长篇处女作《紫》中已有不少体现。该小说的故事背景设置在恩努古、阿巴和恩苏卡三个不同的空间里。这三个空间均对女主人公康比丽的成长产生了不同的影响。克里斯托弗·欧玛（Christopher Ouma）在其《思想的国度：阿迪契〈紫木槿〉中的时空体》（"Country of the Mind：Space-Time Chronotophies in Adichie's *Purple Hibiscus*"）一文中论及了《紫》中的空间意象。① 不过，他对《紫》的空间研究主要与时间的维度相结合，而且仅聚焦于恩苏卡一个空间。本章深入探讨小说中恩苏卡、恩努古以及阿巴三个空间里人物的生存体验，尤其是他们对宗教（基督教和尼日利亚本土信仰）、身体（女性身体和男性身体）、语言（英语和伊博语）的不同态度，并以此透视这些空间意象所蕴含的不同心理、文化及政治内涵。

二　恩努古：殖民主义规训空间

《紫》的故事叙述者兼女主人公康比丽住在恩努古。因其父尤金（Eugene）是一位虔诚的基督教徒，她和哥哥扎扎均就读于教会学校，每逢周末或者重要宗教节日，他们一家都会去教堂参加宗教仪式，其余时间则待在家里。可以说，康比丽兄妹在恩努古的生活空间仅限于家、学校和教堂这三个空间。尤金是个富商，他家富丽堂皇，无比宽敞，院子"足够一百个人跳阿提洛哥舞"，且还有足够的空间让他们"做各种空翻"（第8页）。就连他的卧室也奇大无比，奶油色的装潢使它"看起来更大了，似乎没有尽头"（第33页）。② 然而，在这个宽敞的空间里，一切都是冷冰冰的——"皮沙发的问候是冷冰冰的，波斯地毯太奢华了……没有一点感情。"（第152页）更为重要的是，康比丽时常"觉得窒息"（第7页）。在她眼里，家中的一切都具有压迫感，"挂着外祖父的许多镶框照片的那面灰白色的

---

① Christopher Ouma, "Country of the Mind：Space-Time Chronotophies in Adichie's *Purple Hibiscus*", in Ogaga Okuyade, ed., *Tradition and Change in Contemporary West and East African Fiction*, New York：Rodopi, 2014, pp. 167 – 185.

② 本章中《紫》的引文均按文静中译本（北京：人民文学出版社，2017）的页码标示。有些译文略有改动，后文不再另注。

墙似乎正在逼近，向［她］压来，就连那张玻璃餐桌也在向［她］移动"（第7页）；尤金那宽大无比的卧室更让她产生"无法逃脱""无处可逃"（第33页）的囚禁感；那堵环绕在巨大无比的院子四周，"顶上缠着电线圈"（第8页）、高得让她完全看不到外面路况的院墙，仿佛要把"成熟的腰果、杧果、鳄梨的香气全都锁了起来似的"（第199页）。这一空间意象很容易让人联想起监狱。夏洛特·拉森曾指出，康比丽的家颇似福柯意义上的"环形监狱"。[①] 我们赞同拉森的看法。在这个环形监狱般的家中，尤金是监视者——家里所有房间的钥匙全掌管在他手里，他也绝不允许孩子们锁房间门。福柯指出，规训社会对普通公民所实施的全景式监视是"无声的，神秘的，不易察觉的"，它时刻"睁着眼睛"，"不分轩轾地盯着所有公民"。[②] 在家里，尤金以一种无声、不易察觉的方式监视着其家人；他常常冷不丁地出现在孩子们面前，看他们是否在做他禁止他们做的事。尤金的这种监视方式让私藏努库爷爷（Papa Nnukwu）遗像的康比丽相信，他甚至可以"在这栋房子里嗅出这幅画的味道"（第155页）。

按照福柯的观点，在规训社会中，规训总是从时间和空间这两个维度展开的。学校、工厂以及军营等空间总会制作严格的时间表，旨在禁止游惰并最大化地使用时间。[③] 尤金在家里也为孩子们制定了极其严苛的作息时间——"学习、午休、家庭休闲、吃饭、祈祷、睡觉的时间各有配额"（第20页），连他们洗校服以及放学回家所用的时间也是有配额的。康比丽告诉读者，尤金为他们制定严格的作息时间是因为他喜欢秩序。我们认为，尤金制作时刻表的真正意图或许是想把他们隔绝在各自孤立的空间里。福柯认为，在规训空间里，把人群切分成细小的单位是一种"制止开小差、制止流浪、消除冗集"的策略，其目的是"确定在场者和缺席者"，"建立有用的联系，打断其他的联系，以便每时每刻监督每个人的表现，

[①] Charlotte Larsson, *Surveillance and Rebellion: A Foucaultian Reading of Chimamanda Ngozi Adichie's* Purple Hibiscus, Doctoral Dissertation of Halmstad University, 2013, p. 3.

[②] ［法］米歇尔·福柯：《规训与惩罚》，刘北成、杨远婴译，北京：生活·读书·新知三联书店，2007，第316页。

[③] ［法］米歇尔·福柯：《规训与惩罚》，刘北成、杨远婴译，北京：生活·读书·新知三联书店，2007，第171～174页。

给予评估和裁决，统计其性质和功过"。① 在尤金家里，作息表把康比丽和扎扎牢牢地限制在他们各自的卧室里，除了吃饭、祈祷和家庭休闲时间之外，他们很少见面，几乎没有相互交流的机会。

尽管尤金全家一起在餐厅吃饭，但"长久的沉默"（第 10 页）是尤金家餐桌上的主旋律，家人之间的对话都是出于某个目的的不得不言，根本没有任何真正意义上的交流；餐厅甚至成了尤金对其家人实施规训和惩罚的地方。尤金曾因康比丽在圣餐斋破戒一事在餐厅里鞭打所有的家人。福柯指出，在规训机构里，某些职能场所起着过滤器的作用，它们能够"消除非法活动和罪恶"，是控制"乌合之众的据点"。② 毫无疑问，尤金家的餐厅就是这样一个职能场所。无怪乎康比丽每次走进餐厅时都紧张得"两腿好像都没有关节了，像两根木头"（第 32 页）。尤金在餐厅里的规训和惩罚使康比丽感觉自己在那里萎缩成无声以及客体化的存在。③ 尽管家庭休闲时间是尤金一家相聚的时间，但在起居室这一空间里，家人之间同样没有任何实质性的交流。因为，这一空间同样处于尤金的监视之下。兄妹俩可以在那里"读报、下象棋、玩大富翁和听广播"（第 21 页），但那些报纸和广播已预先经过他的审查。虽然那儿有卫星电视和上好的音响设备，但它们永远被束之高阁。

康比丽就读的"圣母无玷圣心女校"（Daughters of the Immaculate Heart）也是一个严厉的规训空间：和她家院墙一样，那里的"围墙很高"，上面插满了"绿色的碎玻璃碴"（第 36 页）。尤金正是出于规训的考虑才为女儿选择了这所学校——"纪律是很重要的。不能让年轻人翻过围墙，到镇上去撒欢。"（第 36 页）同样，尤金全家每周末去做礼拜的圣埃格尼斯教堂也是一个充满规训意味的空间——每当本尼迪克特（Benedict）神父讲话时，"连婴儿都不哭了，好像他们也在听似的"（第 5 页）。神父所居住的房子甚至让康比丽仿佛看见教堂一般："莫非建筑师以为他设计的是教

---

① 〔法〕米歇尔·福柯：《规训与惩罚》，刘北成、杨远婴译，北京：生活·读书·新知三联书店，2007，第 162 页。

② 〔法〕米歇尔·福柯：《规训与惩罚》，刘北成、杨远婴译，北京：生活·读书·新知三联书店，2007，第 163 页。

③ Ernest Emenyonu, ed., *A Companion to Chimamanda Ngozi Adichie*, New York: Boydell & Brewer Inc., 2017, p. 94.

堂而非住宅？通向餐厅的拱廊很像是通往圣体的教堂前廊；摆着乳白色电话的壁龛，仿佛随时准备领受圣体；起居室边上的小书房完全可以充当圣器室，塞满圣书、圣衣和多余的圣餐杯。"（第 25 页）

　　在泰丽·格劳斯的访谈中，阿迪契指出，"尼日利亚是一个非常宗教化的国家"。① 她坚信，"如果不借助宗教就无法融入尼日利亚"。② 宗教一直是她小说创作的重要题材。她的所有小说，从《紫》到《半轮黄日》，从短篇小说集《缠在你脖子上的东西》到其近作《美国佬》，无不涉及宗教话题。在《紫》中，尤金对其家人的规训基本上都是在宗教层面上展开的。福柯指出，在规训社会中，规范和准则是最重要的规训手段。③ 在恩努古，尤金的规训准则就是基督教教义。在与格劳斯的访谈中，阿迪契指出，不少尼日利亚人所信奉的基督教带有浓重的西方中心主义，因为它不仅拒绝非洲本土宗教，还将其妖魔化，④ 致使尼日利亚人对本民族产生了索因卡所说的"文化敌意"（cultural hostility）⑤。阿契贝曾在一篇文章中说，在他小时候，基督教徒拒绝与本土宗教的信仰者交谈，并称他们为"异教徒"，甚至"无名鼠辈"⑥；他们不喜欢本土的东西，比如不用祖祖辈辈使用的陶罐去小溪打水⑦；也拒吃那些"异教徒"的饭菜，认为它们有"木偶崇拜的味道"。⑧这一基督教殖民主义思想在本尼迪克特神父身上有十分清晰的体现。此人鄙视尼日利亚的本土文化，坚持"信经和垂怜经一定要用拉丁文背诵，而不可

① Terry Gross, "'Americanah' Author Explains 'Learning' to be Black in the U. S.", *Fresh Air* (NPR), Jun. 27, 2013. http://web. ebscohost. com/ehost/detail?vid = 7&sid = 0211983f – 24be – 4605 – b1ca – 25b786.

② Terry Gross, "'Americanah' Author Explains 'Learning' to be Black in the U. S.", *Fresh Air* (NPR), Jun. 27, 2013. http://web. ebscohost. com/ehost/detail?vid = 7&sid = 0211983f – 24be – 4605 – b1ca – 25b786.

③ 〔法〕米歇尔·福柯：《规训与惩罚》，刘北成、杨远婴译，北京：生活·读书·新知三联书店，2007，第 201～202 页。

④ Terry Gross, "'Americanah' Author Explains 'Learning' to be Black in the U. S.", *Fresh Air* (NPR), Jun. 27, 2013. http://web. ebscohost. com/ehost/detail?vid = 7&sid = 0211983f – 24be – 4605 – b1ca – 25b786.

⑤ Sophia Ogwude, "History and Ideology in Chimamanda Adichie's fiction", *Tydskrif Vir Letterkunde*, Vol. 48, No. 1 (2011), p. 114.

⑥ Chinua Achebe, *Hopes and Impediments: Selected Essays*, New York: Anchor Books, 1990, p. 31.

⑦ Chinua Achebe, *Hopes and Impediments: Selected Essays*, New York: Anchor Books, 1990, p. 44.

⑧ Chinua Achebe, *Hopes and Impediments: Selected Essays*, New York: Anchor Books, 1990, p. 35.

以用伊博语"（第 4 页），还满脸鄙夷地称用伊博语唱的奉献曲为"土著歌曲"（第 4 页）。尽管他任职圣埃格尼斯已七年之久，但"他的脸仍旧是浓缩牛奶和新鲜荔枝的颜色，七年间全然未受尼日利亚燥热风的影响"（第 4 页）。其身体特征暗示其对本土宗教和文化的拒绝。

尤金所信奉的正是这样的基督教教义。他不仅完全接受本尼迪克特所宣扬的带有殖民色彩的基督教规训教义，还自觉用它来规训其他的教民和自己的家人：在教堂每年的圣灰星期三宗教仪式中，他"总是要用蘸着灰的大拇指使劲在每人额头上都画出一个标准的十字"（第 3 页）；更为严重的是，他不允许家人讲伊博语，与白人宗教人士交谈时，他刻意使用带有英国口音的英语；他与家人虽然吃的是米饭，但用的是西式餐具；他将本土宗教妖魔化，不允许任何与之有关的物件出现在其家中。他因康比丽私藏他"异教徒"父亲的遗像而将她狠狠踢伤。奥鲁沃尔·考科尔（Oluwole Coker）指出，尤金代表着老派殖民主义教育的残余以及一贯以来贬低传统伊博文化的西方思想。[1] 考科尔的说法不无道理。尤金可谓法侬笔下戴着"白面具"的黑人。在尤金的规训下，康比丽也成了"椰子人"——她想象中的上帝完全是英国化的，不仅"有着白白的大手"（第 105 页），还"带着英国口音"（第 142 页）。

阿切勒·姆班姆比指出，在传统基督教中，身体通常被看作累赘和陷阱，黑人身体因被认为是特别堕落的人类形式（动物性的、非理性的、性欲过度的）而"被否决了超越之途"。[2] 这种带有强烈殖民主义思想的基督教不仅将非洲文化妖魔化，同时也竭力贬低黑人的身体。它不仅向黑人教徒灌输对自身肉体保持警觉的思想，还对它实施仪式化的羞辱和折磨：当扎扎要求保管自己房间的钥匙以维护自己的隐私权时，尤金就警觉地认为他"想对自己的身体犯罪"（手淫，第 152 页）；在接受来自圣主的一切时，尤金的身体也总是保持痛苦、自虐的姿势。

需要指出的是，除了对家人的身体保持警觉和仪式化羞辱之外，尤金

---

① 转引自 Ernest Emenyonu, ed., *A Companion to Chimamanda Ngozi Adichie*, New York：Boydell & Brewer Inc., 2017, p. 109。

② 转引自 Corinne Sandwith, "Frailties of the Flesh: Observing the Body in Chimamanda Ngozi Adichie's *Purple Hibiscus*", *Research in African Literatures*, Vol. 47, No. 1 (2016), p. 99。

也经常对它们实施惩罚：康比丽和扎扎因在考试中没得第一名而分别被他鞭打和扭断小指；康比丽因痛经破了圣餐斋的戒而"连累"全家被他鞭打；兄妹俩因与爷爷同处一室而被他用滚水烫伤手脚；康比丽因在家里私藏爷爷的遗像被他踢伤；兄妹俩甚至会因为放学晚几分钟回家、校服洗得不够干净等小事而被他体罚；比特丽丝因孕吐无法拜访神父，被他施以在所有非洲小说中最为"野蛮和傲慢的婚姻暴力"① 而数度流产。福柯指出，当今的社会惩罚中，"最终涉及的总是身体，即身体及其力量、它们的可利用性和可驯服性、对它们的安排和征服"，身体总是卷入政治领域中，"权力关系直接控制它，干预它，给它打上标记，训练它，折磨它，强迫它完成某些任务、表现某些仪式和发出某些信号"。② 我们认为，作为一家之长的尤金，对其家人身体的惩罚也是一种权力关系对身体的干预和折磨，其目的是身体的规范和驯服。在尤金家里，身体包括头发必须被遮盖起来，绝不允许用鲜艳的颜色装扮身体，同时必须保持安静和静止。康比丽从不敢裸露身体，只穿裙子，不穿裤子，更不用说穿色彩鲜艳的衣服与化妆了。她的身体也总是保持安静的状态，从不做跳、跑等移动的动作，也从不大笑或者大声说话。说话时，她的嗓子里发出来的"至多不过是一声咕哝"（第 116 页）。简而言之，在尤金的规范中，"身体应该是悲观、被动和呆滞的"。③ 有论者提出，康比丽在经期挨打与比特丽丝在孕期挨打，都源于尤金的男权主义思想。康比丽来月经标志着其从少女向女人的转变，是对尤金权威的威胁，因为这意味着她终有一天会脱离他的控制。④ 同样，莉莉·马布拉也将尤金对妻子的身体惩罚理解为他想要让她的身体臣服于其男权铁腕的统治。⑤ 这两位论者的解读有一定的道理，但我们以

---

① Sophia Ogwude, "History and Ideology in Chimamanda Adichie's fiction", *Tydskrif Vir Letterkunde*, Vol. 48, No. 1 (2011), p. 117.

② 〔法〕米歇尔·福柯：《规训与惩罚》，刘北成、杨远婴译，北京：生活·读书·新知三联书店，2007，第 27 页。

③ 汪民安：《身体、空间与后现代性》，南京：江苏人民出版社，2006，第 20 页。

④ Ernest Emenyonu, ed., *A Companion to Chimamanda Ngozi Adichie*, New York: Boydell & Brewer Inc., 2017, p. 78.

⑤ Lily G. N. Mabura, "Breaking Gods: An African Postcolonial Gothic Reading of Chimamanda Ngozi Adichie's *Purple Hibiscus* and *Half of a Yellow Sun*", *Research in African Literatures*, Vol. 39, No. 1 (2008), pp. 218 – 219.

为，尤金对其妻女的身体惩罚，更多是因为痛经和孕吐这两个女性在特殊生理期的特殊身体反应是对尤金信守的身体规范的偏离，因而需要被驯服。

值得注意的是，在尤金家和教堂之外的公共空间中，身体惩罚也在频频发生：三个男人因贩运药品而被公开处决；《标准报》的编辑阿迪·考克（Ade Coker）被邮件炸弹炸死；民主斗士恩万基蒂·欧格齐（Nwankiti Ogechi）被军政府枪杀，并用硫酸毁尸灭迹。家庭、教堂以及公共空间中身体暴力的并存让有些论者认定，在《紫》中，殖民中传教士的暴力、男权暴力和独立后政权的暴力是密切相连的。桑德维斯认为，小说通过燃烧的身体意象加强了这三种暴力之间的联系：在家中用开水浇手脚与在公共场合中将硫酸泼在持不同政见者的身上毁尸灭迹的意象构成了回应。[①] 苏珊·安德雷德也指出，《紫》在国家政治和家庭政治之间建立了联系。[②] 这些论者的读解不无道理。但我们认为，在《紫》中，家庭层面的身体惩罚与国家层面的身体惩罚有本质的不同。国家暴力具有公开展示权力的性质，其主要目的是从肉体上消灭反抗者，而公开处决则暴露了国家权力"用惩罚取乐的残忍"。[③] 相反，家庭暴力体现的则是身体规训，其目的不在于对权力的公开展示，因为尤金的身体惩罚通常是在私密的卧室里进行的，事后也不允许家人谈及。更为重要的是，他所实施的身体惩罚是克制和可调节的，与国家暴力的任意性和不克制性形成了鲜明的对比。这一点在尤金用滚水浇康比丽手脚的场景中得到了充分的体现——"他把烫水缓缓地倒在［她］的脚上，好像他在做一个实验，正观察会产生什么反应。"（第 154 页）可以说，尤金在家庭空间内的身体惩罚展示了福柯所说的规训性身体惩罚的三个要素：它必须产生疼痛；这种疼痛必须是受调节的；

---

① Corinne Sandwith， "Frailties of the Flesh：Observing the Body in Chimamanda Ngozi Adichie's *Purple Hibiscus*"，*Research in African Literatures*，Vol. 47，No. 1（2016），p. 103.

② 转引自 Corinne Sandwith， "Frailties of the Flesh：Observing the Body in Chimamanda Ngozi Adichie's *Purple Hibiscus*"，*Research in African Literatures*，Vol. 47，No. 1（2016），p. 95。

③ 〔法〕米歇尔·福柯：《规训与惩罚》，刘北成、杨远婴译，北京：生活·读书·新知三联书店，2007，第 81 页。

这种痛苦必须在受害者的身上留下烙印。[①] 它绝不是"怒不可遏、忘乎所以、失去控制的"。[②]

我们认为，阿迪契之所以描述这样一个充满身体暴力的规训空间，并把这种暴力与国家暴力区分开来，其主要目的是想以此暗示：尽管 20 世纪 90 年代距英国结束其在尼日利亚的殖民统治已有 30 余年，但殖民主义思想依然阴魂不散；它以一种规训方式渗入尼日利亚社会的各个角落，以一种不易察觉的方式左右着尼日利亚社会的发展变化。康比丽在尤金死后依然每周日为他做弥撒，并且希望在梦中见到他，甚至有时候"在似梦非醒之际自己造梦"（第 239 页），梦见自己伸手去拥抱他。这一细节就是一个非常好的佐证。

三　阿巴：前殖民传统空间

阿巴是尤金的老家，也是他全家每年过圣诞节的地方。总体而言，阿巴是个传统的前殖民空间，其代表性的空间意象就是尤金父亲住的房子。与尤金家高大、宽敞、秩序井然、装有现代化设施的楼房不同，他父亲的房子狭小、简陋、杂乱、老旧：

> ［院子的］门太窄了……院子只有［尤金］在恩努古房子后院的四分之一那么大。……院子中央的房子很小，简直像个骰子……［阳台的］金属围栏已经生锈。……［厕所］是院子里一个衣柜大小、没有粉刷过的水泥砖房，洞开的入口处横七竖八地放了一堆棕榈叶杈充脚垫。（第 51 页）

阿巴空间保留着不少前殖民时期的传统风俗：那里的方言很古老，族中女人们在尤金家院子里为族民烧饭的习俗以及孩子们围着长辈听故事的情

①　〔法〕米歇尔·福柯：《规训与惩罚》，刘北成、杨远婴译，北京：生活·读书·新知三联书店，2007，第 37 页。

②　〔法〕米歇尔·福柯：《规训与惩罚》，刘北成、杨远婴译，北京：生活·读书·新知三联书店，2007，第 38 页。

形，无不让人想起尼日利亚那些小说经典如阿契贝的《瓦解》、恩瓦帕的《伊芙茹》以及阿马迪的《妃子》中所描绘的前殖民社会。尤金的姐姐伊菲欧玛（Ifeoma）向阿巴首领行传统妇女礼仪，用"努耶姆"（nwunye m）①称呼自己的弟媳。她门牙的牙缝让人联想起《妃子》中那个有着同样外貌特征的女性人物伊秀欧玛（Ihuoma）。② 康比丽时常将其姑妈想象成用"自制的陶罐从几里地外打水回家"、"在被太阳晒烫的石头上把弯刀磨快，又挥舞着刀奔赴战场的"、"骄傲的远古时代的祖先"（第64页）。实际上，阿巴也保留着人与自然和谐相处的前殖民时期的生活方式：族民们用泥和茅草建房子，他们生活在由各种树叶的窸窣声以及各种动物的叫声交织而成的自然之声中。

　　另外，尤金父亲所讲的民间故事也是阿巴被视作前殖民传统空间的重要表征。他给孩子们讲的"乌龟壳为何是碎的"的故事，是流行于前殖民时期伊博地区的民间故事。③ 尤金父亲信奉的是本土宗教。在他家院子角落的神龛里供奉着他的个人保护神——"气"。与他家的院子一样，他的神龛也展现了低矮、狭小和简陋的前殖民特征——"神龛是一个很矮小的棚子，没有门，泥浆糊的顶和墙都用干棕榈叶遮盖着。"（第53页）他进食时会把一小块甘薯泥扔向花园，邀请土地神阿尼和他一起分享。每日清晨他还会举行敬拜至上神朱格乌的本土宗教仪式。④ 阿巴每年还举行传统假面舞会，仪式中的"姆偶"（mmuo）也有明显的前殖民特征——"它的面具是一个真正的人类头骨，眼窝深陷，像是扮着鬼脸。额头上系着一只扭来扭去的乌龟。披着草的身上挂着一条蛇和三只死鸡，边走边晃。"（第70页）

---

① 在伊博语中，"Nwunye m"的意思是我的妻子。在伊博传统社会中，女人嫁人不是嫁给了一个男人，而是嫁给了整个家庭。见《紫木槿》中译本，第58页。

② 《妃子》中提到女性门牙中间有一道缝，这是伊秀欧玛所生活的前殖民时期伊博地区的一种女性时尚。见 Elechi Amadi, *The Concubine*, Hallow: Heinemann, 1966, p. 11。

③ 乌龟故事是尼日利亚民间非常重要的民间故事。阿契贝的《瓦解》中也讲过一个"乌龟壳为何是碎的"的故事，不过故事的内容不太一样。

④ 尽管康比丽对努库爷爷所信奉的本土宗教仪式的描述以恩苏卡为背景，但严格来说，这个仪式是属于阿巴的，因为努库爷爷只是去恩苏卡看病而小住在那儿。

在阿巴，人们对待身体的态度也是前殖民时期的。在恩努古，黑人的身体总是被羞辱、被否定、被干预、被折磨或被驯服的。但在阿巴，身体却是自由和开放的。尤金父亲常常是半裸的，只用一块裙布裹在腰间，也从不穿鞋子，在每日清晨的宗教仪式中，他甚至是全裸的；和康比丽第一次见面时，伊菲欧玛"没有用常见的简单的侧抱，而是紧紧把［她］扣在双臂中"（第57页），她甚至还故意伸手碰碰后者的乳房，调侃后者已经长成大姑娘了。在阿巴，女性可以自由地装扮自己，伊菲欧玛穿高跟鞋和红裙子，她和大女儿阿玛卡都涂着鲜艳的口红；阿巴首领的妻子的脖子上戴着金吊坠、由珠子和珊瑚制成的首饰，头上戴着夸张的头巾。孩子们可以自由地玩耍奔跑，人们可以大声地交谈。

阿巴是阿迪契父亲的老家，那里有她美好的童年记忆。她曾痴迷于那里的传统习俗。在2012年的TED演讲《女性的权利》中，她提到，她是整个家族中对祖先的土地和传统最感兴趣的晚辈。[1] 在与格劳斯的访谈中，她曾满怀深情地说："我希望有人能教我更多有关伊博传统宗教的东西。我所了解的一点皮毛就让我觉得它是一种开放和有魅力的看待世界的方式。"[2] 不过，在《紫》中，她并未简单地美化阿巴及其传统文化。在她笔下，阿巴是个男权思想根深蒂固的前殖民空间：伊菲欧玛的婆家人非但不同情守寡的伊菲欧玛，反而无端指责后者谋杀亲夫并私吞他的钱财；当尤金父亲感叹当初不该让尤金跟着传教士走，而伊菲欧玛反驳说，她也上过教会学校，但她没有像尤金那样数典忘祖时，他的回答是"你是女人，你不算数"（第67页）；在观看假面舞会的仪式时，他不允许女性看男性"姆偶"，他还因为扎扎问的问题较为幼稚而呵斥他讲话像个女人；尤金的父亲认定"丈夫是一个女人生命中最重要的［依靠］"（第61页）的传统观念，告诉丧偶的女儿自己死后会求朱格乌神送个好男人来照顾她。阿巴传统文化中的性别歧视在他讲的乌龟故事中也有明显的

---

[1] 〔尼日利亚〕奇玛曼达·恩戈兹·阿迪契：《女性的权利》，张芸、文敏译，北京：人民文学出版社，2017，第38页。

[2] Terry Gross, "'Americanah' Author Explains 'Learning' to be Black in the U. S.", *Fresh Air* (NPR), Jun. 27, 2013. http://web. ebscohost. com/ehost/detail?vid = 7&sid = 0211983f - 24be - 4605 - b1ca - 25b786.

体现。① 这个故事表明，有困难时，做出牺牲的通常是母亲，而且她们总被认为"不介意做出牺牲"（第126页）。

在阿巴长大的比特丽丝可以视为阿巴传统文化中乐意做出牺牲的母亲的典型。这位"顺从、依赖、被动"的典型非洲妇女②执迷于阿巴那种"丈夫是一个女人生命中最重要的［依靠］"的传统观念，默默忍受丈夫对她和孩子们无休止的身体暴力。每次丈夫施暴之后，她默默地擦拭家里的人像小雕塑。布兰达·库珀指出，比特丽丝擦拭小雕塑的行为是她应付家暴的方式，但同时也可以将其理解为一种无法保护家庭的失败感，因为她将那些微型的人像雕塑照顾得比孩子还好。③ 我们赞同库珀的观点。比特丽丝对阿巴传统文化中男权思想的认同使她不自觉地成了丈夫尤金的帮凶；这样一位认同男权思想的传统母亲自然无法为主人公康比丽的成长提供任何精神支持。

应该说，最令人感到痛心的是，作为前殖民传统空间，阿巴已无法坚守它传统的底色，而在殖民主义思想的规训和同化之下，它的本土文化已丧失其原有的尊严。正如尤金父亲所说，那些象征传统文化力量的秃鹫在新时代里"已经丧失了它们的威望"（第185页）。尤金在阿巴建的三层小楼意象意味深长，因为它几乎复制了其在恩努古的房子。和在恩努古的房子一样，尤金在阿巴的房子也很高大、宽敞。这座前面建有喷泉的欧式建筑里有不少是"无人居住的房间"，里边有常年锁门的从不使用的浴室、厨房和厕所，它与尤金在恩努古的家一样透露出"冷漠的气息"（第47

---

① 故事的内容是这样的：动物王国发生了一场很大的饥荒，许多动物都饿死了。有一天，雄性动物们召开大会，商讨解决方案。兔子提议大家吃掉自己的母亲，其他的动物虽然起初不同意，但最终选择接受这个办法。轮到狗杀其母亲时，他却谎称自己的母亲死于疾病，因此大家无法食用其尸体。但是乌龟却发现狗的母亲并没有死，而是到天上去找她的有钱朋友去了。他也发现，只要狗朝着天空大喊，"妈妈，把绳子放下来"，狗妈妈就会从天上垂下绳子，让狗爬上天空享受美食。贪得无厌的乌龟欲独占美食。所以，有一天，他瞒着狗，朝天空叫，"妈妈，把绳子放下来"。当绳子如愿垂下来，乌龟抓着绳子爬到半空时，被狗发现，狗便朝天空大叫，"妈妈，上去的不是你的儿子，而是狡猾的乌龟"。这时，绳子被狗的母亲剪断，于是乌龟从高空跌落，摔碎了它的壳。见《紫木槿》中译本，第125~128页。

② Ernest Emenyonu, ed., *A Companion to Chimamanda Ngozi Adichie*, New York：Boydell & Brewer Inc., 2017, p.34.

③ Ernest Emenyonu, ed., *A Companion to Chimamanda Ngozi Adichie*, New York：Boydell & Brewer Inc., 2017, pp. 80 – 81.

页）。同样，它的四周也围着高高的"白得发亮的"（第 50 页）围墙，康
比丽在那里也一样感到"窒息"（第 7 页）。这座三层小楼俯视着紧挨着它
的那些由泥和茅草建造的低矮棚屋，呈现一副统摄一切的监视者的姿态。
从某种程度上讲，尤金在将恩努古的房子复制到阿巴之时，也将其殖民主
义规训的思维模式复制到了阿巴这个传统的前殖民空间里。

　　尽管阿巴是尤金的故乡，但可以看出，他对这一前殖民空间没多少情
感。他与自己的"异教徒"父亲已恩断义绝。他既不允许父亲踏足其在阿
巴的家，也从不登门去看望年迈独居的父亲。然而，他却坚持年年圣诞节
回阿巴，而且他总会带上足够全村人吃饱的食物宴请族民，把大把的钱分
给那里的孩子们，同时还将大笔的钱捐赠给当地的教堂。显然，尤金试图
用钱和食物收买其族民，进而达到规训他们的目的。如果说，在恩努古，
尤金的主要规训手段是身体惩罚的话，那么在阿巴，他的主要规训手段是
金钱。他也曾试图用钱规训其父：如果父亲愿意皈依基督教，"并把院子
里那个供奉'气'的茅草神龛扔掉"（第 49 页），他就给他的父亲建房、
买车。虽然其父并未屈服，但尤金成功地规训了很多族民，在处理尤金父
子之间因宗教信仰不同而引起的矛盾时，族民都选择站在尤金一边。他们
甚至将他神化。他们不仅跪谢尤金的施舍，许多族民甚至试图伸手抓他的
白外衣，"好像碰到他就可以治病一样"（第 73 页）。其实，阿巴这个前殖
民传统空间早已受到殖民规训的影响。在尤金之前，他的岳父已经被那种
殖民主义基督教文化规训了。他是阿巴圣保罗教堂的首位传道师。虽身为
黑人且他的英语带着浓重的伊博口音，但他坚持说英语。他还坚持让康比
丽兄妹用英文喊他外公，而不许用"努库"（伊博语，意为爷爷或外公）
称呼他。和尤金相似，他也言必称"罪人"（第 54 ~ 55 页）。

　　必须指出的是，尽管殖民主义思想一直在规训着阿巴这个前殖民空
间，但阿巴人并非一直是顺从的，族中一位叫阿尼克温瓦（Anikwenwa）
的老者就跑到尤金家指责后者数典忘祖。比特丽丝甚至选择毒杀尤金进行
暴力反抗。尽管婚后生活在恩努古，但本质上，这位步履蹒跚、低声说
话、言必称丈夫的女性是属于阿巴空间的。她毒杀尤金的药来自其女佣西
西（Sisi）在阿巴的叔叔，"一个很厉害的巫医"（第 227 页），她把它放在
尤金每天喝的英国茶里。这种暴力反抗行为很容易让人联想起阿巴历史上

的"妇女之战"。有些论者如伊尼奥邦·乌科（Iniobong I. Uko）因此将比特丽丝毒杀尤金的行为视作类似于阿巴"妇女之战"的女性主义行动，认为她通过毒杀尤金维护了母亲的尊严，并按需修正了母亲的养育角色。[①]我们不太认同乌科的观点，因为比特丽丝的反抗行为并未带来多少积极的改变，相反，它导致整个家庭的崩溃：尤金被毒死，扎扎为她顶罪入狱，而她本人则精神崩溃。更为糟糕的是，为了救扎扎出狱，康比丽甚至采用了尤金平生最鄙夷的手段——行贿。当康比丽读到其姑妈从美国的来信时，她无法理解后者为何与她讨论有关尼日利亚未来的话题。可见，比特丽丝毒杀尤金的行为并没有让康比丽获得实质性的解放。从这个意义上来讲，阿巴这个前殖民空间因男权思想盛行无法为康比丽的成长提供足够的营养。

菲利克斯·艾克契（Felix K. Ekechi）指出，福音传教势力与欧洲殖民力量的结合对本土巫医的社会地位和威望造成严重的威胁，所以，巫医总是"对基督教表现出持续的敌意"。[②]我们知道，巫医以及巫药是尼日利亚传统文化中十分重要的一部分，而英国茶则隐喻着英国的殖民主义文化。从某种意义上来讲，比特丽丝用巫药毒杀尤金的行为可以视为前殖民空间阿巴对殖民主义规训空间恩努古的一次反击。阿迪契也许是想通过这一情节隐喻非洲传统空间对殖民主义规训权力的拒绝，但从这次暴力反抗所造成的结果看，她显然也不赞同传统空间对殖民主义空间的暴力反抗。可以说，作为阿契贝的文学后代，[③]阿迪契在《紫》中表达了与《瓦解》相似的主题观点，即暴力对抗绝不是解决文化冲突与矛盾的最佳选择。

四 恩苏卡：后殖民"第三空间"

较之于其他社会场景，在大学里，理念之于人的重要性总是来得更直

---

① 转引自 Ernest Emenyonu ed. , *A Companion to Chimamanda Ngozi Adichie*, New York：Boydell & Brewer Inc. , 2017, p. 70。

② Lily G. N. Mabura, "Breaking Gods：An African Postcolonial Gothic Reading of Chimamanda Ngozi Adichie's *Purple Hibiscus* and *Half of a Yellow Sun*", *Research in African Literatures*, Vol. 39, No. 1 (2008), p. 210.

③ Susan Z. Andrade, "Adichie's Genealogies：National and Feminine Novels", *Research in African Literatures*, Vol. 42, No. 2 (2011), p. 93.

接和迫切。① 或许是出于这个原因，阿迪契把她小说的很多场景都设置在大学里。阿迪契在恩苏卡大学度过了17年的时光，曾住在阿契贝居住过的房子。对她而言，恩苏卡大学无疑是意义非凡的空间。所以，在阿迪契几乎所有的作品中，我们都可以看到对这一空间意象的书写，《紫》这部颇具自传性的小说自然也不例外。②

马布拉曾指出，与伊博地区的大部分地方不同，恩苏卡始终是一个文化大本营。③ 与由英国殖民政府创办的伊巴丹大学不同，恩苏卡大学是尼日利亚人自己创办的第一所大学，创建于尼日利亚独立的当年。④ 在比亚弗拉内战期间，具有反抗精神的知识分子曾使恩苏卡大学成为知识分子"行动主义"的策源地，它不仅激发了比亚弗拉的抵抗活动，而且通过赋予它哲学深度及外交魅力吸引了全球对尼日利亚内战的关注。⑤ 或许出于这个原因，阿迪契在《半轮黄日》中借叙述者乌古的视角揭示了内战期间恩苏卡知识分子的险境：他听说"尼日利亚士兵发誓要把5%的恩苏卡知识分子杀掉"。⑥ 实际上，恩苏卡是一个传统文化氛围较为浓厚的城市。阿迪埃勒·阿菲格博在其《沙绳：伊博历史和文化研究》（*Ropes of Sand: Studies in Igbo History and Culture*）一书中指出，时至今日，在恩苏卡地区还有为有头衔的男性制作奥朵（Odo）和奥玛比（Omabe）面具的同工会。有头衔的男性经常戴着那些面具去集市和教堂，或参加村民集会、年轻人的婚礼及孩子的成人仪式。不过，这种习俗和随着殖民入侵而面临文化身

---

① 索马里：《大多数美国人不介意雇个黑人保姆，但百分百介意有个黑人上司——看非洲女作家如何戳破"美国神话"》，《文艺报》2018年4月18日，第12版。

② Christopher Ouma，"Countries of the Mind Space—Time Chronotopes in Adichie's *Purple Hibiscus*"，in Ogaga Okuyade ed.，*Tradition and Change in Contemporary West and East African Fiction*，New York：Rodopi，2014，p.171.

③ Lily G. N. Mabura，"Breaking Gods：An African Postcolonial Gothic Reading of Chimamanda Ngozi Adichie's *Purple Hibiscus* and *Half of a Yellow Sun*"，*Research in African Literatures*，Vol.39，No.1（2008），p.214.

④ 〔尼日利亚〕奇玛曼达·恩戈兹·阿迪契：《女性的权利》，张芸、文敏译，北京：人民文学出版社，2017，第7页。

⑤ John C. Hawley，"Biafra as Heritage and Symbol：Adichie，Mbachu，and Iweala"，*Research in African Literature*，Vol.39，No.2（2008），p.17.

⑥ Chimamanda Ngozi Adichie，*Half of a Yellow Sun*，Lagos：Farafina，2006，p.422.

份危机的伊博人的现代生活格格不入。①

　　不过，在《紫》中，恩苏卡大学并非以纯粹的反叛空间意象出现。相反，它是一个杂糅的后殖民空间。在《文化与帝国主义》的导言里，萨义德指出，"一切文化都是你中有我，我中有你，没有任何一种文化是孤生的、单纯的，所有文化都是杂交性的"。② 后殖民主义理论家霍米·巴巴似乎认同萨义德的观点。他极力提倡一种杂交、非此非彼的文化策略，并提出了"第三空间"的概念。他认为，"这个空间既不是单单属于自我，也不单单属于他者，而是居于两者之间的中间位置，混合两种文化的特征"。③ 当然，巴巴的"第三空间"仅是一种"精神建构"，而非指具体的物理空间。不过，我们完全有理由认为恩苏卡空间是巴巴"第三空间"的具象。在《紫》中，伊菲欧玛姑妈在恩苏卡的家可以看作这一"非此非彼，亦此亦彼"的杂糅的"第三空间"的缩影。从物理层面看，伊菲欧玛一家栖身于大楼中的一套公寓，既不同于尤金家气派的欧式建筑，也不同于其父用泥和草筑成的土房。虽然和尤金家的房子一样是现代建筑，但外墙"蓝色的漆剥落了"（第 90 页），而且屋顶低到康比丽"感觉伸手就可以碰到"（第 91 页），呈现如阿巴传统建筑低矮的特征。室内虽然有着与尤金家里一样的现代用品，但它们也和其父院子内的物什一样呈现破旧和杂乱的特征。更为重要的是，伊菲欧玛家种满各种植物的花园、夜虫的鸣叫、公鸡的啼叫与猫头鹰的叫声以及孩子们抓白蚁吃的习俗，也令人想起阿巴人与自然和谐相处的生活方式。

　　从精神层面看，与尤金家连空气都是凝固的、走路时"橡胶拖鞋一点声音都不出"（第 9 页）的令人窒息的寂静形成强烈的反差，伊菲欧玛家呈现阿巴前殖民空间中的嘈杂——她家"总是充满笑声……［它］回荡在所有的墙壁之间，所有的屋子里。争吵来得快，去得也快。晨昏

①　Lily G. N. Mabura, "Breaking Gods: An African Postcolonial Gothic Reading of Chimamanda Ngozi Adichie's *Purple Hibiscus* and *Half of a Yellow Sun*", *Research in African Literatures*, Vol. 39, No. 1 (2008), p. 214.

②　〔美〕爱德华·W. 赛义德：《文化与帝国主义》，《赛义德自选集》，谢少波等译，北京：中国社会科学出版社，1999，第 179 页。

③　转引自谢雁冰《〈落地〉构筑的"第三空间"：华裔离散身份认同新取向》，《福州大学学报》（哲学社会科学版）2017 年第 1 期，第 75 页。

的祷告总是点缀着歌声，伊博语的赞歌常常有大家击掌相伴"（第112页）。巴赫金在《拉伯雷和他的世界》（*Rabelais and His World*）一书中指出，笑声具有反教条主义、反"恐惧和威胁"与"反说教主义"的特质。① 可以说，伊菲欧玛家的笑声和各种嘈杂声具有"打断和驳斥尤金的独白"的功能，② 显示出一种如乔安娜·艾萨克（Joanna Isaak）所言的，将"中心化话语"复数化以及去稳定化的颠覆潜能。③ 不同于尤金家，伊菲欧玛家的精神生活十分丰富。她的子女们从小饱读诗书，小小年纪便能对很多社会和文化问题发表独立见解。与尤金在家里所扮演的独断的规训者角色不同，伊菲欧玛在家里是一个教导有方的教育者，哪怕她对孩子们采取和尤金一样的身体惩罚，她也一定会向他们解释他们被打的原因。她家里也没有尤金的那套作息时间表，孩子们可以自由地支配时间。伊菲欧玛家也不同于其父在阿巴的家，它是反对性别歧视的。伊菲欧玛中年丧夫，独自一人抚养四个孩子。在这个家中，女性从来不是顺从的：她的亡夫生前非常尊重她；她的大女儿凡事都有自己独立的见解，她双眼"充满质疑，似乎总是在提问，而且对很多答案并不赞同"（第63页）；当她对康比丽进行语言攻击时，伊菲欧玛鼓励后者进行回击；尽管阿巴传统文化不允许女性参与或观看本土宗教仪式，但伊菲欧玛鼓励康比丽观看祖父祭拜朱格乌神的仪式；阿玛卡虽为外孙女，但她却能作为孙辈代表在其外祖父的葬礼上跳舞。

　　伊菲欧玛家作为糅合恩努古规训空间和阿巴前殖民空间的"第三空间"表征意象，通过她家所信奉的宗教得到了更为明显的体现。与尤金家一样，伊菲欧玛全家都是虔诚的基督教徒。不过，辛西娅·华莱斯指出，

---

① 转引自 Christopher Ouma, "Countries of the Mind Space-Time Chronotopes in Adichie's *Purple Hibiscus*", in Ogaga Okuyade, ed., *Tradition and Change in Contemporary West and East African Fiction*, New York: Rodopi, 2014, p. 181.

② Christopher Ouma, "Countries of the Mind Space-Time Chronotopes in Adichie's *Purple Hibiscus*", in Ogaga Okuyade, ed., *Tradition and Change in Contemporary West and East African Fiction*, New York: Rodopi, 2014, p. 181.

③ 转引自 Christopher Ouma, "Countries of the Mind Space-Time Chronotopes in Adichie's *Purple Hibiscus*", in Ogaga Okuyade, ed., *Tradition and Change in Contemporary West and East African Fiction*, New York: Rodopi, 2014, p. 181。

伊菲欧玛家所信奉的是充满批判性思维、幽默以及欢乐的伊博天主教。[①]
我们同意华莱斯的看法，伊菲欧玛并没有如尤金那样将本土宗教妖魔化，
她所信仰的宗教是"亦此亦彼"的。被尤金视为"异教"的伊博传统宗教
在她家是受欢迎和尊重的。她用传统的方式称呼自己的子女，也鼓励他们
参加各种传统仪式。在她的影响下，其长女热衷于有本土文化意蕴的非洲
音乐。伊菲欧玛认为，其父每天清晨所举行的崇拜仪式无异于天主教徒每
天念的玫瑰经。因此，他们一家人在诵读玫瑰经时会唱伊博赞美歌。她甚
至在祷告中祈求上帝保佑异教的父亲，因为她坚信"不同的事物和熟悉的
事物是一样好的"（第 132 页）。伊菲欧玛家所信奉的那种"亦此亦彼"的
伊博天主教思想，在康比丽的祖父去世之际她对扎扎及其表弟奥比奥拉
（Obiora）的想象也有明显的体现。在她的想象中，他们是"爷爷曾经日日
向他们祈祷"的"一个世纪前的祖先们"（第 145 页）。这表明，在伊菲欧
玛家，黑人基督徒的身体同时也是前殖民本土宗教徒的身体。同样，与恩
努古规训空间中的基督教贬抑肉体，认为不符合规范的身体是需要被干
预、被折磨和被驯服的态度不同，伊菲欧玛家所信仰的基督教接受阿巴空
间中本土宗教对黑人身体的肯定和张扬。伊菲欧玛经常涂鲜艳的口红，身
穿红裙子或红裤子，脚蹬高跟鞋。阿玛卡涂闪亮的唇彩，穿紧身裤。她对自
己的身体十分自信，敢"在镜子里检查自己的形象"（第 112 页），甚至还敢
身着内衣内裤站在康比丽面前。同样，伊菲欧玛的身体也总是自主的、动态
的："她健步如飞，似乎总是很清楚自己要去什么地方，要去那里做什么。
她说话也是这样，好像要争取在最短的时间内说出尽量多的内容"（第 57
页）。其实，从康比丽对在她姑妈家做传统崇拜仪式的爷爷的身体描述中，
我们可以更清楚地看到伊菲欧玛家所信仰的基督教能接纳自然的身体：

> ［灯光在］努库爷爷胸口的短毛上和他腿部泥土色的肌肤上投下
> 黄宝石般的光彩。……他的肚脐曾经一定是鼓鼓的，现在却耷拉着，
> 像一只皱皮的茄子。……所剩无几的牙在那种光线下似乎更黄了，像新

---

① Cynthia R. Wallace, "Chimamanda Ngozi Adichie's *Purple Hibiscus* and the Paradoxes of Postcolonial Redemption", *Christianity and Literature*, Vol. 61, No. 3 (2012), p. 473.

鲜的玉米粒。……他的身体像我家院子里那棵多瘤的石梓树的树皮……他的两腿间挂着一只松软的茧，看上去光滑些，并没有遍及全身其他各处的蚊帐一样细密的皱纹。……他的乳头藏在所剩无几的灰色胸毛间，像是两颗深色的葡萄。（第 132～134 页）

此处，这一裸露的身体尽管衰老却极富尊严，它不是恩努古规训空间中遭西方基督教文化羞辱、规训和惩罚的身体，相反，它是一种渗透着阿巴前殖民空间本土信仰的仪式化的身体。苏珊·斯特雷尔（Susan Strehle）指出，伊菲欧玛"将她的家、非洲身体、思想以及灵魂实施了去殖化"。① 我们十分赞同斯特雷尔的观点。因为，在伊菲欧玛家所信奉的伊博天主教中，身体与精神的二元对立原则被颠覆了，被否定的黑人身体被赋予了一种伟大的精神性。可以说，在伊菲欧玛家，原本在伊博宗教文化中充满巫魅的黑人身体，在经历殖民主义基督教的"去魅"之后又被"复魅"了。换句话说，在伊菲欧玛家，黑人身体"被重新赋予了生命"（Reanima-ted），以一种重回前殖民过去的方式被重新偶像化了。② 正因如此，康比丽决意珍藏爷爷的画像，哪怕被尤金踢成重伤也要保护它。

　　伊菲欧玛家对本土宗教以及黑人身体的肯定和接受也在恩苏卡的圣彼得教堂里得到了回应：它容纳本土文化，人们在做弥撒时可以唱伊博歌曲；那里对身体尤其是女性身体也没有那么多的束缚——女人们"只用了一块透明的黑纱遮住头发，有些人穿着裤子，甚至是牛仔裤"（第 189页）；它肯定肉体，并认为肉体具有精神性。就职于该教堂的阿马迪神父告诉康比丽，他在当地男孩们的脸上看到了耶稣。与尤金和本尼迪克特神父不同，阿马迪神父对身体持欣赏而非羞辱的态度；他鼓励康比丽跑步、说话和大笑。其实，在恩努古的家里，尤金尽管竭力贬低和压抑身体，但康比丽无时无刻不在注视着他的身体，它在她眼里甚至是欲望化的：康比丽因私藏爷爷的遗像而遭受尤金的惩罚时，在她的想象中，他"会看一眼

①　转引自 Cynthia R. Wallace. "Chimamanda Ngozi Adichie's *Purple Hibiscus* and the Paradoxes of Postcolonial Redemption", *Christianity and Literature*, Vol. 61, No. 3（2012），p.473。

②　Corinne Sandwith, "Frailties of the Flesh：Observing the Body in Chimamanda Ngozi Adichie's *Purple Hibiscus*", *Research in African Literatures*, Vol. 47, No. 1（2016），p.102.

画，接着眼睛会眯起来，脸会胀得像没成熟的金星果，他的嘴会喷射出伊博语的咒骂。……爸爸的身子轻轻晃了晃……就像在摇一瓶可乐一样"（第165页）。康比丽在对尤金的身体描写中通过"胀""喷射""晃"等带有性暗示的字眼，将其力图营造的精神性存在还原成普通的欲望化的身体性存在。不过，康比丽的身体意识唯有在伊菲欧玛以及阿马迪神父的帮助下才得到真正的解放。只有在恩苏卡这个杂糅的"第三空间"里，康比丽才完成了从口吃、噎住、安静到说话、争论及提问的变化，其在恩努古规训空间中安静、封闭的身体在被否定与规训之后终于能够如阿巴空间中的人们那样工作、流汗、奔跑、大笑、舞蹈以及歌唱。与此同时，通过对传统崇拜仪式中祖父身体的描述，康比丽打破了女性不能参与宗教仪式的禁忌，解构了阿巴前殖民传统空间中的男权思想。一言以蔽之，康比丽的身体意识的改变毫无疑问得益于恩苏卡"非此非彼""亦此亦彼"的"第三空间"文化环境。

五　小结

阿迪契是一位有着丰富空间体验的作家。她出生于恩努古，2岁起就居住在恩苏卡直至19岁赴美留学。童年时代，阿迪契经常去阿巴以及乌姆纳奇（Umunnachi）拜访其祖父母及外祖父母。在美国期间，她先后在德雷克塞尔大学、东康涅狄格州立大学、约翰·霍普金斯大学、耶鲁大学等学校完成她的本科和研究生学业。[①]　如今，她虽旅居美国，但每年都回尼日利亚探亲访友。学界已经注意到，在其创作中，阿迪契也精心表现她所熟悉的各种空间意象。[②]

---

① 2003年，她在约翰·霍普金斯大学获取了文学创作硕士学位，并于2008年获得非洲研究硕士学位。

② 克里斯托弗·欧玛注意到，阿迪契在创作诸如《写作生涯》（"The Writing Life"）、《日记》（"Diary"）、《真正的食物》（"Real Food"）以及《家在哪儿，心就在哪儿》（"Heart Is Where the Home Was"）等散文时，她经常回到她小时候生活过的地方。详见 Christopher Ouma, "Countries of the Mind Space—Time Chronotopes in Adichie's *Purple Hibiscus*", in Ogaga Okuyade, ed., *Tradition and Change in Contemporary West and East African Fiction*, New York: Rodopi, 2014, p. 171。

在《紫》中，阿迪契描写了她在尼日利亚生活和成长过程中三个重要的空间，即她的出生地恩努古、其父亲老家阿巴以及她度过 17 年时光的恩苏卡大学。在《紫》中，恩努古被塑造成一个殖民规训空间意象：尤金在其家里、圣埃格尼斯教堂以及其子女就读的教会学校，以带有强烈殖民主义思想的基督教价值观规训着其家人，以至于康比丽和扎扎的自我成长几乎陷入绝境。通过恩努古这一殖民规训空间意象，阿迪契似乎告诉读者，在 20 世纪 90 年代，尽管英国在尼日利亚的殖民主义统治已结束 30 余年，但殖民主义思想并没有在尼日利亚消失，相反，它以更隐蔽的方式控制着尼日利亚民众的思想。在小说中，阿巴被描写成一个前殖民的传统空间，但由于殖民主义的规训和传统男权思想的盛行，这一传统空间也无法为康比丽和扎扎的健康成长提供保障。小说中恩苏卡可以视为一个包容、杂糅的后殖民空间，类似于霍米·巴巴的"第三空间"具象。它糅合以恩努古空间为代表的殖民主义基督教文化及以阿巴为代表的传统宗教文化，彰显了"非此非彼"而又"亦此亦彼"的伊博天主教文化。这一包容、杂糅的"第三空间"为康比丽和扎扎的自我发展提供了营养和支持。

应该指出的是，恩苏卡这一"第三空间"在尼日利亚的现实社会中似乎很难存续。因为伊菲欧玛在恩苏卡的家不仅时常停水停电，而且还被军政府带有黑社会性质的所谓特别安全部人员闯入、搜查。最后，她不得不背井离乡，带着全家人移民到美国。随着伊菲欧玛的离开，恩苏卡这一包容、杂糅的后殖民空间也从康比丽的生活中消失了，她的自我发展又陷入几乎停滞不前的状态。不过，阿迪契笔下的人物在遭遇环境的挤压以及偏见和敌意时，总能自尊自爱，在充满挫折的环境里拓宽自己的边界。[①]《紫》的笔调是乐观的：在故事的结尾，扎扎把伊菲欧玛花园里象征自由的紫木槿树移栽到恩努古和阿巴，同时，康比丽也决定在扎扎出狱后全家前往美国看望伊菲欧玛。这些细节表明，康比丽在恩苏卡的"第三空间"体验将永远铭记在她的脑海中，并将激励着她的自我追寻与成长。

---

① 索马里：《大多数美国人不介意雇个黑人保姆，但百分百介意有个黑人上司——看非洲女作家如何戳破"美国神话"》，《文艺报》2018 年 4 月 18 日，第 12 版。

第十一章　生态书写（一）：阿契贝小说个案研究

一　引言

"生态批评"（Ecocriticism），又称为"绿色研究"（Green Studies），聚焦人与自然的关系，是一种把环境保护纳入文学、文化研究范畴的跨学科研究。作为一种文艺批评思潮，生态批评始于20世纪70年代，并在90年代成为西方文学与文化研究的"显学"。不同于以往的文学、文化批评理论，生态批评把传统阅读中主要以人与社会为逻辑起点的世界延伸到包含自然万物的整个宇宙，它鼓励以生态为取向的各种阅读，"既包括对预测和想象未来生态灾难的当代作品的研究，也包括对历史经典作品的重读"。[①] 21世纪以来，随着后殖民文学研究的不断深入，越来越多的学者尝试用生态批评的理论观点去重新阐释英语国家少数族裔作家的经典作品，常有学术著述出版、发表。

非洲文学生态批评研究的开展与尼日利亚著名作家、社会活动家肯·萨洛－威瓦之死不无关系。1995年11月，尼日利亚政府以"莫须有"的罪名（谋杀政敌罪）处死了萨洛－威瓦。萨君是尼日利亚奥戈尼族人（Ogoni），其家乡位于尼日尔河三角洲，是尼日利亚绝大部分石油的生产区，但石油开采并没有给当地族民带来好运，相反却给他们的生活带来灾

---

① 程虹：《生态批评》，载赵一凡等主编《西方文论关键词》，北京：外语教学与研究出版社，2006，第489页。

难。一方面，空气被燃烧的天然气污染，大片的农田因原油泄漏被毁，生活用水和养鱼用水惨遭污染。另一方面，石油公司根本不关心当地族民的生存问题，遭污染的土地和水源的理赔问题一直没得到合理的解决。① 为此，萨洛－威瓦联合当地一些精英分子成立"奥戈尼人民生存运动"（Movement for the Survival of the Ogoni People）组织，旨在为尼日尔河三角洲地区的原住民争取应有的权益。不料，该组织的维权活动却遭到阿巴查政府的残酷镇压。萨洛－威瓦被捕后被处以绞刑，他为尼日利亚的环保事业献出了宝贵生命。这一事件曾引起国际社会的高度关注。他被处死的那一天，《纽约时报》把他的照片作为封面人物进行了刊登。② 之后，环保问题逐渐引起非洲各界人士的重视。21 世纪以来，随着生态批评研究的不断深入，已有一些学者把眼光投向非洲前英属殖民地国家中英语作家的生态书写，但这方面的成果仍不多见，相关研究有待深入。③

---

① Marion Campell，"Witnessing Death：Ken Saro-Wiwa and the Ogni Crisis"，*Postcolonial Studies*，Vol. 5，No. 1（2002），p. 40. 参见陈博《肯·萨罗－维瓦》，《世界环境》2015 年第 6 期，第 94 页。"肯·萨罗－维瓦"即"肯·萨洛－威瓦"。

② Sarah T. Cobb， "Seeking a Common Ground：Environmental Degradation in Ken Saro-Wiwa's Country"，*Dialectical Anthropology*，Vol. 22（1997），p. 390.

③ 国外学者威廉·斯雷麦科、丹·威利、罗伯特·麦凯、安东尼·维塔尔、格拉汉姆·哈根、海伦·蒂芬、邦尼·鲁斯、拜伦·卡米内若－桑坦觉罗、艾琳·达尔美达、伊丽莎白·德洛雷等人的开拓性研究值得关注。详见 William Slaymaker， "Echoing the Other（s）：The Call of Global Green and Black African Responses"，*PMLA*，Vol. 116（2001），pp. 129 – 144；Dan Wylie， "Elephants and the Ethics of Ecological Criticism：A Case Study in Recent South African Fiction"，in Sue Kossew and Dianne Schwerdt，eds.，*Re-Imagining Africa: New Critical Perspectives*，New York：Nova Science Publishers，2001；Robert McKay， "Animal Ethics in the Fiction of J. M. Coetzee"，in *The Literary Representation of Pro-Animal Thought: Reading in Contemporary Fiction*，Doctoral dissertation of the University of Sheffield，2003；Anthony Vital， "Situating Ecology in Recent South African Fiction：J. M. Coetzee's *The Lives of Animals* and Zakes Mda's *The Heart of Redness*"，*Journal of Southern African Studies*，Vol. 31，No. 2（2005），pp. 297 – 313；Graham Huggan and Helen Tiffin， "Green Postcolonialism"，*Interventions: International Journal of Postcolonilal Studies*，Vol. 9，No. 1（2007），pp. 1 – 11；Anthony Vital， "Toward an African Ecocriticism：Postcolonialism，Ecology and *Life & Times of Michael K.* "，*Research in African Literatures*，Vol. 39，No. 1（2008），pp. 87 – 106；Anthony Vital， " 'Another Kind of Combat in the Bush'：*Get a Life* and Gordimer's Critique of Ecology in a Globalized World"，*English in Africa*，Vol. 35，No. 2（2008），pp. 89 – 118；Graham Huggan and Helen Tiffin，*Postcolonial Ecocriticism: Literature, Animals, Environment*，London and New York：Routledge，2010；Bonnie Roos and Alex Hunt，eds.，*Postcolonial Green*，London：University of Virginia Press，2010；Byron Caminero-Santangelo and Garth Myers，*Environment* （转下页注）

　　《瓦解》是阿契贝的长篇代表作，先后被翻译成 50 多种语言，全球销售逾 1000 万册。20 世纪 90 年代以来，有许多学者从后殖民与文化批评的角度解读该小说的主题，研究内容颇为丰富，但研究视角较为单一。[①] 本章尝试从后殖民生态批评的角度分析《瓦解》中的环境书写，探讨作家的自然观及其后殖民生态批评意识。本章的写作并非一时的突发奇想。2011 年，拜伦·卡米内若 – 桑坦觉罗（Byron Caminero-Santangelo）和加斯·迈尔斯（Garth Myers）在其编著的《位于边缘的环境：文学与环境研究在非洲》（*Environment at the Margins*：*Literary and Environmental Studies in Africa*）中的"引言"部分就提及了阿契贝小说中的环境描写问题。[②] 2014 年，卡米内若 – 桑坦觉罗在其独著的《不同的绿荫：非洲文学、环境正义和政治生态学》（*Different Shades of Green*：*African Literature*，*Environmental Justice*，*and*

（接上页注③）*at the Margins: Literary and Environmental Studies in Afric*，Athens：Ohio University Press，2011；Elizabeth DeLoughrey and George B. Handley，eds.，*Postcolonial Ecologies*：*Literatures of the Environment*，New York：Oxford University Press，2011；Irene A. d'Almeida，et al.，eds.，*Eco-Imagination: African and Diasporan Literatures and Sustainability*，Trenton：Africa World Press，2014；Byron Caminero-Santangelo，*Different Shades of Green: African Literarture，Environmental Justice，and Political Ecology*，London：University of Virginia Press，2014；Elizabeth DeLoughrey，et al.，eds.，*Global Ecology and the Environmental Humanities: Postcolonial Approaches*，New York：Routledge，2015。近年来，国内也有学者涉足此领域的研究。详见姜礼福《寓言叙事与喜剧叙事中的动物政治——〈白虎〉的后殖民生态思想解读》，《当代外国文学》2010 年第 1 期，第 89 ~ 95 页；朱峰《后殖民生态视角下的〈耻〉》，《外国文学研究》2013 年第 1 期，第 50 ~ 54 页；钟再强《库切〈生活和时代〉的后殖民生态书写》，《南通大学学报》（社会科学版）2014 年第 2 期，第 52 ~ 58 页。

① 例如，Neil T. Kortenaar，"How the Centre is Made to Hold in *Things Fall Apart*"，in Michael Parker and Roger Starkey，eds.，*Postcolonial Literatures: Achebe, Ngũgĩ, Desal, Walcott*，London：Macmillan Press Ltd.，1995，pp. 31 – 51；John Clement Ball，*Satire & the Postcolonial Novel: V. S. Naipaul, Chinua Achebe, Salman Rushdie*，New York & London：Routledge，2003；Soonsik Kim，*Colonial and Postcolonial Discourse in the Novels of Yom Sang-Sop, Chinua Achebe and Salman Rushdie*，New York：Peter Lang，2004；陈榕：《欧洲中心主义社会文化进步观的反话语——评阿切比〈崩溃〉中的文化相对主义》，《外国文学研究》2008 年第 3 期，第 158 ~ 160 页；丁尔苏：《前现代——现代转型的文学再现》，《外国文学评论》2009 年第 4 期，第 121 ~ 128 页；姚峰：《阿契贝的〈瓦解〉与小民族文学的游牧政治》，《当代外国文学》2013 年第 4 期，第 105 ~ 114 页；朱峰：《家乡土地上的流浪者：〈瓦解〉中的奥贡喀沃的悲剧》，《外国文学评论》2013 年第 4 期，第 130 ~ 142 页。

② Byron Caminero-Santangelo and Garth Myers，"Introduction"，*Environment at the Margins: Literary and Environmental Studies in Africa*，Athens：Ohio University Press，2011，p. 7.

Political Ecology）中专辟一节较为深入地探讨了阿契贝小说《神箭》的生态主题，认为该作品精准地预示了西方殖民主义进程对独立后非洲政治生态的恶劣影响。[①] 我们撰写此章，希望也能就相关的研究尽点绵薄之力。

二　原生态的风景：殖民者入侵之前的人与自然

环境与空间想象是后殖民文学叙事的重要内容，后殖民作家一般"都无法回避对空间的关注和想象性再现。这个空间可以是具体的风景地理、疆域，也可以泛指环境、自然、土地和故乡"。[②] 阿契贝的小说《瓦解》可以看作一部再现尼日利亚伊博部族环境、自然、土地和故乡空间的后殖民文学经典。小说中，阿契贝关注的既有自然风景，也有人文风景，既有自然物理空间，也有社会精神空间。小说写道，在西方殖民者到来之前，尼日利亚伊博部族的自然和社会生态呈现一种颇为有机的和谐：从日月星辰、风雨雷电、山川河流到森林土地、鱼蛇虫鸟、飞禽走兽，一切有生命和无生命之物都"自然而然"共存于一种相互联系的"生态网络"之中。伊博族人与大自然和谐相处，他们用竹子做床，用棕榈油做灯，用木头做碗和杵，用植物的叶子来包裹食物，用紫木来绘画。生病的时候，人们想到的是大自然里的草药，而不是现代医院里的那些生化药剂。小说主人公奥贡喀沃的女儿埃金玛（Ezinma）生病的时候，他到森林里采集了一大捆野草、树叶、树根和树皮，然后把它们煎成药汤，让埃金玛熏身体，她的身体在药力的作用下汗水淋漓，之后就痊愈了（第 76 ~ 77 页）。[③] 族民种植粮食的方式也是纯"绿色的"。他们采用原始的农耕方式，没有先进的机械设备，不使用任何化肥农药，他们的耕作纯粹依靠自己的双手和聪明智慧。通常，在"和平周"（Peace Week）过后，族民就开始耕地种木薯。首先，他们将清理出来的杂草放在阳光下晒干，然后再把它们烧成灰当作

---

① Byron Caminero-Santangelo, *Different Shades of Green: African Literature*, *Environmental Justice*, *and Political Ecology*, London: University of Virginia Press, 2014, pp. 151 – 170.

② 何畅：《后殖民生态批评》，《外国文学》2013 年第 4 期，第 113 页。

③ 本章中所有《瓦解》的引文均按高宗禹中译本（重庆：重庆出版社，2009）的页码标示。有些译文略有改动，后文不再另注。英文原版参见 Chinua Achebe, *Things Fall Apart*, London: Heinemann, 1958。

土地的肥料。他们会认真地挑选每一粒种子，如果种子太大，他们会按照种子的形状将它一分为二，种在被雨湿润过的土墩子里。为了防止受到土地热力的侵害，村民会把西沙尔麻（sisal）的叶子做成圈圈来保护嫩芽。等到雨水更足的时候，妇女们会在土墩子中间种上玉米和瓜豆之类的农作物。从播种木薯到收获，妇女们还要定期进行人工除草。利奥波德（A. Leopold）指出，"文明的进步让各种机械和媒介干扰了人与土地的基本关系，导致人们对土地的认知日渐模糊和偏颇"。① 伊博族人的生产方式看似落后，但他们的耕作无疑是利奥波德所倡导的那种"有机耕作"（organic farming）②，非常有利于"土地的健康"③；他们与土地的关系算得上那种"作为生物群的人类"与"作为有机整体的土地"④ 之间的和谐关系，它体现了一种"生态学的良知"。⑤

在部族时期，伊博族人生活在大自然的怀抱里，他们以自己独有的方式体味着大自然那种"自主的存在"。⑥ 奥贡喀沃的父亲乌诺卡（Unoka）酷爱那随着旱季归来的鹰，他常常想起自己的童年，想起自己怎样到处去游荡，去寻找碧空中自由翱翔的鹰。只要发现一只鹰，他就会和其他的孩子一起全力歌唱，欢迎它从远方归来，"问它有没有带着一两块布回到故乡"（第 5 页）。奥贡喀沃在与大家分享食物的时候，也会为苍鹰和白鹭祈福，他说，"我们都将活着。我们祈求长寿、多子多孙、丰收和幸福。你们能得到好东西，我也能得到好东西。让苍鹰栖息，也让白鹭栖息"（第 18 页）。住在奥贡喀沃家的恩拜诺村（Mbaino）少年艾克美弗纳，可谓"自然之子"。他会用竹竿甚至象草做成笛子，"他知道各种鸟的名称"，

① Aldo Leopold, *A Sand County Almanac and Sketches Here and There*, Oxford：Oxford University Press, 1989, p. 178. 中译文见〔美〕奥尔多·利奥波德《沙郡年记》，王铁铭译，桂林：广西师范大学出版社，2014，第 174 页。

② Aldo Leopold, *A Sand County Almanac and Sketches Here and There*, Oxford：Oxford University Press, 1989, p. 222. 王铁铭中译本，第 214 页。

③ Aldo Leopold, *A Sand County Almanac and Sketches Here and There*, Oxford：Oxford University Press, 1989, p. 221. 王铁铭中译本，第 212 页。

④ Aldo Leopold, *A Sand County Almanac and Sketches Here and There*, Oxford：Oxford University Press, 1989, p. 223. 王铁铭中译本，第 214 页。

⑤ Aldo Leopold, *A Sand County Almanac and Sketches Here and There*, Oxford：Oxford University Press, 1989, p. 207. 王铁铭中译本，第 200 页。

⑥ 余谋昌、王耀先主编《环境伦理学》，北京：高等教育出版社，2004，第 102 页。

"也知道用哪一种树做弓力量大"（第 26 页）。他有说不完的民间故事，故事说到的国土里"蚂蚁有着华美的宫廷，沙土永远在跳舞"（第 32 页）。奥贡喀沃的儿子恩沃依埃（Nwoye）最喜欢母亲给他讲的那些大自然的故事，比如"苍鹰求雨的故事"：

> 天一连 7 年不下雨，庄稼都枯死了，死人无法埋葬，因为锄头一落在石头一样硬的地上就折断了。后来派了苍鹰去向天求情，苍鹰唱了一支歌，诉说人间男女的苦难，想打动天的心肠。每逢他妈妈唱这支歌的时候，恩沃依埃就感到自己仿佛被带到了遥远的天上，听到了大地的使者苍鹰在那里唱歌求情。最后天动了恻隐之心，把雨用可可木薯叶子包着，交给了苍鹰。可是在归途中，苍鹰的长爪子抓破了叶子，于是下起了从来不曾有过的大雨。（第 48～49 页）

利奥波德在《沙郡年记》中指出，"大地共同体"的成员包括土壤、水、大气、阳光以及一切植物和动物，所有的物种都是这个共同体平等的一员；人没有凌驾于其他生命形式的特权，他们的角色不是"土地的征服者"，而是"它的普通成员和公民"。① 鹰和蚂蚁虽然都是自然界里非常普通的动物，但它们在伊博族人眼里并非无能动作用的低级动物，它们就像自己的族人一样富有情感，并且可以自由地交流；它们也有生活的智慧。我们认为，《瓦解》中那些与动物意象相关的民间谚语，比如"癞蛤蟆白天乱蹦，不会没有理由"（第 19 页）、"一只小鸡要是将来是只雄鸡，出壳时就可以看出来"（第 59 页）、"母牛吃草，小牛崽会盯着它的嘴巴"（第 63 页）、"动物身上痒时会靠着树摩擦它的腰身，而人则让他的亲人帮忙"（第 149 页）等，不仅折射了伊博族人与自然的和谐关系，而且也有效地破除了人类认为动物没有情感和智慧的偏见——"人类一直将动物当没有情感的物种，因此，征服动物和动物性甚至兽性被当作文明的标志。"② 那些充满部族居民生活智慧的民间谚语或许也可以为哈根（G. Huggan）和蒂

---

① Aldo Leopold, *A Sand County Almanac and Sketches Here and There*, Oxford：Oxford University Press, 1989, p. 204. 王铁铭中译本，第 197 页。
② 朱新福、张慧荣：《后殖民生态批评述略》，《当代外国文学》2011 年第 4 期，第 28 页。

芬（H. Tiffin）在他们的著作《后殖民生态批评》中关于人与动物新型伦理关系的论说提供某种佐证。

三　万物有灵：原住民朴素的自然观

佛经曰，"众生皆有佛性"。主张"诗意地栖居于大地上"的海德格尔曾说，神圣是自然的本质，作为自然表现形态的天空、大地、岁月、家园就是存在。[①] 生态批评学者认为，生态危机的起因是西方主客二分的自然观，所以要从根本上消除生态危机，人类必须从唯一言说之主体的地位退出，"放弃人的中心性"以及"人在精神上和肉体上与自然的疏离感"。[②]这种"放弃的美学"要求人类以谦卑的态度对待自然万物，培养一种生态情感和生态良知。阿尔贝特·史怀泽（A. Schweizter）说，人类应像敬畏自己的生命意志一样敬畏其他生命意志，在自己的生命中体验其他生命，努力促使"可发展的生命实现其最高价值"。[③]《瓦解》中的伊博族人以谦卑的态度面对自然，他们像北美的印第安人一样信奉万物有灵论，即"认为包括人类、动物、植物、山脉、江河、风云、雷电在内的一切生命活动、自然现象都受一种精气、灵气的支配，〔感觉〕冥冥之中有一位大神主宰着天地万物的命运"。[④] 在伊博族人眼里，自然万物是有灵性的，大地是孕育万物的母亲，他们心中至高无上的神被称为"朱格乌"，他创造了世界万物，并派遣其他神灵掌管各项事务。地母"阿尼"是丰产之神，类似于希腊神话中的大地女神盖亚（Gaia），她也是族民道德和行为的最高裁判者。丘陵和山洞之神被族民称为"阿格巴拉"。"阿玛底奥哈"（Ama-dioha）负责掌管风雨雷电。除了这些位高权重的神灵，伊博族人相信那些生命力旺盛的动植物也是有神性的。在乌姆奥非亚村，族民相信村里那棵古老的木棉树也具有神性，说"它里面住着等待降生的好孩子的灵魂"

---

① 转引自鲁枢元《生态文艺学》，西安：陕西人民教育出版社，2000，第378页。
② 胡志红：《西方生态批评研究》，北京：中国社会科学出版社，2006，第211页。
③ 〔德〕阿尔贝特·史怀泽：《敬畏生命》，陈泽环译，上海：上海社会科学院出版社，1996，第9页。
④ 鲁枢元：《生态文艺学》，西安：陕西人民教育出版社，2000，第37页。

（第 42 页），所以在平常的日子里那些希望生孩子的妇人会常常坐在树荫下，期盼木棉树能让她们生下聪明乖巧的孩子。大蟒蛇也被族民视为神的化身，它被称为"我的父亲"，"它爱在哪里就可以到哪里，甚至爬到人们的床上也无所谓"（第 142 页）。小说中写道，人们对神蛇敬畏有加，"如果一个人无意之中杀了神蛇，那他要拿出赎罪的祭品，为它举办一个为有地位的人举行的、花费很大的葬礼"（第 142 页）。自然神灵常被族民视为生活和生命的守护神，所以每逢过节，族民都会祭拜这些自然神灵，祈求丰产与幸福；人们不可随意冒犯自然神灵的权威，否则将受到惩罚。族民奥科里（Okoli）有意杀死了一条神蛇，但没过两天他就暴病而死。族民敬畏"自然的生态权力"（nature's ecological power）[1]，他们相信，奥科里死于蛇神的复仇。奥贡喀沃在"和平周"打了他的妻子，而在这一天地母"阿尼"要求人与人之间和平共处，甚至不能高声说话，奥贡喀沃违背了"阿尼"的神旨，因而受到女祭司的严厉批评。他被要求向"阿尼"祭祀一只羊、一只鸡、一块布、一百个货贝来弥补过错，而奥贡喀沃还额外带了一坛酒来表明自己的敬意。

　　有学者指出，万物有灵论并非一种原始思维或神话意识的体现，它是"一种处理人与自然关系的准则、规范和强制性的民间法，要求甚至强制人们对其遵守和维护"[2]。这一观点或许可以用来解释为什么伊博族人眼里的大自然不是一个沉默无语的客体，它有喜怒哀乐，能洞察人世间的各种风云变幻；它常常会通过那些自然神灵的祭司发出自己的声音，那些祭司的言语行为让人相信自然神灵拥有超凡的神力。奥贡喀沃的父亲乌诺卡曾到山上向山洞之神"阿格巴拉"抱怨他一事无成，结果受到神灵附体的女祭司的斥责。她说，没有人能够骗得过山洞之神，谁也不能为自己的懒惰找借口。山洞之神还会不定时地召见村民。一日傍晚，女祭司契伊罗来到奥贡喀沃家，说要接他的女儿埃金玛去山洞会见山洞之神。在去山洞之前，契伊罗背着埃金玛绕着村庄跑一圈，并不停地向"阿格巴拉"和乌姆

---

[1]　作为自然生态系统的一员，人类须服从生态系统的整体利益，他们对自然生态的破坏迟早会遭到大自然的惩罚和报复。环境伦理学把此种现象称为"自然的生态权力"。详见余谋昌、王耀先主编《环境伦理学》，北京：高等教育出版社，2004，第 187 页。

[2]　李长中主编《生态批评与民族文学研究》，北京：中国社会科学出版社，2012，第 14 页。

阿齐村致敬词，直到后半夜她才将埃金玛送到山洞。奥贡喀沃和他妻子艾克维菲都觉得十分神奇，"一个女人怎么能够轻易地背着这样大的孩子，而且背得这样久，真是一个奇迹"（第 96 页）。他们相信，那天晚上的契伊罗并不是一个普通的妇人，她被赋予了神的力量。奥贡喀沃年轻时所经历的一次自然灾害让他对大自然的神力深信不疑。那一年，第一场雨下得很迟，"土地像热碳似的烘烤着种下的木薯"（第 21 页）。奥贡喀沃"整天注视着天空，盼望乌云出现"，"祈求夜间能下一场雨"（第 21～22 页）。为了让木薯的幼苗免受土地的烘烤，奥贡喀沃把西沙尔麻的厚叶子做成圈圈，围在嫩芽四周，但木薯苗还是无一幸免。奥贡喀沃没有气馁，等到下雨的时候，他又种下其余种子。然而，这次雨一下就没有停，日日夜夜，大雨倾盆，把所有的木薯苗全部冲走了。那种持续不断的大雨威力极大，"就是村里的雨师也不敢说他有什么办法对付这种情况"，"他无法使雨停止，正像在最干燥的季节中，他无法使雨降落而不损害自己的健康一样"（第 31 页）。结果是，那年的收成"像葬礼一样可悲"，有一个村民甚至不堪重负，将自己吊死在一棵树上。

在西方传统的价值观念中，"自然歧视"根深蒂固，"自然总是被边缘化、被主宰、受压抑的他者，不被纳入伦理关怀的视野"。① 从生态批评的角度看，伊博族人朴素的自然观尤其是他们敬畏自然的原始思维蕴含着史怀泽尊重生命、敬畏自然的生态伦理思想。史怀泽说，所谓的伦理就是"敬畏我自身和我之外的生命意志"。② 通过书写大自然的"残忍无情"，我们或许能说，《瓦解》成功地解构了人类中心主义思想，彰显了大自然的主体性，否定了自然征服论，颠覆了西方文化中关于人是"宇宙的精华""万物的灵长""一切事物的尺度"的传统观念。

四　被损毁的风景："生态帝国主义"的侵蚀

"生态帝国主义"是后殖民生态批评的重要概念之一。此概念于 1986

---

① 陈瑜明、杜志卿：《亲系世间万物　回归自然本质——也论劳伦斯小说的生态主题》，《河北师范大学学报》（哲学社会科学版）2013 年第 4 期，第 53 页。

② 〔德〕阿尔贝特·史怀泽：《敬畏生命》，陈泽环译，上海：上海社会科学院出版社，1996，第 26 页。

年由阿尔弗雷德·克罗斯比（Alfred W. Crosby）在其专著《生态帝国主义：900 年至 1900 年欧洲的生态扩张》（*Ecological Imperialism of Europe*，*900 – 1900*）中最先提出。克罗斯比认为，欧洲殖民主义在世界各地的蔓延和肆虐完全可以视为一种生态地理扩张。[①] 学界认为，"生态帝国主义"是"生物扩张的生态逻辑"与"资本扩张的政治经济逻辑"共同作用的结果，"前者重在揭示帝国主义的殖民扩张带来的生态问题，后者重在揭示帝国主义处于支配和控制地位的资本必然导致不平等的生态交流以及这种生态交流带来的人类生态灾难"。[②] 从后殖民生态批评的角度看，"生态帝国主义"一词有三层含义：一是殖民者的入侵改变了当地的自然环境和生态群落，对原生态的环境造成破坏；二是西方殖民主义和帝国主义意识形态对殖民地原有的生态意识和生态思想的侵蚀；三是在当今全球化语境下，西方发达国家对生态责任予以规避，或以环境保护之名推行新殖民主义，剥夺发展中国家的话语权。[③]

西方殖民者入侵非洲之前，非洲部族居民敬畏自然，信奉万物有灵论，部族的自然和社会呈现一种相生相融的和谐。但这种生态和谐在殖民者入侵之后就不复存在了，殖民者的"生态帝国主义"行为最终导致当地自然生态、社会生态和精神生态的瓦解。读者不难看出，《瓦解》中英国殖民者主要通过殖民暴力、宗教、学校教育、技术、商品等方式来实施他们的"生态帝国主义"行为。先说殖民暴力。这是殖民者在殖民开拓前期惯用的伎俩，他们常常利用手中的坚船利炮去征服和控制原住民的地理空间，是一种典型的帝国主义"地理暴力"[④] 行为。《瓦解》第十五章小说主人公奥贡喀沃的好友奥比埃里卡讲述的就是伊博族原生态的地理空间遭受殖民暴力重创的经过：阿巴姆村的族民没见过自行车，也没见过白人，当第一位骑着"铁马"的白人来到他们的村落时，他们误以为他是魔鬼派来祸害部族的怪兽，于是就把他杀了，并把"铁马"绑在神树上，怕它跑

---

① Alfred W. Crosby, *Ecological Imperialism of Europe, 900 – 1900* (2nd edition), Cambridge: Cambridge University Press, 2004, pp. 5 – 7.
② 董慧：《生态帝国主义：一个初步考察》，《江海学刊》2014 年第 4 期，第 59～60 页。
③ 姜礼福：《后殖民生态批评：起源、核心概念以及构建原则》，《南京航空航天大学学报》（社会科学版）2014 年第 2 期，第 56 页。
④ 何畅：《后殖民生态批评》，《外国文学》2013 年第 4 期，第 116 页。

回去报告白人的朋友（第 123 页）。但随后不久，该村就遭到了毁灭性的报复：在一个大集市日，三个白人带了很多士兵，"等到市场上挤满了人的时候，他们就开枪了。除了那些待在家里的老人病人，和少数几个男人和女人，由于他们的守护神十分清醒，把他们带出了市场——除了这些人，所有的人都被杀了"（第 124 页）；昔日繁荣的阿巴姆变成了无人居住的废墟，"连神湖里的神鱼也都逃走了，湖水变成了血一样的颜色"（第125 页）。

　　殖民者采用暴力手段对原住民自然地理空间的征服并非长久有效。为了达到长期占领的目的，他们常常要依仗宗教、学校教育的力量，辅之以技术、商品等现代文明的手段去摧毁原住民地区各种传统的信仰、习俗和观念。基督教传入非洲大陆之初，其所宣扬的上帝是唯一真神以及人与自然二元对立的观点并不能被当地信奉万物有灵论的族民所接受。因为，在非洲原始部族，大自然里的每一只虫鱼鸟兽、每一棵树、每一眼泉水、每一条小溪、每一座山，都有自然神灵保护，人们在猎杀、砍伐、开采、筑坝时都要恳求神灵息怒。《瓦解》中所写的传教士布朗与乌姆奥非亚村的长者阿昆纳（Akunna）关于上帝和自然神灵的论战，实质上是两种截然不同的自然观之间的博弈。基督教传教士布朗认为世界上只有一个上帝，那些自然神灵都是假的神，那种赋予自然万物神性的习俗和信仰是不敬上帝的异教行为，所以必须破除。阿昆纳反驳说，自然神灵无处不在，甚至连一块木头也具有神性，因为"它是从树上来的，而树是朱格乌创造的，就像所有的小神都是他创造的一样。这些都是朱格乌为他的使者而创造的，这样［人们］就可以通过它们去接近他"（第 160 页）。关于众神之神的朱格乌，阿昆纳的能言善辩更是令布朗折服："你们的女王派了教区行政长官来做她的使者。她觉得长官一个人办不了这么多事，因此又指派了科特玛来帮助他。上帝或是朱格乌也是一样。他的事情太多了，一个人办不了，所以他委派一些小神帮助他。"（第 161 页）

　　实际上，基督教传到伊博部族之初，普通族民都唯恐避之不及，皈依者都是那些被族民认为邪恶或下贱的人，比如那些双胞胎（族民相信孪生的孩子中必有一人是魔鬼所生，养育他们会招致死神的报复）和他们的母亲，或是那些得了"怪病"（如天花、麻风病、腹部肿胀、四肢长瘤等）

而被扔进"邪恶的林地"（Evil Forest）的病人，或是那些被族民视为"贱民"的人。族民只允许白人殖民者在那片"邪恶的林地"里修建教堂。而为了扩大教会的影响，传教士布朗可谓费尽心机。他发现，要让传统的信仰者皈依新宗教，必须让他们看到现实中的好处，"正面进攻是无济于事的"（第162页）。于是，他就在乌姆奥非亚办了一所学校和一家小医院，并亲自挨家挨户去做宣传，那些愿意到他的学校学习的人还能得到"一些衬衣和毛巾之类的礼物"（第162页）。数月之后，这样的说法就在部族里流传开：白人的药很有用，从学校里出来的人"有资格当法庭差吏，甚至还能担任法庭书记"（第162页）。布朗虽然没法在言语上辩过阿昆纳，但后者最终还是"把自己的一个儿子送到布朗的学校里去学习白人的知识"（第160页）。知识意味着权力话语。阿昆纳不得不接受布朗的看法，"教区行政长官周围尽是那些懂白人语言的外地人"（第162页）；他明白，"未来的氏族领袖必须是能读会写的人。乌姆奥非亚人如果不送他们的孩子去上学，那么就要被外来者统治"（第162页）。学校教育、技术、商品对族民确实具有极大的诱惑力。布朗因病离开部族之前，殖民者的新宗教像野火一般在这些古老的部族里蔓延开来，"周边的村子里〔已经〕盖起了几所新教堂，教堂边是几所新学校"（第162页）；乌姆奥非亚的庄稼人一个接一个"走进了上帝的葡萄园"（第162页）。

　　伊博族其他村落虽然没像阿巴姆村遭受殖民者的生态暴力一样在瞬间走向毁灭，但由于殖民者的宗教、学校教育、技术、商品等因素的合力渗透和侵蚀，部族社会那些具有原生态色彩的信仰和习俗随即受到严重挑战。读者可以从蛇神祭司的儿子埃诺克（Enoch）杀死神蛇和祖先灵魂的事件中窥见一斑。小说写道，埃诺克皈依新宗教之后就对本部族的信仰和习俗熟视无睹，甚至敢公然冒犯。族民都相信，他杀死并吃掉了一条神蛇，但他并没有因此受到任何惩罚。而在以前如果有人杀死神蛇，他是要受到惩罚的，并且要为死去的蛇举办一场隆重的葬礼。"他要拿出赎罪的祭品，为它举办一个为有地位的人举行的、花费很大的葬礼。"（第142页）最让族民无法接受的是，埃诺克在一年一度祭拜地母的仪式上犯下了"一个人可能犯下的最大罪恶之一"（第166页），即当众揭开一位祖先灵魂的面具。埃诺克的行为让乌姆奥非亚部族陷入一片混乱，因为这样的行为意味着一个祖先的灵魂被杀死了。为逃避部族的惩罚，埃诺克躲进了白人的教堂。但由于新任白人传教士斯密斯态度蛮横，拒绝把埃诺克交给族民处理，族民在愤怒之中放火烧掉了教堂。之后我们也没看到埃诺克受什么惩罚，受惩罚的倒是那些部族代表（包括主人公奥贡喀沃在内），他们因带人烧毁教堂被关进白人的监狱并受尽侮辱。要不是族民妥协，按白人法庭的要求做了赔偿，他们完全有可能被绞死。埃诺克杀死神蛇和祖先灵魂的事件是意味深长的。神蛇和祖先的灵魂都是部族自然神灵的重要代表，它们被皈依新宗教的族民所杀，而犯罪者却逍遥法外，这说明新宗教的势力已十分强大，部族古朴的原生态自然信仰已无力与之对抗。

　　著名的生态文学家雷切尔·卡森（Rachel Carson）指出，基督教文化对当今世界的生态危机负有不可推卸的责任。她认为，西方人眼中的上帝赋予人类控制自然、征服自然的权力，从而使人类奴役自然、破坏自然的行径变得理所当然。① 后殖民理论家斯皮瓦克曾对基督教反生态的教义进行深入批判。她指出，基督教通过"自然的祛神化"摧毁了异教的万物有灵论，以达到肆无忌惮掠夺自然的目的。② 阿契贝在《瓦解》中对西方殖民者剥削自然、掠夺自然、奴役自然的场景虽然着笔很少，③ 但我们能很清楚地看到，西方殖民者的帝国主义文化和意识形态，尤其是反泛灵论的基督教对非洲原住民生态思想和生态意识的侵蚀和破坏是显而易见的。小说写道，奥贡喀沃结束他 7 年的流亡生活再次回到家乡乌姆奥非亚的时候，他发现乌姆奥非亚已经"发生了深刻的变化，他几乎认不出它了。人们眼里看的，心里想的，总离不开新宗教、新政府和新商店"（第 163 页）；

---

① 王诺：《欧美生态文学》，北京：北京大学出版社，2003，第 171 页。
② 唐晓忠：《斯皮瓦克的后殖民生态批评解析》，《当代外国文学》2012 年第 3 期，第 30 页。
③ 书中有一个相关细节值得我们注意：在殖民者到来之前，伊博族人外出时不管路途远近都是步行，他们一边走一边还可以顺路去拜访村里有威望的人；外出步行是伊博族人的生活习惯，大自然的一草一木也受惠于此，免遭无谓的破坏，就像小说中所描述的，"［那］些大树和藤蔓也许从远古时代就有了，从来没有遭到刀斧的砍伐和火烧"（第 53 页）。殖民者不能接受部族居民外出步行的习惯，他们倾向于使用更便捷的交通工具。传教士布朗对恩邦塔的村民说，为了提高生活的效率，他们在安顿下来之后要给族民带来更多的"铁马"（自行车）—— 这种让人类双脚离地的交通工具在某种程度上与伊博族人身体接触大地的生活习俗是格格不入的，因为它意味着许多的树木将因为修路而被无情地砍伐。

"棕榈油和棕榈仁第一次变成了高价的商品，大量的钱财流进了乌姆奥非亚"（第159页）。奥贡喀沃十分痛心地看到，不仅出身寒微的老百姓和贱民，而且一些有身份的人也参加了教会。奥格布伊菲·乌贡纳（Ogbuefi Ugonna）就是一个典型的例子，"他已经取得了两个头衔，却像个疯人似的，扔掉标志着头衔的脚镯，而去信奉了基督教"（第156页）。奥贡喀沃的好友奥比埃里卡很伤心地说："我们自己的人、我们的儿子已经加入了那陌生人的队伍。他们信奉了他的宗教，帮助建立了他的政府。如果我们只想赶走来到乌姆奥非亚的白人，那很容易。他们不过两个人。可是那些追随他们的、已经获得了权力的我们自己的人怎么办呢？"（第157页）一个族群固有的生存环境与族民的生命存在感和身份认同感密不可分，一旦他们的生存环境因为异族文化的入侵而陷入混乱，他们的生命存在感和身份认同感势必受到严重的威胁。《瓦解》以主人公奥贡喀沃的非自然死亡为结局，他的绝望和自杀意味着非洲原住民的社会和精神生态已陷入严重危机。

五　小结

阿契贝善于描写西方殖民统治背景下非洲原住民如何从古朴的原始部族生活走向混乱的现代生活。"他的小说是尼日利亚甚至是非洲人民生活变迁史的生动记录，具有文化人类学和历史学的价值，读者不但能从中了解西方殖民者入侵之前非洲土著'原生态'的文化习俗，而且能通过小说故事深切地体味到那些未曾被文明社会所污染的族民在西方殖民主义、资本主义'诱迫'下所遭遇的种种辛酸与痛苦。"① 《瓦解》就是这样的作品。如果从后殖民生态批评的角度来阅读此书，我们或许能这么说，阿契贝对伊博部族自然生态尤其是族民那种朴素自然观的描写，某种程度上是为了展示本民族人民的生态思想和生存智慧。阿契贝不是典型的生态作家，目前学界也鲜有人深入探讨他的生态思想，但我们发现，阿契贝在

---

① 杜志卿：《荒诞与反抗：阿契贝小说〈天下太平〉的另一种解读》，《外国文学》2010年第3期，第4页。

《瓦解》中的环境书写可为哈根和蒂芬在《后殖民生态批评》中所论述的观点提供佐证，即小说中有关自然主体性的叙事颠覆了以语言和思维能力划分人与动物界限的"物种主义思想"（speciesism），[①] 而它对自然万物神性的书写则消解了殖民主义关于人类/动物、文明/野蛮的随意划分。更重要的是，从小说中我们能清楚地看到，在西方殖民者"生态帝国主义"暴力行为胁迫和基督教文化的渗透下，非洲部族的自然生态、社会生态和精神生态已不可避免地陷入某种危机。一个疏离乡村自然的现代社会出现了，人们的所言所思都离不开西方殖民者的宗教、学校教育、技术和商品。而对于这样的剧变，阿契贝的心情似乎是矛盾或者说是喜忧参半的。一方面，在新宗教、新文化的冲击下，非洲传统文化中那些具有反生态色彩的落后习俗和思想[②]逐渐被破除；另一方面，由于西方殖民者的"生态帝国主义"行为的破坏和侵袭，非洲古老部族的自然生态、社会生态和精神生态也最终走向瓦解。从这个意义上讲，《瓦解》中的生态书写在某种程度上也折射了阿契贝对非洲传统部族社会在西方现代化浪潮的冲击下该何去何从的深度思考。

---

① Graham Huggan and Helen Tiffin, *Postcolonial Ecocriticism: Literature, Animals, Environment*, London and New York：Routledge，2010，pp. 5 - 11. 参见何畅《后殖民生态批评》，《外国文学》2013 年第 4 期，第 117 页。

② 比如，族民相信，双胞胎的孩子中必有一个是魔鬼所生，养育他们的人必会招致死神的报复。小说中写道，有位名叫恩妮卡（Nneka）的妇女，四次怀胎。不幸的是，她每次都生双胞胎，结果这些孩子一生下来都无一例外地被丢弃在"邪恶的林地"里。她的家人深感不安，以为她被魔鬼缠身，所以当她加入教会时，全家人都如释重负。

第十二章 生态书写（二）：奥克瑞小说个案研究

一 引言

生态书写是本·奥克瑞小说创作的重要内容。本章着重分析后殖民文化语境下奥克瑞的长篇处女作《花与影》（本章后文简称《花》）以及代表作《饥饿的路》（本章后文简称《饥》）中的生态书写，探讨作家的生态思想。

奥克瑞是欧美评论界认可度较高的尼日利亚作家。其长篇处女作《花》出版后，英国《泰晤士文学增刊》称赞奥氏是尼日利亚"说给外部世界听"且"值得一听的声音"。[①] 继《花》之后，奥氏又陆续发表了《内部景观》（*The Landscapes Within*，1981）、《饥》、《迷魂之歌》、《震惊众神》（*Astonishing the Gods*，1995）、《危险的爱》（*Dangerous Love*，1996）、《无尽的财富》（*Infinite Riches*，1998）、《在阿卡迪亚》（*In Arcadia*，2002）、《星书》（*Starbook*，2008）、《自由的故事》（*Tales of Freedom*，2009）、《魔幻时代》（*The Age of Magic*，2014）等 11 部长篇小说以及《圣地事件》（1986）和《新晚钟之星》等 2 部短篇小说集。其中，《圣地事件》获《巴黎评论》阿卡汉小说奖及英联邦作家奖，《饥》获布克奖。尽管如此，21 世纪之前，非洲评论界并不怎么认可奥氏的作品，包括《饥》在内。有些论者认为

---

① Felicia Oka Moh, *Ben Okri: An Introduction to His Early Fiction*, Enugu: Fourth Dimension Publishing Co. Ltd. , 2002, p. 12.

《饥》过于冗长、不连贯，过多地借鉴富冈瓦、图图奥拉等尼日利亚老一辈作家的作品。另有论者如阿布巴卡·里曼（Abubakar R. Liman）则因该小说中的不确定性书写而指责奥氏没有为非洲的社会痼疾提供解决方案。①

21 世纪以来，随着欧美评论界的持续关注与研究，非洲评论界对奥氏作品的批评声音日渐减少，他们已认识到奥氏作品的杂糅特质与跨文化美学价值。从目前已有的研究来看，非洲及西方学者关注较多的是奥氏小说中的自然主义书写、社会批评、互文性、神话与象征、魔幻书写、城市书写、口传叙事、现代主义书写等内容，相关研究已颇为深入，并有了一定的规模。②中国学者对奥氏小说的研究较为零散，主要集中在《饥》上，侧重探讨该作品的历史书写、美学意蕴、身份主题及空间书写，相关研究仍有待深入。③

---

① Felicia Oka Moh, *Ben Okri: An Introduction to His Early Fiction*, Enugu：Fourth Dimension Publishing Co. Ltd. , 2002，p. 15.

② 详见 Ato Quayson, *Strategic Transformations in Nigerian Writing*, Oxford：James Curry, 1997；Filicia Moh, *Ben Okri: An Introduction to His Early Fiction*, Enugu：Fourth Dimension Publishers, 2002；Robert Fraser, *Ben Okri: Towards the Invisible City*, Devon：Northcote House Publishers Ltd. , 2002；Arlene Elder, *Narrative Shape-Shifting: Myth*, *Humor & History in the Fiction of Ben Okri*, *B. Kojo Laing & Yvonne Vera*, Rochester：James Curry, 2009；Abiodun Adeniji, *Ben Okri: The Quest for An African Utopia*, Saarbrücken：VDM Verlag Dr. Müller GmbH & Co. KG, 2011；Niyi Akingbe, *Myth*, *Orality and Tradition in Ben Okri's Literary Landscape: Fugunwa, Tutuola, Soyinka and Ben Okri's Literary Landscape*, Saarbrücken：Lap Lambert Academic Publishing, 2011；Owoeye D. Kehinde, *Rhetorical Criticism of Ben Okri's* Astonishing the Gods: *The Fine Line Between Rhetoric and Literature*, Saarbrücken：Lap Lambert Academic Publishing, 2011；Owoeye D. Kehinde, *Intertexuality and the Novels of Amos Tutuola and Ben Okri: Intertexuality and African Novel*, Saarbrücken：Lap Lambert Academic Publishing, 2011；Owoeye D. Kehinde, *Reconstructing the Postcolony Through Literature of Fantasy: Fantasy Confronts Realism in Selected Novels of Ben Okri and Salman Rushdie*, Saarbrücken：Lap Lambert Academic Publishing, 2011；Maduabuchi Nwachukwu, *Myth and History in Ben Okri's* The Famished Road *and Chimamanda Ngozi Adichie's* Half of A Yellow Sun, Saarbrücken：Lap Lambert Academic Publishing, 2012；Vanessa Guignery, ed. , The Famished Road：*Ben Okri's Imaginary Homelands*, Newcastle：Cambridge Scholars Publishing, 2012；Ronald Sichali, *A Feminist Misreading of Two Magic Realist Novels: Ben Okri's* The Famished Road *and Ngũgĩ wa Thiongo's* Wizard of the Crow, Saarbrücken：Lap Lambert Academic Publishing, 2016。

③ 详见 Ying Zhu, *Fiction and the Incompleteness of History: Toni Morrison, V. S. Naipaul and Ben Okri*, Oxford：Peter Lang Publishing, Inc. , 2006；高文惠《奥克瑞的非洲美学——以〈饥饿的路〉为例》，《东方丛刊》2009 年第 4 辑；郭德艳《英国当代多元文化历史小说研究：石黑一雄、菲利普斯、奥克里》，天津：南开大学出版社，2015；吴晓梅《论后殖民时期的文化身份认同——以本·奥克瑞的小说〈饥饿的路〉为例》，《长江大学学报》（社会科学版）2015 年第 8 期；朱振武、韩文婷《三重空间视阈下的非洲书写——以本·奥克瑞〈饥饿的路〉为中心》，《当代外国文学》2017 年第 4 期。

奥克瑞是一位较有自觉生态意识的作家。在一次采访中，他曾强调生态维度在文学创作中的重要性："电击中了山的一边，一块岩石被打裂，那就是故事。风有故事，岩石有故事，大陆漂流有故事。我们能讲宇宙的故事，星星诞生的故事。"① 虽然国外已有个别研究者探讨过奥氏小说的生态书写，② 但他们的研究主要探讨《饥》中的自然生态书写。其实，在该小说中，除了关注西方殖民主义入侵之后尼日利亚面临的自然生态危机之外，奥氏还敏锐地注意到，伴随自然生态危机而来的是尼日利亚的文化生态危机和精神生态危机。另外值得注意的是，奥氏对生态问题的关注并非始于《饥》，其长篇处女作《花》就已表现出较为明显的生态关怀，小说故事试图阐明，一旦与大自然切断联系，尼日利亚社会的文化生态与精神生态也将随之陷入危机。

二 自然生态与文化生态的双重危机

在西方基督教传入之前，非洲人民普遍信奉万物有灵论，其文化习俗及宗教信仰蕴含浓厚的生态意识。在他们眼里，大自然不仅为他们提供各种生活必需品，还是各种神明、精灵以及祖先灵魂的栖息之地。对他们而言，自然既是物质的，也是精神的，自然万物皆有灵性。《饥》写道，作为大自然的象征，森林为主人公阿扎罗一家提供食物以及药草；阿扎罗还在林中看到了唱歌的瞪羚、明眸善睐的绿眼姑娘等各种神秘的生命，并与

① Charles Henry Rowell, "An Interview With Ben Okri", *Callaloo*, Vol. 37, No. 2 (2014), p. 219.

② 详见 Jonathan Highfield., "No Longer Praying on Borrowed Wine: Agroforestry and Food Sovereignty in Ben Okri's *Famished Road* Trilogy", in Byron Caminero-Santangelo and Garth Myers, eds., *Environment at the Margins: Literary and Environmental Studies in Africa*, Athens: Ohio University Press, 2011, pp. 141 – 158; Erin James, "Bioregionalism, Postcolonial Literatures, and Ben Okri's *The Famished Road*", in Tom Lynch, et al., eds., *The Bioregional Imagination: Literature, Ecology, and Place*, Athens: University of Georgia Press, 2012, pp. 263 – 277; Kayode Omoniyi Ogunfolabi. "Fictionalizing the Crisis of the Environment in Ben Okri's *The Famished Road* and *Songs of Enchantment*", in Toyin Falola and Emily Brownell, eds., *Landscape, Environment and Technology in Colonial and Postcolonial Africa*, New York: Routledge, 2012, pp. 273 – 290; Chengyi Coral Wu, "From Cultural Hybridization to Ecological Degradation: The Forest in Chinua Achebe's *Things Fall Apart* and Ben Okri's *The Famished Road*", *Journal of the African Literature Association*, Vol. 6. No. 2 (2012), pp. 93 – 113。

之交谈。对他而言，林中树干"节疤累累，粗糙不平"的树木就像"古代勇士们的脸"，① 它们"曾收藏过千万年来令人冲天一怒或气定神闲的记忆，神圣的文本，巫士们炼制金丹的秘方和作用强劲的药草"（《饥》，第460页），见证了尼日利亚的历史和文化变迁；当它们被砍伐时，"红色的液体从砍剩的树墩上流出"，无异于"一个巨人惨遭杀害，鲜血流个不停"（《饥》，第17页）。

在《花》中，大自然总能给饱受痛苦的杰非亚（Jeffia）及其母亲丽琪（Lizzy）带来极为有效的抚慰与疗伤作用。杰非亚发现，花儿的芳香能让他"领悟到对爱的全新理解"，② 而海边的美景则"让［他］灵魂升腾，并超越其所遭受的痛苦"（《花》，第196页）。同样，大自然的花草也总是能消除丽琪的焦虑和痛苦。在《花》故事的结尾处，几乎快被家庭变故击垮的她正是依靠在画板上描绘美丽的鲜花而慢慢恢复了元气。在《饥》中，阿扎罗的父亲为了维护家人及穷人的权益而选择成为拳击手，他时常卷入"那些会毁掉人类灵魂各种力量的激烈争斗"③ 中。当他与民间传说中的摔跤手、精灵世界的摔跤冠军较量时，他总是能在几乎被打败的那一刻神奇般地从大自然中获取力量而反败为胜——"他从夜色、空气、路和他的朋友们那里"汲取"一股巨大的异能"（《饥》，第363页）。

然而，这种人与自然和谐相依的景象在西方殖民主义入侵之后就难以寻觅了。在《饥》中，我们看到，森林因殖民经济开发被大量砍伐，其结果是以森林为依附的自然生态系统遭到严重破坏："野生丛林的世界正在急剧缩小。［阿扎罗］听见幽灵般的伐木工奋力砍倒高大的猴面包树、橡胶树及其他树木的声音。"（《饥》，第249页）奥克瑞通过描写森林中鸟窝里雏鸟的死亡来隐喻尼日利亚所遭遇的自然生态灾难："鸟窝随地可见。窝里的鸟蛋已被击碎……碎蛋壳里的雏鸟体貌不全，差不多已被晒干。它

---

① 〔尼日利亚〕本·奥克瑞：《饥饿的路》，王维东译，南京：译林出版社，2013，第118页。作品中的引文均出自该版本，本章后面引文出处只在正文中标示，不再另注。

② Ben Okri, *Flowers and Shadows*, Hong Kong: Longman Group Ltd., 1992, p.133. 作品中的引文均出自该版本，本章后面引文出处只在正文中标示，不再另注。作品中的引文为笔者自译。

③ Ben Obumselu, "Ben Okri's *The Famished Road*: A Reevaluation", *Tydskrif Vir Letter Runde*, Vol.48, No.1 (2011), pp.33–34.

们在这个严酷、神奇的世界刚一露头就死去。蚂蚁爬遍它们的全身。"（《饥》，第249页）森林是尼日利亚极为重要的自然资源和生存资源，殖民者的滥砍滥伐意味着"当地社区可能获取的食物、药物以及财富被剥夺"。① 奥氏清醒地意识到，大量森林被毁致使许许多多的尼日利亚民众陷入生存危机，因为"人们一旦失去对森林资源的掌控，他们就会在更基本的意义上失去对生活的掌控"。② 阿扎罗的父亲第一次带他到森林时就告诉他，"这里的树很快就会被砍得一棵不剩。不会再有森林了。全都会变成讨厌的房子。这［将］是穷人住的地方"（《饥》，第34页）。阿扎罗的父亲的预测并不夸张。由于森林被大量砍伐，他们已无法像他们的祖辈们那样在林中以耕种和打猎为生。因此，阿扎罗父母只能分别去当收入极为微薄的搬运工和小贩，全家陷入"制度化的贫穷"（institutionalized poverty）③之中。其实，英国在尼日利亚实施殖民统治以来，拉各斯出现越来越多的贫民窟与当地森林资源被毁不无关系。海菲尔德曾指出，《饥》蕴含了以森林砍伐为象征的自然生态系统的破坏与当地居民的贫穷之间的关联。④我们认同他的看法。⑤

在《全世界受苦的人》一书中，法农（F. Fanon）写道："在殖民制度

---

① Jonathan Highfield, "No Longer Praying on Borrowed Wine: Agroforestry and Food Sovereignty in Ben Okri's *the Famished Road* Trilogy", in Byron Caminero-Santangelo and Garth A. Myers, eds., *Environment at Margin: Literary and Environmental Studies in Africa*, Athens: Ohio University Press, 2011, p. 143.

② Jonathan Highfield, "No Longer Praying on Borrowed Wine: Agroforestry and Food Sovereignty in Ben Okri's *the Famished Road* Trilogy", in Byron Caminero-Santangelo and Garth A. Myers, eds., *Environment at Margin: Literary and Environmental Studies in Africa*, Athens: Ohio University Press, 2011, p. 152.

③ Jonathan Highfield, "No Longer Praying on Borrowed Wine: Agroforestry and Food Sovereignty in Ben Okri's *the Famished Road* Trilogy", in Byron Caminero-Santangelo and Garth A. Myers, eds., *Environment at Margin: Literary and Environmental Studies in Africa*, Athens: Ohio University Press, 2011, p. 146

④ Jonathan Highfield, "No Longer Praying on Borrowed Wine: Agroforestry and Food Sovereignty in Ben Okri's *the Famished Road* Trilogy", in Byron Caminero-Santangelo and Garth A. Myers, eds., *Environment at Margin: Literary and Environmental Studies in Africa*, Athens: Ohio University Press, 2011, p. 144.

⑤ 关于小说中森林意象的主题意蕴，国内已有学者作了较细致的分析。详见魏丽明等《撒哈拉以南非洲文学》，北京：线装书局，2022，第424～435页。

下，人与物质世界以及历史的关系是与食物相关联的。"① 在他看来，当人们的存在本身因食物极度匮乏而遭受巨大威胁时，他们所获得的每一份食物都是"对生命胜利的一种庆祝"。② 可以说，尼日利亚人赖以为生的森林遭砍伐，摧毁了人与环境之间"可持续性的和谐关系"，③ 并导致民众食物匮乏、生活窘困，最终丧失了对命运的掌控。阿扎罗通过其第三只眼看到的幻景恰如其分地表明了这一点："一辆拖车沿着这条路隆隆驶来……车轮轧过卖冰水、橘子的女人，轧过乞丐、工人以及工资和罢工问题频频爆发的工棚。"（《饥》，第248页）幻境中那个横行霸道的拖车显然是西方资本主义机械文明的象征，它破坏了尼日利亚的自然生态文明，也碾碎了平民百姓的生活与梦想。

西方殖民主义的入侵不仅直接破坏非洲的自然生态，也严重侵蚀了当地传统文化中的生态思想，彻底改变了人与自然的和谐关系。在《饥》中，阿扎罗通过寇朵（Koto）大婶准备献祭的羚羊的眼睛看到的景象意味深长：

> 千年鬼船没有止境地登上岸来。一批批驱逐舰……巨大的鬼船和上千只划行的小舟配备着反光镜、大炮和未遭大西洋盐水侵蚀的珍异文本。我看见大船和小舟纷纷靠岸。……白皮肤的家伙即漆黑夜色中的鬼影大步走上岸来，我听见大地发出了啼哭声。……我目睹宏伟祠堂的崩塌，目睹参天古树的枯死……我看见成片的森林死去。我看见人们越变越小。我看见他们的许多道路、途径和哲学寿终而亡。……我看见树林惊叫着遁形于大地之下。我听见陆地和森林的巨魂悄声议论着被暂时流放的可能。（《饥》，第460~461页）

---

① Frantz Fanon, *The Wretched of the Earth*, Richard Philcox, Trans., New York: Grove Press, 2004, p. 232.

② Frantz Fanon, *The Wretched of the Earth*, Richard Philcox, Trans., New York: Grove Press, 2004, p. 232.

③ Jonathan Highfield, "No Longer Praying on Borrowed Wine: Agroforestry and Food Sovereignty in Ben Okri's *the Famished Road* Trilogy", in Byron Caminero-Santangelo and Garth A. Myers, eds., *Environment at Margin: Literary and Environmental Studies in Africa*, Athens: Ohio University Press, 2011, p. 145.

从某种程度上讲，阿扎罗所看到的景象就是西方"生态帝国主义"（eco-logical imperialism）蹂躏之下非洲本土自然生态与文化生态双重危机的写照。学界认为，殖民者在"定居者殖民地"（settler colony）的扩张往往先表现为生态扩张，它与殖民扩张相互联系、相互支持，共同协助帝国推进殖民进程和维护殖民统治。① 我们无法确定奥克瑞是否读过后殖民生态批评家克罗斯比的《生态帝国主义：900 年至 1900 年欧洲的生态扩张》，但《饥》中所描写的这个情景无疑隐含了他对西方"生态帝国主义"的批判。在奥氏眼里，西方殖民者的入侵直接导致当地自然生态系统的崩溃，并让非洲传统文化分崩离析："宏伟祠堂崩塌"，"许多道路、途径和哲学寿终而亡"，"陆地和森林的巨魂悄声议论着被暂时流放的可能"。

　　西方殖民主义的入侵致使非洲当地的自然生态与文化生态面临严重的危机。在萨拉·富尔福德（Sarah Fulford）的访谈中，奥氏曾描述尼日利亚传统文化遭西方殖民文化吞噬的情形：

　　　　在我离开尼日利亚之前，人们还在谈论精灵，当我回来时，[一切都]被破坏了，没人会再谈论它们。……事物的特别维度渐渐地被扼杀在人们的脑海中，扼杀在我们的孩子们的脑海中。你接下去所了解的情况是，它们在科学中以另外一种方式突然出现，但却被冠以完全不同的名字，它们被消了毒，与我们的日常生活现实没有任何的关联。②

在《饥》中，西方殖民文化对尼日利亚传统生态观的毒害我们可以从寇朵大婶的生活变迁窥见一斑。在凡妮莎·奎格纳瑞（Vanessa Guigney）和凯瑟琳·佩索－米奎尔（Catherine Pesso-Miquel）的访谈中，奥氏称寇朵大婶为"伊希斯式的人物"。③ 在故事的开始，她是个尊重自然和生命的"社

①　朱新福、张慧荣：《后殖民生态批评述略》，《当代外国文学》2011 年第 4 期，第 25 页。
②　Sarah Fulford，"Ben Okri, the Aesthetic, and the Problem with Theory"，*Comparative Literature Studies*，Vol. 46，No. 2（2009），p. 254.
③　Vanessa Guigney and Catherine Pesso-Miquel，"Ben Okri in Conversation"，in Vanessa Guigney，ed.，The Famished Road：*Ben Okri's Imaginary Homelands*，Newcastle：Cambridge Scholars Publishing，2013，p. 24. 伊希斯是古埃及司生育和繁殖的女神。

区养育者"①：她不仅为病中的阿扎罗的母亲提供食物，也将各种直接取自大自然的食品煮成美味佳肴，为社区里的穷人提供营养。她配制的食物有些甚至有神奇的功效。正因如此，寇朵大婶的酒铺起初在阿扎罗眼里就是一个颇能体现万物有灵生态观的"童话王国"。

　　然而，由于西方文化的侵蚀，寇朵大婶的生活逐渐失去其本色，她那曾经给阿扎罗带来不少温暖的身躯"现在似乎充满了邪恶"（《饥》，第256页）。从某种程度上讲，曾经拥有尼日利亚南部妇女创新精神的她已逐渐沦为西方殖民主义文化之"路"的追随者②——"她的那只伤脚越来越肿，仿佛她已受孕于路。"（《饥》，第499页）学界认为，该小说中路的意象是西方殖民主义入侵的象征。有资料表明，在殖民时期，欧洲对尼日利亚的投资主要集中在政府办公场所、道路、铁路及港口的修建上。③ 最后一任尼日利亚总督曾明确将英国殖民政府在尼日利亚修建的道路视为替殖民主义事业服务的工具。在他的梦想中，"'一条英雄和美丽的道路'已在他的监督下造好。他梦想着在这条美丽的路上，非洲的所有财富，它的金矿和钻石以及各种矿藏资源、它的食物、能源、劳工以及知识跨越绿色的海洋被运送到他的国土上，从而让他的国民生活更为富足"。④ 寇朵大婶坐在西方制造并"以噩梦般的速度大开快车的"（《饥》，第389页）汽车上，其"要快！要快！"的喊声无疑印证着西方资本主义发展"要快，要更快"的呼声。因此，莫（F. O. Moh）称她是"为了活命而吞噬一切的魔

①　Mariaconcetta Costantini，"Hunger and Food Metaphors in Ben Okri's *The Famished Road*"，in Vanessa Guigney，ed.，The Famished Road：*Ben Okri's Imaginary Homelands*，Newcastle：Cambridge Scholars Publishing，2013，p. 94.

②　Ato Quayson，*Strategic Transformations in Nigerian Writing: Orality & History in the Work of Rev. Samuel Johnson, Amos Tutuola, Wole Soyinka & Ben Okri*，Oxford：James Currey，1997，pp. 144 – 146.

③　Rebecca Boostrom，"Nigerian Legal Concepts in Buchi Emecheta's *The Bride Price*"，in Marie Umeh，ed.，*Emerging Perspective on Buchi Emecheta*，Trenton：Africa World Press，1996，p. 89.

④　Jonathan Highfield，"No Longer Praying on Borrowed Wine：Agroforestry and Food Sovereignty in Ben Okri's *the Famished Road* Trilogy"，in Byron Caminero-Santangelo and Garth A. Myers，eds.，*Environment at Margin: Literary and Environmental Studies in Africa*，Athens：Ohio University Press，2011，p. 147.

鬼——掠夺者路之王的化身"，① 奎格纳瑞把她视为"新资本主义精英的代表"。② 我们同意这两位论者的观点。可以说，随着寇朵大姊对西方殖民文化的认同，她也渐渐远离了非洲传统社区养育者的角色。

奥克瑞指出，寇朵大姊之类的女性曾是"稳固一个民族的无形大山"，但殖民主义改变了她们。③ 随着寇朵大姊角色的改变，她的酒铺里所提供的饮料品种也发生了变化，棕榈酒被啤酒所替代。食物与文化身份密切相关。法农曾指出，食物自主是衡量非洲是否从殖民主义中真正解放出来的明确原则。④ 从某种程度上来讲，寇朵大姊的酒铺以西方饮品啤酒取代尼日利亚本土天然饮品棕榈酒，暗示了尼日利亚"文化和精神的堕落"，因为棕榈酒在约鲁巴信仰中是用来供奉奥冈神的，它与尼日利亚传统文化和仪式相关。⑤ 在改售西方饮品的同时，寇朵大姊酒铺的菜单内容也从胡椒汤、薯蓣等极为绿色的本土食物变为具有西方烹调文化特色的烤羊肉、烤兔肉及其他炸野味。考斯丹提尼（M. Costantini）认为，寇朵大姊酒铺的菜单内容从煮菜系到烤菜系的变化暗示着她社会经济地位的提升，因为前者是平民菜肴，而后者则是上层阶级的菜肴。⑥ 考斯丹提尼的读解不无道理。但我们认为，这一变化同时也暗示着寇朵大神的自然观发生了变化：她从一个尊重自然和生命的人变成了一个漠视生命、欲壑难填、时刻想着"吮

① Felicia Oka Moh，*Ben Okri: An Introduction to His Early Fiction*，Enugu：Fourth Dimension Publishing Co. Ltd.，2002，p. 81.

② Vanessa Guignery, Catherine Pesso-Miquel，"Ben Okri in Conversation"，in Vanessa Guignery, ed.，The Famished Road：*Ben Okri's Imaginary Homelands*，Newcastle：Cambridge Scholars Publishing，2013，p. 23.

③ 转引自 Vanessa Guignery, Catherine Pesso-Miquel，"Ben Okri in Conversation"，in Vanessa Guignery, ed.，The Famished Road：*Ben Okri's Imaginary Homelands*，Newcastle：Cambridge Scholars Publishing，2013，p. 24。

④ 转引自 Jonathan Highfield，"No Longer Praying on Borrowed Wine：Agroforestry and Food Sovereignty in Ben Okri's *The Famished Road* Trilogy"，in Byron Caminero-Santangelo and Garth A. Myers, eds.，*Environment at Margin: Literary and Environmental Studies in Africa*，Athens：Ohio University Press，2011，p. 152。

⑤ Mariaconcetta Costantini，"Hunger and Food Metaphors in Ben Okri's *The Famished Road*"，in Vanessa Guignery, ed.，The Famished Road：*Ben Okri's Imaginary Homelands*，Newcastle：Cambridge Scholars Publishing，2013，p. 97.

⑥ Mariaconcetta Costantini，"Hunger and Food Metaphors in Ben Okri's *The Famished Road*"，in Vanessa Guignery, ed.，The Famished Road：*Ben Okri's Imaginary Homelands*，Newcastle：Cambridge Scholars Publishing，2013，p. 97.

吸地球之血的人"（《饥》，第501页）。为了满足其顾客贪婪的胃口，她可以随意屠宰那些关在她酒铺里的猴子、羚羊及其他动物，根本不在乎自己变成了狮子般的杀戮者——她的双眼"与狮子的眼睛具有相同的特质"（《饥》，第378页）。可以说，她的酒铺已从万物有灵的"童话王国"变为一个反自然的空间。

莫和考斯丹提尼都认为，寇朵大婶是尼日利亚的象征。① 我们赞同两位评论者的观点。从某种意义上来讲，寇朵大婶生活的改变意味着尼日利亚传统文化中那种亲近自然的生态意识在西方殖民主义文化的侵蚀下已荡然无存。克罗斯比指出，欧洲的殖民帝国史也是生态殖民史。② 可以说，寇朵大婶生活及性格的变化为克罗斯比生态观点提供了生动的注解。

三　批判"物种主义"等级思想，主张万物之间的平等与关联

等级制是西方"生态帝国主义"存在的基础，这样的观点根深蒂固：人凌驾于其他物种之上，男性凌驾于女性之上，白人凌驾于有色人种之上。③ 所以，它是许多生态批评家针砭的重要对象之一。劳伦斯·布伊尔（Laurence Buell）指出，将人类凌驾于自然和非人类物种之上的人类中心主义与人类社会内部存在的种族歧视和性别歧视并无本质区别。④ 他极力倡导人与其他物种之间、不同种族之间以及两性之间的平等，认为万事万物呈网状分布，并无等级之分且相互关联。

奥克瑞虽然没有公开表达过他对等级制的看法，但他在小说中对等级

① Felicia Oka Moh, *Ben Okri: An Introduction to His Early Fiction*, Enugu: Fourth Dimension Publishing Co. Ltd. , 2002, p. 82.

② Alfred W. Crosby, *Ecological Imperialism: The Biological Expansion of Europe, 900 – 1900* (2ⁿᵈ edition), Cambridge: Cambridge University Press, 2004, pp. 2 – 7. 参见 Graham Huggan and Helen Tiffin, *Postcolonial Ecocriticism: Literature, Animals, Environment*, New York: Oxford University Press, 2011, pp. 5 – 11。

③ Greta Gaard and Patrick D. Murphy, eds. , *Ecofeminist Literary Criticism: Theory, Interpretation, Pedagogy*, Chicago: University of Illinois Press, 1998, pp. 3 – 4.

④ 转引自何畅《后殖民生态批评》，《外国文学》2013年第4期，第114～115页。

思想的批判是十分明显的。在《饥》中，他通过阿扎罗在寇朵大婶完全西化后的酒铺里所看到的幻景来揭露西方殖民者基于等级制思想的种族压迫和掠夺："我看见珍奇的宝石从沃土中被挖掘出来，而戴着头盔的白人幽魂正在一旁监督。……我看见青年男女的幽影一个个低着头，脖子跟脖子锁在了一起，脚踝跟脚踝锁在了一起，无言地从宴饮场地走过"（《饥》，第458页）。从阿扎罗的朋友艾德（Aide）临死前对未来的预测中，我们也可以看到，西方殖民者对非洲人残酷的压迫和奴役目的在于对当地生态资源的掠夺："可怕的事将会桩桩件件地发生——新的疫病、饥饿；富有者侵吞整个世界；人们弄脏天空和湖海"（《饥》，第481页）。除了鞭挞西方"生态帝国主义"的可耻行径，奥克瑞还在其作品中凸显西方"物种主义"等级思想的危害。"物种主义"强调人的存在是相对于非人类生命体的存在，体制化的"物种主义"致使人类凌驾于动物之上，使人杀戮动物并食其肉的行为在伦理上能被人接受。[①] 在奥氏看来，"物种主义"思想势必导致人们无视动物的存在，并放任对它们的虐待行为。在《花》中，有人拿石头砸伤了树上的小鸟，并得意扬扬于其拥有对动物随意处置之权力。在该小说中，我们还看到，两个来自贫民窟的男孩虐待一只小狗："一个抓着狗的腿，而另一个……则竭力地想要把一块木头塞进它的肛门。他们神情漠然地看着它挣扎。那个大一点的孩子捂住了狗的嘴巴不让它叫唤。"（《花》，第4页）按理说，这两个孩子来自社会最底层，深受等级制之苦，应该能了解、同情在痛苦中挣扎的生命。但他们却麻木不仁，根本没有意识到等级思想的邪恶和危害——别人压迫他们，他们就去欺负比他们更弱势的动物以发泄他们内心压抑的情绪。在该作品中，杰非亚的父亲乔南（Jonan）也曾是等级制的受害者，但他却认同等级制的逻辑。为了摆脱贫穷，他自觉接受了西方的殖民文化——他从一个叫朗豪斯先生（Mr. Longhose）的英国人身上学习生意经，而后不择手段当上了一家油漆公司的总经理，进入了上流阶层。由于受西方等级观念的毒害，他残忍对待任何敢于挑战其权威的人和物：对敢于冒犯他的同母异父的兄弟，他诬陷他偷盗油漆而致其锒铛入狱；他的手下格本戛（Gbenga）因忤逆其权威

---

① 朱新福、张慧荣：《后殖民生态批评述略》，《当代外国文学》2011年第4期，第25页。

而被他叫人活活打死；对于处于等级制更低端的动物，他更是没有任何怜悯之心，其旧日情人朱丽叶（Juliet）那只敢冒犯他的宠物狗就被他活活踢死。

后殖民生态批评家哈根和蒂芬认为动物也有情感能力，以语言能力来划分人与动物界限是一种为等级制辩护的生态霸权主义思想。[①] 奥克瑞重视动物生命的尊严，相信动物的情感交际能力。在《花》与《饥》中，他通过描写人与动物的情感交际场景进一步批判西方的"物种主义"等级思想。《花》中的杰非亚和《饥》中的阿扎罗看到动物被伤害时都能感同身受。后者通过寇朵大婶准备用来献祭的羚羊的眼睛所看到的幻景清晰地阐明，由于深受西方"物种主义"等级思想的毒害，非洲人已无法享受与动物和谐相处的自由，因为"跟浑身刻了一堆活字的翠鸟及其他鸟类交友的余地越来越小，我内心的某种东西也随之死去。……带着新式器械的猎人跟来了。在人类和动物彼此相知的岁月，我们都是自由的。但是，如今猎人们却在羚羊的目光中追杀我。"（《饥》，第461页）

阿扎罗是个"非正常的非洲孩童"[②]——"鬼娃"。他有远超常人的洞察力，与那些"生来就是瞎子，即使有眼睛也很少能学会洞察事物"（《饥》，第3页）的常人不同，他似乎是拥有上帝般的全知全觉。[③] 不过，我们看到，寇朵大婶酒铺里那只即将被献祭的羚羊却具有连阿扎罗都没有的神奇洞察力。它不仅让阿扎罗看到寇朵大婶肚子里所怀的三个怪胎是鬼娃，还能让他的意识穿行于时间（《饥》，第460页），接触包括西方殖民侵略史在内的过去以及生态退化和传统文化消失的未来。羚羊虽是动物，却扮演了为鬼娃阿扎罗指点迷津的神圣教育者角色，无怪乎后者无法接受羚羊被屠宰的命运："要想自己得救，我就必须把它从迫在眉睫的死亡中解救出来。"（《饥》，第461页）而在故事的结尾，阿扎罗的父亲更是明确地表达了人类对待其他生命所应具有的态度："从今以后，我们必须尊重

---

① 转引自何畅《后殖民生态批评》，《外国文学》2013年第4期，第114~115页。

② Vanessa Guignery, "To See or Not to See: Ben Okri's *The Famished Road*", in Vanessa Guignery, ed. , The Famished Road: *Ben Okri's Imaginary Homelands*, Newcastle: Cambridge Scholars Publishing, 2013, p. 2.

③ Felicia Oka Moh, *Ben Okri: An Introduction to His Early Fiction*, Enugu: Fourth Dimension Publishing Co. Ltd. , 2002, p. 94.

一切生灵。……我们必须明智地使用我们的权力。我们绝不能成为暴君。"
（《饥》，第 503～504 页）可以说，阿扎罗及其父亲的所言所思生动地体现
了奥克瑞本人拒绝"物种主义"等级思想的生态伦理立场。

值得注意的是，奥氏在《饥》中还通过塑造一些具有动物性特征的人
物形象来凸显"物种主义"等级思想的荒谬。比如，那个和阿扎罗的父亲
进行拳击比赛的白衣男子体毛多，"就像某个丛林动物身上的毛"，"他的
腿又长又细，像只蜘蛛类动物的腿"（《饥》，第 476 页）。寇朵大姊酒铺里
聚集的那些卑劣之徒也同样具有明显的动物性特征：

> 一些妓女长着山羊腿，这些人终将成为腐化权力的依傍者。……
> 另一些女人或是集狮、蛇、山羊于一身的魔怪……或是落魄的名妓，
> 却长着蜘蛛腿和鸟爪。色狼、牛面人身的妖怪或撒旦的门徒装扮成政
> 客、权力掮客、酋长或无辜者，但他们的四肢上分明长着公牛的分趾
> 蹄。他们的蹄爪和瘦腿上巧妙地覆盖着一层毛茸茸的皮。（《饥》，第
> 462 页）

道格拉斯·麦凯波（Douglas McCabe）认为，这些身体怪异者形象是自我
实现失败、政治腐败及自我中心主义泛滥而导致的人际关系混乱的生动写
照。[1] 麦凯波的读解有一定的道理。但我们认为，奥氏对于这些人物的降
格性描写有效地解构了西方的"物种主义"等级思想，与其对动物的升格
性描写有异曲同工之妙。

奥克瑞清醒地认识到"物种主义"等级思想的危害，所以他特别向往
万物平等相连，没有优劣主次之分的网状世界。阿扎罗的父亲心目中的
"理想国"意象彰显了奥氏的众生平等观念。在那里，"人人都能受到最高
程度的教育……在那里，巫男巫女、草药医和秘密宗教的牧师将到大学担
任教授；在那里，公共汽车司机、人力车夫和集市上的女商贩将定期发表
演讲，同时又不耽误自己的正业……在那里，孩子们将成为老师，而老师

---

[1] Douglas McCabe, "'Higher Realities': New Age Spirituality in Ben Okri's *The Famished Road*", *Research in African Literatures*, Vol. 36, No. 4 (2005), pp. 14–15.

则改当小学生；在那里，代表一切穷人利益的团体将定期与国家元首会晤"（《饥》，第 414 页）。麦凯波认为阿扎罗的父亲是个好斗而又不乏理想主义的革命者。[①] 莫也认为，阿扎罗的父亲是个堂吉诃德式的理想主义者。[②] 这两位论者的观点有一定的道理，但我们还应该看到，阿扎罗的父亲的"理想国"也隐含了奥氏对众生平等、万物相连之观念的首肯。其实，在《花》中，奥氏就借乔南之口表达了世界是网状、万物相互关联的思想："我们身上都有生活在我们之前的逝者的影响。没有哪个人是孤独的。你之外，你之前，你之后是你要传承的一千零一个阴影。"（《花》，第124 页）

乔南的表述与《饥》中阿扎罗的父亲的一席话蕴含相同的观点："有许多人在我们的体内居住。……许多既往的生命，许多未来的生命。如果你们仔细听，空气中其实充盈着笑声。"（《饥》，第 504 页）作为"鬼娃"，阿扎罗发现，"自己的生命常常会延伸到其他生命中去。两者之间没有界限。有时［他］好像是同时拥有几个生命。一个生命汇入其他各个生命。"（《饥》，第 7 页）他不仅可以进入寇朵大婶准备献祭的羚羊的意识，还可以穿透其他人物的意识和潜意识："我钻入［爸爸］的脑袋，辗转回到最早的岁月：……我看见［他］的梦幻从他身上渐渐流逝。"（《饥》，第 446 页）小说还写道，阿扎罗看到艾德身上栖居着时代、种族、职业及性别各异的生命："我看见一个身在罗马的杀手，一个西班牙的女诗人，一个阿兹特克的猎鹰人……一个旧日肯尼亚的女祭司，一个笃信上帝、写得一手好诗、靠在黄金海岸掳掠奴隶大发横财的白人船长。我甚至看见古代日本一位大名鼎鼎的幕府武将，还有古希腊一位十个孩子的母亲。"（《饥》，第485 页）艾德杂糅的生命特性表明，即使是处于不同时空的人和物也相互联系。小说中，阿扎罗到集市去寻找母亲时的感受也充分体现了生命万物的关联性："我同样突然地见到了无处不在的妈妈。……我看见她和塑料桶里的斑鸠在一起；我看见她在小贩货摊上的一堆护身符中；我看见她在

---

① Douglas McCabe, "'Higher Realities'：New Age Spirituality in Ben Okri's *The Famished Road*", *Research in African Literatures*, Vol. 36, No. 4 (2005), p. 13.

② Felicia Oka Moh, *Ben Okri: An Introduction to His Early Fiction*, Enugu：Fourth Dimension Publishing Co. Ltd., 2002, p. 85.

集市的每一个角落，在奇怪的屋檐下，在晚风飘送的柴火和秸秆燃起的烟雾中。我无处不感受到她的存在。"（《饥》，第 167 页）

在奥克瑞眼里，接受万物平等相连的观点是极其重要的。在其散文集《一种自由的方式》（A Way of Being Free，1997）中，他断言，"美感、正义感以及万物相连感"将"拯救人类"，带来"在被记录以及未被记录时代的历史中第一个真正的文明世界"。① 在《饥》的结尾处，阿扎罗的母亲给他讲述了一个白人的故事。她告诉那个苦寻走出非洲之路的白人，"一切事物都是息息相关的"，如果他"不懂得这一点，［他］将永远找不到任何路"（《饥》，第 487 页）。听从了她的意见后，那个白人不仅如愿走出了非洲，还拥有了化死亡为生命的神奇力量——"当他用手触碰［死鱼］时，那些鱼立刻复活，在盆里扭动起来"（《饥》，第 487 页）。我们认为，奥氏借助这一魔幻的故事阐明：如果能走出等级制的束缚，坚守万事万物平等与相互关联的思想，人类就能告别人兽之间杀戮与被杀戮的紧张关系，重新回到"人和动物彼此相知"（《饥》，第 461 页）的时代。

四　拒绝西方的"去文化"政策，倡导文化多样性

从某种程度上讲，世界上那些处于弱势的文化往往崇尚人与自然的和谐关系，并将自然视为人类存在与发展的根基。生态批评家认为它们对待自然的立场与观点有助于解决当今世界日益严重的生态危机。正因如此，他们重视文化多样性，提倡"文化相对主义"（cultural relativism），② 批判西方文化霸权主义，反对强势文化对弱势文化实施的"去文化"（deculturing）政策。③ 我们知道，西方殖民者为了维护其霸权不惜任何代价杜撰历

---

① 转引自 Douglas McCabe，"'Higher Realities'：New Age Spirituality in Ben Okri's *The Famished Road*"，*Research in African Literatures*，Vol. 36，No. 4（2005），p. 11.

② "文化相对主义"主张从平等的角度看待不同国家、地区的文化现象，反对文化进化论，认为"将不同的文化现象进行逻辑排列，打上高低不同的标签，这是西方文化霸权的象征"。见陈榕《欧洲中心主义社会文化进步观的反话语——评阿切比〈崩溃〉中的文化相对主义》，《外国文学研究》2008 年第 3 期，第 160 页。

③ Judith Plant，ed.，*Healing the Wounds: The Promise of Eco-feminism*，Philadelphia：New Society，1989，pp. 29 – 30.

史，他们重新创造了尼日利亚甚至整个非洲的地理，"将早于欧洲人到达非洲之前的一切从历史中抹去"。① 在《饥》中，奥克瑞借阿扎罗的父亲之口揭露了尼日利亚被西方"去文化"政策摧残的可怕现实：它"被外部势力掠夺、被西方世界操纵，［其］历史和成就在肆意的涂抹下早已面目全非"（《饥》，第496页）。奥氏反对西方文化霸权主义。在《花》中，他借杰非亚之口揭露了白人基督教的霸权主义论调："要么上帝是个种族主义者……要么白人赋予上帝其自身的种族主义思想，要么白人把黑人文明的成就逐出了历史课本。"（《花》，第132页）

在奥克瑞看来，非洲传统文化拥有巨大的力量。在《饥》中，他借阿扎罗的父亲之口说，"我们的前辈在精神上是强大的，他们拥有无数种力量"（《饥》，第72页）。阿扎罗的祖父是路之神的代言者，他虽双眼已瞎，却能"在村子里和世界上穿行如常，既不用拐杖，也不需要任何人扶助"（《饥》，第72页）。为寇朵大婶主持首次洗车仪式的草药师目光犀利，"与它迎面相遇的镜子也会向后反弹并砰然碎裂"（《饥》，第386页）。我们知道，辉煌的非洲文化历史上曾对包括白人文化在内的其他文化产生过巨大影响。奥氏曾说，"到处可以找到非洲的审美。我个人在荷马史诗和古希腊神话中发现了非洲审美。……即便是《一千零一夜》，我也在其中发现了非洲美学以及非洲世界观"。② 阿契贝在其《一种非洲的形象：康拉德〈黑暗之心〉中的种族主义》（"An Image of Africa：Racism in Conrad's *Heart of Darkness*"）一文中也提到，在20世纪初，非洲加蓬芳族人（Fang people）所雕刻的面具使诸如达利、毕加索和马蒂斯等西方艺术大师叹为观止。非洲艺术的影响催生了西方艺术界的立体主义浪潮，并"为当时业已失去活力的西方艺术注入了新的活力"。③ 在《饥》中，奥氏也借阿扎罗

---

① Jonathan Highfield, "No Longer Praying on Borrowed Wine: Agroforestry and Food Sovereignty in Ben Okri's the Famished Road Trilogy", in Byron Caminero-Santangelo and Garth A. Myers, eds., *Environment at Margin: Literary and Environmental Studies in Africa*, Athens: Ohio University Press, 2011, p. 147.

② 转引自 Sarah Fulford, "Ben Okri, the Aesthetic, and the Problem with Theory", *Comparative Literature Studies*, Vol. 46, No. 2 (2009), pp. 236 – 237。

③ Chinua Achebe, *Hopes and Impediments: Selected Essays*, New York: Anchor Books, 1990, p. 16.

的母亲之口表明了这一点："白人们最初踏上我们这片土地时，我们已经登上了月球和所有大的星球。他们曾经拜我们为师。……是我们教会了他们算术。我们还教会他们如何分辨星星。"（《饥》，第 288 页）

然而，在白人文化霸权主义的淫威之下，非洲传统文化几乎被彻底抹杀。在《饥》中，奥氏无情地抨击了西方殖民者对尼日利亚传统社会和文化的蹂躏："他们带上枪炮再次来到这里。他们抢夺我们的土地，焚毁我们的神像，掳掠我们中的许多人漂洋过海充当奴隶。他们贪得无厌。他们想拥有整个世界并征服太阳。"（《饥》，第 288～289 页） 可以说，在西方"去文化"政策的霸权主义淫威之下，尼日利亚传统文化不可避免地走向它的不归路。《饥》写道，由于受西方殖民文化的影响，阿扎罗的父亲将巫医的草药斥为愚昧的迷信，拒不相信阿扎罗是鬼孩。我们看到，当地的民间信仰逐渐为白人文化的物欲主义所替代，族民们转而膜拜金钱的力量。阿扎罗的父亲本人也发现，"人们正在遗忘［传统的］力量。如今人们的力量唯有自私、金钱和钩心斗角而已"（《饥》，第 72 页）。更可怕的是，尼日利亚传统信仰竟沦为族民们敛财的工具：在《花》中，乔南借祖先之灵与巫术清除其生意场上的挡道者；在《饥》中，寇朵大婶用巫术吸引食客；而那个收留迷路的阿扎罗的警察，则率手下向本土神灵发誓绝不独吞勒索而来的赃款。

实际上，在西方物欲主义的毒害下，尼日利亚人亲近自然的生态理念已灰飞烟灭。人们不再敬畏自然，也失去了欣赏自然美的能力——他们不再理解树木与动物的语言；他们不再看见天使，不再相信这样的东西存在过。《花》中的乔南既无敬畏自然之心，也无法欣赏自然之美。这一点在他由花而引发的思考中可见一斑："他不喜欢花。它们不会为你做任何事情，从不会帮你解决任何问题。它们与宗教一样……不过是那些耽于幻想与恐惧的蠢货所干的事而已。"（《花》，第 135 页）人们疏离自然的结果必然是人与人之间相互疏远——他们不再相互信任，他们不再分享食物，不再将大门敞开，不再聚会，不再相互微笑。在《饥》中，为了庆祝阿扎罗的失而复得，他们一家不惜向邻居与房东借债设宴庆祝，可债主们大快朵颐后便上门逼债，逼债不成竟强搬家具抵债。这一情景与阿契贝的《瓦解》中的尤诺卡被讨债的情形判若云泥：尽管尤诺卡欠钱多年，但在得知他无钱可还时，那个债主仅是选择默默离去，没有逼债，更不用说以物抵债。如此鲜明的变化意味着西方殖民主义文化已成功地对尼日利亚传统文化实施了"去文化"。由于丧失传统文化信仰，人们暴力相向。在《花》中，街头不时上演着暴力的"免费电影"。在《饥》中，富人党和穷人党皆靠暴力胁迫民众为他们投票。对此，奥克瑞可谓痛心疾首。在《饥》中，他借那个巫医之口谴责了以路为表征的西方文化给非洲乃至世界带来的毁灭性影响："路已经太多、太多！变化来得太快、太快！……自私吞噬着这个世界。它们正在毁灭非洲！它们正在毁灭世界、家园、圣地、神灵！被［它们］同时毁掉的，还有亘古如斯的爱！"（《饥》，第388页）

　　奥氏拒绝文化霸权主义、赞赏文化多样性，与他的跨文化家庭和生活背景有关：其父是乌尔霍伯人（Urhobo），其母是伊博族人。在孩提时期，他随父母分别在英国和拉各斯居住数年。成年后，他赴英求学，并在那里工作。因此，他熟悉乌尔霍伯文化、伊博文化、约鲁巴文化以及英国文化，并明白文化多样性的重要意义。奥氏在不同场合曾多次以"如何看"来隐喻不同的文化选择。在其另一部小说《震惊众神》中，他借那个导游之口指出，"你所看到的东西就是你，或者造就了未来的你"。[1] 在《治愈非洲人的内心》（"Healing Africa Within"）一文中，他写道："你所看到的一切就是你所成就的。"[2] 2002年在一次采访中，他指出"清楚地看"应是"文学、写作或者生活的重要部分"。他甚至笑言："所有的大学应该设立一个明视系。"[3] 在其诗集《思想的战斗》（Mental Fight, 1999）中，他也提到，我们应该利用这个新千年"来洗净我们的双眼/用不同的眼光来看待世界/更清楚地看我们自己"。[4]

---

[1]　Ben Okri, *Astonishing the Gods*, London: Phoenix House, 1995, p. 11.

[2]　转引自 Vanessa Guignery, "To See or Not to See: Ben Okri's *The Famished Road*", in Vanessa Guignery, ed., The Famished Road: *Ben Okri's Imaginery Hoemlands*, Newcastle: Cambridge Scholars Publishing, 2013, p. 5。

[3]　转引自 Vanessa Guignery, "To See or Not to See: Ben Okri's *The Famished Road*", in Vanessa Guignery, ed., The Famished Road: *Ben Okri's Imaginery Hoemlands*, Newcastle: Cambridge Scholars Publishing, 2013, p. 3。

[4]　转引自 Vanessa Guignery, "To See or Not to See: Ben Okri's *The Famished Road*", in Vanessa Guignery, ed., The Famished Road: *Ben Okri's Imaginery Hoemlands*, Newcastle: Cambridge Scholars Publishing, 2013, p. 3。

　　奥克瑞不主张以西方文化为圭臬来看待生活与世界，因为建立在二元对立基础之上的西方文化总是颂扬理性而贬抑非理性。他认为，西方思维方式也有明显的局限性。在威尔金森（J. Wilkinson）对他的采访中，奥氏说，"我们不可能用一个逻辑主导的脑袋来写尼日利亚"，① 因为世界不是一种条理分明的存在，它有着丰富、隐而不露的精神维度，无法被简单的思维方式所涵盖。② 奥氏坚信，西方文化的理性工具只能让人们看见他们想看到的。在其一首题为《说说克莱》（"On Klee"）的诗中，他写道："萦绕在心间的/常常为双眼所忽略。"③ 在《饥》中，那个白人筑路工程师的眼镜和望远镜等西方理性助视工具，既未让他认识到森林文化神奇的意义，亦未让他预见到森林砍伐所致的洪水会将他修建的道路变成一条夺去性命的河。故事结尾处的那个白人所戴的"蓝眼镜"也同样未能帮助他找到走出非洲的路。

　　奥克瑞一直在寻找一种再现世界的新方式——它能让人同时看到理性的有形之物和非理性的无形之物。因此，在《饥》中，他采用了阿玛瑞尔·查纳迪（Amarll Chanady）所说的"糅合两种相互排斥的逻辑准则"，④ 即理性和非理性相结合的写作策略，使得理性的现实世界与非理性的魔幻世界这两个世界真实地存在，且并行不悖。安东尼·阿帕亚（Anthony Appiah）在其《饥》的书评中指出，在约鲁巴的信仰中，"精灵的世界不是形而上学之物"，相反，它是物质世界的一部分，"比日常生活世界更为真实"。⑤ 在《饥》中，精灵们在集市上购物，在"人间丰美的物产中穿梭而行、乐不思返"（《饥》，第 16 页）。他们还被新技术产品——相机所吸引，纷纷

---

① 转引自 Sarah Fulford，"Ben Okri, the Aesthetic, and the Problem with Theory"，*Comparative Literature Studies*，Vol. 46，No. 2（2009），p. 245。

② Douglas McCabe，"'Higher Realities'：New Age Spirituality in Ben Okri's *The Famished Road*"，*Research in African Literatures*，Vol. 36，No. 4（2005），p. 11.

③ 转引自 Vanessa Guignery，"To See or Not To See：Ben Okri's *The Famished Road*"，in Vanessa Guignery，ed.，The Famished Road：*Ben Okri's Imaginary Homelands*，Newcastle：Cambridge Scholars Publishing，2013，p. 2。

④ 转引自 Philip Whyte，"Ben Okri's The Famished Road and the Problematic of Novelty"，in Vanessa Guignery，ed.，The Famished Road：*Ben Okri's Imaginary Homelands*，Newcastle：Cambridge Scholars Publishing，2013，p. 111。

⑤ 转引自 Sarah Fulford，"Ben Okri, the Aesthetic, and the Problem with Theory"，*Comparative Literature Studies*，Vol. 46，No. 2（2009），p. 249。

"爬到摄影师的身上，吊住他的胳膊或站在他的头上"（《饥》，第 46 页）。这样的魔幻场景显然根植于非洲民间传说和传奇故事。从某种程度上讲，《饥》中的魔幻书写展示的是被西方殖民主义"去文化"之前的非洲传统文化风貌。

《饥》中的魔幻书写表明，奥氏抗拒西方殖民主义对非洲传统文化实施的"去文化"政策，呼唤文化多样性。在《饥》中，现实世界和精灵世界无等级、优劣之分。用菲利普·怀特（Philip Whyte）的话说，阿扎罗用来过滤世界的特别棱镜"消解了任何在魔幻与非魔幻描写之间建立等级的可能性"。① 菲尔·卡塔尔福（Phil Catalfo）称奥氏的小说是前往"失去了联系的轮回之前（以及之间）灵魂所栖息的王国的向导"。② 我们认为它也是人类走向文化多样化世界的向导。《饥》中对世界的描写看似互相矛盾，实则包含一切，是西方文化中理性世界观和非洲文化中非理性世界观的结合，充分体现了奥氏赞赏文化多样性的立场。在《饥》中，奥氏借三头鬼之口指出，"宇宙似乎由无数悖论构成"（《饥》，第 334 页）：路也是河；林中空地"和［阿扎罗］记忆中的样子既完全一样，又不一样"（《饥》，第 252 页）；照片上男人的脸既"奇特"，又令阿扎罗"有似曾相识之感"（《饥》，第 270 页）；阿扎罗在雨中遇见的那个老头的声音"既温和又可怕"（《饥》，第 319 页）；集市里女人们的嗓音"既甜润又生硬"（《饥》，167 页）；那个年迈母亲发出了"各种互不相容的梦的气息"（《饥》，第 296 页）；那个从蚁山上走出来的男人有着一张"既有百岁老人的沧桑，又不乏孩童般的纯真"的脸（《饥》，第 249 页）；那个瞎老头的声音"既温柔又可怕"（《饥》，第 319 页）；"平凡的事物变成了一个个谜团"（《饥》，第 252 ~ 253 页）。可以看出，《饥》所描写的世界是二元而非对立的，可谓无所不包。《饥》中的时间意象也呈现了这一特性。小说中既有诸如"第二天""第三天晚上"（《饥》，第 408 页）的西方线性时间，又有非洲

---

① 转引自 Vanessa Guignery，"To See or Not To See：Ben Okri's *The Famished Road*"，in Vanessa Guignery，ed.，The Famished Road：*Ben Okri's Imaginary Homelands*，Newcastle：Cambridge Scholars Publishing，2013，p.7。

② 转引自 Douglas McCabe，"'Higher Realities'：New Age Spirituality in Ben Okri's The Famished Road"，*Research in African Literatures*，Vol.36，No.4（2005），p.12。

的环形时间：阿扎罗作为鬼娃一直在经历着生—死—再生的循环周期，他还两次经历同一个时间片段——他两次遇见追逐自行车轮子金属圈的艾德：第一次时间是向前的，从艾德突然出现到令人困惑地消失（《饥》，第276 页）；第二次时间是倒回的，从艾德的缺席，到变成影子，最后变成人（《饥》，第 374 页）。

奎格纳瑞指出，《饥》"通过对比、对立以及矛盾，以无所不包的模式不断推进，以这种方式挑战任何二元对立及排外的世界观"。① 我们认为，这种对二元对立世界观的挑战亦隐含了奥氏"文化相对主义"的思想。《饥》中有一个细节特别值得注意，阿扎罗的父亲阅读不同文化的书："他买的书涉及哲学、政治、解剖学、自然科学、星相学和中国古代医学。他还买了希腊和罗马经典著作。……他喜欢上了《一千零一夜》里的故事。他闭着眼，听我朗读西班牙古典情诗中的奇异词句，重述祖鲁人沙卡和伟人桑迪亚特的生平事迹"（《饥》，第 414 页）。奥氏似乎想以此说明，一个美好的未来世界需要各种文化的共存，而期盼美好未来的尼日利亚也需要向其他文化学习，吸取其精华。

五　小结

奥克瑞虽然不是一位典型的生态作家，但《花》和《饥》明显触及尼日利亚的生态问题。这两部作品的故事情节、人物形象、场景及相关的意象，蕴含了奥氏对西方"生态帝国主义"以及"物种主义"等级思想的批判。他清醒地看到，西方殖民主义经济与文化的发展除了对尼日利亚的自然生态系统造成直接破坏之外，还导致其传统文化的分崩离析；尼日利亚人被西方文化同化，抛弃了其传统文化中万物平等相连的世界观，接受了西方文化中人类凌驾于自然之上的等级观念，这必然会导致尼日利亚的社会生态和精神生态的双重危机。因此，奥氏拒绝"物种主义"等级思想，主张人们重拾尼日利亚传统文化中万物平等相连之观

---

① Vanessa Guignery, "To See or Not to See: Ben Okri's *The Famished Road*", in Vanessa Guignery, ed., The Famished Road: *Ben Okri's Imaginary Homelands*, Newcastle: Cambridge Scholars Publishing, 2013, p. 6.

念。同时，他也呼唤文化的多样性，希望不同文化的民族之间能平等相待、和平共存。

当然，以上这些通过文本分析得出的结论未必就是奥克瑞本人真实的观点。尼日利亚学者奥卢·奥圭伊比（Olu Oguibe）曾将奥克瑞描述为"一个在求索中的人，仍在探索，试图揭开解决之道的秘密"。[①] 的确，奥克瑞没有在他的小说中简单给出尼日利亚生态危机问题的解决办法。不过，在与威尔金森的访谈录中，他强调说，"梦想是现实的一部分。最好的小说对你有梦一样的效果。最好的小说可以变成影响现实的梦。梦和小说界限模糊，它们变成了你经历的一部分，你的梦想"，而"做梦是一个社会健康不可或缺的东西"。[②] 从这个意义上来讲，我们或许只能说奥克瑞在其小说中所体现出来的生态理念将会成为后辈尼日利亚人的某种精神追求。目前，《饥》已被一些西方国家的大学定为教材，为成千上万的学生研读。[③] 我们相信，奥氏在其中对生态问题的思考将启迪那些不同文化背景下的读者，促使他们反思他们国家的自然生态、社会生态及精神生态状况。

---

① 转引自 Felicia Oka Moh, *Ben Okri: An Introduction to His Early Fiction*, Enugu：Fourth Dimension Publishing Co. Ltd. , 2002, p. 9。

② 转引自 Adnan Mahmutović, "The Politics of Dreaming in Ben Okri's *The Famished Road*", in Vanessa Guignery, ed. , The Famished Road：*Ben Okri's Imaginary Homelands*, Newcastle：Cambridge Scholars Publishing, 2013, p. 148。

③ 邹海伦：《他引导非洲的长篇小说进入后现代时期——记〈饥饿之路〉和它的作者》，《世界文学》1994 年第 3 期，第 277 页。

结　语

　　本书选取不同时期的 8 位尼日利亚重要小说家作为研究对象，侧重分析其部分重要作品的主题思想及艺术成就。书中的重要观点源自我们对具体作家及其小说文本的细读与研究。我们按作品所涉及的主题排列章节。这里，为了叙述方便，我们按创作年代，结合章节的主体内容就书中所研究作家的创作特色及其作品的思想主题做一总结。

　　艾克文西是第一位重要的尼日利亚英语小说家，他善于描写城市（尤其是拉各斯）男女的感情生活。我们认为，他的代表性作品如《城市中的人们》和《贾古娃·娜娜》，通过描绘城市空间（拉各斯）里主人公的生活选择和遭遇，生动展示了社会转型时期尼日利亚人不知该何去何从的迷茫，以及作家本人在面对传统与现代价值观冲突时的矛盾心理。

　　图图奥拉是最先引起国际文坛关注的尼日利亚英语小说家，他的小说充满魔幻色彩，"非洲味"极浓，其长篇力作《棕榈酒酒徒》和《我在鬼林中的生活》是约鲁巴民间神话故事的经典再现。它们不仅生动展示了非洲社会特有的生死无界限、人鬼无等级差异的死亡文化，而且较客观地展现了前殖民时期非洲人对奴隶贸易的恐惧，同时以含蓄的方式讽刺了殖民统治时期尼日利亚的社会现状，有力地解构了西方殖民者的权力话语。

　　阿契贝是尼日利亚小说创作的领军人物，也善于描写非洲－西方文化冲突背景下非洲人民的生活与命运，但他倾向于把故事背景设置在乡村。国内外学界对他的长篇代表作《瓦解》的研究颇为深入，但对其中的生态书写关注不足。从后殖民生态的角度重新审视该作品，我们或许可以说，作品中对伊博部族原生态社会尤其是族民那种朴素自然观（万物有灵论）的描写彰显了非洲人民的生态思想和生存智慧，但由于西方"生态帝国主义"的入侵，非洲部族的自然生态、社会生态和精神生态已不可避免地陷入了某种危机。

恩瓦帕与阿契贝同龄，其创作是对尼日利亚男性书写的一种质疑和解构。她的长篇处女作《伊芙茹》打破了非洲女性在家庭婚姻问题上的被动和无声状态，生动记录了作为"属下"的女性在私人及社会生活中的独特声音；而她以尼日利亚内战为背景的小说《永不再来》更是打破了内战叙事中女性作家的沉默，重塑了男性战争书写中遭扭曲的女性形象。恩瓦帕亲历尼日利亚内战的整个过程，她对战争中的恐惧、焦虑、暴行以及邪恶有着更直接和深刻的感受，《永不再来》中的自传性叙事不但折射了战争摧毁人性的本质，而且也表明了她坚定的人道主义立场和反战思想。

艾米契塔是继恩瓦帕之后尼日利亚最重要的女性作家。《为母之乐》是艾米契塔的代表作，小说中人物的命运颠覆了尼日利亚男性作家的母性观，拓展了恩瓦帕等尼日利亚女性文学前辈的女性书写。但由于身处尼日利亚和英国两种文化语境，艾米契塔在小说中表达了一种较为含混的女性观：肯定非洲传统母性观中对养育子女的责任，但反对把母性凌驾于母亲自我之上的做法；肯定西方女性主义对母亲自我价值的追寻，但也反对那种以自我为中心、拒斥群体协作的母性观。

奥克瑞是尼日利亚新生代作家的优秀代表，其作品中的魔幻书写秉承了图图奥拉和索因卡的创作传统。如果从生态批评的角度看，其长篇处女作《花与影》和代表作《饥饿的路》算得上深入探索尼日利亚生态问题的作品。小说中人物的命运让我们相信，西方文化霸权主义除了对尼日利亚的自然生态系统造成直接的破坏之外，还导致尼日利亚传统文化分崩离析。奥克瑞清醒地意识到，许多尼日利亚人已被西方殖民文化所同化，并接受了它的等级制思想，抛弃了其传统文化中万物有灵、众生相连的宇宙观。

阿迪契是尼日利亚年轻女作家的杰出代表，善于描写跨国、跨文化语境下现代尼日利亚人的"流散"体验。值得注意的是，她的多部作品均涉及青少年成长题材，其短篇小说集《缠在你脖子上的东西》中多个故事都有成长书写。那些故事中的主人公在他们成长的过程中经历了各种各样的创伤，其生存际遇让读者清楚地看到了尼日利亚青少年成长的艰辛和曲折。需要指出的是，阿迪契是以一种较为乐观的笔调铺叙她小说人物的成长故事的，她笔下多位主人公都获得了一种"创伤后的成长"，他们所经历的苦难和创伤有助于他们培养社会责任感和历史使命感，并真正成为国家和民族的希望。空间与人类的生存密切相关，不同空间里的生活体验影响甚至决定人的身份建构及性格命运。阿迪契对空间十分敏感，她常通过空间意象的书写来凸显人物的生存境遇。其长篇处女作《紫木槿》中的空间意象的主题意义深刻：恩努古是一个殖民规训空间，小说重要人物尤金在家里、教堂以及学校里，以带有强烈殖民主义思想的基督教教义规训其家人，其所作所为说明，西方殖民主义仍以隐蔽的方式控制着尼日利亚民众的思想。恩苏卡是一个包容、杂糅的后殖民空间，它糅合了西方基督教和本土传统宗教文化，为尤金的孩子康比丽和扎扎的自我成长提供了自由的空间。阿迪契通过这一杂糅空间来喻指新时代尼日利亚人身份建构和自我实现的方向。

奥比奥玛是尼日利亚文坛的新秀，其长篇处女作《钓鱼的男孩》其实也是一部涉及暴力与创伤的成长小说。作品中各种死亡意象构筑了一个意蕴深刻的政治寓言：小说中主要人物波贾弑兄及自杀的悲剧，隐喻了英国殖民者强加在文化、语言和习俗各异的尼日利亚诸部族头上的国家概念是失败的，而小说中那些频繁发生的交通事故所导致的意外死亡事件，一方面揭示了尼日利亚人民生活混乱、生命毫无尊严的现状，另一方面也暗示了西方新殖民主义对尼日利亚社会的碾压和吞噬。

本书为国家社会科学基金一般项目"文化与历史语境下的尼日利亚英语小说研究"（项目批准号：13BWW067）的结项成果。研究课题的成果向来有阶段性成果与最终成果之分。不过，我们更倾向于把这本用作结项材料的书稿称作阶段性成果。主要的原因是，我们的研究侧重文本分析，整体性和理论性研究仍有待加强。虽然我们认真地研究了8位作家的10余部作品，但这些作品并不能涵盖各个时期尼日利亚英语小说的成就，而它们所触及的文学主题也不能统涉尼日利亚英语小说家们所关切的各种问题，因此最担心管中窥豹时闹出盲人摸象的笑话。在个案的研究中，虽然我们注重文献的梳理，力求以点带面，文本分析中尽可能多些比较与对照，但由于涉及的文本有限，我们对一些作家的创作思想的把握难免有主观臆断之嫌。其实，如果资料充足，时间允许，有些主题的研究完全可以形成一部专著，比如内战书写、城市书写、生态书写等。不足往往就是今后努力的方向。距离退休还有一点时间，我们将充分利用手头上已有的资料，以国家社会科学基金资助的这个课题为平台，继续就某些专题做一些更为深入的探讨。

附录一　尼日利亚英语小说创作年表[*]

年份	作家姓名及小说题名
1939	Akiga，Benjamin. *Akiga's Story：The Tiv Tribe as Seen by One of Its Members*
1940	
1941	
1942	
1943	
1944	
1945	Ojike，Mbonu. *Portrait of a Boy in Africa*
1946	Ojike，Mbonu. *My Friend*
1947	1. Ekwensi，Cyprian. *When Love Whispers*；① 2. Ojike，Mbonu. *I Have Two Countries*； 3. Ekwensi，Cyprian. *Ikolo the Wrestler and Other Ibo Tales*②
1948	
1949	
1950	
1951	1. Akinsuroju，Olorundayomi. *True Confessions of a Girl*； 2. Akinsuroju，Olorundayomi. *Zikin Wonderland*； 3. Egharevba，John Uwadiae. *Some Stories of Ancient Benin*； 4. Odoemele，Onyekwere. *Love Without Conscience：A Heart Rendering Love Story*

---

* 本附录的统计数据主要根据奥格巴编著的《百年尼日利亚文学：精选文献》（*A Century of Nigerian Literature: A Select Bibliography*，Trenton：African World Press，2003）和奥沃莫耶拉（O. Owomoyela）编著的《现代哥伦比亚西非英语文学指南》（*The Columbia Guide to West African Literature in English Since 1945*，New York：Columbia University Press，2008）中提供的文献信息整理而成，部分文献信息源自美国亚马逊售书网上的图书介绍。儿童文学作品未列入该附录表。另外，因研究资料有限，本附录的统计时间仅限于1939年至2019年。

① 列表时我们按作家的姓氏排序，把中、长篇小说放在前，短篇小说集放在后。

② Ekwensi's *Ikolo the Wrestler and Other Ibo Tales* is a collection of short stories.

续表

年份	作家姓名及小说题名
1952	1. Anya, Emmanuel Udegbunem. *She Died in the Bloom of Youth*; 2. Etim-Okon, Bassey. *Lost in Transit*; 3. Tutuola, Amos. *The Palm-Wine Drinkard*
1953	1. Akinsuroju, Olorundayomi. *Yours For Ever*; 2. Odili, Edmund. *Mystery of the Missing Sandals*; 3. Osula, A. O. *The Great Magician*
1954	1. Ekwensi, Cyprian. *People of the City*; 2. Tutuola, Amos. *My Life in the Bush of Ghosts*
1955	
1956	1. Akinadewo, Samuel Ade-Kahunsi. *April Fool*; 2. Anya, Emmanuel Udegbunem. *Matter of Life and Death*; 3. Laoye 1., John Adetoyese. *The Story of My Installation*, by John Adetoyese' Laoye 1, *His Highness the Timi of Ede*; 4. Tutuola, Amos. *Simbi and the Satyr of the Dark Jungle*
1957	1. Adekambi, Ephraim Olugbenro. *The Adventures of Babinton Thunder*; 2. Akinadewo, Samuel Ade-Kahunsi. *A Christmas in the Village*; 3. Chidia, Godwin Paul. *Queen of Night*; *A Very Romantic Novel*; 4. Ogali, Ogali Agu. *Long, Long Ago*; 5. Ogali, Ogali Agu. *Smile A While*
1958	1. Achebe, Chinua. *Things Fall Apart*; 2. Akinadewo, Samuel Ade-Kahunsi. *Jombo, A Village Boy in the City*, Part 1; 3. Egemonye, Joseph N. C. *Disaster in the Realms of Love*; 4. Nwosu, Cletus Gibson. *Miss Cordelia in the Romance of Destiny*: *The Most Sensational Love Destiny that Has Ever Happened in West Africa, Written By a Nigerian School Boy*; 5. Ogali, Ogali Agu. *Okeke the Magician*; 6. Ogu, H. O. *The Love That Asks No Questions*; 7. Tutuola, Amos. *The Brave African Huntress*; 8. Uba, Eke. *The Broken Heart*; 9. Umeh, Etim Joseph. *Love Is a Game*
1959	1. Aluko, Timothy Mofolorunso. *One Man, One Wife*; 2. Anya, Emmanuel Udegbunem. *Wretched Orphan*; 3. Effanga, O. E. *Love Is a Thorn*; 4. Egemonye, Joseph N. C. *Broken Engagement*; 5. Ekpikhe, Udo J. *How a Soldier Found Life*: *A True Story*; 6. Maxwell, Higbred. *Our Modern Ladies Characters Towards Boys*: *The Most Exciting Novel With Love Letters, Drama, Telegram and Campaigns of Miss Beauty to the Teacher Asking Him to Marry Her*; 7. Nkwocha, Sylvester Kingsley. *Young Rascal*; 8. Obikwelu, G. N. *Pendant Smiles*; 9. Ogali, Ogali Agu. *Eddy, the Coal-City Boy*; 10. Omuamu, Sampson A. *From Cradle to the Grave*; 11. Uba, Eke. *Romance in a Nutshell*

续表

年份	作家姓名及小说题名
1960	1. Achebe, Chinua. *No Longer at Ease*； 2. Awolowo, Chief Obafemi. *Awo*：*The Autobiography of Chief Obafemi Awolowo*； 3. Iguh, Thomas O. *Why Men Never Trust Women*； 4. Konwea, Frederick Okonicha. *Broken Promise*； 5. Kpaluku, C. W. *Beautiful Adamma in Crazy Love*； 6. Njoku, Nathan O. *Beware of Women*； 7. Obikwelu, G. N. *Continuation of Pendant Smiles*； 8. Ogali, Ogali Agu. *Caroline the One Guinea Girl*； 9. Olisah, Sunday Okenwa. *Story About Mammy-Water*； 10. Ononuju, Michael S. C. *Purest of the Pures*
1961	1. Ajoku, Ugochukwu Emman. *The Chains of Love*； 2. Ekwensi, Cyprian. *Jagua Nana*； 3. Maxwell, Highbred. *Wonders Shall Never End*； 4. Nwangwa, Jeremiah A. *Story of Alice Who Sold Her Concubine*； 5. Nzekwu, Onuora. *Wand of Noble Wood*； 6. Okonkwo, Rufus. *Never Trust All That Love You*； 7. Ologbosere, N. A. *Eloghosa*； 8. Uwemedimo, Rosemary. *Mammy-Wagon Marriage*①
1962	1. Ajao, Aderogbe. *On the Tiger's Back*； 2. Aririguzo, C. Nwakuna. *Miss Comfort's Heart Cries for Tonny's*； 3. Bello, Alhaji Sir Ahmadu. *My Life*； 4. Ekwensi, Cyprian. *Burning Grass*； 5. Maduekwe, Joseph C. *Ngozi Brings New Life to Her Parents*； 6. Maxwell, Highbred. *Public Opinion on Lovers*； 7. Nzekwu, Onuora. *Blade Among the Boys*； 8. Obioha, Raphael I. M. *Beauty Is a Trouble*：*Five Men Scrambling for Adamma*； 9. Tutuola, Amos. *Feather Woman of the Jungle*； 10. Stephen, Felix N. *The Life Story of Boys & Girls*； 11. Udo, Festus Okon. *Draw Me Back*； 12. Udo, F. Okon. *Life Has No Duplicate*：*Handle with Care*； 13. Achebe, Chinua. *The Sacrificial Egg and Other Short Stories*②
1963	1. Ajala, Olabisi. *An African Abroad*； 2. Akinsemoyin, Kunle. *Twilight and the Tortoise*； 3. Ekwensi, Cyprian. *Beautiful Feathers*； 4. Onadipe, Kola. *The Adventures of Souza*，*The Village Girl*； 5. Olagoke, D. Olu. *The Iroko-Manthe Wood Carver*③

---

① Uwemedimo's *Mammy-Wagon Marriage* is a collection of short stories.
② Achebe's *The Sacrificial Egg and Other Short Stories* is a collection of short stories.
③ Olagoke's *The Iroko-Manthe Wood Carver* is a collection of short stories.

续表

年份	作家姓名及小说题名
1964	1. Achebe，Chinua. *Arrow of God*； 2. Aluko，Timothy Mofolorunso. *One Man，One Machete*； 3. Clark-Bekederemo，John Pepper. *America，Their America*； 4. Egbuna，Obi. *Wind Versus Polygamy*：*Where "Wind" Is the "Wind of Change" and Polygamy the "Change of Eves"*； 5. Nwankwo，Nkem. *Danda*； 6. Okara，Gabriel. *The Voice*
1965	1. Agbai，Onwuchekwa. *Romance in Political Passage*； 2. Akpan，Ntieyong Udo. *The Wooden Gong*； 3. Enahoro，Anthony. *Fugitive Offender*：*The Story of a Political Prisoner*； 4. Ike，Chukwuemeka. *Toads For Supper*； 5. Nzekwu，Onuora. *Highlife for Lizards*； 6. Okafor-Omali，Dilim. *A Nigerian Villager in Two Worlds*； 7. Soyinka，Wole. *The Interpreters*； 8. Ekwensi，Cyprian. *The Rainmaker and Other Stories*； 9. Uwemedimo，Rosemary. *Akpan and the Smugglers*①
1966	1. Achebe，Chinua. *A Man of the People*； 2. Aluko，Timothy Mofolorunso. *Kinsman and Foreman*； 3. Amadi，Elechi. *The Concubine*； 4. Ekwensi，Cyprian. *Iska*； 5. Ekwensi，Cyprian. *Juju Rock*； 6. Munonye，John. *The Only Son*； 7. Nwapa，Flora. *Efuru*； 8. Uzodinma，Edmund Chukuemeka Chieke. *The Brink of Dawn*； 9. Ekwensi，Cyprian. *Lokotown and Other Stories*； 10. Odowelu，Vicki Ezinma. *Beautiful Rose and Her Seventy-Five Husbands*； 11. Okoro，Anezi. *The Village School*②
1967	1. Agunwa，Clement. *More Than Once*； 2. Balewa，Abubakar T. *Shaihu Umar*； 3. Tutuola，Amos. *Ajayi and His Inherited Poverty*； 4. Uzodinma，Edmund Chukuemeka Chieke. *Our Dead Speak*； 5. Okoro，Anezi. *New Broom at Amanzu*③

① Ekwensi's *The Rainmaker and Other Stories* and Uwemedimo's *Akpan and the Smugglers* are collections of short stories.

② Ekwensi's *Lokotown and Other Stories*，Odowelu's *Beautiful Rose and Her Seventy-Five Husbands*，and Okoro's *The Village School* are collections of short stories.

③ Okoro's *New Broom at Amanzu* is a collection of short stories.

续表

年份	作家姓名及小说题名
1968	1. Fagunwa, D. O. *Forest of a Thousand Daemons*; 2. Ukoli, Neville Mene. *The Twins of the Rain Forest*; 3. Ikiddeh, Ime, ed. *Drum Beats: An Anthology of African Narrative Writing*①
1969	1. Amadi, Elechi. *The Great Ponds*; 2. Amadi, Elechi. *The Slave*; 3. Munonye, John. *Obi*; 4. Nwankwo, U. *The Road to Udima*; 5. Ashari, Jedida. *Promise*; 6. Sofola, Zulu. *The Deer Hunter and the Hunter's Pearl*②
1970	1. Aluko, Timothy Mofolorunso. *Chief the Honourable Minister*; 2. Ibukun, Olu. *The Return*; 3. Ike, Chukwuemeka. *The Naked Gods*; 4. Mezu, S. Okechukwu. *The Black Dawn*; 5. Nwapa, Flora. *Idu*; 6. Okpewho, Isidore. *The Victims*; 7. Onyeneke, Onyewuotu. *I Will Kill You and Get Away with It*; 8. Uhiaru, Albert O. and Kalu Uka. *The Fugitives*; 9. Ulasi, Adaora Lily. *Many Thing You No Understand*; 10. Egbuna, Obi. *Daughters of the Sun and Other Stories*③
1971	1. Mezu, Sebastian Okechukwu. *Behind the Rising Sun*; 2. Munonye, John. *Oil Man of Obange*; 3. Omotoso, Kole. *The Edifice*; 4. Osahon, Naiwu. *Sex Is a Nigger*; 5. Ulasi, Adaora Lily. *Many Things Begin for Change*; 6. Adesigbin, Ayodele. *Oluronbi's Promise and Other Stories*; 7. Imam, Alhaji Abubakar. *Ruwan Bagaja, the Water of Cure*; 8. Meniru, Teresa. *The Melting Girl and Other Stories*; 9. Nwapa, Flora. *This Is Lagos and Other Stories*; 10. Ojigbo, Okion. *Young and Black in Africa*; 11. Okeke, Uche. *Tales of the Land of Death*④

① Ikiddeh's *Drum Beats: An Anthology of African Narrative Writing* is a collection of short stories.

② Ashari's *Promise* and Sofola's *The Deer Hunter and the Hunter's Pearl* are collections of short stories.

③ Egbuna's *Daughters of the Sun and Other Stories* is a collection of short stories.

④ Adesigbin's *Oluronbi's Promise and Other Stories*, Imam's *Ruwan Bagaja, the Water of Cure*, Meniru's *The Melting Girl and Other Stories*, Nwapa's *This Is Lagos and Other Stories*, Ojigbo's *Young and Black in Africa*, and Okeke's *Tales of the Land of Death* are collections of short stories.

续表

年份	作家姓名及小说题名
1972	1. Akinyele, J. I. *The Spoilt Child*； 2. Emecheta, Buchi. *In the Ditch*； 3. Nzeribe, Grace Nnenna. *Love in the Battle Storm*； 4. Omotoso, Kole. *The Combat*； 5. Achebe, Chinua. *Girls at War and Other Stories*①
1973	1. Aka, S. M. O. *The Midday Darkness*； 2. Aluko, Timothy Mofolorunso. *His Worshipful Majesty*； 3. Amadi, Elechi. *Sunset in Biafra*； 4. Begho, Mason Amatosero. *The Trio：Peter, Edema and Oni*； 5. Ifejika, Samuel Udochukwu. *The New Religion*； 6. Ike, Chukwuemeka. *The Potter's Wheel*； 7. Munonye, John. *A Wreath for the Maidens*； 8. Njoku, Charles *The New Breed*； 9. Saro-Wiwa, Ken. *Tambari*； 10. Saro-Wiwa, Ken. *Tambari in Dukana*； 11. Soyinka, Wole. *Season of Anomy*； 12. Johnson, Rhoda Omosunlola. *Iyabo of Nigeria*； 13. Omotoso, Kole. *Miracles and Other Stories*②
1974	1. Akintola, A. O. *The Marriage of Two Lovers*； 2. Aniebo, I. N. C. *The Anonymity of Sacrifice*； 3. Egbuna, Obi. *Elina*； 4. Emecheta, Buchi. *Second Class Citizen*； 5. Munonye, John. *A Dancer of Fortune*； 6. Okoro, Anezi. *Dr. Amadi's Postings*； 7. Omotoso, Kole. *Fela's Choice*； 8. Omotoso, Kole. *Sacrifice*； 9. Ulasi, Adaora Lily. *The Night Harry Died*； 10. Egbuna, Obi. *Emperor of the Sea and Other Stories*③
1975	1. Egbuna, Obi. *The Minister's Daughter*； 2. Ikejiani, Okechukwu. *Nkemdilim*； 3. Nwankwo, Nkem. *My Mercedes Is Bigger Than Yours*； 4. Nwapa, Flora. *Never Again*； 5. Ogwu, Sulu. *The Gods are Silent*； 6. Osofisan, Femi. *Kolera Kolej*； 7. Oyewole, Fola. *The Reluctant Rebel*； 8. Ekwensi, Cyprian. *Restless City and Christmas Gold*； 9. Ekwensi, Cyprian. *The Rainbow-Tinted Scarf and Other Stories*④

① Achebe's *Girls at War and Other Stories* is a collection of short stories.

② Johnson's *Iyabo of Nigeria* and Omotoso's *Miracles and Other Stories* are collections of short stories.

③ Egbuna's *Emperor of the Sea and Other Stories* is a collection of short stories.

④ Ekwensi's *Restless City and Christmas Gold*, *With Other Stories* and *The Rainbow-Tinted Scarf and Other Stories* are collections of short stories.

续表

年份	作家姓名及小说题名
1976	1. Are, Lekan. *Always a Loser*； 2. Chigbo, Thomas. *Odenigbo*； 3. Echewa, T. Obinkaram. *The Land's Lord*；① 4. Ekwensi, Cyprian. *Survive the Peace*； 5. Emecheta, Buchi. *The Bride Price*； 6. Ike, Chukwuemeka. *Sunset at Dawn*； 7. Iroh, Eddie. *Forty-eight Guns for the General*； 8. Njoku, John E. Eberegbulam. *Refund My Brideprice*； 9. Nwosu, T. C. *Born to Raise Hell*； 10. Nwosu, T. C. *Hot Road*； 11. Nwosu, T. C. *A Ride on the Back*； 12. Okpewho, Isidore. *The Last Duty*；② 13. Omotoso, Kole. *The Scales*； 14. Onyeama, Dilibe. *Sex Is a Nigger's Game*
1977	1. Abio', Rufus. *Angels of Double Faces*； 2. Are, Lekan. *Challenge of the Barons*； 3. Areo, Agbo. *Director!*； 4. Azikiwe, Okafor. *Gifts for Mother*； 5. Emecheta, Buchi. *The Slave Girl*；③ 6. Igbozurike, M. Uzo. *Across the Gap*； 7. Njoku, John E. Eberegbulam. *The Dawn of African Women*； 8. Ogali, Agu Ogali. *Coal City*； 9. Ogali, Agu Ogali. *The Juju Priest*； 10. Okeke, E. *Veronica the Girl*； 11. Okpi, Kalu. *The Smugglers*； 12. Onyeama, Dilibe. *Juju*； 13. Safo, Danny B. *The Search*； 14. Sule, Mohammed. *The Undesirable Element*
1978	1. Aka, S. M. O. *The College Days of John Ojo*； 2. Amadi, Elechi. *The Slave*； 3. Aniebo, I. N. C. *The Journey Within*； 4. Areo, Agbo. *The Hopeful Lovers*； 5. Fakunle-Onadeko, Funmilayo. *The Sacrificial Child*； 6. Gbulie, Ben. *Fragments and Nothing*； 7. Munonye, John. *A Bridge to a Wedding*；

① Echewa's *The Land's Lord* was a winner of The English-speaking Union Prize.

② Okpewho's *The Last Duty* was a winner of both The African Arts Prize for Literature and The Commonwealth Writers' Prize：Best Book.

③ Emecheta's *The Slave Girl* was a winner of The Jock Campbell Award.

续表

年份	作家姓名及小说题名
1978	8. Njoku, Charles. *Race to the Navel*; 9. Ogali, Agu Ogali. *Talisman For Love*; 10. Omotoso, Kole. *To Borrow a Wandering Leaf*; 11. Onyeama, Dilibe. *Secret Society*; 12. Osi-Momoh, A. *The Ignoble End*; 13. Sanni, Agboola. *The Choice*; 14. Sikuade, Yemi. *Sisi*; 15. Uka, Kalu. *Colonel Ben Brim*; 16. Ulasi, Adaora Lily. *The Man from Sagamu*; 17. Ulasi, Adaora Lily. *Who is Jonah?*; 18. Umelo, Rosina. *Felicia*; 19. Yari, Labo. *The Climate of Corruption*; 20. Yusuf, Ahmed Beita. *The Reckless Climber*; 21. Umelo, Rosina. *The Man Who Ate Money*①
1979	1. Adenle, Tola. *Love on the Rebounce*; 2. Adewoye, Sam. *The Betrayer*; 3. Aka, S. M. O. *Cheer Up, Brother*; 4. Ekwuru, Andrew. *Song of Steel*; 5. Emecheta, Buchi. *The Joys of Motherhood*; 6. Fulani, Dan. *The Highjack*; 7. Ibizugbe, Uyi. *The Mysterious Ebony Carver*; 8. Iroh, Eddie. *Toads of War*; 9. Iyayi, Festus. *Violence*; 10. Okolo, Emmanuel C. *The Blood of Zimbabwe*; 11. Okoro, Nathaniel. *The Twin Detectives*; 12. Onyeama, Dilibe. *Female Target*; 13. Onyekwelu, Fidel Chidi. *The Sawabas*; 14. Ossai, Anji. *Tolulope*; 15. Sule, Mohammed. *The Delinquent*; 16. Thorpe, Victor. *The Worshippers*; 17. Yewande, E. O. *This Man Is Poison*
1980	1. Achuzia, Gona Hannibal. *Hamza: Our Man in London*; 2. Adebiyi, T. A. *The Brothers*; 3. Aka, S. M. O. *The Weeping Undergraduate*; 4. Alily, Valentine. *Mask of the Kobra*; 5. Egbuna, Obi. *Black Candle for Christmas*; 6. Egbuna, Obi. *The Madness of Didi*;

---

① Umelo's *The Man Who Ate Money* is a collection of short stories and won The Cheltenham Literary Festival Prize.

续表

年份	作家姓名及小说题名
1980	7. Egbuna, Obi. *The Rape of Lysistrata*; 8. Ekwensi, Cyprian. *Divided We Stand*; 9. Ekwensi, Cyprian. *Motherless Baby*; 10. Ekwensi, Cyprian. *Yaba Roundabout Murder*; 11. Ekwuru, Andrew. *Going to the Storm*; 12. Fakunle-Onadeko, Funmilayo. *Chasing the Shadow*; 13. Ighavini, Dickson. *Bloodbath at Lobster Close*; 14. Ike, Chukwuemeka. *The Chicken Chaser*; 15. Ike, Chukwuemeka. *Expo '77*; 16. Ikonne, Chidi. *Born Twin*; 17. Johnson, Louis Omotayo. *No Man's Land*; 18. Lawal, Ayo. *A Nigerian Story in Share*; 19. Nwachukwu-Agbada, J. Obi J. *No Need to Cry*; 20. Nwakoby, Martina Awele. *A Lucky Chance*; 21. Obi, Ubaka. *The SSG vs. the Tigers*; 22. Oguntoye, Jide. *Too Cold for Comfort*; 23. Ohuka, Chukwuemeka. *The Return of Ikenga*; 24. Okpi, Kalu. *On the Road*; 25. Okri, Ben. *Flowers and Shadows*; 26. Oparandu, Ibe. *The Wages of Sin*; 27. Osahon, Naiwu. *A Life for Others*; 28. Ovbiagele, Helen. *Evbu My Love*; 29. Taju, Hammid. *From Fadama with Cane Sugar*; 30. Thorpe, Victor. *The Instrument*; 31. Yemitan, Oladipo. *The Bearded Story Teller*; 32. Nwapa, Flora. *Wives at War and Other Stories*①
1981	1. Boyo, Temple Omare. *Somolu Blues*; 2. Fenuku, A. *A Fatal Choice*; 3. Fulani, Dan. *God's Case, No Appeal*; 4. Fulani, Dan. *No Condition Is Permanent*; 5. Fulani, Dan. *The Price of Liberty*; 6. Fulani, Dan. *Sauna and the Bank Robbers*; 7. Fulani, Dan. *Sauna, Secret Agent*; 8. Garba, Mohammed T. *The Black Temple*; 9. Ighavini, Dickson. *Death Is a Woman*; 10. Iroh, Eddie. *Without a Silver Spoon*; 11. Johnson, Louis Omotayo. *Black Maria*; 12. Johnson, Louis Omotayo. *Murder at Dawn*;

---

① Nwapa's *Wives at War and Other Stories* is a collection of short stories.

年份	作家姓名及小说题名
1981	13. Johnson, Louis Omotayo. *Best in Pieces*； 14. Nwachukwu-Agbada, J. Obi J. *A Taste of Honey*； 15. Nwakoby, Martina Awele. *A House Divided*； 16. Nwapa, Flora. *One Is Enough*； 17. Obiakor, Anyi. *Justice Under the Sun*； 18. Ohunta, M. O. B. *Web of Avarice*； 19. Okoro, Nathaniel. *The Warriors*； 20. Okri, Ben. *The Landscapes Within*； 21. Oloyede, Sola. *I Profess this Crime*； 22. Olugbile, Femi. *Hours of Hope*； 23. Onadipe, Kola. *Around Nigeria in Thirty Days*； 24. Onadipe, Kola. *Call Me Michael*； 25. Sowande, Bode. *Our Man the President*； 26. Thorpe, Victor. *Stone Vengeance*； 27. Tutuola, Amos. *The Witch-Herbalist of the Remote Town*； 28. Uka, Kalu. *A Consummation of Fire*； 29. Emecheta, Buchi and Maggie Murray. *Our Own Freedom*； 30. Okolo, Emma. *No Easier Road*①
1982	1. Abejo, Bisi. *Fools Rush In*； 2. Abejo, Bisi. *Lift to the Stars*； 3. Adebomi, Sunday D. *Symphony of Destruction*； 4. Ajiboye, Goke. *Abiku*； 5. Ajogu, Ike. *Victim of Love*； 6. Aka, S. M. O. *Medicine for Money*； 7. Aluko, Timothy Mofolorunso. *Wrong Ones in the Dock*； 8. Apolo, E. *Lagos Na Waa*：*I Swear*； 9. Apolo, E. *Love-Pot Festival*； 10. Apolo, E. *Mr. Sugar Daddy*； 11. Apolo, E. *Rituals of a Sweet Mama*； 12. Aremu, Abu. *Kill Me Gently*； 13. Asemota, Mac Morgan. *Who's to Blame*； 14. Atoyebe, Muda. *Countdown in Perdition*； 15. Babalola, Mary Adeola. *The Flesh Is Weak*； 16. Emecheta, Buchi. *Destination Biafra*； 17. Emecheta, Buchi. *Double Yoke*； 18. Emecheta, Buchi. *Naira Power*； 19. Fakunle-Onadeko, Funmilayo. *Chance or Destiny?*； 20. Falemara, Francis Ola. *The Last Chance*；

---

① Emecheta and Murray's *Our Own Freedom* and Okolo's *No Easier Road* are collections of short stories.

续表

年份	作家姓名及小说题名
1982	21. Fulani, Dan. *The Fight for Life*； 22. Fulani, Dan. *No Telephone to Heaven*； 23. Fulani, Dan. *Sauna to the Rescue*； 24. Ighavini, Dickson. *Thief of State*； 25. Ikwue, Kaija. *Inconvenient Marriage*； 26. Iroh, Eddie. *The Siren in the Night*； 27. Iyayi, Festus. *The Contract*； 28. Jibia, Alilu Abdullahi. *The Hunt Begins*； 29. Koin, Nyengi. *Time Changes Yesterday*； 30. Mangut, Joseph. *The Blackmailers*； 31. Mangut, Joseph. *Have Mercy*； 32. Meniru, Teresa E. *Footsteps in the Dark*； 33. Nwagboso, Maxwell Nkem. *The Road to Damnation*； 34. Ogunleye, George Obasa. *Wives and Lovers*； 35. Ojomo, Olatunde. *The Young Brides*； 36. Okoye, Ifeoma. *Behind the Clouds*； 37. Okpi, Kalu. *Biafra Testament*； 38. Okpi, Kalu. *Coup!*； 39. Okpi, Kalu. *Cross-Fire*； 40. Okpi, Kalu. *The South African Affair*； 41. Okuboh, Ervine S. *Rome Summit*； 42. Olafioye, Tayo. *The Saga of Sego*：*An African Novel*； 43. Oloyede, Sola. *A Gift of Death*； 44. Olumhense, Sonala. *No Second Chance*； 45. Omotoso, Kole. *Memories of Our Recent Boom*； 46. Onuma, Onuma E. *Dying on Tradition*； 47. Onwu, Charry Ada. *Catastrophy*； 48. Onwu, Charry Ada. *One Bad Turn*； 49. Onyeama, Dilibe. *Night Demon*； 50. Onyeama, Dilibe. *Revenge of the Medicine Man*； 51. Orewa, G. Oka. *The Unknown Tomorrow*； 52. Otuokpaikhian, J. U. *The Tree Must Go Down*； 53. Ovbiagele, Helen. *A Fresh Start*； 54. Ovbiagele, Helen. *You Never Know*； 55. Oyegoke, Lekan. *Cowrie Tears*； 56. Phil-Ebosie, Philip. *The Cyclist*； 57. Sowande, Bode. *Without a Home*； 58. Sule, Mohammed. *The Infamous Act*； 59. Ulojiofor, Victor. *Sweet Revenge*； 60. Obiechina, Emmanuel N., ed. *African Creations*：*A Decade of Okike Stories*①

① Obiechina's *African Creations: A Decade of Okike Stories* is a collection of short stories.

续表

年份	作家姓名及小说题名
1983	1. Abejo, Bisi. *True Love*； 2. Ajayi, Tola. *The Year*； 3. Akaduh, Etim. *The Ancestor*； 4. Apolo, E. *One Hole Too Many*； 5. Bamijoko, Bolaji. *From the Bottom to the Top*； 6. Emecheta, Buchi. *The Rape of Shavi*； 7. Fulani, Dan. *Flight 800*； 8. Garba, Mohammed T. *Stop Press：Murder*； 9. James, Ademola. *A Man of Conscience*； 10. Johnson, Louis Omotayo. *The Oil Pirates*； 11. Nwokolo, Chuma Jr. *The Extortionist*； 12. Obi, Ubaka. *The Unfaithful Wife*； 13. Ogunleye, George Obasa. *Confessions of a Black Vagabond（Story from Africa）*； 14. Okpi, Kalu. *The Politician*； 15. Olowa, Yemi. *On the Run*； 16. Oloyede, Sola. *Memory of a Silence*； 17. Phil-Ebosie, Philip. *Dead of Night*； 18. Safo, Danny B. *His Excellency the Head of State*； 19. Salihu, Mohammed A. *Pretoria's Assault*； 20. Solaru, Lanna. *Time for Adventure*； 21. Thorpe, Victor. *Blind Bartimaeus*； 22. Aniebo, I. N. C. *Of Wives, Talismans and the Dead*①
1984	1. Adediji, 'Laide. *He Died in the City*； 2. Adeniran, Tunde. *The Flag Bearer*； 3. Adibe, Jideofor. *Fool's Paradise*； 4. Ajogu, Ike. *It's You or Never*； 5. Akoji, Richard. *Teardrops at Sunset*； 6. Alkali, Zaynab. *The Stillborn*；② 7. Anyebe, A. P. *Agony of a Patriot*； 8. Enekwe, Ossie Onuora. *Come Thunder*； 9. Fakunle, Victor. *Tentacles of the Gods*； 10. Mangut, Joseph. *Women for Sale*； 11. Momoh, Tony. *Simple Strokes*； 12. Nwala, T. U. *Justice on Trial*； 13. Nwankwo, Nkem. *The Scapegoat*； 14. Odu, Mark A. C. *Tears of the Fathers*； 15. Ogbobine, Rufus. *Death in the Triangle*； 16. Ohiaeri, A. E. *Nwaulari：A Human Tragedy*；

---

① Aniebo's *Of Wives, Talismans and the Dead* is a collection of short stories.

② Alkali's *The Stillborn* was a winner of The Association of Nigerian Authors' Prize for Fiction.

续表

年份	作家姓名及小说题名
1984	17. Okoye, Ifeoma. *Men Without Ears*；① 18. Onuma, Onuma E. *The Marriage*； 19. Osanyin, Bode. *Rich Girl*, *Poor Boy*； 20. Oyegoke, Lekan. *Laughing Shadows*； 21. Tahir, Ibrahim. *The Last Imam*； 22. Umelo, Rosina. *Fingers of Suspicion*
1985	1. Abani, Chris. *Masters of the Board*； 2. Adebambo, M. T. *Koseemaari*； 3. Adebowale, Bayo. *The Virgin*； 4. Ajayi, Tola. *The Lesson*； 5. Ajogu, Ike. *Love Trials of Edgar*； 6. Anieke, Richard. *The Shameful Sacrifice*； 7. Areo, Agbo. *A Paradise for the Masses*； 8. Avee-Rai'noy, Kezi. *Can't Stop My Bed Creakin'*！； 9. Ayoola, Hansen. *She Died Yesterday*； 10. Babarinsa, Akinbolu. *Anything for Money*； 11. Bamisaiye, Remi. *Service of the Fatherland*； 12. Egbuna, Ben. *Guerillas in Lagos*； 13. Essien, J. E. *Giants of the Cemetery*； 14. Essien, J. E. *Nerissa*：*The Story of Love*； 15. Ezifeh, Ifeanyi. *The Year of the Locusts*； 16. Gimba, Abubakar. *Trail of Sacrifice*； 17. Ijeh, Chuks. *State of Chaos*； 18. Ike, Chukwuemeka. *The Bottled Leopard*； 19. Ikede, Joy. *Joined by Love*； 20. Ilouno, Chukwuemeka. *Up from Polygamy*； 21. Mansim, Okafor. *Chinelo*； 22. Njoku, Jerry N. *To Forgive Is Divine*； 23. Nwankwo, Victor. *The Road To Udima*； 24. Nzekwe, Amaechi. *A Killer on the Loose*； 25. Ogbobine, Rufus. *No Bail for the Permanent Secretary*； 26. Ogbor, Wisdom. Onyi. *King Zugo's Clan*：*A Novel About Domination and Fear*； 27. Ohiaeri, A. E. *Behind the Iron Curtain*； 28. Ohuka, Chukwuemeka. *The Intruder*； 29. Okolo, Emmanuel C. *No Easier Road*； 30. Okolo, Emmanuel C. *The Scorpion*； 31. Olafioye, Tayo Pete. *The Saga of Sego*； 32. Oloyede, Sola. *A Woman's As Old*；

①　Okoye's *Men Without Ears* was a winner of The Association of Nigerian Authors' Prize for Fiction.

续表

年份	作家姓名及小说题名
1985	33. Onadipe, Kola. *Beloved Daughters*； 34. Onuma, Onuma E. *Solo Vendetta*； 35. Onyeama, Dilibe. *Godfathers of Voodoo*； 36. Onyiuke, Chuks. *Please, Don't Say No*； 37. Osanyin, Bode. *Shattered Dreams*； 38. Osifo, Grace Nma. *Dizzy Angel*； 39. Ovbiagele, Helen. *Forever Yours*； 40. Saro-Wiwa, Ken. *Sozaboy*：*A Novel in Rotten English*； 41. Ugah, Ada. *Hanini's Paradise*； 42. Ugwu, Theophilus Chijioke. A *Changed Man*； 43. Achebe, Chinua and C. L. Innes, eds. *African Short Stories*； 44. Nwogo, Agwu. *Destined to Be*①
1986	1. Abejo, Bisi. *Love at First Flight*； 2. Abiola, Adetokunbo. *Labulabu Mask*； 3. Adebanjo, Olalekan. *Don't Attend My Wedding*； 4. Adinde, Celsus A. *Village Girl*； 5. Agburum, Ezenwa. *Broken Graduate*； 6. Aluko, Timothy Mofolorunso. *A State of Our Own*； 7. Amadi, Elechi. *Estrangement*； 8. Anigbedu, Laide. *Hero's Welcome*； 9. Dangana, Yahaya S. *Corpse for a Bridegroom*； 10. Echewa, T. Obinkaram. *The Crippled Dancer*；② 11. Ekwensi, Cyprian. *For a Roll of Parchment*； 12. Ekwensi, Cyprian. *Jagua Nana's Daughter*； 13. Emecheta, Buchi. *A Kind of Marriage*； 14. Garba, Mohammed T. *Forgive Me Maryam*； 15. Gimba, Abubakar. *Witnesses to Tears*； 16. Iyayi, Festus. *Heroes*；③ 17. Johnson, Rotimi. *Too Young to Love*； 18. Kachikwu, Ibe. *Cocaine Connection*； 19. Koin, Nyengi. *The Second Chance*； 20. Madu, Adaeze. *Broken Promises*； 21. Menkiti, F. L. O. *The End of the Road*； 22. Njoku, Jerry N. *Vengeance Is Sweet*； 23. Nwapa, Flora. *Women Are Different*； 24. Ofoegbu, L. J. *Blow the Fire*；

① Achebe and Innes's *African Short Stories* and Nwogo's *Destined to Be* are collections of short stories.

② Echewa's *The Crippled Dancer* was a finalist for The Commonwealth Book Prize.

③ Iyayi's *Heroes* was a winner of The Commonwealth Writers' Prize：Best Book.

续表

年份	作家姓名及小说题名
1986	25. Ogbobine, Rufus. *The Policeman's Dilemma*； 26. Ogbuefi, Joseph Ugochukwu. *The Time Between*； 27. Ohaegbulam, Desmond. *The Adventures of Api*； 28. Okuofu, Charles O. *Death Contractor*； 29. Ovbiagele, Helen. *Who Really Cares*； 30. Oyajobi, Akintunde. *Nostalgia*； 31. Sam-Sam. *Stronger than the Strong*； 32. Serrano, Jumoke. *The Last Don Out*； 33. Umeasiegbu, Rems Nna. *End of the Road*； 34. Umeasiegbu, Rems Nna. *Anukili na Ugama*：*An Igbo Epic*； 35. Umelo, Rosina. *Something to Hide*； 36. Okri, Ben. *Incidents at the Shrine*； 37. Tutuola, Amos. *Yoruba Folktales*①
1987	1. Achebe, Chinua. *Anthills of the Savannah*；② 2. Adebanjo, Segun. *The Birthday Party*； 3. Adebowale, Bayo. *Out of Mind*； 4. Adewoye, Sam. *Glittering Fragments*； 5. Alkali, Zaynab. *The Virtuous Woman*； 6. Andrew, Chire Nongu. *Devil at the Wheel*； 7. Bisi-Williams, Kowus. *The Black Godfather*； 8. Fagbola, Kayode. *Kaduna Mafia*； 9. Ikonne, Chidi. *Unborn Child*； 10. Koin, Nyengi. *All You Need Is Love*； 11. Marinho, Tony. *Deadly Cargo!*； 12. Meniru, Teresa E. *The Last Card*； 13. Nwachukwu-Agbada, J. Obi J. *God's Big Toe*； 14. Obong, Eno. *Garden House*； 15. Ogbobine, Rufus. *A Post in the Military Government*； 16. Oguine, Priscilla Ngozi. *In Search of My Home*； 17. Oguntoye, Jide. *Come Home My Love*； 18. Oguntuase, Femi. *Scoundrels in Uniform*； 19. Ogunyemi, M. A. *The D. O.*； 20. Ohuka, Chukwuemeka. *A Bride for the Brave*； 21. Ojo-Ade, Femi. *Home*, *Sweet*, *Sweet Home*； 22. Okediran, Wale. *Rainbows Are for Lovers*； 23. Okogba, Andrew Danbri. *When a Child Is Motherless*；

---

① Okri's *Incidents at the Shrine* and Tutuola's *Yoruba Folktales* are collections of short stories. Okri's *Incidents at the Shrine* was a winner of The Commonwealth Writers' Prize：Best Book.

② Achebe's *Anthills of the Savannah* was a finalist for the 1987 Booker Prize for Fiction.

续表

年份	作家姓名及小说题名
1987	24. Okoye, Prince Ifeanyi. *Mammy Water Daughter Married*； 25. Okpalaeze, Inno-Pat Chuba. *Oriental Passion*； 26. Okuyemi, Ayo. *Love at Stake*； 27. Okwechime, Ireneous. *The Sacrifice*； 28. Olugbile, Femi. *Lonely Men*； 29. Omotoso, Kole. *Just Before Dawn*； 30. Onyenorah, Edith. *The Gorgeous Black Prince*； 31. Orewa, G. Oka. *No More Sorrow*； 32. Popoola, Dimeji. *A Matter of Upbringing*； 33. Sule, Murtala. *Shadow of Hunger*； 34. Thorpe, Victor. *The Exterminators*； 35. Tutuola, Amos. *Pauper, Brawler and Slanderer*； 36. Ukoli, Neville. *Blood on the Tide*； 37. Saro-Wiwa, Ken. *Basi and Company*； 38. Saro-Wiwa, Ken. *A Forest of Flowers*； 39. Saro-Wiwa, Ken. *Mr. B. Port Harcourt*①
1988	1. Abdul-Ganiyu, Adebayo O. O. *Love in the Pot-Pourri*； 2. Abwa, Moses. *The Homogeneous Republic*； 3. Adebayo, Augustus. *Once Upon a Village*； 4. Ali, Hauwa. *Destiny*；② 5. Anionwu, Clement. *The Deep Glimpse*； 6. Bialonwu, Uche. *Long Claws of Fate*； 7. Bishak, Al. *Mrs. President*； 8. Borisade, Omobola. *Sweeter Than Honey*； 9. Ekezie, Ngozi. *Nothing Need Change*； 10. Ezekiel, May Ellen. *Dream-Makers*； 11. Ezeokpube, G. *The Last Laugh*； 12. Gimba, Abubakar. *Innocent Victims*； 13. Ikpenwa, Ude. *When Men Were Men*； 14. Nkala, Nathan O. *Bridal Kidnap*； 15. Nwokolo, Chuma Jr. *Dangerous Inheritance*； 16. Odugbemi, Sina. *The Chief's Granddaughter*； 17. Oguntoye, Jide. *Harvest of Tricksters*； 18. Oko, Atabo. *The Secret of the Sheik*； 19. Olafioye, Tayo Pete. *Bush Girl Comes to Town*； 20. Olugbile, Femi. *Zimbabwe*！；

---

① Saro-Wiwa's *Basi and Company*, *A Forest of Flowers*, and *Mr. B. Port Harcourt* are collections of short stories. *A Forest of Flowers* was a winner of The Commonwealth Writers' Prize: Best Book.

② Ali's *Destiny* was a winner of The Delta Prize.

续表

年份	作家姓名及小说题名
1988	21. Omiyale, Ola. *The Agony*; 22. Omiyale, Ola. *Return Journey*; 23. Omiyale, Ola. *Ring Finger*; 24. Omiyale, Ola. *Second Dream*; 25. Omiyale, Ola. *Sins and Sinners*; 26. Omobola, Borisade. *Sweeter Than Honey*; 27. Onugha, Chukudum. *The Money Collectors*; 28. Onwubiko, P. *Running for Cover*; 29. Onyekwelu, Menankiti. *The Maids Are Not to Blame*; 30. Orubu, Dumo. *Tears to Remember*; 31. Popoola, Dimeji. *Near the Rainbow*; 32. Saro-Wiwa, Ken. *Prisoner of Jebs*; 33. Sule, Mohammed. *The Devils' Seat*; 34. Zubair, Usman. *In that Glitter*; 35. Emecheta, Buchi. *Cordelia, as Launko*; 36. Okri, Ben. *Stars of the New Curfew*①
1989	1. Adebayo, Augustus. *Sound and Fury*; 2. Agienoji, Monday K. *The Irony of Our Time*; 3. Agu, Paul. *Victims of Love*; 4. Ali, Hauwa. *Victory*; 5. Dangana, Yahaya S. *Blow of Fate*; 6. Egharevba, Chris. *Canopy of Thunder*; 7. Ekineh, Aliyi. *No Condition Permanent*; 8. Ema Erhe. *A Taste of College Life*; 9. Emecheta, Buchi. *Gwendolen*; 10. Eneh, Peter. *Darkness in Malata*; 11. Ezekiel, May Ellen. *Center-spread*; 12. Igbuku-Otu. *The Thirteenth Coup*; 13. Igbuku-Otu. *Voodoo Republic*; 14. Ikujenyo, Modupeola. *Return from World Beyond*; 15. Launko, Okinba. *Cordelia*; 16. Nwankwo, Peter. *Devil's Playground*; 17. Osuji, Chuks. *The Ugly Citizen*; 18. Uzoatu, Uzo Maxim. *Satan's Story*; 19. Williams, Adebayo. *The Year of the Locusts*; 20. Saro-Wiwa, Ken. *Adaku and Other Stories*②

① Emecheta's *Cordelia, as Launko* and Okri's *Stars of the New Curfew* are collections of short stories.

② Saro-Wiwa's *Adaku and Other Stories* is a collection of short stories.

续表

年份	作家姓名及小说题名
1990	1. Ajayi, Jare. *Bile in the Ditch*； 2. Ajayi, Tola. *The Ghost of a Millionaire*； 3. Akadiri, Oladele. *A Sin in the Convent*； 4. Emecheta, Buchi. *The Family*； 5. Fayenyo, Ezekiel. *Night of Grandmothers*； 6. Ike, Chukwuemeka. *Our Children Are Coming*； 7. Nwokora, Lawrence N. *The Legacy*； 8. Okereke, Sun Chi. *Echoes in the Dark*； 9. Okereke, Sun Chi. *The Other Side*； 10. Okoba, Chinye. *Aura of Divinity*； 11. Tutuola, Amos. *The Village Witch-Doctor and Other Stories*； 12. Ulojiofor, Victor. *Struggle for the Throne*； 13. Achebe, Chinua and C. L. Innes, eds. *Contemporary African Short Stories*①
1991	1. Abdulkadir, Masud. *The Rise and Fall of General Musa Smith*； 2. Adebayo, Augustus. *I Am Directed*； 3. Akwanya, Amechi. *Orimili*； 4. Bandele-Thomas, Biyi. *The Man Who Came in from the Back of Beyond*； 5. Bandele-Thomas, Biyi. *The Sympathetic Undertaker and Other Dreams*； 6. Bedford, Simi. *Yoruba Girl Dancing*； 7. Falemara, Francis Ola. *Reward of Nature*； 8. Gimba, Abubakar. *Sunset for a Mandarin*； 9. Hume-Sotoni, Tanya. *The General's Wife*； 10. Igbuku-Otu. *Lamentations of a Nigger*； 11. Ike, Chukwuemeka. *The Search*； 12. Nwagboso, Maxwell Nkem. *A Message From the Madhouse*； 13. Okediran, Wale. *The Boys at the Border*； 14. Okediran, Wale. *Storms of Passion*； 15. Okpi, Kalu. *Love*； 16. Okri, Ben. *The Famished Road*；② 17. Okunoren, Segun. *A Gift to the Troubled Tribe*； 18. Olugbile, Femi. *Leader!*； 19. Onuigbo, Ifeanyi. *Shattered Dream*； 20. Oricha, John M. *The Missing File*； 21. Ovbiagele, Helen. *The Schemer*； 22. Oyinsan, Bunmi. *Silhouettes*； 23. Saro-Wiwa, Ken. *Pita Dumbrok's Prison*； 24. King-Aribisala, Karen. *Our Wives and Other Stories*③

---

① Achebe and Innes's *Contemporary African Short Stories* is a collection of short stories.

② Okri's *The Famished Road* was a winner of The Booker Prize.

③ King-Aribisala's *Our Wives and Other Stories* is a collection of short stories. It was a winner of The Commonwealth Writers' Prize: Best Book.

续表

年份	作家姓名及小说题名
1992	1. Adeyemi，Tunji. *Adorable at Sight*； 2. Adimora-Ezeigbo，Akachi. *Rhythms of Life*：*Stories of Modern Nigeria*； 3. Chukwu，John. *Destined to Live*； 4. Echewa，T. Obinkaram. *I Saw the Sky Catch Fire*； 5. Ekwensi，Cyprian. *King for Ever*； 6. Humphrey，Dibia. *A Drop of Mercy*； 7. Ikonne，Chidi. *Our Land*； 8. Jidenma，Iji. *Kasie*； 9. Komolafe，Omotoso. *Tough! Tough!! Lagos Here I Come*； 10. Nwankwo，Peter. *Dance of the Vultures*； 11. Okorie，Uchegbulam. *Date with Destiny*； 12. Okoye，Ifeoma. *Chimere*； 13. Onwudiwe，Promise. *Soul Journey into the Night*； 14. Onyiuke，Prince Lawrence. *Please Never Leave Me*； 15. Segun，Omowunmi. *The Third Dimple*； 16. Yari，Labo. *Man of the Moment*； 17. Omiyale，Ola. *The Hunters*； 18. Omiyale，Ola. *Last Laugh*； 19. Omiyale，Ola. *Young Travelers*①
1993	1. Aluko，Timothy Mofolorunso. *Conduct Unbecoming*； 2. Egejuru，Phanuel. *The Seed Yams Have Been Eaten*； 3. Igbo，Oli. *Tiena*； 4. Ikpenwa，Ude. *Hunting the Hunters*； 5. Ilori，Remi. *Bisi*； 6. Nwikwu，Mezie. *In the Heart of the Hereafter*； 7. Nwoga，Chinyere. *The World She Knew*； 8. Nwoye，May Ifeoma. *Endless Search*； 9. Okpewho，Isidore. *Tides*；② 10. Okpi，Kalu. *Love Changes Everything*； 11. Okri，Ben. *Songs of Enchantment*； 12. Iyayi，Festus. *Awaiting Court Martial*； 13. Umelo，Rosina. *Please Forgive Me*； 14. Umelo，Rosina. *Sara's Friends*； 15. Vatsa，Mamman Jiya. *A. B. C. Rhymes*③

---

① Omiyale's *The Hunters*，*Last Laugh* and *Young Travelers* are collections of short stories.

② Okpewho's *Tides* was a winner of both The African Arts Prize for Literature and The Commonwealth Writers' Prize：Best Book.

③ Iyayi's *Awaiting Court Martial*，Umelo's *Please Forgive Me* and *Sara's Friends*，and Vatsa's *A. B. C. Rhymes* are collections of short stories.

续表

年份	作家姓名及小说题名
1994	1. Emecheta, Buchi. *Kehinde*； 2. Gimba, Abubakar. *Sacred Apples*； 3. Igbuku-Otu. *The Cult*； 4. Okpi, Kalu. *The Warrior*； 5. Umelo, Rosina. *Dark Blue is for Dreams*； 6. Umelo, Rosina. *Love Letters*； 7. Williams, Adebayo. *The Remains of the Last Emperor*； 8. Adaora-Ezeigbo, Akachi. *Echoes in the Mind*； 9. Aniebo, I. N. C. *Man of the Market*； 10. Omiyale, Ola. *A Merry-Day*； 11. Umelo, Rosina. *Soldier-Boy*①
1995	1. Giwa, Amina Abdul-Malik. *Painful Surrender*； 2. Ogbru, Irene. *I'm Born a Woman, Not Daddy's Son*； 3. Okri, Ben. *Astonishing the Gods*； 4. Olugbile, Femi. *Batolica!*； 5. Umelo, Rosina. *Waiting for Tomorrow*②
1996	1. Adimora-Ezeigbo, Akachi. *The Last of the Strong Ones*； 2. Adimora-Ezeigbo, Akachi. *Rituals and Departures*； 3. Ike, Chukwuemeka. *To My Husband from Iowa*； 4. Momah, Ghike. *Friends and Dreams*； 5. Nkala, Nathan O. *Drums and Voices of Death*； 6. Okri, Ben. *Dangerous Love*； 7. Iyayi, Festus. *Awaiting Court Martial*③
1997	1. Obodumu, Kris. *Die a Little*； 2. Alkali, Zeynab. *The Cobwebs and Other Stories*④
1998	1. Gagu, Gabriel L. *Patience, Boy, Patience*； 2. Gimba, Abubakar. *Footprints*； 3. Odunwo, Thelma. *Hands of Destiny*； 4. Okri, Ben. *Infinite Riches*； 5. Aniebo, I. N. C. *Rearguard Action*⑤

① Adaora-Ezeigbo's *Echoes in the Mind*, Aniebo's *Man of the Market*, Omiyale's *A Merry-Day*, Umelo's *Soldier-Boy* are collections of short stories.

② Umelo's *Waiting for Tomorrow* is a collection of short stories.

③ Iyayi's *Awaiting Court Martial* is a colllection of short stories.

④ Alkali's *The Cobwebs and Other Stories* is a collection of short stories, and won The Association of Nigerian Authors' Prize for Fiction.

⑤ Aniebo's *Rearguard Action* is a collection of short stories.

续表

年份	作家姓名及小说题名
1999	1. Adeyemi, Sola, ed. *Goddess of the Storm and Other Stories*: *A Complication of Short Stories by Nigerian Authors*; 2. Bank, Liberty Merchant, ed. *Little Drops* (1): *An Anthology of Contemporary Nigerian Short Stories*; 3. Emenyonu, Ernest N, ed. *Tales of Our Motherland*①
2000	1. Bandele-Thomas, Biyi. *The Street*; 2. Emecheta, Buchi. *The New Tribe*; 3. Ndibe, Okey. *Arrows of Rain*; 4. Ogali, Ogali Aug. *Arrest My Son*; 5. Olafioye, Tayo Pete. *Grandma's Sun*: *Childhood Memoir*; 6. Onwueme, Osonye Tess. *Why the Elephant Has No Butt*; 7. Aiyejina, Funso. *The Legend of the Rockhills and Other Stories*②
2001	Naidoo, Beverley. *The Other Side of Truth*
2002	1. Begho, Philip. *Songbird*: *A Novel*; 2. Habila, Helon. *Waiting for an Angel*; ③ 3. Okri, Ben. *In Arcadia*
2003	1. Adichie, Chimamanda Ngozi. *Purple Hibiscus*; ④ 2. Nwokolo, Chuma. *Diaries of a Dead Africa*; 3. Nzekwu, Onuora. *Faith of Our Fathers*
2004	Okpewho, Isidore. *Call Me by My Rightful Name*
2005	1. Abani, Chris. *Graceland*; ⑤ 2. Atta, Sefi. *Everything Good Will Come*; 3. Iweala, Uzodinma Chukuka. *Beasts of No Nation*; ⑥ 4. Oyeyemi, Helen. *The Icarus Girl*; 5. Barrett, A. Igoni. *Caves of Rotten Teeth*⑦

① The listed three books published in 1999 are all collections of short stories.

② Aiyejina's *The Legend of the Rockhills and Other Stories* is a collection of short stories and a winner of The Commonwealth Writers' Prize: Best First Book.

③ Habila's *Waiting for an Angel* was a winner of The Commonwealth Writers' Prize: Best First Book.

④ Adichie's *Purple Hibiscus* was a winner of both The Commonwealth Writers' Prize: Best First Book and The Hurston / Wright Legacy Award.

⑤ Abani's *Graceland* was a winner of Barnes & Noble Discover New Writers Award.

⑥ Iweala's *Beasts of No Nation* was a winner of The John Llewellyn Rhys Prize, Barnes &Noble Discover New Writers Award, The Hemingway Book Prize, and The Hurston / Wright Legacy Award.

⑦ A. Igoni Barrett's *Caves of Rotten Teeth* is a collection of short stories.

续表

年份	作家姓名及小说题名
2006	1. Abani, Chris. *Becoming Abigail*； 2. Adichie, Chimamanda Ngozi. *Half of a Yellow Sun*；① 3. Agary, Kaine. *Yellow-Yellow*； 4. Esehagu, Rosemary. *The Looming Fog*； 5. Evans, Diana. *26a：A Novel*； 6. Oneyemelukwe, Chike, ed. *The Good Old Days：Nigerian Short Stories*②
2007	1. Abani, Chris. *Song for Night*； 2. Abani, Chris. *The Virgin of Flames*； 3. Adeniran, Sade. *Imagine This*；③ 4. Bandele-Thomas, Biyi. *Burma Boy*； 5. Cole, Teju. *Every Day is for the Thief*； 6. Habila, Helon. *Measuring Time*； 7. King-Aribisala, Karen. *The Hangman's Game*；④ 8. Oyeyemi, Helen. *The Opposite House*； 9. Unige, Chika. *The Phonix*
2008	1. Okri, Ben. *Starbook*； 2. Onu, Ekene. *The Mrs Club*； 3. Akpan, Uwem. *Say You're One of Them*； 4. Manyika, Sarah Ladipo. *In Dependence*； 5. Uchendu, Chima. *Wayo Guy and Other Nigerian Short Stories*⑤
2009	1. Burness, Donald. *When Things Came Together*； 2. Dare, Demuren. *The Kingmaker*； 3. Edokpolo, Stanley. *Queen of Umuofia-Agu：The True Nigerian Child*； 4. Nwaubani, Adaobi Tricia. *I Do Not Come to You by Chance*； 5. Ogunwa, Chibuike. *Metamophosis：An African Fiction*； 6. Okri, Ben. *Tales of Freedom*； 7. Oyeyemi, Helen. *White Is for Witching*； 8. Unigwe, Chika. *On Black Sisters Street*； 9. Adichie, Chimamanda Ngozi. *The Thing Around Your Neck*⑥

① Adichie's *Half of a Yellow Sun* was a winner of The Orange Brandband Prize for Fiction.

② Oneyemelukwe's *The Good Old Days：Nigerian Short Stories* is a collection of short stories.

③ Adeniran's *Imagine This* was a winner of The Commonwealth Writers' Prize：Best First Book.

④ King-Aribisala's *The Hangman's Game* was a winner of The Commonwealth Writers' Prize：Best Book.

⑤ Akpan's *Say You're One of Them* and Uchendu's *Wayo Guy and Other Nigerian Short Stories* are collections of short stories. Akpan's *Say You're One of Them* was a winner of The Commonwealth Writers' Prize：Best First Book.

⑥ Adichie's *The Thing Around Your Neck* is a collection of short stories.

续表

年份	作家姓名及小说题名
2010	1. Atta, Sefi. *Swallow*; 2. Christwin, Ifeanyi S. *The Scavenger*; 3. Ejike, Netty. *His Sin*; 4. Ejike, Netty. *Obsession*; 5. Shoneyin, Lola. *The Secret Lives of Baba Segi's Wives*
2011	1. Christwin, Ifeanyi S. *Across the Shoes*; 2. Cole, Teju. *Open City*; 3. Habila, Helon. *Oil on Water*; 4. Ejike, Netty. *An Impious Proposal*; 5. Okorafor, Nnedi. *What Sunny Saw in the Flames*; 6. Oyeyemi, Helen. *Mr. Fox*
2012	1. Onuzo, Chibundu. *The Spider King's Daughter*; 2. Unigwe, Chika. *Night Dancer*
2013	1. Adichie, Chimamanda Ngozi. *Americanah*; 2. Atta, Sefi. *A Bit of Difference*; 3. Barrett, A. Igoni. *Love is Power, or Something Like That*; 4. Okparanta, Chinelo. *Happiness, Like Water*①
2014	1. Abani, Chris. *The Secret History of Las Vegas*; 2. Ndibe, Okey. *Foreign Gods, Inc.*; 3. Okorafor, Nnedi. *Lagoon*; 4. Okri, Ben. *The Age of Magic*; 5. Oyeyemi, Helen. *Boy, Snow, Bird: A Novel*
2015	1. Barrett, A. I. *Blackass*;② 2. Obioma, Chigozie. *The Fishermen*; 3. Okparanta, Chinelo. *Under the Udala Trees*
2016	1. John, Elnathan. *Born on a Tuesday*; 2. Manyika, Sarah Ladipo. *Like a Mule Bringing Ice Cream to the Sun*; 3. Onuzo, Chibundu. *Welcome to Lagos*; 4. Sanusi, Abidemi. *Eyo*
2017	1. Adebayo, Ayobami. *Stay with Me*; 2. Onyebuchi, Tochi. *Beasts Made of Night*; 3. Oyeyemi, Helen. *What Is Not Yours Is Not Yours*; 4. Arimah, Lesley Nneka. *What It Means When a Man Falls from the Sky*③

---

① Barrett's *Love is Power, or Something Like That* and Okparanta's *Happiness, Like Water* are collections of short stories.

② 该小说获评中国 "21 世纪年度最佳外国小说（2016）"。中文版《黑腚》（杨卫东译）于 2017 年由人民文学出版社出版发行。

③ *What It Means When a Man Falls from the Sky* is Arimah's debut collection of short stories.

续表

年份	作家姓名及小说题名
2018	1. Adeyemi, Tomi. *Children of Blood and Bone*； 2. Braithwaite, Oyinkan. *My Sister, the Serial Killer*； 3. Emezi, Akwaeke. *Freshwater*； 4. Evans, Diana. *Ordinary People*； 5. Iweala, Uzodinma. *Speak No Evil*； 6. Nwokolo, Chuma. *The Extinction of Menai：A Novel*； 7. Obioma, Chigozie. *An Orchestra of Minorities*； 8. Onuzo, Chibundu. *Welcome to Lagos*； 9. Onyebuchi, Tochi. *Crown of Thunder*
2019	1. Adeyemi, Tomi. *Children of Virtue and Vengeance*； 2. Atta, Sefi. *The Bead Collector*； 3. Emezi, Akwaeke. *Pet*； 4. Folarin, Tope. *A Particular Kind of Black Man*； 5. Habila, Helon. *Travelers*； 6. John, Elnathan. *On Ajayi Crowther Street*； 7. Okri, Ben. *The Freedom Artist*； 8. Onyebuchi, Tochi. *War Girls*； 9. Oyeyemi, Helen. *Gingerbread*

附录二 尼日利亚重要英语小说家及其作品索引[*]

Abani，Chris（阿巴尼，1966—　）

Novels（长篇小说）：

Masters of the Board（《董事会的大佬们》，1985）

Graceland（《优雅之地》，2005）

The Virgin of Flames（《火焰圣母》，2007）

The Secret History of Las Vegas（《拉斯维加斯秘史》，2014）

Novellas（中篇小说）：

Becoming Abigail（《变成阿比盖尔》，2006）

Song for Night（《夜晚之歌》，2007）

Achebe，Chinua（阿契贝，1931—2013）

Novels（长篇小说）：

Things Fall Apart（《瓦解》，1958）

No Longer at Ease（《再也不得安宁》，1960）

Arrow of God（《神箭》，1964）

A Man of the People（《人民公仆》，1966）

---

*　本附录所列的 45 位尼日利亚重要英语小说家及其作品主要根据奥格巴编著的《百年尼日利亚文学：精选文献》和奥沃莫耶拉编著的《现代哥伦比亚西非英语文学指南》整理而成，部分文献信息源自美国亚马逊售书网上的图书介绍。至于哪些作家理应归为重要作家，学界并无定论，我们暂且把同时被奥格巴的《百年尼日利亚文学：精选文献》和奥沃莫耶拉的《现代哥伦比亚西非英语文学指南》收录的作家，或是其某部（些）作品在非洲及西方世界均为人所知（如获得某一重要文学奖项），且为学术界所关注的作家列为重要作家。

Anthills of the Savannah（《荒原蚁丘》，1987）

Collections of Short Stories（短篇小说集）：

The Sacrificial Egg and Other Stories（《一只祭祀用的蛋》，1962）

Girls at War and Other Stories（《战争中的姑娘》，1972）

Adichie，Chimamanda Ngozi（阿迪契，1977—　）

Novels（长篇小说）：

Purple Hibiscus（《紫木槿》，2003）

Half of a Yellow Sun（《半轮黄日》，2006）

Americanah（《美国佬》，2013）

Collections of Short Stories（短篇小说集）：

The Thing Around Your Neck（《缠在你脖子上的东西》，2009）

Alkali，Zaynab（阿尔卡丽，1950—　）

Novels（长篇小说）：

The Stillborn（《死胎》，1984）

The Virtuous Woman（《贤良的女人》，1987）

Collection of Short Stories（短篇小说集）：

The Cobwebs and Other Stories（《蜘蛛网及其他故事》，1997）

Aluko，Timothy Mofolorunso（阿卢科，1918—2010）

Novels（长篇小说）：

One Man，One Wife（《一夫一妻》，1959）

One Man，One Machete（《一人一把大砍刀》，1964）

Kinsman and Foreman（《亲戚与工头》，1966）

Chief the Honourable Minister（《尊敬的大部长》，1970）

His Worshipful Majesty（《值得崇拜的陛下》，1973）

Wrong Ones in the Dock（《码头上的失常人》，1982）

A State of Our Own（《我们自己的国家》，1986）

Conduct Unbecoming（《不得体的举止》，1993）

Amadi，Elechi（阿马迪，1934—2016）

Novels（长篇小说）：

The Concubine（《妃子》，1966）

The Great Ponds（《大池塘》，1969）

The Slave（《奴隶》，1978）

Estrangement（《隔阂》，1986）

Aniebo，I. N. C.（阿尼埃博，1939—　　）

Novels（长篇小说）：

The Anonymity of Sacrifice（《没有名分的牺牲》，1974）

The Journey Within（《心灵的旅程》，1978）

Collections of Short Stories（短篇小说集）：

Of Wives，Talismans and the Dead（《有关妻子、护身符和死者》，1983）

Man of the Market（《集市上的男人》，1994）

Rearguard Action（《保卫战》，1998）

Atta，Sefi（阿塔，1964—　　）

Novels（长篇小说）：

Everything Good Will Come（《所有的好事都会来的》，2005）

Swallow（《燕子》，2010）

A Bit of Difference（《有点不同》，2013）

The Bead Collector（《珠子收集者》，2019）

The Bad Immigrant（《不良移民》，2022）

Bandele-Thomas，Biyi（班德勒－托马斯，1967—　　）

Novels（长篇小说）：

The Man Who Came in from the Back of Beyond（《远方的来客》，1991）

The Sympathetic Undertaker and Other Dreams（《有同情心的殡仪员及其他梦》，1991）

The Street（《大街》，2000）

Burma Boy（《缅甸男孩》，2007）

Barrett，A. Igoni（巴瑞特，1979—　　）

Novel（长篇小说）：

Blackass（《黑腚》，2015）

Collections of Short Stories（短篇小说集）：

Caves of Rotten Teeth（《烂牙窟》，2005）

Love is Power，or Something Like That（《爱就是力量》，2013）

Cole，Teju（科尔，1975—　）

Novels（长篇小说）：

Every Day is for the Thief（《每天都是为盗贼准备的》，2007）

Open City（《开放的城市》，2011）

Echewa，T. Obinkaram（艾契瓦，1938—　）

Novels（长篇小说）：

The Land's Lord（《大地之主》，1976）

The Crippled Dancer（《残疾舞者》，1986）

I Saw the Sky Catch Fire（《我看到天空着了火》，1992）

Egbuna，Obi（伊戈班纳，1938—2014）

Novels（长篇小说）：

Wind Versus Polygamy：Where "Wind" Is the "Wind of Change" and Polygamy the "Change of Eves"（《风与多妻制："风"是"改变之风"而多妻制是"夏娃们的改变"》，1964）

Elina（《伊莲娜》，1974）

The Minister's Daughter（《部长的女儿》，1975）

Black Candle for Christmas（《黑色的圣诞蜡烛》，1980）

The Madness of Didi（《迪迪的疯狂》，1980）

The Rape of Lysistrata（《莱泽斯特拉斯强奸案》，1980）

Collections of Short Stories（短篇小说集）：

Daughters of the Sun and Other Stories（《太阳之女及其他故事》，1970）

Emperor of the Sea and Other Stories（《海神及其他故事》，1974）

Ekwensi，Cyprian（艾克文西，1921—2007）

Novels（长篇小说）：

When Love Whispers（《当爱呢喃时》，1947）

The Leopard's Claw（《豹爪》，1950）

People of the City（《城市中的人们》，1954）

Jagua Nana（《贾古娃·娜娜》，1961）

Burning Grass（《燃烧的野草》，1962）

Beautiful Feathers（《漂亮的羽毛》，1963）

Iska（《伊斯卡》，1966）

Juju Rock（《魔法石》，1966）

Survive the Peace（《在和平中活下来》，1976）

Divided We Stand（《我们分裂了》，1980）

Motherless Baby（《没妈的娃》，1980）

Yaba Roundabout Murder（《亚巴环岛路谋杀案》，1980）

For a Roll of Parchment（《为了一卷羊皮纸》，1986）

Jagua Nana's Daughter（《贾古娃·娜娜的女儿》，1986）

King for Ever（《永远的国王》，1992）

Collections of Short Stories（短篇小说集）：

Ikolo the Wrestler and Other Ibo Tales（《摔跤手伊考罗及其他伊博故事》，1947）

Lokotown and Other Stories（《洛克镇和其他故事》，1966）

Restless City and Christmas Gold（《躁动不安的城市与圣诞黄金》，1975）

The Rainbow-Tinted Scarf and Other Stories（《彩虹色的围巾及其他故事》，1975）

Emecheta，Buchi（艾米契塔，1944—2017）

Novels（长篇小说）：

In the Ditch（《在阴沟里》，1972）

Second Class Citizen（《二等公民》，1974）

The Bride Price（《彩礼》，1976）

The Slave Girl（《奴隶少女》，1977）

The Joys of Motherhood（《为母之乐》，1979）

Destination Biafra（《目的地比亚弗拉》，1982）

Double Yoke（《双重枷锁》，1982）

Naira Power（《奈拉的魔力》，1982）

The Rape of Shavi（《被蹂躏的沙维》，1983）

A Kind of Marriage（《一种婚姻》，1986）

The Family（《家庭》，1990）

Kehinde（《柯汉德》，1994）

The New Tribe（《新部族》，2000）

Emezi，Akwaeke（埃米齐，1987—　）

Fresh Water（《淡水》，2019）

Pet（《宠物》，2019）

The Death of Vivek Oji（《维威科·欧吉之死》，2020）

You Made a Fool of Death with Your Beauty（《你用你的美貌作弄死神》，2022）

Habila，Helon（哈比拉，1967—　）

Novels（长篇小说）：

Waiting for an Angel（《等待天使》，2002）

Measuring Time（《测量时间》，2007）

Oil on Water（《水上的油》，2011）

Travelers（《旅行者》，2019）

Ike，Chukwuemeka（艾克，1931—　）

Novels（长篇小说）：

Toads For Supper（《用作晚餐的癞蛤蟆》，1965）

The Naked Gods（《赤裸的神灵们》，1970）

The Potter's Wheel（《陶工的砂轮》，1973）

Sunset at Dawn（《日落清晨》，1976）

The Chicken Chaser（《猎鸡人》，1980）

Expo'77（《1977年的世博会》，1980）

The Bottled Leopard（《装在瓶子里的豹子》，1985）

Our Children Are Coming（《我们的孩子要来了》，1990）

The Search（《搜查》，1991）

To My Husband from Iowa（《致我那来自爱荷华的丈夫》，1996）

Iroh，Eddie（伊罗，1946—　）

Novels（长篇小说）：

Forty-eight Guns for the General（《将军的四十八杆枪》，1976）

Toads of War（《打架的癞蛤蟆》，1979）

Without a Silver Spoon（《没有银汤勺》，1981）

The Siren in the Night（《夜幕中的警报》，1982）

Iweala，Uzodinma Chukuka（艾威拉，1982—　）

Novels（长篇小说）：

Beasts of No Nation（《没有国籍的畜生》，2005）

Speak No Evil（《不说恶毒的话》，2018）

Iyayi，Festus（艾亚伊，1947—2013）

Novels（长篇小说）：

Violence（《暴力》，1979）

The Contract（《合同》，1982）

Heroes（《英雄》，1986）

Collection of Short Stories（短篇小说集）：

Awaiting Court Martial（《等待军事法庭的审判》，1996）

Mezu，Sebastian Okechukwu（梅祖，1941—　）

Novels（长篇小说）：

The Black Dawn（《黑暗的黎明》，1970）

Behind the Rising Sun（《在升起的太阳背后》，1971）

Munonye，John（曼诺恩耶，1929—1999）

Novels（长篇小说）：

The Only Son（《独生子》，1966）

Obi（《奥比》，1969）

Oil Man of Obange（《奥班吉的石油大亨》，1971）

A Wreath for the Maidens（《献给姑娘们的花环》，1973）

A Dancer of Fortune（《命运的舞者》，1974）

A Bridge to a Wedding（《通往婚礼的桥》，1978）

Ndibe，Okey（恩迪比，1960—　）

Novels（长篇小说）：

Arrows of Rain（《雨箭》，2000）

Foreign Gods，Inc.（《外邦神明有限公司》，2014）

Nwankwo，Nkem（恩万克沃，1936—2001）

Novels（长篇小说）：

Danda（《丹达》，1964）

My Mercedes Is Bigger Than Yours（《我的奔驰比你的大》，1975）

The Scapegoat（《替罪羊》，1984）

Nwapa，Flora（恩瓦帕，1931—1993）

Novels（长篇小说）：

Efuru（《伊芙茹》，1966）

Idu（《艾杜》，1970）

Never Again（《永不再来》，1975）

One Is Enough（《一次就够了》，1981）

Women Are Different（《女人不一样了》，1986）

Collections of Short Stories（短篇小说集）：

This Is Lagos and Other Stories（《这是拉各斯及其他故事》，1971）

Wives at War and Other Stories（《战争中的妻子及其他故事》，1980）

Obioma，Chigozie（奥比奥玛，1986—　）

Novels（长篇小说）：

The Fishermen（《钓鱼的男孩》，2015）

An Orchestra of Minorities（《卑微者之歌》，2018）

Ogali，Ogali Agu（奥加利，1935—　）

Novels（长篇小说）：

Long，Long Ago（《很久很久以前》，1957）

Smile A While（《笑一会儿》，1957）

Okeke the Magician（《魔术师奥可可》，1958）

Eddy，the Coal-City Boy（《煤炭城男孩艾迪》，1959）

Caroline the One Guinea Girl（《一基尼女孩卡洛琳》，1960）

Coal City（《煤炭之城》，1977）

The Juju Priest（《会魔法的牧师》，1977）

Talisman For Love（《爱情护身符》，1978）

Arrest My Son（《逮捕我的儿子》，2000）

Okara，Gabriel（奥卡拉，1921— ）

Novel（长篇小说）：

The Voice（《声音》，1964）

Okoye，Ifeoma（奥科耶，1937？— ）

Novels（长篇小说）：

Behind the Clouds（《云雾背后》，1982）

Men Without Ears（《没长耳朵的人》，1984）

Chimere（《黑缎袍》，1992）

Okparanta，Chinelo（奥克帕兰塔，1981— ）

Novels（长篇小说）：

Under the Udala Trees（《乌达拉树下》，2015）

Harry Sylvester Bird（《哈利·西尔维斯特鸟》，2022）

Collection of Short Stories（短篇小说集）：

Happiness，Like Water（《幸福，像水》，2013）

Okpewho，Isidore（奥克佩霍，1941— ）

Novels（长篇小说）：

The Victims（《受害者》，1970）

The Last Duty（《最后的职责》，1976）

Tides（《浪潮》，1993）

Call Me by My Rightful Name（《请用恰当的名字称呼我》，2004）

Okpi，Kalu（奥克皮，1947— ）

Novels（长篇小说）：

The Smugglers（《走私者》，1977）

On the Road（《在路上》，1980）

Biafra Testament（《比亚弗拉誓约》，1982）

Coup!（《政变!》，1982）

Cross-Fire（《交火》，1982）

The South African Affair（《南非事件》，1982）

The Politician（《政客》，1983）

Love（《爱》，1991）

Love Changes Everything（《爱改变了一切》，1993）

The Warrior（《勇士》，1994）

Okorafor, Nnedi（奥克拉弗，1974—　）

Novels（长篇小说）：

Who Fears Death（《谁怕死》，2010）

Lagoon（《泻湖》，2014）

The Book of Phonix（《凤凰之书》，2016）

Akata Warrior（《阿卡塔勇士》，2018）

Noor（《北方》，2021）

Akata Woman（《阿卡塔女人》，2022）

Okri, Ben（奥克瑞，1959—　）

Novels（长篇小说）：

Flowers and Shadows（《花与影》，1980）

The Landscapes Within（《内部景观》，1981）

The Famished Road（《饥饿的路》，1991）

Songs of Enchantment（《迷魂之歌》，1993）

Astonishing the Gods（《震惊众神》，1995）

Dangerous Love（《危险的爱》，1996）

Infinite Riches（《无尽的财富》，1998）

In Arcadia（《在阿卡迪亚》，2002）

Starbook（《星书》，2008）

Tales of Freedom（《自由的故事》，2009）

The Age of Magic（《魔幻时代》，2014）

Collections of Short Stories（短篇小说集）：

Incidents at the Shrine（《圣地事件》，1986）

Stars of the New Curfew（《新晚钟之星》，1988）

Olafioye, Tayo Pete（奥拉菲奥耶，1948—　）

Novels（长篇小说）：

The Saga of Sego（《美莲草的传奇故事》，1985）

Bush Girl Comes to Town（《丛林女孩来到镇里》，1988）

Grandma's Sun：*Childhood Memoir*（《奶奶的太阳：童年回忆录》，2000）

Omotoso, Kole（奥姆托索，1943—　）

Novels（长篇小说）：

The Edifice（《大厦》，1971）

The Combat（《战斗》，1972）

Fela's Choice（《菲拉的选择》，1974）

Sacrifice（《牺牲》，1974）

The Scales（《鱼鳞》，1976）

To Borrow a Wandering Leaf（《借一片飘零的树叶》，1978）

Memories of Our Recent Boom（《回忆录：我们最近的繁荣》，1982）

Just Before Dawn（《就在黎明前》，1987）

Onwueme, Osonye Tess（昂乌艾米，1955—　）

Novel（长篇小说）：

Why the Elephant Has No Butt（《为何大象没屁股》，2000）

Onyebuchi, Tochi（奥尼耶布奇，1987—　）

Novels（长篇小说）：

Beasts Made of Night（《夜兽》，2017）

Crown of Thunder（《雷霆之冠》，2018）

War Girls（《战争女孩》，2019）

Rebel Sisters（《叛逆姐妹》，2020）

Riot Baby（《捣蛋鬼》，2020）

Goliath（《戈利尔斯》，2022）

Oyeyemi, Helen（奥耶耶米，1984—　）

Novels（长篇小说）：

The Icarus Girl（《遗失翅膀的天使》，2005）

The Opposite House（《对面的房子》，2007）

White Is for Witching（《白色是用来施巫的》，2009）

Mr. Fox（《福克斯先生》，2011）

Boy，Snow，Bird：*A Novel*（《男孩、雪、鸟：一部小说》，2014）

What Is Not Yours Is Not Yours（《不是你的就不是你的》，2017）

Gingerbread（《姜饼》，2019）

Peaces（《安心》，2021）

Saro-Wiwa，Ken（萨洛–威瓦，1941—1995）

Novels（长篇小说）：

Tambari（《塔姆巴瑞》，1973）

Tambari in Dukana（《塔姆巴瑞在杜卡纳》，1973）

Sozaboy：A Novel in Rotten English（《男孩士兵：一本用烂英语写的小说》，1985）

Prisoner of Jebs（《杰布斯的囚犯》，1988）

Pita Dumbrok's Prison（《皮塔·顿布洛克的牢房》，1991）

Collections of Short Storie（短篇小说集）：

A Forest of Flowers（《百花林》，1987）

Basi and Company（《巴斯和公司》，1987）

Mr. B. Port Harcourt（《毕·波特·哈科特先生》，1987）

Adaku and Other Stories（《阿代库及其他故事》，1989）

Soyinka，Wole（索因卡，1934—　）

Novels（长篇小说）：

The Interpreters（《诠释者》，1965）

Season of Anomy（《混乱的季节》，1973）

Chronicles from the Land of the Happiest People on Earth（《人间天堂的编年史》，2021）

Tutuola，Amos（图图奥拉，1920—1997）

Novels（长篇小说）：

The Palm-Wine Drinkard（《棕榈酒酒徒》，1952）

My Life in the Bush of Ghosts（《我在鬼林中的生活》，1954）

Simbi and the Satyr of the Dark Jungle（《辛比和黑暗丛林之神》，1956）

The Brave African Huntress（《勇敢的非洲女猎人》，1958）

Feather Woman of the Jungle（《丛林中的羽毛女人》1962）

Ajayi and His Inherited Poverty（《阿佳伊及其继承来的贫穷》，1967）

The Witch-Herbalist of the Remote Town（《偏远小镇的巫药医》，1981）

Pauper，Brawler and Slanderer（《贫民、打架者和诽谤者》，1987）

Collections of Short Stories（短篇小说集）：

Yoruba Folktales（《约鲁巴民间故事》，1986）

The Village Witch-Doctor and Other Stories（《乡村巫医及其他故事》，1990）

Ulasi，Adaora Lily（乌拉希，1932—　　）

Novels（长篇小说）：

Many Thing You No Understand（《好多事你不知道》，1970）

Many Thing Begin for Change（《好多事开始改变了》，1971）

The Night Harry Died（《哈利死的那个晚上》，1974）

The Man from Sagamu（《从沙格姆来的人》，1978）

Who is Jonah（《谁是约拿》，1978）

Umelo，Rosina（乌梅洛，1930—　　）

Novels（长篇小说）：

Felicia（《菲莉西亚》，1978）

Fingers of Suspicion（《被怀疑的手指头》，1984）

Something to Hide（《要隐藏的东西》，1986）

Dark Blue is for Dreams（《深蓝色是用来做梦的》，1994）

Love Letters（《情书》，1994）

Collection of Short Stories（短篇小说集）：

The Man Who Ate Money（《吃钱的人》，1978）

主要参考文献

中文文献（一）：专（编）著、博士学位论文

〔德〕阿尔贝特·史怀泽：《敬畏生命》，陈泽环译，上海：上海社会科学院出版社，1996。

〔美〕爱德华·萨义德：《文化与帝国主义》，李琨译，北京：生活·读书·新知三联书店，2004。

〔俄〕巴赫金：《小说理论》，白春仁、晓河译，石家庄：河北教育出版社，1998。

〔澳大利亚〕比尔·阿希克洛夫特等：《逆写帝国：后殖民文学的理论与实践》，任一鸣译，北京：北京大学出版社，2014 年。

陈晓兰：《性别·城市·异邦——文学主题的跨文化阐释》，上海：复旦大学出版社，2014。

陈众议主编《当代中国外国文学研究（1949—2009）》，北京：中国社会科学版社，2011。

丁兆国：《抵抗的政治——论爱德华·赛义德的"航入"兼及钦努阿·阿契贝的小说和批评》，南京大学博士学位论文，2006。

段德智：《西方死亡哲学》，北京：北京大学出版社，2006。

高小弘：《成长如蜕——二十世纪九十年代女性成长小说研究》，北京：人民出版社，2011。

高文惠：《依附与剥离：后殖民文化语境中的黑非洲英语写作》，北京：中国社会科学出版社，2015。

郭德艳：《英国当代多元文化历史小说研究：石黑一雄、菲利普斯、奥克里》，天津：南开大学出版社，2015。

〔美〕凯文·希林顿:《非洲史》,赵俊译,上海:东方出版中心,2012。

〔美〕克莱顿·罗伯茨等:《英国史》(下册),潘兴明等译,北京:商务
　　印书馆,2013。

李安山主编《中国非洲研究评论(2013)》,北京:社会科学文献出版
　　社,2014。

李长中主编《生态批评与民族文学研究》,北京:中国社会科学出版
　　社,2012。

李学武:《蝶与蛹——中国当代小说成长主题的文化考察》,北京:中国社
　　会科学出版社,2003。

刘鸿武等:《从部落社会到民族国家:尼日利亚国家发展史纲》,昆明:云
　　南大学出版社,2000。

鲁枢元:《生态文艺学》,西安:陕西人民教育出版社,2000。

〔美〕伦纳德·S. 克莱因:《20世纪非洲文学》,李永彩译,北京:北京语
　　言学院出版社,1991。

〔法〕米歇尔·福柯:《规训与惩罚》,刘北成、杨远婴译,北京:生活·
　　读书·新知三联书店,2007。

秦鹏举:《钦努阿·阿契贝的政治批评与非洲传统》,桂林:广西师范大学
　　出版社,2019。

任一鸣、瞿世镜:《英语后殖民文学研究》,上海:上海译文出版社,2003。

芮渝萍:《美国成长小说研究》,北京:中国社会科学出版社,2004。

石海军:《后殖民:英印文学之间》,北京:北京大学出版社,2008。

〔美〕托因·法洛拉:《尼日利亚史》,沐涛译,上海:东方出版中心,2010。

汪民安:《身体、空间和后现代性》,南京:江苏人民出版社,2006。

汪民安、陈永国、马海良主编《城市文化读本》,北京:北京大学出版社,
　　2008。

王诺:《欧美生态文学》,北京:北京大学出版社,2003。

魏丽明等:《撒哈拉以南非洲文学》,北京:线装书局,2022。

吴国盛:《时间的观念》,北京:北京大学出版社,2006。

徐秀明:《遮蔽与显现——中国成长小说类型学研究》,北京:中国社会科
　　学出版社,2013。

颜翔林：《死亡美学》，上海：上海人民出版社，2008。

颜治强：《论非洲英语文学的生成：文本化史学片段》，北京：外语教学与研究出版社，2019。

俞浩东等：《现代非洲文学之父钦努阿·阿契贝》，银川：宁夏人民出版社，2012。

张毅：《非洲英语文学》，北京：外语教学与研究出版社，2011。

赵一凡等主编《西方文论关键词》，北京：外语教学与研究出版社，2006。

朱振武：《非洲英语文学的源与流》，上海：学林出版社，2019。

中文文献（二）：报刊文章、学术期刊论文

陈榕：《欧洲中心主义社会文化进步观的反话语——评阿切比〈崩溃〉中的文化相对主义》，《外国文学研究》2008 年第 3 期。

丁尔苏：《前现代——现代转型的文学再现》，《外国文学评论》2009 年第 4 期。

杜志卿：《荒诞与反抗：阿契贝小说〈天下太平〉的另一种解读》，《外国文学》2010 年第 3 期。

高文惠：《论黑非洲英语文学中的传统主义创作》，《山东社会科学》2016 年第 4 期。

何畅：《后殖民生态批评》，《外国文学》2013 年第 4 期。

黄晖：《非洲文学研究在中国》，《外国文学研究》2016 年第 5 期。

姜礼福：《后殖民生态批评：起源、核心概念以及构建原则》，《南京航空航天大学学报》（社会科学版）2014 年第 2 期。

黎跃进：《20 世纪"黑非洲"地区文学发展及其特征》，《黑龙江社会科学》2012 年第 2 期。

潘延：《对"成长"的倾注——近年来女性写作的一种描述》，《江苏社会科学》1997 年第 5 期。

石平萍：《小女子，大手笔——尼日利亚作家奇玛曼达·恩戈齐·阿迪奇埃》，《世界文化》2010 年第 6 期。

唐晓忠：《斯皮瓦克的后殖民生态批评解析》，《当代外国文学》2012 年第 3 期。

陶家俊：《创伤》，《外国文学》2011 年第 4 期。

王炎：《成长教育小说的日常时间性》，《外国文学评论》2005 年第 1 期。

王卓：《后殖民语境下〈半轮黄日〉的成长书写》，《外国文学》2022 年第 2 期。

辛禄高：《实用批评：非洲文学批评的总体特色》，《石家庄铁道大学学报》（社会科学版）2010 年第 3 期。

姚峰：《阿契贝的〈瓦解〉与小民族文学的游牧政治》，《当代外国文学》2013 年第 4 期。

张宏明：《非洲传统时间观念》，《西亚非洲》2004 年第 6 期。

张勇：《瓦解与重构——阿迪契小说〈紫木槿〉家庭叙事下的民族隐喻》，《当代外国文学》2017 年第 3 期。

朱峰：《家乡土地上的流浪者：〈瓦解〉中的奥贡喀沃的悲剧》，《外国文学评论》2013 年第 4 期。

朱新福、张慧荣：《后殖民生态批评述略》，《当代外国文学》2011 年第 4 期。

朱振武、袁俊卿：《流散文学的时代表征及其世界意义——以非洲英语文学为例》，《中国社会科学》2019 年第 7 期。

英文文献（一）：研究专（编）著、博士论文

Achebe, Chinua. *Hopes and Impediments: Selected Essays.* New York: Anchor Books, 1990.

Alexander, Jeffrey C., et al. *Cultural Trauma and Collective Identity.* Berkeley: University of California Press, 2004.

Alexander, Jeffrey C., et al. *Cultural Trauma Theory and Applications.* Berkeley: University of California Press, 2001.

Amadi, Elechi. *Ethics in Nigerian Culture.* Ibadan: Heinemann Educational Books Ltd., 1982.

Amadiume, Ifi. *Female Husband, Male Daughter: Gender and Sex in an African Society.* London: Zed Books, 2015.

Amadiume, Ifi. *Reinventing Africa.* New York: Zed Books, 1998.

Andrade, Suzan Z. *The Nation Writ Small: African Fiction and Feminism: 1958 – 1988*. Durham/London: Duke University Press, 2011.

Arndt, Susan. *African Women's Literature, Orature and Intertextuality*. Isabel Cole, trans. Bayreuth: Eckhard Breitinger, 1998.

Balandier, Georges. *Ambiguous Africa*. London: Chatto and Windus, 1996.

Baldwin, Claudia. *Nigerian Literature: A Bibliography of Criticism, 1952 – 1976*. Boston: G. K. Hall & Co., 1980.

Ball, John Clement. *Satire & the Postcolonial Novel: V. S. Naipaul, Chinua Achebe, Salman Rushdie*. New York & London: Routledge, 2003.

Boehmer, Elleke. *Stories of Women: Gender and Narrative in the Postcolonial Nation*. Manchester: Manchester University Press, 2005.

Booker, M. Keith. *The African Novel in English*. Portsmouth: Heinemann, 1998.

Booker, M. Keith, ed. *The Chinua Achebe Encyclopedia*. Westport: Greenwood Press, 2003.

Brown, Lloyd W. *Women Writers in Black Africa*. Westport: Greenwood Press, 1981.

Caminero-Santangelo, Byron. *Different Shades of Green: African Literature, Environmental Justice, and Political Ecology*. London: University of Virginia Press, 2014.

Caminero-Santangelo, Byron and Garth Myers, eds. *Environment at Margin: Literary and Environmental Studies in Africa*. Athens: Ohio University Press, 2011.

Carroll, David. *Chinua Achebe* (2nd edition). New York: St. Martin's Press, 1980.

Caruth, Cathy. *Unclaimed Experience: Trauma, Narrative and History*. Baltimore: The Johns Hopkins University Press, 1996.

Champion, Earnest A. *Mr. Baldwin, I Presume: James Baldwin—Chinua Achebe: A Meeting of the Minds*. New York: University Press of America, Inc., 1995.

Chikwe, Kema. *Women and New Orientation: A Masculinist Dissection of Matriar-*

chy. Lagos: Pero, 1990.

Chukukere, Gloria. *Gender Voices & Choices: Redefining Women in Contemporary African Fiction.* Enugu: Novelty Industrial Enterprise Ltd. , 1995.

Collins, Harold. *Amos Tutuola.* New York: Twayne Publishers, 1969.

Crosby, Alfred W. *Ecological Imperialism of Europe, 900 – 1900* (2nd edition) . Cambridge: Cambridge University Press, 2004.

Crowder, Michael. *A Short History of Nigeria.* New York: Frederick A. Praeger, Inc. , 1962.

Davies, Carole B. and Anne A. Graves, eds. *Ngambika: Studies of Women in African Literature.* Trenton: Africa World Press, 1986.

DeLoughrey, Elizabeth, et al. , eds. *Global Ecology and the Environmental Humanities: Postcolonial Approaches.* New York: Routledge, 2015.

DeLoughrey, Elizabeth and George B. Handley, eds. *Postcolonial Ecologies: Literatures of the Environment.* New York: Oxford University Press, 2011.

Ejituwu, Nkparom C. and Amakievi O. I. Gabriel, eds. *Women in Nigerian History: The Rivers and Bayelsa States Experience.* Port Harcourt: Isengi Communications Ltd. , 2002.

Eko, Ebele, et al. , eds. *Flora Nwapa: Critical Perspectives.* Calabar: University of Calabar Press, 1997.

Ekwe-Ekwe, Herbert. *The Biafra War: Nigeria and the Aftermath.* New York: The Edwin Mellen Press, 1990.

Elder, Arlene. *Narrative Shape-Shifting: Myth, Humor & History in the Fiction of Ben Okri, B. Kojo Laing & Yvonne Vera.* Rochester: James Curry, 2009.

Emenyonu, Ernest, ed. *A Companion to Chamanmada Ngozi Adichie.* New York: Boydell & Brewer Inc. , 2017.

Emenyonu, Ernest, ed. *Critical Theory and African Literature.* Ibadan: Heinemann, 1987.

Equiano, Olaudah. *The Interesting Narrative of the Life of Olaudah Equiano, or Gustavus Vassa, the African, Written by Himself.* Werner Sollors, ed. New York: W. W. Norton & Company, 2001,

Eyerman, Ron. *Cultural Trauma: Slavery and the Formation of African-American Identity*. Cambridge：Cambridge University Press，2001.

Ezeigbo, Theodora A. *Facts and Fiction in the Literature of Nigerian Civil War*. Ojo Town：Unity Publishing & Research，1991.

Ezenwa-Ohaeto, ed. *Winging Words: Interviews with Nigerian Writers and Critics*. Ibadan：Kraft Books Ltd.，2003.

Falola, Toyin and Emily Brownell, eds. *Landscape, Environment and Technology in Colonial and Postcolonial Africa*. New York：Routledge，2012.

Fanon, Frantz. *The Wretched of the Earth*. Richard Philcox, trans. New York：Grove Press，2004.

Fishburn, Katherine. *Reading Buchi Emecheta: Cross-Cultural Conversations*. Westport：Greenwood Press，1995.

Folola, Toyin and Steven Salm, eds. *Nigerian Cities*. Trenton：Africa World Press，2004.

Gagiano, Annie. *Achebe, Head, Marechera: On Power and Change in Africa*. Boulder：Lynne Rienner，2000.

Gikandi, Simon. *Reading Chinua Achebe: Language & Ideology in Fiction*. Oxford：James Curry，1991.

Gikandi, Simon, ed. *The Routledge Encyclopedia of African Literature*. London：Routledge，2012.

Griffiths, Gareth. *African Literatures in English: East and West*. Harlow：Pearson Education Ltd.，2000.

Gugelberger, Georg M. *Marxism and African Literature*. Trenton：Africa World Press，1985.

Guignery, Vanessa, ed. The Famished Road*: Ben Okri's Imaginary Homelands*. Newcastle：Cambridge Scholars Publishing，2013.

Huggan, Graham and Helen Tiffin. *Postcolonial Ecocriticism: Literature, Animals, Environment*. New York：Oxford University Press，2011.

Ihekweazu, Edith, et al.，eds. *Eagle on Iroko: Selected Papers from the Chinua Achebe International Symposium 1990*. Ibadan：Heinemann Educational

Books, 1996.

Irele, Abiola. *The Cambridge Companion to the African Novel.* Cambridge: Cambridge University Press, 2009.

Iyasere, Solomon O. , ed. *Understanding* Things Fall Apart: *Selected Essays and Criticism.* Troy: Whitston, 1998.

James, Adeola, ed. *In Their Own Voices: African Women Writers Talk.* London: Heinemann Educational Books Inc. , 1990.

Jassawala, Feroza and Reed W. Dasenbrock, eds. *Interviews with Writers of the Post-Colonial World.* Jackson: University Press of Mississippi, 1992.

Julien, Eleen. *African Novels and the Question of Orality.* Bloomington: Indiana University Press, 1992.

Kenyon, Olga. *The Writer's Imagination: Interviews with Major International Women Novelists.* Typeset, Printed and Bound by the University of Bradford Print Unit, 1992.

Ker, David I. *The African Novel and the Modernist Tradition.* New York: Peter Lang Publishing, Inc. , 1998.

Khayyoom, S. A. *Chinua Achebe: A Study of His Novels.* New Delhi: Prestige Books, 1999.

Kim, Soonsik. *Colonial and Postcolonial Discourse in the Novels of Yom Sang-Sop, Chinua Achebe and Salman Rushdie.* New York: Peter Lang, 2004.

Kossew, Sue and Dianne Schwerdt, eds. *Re-Imagining Africa: New Critical Perspectives.* New York: Nova Science Publishers, 2001.

Larsson, Charlotte. *Surveillance and Rebellion: A Foucauldian Reading of Chimamanda Ngozi Adichie's* Purple Hibiscus. Doctoral Dissertation of Halmstad University, 2013.

Lazarus, Neil. *Resistance in Postcolonial African Fiction.* New Haven: Yale University Press, 1990.

Lehan, Richard. *The City in Literature: An Intellectual and Cultural History.* Los Angeles: University of California Press, 1998.

Leopold, Aldo. *A Sand County Almanac and Sketches Here and There.* Oxford:

Oxford University Press, 1989.

Lindfors, Bernth. *African Textualities: Texts, Pretexts and Contexts of African Literature*. Trenton: Africa World Press, 1997.

Lindfors, Bernth, ed. *Critical Perspectives on Amos Tutuola*. Washington, D. C. : Three Continents Press, 1975.

Lindfors, Bernth, ed. *DEM-SAY: Interviews with Eight Nigerian Writers*. Austin: African and Afro-American Studies and Research Centre of the University of Texas, 1974.

Lindfors, Bernth. *Early West African Writers: Amos Tutuola, Cyprian Ekwensi, Ayi Kwei Armah*. Trenton: Africa World Press, 2010.

Lindfors, Bernth. *Nigerian Fiction in English: 1952 – 1967*. Doctoral Dissertation of University of California, 1969.

Lynch, Tom, et al. , eds. *The Bioregional Imagination: Literature, Ecology, and Place*. Athens: University of Georgia Press, 2012.

Mailor, Karl. *This House Has Fallen: Nigeria in Crisis*. London: Penguin Books, 2000.

McLuckie, Craig W. *Nigerian Civil War Literature: Seeking an "Imagined Community"*. Lewiston: The Edwin Mellen Press, 1990.

Moh, Felicia Oka. *Ben Okri: An Introduction to His Early Fiction*. Enugu: Fourth Dimension Publishing Co. Ltd. , 2002.

Murphy, Laura. *Metaphor and the Slave Trade in West African Literature*. Athens: Ohio University Press, 2012.

Nasta, Susheila, ed. *Motherlands: Black Women's Writing from Africa, the Caribbean and South Asia*. London: The Women's Press, 1991.

Newell, Stephannie. *West African Literatures: Ways of Reading*. Oxford: Oxford University Press, 2006.

Nfah-Abbenyi, Juliana Makuchi. *Gender in African Women's Writing: Identity, Sexuality and Difference*. Bloomington: Indiana University Press, 1997.

Njoku, Benedict Chiaka. *The Four Novels of Chinua Achebe: A Critical Study*. New York: Peter Lang Publishing, Inc. , 1984.

Nnaemeka, Obioma, ed. *The Politics of（M）Othering: Womanhood, Identity and Resistance in African Literature.* New York: Routledge, 1997.

Nnaemeka, Obioma, ed. *Sisterhood: Feminism & Power: From Africa to the Diaspora.* Trenton: Africa World Press, 1998.

Nyamnjoh, Francis B. *Drinking from the Cosmic Gourd: How Amos Tutuola Can Change Our Minds.* Bamenda: Langaa Research & Publishing Common Initiative Group, 2017.

Nzegwu, Femi. *Love, Motherhood and the African Heritage: The Legacy of Flora Nwapa.* Dakar: African Renaissance, 2001.

Obiechina, Emmanuel. *An African Popular Literature.* Cambridge: Cambridge University Press, 1973.

Obiechina, Emmanuel. *Culture, Tradition and Society in the West African Novel.* Cambridge: Cambridge University Press, 1975.

Obiechina, Emmanuel. *Onitsha Market Literature.* New York: Africana, 1972.

Ogbaa, Kalu. *A Century of Nigerian Literature: A Select Bibliography.* Trenton: Africa World Press, 2003.

Ogbaa, Kalu. *Gods, Oracles and Divination: Folkways in Chinua Achebe's Novels.* Trenton: Africa World Press, 1992.

Ogunbiyi, Yemi, ed. *Perspectives on Nigerian Literature: 1700 to the Present*（I）. Lagos: Guardian Books Nigerian Limited, 1988.

Ogunyemi, Chikwenye O. *African Wo/man Palava: The Nigerian Novel by Women.* Chicago: The University of Chicago Press, 1996.

Okoye, Emmanuel M. *The Traditional Religion and Its Encounter with Christianity in Achebe's Novels.* Bonn: Peter Lang, 1987.

Okuyade, Ogaga, ed. *Tradition and Change in Contemporary West and East African Fiction.* New York: Rodopi, 2014.

Omotoso, Kole. *Achebe or Soyinka? A Study in Contrasts.* London: Hans Zell Publishers, 1996.

Orabueze, Florence O. *The Dispossessed in Chimamanda Ngozi Adichie's* Purple Hibiscus *and* Half of a Yellow Sun. Doctoral Dissertation of University of Nigeria, 2011.

Osa, Osayimwense, ed. *Nigerian Youth Literature: A Critical Analysis of Ten Selected Novels*. Benin: The Bendel *Newspapers* Corporation, 1987.

Otokunefor, Henrietta C. and Obiageli C. Nwodo. *Nigerian Female Writers: A Critical Perspective*. Lagos: Malthouse Press Limited, 1989.

Owomoyela, Oyekan. *Amos Tutuola Revisited*. New York: Twayne Publishers, 1999.

Owomoyela, Oyekan. *The Columbia Guide to West African Literature in English Since 1945*. New York: Columbia University Press, 2008.

Owomoyela, Oyekan, ed. *A History of Twentieth-Century African Literatures*. Lincoln: University of Nebraska Press, 1993.

Parish, Peter J. *Slavery: History and Historians*. New York: Harper & Row, Publishers, 1989.

Parker, Michael and Roger Starkey, eds. *Postcolonial Literatures: Achebe, Ngugi, Desal, Walcott*. London: Macmillan Press Ltd. , 1995.

Plant, Judith, ed. *Healing the Wounds: The Promise of Eco-feminism*. Philadelphia: New Society, 1989.

Quayson, Ato. *Strategic Transformations in Nigerian Writing: Orality & History in the Work of Rev. Samuel Johnson, Amos Tutuola, Wole Soyinka & Ben Okri*. Oxford: James Currey, 1997.

Rich, Adrienne. *Of Woman Born: Motherhood as Experience and Institution*. New York: W. W. Norton and Company, 1986.

Roos, Bonnie and Alex Hunt, eds. *Postcolonial Green*. London: University of Virginia Press, 2010.

Sougou, Omar. *Writing Across Cultures: Gender Politics and Difference in the Fiction of Buchi* Emecheta. New York: Rodopi, 2002.

Steady, Filomina C. *The Black Women Cross-Culturally*. Cambridge: Schenkman, 1981.

Stratton, Florence. *Contemporary African Literature and the Politics of Gender*. London: Routledge, 1994.

Tabron, Judith L. *Postcolonial Literature from Three Continents: Tutuola, H. D., Ellison, and White.* New York: Peter Lang, 2003.

Taiwo, Oladele. *Culture and the Nigerian Novel.* New York: St. Martin's Press, 1976.

Taiwo, Oladele. *Female Novelists in Modern Africa.* New York: ST. Martin's, 1984.

Thiong'o, Ngũgĩ wa. *Decolonizing the Mind: The Politics of Language in African Literature.* London: James Curry, 1986.

Tariq, Gulam. *Traditional Change in Nigerian Novels: A Study of the Novels of Tal Aluko and Cyprian Ekwensi.* Doctoral Dissertation of Sri Krishnadevaraya University, 2004.

Uchendu, Egodi. *Women and Conflict in the Nigerian Civil War.* Trenton: Africa World Press, 2007.

Umeh, Marie, ed. *Emerging Perspectives on Buchi Emecheta.* Trenton: Africa World Press, 1996.

Umeh, Marie, ed. *Emerging Perspectives on Flora Nwapa.* Trenton: Africa World Press, 1998.

Uraizee, Joya. *This is No Place for a Woman: Nadine Gordimer, Buchi Emecheta, Nayantara Saghal, and the Politics of Gender.* Trenton: Africa World Press, 2000.

Vida, Vendela, et al., eds. *Always Apprentices: The Believer Magazine Presents Twenty-two Conversations Between Writers.* San Francisco: Believer Books, 2013.

Wilentz, Gay. *Binding Cultures: Black Women Writers in Africa and the Diaspora.* Bloomington: Indiana University Press, 1992.

Wren, Robert M. *Achebe's World: The Historical and Cultural Context of the Novels of Chinua Achebe.* Washington, D. C.: Three Continents Press, 1980.

Wright, Derek, ed. *Contemporary African Fiction.* Bayreuth: E. Breitinger, 1997.

Wright, Edgar, ed. *The Critical Evaluation of African Literature.* Nairobi:

Heinemann, 1973.

Zell, Hans, et al. *A New Reader's Guide to African Literature*. London: Heinemann, 1983.

英文文献（二）：报刊文章、学术期刊论文

Adam, Ezinwanyi E. and Michael Adam. "Literary Art as a Vehicle for the Diffusion of Cultural Imperialism in the Nigerian Society: The Example of Chimamanda Adichie's *Purple Hibiscus*," *Journal of Literature and Art Studies*, Vol. 5, No. 6 (2015).

Adichie, Chimamanda Ngozi. "African 'Authenticity' and the Biafra Experience," *Transition: An International Review*, Vol. 99 (2008).

Akujobi, Remi. "Motherhood in African Literature and Culture," *Comparative Literature and Culture*, Vol. 13, No. 1 (2011).

Amuta, Chidi. "History, Society and Heroism in Nigerian War Novel," *Kunapipi*, Vol. 6, No. 3 (1984).

Amuta, Chidi. "The Nigerian Civil War and the Evolution of Nigerian Literature," *Canadian Journal of African Studies*, Vol. 17, No. 1 (1983).

Andrade, Susan Z. "Adichie's Genealogies: National and Feminine Novels," *Research in African Literatures*, Vol. 42, No. 2 (2011).

Andrade, Susan Z. "Rewriting History, Motherhood, and Rebellion: Naming an African Women's Literary Tradition," *Research in African Literatures*, Vol. 21, No. 1 (1990).

Berrian, Brenda F. "In Memoriam: Flora Nwapa (1931–1993)," *Signs: Journal of Women in Culture and Society*, Vol. 20, No. 4 (1995).

Bruner, Charlotte and Davis Bruner. "Buchi Emecheta and Maryse Conde: Contemporary Writing fromAfrica and the Caribbean," *World Literature Today*, Vol. 59, No. 1 (1985).

Bryce, Jane. "Conflict and Contradiction in Women's Writing of the Nigerian Civil War," *African Languages and Cultures*, Vol. 4, No. 1 (1991).

Bryce, Jane. "Half and Half Children: Third-Generation Women Writers and the New Nigerian Novel," *Research in African Literatures*, Vol. 39, No. 2 (2008).

Charlotte, Bruner. "The Other Audience: Children and the Example of Buchi Emecheta," *African Studies Review*, Vol. 29, No. 3 (1986).

Cobb, Sarah T. "Seeking a Common Ground: Environmental Degradation in Ken Saro-Wiwa's Country," *Dialectical Anthropology*, Vol. 22 (1997).

Condé, Maryse. "Three Female Writers in Modern Africa: Flora Nwapa, Ama Ata Aidoo and Grace Ogot," *Presence Africaine*, Vol. 82, No. 2 (1972).

Dunton, Chris. "Entropy and Energy: Lagos as City of Words," *Research in African Literatures*, Vol. 39, No. 2 (2008).

Egbung, Itang Ede. "Gender and the Quest of Social Justice and Relevance in Chimamanda Ngozi Adichie's *Purple Hibiscus* and *Half of a Yellow Sun*," *American Journal of Social Issues and Humanities*, Vol. 6, No. 2 (2016).

Emenyonu, Ernest N. "Post-war Writing in Nigeria," *Ufahamu: A Journal of African Studies*, Vol. 4, No. 1 (1973).

Fox, Robert Elliot. "Tutuola and the Commitment to Tradition," *Research in African Literatures*, Vol. 29, No. 3 (1998).

Frank, Katherine. "The Death of the Slave Girl: African Womanhood in the Novels of Buchi Emecheta," *World Literature Written in English*, Vol. 21, No. 3 (1982).

Fulford, Sarah. "Ben Okri, the Aesthetic, and the Problem with Theory," *Comparative Literature Studies*, Vol. 46, No. 2 (2009).

Gardener, Susan. "The World of Flora Nwapa," *The Women's Review of Books*, Vol. 11, No. 6 (1994).

Habila, Helon. "*The Fishermen* by Chizogie Obioma Review—Four Brothers and a Terrible Prophecy," *Guardian*, Mar. 13, 2015.

Hannan, Jim. "A Novel by Chigozie Obioma, *The Fisherman*," *World Literature Today*, Vol. 89, No. 6 (2015).

Hawley, John C. "Biafra as Heritage and Symbol: Adichie, Mbachu and Iweala," *Research in African Literatures*, Vol. 39, No. 2 (2008).

Hewett, Heather. "Coming of Age: Chima Ngozi Adichie and the Voice of the Third Generation," *English in Africa*, Vol. 32, No. 1 (2005).

Hogan, Patrick Colm. "How Sisters Should Behave to Sisters: Culture and Igbo Society in Flora Nwapa's *Efuru*," *English in Africa*, Vol. 26, No. 1 (1999).

Hron, Madelaine. "'Ora na-azu nwa': The Figure of the Child in Third-Generation Nigerian Novels," *Research in African Literatures*, Vol. 39, No. 2 (2008).

Huggan, Graham and Helen Tiffin. "Green Postcolonialism," *Interventions: International Journal of Postcolonilal Studies*, Vol. 9, No. 1 (2007).

Ibhawaegbele, Faith O. and J. N. Edokpayi. "Situational Variables in Chimamanda Addichie's *Purple Hibiscus* and Chinua Achebe's *A Man of the People*," *Matatu: Journal for African Culture & Society*, Vol. 40, No. 1 (2012).

Jell-Bahlsen, Sabine. "The Concept of Mammy Water in Flora Nwapa's Novels," *Research in African Literatures*, Vol. 26, No. 2 (1995).

Jones, Eldred. "Locale and Universe: Review of *The Concubine* by Elechi Amadi, *Efuru* by Flora Nwapa, and *A Man of the People* by Chinua Achebe," *Journal of Commonwealth Literature*, Vol. 3 (1967).

Krishnan, Madhu. "Mami Wata and the Occluded Femine in Anglophone Nigerian-Igbo Literature," *Research in African Literatures*, Vol. 43, No. 1 (2012).

Kurtz, Roger J. "The Intertextual Imagination in*Purple Hibiscus*," *Ariel: A Review of International English Literature*, Vol. 42, No. 2 (2012).

Low, Gai. "The Natural Artist: Publishing Amos Tutuola's *The Palm-Wine Drinkard* in Postwar Britain," *Research in African Literatures*, Vol. 37, No. 4 (2006).

Mabura, Lily G. N. "Breaking Gods: An African Postcolonial Gothic Reading of Chiamamanda Ngozi Adichie's *Purple Hisbiscus* and *Half of a Yellow Sun*," *Research in African Literatures*, Vol. 39, No. 1 (2008).

McCabe, Douglas. "'Higher Realities': New Age Spirituality in Ben Okri's *The Famished Road*," *Research in African Literatures*, Vol. 36, No. 4 (2005).

McClusky, John. "The City As a Force: Three Novels by Cyprian Ekwensi," *Journal of Black Studies*, Vol. 7, No. 2 (1976).

Mohan, Athira. "*Things Fall Apart* and *Purple Hibiscus*: A Case of Organic Inter-textuality," *Aesthetique Journal for International Literary Enterprises*, Vol. 2, No. 1 (2016).

Moji, Polo B. "Gender-Based Genre Conventions and the Critical Reception of Buchi Emecheta's *Destination Biafra*," *Literator*, Vol. 35, No. 1 (2014).

Morrison, Jago. "Imagined Biafra: Fabricating Nation in Nigerian Civil War Writing," *Ariel: A Review of International English Literature*, Vol. 36, No. 1 – 2 (2005).

Murphy, Laura. "Into the Bush of Ghosts: Specters of the Slave Trade in West African Fiction," *Research in African Literatures*, Vol. 38, No. 4 (2007).

Nandakumar, Prema. "An Image of African Womanhood: A Study of Flora Nwapa's *Efuru*," *Africa Quarterly*, Vol. 11, No. 2 (1971).

Nganga, B. "An Interview with Cyprian Ekwensi," *Studia Anglica Posnaniensia: An International Review of English Studies*, Vol. 17 (1984).

Nnaemeka, Obioma. "Feminism, Rebellious Women, and Cultural Boundaries: Rereading Flora Nwapa and Her Compatriots," *Research in African Literatures*, Vol. 26, No. 2 (1995).

Nnaemeka, Obioma. "Fighting on All Fronts: Gender Spaces, Ethnic Boundaries and the Nigerian Civil War," *Dialectical Anthropology*, Vol. 22 (1997).

Nyamnjoh, Francis B. "A Relevant Education for African Development—Some Epistemological Considerations," *Africa Development*, Vol. 29, No. 1 (2004).

Obioma, Nnaemeka. "Feminism, Rebellious Women, and Cultural Boundaries: Rereading Flora Nwapa and Her Compatriots," *Research in African Literatures*, Vol. 26, No. 2 (1995).

Obumselu, Ben. "Ben Okri's *The Famished Road*: A Reevaluation," *Tydskrif Vir Letter Runde*, Vol. 48, No. 1 (2011).

Ogwude, Sophia. "History and Ideology in Chimamanda Adichie's Fiction," *Tydskrif Vir Letterkunde*, Vol. 48, No. 1 (2011).

Oha, Anthony. "Beyond the Odds of the Red Hibiscus: A Critical Reading of Chimamanda Adichie's *Purple Hibiscus*," *The Journal of Pan African Studies*, Vol. 1, No. 9 (2007).

Ojaide, Tanure. "Migration, Globalization & Recent African Literature," *World Literature Today*, Vol. 82, No. 2 (2008).

Oko, Emelia A. "The Historical Novel of Africa: A Sociological Approach to Achebe's *Things Fall Apart* and *Arrow of God*," *The Conch*, Vol. 6, No. 1 – 2 (1974).

Okonkwo, Juliet I. "Adam and Eve: Igo Marriage in the Nigerian World," *The Conch*, Vol. 3, No. 2 (1971).

Okonkwo, Juliet I. "Ekwensi and Modern Nigerian Culture," *Ariel: A Review of International English Literature*, Vol. 7, No. 2 (1976).

Olaogun, Modupe. "Slavery and Etiogical Discourse in the Writing of Ama Ata Aidoo, Bessie Head, and Buchi Emecheta," *Research in African Literatures*, Vol. 33, No. 2 (2002).

Phillips, Maggi. "Engaging Dreams: Alternative Perspectives on Flora Nwapa, Buchi Emecheta, Ama Ata Aidoo, Bessie Smith, and Tsitsi Dangarembga's Writing," *Research in African Literatures*, Vol. 25, No. 4 (1994).

Riche, B. and M. Bensemanne. "City life and Women in Cyprian Ekwensi's *The People of the City* and *Jagua Nana*," *Revue Campus*, Vol. 8 (2007).

Rowell, Charles Henry. "An Interview With Ben Okri," *Callaloo*, Vol. 37, No. 2 (2014).

Sample, Maxine. "In another Life: The Refugee Phenomenon in 2 Novels of the Nigerian Civil War," *Modern Fiction Studies*, Vol. 37, No. 3 (1991).

Sandwith, Corinne. "Frailties of the Flesh: Observing the Body in Chimamanda Ngozi Adichie's *Purple Hibiscus*," *Research in African Literatures*, Vol. 47, No. 1 (2016).

Schipper, Mineke. "Mother Africa on a Pedestal: The Male Heritage in African

Literature and Criticism," *African Literature Today*, Vol. 15 (1987).

Shringarpure, Bhakti. "Wartime Transgressions: Postcolonial Feminists Reimagine the Self and Nation," *Journal of Commonwealth and Postcolonial Studies*, Vol. 3, No. 1 (2015).

Silva, Tony Simoes da. "Embodied Genealogies and Gendered Violence in Chimamanda Ngozi Adichie's Writing," *African Identities*, Vol. 10, No. 4 (2012).

Slaymaker, William. "Echoing the Other (s): The Call of Global Green and Black African Responses," *PMLA*, Vol. 116 (2001).

Stobie, Cheryl. "Dethroning the Infallible Father: Religion, Patriarchy and Politics in Chimamanda Ngozi Adichie's *Purple Hibiscus*," *Literature & Theology*, Vol. 24, No. 4 (2010).

Stratton, Florence. "The Shallow Grave: Archetypes of Female Experience in African Fiction," *Research in African Literatures*, Vol. 19, No. 2 (1988).

Teiko, Nii Okain. "Changing Conceptions of Masculinity in the Marital Landscape of Africa: A Study of Ama Ata Aidoo's *Changes* and Buchi Emecheta's *The Joys of Motherhood*," *Matatu: Journal for African Culture & Society*, Vol. 49, No. 2 (2017).

Tobias, Steven M. "Amos Tutuola and the Colonial Carnival," *Research in African Literatures*, Vol. 30, No. 2 (1999).

Tunca, Diara. "The Confessions of a 'Buddhist Catholic': Religion in the Works of Chimamanda Ngozi Adichie," *Research in African Literatures*, Vol. 44, No. 3 (2013).

Ugochukwu, Francoise. "A Lingering Nightmare: Achebe, Ofoegbu and Adichie on Biafra," *Matatu: Journal for African Culture and Society*, Vol. 39 (2011).

Ukande, Chris K. "Post-Colonial Practice in Chimamanda Ngozi Adichie's *Purple Hibiscus*," *International Journal of Language, Literature and Gender Studies*, Vol. 5, No. 1 (2016).

Umeh, Davidson and Marie Umeh. "Interview with Buchi Emecheta," *Ba Shiru:*

A Journal of African Languages and Literature, Vol. 12, No. 2 (1985).

Umeh, Marie. "Flora Nwapa As Author, Character, and Omniscient Narrator on 'The Family Romance' in an African Society," *Dialectical Anthropology*, Vol. 26, No. 3 – 4 (2001).

Umeh, Marie. "The Poetics of Economic Independence for Female Empowerment: An Interview with Flora Nwapa," *Research in African Literatures*, Vol. 26, No. 2 (1995).

Vanzanten, Susan. "'The Headsrong Historian': Writing with *Things Fall Apart*," *Research in African Literatures*, Vol. 46, No. 2 (2015).

Wallace, Cynthia R. "Chimamanda Ngozi Adichie's *Purple Hibiscus* and the Paradoxes of Postcolonial Redemption," *Christianity and Literature*, Vol. 61, No. 3 (2012).

Ward, Cynthia. "What They Told Buchi Emecheta: Oral Subjectivity and The Joys of 'Otherhood'," *Publications of the Modern Language Association of America*, Vol. 105, No. 1 (1990).

Wenske, Ruth S. "Adichie in Dialogue with Achebe: Balancing Dualities in *Half of a Yellow Sun*," *Research in African Literatures*, Vol. 47, No. 3 (2016).

后　记

　　多年前，我申请的国家社科基金项目有幸获批之后，有些朋友、同事感到有点儿不解，我为什么会去研究尼日利亚文学。生活中常有一些阴差阳错之事。回望我个人的学术成长之路，感觉也有不少偶然。大学毕业后参加工作之初，曾经努力考研，当时特别希望能到上海外国语大学读研，拜专治英语语法学的章振邦先生为师，无奈政治理论课考试一直没达标，最终无功而返。后来就凭着最后一次（1996 年）考上海外国语大学的成绩单到上海师范大学读在职的硕士课程班。在研修硕士课程的过程中，有一位叫 Marta Martino 的美国外教给我们开设了一门美国文学专题的课，课上她和我们一起阅读了托妮·莫里森的《所罗门之歌》。该小说让我非常着迷，加上当时被文学理论课老师叶华年教授的精彩课堂和人格魅力所吸引，于是放弃语言学研究的计划，转向了英美文学，并以莫里森的作品为题完成了硕士学位论文。硕士毕业后，我一直关注当代美国非裔文学，对莫里森的作品热情不减。借此，我要特别感谢 Ms. Marta Martino 和叶华年教授，两位恩师对文学那种很纯粹的爱把我引入文学研究之路。

　　由于对托妮·莫里森的偏爱，我就尝试以她的作品为研究对象写了几篇小文，发表之后倍受鼓舞。但后来很快发现，关注美国非裔文学的人越来越多，研究莫里森的文章更是随处可见。某个文学专题成为研究热点是一件好事，但跟踪热点却是一件十分辛苦的差事。有一段时间（2005 年前后）我一直很苦恼，不知如何把自己喜爱的莫里森做得更深入一些。我个人不太喜欢人群聚集的地方，更偏爱那种幽静的小道，行人不多，可以有一种不紧不慢的节奏。哪里去找到一条幽静的学术小道呢？在陷于某种焦虑和苦闷之际，我去旁听了我校南非籍专家、剑桥博士 Damian Shaw 给外国语学院研究生开设的课程"英语后殖民文学"。在这门课里，Damian

Shaw 博士重点介绍了奈保尔、P. 怀特和阿契贝等人的作品，如《灵异的按摩师》《坚固的曼陀罗》《瓦解》等。本人才疏学浅，孤陋寡闻，实际上这也是我第一次近距离接触非洲作家的作品。阿契贝的《瓦解》我是一口气读完的，小说篇幅不长，但它给我的震撼绝不亚于当年我阅读莫里森《所罗门之歌》时的感受。之后我便疯狂地收集阿契贝的作品和相关的研究资料，并尝试从文学批评的角度写了几篇小文。借此，我要特别感谢目前在澳门大学任教的 Damian Shaw 博士，是他把我引入一条幽静而又风景奇异的小道，在这条小道上我见识了非洲文学、文化的巨大魅力。我不是一个喜新厌旧之徒。这些年，尽管我将多数时间用在研读尼日利亚的英语小说上，但一直没有忘记我曾喜爱的美国非裔文学，尤其是托妮·莫里森的作品。非洲文学、文化是美国非裔作家永远的乡愁。詹姆斯·鲍德温和阿契贝曾经有过精彩的对话；艾丽斯·沃克曾经到非洲寻找创作的灵感。我特别希望退休之前能花一些时间去重新审视我曾读过的那些美国非裔文学经典。

　　拙作是我主持的国家社科基金项目"文化与历史语境下的尼日利亚英语小说研究"（13BWW067）的结项成果，它能顺利出版得益于许多前贤、师友、同人的鼓励和帮助。感谢国社结项材料和本书稿的匿名评审专家（前后共八位），他们在百忙之中认真阅读文稿，并提出许多宝贵的意见，有些意见甚至是我以后进一步研究非洲英语文学的新切入点。感谢华南师范大学外国语学院的周玉军教授，他赴美访学期间帮我收集了不少阿契贝的研究资料。感谢华侨大学华文学院的陈旋波教授，他就拙作的篇章结构和书名提出了建设性的意见。感谢曾在美国乔治亚理工学院、伊利诺伊大学求学的好友许恭瀚，他留学期间帮我收集了许多质优价廉的尼日利亚文学研究资料。感谢美国德保罗大学（DePaul University）的 Peter Vandenberg 博士、John Shanahan 博士、林卉博士以及该校来华侨大学工作的多位毕业生，他们常无私地为我提供一些尼日利亚文学研究的新资料和动态信息。感谢皮强博士、程晓蓉博士，他们在英美留学期间为我提供了不少尼日利亚作家创作及研究的动态信息。感谢我曾指导过的研究生徐雅欣、姚燕、孙蕾、张新新、黄浪静、杨洋、邱钰玲、林飘飘、贾倩雨、洪张雨婷、李敏、蒋茜，她们在校期间曾积极和我一起讨论尼日利亚英语小说研究的相关问题。感谢我曾指导过的研究生邵璐璐，她利用课余时间认真帮我整理了附录一的部分内容。感谢张武博士、陈天然博士，他们认真阅读了课题的结项材料并提出了一些具体的修改意见，他们也常与我分享一些非洲文学研究的资料和信息。感谢我的妻子张燕副教授，她赴美访学期间帮我收集了大量有关非洲文学研究的资料，拙作中那些有关尼日利亚女作家作品研究的章节多数是她主撰的，她对本书写作的贡献极大。

文学研究需要第一手资料。由于本书涉及的是外国文学研究中偏冷的领域，有些资料，尤其是那些在非洲（尼日利亚）出版的作品或专著，如果出版年代稍早点儿的就比较难查到，说它们像那些灭绝或几乎要灭绝的野生动物一样，实不夸张。比如，阿马迪那本关于尼日利亚内战的回忆录《比亚弗拉的日落》（*Sunset in Biafra*，1973）以及钦耶勒·恩瓦胡南亚的研究专著《悲剧中的收获：尼日利亚内战文学批评性研究》（*A Harvest from Tragedy：Critical Perspectives on Nigerian Civil War Literature*，1997），我曾拜托多位在英美留学或访学的亲友寻找，但至今都未找到。也曾拜托在加纳做生意的福州大学校友吴贵发先生帮忙查找，但也是一无所获。吴先生十分热心，多次邀请我去西非一游，体验一下黑人兄弟的生活，后来他还给我寄了一本尼日利亚出版的《瓦解》和好几本该国的侦探小说，令人感动。借此，我要特别感谢吴先生以及那些像他那样愿意帮助我的朋友，他们的热心增加了我研究非洲文学的热情和信心。

拙作的部分章节已在国内的一些学术期刊上发表，借此特别感谢《外国文学》、《外国文学研究》、《当代外国文学》、《外国语文》、《山东外语教学》、《西安外国语大学学报》、《中国非洲研究评论》、《文艺报》、《外国语言文学》、《浙江外国语学院学报》、《华侨大学学报》（哲学社会科学版）等学术期刊和报纸的主编和编辑，他们的鼓励和提携，后学一辈子都会记在心里。

杜志卿

2023 年 9 月

图书在版编目（CIP）数据

文化·历史·现实：尼日利亚英语小说个案研究 /
杜志卿，张燕著. -- 北京：社会科学文献出版社，
2024.1
（华侨大学哲学社会科学文库. 文学系列）
ISBN 978 - 7 - 5228 - 2666 - 0

Ⅰ.①文… Ⅱ.①杜… ②张… Ⅲ.①英语文学 - 小
说研究 - 尼日利亚 Ⅳ.①I437.074

中国国家版本馆 CIP 数据核字（2023）第 199363 号

华侨大学哲学社会科学文库·文学系列

文化·历史·现实：尼日利亚英语小说个案研究

著　　者 / 杜志卿　张　燕

出 版 人 / 冀祥德
责任编辑 / 赵晶华
文稿编辑 / 公靖靖
责任印制 / 王京美

出　　版 / 社会科学文献出版社·联合出版中心（010）59367180
　　　　　　地址：北京市北三环中路甲29号院华龙大厦　邮编：100029
　　　　　　网址：www.ssap.com.cn
发　　行 / 社会科学文献出版社（010）59367028
印　　装 / 三河市龙林印务有限公司

规　　格 / 开　本：787mm × 1092mm　1/16
　　　　　　印　张：22　字　数：350千字
版　　次 / 2024年1月第1版　2024年1月第1次印刷
书　　号 / ISBN 978 - 7 - 5228 - 2666 - 0
定　　价 / 138.00元

读者服务电话：4008918866